HEYNE <

Das Buch

Als Ice die wunderschöne Frau auf dem Las Vegas Strip sieht, wird er von ihrem Aussehen verzaubert. So sehr, dass er an nichts anderes mehr denken kann und nur noch Augen für sie hat. Er kann es selbst nicht glauben, dass er, der in seiner traumatischen Kindheit in einer russischen »Schule« zum Killer ausgebildet wurde, solche Gefühle überhaupt zu empfinden vermag. In diesem Moment vertreibt die junge Frau mit ihrer bloßen Anwesenheit die Kälte, die seit Jahren in seinem Herzen herrscht. Doch als ein anderer Mann die Frau an sich zieht, kehren die Dämonen seiner Vergangenheit zurück.
Ice weiß zu dem Zeitpunkt nicht, dass diese Schönheit, Soleil, sich von ihrem Verlobten trennen will, da dieser sich immer seltsamer verhält. Sie fürchtet um ihr Leben und flüchtet in eine Bar, direkt in Ices Arme. Sofort empfinden beide eine glühende Leidenschaft füreinander, doch ihr Glück ist nicht von langer Dauer, denn Soleils Entscheidung für Ice birgt gefährliche Konsequenzen in sich.

Die Autorin

Christine Feehan wurde in Kalifornien geboren, wo sie heute noch mit ihrem Mann und ihren Kindern lebt. Sie begann bereits in jungen Jahren zu schreiben und hat seit 1999 mehr als siebzig erfolgreiche Romane veröffentlicht, die in den USA mit mehreren Literaturpreisen ausgezeichnet wurden und alle auf die *New-York-Times*-Bestsellerliste gekommen sind. Auch in Deutschland ist sie mit den *Drake Schwestern*, der *Sea-Haven-Saga*, der *Highway-Serie*, der *Schattengänger-Serie* und der *Leopardenmenschen-Saga* äußerst erfolgreich.

Mehr Informationen über die Autorin und ihre Bücher finden sich im Anschluss an diesen Roman und auf ihrer Website *www.christinefeehan.com*.

CHRISTINE FEEHAN

HIGHWAY TO DESIRE

Roman

Aus dem Amerikanischen
von Almuth Reich

WILHELM HEYNE VERLAG
MÜNCHEN

Die Originalausgabe VENDETTA ROAD erschien erstmals 2020
bei Berkley, Penguin Random House LLC, New York

MIX
Papier aus verantwortungsvollen Quellen
FSC® C014496

Penguin Random House Verlagsgruppe FSC® N001967

Vollständige deutsche Erstausgabe 03/2022
 Printed in Germany
Redaktion: Birgit Groll
Umschlaggestaltung: © Nele Schütz Design
unter Verwendung von © Shutterstock
(CO Leong, Sergey Causelove, Volodymyr Tverdokhlib)
Satz: KompetenzCenter, Mönchengladbach
Druck und Bindung: GGP Media GmbH, Pößneck
ISBN: 978-3-453-32132-8

www.heyne.de

Für meine liebe Freundin Anne Elizabeth.
Ich danke dir für eine Freundschaft,
die alles Übliche weit übertrifft.
Du hast mir immer wieder Kraft gegeben.

1. Kapitel

Isaak Koval, den seine Torpedo-Ink-Brüder Ice nannten, ließ sich mit dem Strom der Touristen den Las Vegas Strip entlangtreiben. Er konnte sich überall anpassen. Er wusste, dies war eine Gabe, und er vervollkommnete diese Gabe bei jeder sich bietenden Gelegenheit weiter. Schon früh hatte er gelernt, dass er sich, wenn er es wollte, quasi unsichtbar machen, sich gleich einem Chamäleon in jede Umgebung einfügen konnte. Das hatte ihm bereits mehr als ein Mal das Leben gerettet.

Er passte sehr genau auf, immer eine Anzahl von Menschen zwischen sich und den beiden Männern zu haben, denen er folgte. Während er sich seinen Weg durch die Touristen bahnte, war er stets darauf bedacht, dass sein Spiegelbild nicht in den Fenstern und Türen erschien, die er passierte. Obwohl er den Kopf gesenkt hielt, hatte er dennoch die Menge, die Gebäude und sogar die Dächer im Blick.

Hitzewellen stiegen vom Gehsteig auf, trafen immer wieder direkt auf seine Brust. Zeitweise fühlte es sich an, als könne er nicht atmen, aber er hatte das schon seit einiger Zeit immer wieder gespürt, sogar zu Hause an der Küste.

Kurz vor der Tür eines Casinos blieben die beiden, denen er folgte, stehen, sodass auch er anhalten musste. Er konnte sie nicht überholen oder riskieren, ihnen dadurch aufzufallen, dass sie ihn mehr als ein Mal in der Menge sahen. Auf der anderen Seite der Casinotür stand eine aus Ziegeln gemauerte Säule; dort blieb er stehen, holte sein Handy heraus und sah sich Textnachrichten an, so wie es auch Dutzende anderer Leute machten. Er warf einen Blick über die Straße, wo Storm, sein Zwillingsbruder, dasselbe tat. Ice behielt die beiden Männer im Blick, während er auf sein Handy schaute, und bewegte sich dann im Schneckentempo mit einer Gruppe indischer Touristen weiter.

Die beiden Männer, denen sie folgten, diskutierten kurz über etwas, das sie auf ihren Handys gelesen hatten, und gingen dann weiter. Es sah aus, als wollten sie sich amüsieren; immer wieder blieben sie kurz vor einem der Striplokale stehen, als würden sie debattieren, ob sie hineingehen sollten. Doch das taten sie nicht, und Ice rechnete auch nicht damit. Sein Club wusste praktisch alles über die beiden, was es zu wissen gab. Und es war ganz klar, dass keiner von ihnen auf eine Nacht mit Stripperinnen, Prostituierten oder weiblichen Zufallsbekanntschaften aus war.

Sie näherten sich einer roten Ampel. Das war immer eine Gefahrenzone. Die beiden Männer, Russ Jarvis und Billy Kent, hatten die Angewohnheit, sich an einem Zebrastreifen immer umzusehen. An den Stopplichtern drängte sich die Menge zusammen, und dann drehten sich die beiden wie zufällig um und nahmen die Menschen neben und hinter ihnen in Augenschein. Oft schauten sie auch über die Straße auf diejenigen, die gegenüber auf Grün warteten.

Trotzdem hätte Ice ganz nahe an sie herankommen, sie, sobald die Ampel grün wurde, auslöschen und dann im Schutz der Menge die Straße überqueren können, noch bevor die Leichen zu Boden gingen. Er wischte sich den Schweiß aus dem Gesicht und schlenderte weiter. Sein Club brauchte die beiden lebend, damit sie sie zu dem Arschloch führen konnten, das sie eigentlich jagten. Also zwang er sich, einfach einen Fuß vor den anderen zu setzen.

Er trug eine Jeans und Motorradstiefel. Viele Klamotten zum Wechseln hatte er nicht. Das enge T-Shirt spannte sich über seine Brust, verschwitzt wegen der unerbittlichen Hitze. Er hasste diesen Ort fast so sehr wie die beiden Männer, die er gerade verfolgte. Schlimmer noch, er konnte hier nicht sein Abzeichen tragen. Das fühlte sich an, als würde er nackt die Straße hinuntergehen, was tatsächlich besser gewesen wäre als ohne Abzeichen.

Manchmal, jetzt zum Beispiel, glaubte er, von dem Chaos in seinem Kopf noch wahnsinnig zu werden. Hin und wieder sagten der Zar – Präsident von Torpedo Ink, ihrem Motorradclub – und seine Frau Blythe, dass man über manche Dinge sprechen müsse, auch wenn es einem noch so schwerfalle. Das war Bockmist. Wem konnte einer wie er schon sein Herz ausschütten? Welcher bescheuerte Therapeut würde denn kapieren, was er durchgemacht hatte? Was jeder und jede seiner Brüder und Schwestern durchgemacht hatten?

Er konnte sie geradezu hören, diese Konversation. Wie viele, sagtest du, hast du umgebracht? Wie, sagtest du, hast du sie gekillt? Wie geht es dir damit? Was glaubten sie, wie es ihm damit ging? Es würde Knast oder eine Gummizelle bedeuten, aber er war die meiste Zeit seines Lebens eingesperrt gewesen, und das würde ihm nicht noch einmal passieren. Niemals mehr.

Ice nahm die blöde Baseballmütze ab, die er trug, um seine unverkennbaren Haare zu verbergen. Er war nicht einfach nur blond; seine Haare leuchteten in der Sonne – platin, golden, silber. Er trug sie ziemlich lang, aber nicht so lang wie einige der Brüder. Noch einmal wischte er sich den Schweiß ab und setzte die Kappe wieder auf. An der Ampel angekommen, griff er in die grellbunte, offene Einkaufstasche, die einladend am Arm einer Frau baumelte, nahm ein Päckchen heraus und ließ es vor sich auf den Gehsteig fallen.

»Ma'am.« Er bückte sich danach. »Sie haben etwas verloren.«

Die ältere Frau drehte sich um und bekam große Augen. »Oh. Vielen Dank. Das habe ich für meine Enkelin gekauft.«

Er richtete sich langsam, vom Licht abgewandt, wieder auf,

darauf bedacht, dass möglichst viele Menschen zwischen ihm und denen waren, die er verfolgte, und warf ihr ein Lächeln zu. »Wie alt ist Ihre Enkelin denn, wenn ich fragen darf? Denn Sie sehen ganz bestimmt nicht aus, als ob Sie alt genug wären, um schon Großmutter zu sein.« Er meinte das wirklich, musste sich also gar keine Mühe geben, aufrichtig zu klingen.

Sie strahlte ihn an. »Na, das ist ja wirklich ein nettes Kompliment. Ich bin ganz sicher alt genug. Sie ist acht.« Sie ließ das Päckchen wieder in der Tasche verschwinden, zog diese jedoch fester an sich. »Ihr Tattoo gefällt mir sehr. Es ist ganz außergewöhnlich.«

Er hatte eine Menge Tattoos an den Armen, auf der Brust und dem Rücken, doch sie meinte die drei Tränen, die aus seinem linken Augenwinkel auf die Wange tropften. Diese Tränen erinnerten ihn jedes Mal, wenn er in einen Spiegel blickte, daran, dass er kein Mensch mehr war. Alles Menschliche war ihm genommen worden, er war nur mehr eine Hülle. Eine leere Hülle. Wieder machte ihm der Druck auf seiner Brust das Atmen schwer. Er berührte eine der Tränen, wie um sich daran zu erinnern, dass er sie hatte.

»Die habe ich schon seit Jahren. Sie wissen schon, was tut man nicht alles, wenn man jung ist.«

Wieder lächelte sie ihn an. »Für mich sehen Sie noch immer jung aus.«

Darauf wusste er nichts mehr zu erwidern. Sie war nett. Er aber lebte nicht in einer netten Welt und wusste sich auch nicht mit netten Leuten zu unterhalten. Er konnte für sie jemanden windelweich prügeln. Er konnte jemanden für sie töten, wenn sie das wollte. Verflucht, das konnte er beides, aber höfliche Konversation, das war nicht sein Ding.

Natürlich konnte er auch seine Waffe ziehen und die beiden Kerle vor aller Augen umnieten. Die Bullen würden kommen, und es käme zu einer irren Schießerei, aber am Ende hätte er vielleicht etwas Ruhe und Frieden. Vielleicht. Wahrscheinlich gab es für einen Mann wie ihn in der Hölle einen besonderen Platz.

Aber er konnte es sich nicht leisten, sich mithilfe eines Bullen selbst auszupusten, denn wenn er die beiden tötete, die er nun schon seit vier verdammten Tagen an diesem heißesten Ort der Erde verfolgte, dann würde er einen kleinen Jungen zu einem Leben in der Hölle auf Erden verdammen. Und er wusste, wie das war. Scheiße.

Die Frau redete mit ihm, doch er nahm nichts davon wirklich wahr. Die Menge bewegte sich, und er riskierte einen Blick über die Schulter. Die beiden Arschlöcher waren bereits auf der Straße. Er wandte sich um und ging neben der Frau her, hielt den gesenkten Kopf nahe an sie, als schenkte er jedem ihrer Worte Gehör.

Er hätte ihr vieles erzählen können. Vor allem, dass er so kaputt war, dass er in einem Raum mit einem ganzen Haufen heißer Frauen, die für ihn strippten, keinen hoch bekam, wenn er es sich nicht befahl. Das war er verdammt leid. Was machte es für einen Sinn, sich von einer Frau einen blasen zu lassen, wenn er seinen Körper zwingen musste, dabei mitzumachen? Ja, das würde ganz sicher eine irre Konversation werden. Vielleicht konnte er sie ja um Rat fragen.

Oder aber er könnte Blythe fragen und sie damit zu Tode erschrecken – allzu viel schockierte sie allerdings gar nicht. Sie hatte den Zar, und mit ihm den ganzen Club, wieder zu sich genommen wie eine Glucke. Er musste zugeben, dass er wirklich Zuneigung und Bewunderung für sie empfand, obwohl er ja schon lange glaubte, gar nicht mehr wirklich fühlen zu können. Blythe und ihre gestörten Kinder.

Er ging noch einen Block mit der älteren Frau mit und hörte ihrem Geplauder über ihre bewundernswerte Enkelin zu. Als sie eine Pause einlegte und er nicht umhinkonnte, das Schweigen zu füllen, redete er von seinen lieben »Nichten und Neffen«. Vermutlich war das nicht einmal gelogen. Sie mussten ja nicht gleich blutsverwandt sein. Alle Mitglieder des Torpedo-Ink-Clubs waren seine Brüder. Was bedeutete, dass deren Kinder zu seinem Leben dazugehörten, oder nicht? Als er um die Ecke bog und der älteren Frau noch kurz zuwinkte, erfasste sein Blick eine Bewegung. Ein weißes Kleid mit Blumen. Nicht irgendein Kleid. Ein leichtes Sommerkleid, wie es die Frauen in alten Kinofilmen trugen. Sie stand auf der anderen Straßenseite in der Sonne und hätte ebenso gut einen Heiligenschein tragen können, denn sie war so schön, dass sie ihm den Atem raubte. Er blieb wie angewurzelt auf dem Gehsteig stehen und starrte sie an – was gottverdammt verrückt war. Schließlich war er bei der Arbeit.

Das Oberteil des Kleides saß straff, und die Brüste der Frau füllten den Stoff perfekt aus, drückten gegen das Mieder, als würden sie gerne frei sein. Die Vorderseite des Kleids war eng, aber um das Dekolleté herum gerafft. Es juckte ihn sofort in den Fingern, ihr das Leibchen herunterzuziehen und diese wahnsinnig verlockenden Brüste zu befreien. Tatsächlich lief ihm das Wasser im Mund zusammen. Er stellte sich vor, hinter ihr zu stehen und den Stoff langsam aufzuziehen, bis das Mieder unter die weichen Kurven glitt und ihre Brüste in seinen Händen lagen.

Für ein Gesicht wie das ihre hätten wohl die meisten Männer gekämpft und wären gestorben – zumindest er. Hohe Wangenknochen. Große Augen. Ein ausgesprochener Kussmund. Lippen, um ein männliches Glied fest zu umschließen. Sein verdammter Schwanz reagierte sofort – einfach so. Mitten auf der Straße. Beim Anblick einer vollständig angezogenen Frau. Das sprichwörtliche Mädchen von nebenan. Was zum Teufel war das?

Er legte die Hände über seine Jeans, nur um sicherzugehen,

dass er nicht irgendeine Halluzination hatte. Er war geschockt, obwohl ihn doch nichts mehr schockieren konnte. Er hatte keine normalen Erektionen. Das war vor langer Zeit aus ihm herausgeprügelt worden. In Sachen Sex war nichts bei ihm normal. Absolut nichts.

Er zwang sich, die Hände von der Jeans zu nehmen, und warf noch einmal einen langen Blick auf die Frau. Das enge Mieder betonte ihren schmalen Brustkorb und die schlanke Taille. Der ausgestellte Rock lenkte den Blick auf die Beine. Fantastische Beine. Er konnte fast spüren, wie es war, von ihnen umschlungen zu werden. Zur Hölle, wenn er ihretwegen derartige Fantasien bekam, dann würde seine Erektion nicht gleich wieder weggehen.

Am Zebrastreifen zögerte sie und ging dann zurück, auf einen Mann zu, der ihr offenbar etwas zurief. Er hatte sich immer für einen Tittentyp gehalten, doch die Art und Weise, wie sie in dem geblümten weißen Kleid ihren perfekten Hintern schwang, reichte, um ihn umdenken zu lassen.

Ihr Haar glänzte so stark in der Sonne, dass ihm die Augen schmerzten. Es fiel dunkel und voll über ihren Rücken. Sie schüttelte den Kopf über etwas, das der Mann in seinem perfekten Anzug gesagt hatte, wandte sich von ihm ab und wieder der Straße zu. Daraufhin packte er sie am Arm und hielt sie zurück.

In diesem Augenblick spürte Ice ihn. Den Gletscher – tief in ihm, eisig kalt, so kalt, dass es brannte. Da war ein Verlangen – das Verlangen zu töten. Es war … überwältigend. Es kam über ihn wie eine Sturzflut, doch tief in seinem Inneren war er erstarrt. Erfroren. Er tat einen Schritt auf den Rand des Gehsteigs zu. Autos brausten vorüber, doch er bemerkte sie kaum. Er war an einen kalten, dunklen Ort geraten, den er nur allzu gut kannte.

Ein Pfiff durchdrang den Gletscher, ließ einen langen, gezackten Riss im Eis entstehen, bohrte sich durch dieses tiefe, intensive Blau. Warf ihn aus den Gedanken und Bildern in seinem Kopf heraus, und er wandte den Blick von dem Paar ab. Sein Zwillingsbruder auf der anderen Straßenseite war bereits am Zebrastreifen und kam auf ihn zu, als die Ampel auf Grün sprang. Scheiße. Er hatte sich gerade zum größten Idioten in der Geschichte der Menschheit gemacht. Sein Bruder sorgte sich bereits um ihn, und dieser kleine Zwischenfall würde den Druck bestimmt nicht verringern.

Die beiden, die sie verfolgten, waren ihnen schon einen ganzen Block voraus. Storm war zurückgefallen, um ihm Deckung zu geben. Er deutete auf die zwei und lief los, konnte jedoch nicht umhin, einen kurzen Blick auf das Paar zu werfen. Sie schüttelte noch immer den Kopf, der Anzugträger war aufgebracht und starrte sie wütend an. Stellte Forderungen. Sie lehnte ab. Gut für sie. Geld konnte einen Mangel an Charakter nicht kompensieren. Das hätte er wissen sollen. Er hatte so viel Geld, dass er nicht wusste, was er damit anfangen sollte, aber Charakter? Wohl weniger.

»Was zur Hölle ist denn?«, zischte Storm und fasste neben ihm Tritt. »Wir dürfen sie nicht verlieren!«

Sie erhöhten das Tempo, wanden sich durch die Menge, um wieder näher an die beiden Kerle heranzukommen.

»Ich hatte nicht vor, sie zu verlieren«, murrte Ice und zog sich die Mütze tiefer ins Gesicht. »Ich wusste ja, dass du an ihnen dran warst.«

Ice blickte seinen Bruder direkt an, nur um ihn erkennen zu lassen, wie nah er daran war, die Beherrschung zu verlieren.

Storm schüttelte mit verächtlichem Blick den Kopf. »Du gehst, ich gehe. Das war schon immer unser Deal.«

»Als wir den machten, waren wir sieben Jahre alt«, erinnerte Ice ihn ruhig. Er riskierte einen weiteren Blick auf ihre Zielpersonen. Zwischen ihnen und den beiden waren genügend Passanten. Eine Gruppe Touristen blieb immer wieder mitten auf dem Gehsteig stehen, und die Menge bewegte sich um sie herum. Da sie nahe dran waren und sich sehr ähnlich sahen, wurde Ice wieder langsamer und hielt sich hinter den fotowütigen Urlaubern. »Keiner von uns dachte damals, dass wir älter als zehn würden.«

»Du gehst, ich gehe. Das ist der Deal«, beharrte Storm.

»Warum bist du bloß so gottverdammt stur?«, fragte Ice leise.

»Ich bin immer deinem Beispiel gefolgt, und du würdest das auch tun«, erwiderte Storm mit einem gleichgültigen Achselzucken.

Dagegen konnte Ice nichts sagen. Er hätte es genauso gemacht. »Ich weiß auch nicht, Storm, wenn ich so weitermache, werde ich noch für alle zur Gefahr.«

»Savage ist eine Gefahr, nicht du. Du entscheidest dich immer für das Richtige. Und zu sterben ist keine Alternative. Wir haben das nun schon x-mal durchgekaut. Du gehst gerade durch eine schwierige Phase. Das kommt vor. Zum Glück haben wir sie nicht beide gleichzeitig.«

Das stimmte, aber zum Teufel, er wollte nicht Unschuldigen wehtun, doch er dachte mehr und mehr daran, einfach ein paar Pädophile in aller Öffentlichkeit abzuknallen. Einfach aufzustellen und umzumähen. Manchmal träumte er sogar davon. Er schien davon nicht mehr loszukommen. Weder durch Alkohol noch durch Frauen und auch nicht dadurch, dass er die Kerle, die Kinder raubten und vergewaltigten, zur Strecke brachte.

Am meisten kotzte ihn an, dass die Männer vor ihnen als unbescholtene, aufrechte Bürger durchgingen. Sie besaßen Geld und Ansehen, genau wie die anderen in dem Ring, den Code im Netz entdeckt hatte, die die Kinder meistbietend anboten. Sie waren gesellschaftlich anerkannt, er aber nicht. Er würde das nie sein. Nie. Er war ein Biker. In einem Club. Die, die mit ihm fuhren, waren seine Familie, und er würde für sie kämpfen bis zum Tod. Für sein Clubabzeichen. Er würde nie von der Gesellschaft anerkannt werden, aber *sie* luden Monster zu sich nach Hause ein und ließen sie an ihre Kinder heran, und das nur, weil sie anständig angezogen waren und nicht vor allen anderen mit Schimpfwörtern um sich warfen. Sie trieben es einfach nur hinter dem Rücken der anderen – mit Kindern.

Einer war ein Arzt. Dr. Hank Bernard. Verheiratet, drei eigene Töchter. Das Problem war, er stand auf kleine Jungen, je jünger, desto besser. Dann war da George Durango. Ihm gehörten mehrere Wellness-Einrichtungen und Retreats für Promis. Er bewegte sich in hochgestellten Kreisen. Bill Churchill war ein bekannter Richter, einer, der den Ehrgeiz hatte, sich in der Politik einen Namen zu machen. Paul Bitters war ein angesehener Feuerwehrchef. Er kannte jeden Polizisten in seiner Gegend namentlich. Wenn er sprach, hörte man ihm zu. Russ Jarvis und Billy Kent besaßen zusammen eine Kette von Lebensmittelmärkten. Sie waren schon seit ihren Kindheitstagen befreundet und nun Geschäftspartner. Die meisten hielten sie für ein Paar, und dass die anderen dies dachten, war ihnen durchaus recht.

Code mit seinem irren Computer-Durchblick war zufällig im Netz auf die Versteigerung eines sechsjährigen Jungen gestoßen. Der Anbieter war Paul Bitters. Wie sich herausstellte, hatte er den Jungen einem großen Pädophilenring präsentiert. Torpedo Ink hatte anonym für den Jungen geboten, und anfangs schien es, als würden sie ihn bekommen. Sie hätten eine Adresse angegeben, und dann wäre der Austausch erfolgt. Aber leider hatte die Polizei Wind von der Sache bekommen, und Bitters hatte die Auktion sofort beendet.

Die nächsten beinahe drei Wochen war Bitters nicht mehr online gegangen. Er schickte eine verschlüsselte Botschaft: Das Event werde exklusiv per privater Einladungen bekannt gegeben. Er war natürlich nervös geworden und wollte, dass nur jene kamen, die er kannte und denen er ausdrücklich vertraute. Er wollte, dass sie persönlich erschienen, damit er jeden in Augenschein nehmen konnte. Code hatte es geschafft, die Chiffrierung zu knacken.

Torpedo Ink hatte nicht viel Zeit gehabt, einen Rettungsplan aufzustellen. Sie wollten nicht einfach nur zugreifen. Sie wollten mehr Namen. Es ging nicht nur um eine kleine Operation: Ursprünglich war die Auktion allgemein und in mehreren Bundesstaaten zugänglich gewesen. Und sie wollten sie für immer beenden.

Der Club war mitsamt den Frauen aus einem sehr guten Grund in Vegas. Ihr Vizepräsident, Steele, wollte seine Frau heiraten, ihr einen Ring an den Finger stecken und Nägel mit Köpfen machen. Natürlich würden alle Mitglieder von Torpedo Ink bei der Feier dabei sein. Niemand würde also ihren Aufenthalt in Las Vegas hinterfragen.

Ice und Storm ließen sich mit der kleinen Gruppe Touristen mittreiben, passten sich ihr an, sodass die beiden Männer, wenn sie zurückblickten – was sie ab und an taten –, sie als Teil dieser Gruppe wahrnahmen. Storm hatte ebenfalls eine Baseballmütze getragen, doch beim Überqueren der Straße setzte er sich einen Panamahut auf, der seine auffälligen Haare besser verdeckte. Zudem ging er leicht in sich zusammengesackt, um seine Größe zu kaschieren.

Doch plötzlich drehten sich ihre Zielpersonen um und schritten direkt auf sie zu. Ice ging mit gesenktem Blick geradeaus weiter, sein Bruder überquerte an der Ampel die Straße. Ein Motorrad dröhnte vorüber, hielt mit dem Verkehr auf der Straße mit. Transporter hatte Alena, Ices und Storms jüngere Schwester, auf dem Rücksitz seines Bikes. Ihr sehr platinblondes Haar steckte unter einem Helm. Keiner von ihnen trug sein Abzeichen.

»*Ich habe sie*«, murmelte Savage in sein Funkgerät. »*Wechselt Hemden und Hüte und kommt dann wieder. Sie checken ab, ob ihnen jemand folgt. Die Kerle sind vorsichtig.*«

Savage war einer der Vollstrecker des Clubs. Und er war, ebenso wie sein Bruder, einer der Furcht einflößendsten Menschen, die Ice kannte, obwohl seinem Club ausnahmslos ausgemachte Mörder angehörten. Dazu waren sie alle von Kindheit an gemacht worden, und jeder von ihnen kannte Hunderte Arten zu töten. Doch Savage war eine Liga für sich.

»*Wir haben sie*«, berichtete Alena.

Ice ging in die entgegengesetzte Richtung der beiden Männer. Als deren Ziel hatte Code eines von zwei Gebäuden auf der anderen Seite des Blocks ausgemacht. Dort waren die Lichter des Strip weniger grell, und unter das Volk auf der Straße mischte sich noch eine etwas zwielichtig wirkende Klientel.

Storm ging weiter die Straße entlang, für die er sich entschieden hatte; sie war nicht weit von der, die Code als wahrscheinlichstes Ziel der beiden identifiziert hatte. Das Taxi, mit dem Savage angekommen war, parkte am Straßenrand vor den beiden Männern; er ließ sich Zeit, den Fahrer zu bezahlen, und fragte ihn dabei noch nach einer Auskunft. Russ Jarvis und Billy Kent gingen direkt an ihm vorüber, ohne ihn zu beachten.

Die Verstärkung der beiden fuhr in einem Toyota-Pick-up an ihnen vorbei und nickte ihnen kurz zu. Direkt hinter dem nagelneuen Toyota kam ein alter Ford. Dieser Wagen war zu einer wahren Rakete auffrisiert, und an seinem Steuer saß Mechaniker. Torpedo Ink war also voll präsent, und alle arbeiteten zusammen wie eine gut geölte Maschine. Jedes Mitglied trug sein Bestes dazu bei, um denen das Kind zu entreißen, die es zur Versteigerung ausgeschrieben hatten.

»*Ich bin mit Transporter und Alena bereit*«, sagte Mechaniker in sein Funkgerät. »*Wir nehmen dir diesen Fahrer ab, Savage, und dann machen Alena und Transporter kehrt und sichern das Gebäude, während ich den Gefangenen raushole und auf dich warte.*«

»*Alles klar. Einen brauchen wir lebend*«, murmelte Savage. Es war fast nicht zu sehen, dass Jarvis seiner Verstärkung zunickte, doch Savage bemerkte es. Der Fahrer des Pick-ups glaubte, dass niemand den beiden Männern folgte.

»*Sie kehren um. Sie glauben jetzt, unbehelligt zu sein, und gehen zu der Versteigerung. Jetzt bist du wieder dran, Ice. Erledigen wir sie möglichst schnell*«, sagte Savage.

Savage ging in die entgegengesetzte Richtung der beiden Männer, auf die Straßenecke zu. Bei Grün überquerte er die Fahrbahn und schritt dann zielstrebig den Strip entlang. Ice bog hinter Jarvis und Kent um die Ecke. Er trug ein dunkles Navy-T-Shirt, eine dunkle Sportjacke und einen weichen Filzhut. Storm blieb auf derselben Straßenseite wie Savage. Ice schloss sich der kleinen Menge am Fußgängerübergang an und ignorierte die Zielpersonen, die auf Grün warteten. Storm überquerte die Straße.

Jarvis und Kent verließen den Gehsteig als Erste, sie gingen nun rasch, blickten auf ihre Uhren und wurden noch schneller. Ice und Storm folgten ihnen, zwischen ihnen waren nur mehr zwei Paare. An der nächsten Ampel ging Savage zurück und schloss einen halben Block hinter Ice und Storm zu ihnen auf.

»*Verstärkung ist bereit*«, meldete Reaper, ihr *Sergeant at Arms*.

»*Lieferwagen wartet auf Fracht*«, berichtete der Zar.

»*Arzt bereit*«, meldete Steele.

Absinth stieß zu Ice und Storm, als Jarvis und Kent gerade einen Massagesalon betraten, an dessen Tür und Fenstern in Goldlettern für Massagen rund um die Uhr geworben wurde. Ice, Storm und Absinth waren nur wenige Schritte hinter den beiden. Ice blickte nach oben in die Überwachungskamera. Sie zeichnete nicht mehr auf. Code hatte seine Magie spielen lassen und die Kameras im ganzen Gebäude außer Betrieb gesetzt.

Savage war dreißig Sekunden hinter den anderen drei. Jarvis und Kent meldeten sich nicht an der Rezeption an, sondern schritten sofort den Flur entlang. Die Hostess ignorierte sie, blickte jedoch auf, als sie Ice, Storm und Absinth gewahrte. Sie hatten diese Wirkung auf Frauen. Savage machte sie nervös, als er eintrat, und sie vermied es, ihn genauer anzusehen, was es ihm erleichterte, die beiden Männer auf ihrem Weg den Korridor entlang im Blick zu behalten.

Absinth neigte sich zu ihr, setzte die Ellbogen auf den Rezeptionstisch auf und blickte ihr lächelnd direkt in die Augen, während Storm zur Tür zurückging. »Hey, du Schöne. Du musst jetzt wirklich nach Hause gehen. Es ist spät, dein Dienst ist schon längst zu Ende.« Er sprach leise und in einem hypnotisierenden Tonfall. »Du willst jetzt einfach nur so schnell wie möglich von hier verschwinden.«

Die Frau raffte ihre Handtasche an sich, runzelte kurz die Stirn und stürmte zu der Tür hinaus, die Storm ihr aufhielt. Er schloss die Tür ab, ließ das OPEN-Zeichen jedoch an, sodass es direkt über den Worten blinkte, die Massagen rund um die Uhr anpriesen.

Savage schritt bereits den Flur hinunter und ließ Jarvis und Kent nicht aus den Augen. Ice und Storm folgten, während Absinth die Rezeption besetzte für den Fall, dass gerade jetzt jemand vorbeikam und eine Massage wollte. Derjenige würde überrascht sein, dass die Tür verschlossen war, Zeit brauchen, das zu verarbeiten, und Absinth würde ihm dann »vorschlagen«, den nächsten Salon gleich ein paar Häuser weiter aufzusuchen. Er war sehr gut darin, die Leute zu allen möglichen Dingen zu überreden.

Sie hatten das Nest gefunden, und niemand konnte es mehr verlassen, wenn sie es nicht wollten. Sobald Code die Örtlichkeiten auf zwei Gebäude eingegrenzt hatte, hatten sie für beide einen Simulationslauf durchgeführt. Sie waren gut in dem, was sie machten – schließlich machten sie schon seit früher Jugend Jagd auf Übeltäter.

Nachdem Transporter und Alena den Truck mit Jarvis' und Kents Verstärkung identifiziert hatten, würden sie den Fahrer

Mechaniker überlassen und zurückkommen, um die Hintertür zu bewachen. Das Gebäude verfügte zudem noch über zwei weitere Fluchttüren im Empfangsbereich. Die eine führte direkt zu dem Laden nebenan und war nach Auskunft der Angestellten, die Absinth früher am Tag angesprochen hatte, normalerweise verschlossen. Die zweite führte direkt in den Keller. Ice war bereit, darauf zu wetten, dass das Kind dort in einem Käfig mit einer Kamera saß, damit man den »Kunden« zeigen konnte, was sie erstanden.

Zwei Wachen wandten sich ihnen zu, als sie sich näherten. Beide trugen halbautomatische Waffen, nicht eben die gewöhnliche Ausrüstung für einen privaten Wachdienst. Die beiden waren eindeutig von einer Privatfirma, die von Bitters bezahlt wurde. Nie im Leben würde der Massagesalon für offen erkennbare Söldner zahlen. Dieses Etablissement war eleganter als die meisten anderen, doch es würde niemals löhnen, was diese beiden Typen kosteten. Das bedeutete, dass drinnen noch weitere Söldner waren.

Einer der Wachmänner stand direkt vor der Tür, der andere drei Schritte entfernt, doch er war gerade im Begriff, die Flure abzugehen, damit niemand sich dem Zimmer nähern konnte, das er abzusichern hatte. Er ließ sich ein wenig weiter zurückfallen, um seinen Partner zu decken.

Der Mann blickte Savage grimmig an, als er ihn mit erhobener Hand anhielt. »Für diese Party brauchen Sie eine Einladung«, sagte er. »Alle auf der Liste wurden bereits eingelassen. Warten Sie vorne an der Rezeption, und Tabs wird eine Masseuse für Sie finden.« Er blinzelte, als er das sagte, hatte sich jedoch leicht zur Seite gedreht, gerade so, dass die Waffe direkt auf Savages Brust zielte.

Ice wollte lachen, doch darin war er nicht sehr gut. Er war besser im Töten. Er sah den Wachmann vor Savage nicht einmal an. Das war Savages Problem. Er trat hinter Savage hervor, neben ihm Storm. Sie würdigten den Söldner, das Partyzimmer oder irgendetwas sonst keines Blickes. Storm hielt ein beschriebenes Blatt Papier in die Höhe und zeigte auf den Flur, den der zweite Wachmann entlanggging.

»Hey«, sagte er und wedelte mit dem Papier. »Die Zimmernummern stimmen nicht überein mit dem, was das Mädchen hier draufgeschrieben hat. Sie hat ihre Telefonnummer aufgeschrieben, aber das bringt uns nichts, wenn wir eine Massage wollen.«

»So läuft es nicht!«, knurrte der Wachmann und zog seine Waffe.

»Tut mir wirklich leid«, sagte eine weibliche Stimme hinter ihnen. Sie war sinnlich. Leise. Sündigen Sex versprechend.

Alle blieben wie angewurzelt stehen, alle Köpfe wandten sich der Newcomerin zu. Sie war groß und ihr Körper umwerfend. Dichtes Haar, glänzend schwarz, das sich um ihr Gesicht schmiegte und bei jedem ihrer Schritte den Nacken berührte. Alle Aufmerksamkeit galt jedoch nicht ihrem Haar, sondern vielmehr ihrer erstaunlichen Oberweite. Ihre Brüste waren voll und rund und wirkten, als wollten sie sich aus dem engen T-Shirt herausschälen, das sich über sie spannte und auf dem ein Logo des Massagesalons prangte.

»Dies ist mein erster Tag, und die Bullen haben mich angehalten, weil ich zu schnell gefahren bin.« Sie grinste breit, als wolle sie alle einladen, sich mit ihr zu amüsieren. »Bin mit einer Verwarnung davongekommen. Tabitha von der Rezeption sagte, ich soll hier zwei Kunden treffen, in Zimmer vier-null-sieben. Das ist wohl hier den Gang hinunter.«

Sie holte Ice und Storm ein, überholte die beiden und zeigte auf ein Zimmer am Ende des Flurs. Von hinten wirkte ihr Gang nicht weniger sexy als von vorne, und der Mann, der Savage beobachtete, richtete den Blick immer wieder auf ihren wiegenden Hintern. Sie hatte den Wachmann im Flur fast erreicht. Er versuchte, seinen Blick von den beiden Brüsten abzuwenden, die fast aus ihrer zu kleinen Uniform herauszufallen schienen.

Ice hätte sie am liebsten geküsst. Die anderen Torpedo Inks nannten Lana oft die Witwe. Weil sie Frauen, die mit Söldnern verheiratet waren, oft zu Witwen machte. Sie sah höllisch sexy und gleichzeitig himmlisch unschuldig aus. Wie sie das machte, davon hatte Ice keine Ahnung, aber sie war einfach umwerfend schön. Das war sie schon als Kind gewesen, als sie wie jeder von ihnen gefoltert worden war. Sie war weinend zurückgekommen, aber bereit zu tun, was immer zur Flucht notwendig war.

Sie ging auf den Wachmann zu, als wolle sie ihn überholen, starrte ihm geradewegs in die Augen, ein heißblütiger, lustvoller Blick. Savage und Lana traten unmittelbar vor ihre Opfer, und zwei Klingen rammten sich gleichzeitig in deren Kehlen. Ice schnappte sich die Wache auf dem Flur, während Lana leicht an eine Tür klopfte, sie öffnete und signalisierte, dass der Raum frei sei. Ice schleifte den Wachmann hinein, nahm ihm die Waffe ab und reichte sie Lana. Sie verdrehte die Augen und legte sie auf einen Massagetisch. Der Wachmann würgte ein paarmal, die Augen vor Schock weit aufgerissen, verschluckte sich an seinem eigenen Blut, während Storm Savages Opfer hereinzog.

Ice ging mit Storm in Position, Lana hinter ihnen, und Savage bildete die Nachhut. »Wenn der Junge nicht da ist, brauchen wir einen lebend«, erinnerte Savage sie leise.

Ice warf ihm einen Blick zu und trat dann dicht vor die Tür. Mit seinem Dietrich öffnete er das lausige Schloss rasch und fast lautlos. Die Männer in dem Raum verließen sich offenbar etwas zu sehr auf ihre Wachleute.

Er und Storm traten jeweils an eine Seite der Tür und ließen Lana allein davor stehen. Sie hielt eine Hand absolut gefasst ganz nah an die Tür. Ice bewunderte es, wie sie von einer Sekunde auf die andere von sanft und nett zur Killerin umschalten konnte. Sie hatten sich auf sie verlassen, als sie noch nicht mehr als ein wunderschönes, dunkelhaariges Kind gewesen war, und sie hatte es auch damals immer geschafft. Wie auch heute noch.

Sie zeigte mit den Fingern. Sechs Männer vor ihnen, wo sich, wie sie wussten, noch ein Ausgang und vier weitere Wachleute befanden. Je einer zu beiden Seiten der Tür. Einer oben auf einem kleinen Balkon hinter einem Vorhang. Einer auf der anderen Seite des Raums an dem Ausgang, der auf die Gasse hinausführte.

Savage wies Ice und Storm mit einer Geste an, die Wachen beiderseits der Tür zu erledigen. Er würde sich den Mann am Ausgang vornehmen und Lana den hinter dem Vorhang. In einer Situation, in der eine Zielperson nicht klar zu erkennen war, arbeitete sie genauer als alle anderen.

Jeder hatte sein Opfer. Paul Bitters war der Mann, der das Kind verkaufte, also würde er als Letzter sterben. Sie mussten wissen, wo der Junge war. »*In Position*«, berichtete Savage.

»*In Position*«, sagte Reaper, der am Ausgang direkt hinter dem Anbieter und den Kunden wartete.

»*Ich habe dein Paket, Savage*«, meldete Mechaniker, was bedeutete, sie hatten den Fahrer des Trucks in ihrer Gewalt und würden von ihm weitere Informationen über den Ring erfahren und die Befehlskette bis hinauf zu den richtig großen Fischen verfolgen können.

»*Transporter und ich an der Hintertür*«, meldete Alena.

»*Also dann*«, befahl der Zar.

Ice blickte ein letztes Mal über seine Schulter und dann auf seinen Zwillingsbruder. Storm. Sein Herz zog sich zusammen. Er stieß abrupt die Tür auf, trat hinein, drehte sich und feuerte auf sein Ziel. Storm bewegte sich synchron mit ihm, Rücken an Rücken, ein hundertfach geübtes Manöver, und feuerte ebenfalls. Lana war direkt hinter ihnen, trat vor und seitwärts, um Savages Schusslinie freizumachen. Sie feuerte dreimal auf den Vorhang. Savage drückte in aller Ruhe ab, und vier Leichen sanken fast gleichzeitig zu Boden.

Savage schloss die Tür hinter sich und schlenderte dann auf die sechs Männer zu. »Gentlemen«, begrüßte er sie leise.

Es war kein Kind in dem Raum. Bitters versuchte hastig, an den Computerbildschirm zu gelangen, auf dem ein kleiner Junge in einem Hundekäfig zu sehen war, der sich eine Decke vor die Brust hielt. Noch einmal wurden vier Schüsse hörbar, und Jarvis, Kent, Bernard und Churchill plumpsten geräuschvoll auf den Boden.

Torpedo Ink benutzte Schalldämpfer, die jedoch nur den Knall leiser machten. Wenn jemand in der Nähe war, konnte er die Schüsse dennoch mitbekommen. Bitters blickte hoffend auf den Ausgang direkt hinter ihm. George Durango schob sich zu ihm hin.

»Ich habe Geld. Wer immer euch bezahlt, ich kann es verdoppeln«, sagte Durango.

Ice schoss ihm ins Herz und zusätzlich noch zwischen die Augen. Durango fiel auf Bitters, der den sinkenden Körper reflexartig auffing und dann mit einem kleinen Angstschrei fallen ließ.

Ice und Storm gingen an Bitters vorbei an den Bildschirm. »Wo ist er?«, fuhr Ice ihn an, ohne den Blick vom Monitor zu nehmen. »Wenn du's mir nicht gleich beim ersten Mal sagst, dann wird dieser Mann, der hier vor dir steht, dich Stück für Stück auseinandernehmen. Niemand wird dir zu Hilfe eilen. Wir haben den hinteren Ausgang besetzt. Und die Gasse auch. Und die Rezeption. Die Kameras sind außer Betrieb. Wo ist der Junge, Bitters?«

Storm bearbeitete den Computer, bis Code für ihn übernehmen konnte. Es würde nicht lange dauern, den Jungen nötigenfalls auf eigene Faust zu finden. »Code ist drin«, sagte er.

Bitters blickte auf die herumliegenden Leichen, als könne er nicht glauben, was sich ereignet hatte. Er stand eindeutig unter Schock. Neun Menschen in diesem Raum zu töten, hatte weniger als eine Minute gedauert. Er trat zwei Schritte zurück und hielt die Hände hoch. »Wenn ihr ihn wollt, dann bringe ich euch selbstverständlich zu ihm.«

»Wir haben ein Team, das ihn mitnimmt. Du wirst uns jetzt sagen, wo er ist«, wiederholte Ice.

Savage hatte die Pistole weggesteckt und zog nun ein furchterregendes Messer heraus. Die Klinge blitzte im Licht der Deckenleuchten, sodass Bitters halb geblendet wurde. Savages Miene war ausdruckslos, sein Blick leer. Kalt. Tot. Es war völlig klar, dass er tun konnte, was Ice angedroht hatte.

Bitters schaute zu Lana. Sie war eine Schönheit, sie hatte Eleganz und Klasse. »Bitte, ich weiß nicht, was hier vor sich geht.« Er trat noch einen Schritt zurück.

»Schau über deine Schulter«, schlug Ice vor.

Bitters drehte sich um, und sein Gesicht erstarrte vor Angst. Reaper, Savages älterer Bruder, füllte den Türrahmen aus und sah drein wie Gevatter Tod persönlich. Bitters glotzte mit vor Furcht verzerrter Miene von einem zum anderen. Man konnte nicht sagen, welcher von ihnen mehr Angst machte.

»Im Keller, aber ihr kommt niemals ohne mich an seinen Käfig. Da ist eine Vorrichtung –«

Ice blickte abrupt auf. »Ihr habt etwas an den Käfig drangemacht? So was wie 'ne Bombe? Ihr habt eine gottverdammte Bombe an den Käfig eines sechsjährigen Jungen gemacht, den ihr zwei Jahre lang gequält habt und jetzt verkaufen wollt, weil er euch zu alt geworden ist? Ihr habt 'ne Bombe an diesen Käfig gemacht?« Er trat näher. Er konnte diese Bestie mit bloßen Händen töten.

»Sie verstehen das nicht«, sagte Bitters. Er richtete sich auf, setzte seine Repräsentantenmiene auf wie für die Kameras und um andere zu überzeugen. »Dieser Junge, diese Kinder, das sind sexuelle Wesen. Sie wollen Liebe. Sie wollen, was wir ihnen geben. Sie müssen das offener sehen. Ich wurde dazu geboren,

Kinder zu lieben. Sie zu lehren.« Er verteidigte sich genauso wie all die anderen Pädophilen im Internet. Vielleicht hatte er es sich so oft vorgesagt, dass er nun selbst daran glaubte.

Ice versetzte ihm einen harten Schlag. Er trug dünne Handschuhe, wie auch seine Brüder und Lana. Darunter hatten sie Fingerabdrücke, die jedoch nicht die ihren waren. Als Bitters wie ein gefällter Baum zu Boden ging, rammte er ihm ein Knie in die Brust. Dann drosch er ein Dutzend Mal auf ihn ein, schlug ihm Zähne aus und demolierte seine Nase, brach ihm einen Wangenknochen.

»*Ice verliert die Beherrschung, Zar, und das aus gutem Grund*«, berichtete Storm.

»*Ice*«, sagte der Zar ihm leise ins Ohr. »*Wir brauchen Infos. Halt dich noch eine Minute zurück.*«

Lana legte eine Hand auf Ices Schulter. »Zieh ihn hoch, Bruder«, sagte sie sanft. »Besudle dich nicht mit seinem Blut.«

Ice blickte sie über die Schulter an und atmete tief, um die Bestie zu beruhigen, die nach mehr Blut verlangte. Mehr Tod. Widerstrebend stand er auf und zog Bitters mit hoch.

Bitters wischte sich das Blut ab, doch es floss weiter.

»*Wir sind bei vier Minuten, und die Uhr läuft*«, berichtete Storm. »*Also, vorwärts.*«

»*Hast du das gehört, Alena? Bombe am Käfig. Prüf das nach. Code sagt, der Junge ist im Keller*«, gab Savage durch und trat einen Schritt auf Bitters zu.

Der stieß erneut einen Schrei aus und hielt die Hände hoch, um sich zu ergeben. »Ihr bekommt den Jungen. Ich kann euch den Code zum Öffnen des Käfigs geben. Ihr könnt ihn haben. Ich brauche kein Geld für ihn.« Er murmelte die Worte und spuckte Blut.

Savage traf ihn hart. So hart, dass Bitters nach hinten und auf seine linke Seite taumelte. Stolperte. Fast zu Boden ging. Blut ergoss sich über das Parkett.

»Das könnt ihr nicht machen«, sagte Bitters und umfasste mit beiden Händen sein Gesicht. »Ihr müsst mich festnehmen.«

Ice blickte sich im Zimmer um, schaute auf die Leichen. »Sieht das für dich aus wie ein Polizeieinsatz? Wir wollen wissen, wer der Mann ist, der dir den Jungen verkauft hat. Er hat die Familie des Kleinen umgebracht und ihn fast aus dem Gitterbettchen geholt, um ohne jegliche Folgen für sich selbst an ihn heranzukommen. Diese Methode, die Familien zu ermorden und die Kinder zu rauben, hat er zum Erfolgsmodell für sich entwickelt. Er ist ein Lieferant. Und das macht er für so kranke Arschlöcher wie dich. Wer ist er?«

Bitters blickte zur Kamera hinauf und schüttelte dann den Kopf. »Ich kenne ihn nicht.«

»Dann bist du wirklich nutzlos für uns, aber wir müssen auf Nummer sicher gehen.« Ice warf Savage einen raschen Blick zu. »Transporter lässt den Truck warten, und die Demons haben hier eine kleine Ortsgruppe. Sie sind bislang unbemerkt und haben uns für ein paar Stunden ihre Werkstatt geliehen.«

»Ich hole die Info, die wir brauchen, aus einem von ihnen heraus«, versicherte Savage. »Ice, du machst mit. Wir beide zusammen bringen jeden zum Reden.«

»Wartet, wartet.« Wieder hielt Bitters die Hände hoch, als könne er die beiden so abwehren.

Lana trat vor ihn, und Bitters griff nach ihr. Sie verdrehte ihm das Handgelenk, und er schlug flach auf den Boden auf. Sie hielt ihn weiter fest und bohrte einen Fuß in seine Kehle. Fing die Spritze auf, die Savage ihr zuwarf, und rammte die Nadel in Bitters' Hals. Er verdrehte die Augen.

»Jetzt brauche ich noch mal eine Dusche«, meinte Lana und ließ Bitters' leblosen Arm fallen. »Er ist ekelhaft.«

Savage zog den Mann in die Höhe und warf ihn sich über die Schulter. »Lasst den Computer da und alle Beweise, die Code über diese Männer gesammelt hat. Alles. Er hat jede Menge

Kopien. Er hat mehrere Nachrichtensender ausgesucht, denen er das Material zuspielen kann. Verbrennt eure Klamotten. Alles. Lana, du wirst dich von diesen Schuhen trennen müssen. Es ist Blut an ihnen. Benutzt die Routen, die euch gegeben wurden.«

»Verflucht, Ice« – sie funkelte ihn an – »ich liebe diese Schuhe.«

»Tut mir leid, Süße, ich kauf dir ein Paar neue«, erwiderte Ice und legte einen Arm um sie. »Wirklich. Er hat mich einfach sauer gemacht. Ich musste dieses Arschloch fertigmachen, deshalb ist es gut, dass du mit Storm hier warst und ihr mich zurückgehalten habt.«

»Verstehe«, sagte sie. »Ich hatte auch den Impuls, ihn zu töten, aber wir müssen den finden, der Familien umbringt und die Kinder mitnimmt.«

»*Lasst alle Beweise verschwinden*«, befahl der Zar unnötigerweise über den Funk.

»*Paket ist in unserem Gewahrsam*«, meldete Alena. »*Das arme Baby macht sich vor Angst in die Hosen.*«

»*Sediert ihn für den Transport, falls nötig. Wir kümmern uns um ihn*«, sagte der Zar. »*Ihr müsst alle sauber dort herauskommen.*«

2. Kapitel

Durch den Haupteingang war Soleil Brodeur tatsächlich noch nie ins Hotel gelangt. Sie benutzte einen privaten Eingang, bei dem stets eine Concierge da war, um ihr alles zu besorgen, was sie haben wollte, oder sie, wo immer sie auch hinwollte, zu begleiten. Es gab sogar einen Wagen, mit dem sie chauffiert wurde. Sie hatte allerdings bloß wie eine ganz normale Touristin am Strip herumlaufen und einfach nur den Tag genießen wollen. War das zu viel verlangt? Musste sie immer korrekt gekleidet sein, und durfte sie immer nur mit den Leuten reden, mit denen zu sprechen Winston ihr auftrug? Sie sollte sich doch amüsieren. Tun, was immer Winstons Anordnung gemäß Spaß war.

Sie tupfte sich die Tränen von der Wange, blieb stehen und blickte sich um. Überall waren Leute. Sie hatte den privaten Eingang nicht benutzt, weil sie nicht wollte, dass die Concierge sie weinen sah wie ein Baby, denn damit würde sie sich absolut lächerlich machen. Sie hatte keine Ahnung, wohin sie gehen und welchen Lift sie nehmen sollte und nicht einmal, ob sie vom Hauptfoyer aus einen zu ihrem Zimmer nehmen konnte. Sie hatte die Welt bereist, war in Hunderten Hotels abgestiegen, fand aber keinen Lift? Was war sie nur für eine Idiotin.

Niemand konnte einen anderen Menschen zwingen zu heiraten. Das war einfach lächerlich. Sie hatte sich dieses ganze Schlamassel selbst zuzuschreiben. Niemand sonst war daran schuld.

Aber auch wenn sie alles von anderen für sich tun ließ – wenn sie Mist baute, dann stand sie immer dafür ein. Und dies war mit Abstand der schlimmste.

Hinter einem Nebenraum mit herrlichen Pflanzen entdeckte sie eine Damentoilette. Sie eilte über den glänzenden Marmorflur und ging hinein, während ein Bediensteter in Hoteluniform ihr die Tür aufhielt. Sie fragte sich, wie viele Leute es wohl nicht fertigbrachten, eine Tür zu öffnen. Wahrscheinlich nur sie. Ein neuerlicher Schwall Tränen sorgte dafür, dass ihr Make-up endgültig zum Fiasko wurde.

Wie alles in diesem Hotel war auch diese Toilette Luxus pur. Die Tür öffnete sich zu einer Art Wohnzimmer-Lobby mit gedämpfter Musik, komfortablen, aber eleganten Sesseln und einem Sofa, auf dem frau entspannen konnte, wenn sie ein paar Minuten für sich sein wollte. Ein feiner Duft durchzog den Raum, und große, graziöse Pflanzen in unterschiedlichen Grüntönen unterstrichen das friedvolle Ambiente. Sobald sich die Tür schloss, war von draußen, von der Lobby, kein Laut mehr zu hören.

Inmitten des Grünzeugs stand eine hochgewachsene Frau mit dunklen Haaren und zog sich ein dunkles Tanktop über ihren roten Spitzen-BH. Sie war umwerfend schön. Das Gesicht makellos, mit dunklen Augen und einem einladenden Mund. Hätte Soleil nicht geweint, sie wäre stehen geblieben und hätte die Frau angestarrt. Doch sie konnte hier nicht bleiben, nicht, wenn sich die hinreißendste Frau der Welt offenbar gerade ganz lässig aus einem supersexy Gesellschaftskleid – nicht einem Sommerkleid des Mädchens von nebenan – schälte.

An einer weiteren aufmerksamen Hotelbediensteten vorbei ging Soleil zum Waschbecken. Sie musste sich kaltes Wasser ins Gesicht spritzen. Sie musste aufhören zu heulen, aber sie schien zu nichts anderem imstande zu sein, als sich im Spiegel anzustarren und festzustellen, wie ihr die Tränen über die Wangen liefen.

Sie sah absolut nicht aus wie die schöne Frau mit ihren Goldohrringen, dem makellosen Körper und ebensolchen Zügen. Die sah wahrscheinlich auch noch irre aus, wenn sie weinte, nicht fleckig und ganz rot im Gesicht.

Auf ihrer linken Wange zeichnete sich ein leichter Bluterguss ab, weil ihr Verlobter sie geschlagen hatte, da sie auf einem Ehevertrag bestanden hatte. Auch an den Oberarmen hatte sie blaue Flecke, da, wo er sie gepackt und durchgeschüttelt hatte, um sie mit Drohungen dazu zu bringen, der Heirat zuzustimmen.

Sie hatte immer diese lächerliche Vorstellung gehabt, mit einem Mann zusammen zu sein, der sie ein bisschen hart anfasste, doch Schläge gehörten dazu absolut nicht. Mit ihren früheren Männern hatte sie nie dieses Kribbeln gespürt. Diesen Funken. Winston war ihr bisher auch nicht grob vorgekommen. Er hatte sanfte Hände. Trug immer einen Anzug, und seine Schuhe waren stets blank geputzt. Er war in den Wochen, seit sie ihn kannte, immer tadellos schick gewesen. Sie erkannte, dass diese Beziehung überhaupt nicht das war, wovon sie immer geträumt hatte. Noch nie hatte jemand sie so angefasst wie er.

Wie auch immer, einfach nach Vegas mitzukommen, das war albern gewesen. Sie hatte widerstrebend zugesagt, obwohl sie im Hinterkopf schon befürchtet hatte, dass Winston Trent versuchen würde, sie zu heiraten. Bevor sie hierherkamen, hatten sie darüber mehrmals gestritten. Er wollte sie schnell heiraten, um sich »um sie kümmern« zu können. Aber sie brauchte Raum zum Atmen. Das hatte sie ihm gesagt, doch er wollte ihr nicht zuhören.

Dann hatte Winston die Taktik geändert und gesagt, sie müssten ja nicht unbedingt gleich heiraten, aber sie müsse doch ein wenig Spaß haben. Er hatte die ganze Reise geplant und sie damit »überrascht«. Sie hätte sich weigern sollen mitzukommen. Das wäre eine erwachsene, eine intelligente Reaktion gewesen. Aber sie hatte getan, was sie immer tat. Sie hatte es geschehen lassen. Sie hatte sich von ihm dazu überreden lassen, weil sie keine Kämpferin war. Das war sie noch nie gewesen. Sie liebte Frieden. Sie mochte es, Frieden zu schaffen.

Ihr langjähriger Anwalt und Vormund, Kevin Bennet, war einen Monat zuvor unerwartet bei einem Unfall ums Leben gekommen. Er hatte sich immer um ihre Angelegenheiten gekümmert, hatte ihren Treuhandfonds gemanagt und war mehr wie ein Vater für sie gewesen – auch wenn sie nicht wirklich wusste, wie ein Vater eigentlich sein sollte. Sie trauerte. Das hatte sie Winston wiederholt gesagt, doch seine Antwort war gewesen, sie sollten heiraten, und dann werde er sich um alles kümmern. Er hatte umgehend einen neuen Anwalt angeheuert, doch mit diesem Mann, einem gewissen Donald Monroe, fühlte sie sich nicht wohl und war nicht bereit, ihm ihre Finanzen anzuvertrauen. Daraufhin hatte Winston jedoch wieder nur insistiert, dass sie heiraten sollten, und er werde sich mit dem Anwalt befassen.

Kopfschüttelnd berührte sie die Blutergüsse an ihrem Arm. Sie wusste, dass sie an ihrem Tiefpunkt angelangt war. Sie hatte den einzigen Mann verloren, mit dem sie über alles und jedes hatte reden können. Nun war irgendwie alles durcheinander, und sie wusste absolut nicht, was sie als Nächstes tun sollte.

»Süße, er ist es einfach nicht wert. Auch wenn er noch so viel Geld hat, auch wenn er dir den dicksten Ring an den Finger steckt – wenn er Hand an dich legt, dann solltest du, so schnell du kannst, in die entgegengesetzte Richtung laufen.«

Soleil hob den Blick in den Spiegel und erkannte die Frau neben ihr. Es war die, die sich im »Wohnzimmer« umgezogen hatte. Sie sah sie an und senkte den Blick dann auf ihren Ring. »Du hast ja so recht«, murmelte sie, zog ihn von ihrem Finger und steckte ihn in die Tasche ihres Kleids. »Danke für den Rat.«

Aus der Nähe wirkte die Fremde noch umwerfender. Sie war wirklich wunderschön. Soleil musste sich zusammennehmen, um sie nicht anzustarren. Die Frau wusch sich die Hände, und

Soleil konnte nicht umhin, heimlich zu schauen, ob sie einen Ring trug. Sie hatte keinen. Sie war nicht ganz so groß, wie Soleil zuerst geglaubt hatte, wirkte aber so, weil sie trotz ihrer Kurven sehr schlank war. Sie trug eine hautenge Jeans, Motorradstiefel und eine Lederweste über einem dunklen T-Shirt. Und hatte sich in knapp drei Minuten von einer bezaubernden Frau zu einem heißen Biker-Babe verwandelt. Wer schaffte so etwas?

»Alles klar, Süße? Ich könnte dir ein Zimmer besorgen, falls du für die Nacht eines brauchst.« Sogar ihre Stimme war sexy.

Eine völlig fremde Frau in der Damentoilette eines Hotels war netter zu ihr als ihr Verlobter, der Mann, der geschworen hatte, sie zu lieben. »Danke schön, das ist wirklich total nett, aber ich habe ein Zimmer. Ich packe und verschwinde dann schnell von hier.« Das Problem war, sie würde Winston gegenübertreten müssen. Sie hatten das Zimmer gemeinsam.

»Gut für dich«, meinte die Frau anerkennend.

»Hast du all die Sirenen gehört?«, fragte Soleil in dem Versuch, das Thema zu wechseln, um nicht so erbärmlich zu wirken. »Das hörte sich an, als würde der ganze Polizeiapparat ausrücken.«

Die Frau nickte. »Um die Ecke und ein paar Straßen weiter. Ich habe gehört, da gab es eine Schießerei in einem Massagesalon. Jemand sagte, alle, die drin waren, seien ermordet worden.«

»Was haben die Leute bloß alle heutzutage?«, fragte Soleil.

Die Frau zuckte die Schultern. »Wahrscheinlich hat jemand nicht bezahlt oder so.« Sie griff nach einer kleinen Einkaufstasche, ging los, machte dann jedoch wieder kehrt. »Hast du ein Handy?«

Soleil nickte.

»Ich bin Lana.«

»Soleil.«

»Bist du allein hier?«

»Mit ihm.« Sie hielt einen lädierten Arm hoch.

»Wo ist deine Familie? Vielleicht solltest du sie anrufen.«

Soleil blickte zu Boden, der wie alles hier makellos sauber war. Sie atmete tief ein und war absolut nicht überrascht festzustellen, dass selbst die Toilette gut roch. Der Zitrusduft aus dem Wohnzimmer hatte sich bis hierher ausgebreitet.

»Ich habe keine Familie«, gab sie leise zu.

»Freunde in der Gegend?« Lana trat näher zu ihr, sie klang besorgt. Blickte Soleil betroffen an.

Soleil kämpfte, um angesichts so offenkundiger Sympathie nicht in Tränen auszubrechen. Winston hatte es geschafft, die wenigen Freunde, die sie gehabt hatte, zu vergraulen. Sie schüttelte den Kopf.

»Manchmal werden die Dinge hässlich. Wenn du irgendwie Probleme bekommst, du kannst mich anrufen. Ich habe Freunde. Sie holen dich aus jeder schwierigen Lage heraus.« Lana schnippte mit den Fingern und streckte die Hand aus. »Gib mir dein Handy.«

Soleil konnte absolut nicht begreifen, warum in aller Welt sie einem wildfremden Menschen erlaubte, ihr Handy zu benutzen, doch sie ließ es zu. Sie holte es aus ihrer Tasche, tippte den Code ein und reichte es Lana.

»Ich meine, was ich sage. Er hat bereits bewiesen, dass er mit dir macht, was er will. Also, falls du die Beziehung beendest, dann nur, wenn du nicht mit ihm allein bist. Hab dein Handy griffbereit und ruf die Bullen an. Und wenn das nicht geht, dann rufst du mich an, verstanden?« Lana drehte sich um und zeigte auf ihre Weste, während sie ihre Nummer in Soleils Handy eingab. »Die Nummer steht unter Lana. Denk daran.«

Auf dem Rücken ihrer Weste prangte ein sehr cooler Baum mit Raben im Geäst und Totenschädeln zwischen den Wurzeln. Über dem Baum stand in einem gebogenen Schriftzug »Torpedo Ink«, darunter »Sea Haven-Caspar«. Soleil hatte von Sea Haven gehört, aber nicht von Sea Haven-Caspar, und sie hatte keine Ahnung, wo das war oder was Torpedo Ink war, wenn nicht irgendein Club; aber es war unglaublich cool, und dies war das erste Mal, dass sie mit einer Frau sprach, die Motorrad fuhr.

»Wir sind in Vegas, um die Hochzeit eines Bruders zu feiern, aber du rufst mich an, verstanden? Wenn er noch einmal Hand an dich legt oder irgendetwas tut, was dir Angst macht, sperr dich in ein Zimmer ein und ruf an.« Sie gab Soleil das Handy zurück. »Dann kommt jemand, um dir zu helfen, das verspreche ich dir.«

»Danke.« Soleil umklammerte ihr Handy, als sei es ein Rettungsanker. Vielleicht war es das auch. Zumindest war dies das erste Mal, seit Kevin gestorben war, dass jemand etwas wirklich Nettes für sie getan hatte.

Lana winkte ihr freundlich zu und verließ den Raum.

Soleil blickte lange hinter ihr her. Sie wollte auch so sein. Klug. Weltgewandt. Unabhängig. Sie wollte ihr Leben selbst in die Hand nehmen. Ihre eigenen Entscheidungen treffen. Sie seufzte. Wen hielt sie da gerade zum Narren? Ohne ihren Anwalt hatte sie Angst. Dennoch war sie entschlossen, sich aus ihrer misslichen Lage zu befreien. Ihr war klar, dass sie sich mit ihrer Gleichgültigkeit selbst in diese Situation gebracht hatte.

Sie wusch sich zum dritten Mal die Hände und atmete tief durch. Seit dem Tod ihres Anwalts war sie vor Gram wie gelähmt gewesen. Ihre Eltern waren bei einem Autounfall gestorben, deshalb war sie mit erst vier Jahren zu ihrer Tante Deborah gekommen. Doch als Soleil acht war, starb auch Deborah.

Daraufhin kam sie bei ihrer Tante Constance unter. Das ging, bis sie zehn war, hauptsächlich deshalb, weil Constance glaubte, sie würde an Soleils Treuhandfonds herankommen, doch das wusste Kevin zu verhindern. Er bewilligte Constance lediglich so viel, wie es sie kostete, Soleil bei sich zu haben. Darüber ärgerte sich die Tante so sehr, dass sie Soleil bei jeder Gelegenheit spüren ließ, wie unfair sie dies fand und welche Umstände es ihr machte, sich um so einen Balg kümmern zu müssen.

Von da an wurde Soleil in eine Reihe von Internaten gesteckt. Sie studierte im Ausland. Sie lebte in verschiedenen Hotels, weil sie, wenn sie nicht in der Schule war, nirgendwo sonst hinkonnte. Die einzige Konstante in ihrem Leben war ihr Anwalt, dem sie schließlich in allem vertraute, obwohl sie ihn eigentlich kaum jemals sah. Meistens telefonierten sie oder schickten sich E-Mails oder SMS. Es spielte keine Rolle, dass sie ihn nie zu Gesicht bekam, er war trotzdem immer für sie da.

Sie konnte ihm jederzeit eine SMS schicken, und er antwortete ihr. Beriet sie. Er kümmerte sich um ihren Treuhandfonds und erlaubte ihr, auf die Kunstschule zu gehen. Sie besuchte all die wunderbaren Kunstsammlungen der Welt und malte in Frankreich, Italien und Griechenland. Wenn sie in irgendwelche Schwierigkeiten geriet, holte er sie heraus.

Winston Trent lernte sie in London bei Sotheby's kennen. Sie unterhielten sich eine ganze Weile. Er war freundlich und kannte sich mit Kunst aus. Wie Soleil lebte er in San Francisco und war auf dem Weg zurück in die Staaten. Zufällig saßen sie im gleichen Flieger nebeneinander, redeten und lachten viel zusammen. Jahrelang hatte sie nicht so viel geredet und gelacht. Zum ersten Mal in ihrem Leben hatte sie das Gefühl, einen Freund zu haben.

Sie trafen sich, gingen zusammen essen, ins Kino und zu Wohltätigkeitsveranstaltungen. Darauf bestand Winston. Früher war sie immer allein ausgegangen und hatte sich dabei meist deplatziert gefühlt. Sie war so glücklich, nun mit jemandem zusammen zu sein, nachdem sie immer so einsam gewesen war. Sie sehnte sich so verzweifelt nach einer Beziehung, dass sie, obwohl er oft Dinge tat und sagte, bei denen sie rotsah, dies einfach ignorierte und sich nur noch mehr bemühte, ihm zu gefallen. Rückblickend erkannte sie, wie er sie dauernd gedrängt hatte, sogar dann, wenn sie gemeint hatte, dass ihr alles viel zu schnell gehe, doch er hatte ihr nie zugehört. Sie begann, nachts mit Kevin Bennet zu reden. Ihr Anwalt war nicht glücklich darüber, dass Winston ihr so schnell einen Ring an den Finger stecken wollte.

Sie hatte mit ihrem Mann immer wild und impulsiv sein wollen. Tatsächlich träumte sie auch oft davon, doch Winston inspirierte sie zu nichts dergleichen. Da sie ihn in Europa kennengelernt hatte, hatte sie ihn zunächst für eine Art Abenteurer gehalten, doch das war er nicht. Nicht im Mindesten. Er sagte ihr, er sei Geschäftsmann und erwarte von ihr ein entsprechendes Auftreten und dass sie sich auch dementsprechend kleide. Er gab ihr sogar eine Liste von Personen und bestand darauf, sie müsse diese Leute »kennenlernen« und »sich zu Freunden machen«. Auf ihr Nachfragen hin erklärte er, er wolle sicherstellen, dass sie sich in den richtigen Kreisen bewege, und sie müsse einfach nur ihm »die Führung überlassen«.

Noch einmal betrachtete sich Soleil im Spiegel. Sie wünschte sich, so sein zu können wie Lana. Groß. Hinreißend. Völlig selbstbeherrscht. Lana trug ihre Jeans und die Weste wie eine Königin. Niemand würde es wagen, Hand an sie zu legen, wenn sie es nicht wollte. Soleil steckte ihr Handy in die kleine Tasche ihres Kleides, hielt die Hand darauf und hielt sich so für eine Sekunde fest an der Fremden, die so nett zu ihr gewesen war.

Sie hatte versucht, Winston dazu zu verführen, wenigstens im Bett etwas fantasievoller zu werden. Ihn zu etwas mehr zu bringen, als sich auf sie drauf- und wieder herunterzurollen, während sie dalag und an die Decke starrte und sich fragte, ob das alles war, was sie von einer Beziehung erwarten konnte. Woher sollte sie es auch wissen? Sie hatte nie eine echte Beziehung gehabt. Ihre Tanten waren beide unverheiratet gewesen, und mit Kevin hatte sie meistens nur per Handy kommuniziert.

Sie straffte die Schultern und stellte sich vor, Lana zu sein.

Lana tolerierte keinen Mann, der sie nicht zufriedenstellte oder ihr nicht zuhörte. Sie würde sich auch nie von einem Mann durch Drohungen zu einer Ehe überreden lassen. Sie würde ihm sagen, dass es aus sei. Und *genau das* wollte auch Soleil tun.

Sie sah die Frau an, die ihr zum dritten Mal ein kleines, makellos sauberes Handtuch anbot. »Sie hat recht, nicht wahr?«, fragte sie.

Die Angestellte schaute sich in der großen, mit Gold und Elfenbein verzierten Toilette um, wie um sicherzustellen, dass niemand sah oder hörte, dass sie einen Ratschlag gab, und nickte dann.

Bestärkt lächelte Soleil ihr zu und ging. Bei dem Bediensteten draußen fragte sie nach dem Weg zu den Aufzügen, und dort angekommen, musste sie sich noch einmal erkundigen und wurde sogar zum richtigen Lift eskortiert. Sie bewohnte eine Suite ganz oben in dem Hoteltower, steckte ihre goldene Schlüsselkarte in den entsprechenden Schlitz und fuhr hinauf. Der Tower hatte nur vier Suiten, und die ihre lag direkt gegenüber den Aufzügen.

Sie war die besten Hotels gewöhnt und hatte oft eine Suite, doch der Luxus hier war einfach lächerlich übertrieben. Schließlich wollten sie bloß ein paar Nächte in Vegas bleiben. Aber Winston hatte darauf bestanden, und sie hatte eingewilligt, wie immer, seit Kevin Bennet verstorben war.

Die Suite hatte fast hundertachtzig Quadratmeter, und mitten auf dem Marmorfußboden stand ein glänzender Flügel. Glaswände boten einen spektakulären Blick auf Las Vegas. Der Balkon schien sich endlos hinzuziehen und wand sich um das Gebäude herum, sodass sie Sonne und Wind genießen konnten. Winston hatte ihr gesagt, sie verdiene nur das Beste, und er wolle, dass sie es auch bekomme. Aber dies war einfach zu viel.

Die Hotelbelegschaft behandelte er von oben herab und beschwerte sich über so ziemlich alles. Nur so könne man den

Leuten beibringen, was gut und richtig sei, erklärte er ihr, und sie müsse lernen, mit Leuten in untergeordneten Positionen zurechtzukommen. Auch darüber hatten sie gestritten, bis er ihr einfach das Wort verbot und behauptete, sie sei noch zu jung und naiv, um zu begreifen, wie die Welt funktioniere. Im Geschäft und in der Politik müsse man sich stets durchsetzen. Er werde einmal in die Politik gehen und brauche eine Frau, die alles im Griff habe.

Das ganze Drama beruhte zum größten Teil auf ihrem eigenen Versagen, und sie musste die Schuld allein bei sich suchen. Sie war orientierungslos gewesen und hatte Winston die Kontrolle über ihr Leben gegeben. Was sie wollte, das wusste sie nach wie vor nicht, aber bestimmt wollte sie keinen Mann heiraten, mit dem sie nicht glücklich war. Sie war die ganze Zeit angespannt und merkte, dass sie leicht Kopfschmerzen bekam, obwohl sie dafür früher nie anfällig gewesen war.

Wann hatte er sich verändert? Anfangs war er witzig und aufmerksam gewesen, hatte sich alles angehört, was sie im Kunstmuseum und im Flugzeug gesagt hatte. Sie hatte geglaubt, sie hätten so vieles gemeinsam, doch sobald er es geschafft hatte, mit ihr auszugehen, hatten die Veränderungen angefangen. Zuerst ganz subtil. Dieses Outfit gefalle ihm nicht, ob sie sich nicht lieber umziehen wolle? Ihre Stiefel passten ihm nicht, sie sehe damit zu jung aus. Warum sie denn diese kurze Baumwolljacke trage, wo sie doch wirklich schöne Jacketts habe? Es hätte ihr einfach früher auffallen sollen, doch stattdessen hatte sie immer versucht, ihm zu Gefallen zu sein.

Winston schritt den langen und breiten Flur auf und ab, als sie eintrat. Er blickte kurz auf, als sie, die goldene Schlüsselkarte umklammernd wie einen Glücksbringer, die Tür schloss. Ging um den Flügel herum und stürzte sich dann fast auf sie.

»Ich habe mir solche Sorgen gemacht, Soleil! Ich habe dir an die hundert SMS geschickt. Komm rein und setz dich, Darling.« Ohne eine Erwiderung abzuwarten, packte er sie am Handgelenk und zog sie quer durch den Raum zu der niedrigen Couch.

Die Couch stand unweit der Tür und dem Gästebad, doch um wirklich bequem zu sein, ragte sie viel zu weit in das riesige Zimmer hinein. Obwohl sie sich extrem unwohl fühlte, setzte sie sich, den goldenen Aufzugschlüssel immer noch umklammernd und mit einem Gefühl, als könnte dieses goldfarbene Ding ihr bei der Diskussion beistehen, die sie mit Winston führen musste.

»Ich hole uns etwas zu trinken, und dann können wir reden.«

Warum hasste sie den Klang seiner Stimme? Er sagte nichts Verkehrtes, aber entweder tat er es in diesem herablassenden Ton, oder aber er hörte sich an, als würde er schauspielern, so wie jetzt, wo er versuchte, ihr Sorge und Mitgefühl zu vermitteln. Und als Schauspieler war er nun wirklich eine Niete. Dennoch, ein Drink würde ihr bestimmt guttun. Sie hatte nichts gegessen, und ein Drink konnte ihr womöglich wirklich helfen, ihm zu erklären, dass sie die Hochzeit komplett abblasen würde.

»Ich weiß nicht, warum ich die Fassung verloren habe, aber es tut mir wirklich leid. Ich hatte solche Angst, dich zu verlieren, und habe reagiert wie ein Irrer.«

Er schenkte ihr ein kleines Glas Whiskey ein. Whiskey war ihr sehr recht, sie brauchte jetzt wirklich einen, nicht zuletzt deshalb, weil er ihr ja mit seinem netten, jungenhaften Lächeln doch nur ein schlechtes Gefühl vermitteln wollte.

»Hier, Darling, trink das, und dann reden wir.«

Er trank das halbe Glas, das er sich eingeschenkt hatte, in einem Zug, weshalb Soleil, ohne zu überlegen, ebenfalls einen so kräftigen Schluck nahm, dass sie beinahe husten musste. Ihr kamen die Tränen, und im ersten Moment brannte ihre Kehle wie Höllenfeuer. Sie bekam kaum mehr Luft.

Winston betrachtete sie amüsiert über sein Glas hinweg. Das

tat er oft – sie auslachen. Nicht unverhohlen, aber er fand es definitiv lustig, und das nicht auf eine angenehme Art und Weise. Es ließ erkennen, dass er sie als ach so jung und naiv ansah und sich selbst als den großen Weltmann, mit dem sie nicht mithalten konnte. Vielleicht verdiente sie ja eine solche Einschätzung seinerseits. Denn auch wenn sie wusste, dass sie ihn unter den Tisch saufen konnte, hätte sie einfach nicht versuchen sollen, das halbe Glas auf einmal herunterzukippen.

»Winston, ich –«

Er hielt die Hand hoch. »Ich weiß, was du sagen willst. Du bist so eine nette, mitfühlende Frau, und ich weiß, du wirst mein schlechtes Benehmen einfach ausblenden, aber es *war* schrecklich, und deshalb muss ich dir mein Wort geben, dass so etwas nie wieder vorkommt. Mein Benehmen macht mich krank. Ich werde es wiedergutmachen, das verspreche ich.«

Es hatte in den letzten paar Monaten zahllose solcher Versprechungen gegeben. Sie konnte sich nicht einmal daran erinnern, was er ihr alles beteuert hatte, aber wenn sie zurückdachte, hatte er sich nie daran gehalten. Sie nickte, stand auf und durchquerte vorsichtig den Raum, um eine Flasche Wasser zu holen. Doch der Whiskey tat seine Wirkung und gab ihr das Gefühl, sie könne ihm sagen, was sie ihm sagen musste.

»Winston«, begann sie erneut, nachdem sie einen Schluck Wasser getrunken und sich wieder gesetzt hatte. »Das mit uns wird nichts werden. Ich glaube, das weißt du.«

»Na klar wird das etwas. Ich habe einen Fehler gemacht. Das war absolut dumm von mir, aber ich hatte solche Angst, dich zu verlieren. In letzter Zeit waren wir nicht gut aufeinander –«

»Genau.« Daran hakte sie sich fest. »Ich habe das Gefühl, dass du nichts an mir magst. Absolut gar nichts, Winston. Wie ich mich anziehe. Meine Freunde. Wie ich rede. Du musst alles, was ich tue, korrigieren, und dann bin ich immer noch nicht gut genug.«

»Darling.«

Er sah so furchtbar mitgenommen aus, dass es ihr wehtat. Und sie mochte niemandem wehtun. Sie trank ihren Whiskey aus und reichte ihm automatisch das Glas, als er die Hand danach ausstreckte.

Er ging damit zur Bar. »Wenn ich dir dieses Gefühl vermittelt habe, dann hättest du mir das sofort sagen sollen. Ich liebe dich mit jedem Atemzug, den ich mache. Ich will dein Mann werden und mit dir durchs Leben gehen.«

»Wir haben nicht den gleichen Musik- oder Filmgeschmack.« Soleil fühlte sich etwas verzweifelt. Er sah ein bisschen drein wie ein getretenes Hündchen, und sie war *überhaupt* nicht gut darin, Leuten wehzutun. Während sie den Drink von ihm entgegennahm, versuchte sie immer noch, sich gegen ihn zu behaupten.

»Sprich weiter, Soleil. Ich hatte keine Ahnung, dass du glaubtest, ich würde mit dir nicht glücklich sein. Ich muss das hören. Das ist der einzige Weg, wie wir wieder hinkriegen, was zwischen uns zerbrochen ist.«

»Du tanzt nicht gern. Du bist überhaupt nicht stolz auf mein Aussehen. Du willst, dass ich meine Frisur und mein Make-up verändere und Klamotten anziehe, die mich meiner Meinung nach viel zu alt machen. Ich verstehe nicht, warum du glaubst, du würdest mich lieben, Winston.«

»Da liegst du völlig falsch, Soleil. Wie kannst du nur denken, dass ich nicht stolz auf dich bin? Ich habe dir gesagt, ich will in die Politik gehen. Ich versuchte, dir zu helfen, damit du dich wohlfühlst, wenn wir die Art von Benefizveranstaltungen besuchen, auf denen wir uns zeigen müssen.«

Sie hasste diese Veranstaltungen, zu denen er gehen wollte. Dort kostete ein Essen Hunderte, manchmal Tausende Dollar, und alles war total spießig. Sie hatte dabei das Gefühl, dass alle auf sie herabschauten. Manchmal zog er sie dann am Ellbogen in eine Ecke und zischte, er habe ihr doch aufgetragen, sich die

Liste der Leute anzusehen, mit denen sie sprechen solle. Alle anderen brauche sie nur anzulächeln und ansonsten zu ignorieren. Aber wie konnte so ein Event Spaß machen, wenn sie Anweisungen bekam, aber keiner gerecht wurde, auch wenn sie sich jeden Namen auf seiner Liste noch so gut einprägte? Sie wollte schließlich nicht unhöflich sein und Leute, die sie ansprachen, einfach ignorieren.

Sie nahm noch einen Schluck und schüttelte den Kopf. »Ich kann dich nicht heiraten, Winston. Es ist einfach so. Es wird nicht funktionieren. Ich bin nicht glücklich. Du bist nicht glücklich. Ich gebe dir deinen Ring zurück …«

Er saß nicht weit weg von ihr, und nun wurde er sehr still. Sein bisher amüsiert beobachtender Blick wurde dunkel und ein wenig furchterregend. Plötzlich schien der große Raum viel zu klein zu sein.

»Soleil. Hör sofort auf damit. Mach dich nicht zum Narren. Wir werden heiraten. Es ist lächerlich von dir, nach einem einzigen kleinen Fehltritt von mir zu beschließen, dass alles aus ist. Du benimmst dich wie das verzogene Kind, das du bist, und ich werde dir das nicht durchgehen lassen. Wenn es dir um diesen idiotischen Ehevertrag geht – ich werde dich nicht bitten, einen zu unterschreiben. Sogar dein Anwalt sagt, das ist lächerlich. Ich habe weit mehr zu verlieren als du.«

Sie stand auf, um sich größer zu machen, schob das Kinn nach vorn, kniff die Augen zusammen und nahm vorsichtig noch einen Schluck Whiskey. »Ich werde dich nicht heiraten. Ehevertrag hin oder her. Es wird nicht passieren.« Und wenn er so verdammt reich war, warum zahlte sie dann für alles? Das sollte sie ihn fragen, doch etwas hielt sie davon ab. Wie immer.

»Ich verstehe ja, dass du sehr jung bist und Bennets Tod dich noch sehr mitnimmt. Ich habe einen Anwalt für dich aufgetrieben und dir gesagt, ich werde mich um die Geschäfte und die Finanzen kümmern. Du brauchst außer deiner Kunst nichts zu machen. Mir war nicht klar, dass dir dein Anwalt so nahestand, das hätte ich wohl merken müssen.«

Sie wusste nicht recht, was sie tun sollte, wenn er ihr gegenüber seinen Ton der Vernunft anschlug und sie auf ein leicht dümmliches Kind reduzierte. Er machte das oft, und nun, wenn sie sich die letzten Wochen anschaute, kam sie darauf, *wie* oft er das tat. Sie fühlte sich dann immer minderwertig und machte einen Rückzieher. Sie hatte einen Abschluss in Kunst und Kunstgeschichte. Die seinen waren sehr praktisch – Business und Finanzen. Er hatte gesagt, sie würden gut zusammen auskommen, und es hatte sich wie eine perfekte Kombination angehört. Aber das war es nicht.

Soleil leerte das Glas und ging selbst an die Bar, um sich noch ein wenig einzuschenken, ehe sie es ein letztes Mal versuchte. Der Alkohol machte ihr Mut. »Stimmt, Kevins Tod hat mich wirklich mitgenommen. Es klingt verrückt, aber er war alles, was ich an Familie hatte. Mit Donald Monroe fühle ich mich nicht wohl. Er hört mir nicht zu und beantwortet nicht meine Fragen. Er sagt einfach nur, ich soll mir keine Gedanken machen, und er wird sich um alles kümmern.«

»Haben wir ihn nicht genau deshalb angeheuert?« Winston klang, als würde sein Geduldsfaden gleich reißen. Er klang nicht wie der Mann, den sie erst vor ein paar Wochen kennengelernt hatte. Was war mit ihm geschehen?

»*Du* hast ihn angeheuert. Du hast mir keine Gelegenheit gegeben, zuvor mit ihm zu sprechen. Ich weiß überhaupt nichts über ihn.«

»Jemand musste auf dich aufpassen, du selbst warst zu sehr mit deiner Trauer beschäftigt.«

»Wir hätten ein paar Wochen warten können.«

Zorn flammte in seiner Miene auf. Sie sah, dass er eine Bemerkung hinunterschluckte, und dann ballte er die Fäuste, schloss mit großem Vorsatz die Finger und öffnete sie wieder.

»Soleil. Ist er der Grund für das alles? Du bist sauer, weil wir Monroe angeheuert haben? Wenn wir aus den Flitterwochen zurückkommen, feuere ich ihn.« Sein Ton wurde versöhnlich; er lächelte ihr sogar wohlwollend zu. »Ich kann ihn so schnell wieder loswerden, wie ich ihn beauftragt habe.«

Sie musste aufhören zu argumentieren und einfach nur insistieren. Er hörte ihr nicht zu, und es ging immer noch alles nur um ihn. Nicht um sie. Nicht sie würde Monroe feuern. Sondern er. Er würde sehr, sehr schockiert sein, wenn er erfuhr, dass sie das bereits getan hatte.

»Winston, du scheinst nicht zu verstehen, was ich dir sage. Ich heirate dich nicht. Nicht jetzt. Und auch nicht später. Es wird keine Flitterwochen geben. Ich habe Monroe bereits angerufen und ihm ganz offiziell gekündigt. Ich habe die Schriftsätze bereits anfertigen lassen. Ich bin hier zu jemandem gegangen und habe mir helfen lassen. Monroe arbeitet nicht für mich, und auch sonst niemand von dieser Firma.« Nicht, nachdem sie ihn wegen des Ehevertrags angerufen und er gesagt hatte, das sei nicht nötig. Denn das wusste sogar sie besser.

»Du hast *was*?« Er wurde puterrot vor Wut. Stürmte auf sie zu, riss ihr das fast leere Glas aus der Hand und schleuderte es beiseite. Es knallte an den Flügel.

Winston verpasste ihr einen Schlag mit dem Handrücken auf die Brust, der sie nach hinten taumeln ließ. Er setzte nach, schlug weitere drei Mal zu. Bei jedem Hieb torkelte sie weiter nach hinten. Schmerz flammte in ihr auf, eine Schockwelle, dass sie sich beinahe übergeben musste. Sie bekam mit, dass auch er sich zurückhielt. Aber er sah nicht aus, als ob er das wollte.

»Du kleine Schlampe! Du glaubst wohl, du kannst alles ruinieren, bloß weil du es immer so haben willst, wie du es dir einbildest? Du machst dich jetzt sofort zurecht, siehst in einer halben Stunde wieder vorzeigbar aus, und dann werden wir hier die Pläne, die wir gemacht haben, zu Ende bringen!« Bei jedem

Satz drosch er erneut auf sie ein, auf die Rippen und den Bauch, und am Ende schlug er sie zu Boden.

Mit einem Blick tödlicher Verachtung holte er ihr Handy aus der Tasche und warf es auf die Couch, ehe er sich abwendete. »Nur für den Fall, dass du auf dumme Gedanken kommst. Und jetzt geh ins Bad und schmink dich!«

Soleil raffte sich vorsichtig auf. Noch nie hatte jemand sie geschlagen. Es tat weh. Ihr Gesicht pochte und brannte, ein Gefühl, als sei ihr Wangenknochen explodiert. Ihre Brüste und ihr Bauch schmerzten bei jeder Bewegung. Sie merkte, dass er vorsichtig genug zugeschlagen hatte, um sie nicht wirklich zu verletzen – sodass sie keinen Arzt aufsuchen musste. Ihr Gesicht würde vielleicht später anschwellen, aber bis dahin blieb ihr noch etwas Zeit – Zeit genug zu heiraten.

Sie ging ins Bad, mied jedoch das große Schlafzimmer, weil er dorthin gegangen war. Sie wollte nicht in seine Nähe kommen. Die Fremde, Lana, hatte so recht gehabt. Die ganze Sache ging sehr schnell sehr schief. Und sie hatte nicht einmal ihr Telefon, um Hilfe holen zu können. Weder die Bullen noch Lana. Niemanden.

Sie schaute nicht in den Spiegel – was hätte das schon gebracht? Sie würde sich nicht zurechtmachen und dann Winston heiraten. Und wenn er sie noch so schlug oder anbrüllte. Sie war nicht bereit, sich an ihn zu binden.

Draußen waren plötzlich männliche Stimmen zu hören. Sie steckte sich die Faust in den Mund, denn im selben Augenblick merkte sie auch noch, dass sie weinte und hörbar schluchzte. Aber sie musste mitkriegen, was Winston sagte. Wenn es der Zimmerservice war, konnte sie vielleicht schreien und sagen, dass er sie bedrohte. In ihrer Faust hielt sie noch immer die goldene Schlüsselkarte. Sie hatte sie nie hingelegt, weder, als sie den Whiskey trank, noch, als er sie schlug. Sie hatte also wenigstens den Schlüssel für den Lift.

Vorsichtig öffnete sie die Badezimmertür. Winston war im Schlafzimmer. Er hatte die Tür offen gelassen, vermutlich, um zu hören, wann sie aus dem Bad herauskam. Er zog gerade eines seiner makellosen Hemden an. Und er hatte jemanden angerufen und das Telefon laut gestellt.

»Wie zum Teufel konntest du das vermasseln, Winston? Das war eine einmalige Gelegenheit. Wir haben sie dir auf dem Silbertablett serviert. Du hattest nichts weiter zu tun, als sie vor den Altar zu schleppen. Den Rest hätte Monroe erledigt. Einen Monat später wäre deine Ehefrau bei einem Unfall ums Leben gekommen, und du wärst ein junger Witwer geworden, reif dafür, jede Menge verzweifelte reiche Weiber zu trösten. Dann hätten wir wieder zuschlagen können. Wie schwer konnte das denn sein?«

»Ich werde das Miststück heiraten, und den Unfall wird sie schon in den Flitterwochen haben. Dieses verdorbene kleine Luder – noch nicht mal im Bett ist sie gut. Hat dauernd bloß mit diesem Bennet geredet, wie ein Baby. Er hat sie verhätschelt.«

»Wir haben dir den Weg freigemacht. Wir arrangieren gute Unfälle, Winston, aber wenn du diesen Deal nicht hinkriegst, dann wirst du es sein, der tot am Straßenrand liegt. So wie Bennet. Du wolltest dazugehören, wir haben dir diese eine Chance gegeben. Und du hast sie verbockt. Also, sieh zu, dass du es wieder hinbiegst.«

»Sie wird alles machen, was ich sage«, versicherte Winston. »Dafür habe ich gesorgt, und sie hat nicht den Mumm, sich zu wehren.«

Soleil spürte, wie alle Farbe aus ihrem Gesicht wich. Sie fühlte sich benommen. Monroe war der neue Anwalt, den sie eben gefeuert hatte. Sie erkannte die Stimme von Harbin Conner. Harbin war ein mit Orden ausgezeichneter Polizist, stellvertretender Polizeipräsident mit einer steilen Karriere – und einer der vielen Männer, die sie durch Winston kennengelernt hatte. Er war auf der »Liste« gestanden. Es hörte sich an, als habe Conner Kevins Unfall arrangiert. Und er sagte dauernd »wir«, als gäbe es da noch weitere Akteure. Leute, die planten, sie zu töten. Winston wollte ihren Tod. Winston und seine Freunde wollten ihren Tod.

Sie atmete tief durch und schärfte sich ein, nicht in Ohnmacht zu fallen. Sie musste einfach wegrennen. Ihr Handy war neben ihrer Baumwolljacke auf der Couch gelandet. Sie hatte die Jacke dort liegen gelassen, als ihr der anfängliche Streit zu viel geworden war und sie einfach nur einen Spaziergang machen wollte, um nachzudenken. Er war ihr natürlich gefolgt und hatte ihr überhaupt keine Zeit gelassen, und er war so wütend geworden, dass er sie geschüttelt hatte. Nicht nur ein mal, sondern mehrmals. Dann war er auf das Zimmer zurückgegangen und hatte erklärt, sie werde ihn nicht in letzter Minute sitzen lassen.

Sie hatte daraufhin ihren neuen Anwalt, Monroe, angerufen, doch der hatte ihr wieder nur geraten, Winston nicht mehr zu verärgern und ihn zu heiraten – sogar, nachdem sie ihm gesagt hatte, dass er handgreiflich geworden war. Daraufhin hatte sie ihn umgehend gefeuert und war dann in ein Anwaltsbüro gegangen, um die Kündigung rechtskräftig machen zu lassen. Das war ganz untypisch für sie gewesen. Sonst tendierte sie eher dazu, die Dinge einfach laufen zu lassen. Doch dieses Mal war es anders. Kevin Bennet war so ein hervorragender Anwalt gewesen, dass sie meinte, es sei eine Beleidigung für ihn, wenn sie Monroe behielte.

Sie wartete, ihr Atem ging zu schnell, sie befürchtete zu hyperventilieren. Sie versuchte, ihre Atmung bewusst zu verlangsamen. Sie brauchte einen klaren Kopf, musste bei jedem Schritt vorausdenken. Sie wusste, wenn sie es zur Tür hinaus schaffte, würde der Lift sie erwarten. Eine andere Chance hatte sie nicht.

Noch einmal lugte sie ins Schlafzimmer. Winston hatte ihr den Rücken zugewandt und griff gerade nach seinen frisch geputzten Schuhen. Sie waren immer perfekt gepflegt, doch er ließ nie eine Gelegenheit verstreichen, sie erneut zu putzen. Jetzt oder nie. Sie sprintete durch das Zimmer, schnappte sich ihre Jacke und das Handy und rannte hinaus. Bis zum Lift waren es nur ein paar Schritte, und den Schlüssel hatte sie in der Hand.

Hinter ihr brüllte Winston Kraftausdrücke und Befehle, doch sie wandte sich nicht um. Die Aufzugstür öffnete sich, sie trat hinein und drückte hastig, mit klopfendem Herzen, auf den Schließen-Knopf, um die Wartezeit abzukürzen. Die Tür schloss sich, sie sah gerade noch sein wütendes Gesicht, als sie den Knopf nach unten drückte. Selbst wenn er die Treppe hinunterrannte, rannte, würde er sie nie einholen. Er würde auf den Lift warten müssen. Der war privat, nur für die vier Suiten ganz oben. Er hatte auf dem Besten bestanden, und nun musste er die Konsequenzen tragen.

Sie steckte ihr Handy in die Innentasche ihrer Jacke, zog diese an und hielt sich dann an dem goldenen Handlauf fest. Er würde damit rechnen, dass sie den nächsten Ausgang nahm, entweder den privaten oder den Haupteingang zum Strip bei all den kleinen Geschäften. Der hintere Ausgang des Hotels führte auf die Straße parallel zum Strip. Wenn sie diesen nahm und dann durch das nächste Hotel ging, würde sie in die Nähe des Viertels kommen, vor dem Winston sie gewarnt hatte. Die Bars und die Massagesalons. Er hatte gemeint, das sei zwar alles ganz nett, aber nicht gut genug für sie. Hoffentlich würde er nicht ausgerechnet dort nach ihr suchen, solange sie sich überlegte, wie sie weiter vorgehen sollte.

Sie rannte durch die Lobby, kümmerte sich nicht um die Köpfe, die sich nach ihr umdrehten. In einem so protzigen Hotel rannte man schließlich nicht. Sie dachte daran, sich an das Sicherheitspersonal zu wenden, doch Winston hatte diese Art zu reden, bei der sie als hysterisch oder kindisch herüberkam und er als der völlig Beherrschte, der Erwachsene, der mit einem kindlichen Ausraster klarkommen musste. Dieses Risiko konnte sie nicht eingehen, nicht, wenn sie wusste, dass sie planten, sie umzubringen.

Wer würde ihr glauben? Ihr eigener Verlobter. Ein Anwalt. Ein Polizist. Alle verschworen, sie zu töten. Sie würde als Verrückte dastehen, und Winston würde erklären, sie habe Bennet verloren, den einzigen Menschen, der für sie Familie gewesen war. Man würde ihm mit Verständnis und Sympathie begegnen, und alle würden von ihm erwarten, dass er sich um sie kümmerte. Wahrscheinlich würde er sie beruhigen. Hatten sie auch einen Arzt mit dabei? Möglich war es. Einen hatte sie durch ihn kennengelernt, einen, den er für wichtig hielt.

Sie rannte auf die Straße hinaus, ihre Lunge schmerzte. Wenn sie um ihr Leben laufen musste, dann musste sie auf jeden Fall mehr für ihren Körper tun. Ihre Gedanken waren wild und ein wenig hysterisch. Das durfte nicht sein. Das würde nur Winston zuspielen. Sie rannte auf den Zebrastreifen zu, zum Glück sprang die Ampel gerade auf Grün, und es waren nur wenige Leute da. Sie konnte die Straße rasch überqueren und sich in den relativen Schutz des Hotel-Casinos an der nächsten Straße flüchten.

Überall um sie herum herrschte ein Höllenlärm. Dichter Zigarettenrauch erstickte sie halb. Etwas desorientiert blieb sie einen Moment stehen. Durch den Whiskey, den sie getrunken hatte, fühlte sie sich wesentlich besser. Klarer. Sie wusste genau, was sie zu tun hatte. Um keine Aufmerksamkeit auf sich zu lenken, schritt sie möglichst würdevoll durch die Spielhalle.

Das ganze Casino war so gestaltet, dass man die Ausgänge nicht leicht fand. Bei jeder Drehung, jeder Wendung landete sie vor Karten- oder Würfeltischen, einem Rouletterad oder, wenn sie es schaffte, einen Weg durch dieses Labyrinth zu finden, vor irgendwelchen Spielautomaten. Doch der Whiskey hatte sie letztlich beruhigt, gefestigt, und sie hatte das Gefühl, sich beherrschen und dies durchziehen zu können.

Dennoch war es ein gutes Stück Weg zu den Ausgängen, und sie brauchte einige Minuten, um zur anderen Seite der Halle zu gelangen. Das Casino war riesig, so groß, dass sie darin bestimmt einen ganzen Häuserblock zurückgelegt hatte. Es konnte nicht anders sein. Doch sie schritt nun mit mehr Selbstvertrauen und weniger Panik voran. Ab und zu, nur um sicherzugehen, warf sie einen Blick über die Schulter zurück oder blieb an einem der Automaten stehen, um zu schauen, ob Winston ihr folgte. Bisher ging ihr Plan auf. Wahrscheinlich war er zum Strip gegangen in der Sorge, dass sie sich ein Taxi oder einen der Privatwagen des Hotels nehmen könnte. Doch das würde sie nicht tun. Er konnte ein Taxi ausfindig machen, und er würde jeden Fahrer überreden, für ihn wieder zurückzufahren.

Sie dachte daran, sich noch einen Drink zu genehmigen, aber sie hatte noch nichts gegessen. Doch sie wusste nun schon wesentlich besser, was sie zu tun hatte. Sie fühlte sich sehr mutig. Sie musste nur ein paarmal einen kleinen Kreis ablaufen, dann hatte sie das Labyrinth der Automaten begriffen und fand die Tür, die auf die Straße hinausführte. Die Beleuchtung war hier nicht so grell, der Gehsteig aber hell genug.

Sie schaute nach links und rechts. Sie befand sich in der Mitte des Blocks. Auf der anderen Straßenseite blinkten blaue Neonlichter, und die Musik war laut. In jeder Bar schien ein anderer Song zu laufen; sie liebte es zu tanzen, und die Kneipe auf der rechten Seite am Ende hatte die beste Musik. Sie ging darauf zu, überlegte es sich dann aber anders. Winston kannte sie. Er würde Männer anheuern, um sie zu suchen. Er würde die Polizei anrufen, sie als vermisst melden und behaupten, sie sei geistig verwirrt und er mache sich Sorgen um sie. Diese Straße war noch zu nahe.

Sie eilte den Block hinunter auf die nächsten Bars zu. Die Straßen hier schienen noch etwas dunkler zu sein, und als sie um eine Ecke bog, standen auf dem Gehsteig einige Männer herum, blickten auf und stupsten einander an. Sie erschrak und blieb stehen, um sich zu orientieren. Direkt vor ihr war eine weitere Kneipe mit lauter Tanzmusik, und davor standen Motorräder, die sie sofort an Lana erinnerten. Ihr Herz machte einen Sprung. Lana. Ohne zu zögern, lief sie darauf zu. Wenn Lana dort war, würde sie wissen, was zu tun war. Sie war diese Art von Frau.

3. Kapitel

An die Bar gelehnt, bestellte sich Ice noch einen Drink und fragte sich, wieso er nicht mit Steele und Breezy mitgefahren war, die sich eben auf den Heimweg gemacht hatten. Er hätte es tun sollen. Was wollte er hier noch? Trinken? Billard spielen? So tun, als würde es ihm gut gehen? Er konnte einen Streit anzetteln. Irgendjemanden windelweich prügeln. Danach ging es ihm manchmal ein wenig besser. Aber nicht mehr so oft.

Er war in tausend Bars gewesen. Hatte tausend Drinks gehabt. Hatte Billard gespielt. Hunderte Kämpfe ausgefochten. Die meisten hatte er nicht selbst angezettelt, aber für so einige Dutzend musste er wohl geradestehen. Frauen? Teufel nochmal. Er presste sein Glas an die Stirn. Er konnte die Frauen nicht mehr zählen. Sie verschwammen vor seinem inneren Blick. Fairerweise musste er zugeben, dass sie immer ihr Bestes gaben, aber am Ende war es stets auf seine absolute Kontrolle hinausgelaufen. Er musste sich willentlich vornehmen, einen hoch zu bekommen. Scheiße.

Er leerte sein Glas in einem Zug und gab dem Barkeeper ein Zeichen. Und in diesem Moment kam sie ihm in den Sinn. Diese Frau. Nein, nicht einfach diese Frau. *Die* Frau. Die, die ihm ganz von selbst eine Erektion, eine sehr reale Erektion, beschert hatte, ohne irgendetwas Aufreizendes zu machen. Sie hatte absolut nichts getan. War lediglich an der Straßenecke gestanden, hatte ausgesehen wie ein frischer Sommertag, sanfte

Haut und Augen, die den Himmel versprachen. Dieser Mund. Perfekt geformt. Voll. Und ihre Titten. Scheiße. Die konnten doch einfach nicht echt sein, oder doch?

Er spielte mit seinem Glas herum und merkte es kaum, als der Barkeeper ihm nachschenkte. Er war zu sehr damit beschäftigt, sich an jedes Detail seiner Prinzessin zu erinnern. Ihre tolle Taille und diesen superschönen Arsch. Und er hatte keine Möglichkeit, sie zu finden, mit ihren irren Stiefelchen, die ihre Beine so gut zur Geltung brachten. Er konnte sich ihren Mund um seinen Schwanz herum vorstellen oder diese Titten in seinen Händen, aber in echt würde er das nie haben. Sie gehörte zu diesem Anzugträger mit der perfekten Frisur und seiner herablassenden Arschloch-Einstellung.

Sie sah aus wie das Mädchen von nebenan. Eine Frau, für die ihr Mann an erster Stelle stand. Die seine Kinder haben und ihm bedingungslos zur Seite stehen wollte. Wie zum Teufel konnte er jemals eine solche Frau finden? Er hatte ja auch gewisse Neigungen. Schwächen. Selbst wenn er sie bekam, würde sie nicht tun, was er von ihr wollte.

Scheiße. Er hätte seine Knarre ziehen und diese Mistkerle, die er verfolgte, abknallen sollen, um sich dann von der Polizei als der Psycho, der er nun einmal war, erschießen zu lassen. Er hatte eine Linie überschritten und war nicht sicher, ob er je wieder zurückfinden würde. Es gab nichts für ihn, und letzten Endes musste er anerkennen, dass er einfach zu gefährlich war, um auf der Welt zu sein – ein wandelndes Pulverfass.

Er hatte sich zu einer Waffe gemacht. Er hatte keine Wahl gehabt, nicht, wenn er Alena damals lebend herausbekommen wollte. Storm hatte dasselbe getan, doch Ice hatte sich immer bemüht, seinem Zwillingsbruder voraus zu sein. Nun erwartete man von ihm, sich wie ein Wolf im Schafspelz zu verhalten. Der Zar wusste, was er war. Vielleicht wussten sie es alle, aber der Zar hatte plötzlich die Regeln ihrer Welt verändert. Sie sollten dazugehören. Zahm sein. Bescheuerte Regeln befolgen, die absolut keinen Sinn machten. Er konnte nicht länger heucheln. Manchmal hatte er das Gefühl, wenn er dieses Getue nur eine Sekunde länger mitmache, würde er implodieren.

»Alles okay, Ice? Wir können auch ins Motel zurück«, schlug Storm vorsichtig vor.

In der Bar war die Hölle los. Drei verschiedene Clubs. Der Zar und Steele waren mit ihren Frauen und dem sehr verängstigten und traumatisierten Jungen inzwischen zu Hause. Lana, Preacher und Reaper hatten sie begleitet. Reapers Frau, Anya, war mit ihnen gegangen. Damit waren noch dreizehn Torpedo-Ink-Mitglieder in der Bar. Genug, um es mit jedem anderen Club aufzunehmen. Und exakt solche Gedanken waren es, die Storm Sorge bereiteten.

»Und was tun?«, fragte Ice. »An die scheiß Decke starren?«

»Du bist einfach mies drauf«, bemerkte Alena, seine Schwester. Sie lehnte sich an die Bar, ganz dicht neben ihm, und sah aus wie eine verführerische Sirene. Sie konnte nicht anders. Sie war einfach so. Sie wusste, dass sie gut aussah, und hatte kein Problem damit, das auch zur Schau zu stellen. Oft genug lieferte sie einen verdammt guten Grund für eine Schlägerei. Wahrscheinlich hatte Storm ihr zu verstehen gegeben, dass Ice wieder mal am Rand des Abgrunds stand und sie ihn schleunigst von hier wegbringen mussten.

Ice liebte sie. Alle Brüder liebten sie. Sie war seine leibliche Schwester und ein paar Jahre jünger. In ihren jungen Jahren war er noch zu klein gewesen, um sie zu beschützen, zu hilflos. Er hatte sich noch nicht zu einer Waffe gemacht. Heutzutage war er womöglich überfürsorglich, obwohl sie das gar nicht nötig hatte. Sie war süß, schön – und höllisch todbringend. Die meisten unterschätzten sie. Sie sahen eine hinreißende Frau und dachten nicht im Mindesten daran, dass sie in tausend Arten des Tötens ausgebildet war. Es war ein Wunder, dass sie überlebt hatte. Nur zwei Frauen, Lana und Alena, waren der Hölle entkommen, in der sie ihre Kindheit verbracht hatten.

Noch ehe er ihr antworten konnte, entstand in der Bar plötzlich eine Stille. Die vielen Unterhaltungen wurden tatsächlich für einen Moment unterbrochen. Die Musik lief weiter, doch niemand sprach ein Wort. Er drehte sich etwas zu seiner Schwester hin, gefasst, nötigenfalls einen Tanz mit ihr aufs Parkett zu legen. Dann blickte er zur Tür, und seine Welt blieb stehen. Sein Blickfeld verengte sich. Einen Moment lang glaubte er, nun wirklich durchgeknallt zu sein und zu halluzinieren.

Sein Herz hämmerte. Da war sie. Seine kleine Prinzessin. Sie war unglaublich schön, stand dort in ihrem weißen Sommerkleid und einem Baumwolljäckchen, das ihre Arme bedeckte. Und sie hatte diese irren Stiefelchen an, die ihre Beine so gut zur Geltung brachten. Er hatte sich das nicht eingebildet. Sie wirkte hier absolut deplatziert und schien keine Ahnung davon zu haben, dass sie sich in Gefahr befand.

Ice pfiff leise, um seine Brüder zu warnen. Er reagierte vor allen anderen, schob sich durch das Gewühl zu ihr, sobald sie in den Raum trat. »Baby, was zum Teufel tust du hier?« Er nahm sie so feinfühlig, wie er es konnte, am Arm – was nicht allzu sanft war.

Sie atmete schwer, als sei sie gerannt. Das Oberteil ihres Kleids konnte ihre Brüste kaum an Ort und Stelle halten, so tief wie sie atmete. Zum ersten Mal sah sie sich wirklich um und bemerkte das Publikum. Die meisten hatten sich nun, da jemand bei ihr war, wieder ihrer Unterhaltung zugewandt, doch einige beobachteten genau, was vor sich ging. Sie war wie ein Köder, den man in ein Meer voller Haie geworfen hatte. Da er alles mitbekam und sie seine Traumprinzessin war, sah er, wie sie schluckte, doch dann schaute sie zur Tür zurück mit mehr Angst im Blick vor dem, was da draußen war, als vor der Szene hier drinnen. Er erkannte Angst sofort.

»Ist jemand hinter dir her?«

Seine Brüder waren langsam auf Position gegangen, um sie nötigenfalls zu verteidigen, und hatten sich zwischen seine arglose Prinzessin und das derbe Publikum in der Bar gedrängt. Er wusste, dass sich die meisten deshalb wieder ihrer vorherigen Unterhaltung zugewandt hatten. Kaum einer wollte es mit Torpedo Ink auf eine Konfrontation ankommen lassen. Sie genossen einen gewissen Ruf.

Er zeigte auf ihre Schulter, tippte drei Mal in ihre Richtung und legte die Hand dann sehr vorsichtig wieder auf ihren Arm. Seine Brüder verstanden dieses Zeichen. Transporter, Mechaniker und Player verschwanden in die Nacht hinaus, um nachzusehen, ob ihr womöglich jemand gefolgt war.

Sie blickte zu ihm auf, und diese wunderschönen, üppigen Lippen öffneten sich. Sie lächelte. Als auch noch ihre Wimpern zuckten, wäre er fast zu Boden gegangen. Diese Frau hatte die Power, ihn in die Knie zu zwingen. Heilige Maria. Seine Temperatur stieg um eine Million Grad an, und um Gottes willen, sein Schwanz wurde stahlhart und mehr als das.

»Ich suche jemanden. Eine Freundin von mir. Sie trug eine Weste mit einem Baum …« Sie blickte sich um und zeigte dann auf Storms Jacke. Er war von ihnen abgewandt, denn er behielt den Raum im Auge. »So wie die da.« Sie versuchte, um ihn herumzuschauen, doch er schirmte sie mit seinem Körper vom Raum ab.

»So wie die, die ich trage?« Ice drehte sich leicht, damit sie sein Abzeichen sehen konnte.

Sie lächelte strahlend. »Genau. Du musst sie kennen. Lana?«

Sie stand da und schaute ihn an, als sei er ein guter Mensch und werde sie retten. Leider – für sie – glaubte er keineswegs, dass er ein guter Mensch war. Als er, ohne sie loszulassen, einen Schritt zur Seite trat, fiel das Licht auf sie, und er sah die blauen Flecken. Verflucht, nein, er würde sie nicht einfach nur retten.

Er würde diesen Wurm zertreten, der für diese Blutergüsse in ihrem Gesicht, diese Furcht in ihrem Blick verantwortlich war, und sie für sich behalten. Jemand musste diese Frau beschützen, und *das* konnte er.

»Ja, Babe, ich kenne Lana. Aber jetzt holen wir dir erst mal einen Drink, und dann reden wir darüber, wer dich so übel zugerichtet hat.«

Er wollte gar nicht knallhart und bedrohlich klingen, doch sein Ton war eisig. Ein Versprechen von Vergeltung. Ice hatte nicht gerade die besten Umgangsformen, doch er zwang sich, sie nicht an sich zu ziehen, als sie wieder zauderte und Richtung Tür blickte. Offenbar versuchte sie instinktiv, sich selbst zu schützen und davonzulaufen, glaubte aber gleichzeitig, dass wer immer hinter ihr her war noch schlimmer war als das, was in der Bar auf sie zukam. Für Ice ergab das keinen Sinn. Der Anzugträger konnte unmöglich mehr Angst auslösen als eine Bar voller Biker.

»Ich habe wahrscheinlich schon zu viel getrunken«, wich sie aus und versuchte, einen Schritt zurückzugehen.

Seine Brüder hatten bereits bemerkt, dass er sich anders verhielt als sonst, und unterstützten ihn darin. Maestro stand hinter ihr, und als sie ihn anrempelte, wirbelte sie herum. Er hatte ihr jedoch den Rücken zugewandt und sprach mit Code. Nun blickte er über die Schulter, murmelte eine Entschuldigung und drehte sich wieder um, blieb jedoch zwischen ihr und der Tür stehen.

»Wie heißt du?«, fragte Ice und versuchte dabei, freundlicher zu klingen. Sie sah aus, als würde sie gleich in Panik verfallen. »Lana ist nicht da, aber wir sind ihre Familie. Meine Schwester Alena ist hier; sie steht Lana so nahe, wie man ihr nur sein kann. Sie kann mit dir reden.« Er erwähnte Lanas Namen absichtlich, und auch, dass hier in der Bar noch eine Schwester war, die trösten konnte.

Sie biss sich auf die Lippe. »Ich heiße Soleil.«

Sie sprach ihren Namen mit einem leichten französischen Akzent aus. Das gefiel ihm. Er hatte Französisch immer gemocht, es klang für ihn exotisch und sexy. Nun wusste er, weshalb. Soleil. Sonnenschein. Ja, das passte.

Er probierte noch einmal, sie vorsichtig mit sich zu ziehen. »Komm, holen wir uns einen Drink und suchen Alena.«

Sie biss sich erneut auf die Lippe, und sein Schwanz reagierte heftig. Wenn sie nicht damit aufhörte, würde er sich noch blamieren. Also änderte er die Taktik und übernahm selbst die Regie. Er legte einen Arm so um sie, dass sie ihm nicht entrinnen konnte, und führte sie zum Tresen. Dazu musste er sich seinen Weg durch das dichte Gewühl bahnen, aber wieder halfen ihm seine Brüder aus, umgaben sie beide wie eine Raute und teilten die Menge.

»Hey Ice, willst du die Braut mit uns teilen?«, rief jemand.

Soleil erstarrte. Ice zog sie näher an sich. »Verpiss dich, Sanders, ich teile meine Frau nicht. Jeder, der ihr nahe kommt, landet im Krankenhaus!« Er verkündete es so bedrohlich, dass es im Raum ein zweites Mal still wurde.

Alle wandten sich von ihnen ab. Ices Unerbittlichkeit war bekannt, doch sie musste das ja nicht unbedingt wissen.

Er beugte sich zu ihr. »Hier drinnen«, flüsterte er ihr zu, »hier drinnen musst du zu jemandem gehören, sonst kann es ziemlich hässlich werden. Es wird dir nichts passieren. Niemand wird es jetzt wagen, dich zu berühren. Meine Brüder und ich passen auf dich auf. Ich gebe dir mein Wort. Bei mir bist du absolut sicher.« Er belog sie nicht.

Sie war bereits in der Mitte des Raumes, als sie immer noch über die Schulter zur Tür blickte, obwohl er sie unaufhörlich weiter Richtung Bar schob. Zwischen ihr und dem einzigen Fluchtweg wogte ein Meer von Männern und Frauen.

Er hielt sie weiter fest im Arm. »Du bist sicher. Ich lasse nicht zu, dass dir irgendetwas geschieht. Lana ist eine sehr gute Freundin von mir, und da sie auch deine Freundin ist, wird Torpedo Ink auf dich aufpassen.«

Lanas Name wirkte wie Magie. Ice hatte sehr wohl gemerkt, dass Soleil geweint hatte, und wer immer sie im Gesicht verletzt hatte, hatte ihr auch woanders wehgetan. Sie ging vorsichtig, als wolle sie ihren Körper schützen. »Brauchst du einen Arzt? Steele ist jetzt gerade in den Flitterwochen, aber wir können dich in die Notaufnahme bringen, oder Alena kann einen Blick auf dich werfen.«

Sie schüttelte den Kopf. »Nein. Ich kann nicht in die Notaufnahme.«

In ihrer Stimme lag definitiv Panik. Er wollte diesen Kerl, der sie geschlagen hatte, *umbringen*. Savage lehnte sich zwei Hocker weiter an die Bar. Savage war ein Mann, den niemand herausforderte, der nicht komplett irre war. Niemand. Nicht einmal ein Besoffener mit einem ganzen Club hinter sich. Er würde die meisten verheerend zurichten, und wer am Leben blieb, den würden seine Brüder in die Hölle befördern.

Da Savage nicht viel redete, hatten zwei junge Kerle, die seinen Ruf nicht kannten und bei denen der Alkohol die Instinkte außer Kraft gesetzt hatte, schon ein paarmal gedacht, sie könnten sich ihm gegenüber hervortun. Noch bevor sie jedoch ein weiteres Wort herausbrachten, entschuldigten sich Freunde von ihnen bei Savage und schleiften die beiden fort.

Savage streckte sich wie ein träger Panther, sein Blick aus kühlen blauen Augen streifte den Tresen entlang, und dann wandte er sich Ice zu. »Das ist deine Frau, Ice?«

»Ist sie«, bestätigte Ice. »Das ist Soleil.«

Savage nahm sie in Augenschein. Sie rückte näher zu Ice, der sie noch fester umfasste und beschützend an seine Schulter drückte. Am liebsten hätte er Savage zugegrinst. Der Mann wusste einzuschüchtern.

»Was zum Teufel ist ihr passiert?«, fragte Savage.

»Irgendein Idiot hat sie geschlagen«, antwortete Ice. Er hob ihr Gesicht mit Daumen und Zeigefinger an. »Dieser Anzugtyp, mit dem ich dich auf der Straße gesehen habe. War der das?« Sein Daumen strich sanft über die Blutergüsse.

Soleil sah drein, als würde er sie verzaubern. Er konnte nicht anders, er musste die blauen Flecken ganz sanft küssen.

»Sollen wir ihn für dich umnieten?«

Ihre langen, dichten Wimpern zuckten und erregten seine Aufmerksamkeit. Am liebsten hätte er auch sie geküsst.

»Du meinst, ihn – ihn umbringen?« Ihre Stimme war sehr leise. Kaum mehr als ein Flüstern, doch Savage hörte sie und warf Ice einen raschen Blick zu. Falls ihre unschuldige Frage ihn amüsierte, zeigte er es nicht, doch Ice kannte ihn gut genug, um zu wissen, dass ihn Soleils Naivität belustigte.

»Ja, Baby, ihn umbringen. Ich mag es absolut nicht, wie er mit dir umgesprungen ist. Wer zum Teufel ist er?« Sie würden den Mistkerl finden und dafür sorgen, dass er nie mehr eine Frau schlagen konnte. Und er würde leiden, bevor er starb, wenn Savage oder Ice ihn zu fassen kriegten.

»Er war mein Verlobter«, gab sie zu. »Er wollte hier heiraten, aber ich sagte Nein. Er wollte keinen Ehevertrag unterschreiben. Aber so einen hat doch heute jeder, nicht wahr?«

Ice half ihr auf den Hocker und blickte zum Barkeeper, um sich zu vergewissern, dass er aufpasste. Er nahm seine Hand nicht von ihrer Schulter, als er sich neben sie setzte. Savage blieb hinter ihr, und Maestro nahm sich den Hocker neben Ice.

»Du wolltest dieses Arschloch heiraten?«, hakte Ice nach.

»Nein. Er hat mich praktisch gezwungen. Ich befand mich in einer unguten Lage, und bis ich es richtig mitbekam, hatte er sämtliche Zügel in der Hand. Gott sei Dank bin ich aufgewacht.« Sie nahm das Glas, das der Barkeeper ihr in die Hand drückte, und begann, nach ihrem Geld zu suchen.

»Das geht auf mich«, erklärte Ice. »Er schreibt es auf meinen Zettel. Du sagtest, dieses Arschloch hat versucht, dich zu einer Heirat zu zwingen?« Er beugte sich zu ihr und rieb tröstend ihren Arm. Sie spürte seine Berührung durch den Stoff ihrer kurzen Baumwolljacke hindurch.

Dass er zahlte, schien sie zu überraschen. Offenbar war sie es anders gewöhnt. Der Anzugheini war wohl wirklich ein Arschloch erster Klasse. Oder vielleicht ein Betrugsgenie auf der Suche nach einer, die ihn aushielt. Dafür schien Soleil aber viel zu jung zu sein.

»Danke, Ice. Das ist sehr nett von dir.«

Er registrierte erfreut, dass sie sich an seinen Namen erinnerte. Es war laut in der Bar, und sie war doch eben erst allein und verängstigt hereingekommen. Er lächelte ihr zu. »Erzähl mir von dem Anzug.« Hinter ihrem Rücken gab er seinem Zwillingsbruder ein Zeichen, zeigte ihm sein Handy und formte mit den Lippen »Lana«. Er brauchte sie an seiner Seite, und es würde ihr nicht gefallen, was Storm ihr sagen würde.

Soleil nippte an dem Whiskey und schaute dann das Glas an. »Ich mag es, wie der die Kehle runterbrennt.« Sie lallte nicht, aber sie hatte schon etwas getrunken, bevor sie hierherkam, so viel war offensichtlich.

Ice nickte zustimmend. »Fühlt sich gut an, nicht wahr?« Sie wirkte noch immer sehr nervös, und er befürchtete, sobald Savage nicht mehr hinter ihr stand, könnte sie versuchen wegzurennen. Er fühlte sich etwas überfordert. Schließlich wollte er nicht klingen wie ihr Arschloch-Exverlobter. Er wusste nicht, wie man mit »netten« Mädchen redete. Vielmehr tendierte er dazu, einfach Befehle zu erteilen. Die meisten drehten sich noch dazu darum, wie er einen geblasen haben wollte. Mist.

Er musste diese Frau bei sich behalten. Dabei wusste er nicht einmal, weshalb dieser Zwang so stark war; doch dieses Verlangen war unerbittlich, es ging ihm bis auf die Knochen. Bis ins

Innerste. Ice fluchte leise vor sich hin und versuchte, die Worte zu finden, die sie beruhigen würden.

»Es ist laut hier drinnen, aber in ein, zwei Stunden wird es leerer. Denkst du, es wäre eine gute Idee, Lana mal anzurufen, damit sie ein gutes Wort für mich einlegen kann? Ich möchte nämlich nicht, dass du so nervös bist. Du bist bei mir wirklich sicher.«

Sie stellte das Glas sofort ab und seufzte erleichtert. »Ich weiß nicht, ob ich sie hier hören würde, aber wenn ich ihr eine SMS schreibe?«

»Gute Idee.« Er schaute wieder nach hinten, sah Storm in sein Handy sprechen und wusste, dass er Lana informierte. Storm wusste bereits, dass dies die Frau war, wegen der er auf der Straße beinahe ihre Deckung hatte auffliegen lassen. Dass sie also nicht irgendjemand war. Ice wollte sie. Aus irgendeinem Grund brauchte er sie vielleicht sogar. Storm würde durch die Hölle gehen, um Ice zu allem zu verhelfen, was er brauchte – weil er noch nie um etwas gebeten hatte. Und seine Brüder und Schwestern von Torpedo Ink würden dasselbe tun.

Ice war unglaublich nervenstark. Er hatte prekäre Situationen mit Schusswaffen, Messern und allen möglichen anderen Dingen überstanden, ohne mit einer Wimper zu zucken. Aber dies hier war anders. Dies hatte eine große Bedeutung, und er wusste absolut nicht, woran er sich halten sollte. Er leerte seinen Whiskey, spürte das Brennen. Brauchte es. Wie zum Teufel sollte er sie nach Hause bringen, wo er eine Chance hatte, sie zu behalten?

»Weißt du, Süße, ich mache mir über diese Ehevertrags-Geschichte schon länger Gedanken. Du hast recht, jeder macht das heutzutage. Es war blöd von ihm, dich deshalb aufzugeben. Ich hätte das Ding unterschrieben, ohne es auch nur anzusehen, nur um dich zu haben.« Er brachte das Thema absichtlich wieder auf, denn er brauchte es, dass sie mit ihm in der vollen Bar bleiben wollte. Er brauchte Zeit. Ein bisschen Zeit.

»Das würdest du?« Ihre Miene erhellte sich, und sie beugte sich zu ihm. Nur ein wenig, aber genug, um Ice erkennen zu lassen, dass er auf dem richtigen Weg war.

»Ohne zu zögern, Prinzessin. Jeder Mann, der etwas auf sich hält, würde einen unterschreiben.«

»Er dachte, er würde mich trotzdem bekommen«, sagte sie. »Und als er merkte, dass ich meinte, was ich sagte, –« Sie brach ab. Ihre Stimme bebte. Ihre Hand zitterte, als sie das Glas an die Lippen brachte.

Ice rutschte näher zu ihr und rieb ihr tröstend über den Rücken. »Du bist hier bei uns sicher. Schreib Lana, sie wird dir bestätigen, dass dies der richtige Platz ist. Niemand kann dir was, solange du bei uns bist.« Er blickte auf, denn seine Brüder kamen wieder in die Bar zurück. Alle drei schüttelten den Kopf. Sie hatten keinen Anhaltspunkt dafür gefunden, dass sie verfolgt worden war.

Er nickte ihnen zu, und sie kamen näher, um seine Frau zu beschützen. Sie wirkte hier vollkommen deplatziert, doch nun hatten sie sie umstellt. Alena würde mit ihr zur Damentoilette gehen, falls sie das wollte. Einige der Frauen im Raum warfen ihr wenig begeisterte Blicke zu. Doch das scherte ihn nicht, solange sie nur bei ihm war.

Soleil holte ihr Handy heraus. Ice bemerkte, dass ihre Hand noch immer zitterte. Er wollte die seine daraulegen, sie trösten, doch sie war sich noch immer nicht ganz sicher, dass von ihm keine Gefahr für sie ausging. Daran änderte auch der Alkohol nichts. Als sie die SMS an Lana schrieb, schaute Ice ihr ungeniert über die Schulter.

Habe in der Bar nach dir geschaut. Habe Ice und die anderen getroffen. Es war schlimm. Schlimmer, als wir beide dachten.

Was zum Teufel hatte das zu bedeuten? Er konnte sie nicht einfach fragen. Also wartete er ungeduldig auf Lanas Antwort. Er wusste, sie würde ihn unterstützen, doch mit Soleil gesprochen und ihr ihre Kontaktdaten gegeben zu haben – das bedeutete jetzt, wo sie gerade eine große Mission erfüllt hatten, dass Soleil womöglich mehr über ihre Situation wusste. Sie hatten sich getrennt, sich umgezogen, sichergestellt, dass keinerlei Blut an ihnen war, und waren dann wieder zusammengekommen, jeder und jede mit dem Clubabzeichen, um Steeles Heirat mit Breezy zu feiern.

Bei Ice bist du sicher. Geh nicht ins Hotel zurück. Bleib bei ihm. Bei ihm kann dir absolut nichts zustoßen. Wenn du mit ihm kommst, sehen wir uns bald.

Ice hätte Lana küssen können. Es war so geschickt und so subtil ausgedrückt. Bleib bei Ice. Er würde für ihre Sicherheit sorgen. Bis bald. Perfekt. Der Same war gelegt. Sein Mädchen war so verängstigt, und sie brauchte Freunde. Sie musste sich sicher fühlen, nachdem der Anzugtyp grob geworden war. Er beobachtete aufmerksam, was sie Lana zurückschrieb.

Danke.

»Wir machen jetzt Folgendes, Soleil.« Er übernahm die Regie, denn sie konnte sein wahres Wesen ja ebenso gut gleich kennenlernen. »Wir vergessen dieses Arschloch. Hier kommt er nicht her. Und selbst wenn, kann er dir nichts antun, dafür sind wir zu viele. Wir aber werden uns für den Rest des Abends amüsieren. Ein bisschen tanzen. Ein bisschen Darts spielen. Ein bisschen Billard. Ein wenig trinken. Wir werden heute Abend einfach den Rest der Welt ignorieren. Wie klingt das? Du und ich, Mädchen?«

Sie stützte das Kinn auf ihre Hand und blickte ihm in die Augen. Normalerweise hypnotisierte er die anderen mit seinen eisig blauen, klaren Augen, doch sie drehte den Spieß im Handumdrehen um.

»Ich glaube, du bist erstaunlich vernünftig. Erstaunlich vernünftig. Ich bin bei dir, zu hundert Prozent.«

Noch immer kein Lallen, doch sein Mädchen spürte die Wirkung. »Hast du Hunger?«

»Ich könnte etwas essen, aber ehrlich, ich möchte noch nicht gehen.« Sie blickte über die Schulter, und ein leiser Schauder durchlief ihren Körper.

»Er wird es aufgeben, nach dir zu suchen.«

Sie schüttelte den Kopf, und ihr Blick richtete sich noch einmal auf die Tür. »Wird er nicht.« Ihre Stimme wurde leise.

Hätte er sich nicht nah an ihren Mund gebeugt, so nah, dass er ihre Lippen an seinem Ohr spürte, er hätte sie nicht gehört.

»Er hat einen Plan.« Das alarmierte ihn. »Einen Plan?«

Mit einem Kopfschütteln richtete sie sich auf und hob das Glas erneut an die Lippen. Das wies ihn auf zwei Dinge hin. Erstens, sie war in größeren Schwierigkeiten, als er zunächst gedacht hatte. Ein Verlobter, der sie schlug, damit konnte man fertigwerden. Aber ihre Furcht und diese vier kleinen Worte deuteten noch etwas anderes, etwas weitaus Unheilvolleres an. Außerdem hatte sein Mädchen einen Hang zur Sturheit.

»Wenn du Hunger hast, können wir dir etwas zu essen besorgen. Worauf hättest du Lust?«

Sie warf ihm ein Lächeln zu, das seinen Schwanz sofort wieder aufmerken ließ. Diese Frau übertraf seine wildesten Träume. Nichts machte sein Glied steif, es sei denn, er ordnete es sich an. Sie hingegen schaffte das mühelos. Und sie hatte nicht die geringste Ahnung davon, was sie da anstellte. Ihre Brüste hoben und senkten sich mit ihrem Atem. Drückten gegen das enge Oberteil ihres Sommerkleids. Sehnten sich nach Befreiung. Am liebsten hätte er sie auf seinen Schoß gezogen und seine Hände mit diesen Kurven ausgefüllt.

»Hör auf, sie anzuschauen, als wärst du der große böse Wolf, der sie gleich bei lebendigem Leib verschlingt«, sagte Alena leise, als sie sich von der anderen Seite an ihn heranschob. Sie drängte sich zwischen ihn und Maestro. »Hallo«, fügte sie hinzu und beugte sich nach vorn an die Bar, damit sie um ihn herum sehen konnte. »Ich bin Alena.«

»Soleil.«

Sein Mädchen lächelte seiner Schwester zu. Er spürte ein wenig Argwohn wegen dem, was Alena tun oder sagen würde. Sie konnte charmant sein, wie auch Storm. Irgendwie hatte Ice da etwas verpasst, denn sein Zwillingsbruder und seine Schwester konnten mit ihrem Charme alles erreichen, wenn sie nur wollten.

Storm hielt sich zurück. Sie hatten einen Pakt. Wenn einer von ihnen »die Eine« traf, dann würde sich der andere bremsen, bis sie angebissen hatte. Ice hielt Storm für nicht ganz so kaputt wie sich selbst, deshalb wollte er nicht riskieren, dass sein Mädchen herausfand, dass er einen Zwilling hatte, der netter war als er.

»Ich habe gehört, Ice hat etwas von essen gesagt. Wäre Pizza was für dich? Wir könnten das Spielzimmer übernehmen, Pizza essen, Ice zu einem Spiel Darts oder Billard herausfordern …«

»Du lässt mein Mädchen gefälligst in Ruhe, Alena«, erklärte Ice.

Soleil lachte. »Vielleicht bin ich ja ganz gut in Billard? Oder in Darts?«

»Ganz gut, das reicht bei Alena nicht«, erwiderte Ice. Er zog sein Handy heraus und schrieb den anderen, bereitete eine Pizzabestellung vor, und dann gingen sie einer nach dem anderen ins Spielzimmer. Wenn nur ein paar von ihnen dort auftauchten, würden nur einige der anderen den Raum verlassen; wenn sie aber alle anrückten, leerte er sich für gewöhnlich. »Alena ist eine totale Abzockerin. Sie kann unheimlich süß und harmlos wirken, doch dann nimmt sie allen das Geld ab.«

»Klingt für mich, als hättest du schon einiges an sie verloren«, bemerkte Soleil, wobei sich ihre langen Wimpern senkten.

Das traf ihn mitten in die Magengrube. Oder den Schwanz. Oder beides. Seine Brust fühlte sich so verdammt eng an, dass er kaum Luft bekam. Er wollte seiner Schwester raten, Nachsicht zu üben. Sein kleines Sunshine-Girl nicht gleich auszunehmen. Alena konnte das. Und würde es womöglich tun.

Ice rieb sich die Brust über dem Herzen. Soleils perfekte Brauen zogen sich zu einem entzückenden Runzeln zusammen. Er hoffte, das Wort nicht laut gesagt zu haben. *Entzückend.* Falls doch, musste er jemanden erschießen. Sonst würde er es noch lange, lange zu hören bekommen.

»Alles in Ordnung?«

Die leichte Betroffenheit in ihrem Ton war für ihn wie eine sanfte Berührung. Intim. Besorgt. Scheiße. Auch Alena hatte es mitbekommen.

»Alles klar. Ich habe nur Hunger.«

Die beiden Frauen blickten skeptisch. Er meldete per Handzeichen eine weitere Runde an, und als der Barkeeper lieferte, nahm er beide Gläser in Empfang und wartete, bis sein Mädchen vom Hocker geglitten war. Ihre irren Stiefelchen setzten auf dem Boden auf, und für einen Moment lang wiegte sie sich zu der Musik, ehe sie Alena folgte. Er bildete die Nachhut. Hielt sich dicht an sie, sodass niemand einen Fehler begehen konnte. Niemand würde sie zufällig berühren. Oder anbaggern. Oder schlimmer noch. Sollte irgendein betrunkener Biker irgendetwas versuchen, Ice würde sofort zum Mörder werden, das wusste er.

Savage schritt links, Player rechts von ihm. Beide hielten nur einen geringen Abstand, gerade genug, um falls nötig kämpfen zu können. Die anderen Torpedo Inks waren bereits einer nach dem anderen ins Spielzimmer gegangen und hatten dafür gesorgt, dass die anderen Clubs es räumten.

»Pizza ist bestellt«, verkündete Code. Er war der Erste am Dartboard.

Alena rempelte Absinth mit der Hüfte an und nahm ihm die Pfeile ab. »Ice glaubt, er könnte mich schlagen. Willst du drauf wetten, dass er es nicht schafft?«

»Nein«, korrigierte Soleil und schockierte ihn damit. »Ich habe gesagt, *ich* könnte dich schlagen. Ice hat mir nicht geglaubt.«

Code wirbelte herum. »Bist du dir sicher, dass du den Champion herausfordern willst, Süße? Sie hat noch nie verloren.«

»Doch«, widersprach Alena sofort. »Schon mehr als ein Mal. Nur selten, und noch nie gegen einen Außen-« Sie brach ab, blickte zu ihrem Bruder.

»Einen was?«, fragte Soleil. »Um wie viel wetten wir?«

Ice stöhnte, stellte die Drinks ab und zog sie in seine Arme. Noch ehe sie protestieren konnte, legte er seine Lippen an ihr Ohr. »Im Ernst, Prinzessin, Alena ist bei Darts unschlagbar. Und auch bei Billard. Tritt da nicht gegen sie an.«

»Sie sind eine Enttäuschung, Mr. Ice.« Soleil klang arrogant, wie es nur eine Prinzessin konnte.

Er blieb unbeeindruckt. Trat zurück. »Dann lass uns mal sehen, was du draufhast, Miss Selbstvertrauen.«

Sie beobachtete lachend, wie Alena einen Zwanzig-Dollar-Schein auf den Tisch legte. Ice trat vor, um das Geld für Soleil beizusteuern, doch sie hielt ihn mit einem Kopfschütteln ab.

»Für mein Spielgeld kommt niemand anderer auf als ich. Ob ich gewinne oder verliere, geht auf meine Rechnung. Wenn du etwas einsetzen willst, ist das deine Entscheidung.«

Sie holte ebenfalls einen Zwanzig-Dollar-Schein aus der Tasche und legte ihn zu dem von Alena.

»Mädchen haben Stil«, bemerkte Alena nur.

Die anderen Mitglieder des Clubs murmelten anerkennend. Das Bieten begann sofort, Code sammelte die Einsätze ein. Zur allgemeinen Überraschung setzten Savage und Ice beide auf Soleil. Dann traten alle zurück, damit die beiden Frauen genügend Spielraum hatten.

»Du kennst die Regeln, Süße?«, fragte Master Soleil.

»Ich denke doch«, erwiderte sie mit ihrem süßen, bin-mirnicht-ganz-sicher-Scherzton und blinzelte ihm zu. »Oder ich lerne sie. Und ich lerne schnell.«

Ice hätte sie am liebsten geküsst. Sie hatte nicht die geringste Chance, doch sie schreckte vor keinem Kampf zurück. Alena blinzelte ihm zu und warf dann ihre ersten Pfeile. Triple-17. Zwei trafen direkt, einer war knapp daneben.

Soleil schaffte eine Triple-17 und zwei knapp daneben. Alena war in dem Spiel immer einen oder zwei Pfeile voraus, doch Soleil war ihr stets dicht auf den Fersen. Ice war beeindruckt. Und Alena eindeutig ebenso. Sie hatte sie nicht geschont, und das Match war sehr spannend.

Bei ihrem letzten Pfeil zuckte Soleil zusammen. Er war dicht am Triple, nur knapp daran vorbei. Ein Stöhnen ging durch den Raum, doch Code zahlte sofort aus.

»Ich glaube, ich brauche eine Revanche«, meinte Soleil. »Ich habe eine Weile nicht mehr gespielt, und Ice hat recht, du bist wirklich sehr gut.«

»Ich gebe zu, dass du auch sehr gut bist«, sagte Ice, »aber in Alenas Liga spielt eben niemand.«

»Double-down?«, forderte Alena sie heraus.

Soleil zögerte. Wieder legte Ice die Arme um sie, die Lippen an ihr Ohr. »Ich meine es ernst, Baby, sie gewinnt immer, es ist wie eine Art Fluch für uns, wenn wir gegen sie spielen. Ich glaube, du bist wahrscheinlich ebenso gut, aber sie hat auch immer das Glück auf ihrer Seite, das kann man nicht einfach ignorieren.«

»Ich war so nahe dran.«

»Das macht sie, um dich zu ködern«, warnte er.

»Hey!« Alena funkelte ihn an. »Ich ködere sie nicht. Sie hat einfach gut gespielt. Das solltest du anerkennen.«

Das tat er, doch er wollte nicht, dass sie eine Menge Geld verlor.

»Ich mache noch ein Spiel«, beschloss Soleil.

»Dann lass mich für den Einsatz aufkommen«, schlug Ice vor. Er erwiderte den wütenden Blick seiner Schwester. »Dir muss ich vielleicht mal eine ordentliche Lektion erteilen«, fügte er hinzu.

Soleil lachte, ein Klang, der jeden seiner Sinne reizte. »Man merkt, dass ihr wirklich Bruder und Schwester seid. Abgesehen davon, dass ihr beide so wunderschöne Augen habt, habt ihr auch noch fast genau die gleiche Haarfarbe. Und du klingst so, als würdest du sie gerne mögen, sogar wenn du ihr drohst.«

»Pizza ist da«, gab Master bekannt.

Die Mitglieder von Torpedo Ink zeigten keinerlei Scheu, die Stücke direkt aus der Schachtel zu nehmen. Teller gab es keine; sie stopften das Essen einfach so schnell wie möglich in sich hinein. Ice musste Absinth einige Stücke fast aus der Hand reißen, um für sich und seine Frau etwas abzubekommen.

»Müsst ihr immer alle einen auf Vollpfosten machen? Benehmt euch mal ein bisschen!«

Soleil lachte erneut und stopfte sich ihre Pizzaschnitte in den Mund wie die anderen auch, mit der Hand, ohne Teller und nur einer kleinen Papierserviette. Irgendwie schaffte sie es, trotzdem wesentlich kultivierter zu wirken als seine Brüder. Bei ihrem ungekünstelten, einfach aus ihr herausbrechenden Lachen bekam er einen Knoten im Bauch. So ein Lachen hatte er nie gekannt. Nicht wirklich. Nicht so. Ihr Lachen war ansteckend. Ice blickte um sich und stellte fest, dass ihr Lachen auch auf die anderen alle so wirkte wie bei ihm. Vielleicht nicht ganz genauso. Er musste seine Jeans ein wenig zurechtrücken, um sich Luft zu verschaffen.

Alena lehnte sich an den Billardtisch, aß ebenfalls ein Pizzastück und grinste sein Mädchen an. Er konnte nicht sagen, was sich hinter diesem Grinsen verbarg. Sie zeigte auf das Dartboard, und zu seiner Bestürzung nickte Soleil und setzte wieder Geld ein. Seine Brüder begannen sofort wieder zu wetten. Wie zuvor wetteten Savage und Ice gegen Alena. Und dieses Mal auch Storm und Absinth.

Soleil trat voller Zuversicht an die Abwurfleiste. Ihre Körperhaltung war jetzt eine andere. Zuvor hatte sie bei jedem Wurf ein wenig gezögert, nun nicht mehr. Die Pfeile passten zusammen. Direkt. Richtig. Drei Triple-20, Volltreffer. Es wurde still im Raum.

Alena nahm ihren Platz ein. »Ich sehe, die erste Runde war für dich mehr wie ein Aufwärmen.«

»Ich habe lange nicht mehr gespielt«, wiederholte Soleil. Sie nahm sich noch ein Stück Pizza und spülte mit ihrem Whiskey nach.

Alena erreichte zwei Triple-20 und eine Triple-6. Dann trat sie zurück, um ihre Gegnerin werfen zu lassen. Soleil studierte die Scheibe, während sie ihre Pizza zu Ende aß, und blies dann auf das Ende ihres Pfeils. Wieder wurde es still im Raum.

Sie schaffte zwei Triple-17 und eine Triple-20.

Alena grinste. »Endlich. Eine ernst zu nehmende Gegnerin. So wird es gemacht, Jungs.«

Obwohl sich alle Torpedo-Ink-Mitglieder, die noch in Las Vegas waren, im Raum befanden, war kein Laut zu vernehmen. Niemand trank. Niemand aß Pizza. Alle waren fasziniert von den beiden Frauen, die ihre Pfeile warfen. Alena hatte normalerweise ihre eigenen dabei, doch da sie wegen eines Auftrags hier waren, hatte sie sie nicht mitgebracht. Beide Frauen spielten mit den Pfeilen der Bar.

Ice hatte gesehen, wie Alena ihre Gegner überall, wo sie antrat, in Grund und Boden spielte. Er wusste, dass sie auch den Champions einen harten Wettkampf bieten konnte. Doch Soleil war ganz klar ebenso gut wie seine Schwester oder sogar noch besser. Sie warf schnell, mühelos, voller Selbstvertrauen. Er merkte, dass er für die beiden Frauen fast so etwas wie Ehrfurcht empfand. Alena war es gewöhnt zu siegen, doch Soleils Können bereitete ihr offensichtlich Freude, und wenn sie einen Pfeil in Rückstand kam, hatte sie sofort ein Strahlen für seine Frau übrig.

»Ich glaube, das war das beste Spiel, das ich je erlebt habe«, räumte sie ein und nahm sich das letzte Stück Pizza. »Du hast dir dein Geld verdient.«

Soleils Lächeln stand dem von Alena nicht nach. »Ich habe tatsächlich eine Weile nicht gespielt, und ganz sicher nicht mit jemandem, der es gut beherrschte.«

»Bist du im Billard auch so gut?«, wollte Alena wissen.

Ice strich grinsend sein Geld sein. Savage grinste nicht, er stopfte seinen Gewinn so wie Storm und Absinth ohne ein Wort in die Tasche.

»Das sollte euch lehren, nicht gegen meine Frau zu wetten«, sagte Ice.

»Wer hätte das gedacht?«, meinte Master. »Dabei sieht sie aus, als hätte sie noch nie einen Fuß in eine Bar gesetzt.«

»Anscheinend hast du nicht bemerkt, dass sie Whiskey trinkt«, meinte Savage.

»Ich war zu sehr damit beschäftigt, auf ihre … ähhh …« Er bemerkte Ices scharfen Blick und brach ab.

»Ihre Schuhe«, beendete er den Satz.

Alle lachten lauthals.

»Stimmt mit meinen Schuhen etwas nicht?«, fragte Soleil, schaute auf ihre Stiefelchen und dann wieder auf Ice. Ihre Augen waren groß, die Wimpern lang und dunkel und an den Enden hochgebogen. Mit einem leichten Stirnrunzeln blickte sie noch einmal auf ihre Füße.

Die Stiefelchen reichten gerade über ihre Knöchel, und sie sah darin so zierlich und so sehr wie das Mädchen von nebenan aus, dass Ice es kaum aushielt. Er war ein wenig verliebt in ihre Schuhe, gleichgültig, ob Master nun wirklich darauf geschaut hatte oder nicht. Und dann diese Augen. Er hätte die ganze Nacht lang in diese Augen schauen können.

Soleils Frage ließ ein weiteres dröhnendes Lachen aufbranden. Ice legte einen Arm um ihre Hüfte. »Kümmere dich nicht um sie, Prinzessin, die sind noch nicht ganz aus der Höhle raus.«

»Aber du ganz bestimmt«, meinte Master.

Ice wollte nicht darauf achten, wie das Oberteil ihres Sommerkleids ihre Brüste umspannte. Damit hätte er sich nur seinen Brüdern in der Höhle gleichgesetzt, doch im Moment wollte er sein Bestes geben, um das Vertrauen seiner Frau zu gewinnen.

»Im Ernst, Soleil, schau einfach gar nicht hin. Sie wissen es nicht besser. Möchtest du noch einen Drink?« Er blickte zu Maestro und bedeutete ihm, ihr einen weiteren zu bestellen, sobald ihr Glas leer war. Ein paar mehr konnten seinem Vorhaben nicht schaden, dachte er.

Soleil lachte wieder, und wieder war es wie eine Liebkosung für ihn, eine Berührung von zarten Fingern oder tausend Zungen. Champagner, der sich sprudelnd über ihn ergoss. Welches Bild auch immer, seine Reaktion war jedenfalls eine sehr physische. Sein Körper funktionierte. Ganz von selbst. Ohne sein Kommando. Es fühlte sich an wie das gottverdammte Paradies, und sie hatte das nur mit ihrem Lachen erreicht.

Plötzlich aber verstummte jegliches Lachen schlagartig. Die Atmosphäre im Raum lud sich auf. Ice wandte sich zur Tür und sah einen Neuankömmling hereinschlendern. Der Mann war durchschnittlich groß, doch sein Gang verriet, dass er alles im Griff hatte – so in etwa, als würde die Bar ihm gehören. Niemand war hinter ihm, niemand begleitete ihn zu seiner Unterstützung. Er strahlte absolutes Selbstvertrauen aus. Und er trug sein Abzeichen wie seine eigene Haut.

4. Kapitel

Stell dich hinter mich und bleib da«, befahl Ice Soleil in einem Ton, der keine Widerrede duldete, und schob sie hinter seinen Rücken, noch ehe sie von sich aus Folge leisten konnte. Er war froh, dass sie nicht protestierte, sondern lediglich von dort hervorlugte.

»Pierce. Wusste nicht, dass du in der Stadt bist«, begrüßte er den Mann. Storm trat an Pierces linke Seite. Savage stellte sich rechts neben ihn. Die restlichen Torpedo Inks verteilten sich hinter ihnen. Sie würden ihm Folge leisten. Er war Alenas älterer Bruder, und er hatte das Sagen, wenn der Zar und Steele nicht hier waren. Und für Alena oder Storm galt das immer.

Pierce trug sein Abzeichen mit genau demselben Stolz wie die Torpedo Inks das ihre. Er war ein Diamondback, und das war einer der größten Clubs der Welt. Und einer der stärksten. Torpedo Ink war in dessen Gebiet ansässig und galt »eigentlich« als Unterstützung der Diamondbacks.

Pierce nickte den anderen zu und trat in die Mitte des Raums, doch sein Blick blieb auf Alena gerichtet. Sie hatte sich kunstvoll auf den Billardtisch drapiert und sah aus, wie einfach nur Alena aussehen konnte. Ihre Jeans schmiegte sich aufreizend an die Rundung ihres Pos an, das enge Trägerhemd konnte ihre prallen Brüste kaum im Zaum halten. Sie stand sehr langsam auf, eine schleppende, sexy Bewegung, ebenfalls ganz Alena. Ice hätte sie am liebsten durchgeschüttelt. Er warf ihr einen tadelnden Blick zu, doch sie war nun einmal, wie sie war, und ignorierte ihn einfach.

»Hab gehört, ihr seid in der Stadt zum Feiern. Wo ist das glückliche Paar?«, richtete Pierce seine Frage an Ice, jedoch ohne ihn dabei anzusehen. Er schaute nur auf Alena.

»Die sind in die Flitterwochen gefahren. Aber wichtiger ist doch wohl, was machst du hier in Vegas? Besser gesagt, was machst du genau hier? Das ist doch ein bisschen unter deiner Würde, oder nicht? Mischst du dich unters gemeine Volk?«

»Ich habe hier zu tun. Oder, auch besser ausgedrückt, ich habe hier noch etwas zu beenden, und da sie hier in dieser Bar ist, bin ich auch hier.«

Ice wollte drei Schritte vortreten und Pierce an Ort und Stelle sein Ende bereiten. Er konnte blitzschnell vorgehen. Sobald er den ersten Schritt machte, würden seine Brüder Pierce ablenken. Doch diesen Vorteil würde er gar nicht brauchen; er hatte bereits jeden Schritt und jede eventuelle Gegenmaßnahme von Pierce vorausgeplant. Pierce würde zu Boden gehen, und sie würden verschwunden sein. Aber da war Soleil … Er spürte, wie sie sich am Rücken seiner Jacke festkrallte.

Alena war heilig. Sie hatte die Hölle durchgemacht, aber sie war am Leben, und das war mehr, als jede andere Frau, abgesehen von Lana, sagen konnte, die ihre »Schule« durchlaufen hatte. Ice und Storm hatten es geschafft, sie am Leben zu halten, indem sie mit ihren Körpern geschachert hatten. Indem sie Folter und Vergewaltigung zugelassen hatten. Indem sie ungeheuerlichen Bedingungen zugestimmt hatten.

Pierces Club würde sie nicht willkommen heißen, weder die Männer noch die Frauen. Sie trug das Abzeichen eines anderen Clubs auf dem Rücken, auf ihrer Haut. So wie jeder der Brüder *war* auch sie Torpedo Ink. Er hatte keine Ahnung, was zwischen seiner kleinen Schwester und dem Vollstrecker des Mendocino-Chapters der Diamondbacks wirklich abging, doch wenn Pierce allein in eine Bar hineinspazierte, die voller Leute eines als todgefährlich bekannten Clubs war, dann musste ihn etwas wirklich Wichtiges dazu bewegen.

Ice schwenkte den Blick auf Alena. Sie wirkte cool. Lässig. Als hätte sie absolut keine Sorge – aber wie alle Torpedo Inks hatte auch sie gelernt, ihre wahren Gefühle hinter einer Maske zu verbergen.

»Ich weiß nicht so recht, weshalb du hier bist, Pierce«, sagte Alena. Sie platzierte sich wieder auf dem Billardtisch und setzte eine etwas arrogante Miene auf.

Ice zuckte zusammen. Seine Schwester klang sinnlich und sexy wie die Hölle. Er warf ihr einen besorgten, tadelnden Blick zu. Dass sie überhaupt merkte, wie angespannt er war, erkannte er nur an ihrem leichten Schlucken. Sie hatte den Blick nicht von Pierce abgewandt, doch sein Stirnrunzeln hatte sie bemerkt.

»Will nur mit dir reden, Alena. Komm, gehen wir ein Stück.«

Es war mehr ein Befehl als eine Einladung, und Ice machte sofort eine kleine Bewegung auf Pierce zu. Alena atmete hörbar aus. Hinter ihm krallte sich Soleil an seiner Jacke fest, als wolle sie ihn zurückhalten. Ihre Hand zitterte; er spürte es durch sein Abzeichen hindurch. Sie hatte keine Ahnung, was vor sich ging, aber sie spürte die irrsinnige Spannung, die in der Luft lag.

»Willst du mit ihm reden?«, fragte Ice. Er wartete. Einen Herzschlag lang. Zwei. Im Raum war kein Geräusch, niemand bewegte sich. Niemand gab einen Laut von sich. Wie er warteten alle auf Alenas Antwort.

»Ja.«

Ice verfiel in seine Muttersprache. »Du lässt dich auf ein gefährliches Spiel ein, Alena. Ihr könntet dabei beide draufgehen. Wenn dieser Mann dich ohne deine Zustimmung anfasst oder zulässt, dass dir irgendetwas geschieht, werde ich ihn töten. Es ist mir egal, welchem Club er angehört oder wie viele Brüder er hat. Ich werde ihn töten. Verstehst du, was ich dir sage?«

Alena nickte.

»Ich habe vieles getan, um dich zu beschützen. Ich habe meine Seele verkauft, um dich zu schützen. Niemand tut dir etwas an. Niemand, Alena. Sein Club wird dich nicht haben wollen.«

»Ich weiß, Ice.« Sie sprach leise. Sie sprach in derselben Sprache, den Blick auf ihn gerichtet.

»Lass ihn dich unterschätzen. Lass sie alle dich unterschätzen. Aber dieser Mann wird mich kennenlernen. Er wird dich nicht mitnehmen, ohne zu sehen, wer ich bin und was ich ihm antun werde, falls dir irgendetwas geschieht. Verstehen wir uns?«

Alena nickte. »Ja.«

»Und du willst immer noch mit ihm gehen?«

»Ich muss«, räumte sie ein, den Blick noch immer auf ihn gerichtet.

Ice war froh, dass sie ihn wirklich ansah. Sie musste ihn als das sehen, was er war. Was sie alle waren. Sie brauchte diese Erinnerung. Sie gehörte zu ihnen. Das war so und würde immer so sein. Er wusste, wenn er sagte, sie könne nicht mit Pierce gehen, dann würde sie es nicht tun. Sie war ein Vollmitglied von Torpedo Ink. Sie war eine gefährliche Mörderin. Aber sie war auch seine kleine Schwester, und sein Wort war Gesetz.

»Storm und Savage werden dich beschatten. Versuch nicht, sie abzuschütteln. Auch das würde seinen Tod bedeuten. Geh nicht in die Nähe seines Clubs. Falls er versucht, dich irgendwohin mitzunehmen, wo sie sind, gehst du weg. Hast du verstanden, Alena? Du gehst weg.«

»Ich gebe dir mein Wort.«

Pierce hatte sich während ihres Gesprächs nicht bewegt. Soleil hielt sich noch immer an seinem Rücken fest, wahrscheinlich, weil er mit tiefer Stimme und barschem Ton sprach. Ice richtete den Blick auf Pierce und wartete darauf, dass dieser ihn ansah.

»Dir muss klar sein, wer ich bin«, erklärte Ice ruhig. »Es spielt keine Rolle, dass alle von uns so sind wie ich. Du musst nur wissen, wer *ich* bin. Sie wird bei dir sicher sein, egal, wie dein Club über sie denkt.«

Pierce nahm sich Zeit, seinem Blick zu begegnen. Ihn anzusehen. Den eiskalten Killer zu sehen, der er war. Ice verbarg nichts. Er wollte, dass der Mann wusste, worauf er sich einließ, wenn seine kleine Schwester auch nur eine Schramme abbekam. Nur eine.

»Verstanden«, erwiderte Pierce. »Und ich habe dich schon verstanden, als wir uns das erste Mal trafen. Sie ist bei mir sicher. Das wird sie immer sein.« Er hielt Alena eine Hand hin.

Sie bewegte sich nicht, bis Ice ihr kaum wahrnehmbar zunickte. Dann richtete sie sich auf, eine langsame, sinnliche Bewegung, die Ice nervös machte. Er glaubte an Gleichberechtigung. Nun ja. Es machte ihm nichts aus, wenn sich seine Schwester auf jemanden einließ, solange es sicher war. Aber was Pierce oder seinen Club anging, war eben nichts sicher. Ice hatte keinen Zweifel, dass Alena ihn töten konnte. Er würde das nie von ihr erwarten, hatte sie doch eine Art Schwäche für diesen Mann, und deshalb würde sie womöglich zögern. Und wenn sie ihn tötete, dann würde sie für den Rest ihres Lebens auf der Flucht sein.

Alena kannte Ice. Sie wusste, dass er meinte, was er sagte. Wenn Pierce ihr irgendetwas tat, oder irgendein Angehöriger seines Clubs, dann würde er den Vollstrecker zur Strecke bringen und töten – und sehr wahrscheinlich würde es ein langsamer und sehr schmerzhafter Tod sein, denn Ice kannte in dieser Hinsicht keine Skrupel.

Er wartete, bis Alena und Pierce das Spielzimmer verlassen hatten, und sah dann seinen Zwillingsbruder an. Storm zögerte nicht. Er ging zum Hinterausgang hinaus. Savage begleitete ihn.

Soleil beobachtete, wie die beiden gingen, und blickte dann zu Ice auf. »Wer war dieser Mann?«

»Er gehört einem sehr großen Club an, und er bedeutet nichts Gutes, vor allem für Alena.«

Sofort fühlte sich Soleil schuldig. Sie mochte Alena. Wenn sie nicht hier gewesen wäre, dann wäre Ice ihr ebenfalls gefolgt, um dafür zu sorgen, dass niemand ihr etwas tat. Sie biss sich auf die Lippe, überlegte stirnrunzelnd, was sie nun tun konnte. Alena hatte eine Familie, die sich ganz klar um sie sorgte. Soleil hatte nie eine Familie gehabt, sich aber immer eine gewünscht. Davon hatte sie öfter geträumt, als sie sich eingestehen wollte.

Sie wollte nicht gehen. Sie wollte bei Ice und seinen Freunden bleiben. Warum hatte sie ihn nicht schon vor langer Zeit getroffen, noch vor Winston? Zu einer Zeit, wo sie alle Vorsicht außer Acht gelassen hätte und jedem Impuls gefolgt wäre? Er war ein schöner Mann. Umwerfend. Nett. Er gab ihr das Gefühl, schön und begehrenswert zu sein. Wenn er sie ansah, wollte sie sich auf der Stelle ausziehen und ihren Körper um ihn schlingen. Sie wollte mit ihm nach Hause gehen und Teil seiner supercoolen Familie werden. Aber ging es ihr nicht immer darum, das Richtige zu tun?

»Wird ihr auch nichts passieren?«

Ice drapierte eine Strähne ihres dunklen Haars hinter ihr Ohr. Schon allein seine Berührung ließ ihr Herz schneller schlagen. Ihre Brüste schmerzten. Sie spürte ihre Nippel gegen den Stoff ihres Kleids pressen. Sie *machte* sich Sorgen um Alena. Sie wollte nicht egoistisch sein, selbst wenn sie sich heimlich wünschte, Ice so abfüllen zu können, dass er den Ehevertrag, der ihr in der Tasche brannte, unterschrieb und sie zu einer der rund um die Uhr geöffneten Hochzeitskapellen abschleppte. Schon bei diesem Gedanken spürte sie Schuldgefühle, aber er war nun einmal da, und sie wurde ihn nicht mehr los. Sie konnte ihn verführen. Sie wollte ihn verführen. Sie wollte ihn mit jedem Atemzug, den sie tat.

»Du hast gesehen, dass Savage und Storm gleich nach ihnen

rausgegangen sind. Alena kann auf sich aufpassen, aber sie folgen ihr, nur für alle Fälle. Es ist schwer, sie zu sehen, wenn sie nicht gesehen werden wollen.«

Es verlangte ihr viel ab, ihm dies anzubieten. »Ich kann auch gehen, Ice. Ich habe euch alle in eine schwierige Lage gebracht, und das ist das Letzte, was ich wollte. Deine Schwester war sehr nett zu mir. Ihr alle wart nett.« Sie sah um sich, als suche sie die Tür. Sie wusste nicht, was sie tun sollte, falls er ihr sagte, sie solle gehen. »Wenn du ihr folgen musst …« Sie verstummte.

Ice legte seinen Arm um sie. »Alena kann selbst auf sich aufpassen. Sie ist wie Lana. Sie haben beide mit uns Selbstverteidigung trainiert. Wenn Pierce so dumm wäre, ihr einen Schlag zu versetzen, würde sie mit ihm den Boden aufwischen. Zwei ihrer Brüder beschatten sie, nur um sicherzugehen, dass ihr nichts passiert, weil wir das immer so füreinander machen. Sie setzen sich auf ein Dach und behalten sie im Auge.«

Wäre es nicht wunderbar, Brüder zu haben, eine Familie, die von einem Dach aus auf einen aufpasste? Sie würde das nie haben, aber sie war froh, dass Alena das hatte.

Soleil versuchte, ihren Seufzer der Erleichterung vor Ice zu verbergen. Sie hatte eine Chance, ihn zu verführen. Sie wusste, dass er daran dachte, sie betrunken zu machen, quasi um seinem Glück nachzuhelfen. Das war ganz und gar in ihrem Sinn. Ganz und gar. Sie würde ihm nur nicht sagen, dass sie nie betrunken wurde. Warum das so war, wusste sie nicht – aus irgendeinem Grund passierte es einfach nicht. Sie würde ihn aber glauben lassen, dass sie sich betrinke, damit er Spaß daran bekam, sie zu verführen, und dann konnte sie ihren Vorteil daraus schlagen.

Aber sie musste sehr darauf aufpassen, dass es nicht auf mehr als Sex hinauslief, auch wenn sie sich nach mehr sehnte. Einfach nur an Sex denken. Keine Ehevertrags-Unterzeichnungen. Keine Hochzeitskapelle. Keine Ansprüche wie ich-mache-den-weltbesten-Oralsex oder du-wirst-mich-für-den-Rest-deines-Lebensjeden-Morgen-haben-wollen. Sie würde bald sterben. Winston und seine Freunde würden sie finden und umbringen. Sie konnte da nicht noch andere mit hineinziehen, denn sonst würden sie auch sie töten, so wie Kevin. Sie konnte nicht so egoistisch sein und ein Risiko eingehen. Aber sie konnte eine Nacht lang tun, wovon sie immer geträumt hatte. Das sollte nicht zu viel verlangt sein.

Ice trommelte mit den Fingern auf den Schenkel und ließ die anderen wissen, dass dies seine Frau war. Die Eine. Und er würde sie mit nach Hause nehmen. Zuerst die Verführung. Er hatte bereits damit angefangen, ohne dass sie es merkte. Sie waren in der Kunst der Verführung ausgebildet worden. In allem, was Sex anbelangte, waren sie sehr, sehr gut. Der erste Schritt war herauszufinden, was sie sich am meisten wünschte. Er hatte nur ein paar Stunden Zeit, doch er war sich seiner Sache sehr sicher, wenn nur sein Körper ihn in Ruhe machen ließ.

Er hatte noch nie ein potenzielles Opfer verführt, wenn ihm an der betreffenden Person etwas gelegen war. Im Normalfall führte eine Verführung zur Ermordung. Seinen Körper hatte er stets vollkommen unter Kontrolle, denn das machte es leichter, sich auf das Opfer zu konzentrieren. Wenn man nicht emotional oder physisch involviert war, machte man keine Fehler. Wenn sie ihren Körper unter Kontrolle hatten, konnten sie jedes nötige Mittel einsetzen. Dies war nun das erste Mal, dass er seinen Körper – und seinen Geist – nicht unter der nötigen Kontrolle hatte.

Das machte ihn wütend, aber gleichzeitig war er fasziniert und hocherfreut. Er brauchte ihre Zustimmung. Sobald sie ihm diese gab, würde der Club von ihr erwarten, zu ihrem Wort zu stehen, und er würde es durchsetzen. Sein Wort nicht zu halten, kam nicht infrage. Das war ihr Code. Sie würde den Code einhalten müssen, egal, was geschah.

Maestro reichte ihnen noch einmal je ein Glas Whiskey,

grinste Ice vage zu und machte sich dann davon, obgleich er wie die anderen in der Nähe blieb, um Ice und seine Frau vor den anderen Bikern in der Bar zu beschützen.

Soleil starrte in ihr Glas, schwenkte es und schüttelte dann den Kopf. »Ich spüre den Alkohol schon. Vielleicht sollte ich nichts mehr trinken.«

Ice lächelte ihr beruhigend zu. Er war ein gut aussehender Mann und wusste es. Die Frauen warfen sich ihm an den Hals. Er hatte nie ohne weibliche Aufmerksamkeit auskommen müssen. »Keine Sorge, Prinzessin. Ich habe dir gesagt, ich werde auf dich aufpassen. Aber wie auch immer, wir tanzen jetzt, da schwitzt du es schon wieder raus.«

»Ach ja?«

»Du hast doch gesagt, du tanzt gerne. Oder wenigstens hast du dich zu der Musik gewiegt, und ich halte es auch für eine gute Idee.«

Er führte sie auf die Tür zu, hielt aber kurz davor inne. »Was auf der Welt möchtest du am liebsten?« Er lehnte sich gegen die Wand, zog sie zu sich, sodass sie beide in ihrer eigenen Welt eingeschlossen waren.

Noch ehe sie antworten konnte, schubste Transporter sie, sodass sie fest an Ice gedrückt wurde. Der drehte sie sofort an die Wand und baute sich schützend vor ihr auf. Legte eine Hand nah an ihren Kopf und neigte sich zu ihr.

Soleil bekam große Augen und sah ihn strahlend an. »Danke, Ice.« Sie klang atemlos. Sie sah ihn an, als wäre er der Ritter ohne Furcht und Tadel. Sie sah nicht den Killer, den alle anderen sahen. Sie sah nicht seine schwarze Seele oder sein Bedürfnis nach dieser Art von schmutzigem, perversem Sex, vor der nette Mädchen schreiend davonliefen.

Er musste auf der Hut sein, um nicht ihrem Zauber zu verfallen. Sie war süß. Etwas Süßes hatte er noch nie in seinem Leben gehabt. »Sag mir das, was du vom Leben wirklich möchtest.«

»Eine Familie.« Sie betrachtete ihn über den Rand ihres Glases hinweg. »Ich habe nie eine Familie gehabt.«

»Du hattest doch Eltern.«

»Die starben, als ich noch sehr klein war, und ich habe den größten Teil meines Lebens in Internatsschulen oder in den Ferien in Hotels verbracht.« Sie lächelte, doch in ihren Augen lag Traurigkeit. Ihre Wirklichkeit. Wahrheit. »Ich glaube, ich bin wirklich dieses sprichwörtliche arme reiche Mädchen.«

Sie hatte also Geld. Das vermutete er, denn sonst hätte sie mit dem Anzugtypen, der sowieso sterben würde, nicht auf diesem Ehevertrag bestanden. Er trank bedächtig einen Schluck von seinem Whiskey, und sie folgte seinem Beispiel, war dabei jedoch etwas zurückhaltend.

»Mein Club ist meine Familie«, sagte Ice leise und neigte sich näher zu ihr, doch nun kam Maestro und rempelte ihn an. Sein Gesicht lag fast an ihrer Schulter, seine Lippen glitten über ihre Haut, als er sprach. Sie hatte die sanfteste Haut, und sie roch einfach himmlisch.

Ice sprach bewusst leise, intim. »Mein Bruder und meine Schwester sind meine Familie. Ich hatte keine Eltern, an die ich mich richtig erinnern kann. Der Zar, unser Präsident, war ein Elternersatz für mich, schon als er zehn war. Ich suche nach einer Frau, die ihr Leben mit mir teilen will. Meine Kinder haben will. Uns ein Zuhause bereitet. Ich würde für meinen Club sterben, aber ich will eine Frau für mich, eine, für die es wert ist zu leben.«

Es war so viel geboten für eine Frau, vor allem für eine, die sich nach einer Familie sehnte und Schutz brauchte. Als seine Lippen ihre nackte Haut berührten, spürte er einen Schauder durch ihren Körper laufen. »Habe lange nach der richtigen Frau gesucht. Nicht viele Frauen wollen heute noch ein Heim und eine Familie.« Sie fühlte mit ihm. Sie hatte gar nicht gehen wollen, aber sie wollte, dass Alena sicher war.

Sie bekam große Augen. »Ice, das ist nicht wahr.«

Er zuckte die Achseln und schob sich nach vorn, gerade genug, dass sein Brustkorb auf ihre Brüste drückte. Sie waren weich. Voll. Er wünschte sich nichts mehr, als das Oberteil ihres Kleids nach unten zu ziehen und diese herrlichen Titten bloßzulegen, um sich an ihnen gütlich zu tun. Sie bewegte ihren Körper, und ihre Brüste berührten verführerisch seinen Brustkasten. Sein ganzer Körper erschauderte. Verdammt. Er würde das nie durchziehen können, wenn er sich nicht unter Kontrolle hatte.

»Für mich ist es wahr, Prinzessin. Ich rede ungehobelt. Ich bin ungehobelt. Ich weiß nicht, wie man mit einer Frau richtig redet.« Er ließ einen Finger über ihre Wange gleiten und tat dann so, als würde er noch einen Schluck trinken. »Torpedo Ink hat einen Code. Wenn du einmal dabei bist, dein Wort gegeben hast, dann hältst du dich daran. Das macht den Frauen höllische Angst. Sie denken da an alles Mögliche.«

Sie drückte an den Boden seines Glases, sodass ihm nichts anderes übrig blieb, als auszutrinken.

Lächelnd setzte sie ihr Glas an die Lippen und nahm einen herzhaften Schluck. Ihr Gesicht war gerötet, und ihre Brüste hoben und senkten sich bei jedem Atemzug, die Nippel waren harte Spitzen, die an den dünnen Stoff ihres Kleides pressten, über seine Brust schrubbten. Für Ice fühlten sie sich an wie Flammen, die durch sein enges T-Shirt züngelten und seine Haut brandmarkten. Er nahm sich zusammen, um sie nicht sofort auszuziehen und hier und jetzt an die Wand gepresst zu nehmen. Ständig musste er sich daran erinnern, dass er auf etwas von Dauer aus war. Dass dies kein Spiel war. Hier ging es ums Leben.

»Nun«, sagte sie leise. Eine Einladung, ob sie das nun wusste oder auch nicht. »Was bedeutet das?«

»Es bedeutet, du bist Familie. Wenn eine Frau mich annimmt, ist sie für den Club Familie. Ganz und gar. Sie gehört zu mir. Ganz und gar. Egal, was es braucht, um damit fertigzuwerden.«

»So ist heutzutage niemand mehr.« Argwohn lag in ihrem Ton. Stand in ihren Augen geschrieben. Die Hoffnung. Der Zweifel.

Er nahm ihr Glas und hielt es hinter sich. Einer seiner Brüder nahm beide Gläser. Er war ein wenig überrascht, dass das seine ebenfalls schon leer war. Er stützte die Hände zu beiden Seiten ihres Kopfes an die Wand und beugte sich zu ihr, schottete sie und sich noch mehr ab.

»Leider bin ich nicht gerade der tollste Fang. Das ist keiner von uns. Wir sind Ausgestoßene, und das nicht ohne Grund.«

Sie hielt fast die Luft an. Nicht ganz, doch so viel, dass ihr Atem stoßweise kam. Ihm gefiel dieses Geräusch. Er wusste, er würde es zu hören bekommen, wenn er ihr das Hirn herausvögelte. Er musste sich mit allem, was er hatte, darum bemühen, dass er nicht einfach wild zubiss. Ihre Wimpern zuckten, lenkten seine Aufmerksamkeit auf ihre Augen.

Soleil blickte zu ihm auf, und sein Herzschlag wurde noch schneller. Sein Schwanz schmerzte. Tat richtig weh. Scheiße. Er hatte seinen Körper nicht unter Kontrolle. Das musste er sofort unterbinden. Er liebte es, doch er hasste es auch.

»Ich habe von Clubs gehört, die untereinander die Frauen austauschen, ist das bei euch auch so?«

Er atmete tief, denn etwas Dunkles, Hässliches überkam ihn. »Jeder, der meine Frau anfasst, hat auf dieser Welt nicht mehr viel Zeit. Macht dir das Angst, Baby?« Mit unendlicher Behutsamkeit steckte er eine weitere Strähne ihres Haars hinter ihr Ohr. »Meine Frau steht unter meinem Schutz. Mein Club beschützt sie ebenfalls. Jeder, der dazugehört. Sie werden sich hüten, sie anzumachen.« Er berührte die Wunde in ihrem Gesicht, strich sanft darüber. »Frauen und Kindern tue ich nichts. Darauf kannst du dich immer verlassen. Der Kerl, der dir das angetan hat, sollte besser davonlaufen. Denn wenn ich ihn finde, wird er nicht mehr lang auf seinen Beinen stehen.« Er sagte es mit voller Überzeugung. Jedes Wort war ernst gemeint.

»Das macht mir keine Angst, Ice«, erwiderte sie.

Er starrte viel zu lange auf ihren Mund. Dies war eine langsame Verführung, nicht ein Sie-an-die Wand-Knallen und Vögeln, bis sie sich beide nicht mehr rühren konnten. Das würde erst viel später kommen. Er musste sicherstellen, dass sie sich heftig verliebte, alles von ihm wollte. Verflucht. Er verliebte sich gerade heftig. Er wusste nicht einmal, wie ihm geschah.

»Komm, Baby, es läuft genau die Musik, zu der ich am liebsten tanze. Schön und langsam, damit ich dich an mich drücken kann.« Er ergriff ihre Hand, küsste sanft die Knöchel ihrer Finger und führte sie dann auf die kleine Tanzfläche in der Hoffnung, sie abzulenken – oder sich – was oder wen genau, wusste er nicht.

Er war überhaupt kein Tänzer, doch er konnte sie an sich drücken und sich im Takt mit ihr bewegen. Die Musik war langsamer geworden, das war gut. Er zog sie in seine Arme, zog sie an sich, sodass er ihre weichen Brüste wieder an seinem Oberkörper fühlen konnte. Dieses Gefühl machte ihn süchtig. Sein Körper reagierte ganz von selbst, er spürte den wilden Schmerz wie eine Woge durch ihn branden. Sein Blut sammelte sich heiß im Unterleib. Er spürte seine wahnsinnige Lust und liebte es. Diese Frau konnte, was keine andere in all den Jahren seit seiner Kindheit vermocht hatte. Sein Körper erwählte sie.

Ihre Arme schlossen sich um seinen Nacken, sie wiegte sich mit der Musik. Er folgte ihrem Rhythmus, und sie bewegten sich zusammen, eingeschlossen in einen Dunstkreis aus Lust und Whiskey. Ihr Kopf sank an seine Brust, ein Ohr auf sein Herz, und er fragte sich, ob sie es schlagen hörte. Sie umgab ihn mit einem nicht identifizierbaren Duft, in dem er sich verlor. Sie duftete wie das Paradies und wie die Sünde.

Sie hörten nicht auf, als die Musik stoppte, wiegten sich weiter auf der Tanzfläche, bis der nächste Song begann, wieder ein langsamer, den, er wusste es, einer seiner Brüder ausgesucht hatte. Er senkte den Kopf auf ihre Schulter, berührte sie sanft, atmete an ihrem Hals. Sie hielt ihn nicht ab, nicht einmal, als er ihre Haut schmeckte.

Ihr Atem ging etwas abgehackt, und er ließ eine Hand über ihren Rücken gleiten, bis zur Rundung ihres Pos. Er liebte es, wie er sich wiegte, wenn sie ging. Ihr nachzuschauen, wenn sie wegging, verpasste ihm die Erektion seines Lebens. Und dann waren da auch noch ihre Brüste. Was für Titten, je eine große, weiche Handvoll an diesem zierlichen Körper. Ihre harten Nippel drückten an seine Brust. Seine Hand glitt tiefer, über die Rundung ihres Hinterns. Er rieb sanft. Kleine Kreise. Seine Hand umschloss eine Pobacke, rieb dann erneut.

Seine Zunge zog die Form ihres Ohrs nach. »Du bist so schön.« Er flüsterte es, meinte es aber genauso, wie er es sagte: »Hast du den Ehevertrag dabei, den dieses Arschloch nicht unterschreiben wollte?« Er spürte, wie ihr Herz einen Sprung machte und dann heftig pochte, durch den dünnen Stoff ihres Kleides hindurch.

Sie hob den Kopf an, bis ihr Mund seinen Hals berührte. »In meiner Tasche.« Ihre Lippen glitten über seine Kehle.

»Das ist mein Mädchen.« Er nahm ihr Ohrläppchen zwischen die Zähne und zog sanft daran.

Sie waren am Rand der Tanzfläche, gleich neben dem Spielzimmer. Seine Brüder umstellten ihn, bildeten einen Wall, damit sie ungestört blieben. Damit Ice seine langsame Verführung fortsetzen konnte, denn diese Frau war die seine. Sie wusste es nicht, doch sie würde mit ihm nach Hause gehen.

»Willst du noch was zu trinken?« Er hob ihr Gesicht an und nahm sich ihren Mund, weil er sich nicht bremsen konnte. Er war rau. Fordernd. Sie schmeckte besser als alles, was er je gehabt hatte. Sobald er begann, sie zu küssen, verlor er sich in ihrem Geschmack. Wollte mehr. Fühlte eine leichte Besessenheit.

Sie war reines Feuer, das sich in ihn ergoss. Zucker. Schärfe. Zimtbonbons. Er versuchte, sich Einhalt zu gebieten, sich zu sagen, es sei der Whiskey, doch er zog sie fester an sich, bis sie sich aneinander rieben. Hätte er jetzt, hier und jetzt, alle Klamotten loswerden können, ohne von ihr abzulassen, er hätte sie nackt ausgezogen und direkt auf den Billardtisch gelegt. Stattdessen ließ er seine Hand unter ihre Jacke gleiten und langsam nach oben wandern, umfasste eine volle, weiche Brust, sein Mund stets auf ihrem, was all den Whiskey entflammte wie ein Streichholz.

Sie fingen beide Feuer. Heiß. Irre. Sie hielt ihn nicht auf. Sie konnte noch gar nicht so hinüber sein, doch sie stoppte ihn nicht, obwohl sie mitten auf der Tanzfläche waren. Sein Herz spielte verrückt. Sie war verdammt perfekt. Ehe er es vergeigen konnte, ließ er seine Finger geschickt in ihre Jackentasche gleiten, nahm ihre Brieftasche heraus und steckte sie behutsam in seine Jeans. Sein Mund ließ nicht von ihrem ab, die Flammen verzehrten sie beide.

In seinen Ohren dröhnte es. Ein Presslufthammer ratterte in seinem Kopf. Er verschlang Feuer, Feuergarben rasten durch seine Blutbahn und direkt in seine Leiste. Nichts hatte sich in seinem Leben je so angefühlt wie Soleils weicher Körper, der an dem seinen dahinschmolz, oder diese Küsse, die ihn mit züngelnden, lebendigen Fackeln verzehrten. Sie schossen durch seinen Leib wie ein Feuersturm, der völlig außer Kontrolle geraten war.

Außer Kontrolle. In seinen Beinen flackerten Flammen und sprühten Funken von den Zehen bis hoch zu den Schenkeln. In seinem Bauch tobte eine Feuersbrunst. Was zum Teufel war das? Fühlten alle anderen auf dieser Welt so, wenn sie küssten, denn schließlich hatte er doch tausend Frauen geküsst und … da war nichts gewesen. *Absolut nichts.*

Keine Chance, dass diese Frau je wieder von ihm loskam. Er musste aufhören, bevor er es nicht mehr konnte. Schon jetzt war er nicht mehr Herr seines Körpers. Trotzdem erwiderte sie seinen Kuss. Die Arme hatte sie fest um seinen Hals geschlungen, ihr Körper schmiegte sich so fest an ihn, dass sie nicht umhinkonnte, die Wölbung in seiner Jeans zu spüren, und doch küsste sie ihn weiter. Sie goss dieses Feuer seine Kehle hinab, ihre Zunge spielte mit der seinen, bis er kaum mehr klar sehen konnte.

Blitze schienen ihn zu durchzucken, und jeder von ihnen fuhr direkt in seinen Schwanz. Dieser spezielle Teil seines Körpers schien ein Eigenleben entwickelt zu haben, er pulsierte, pochte, war sengend heiß, so wie ihr Mund. Wie ihre weichen, perfekten Brüste. Hölle. Er musste aufhören, oder es würde kein Aufhören mehr geben.

Ice zwang sich, den Kopf anzuheben. Er konnte nichts Besseres tun, als seine Stirn an die ihre zu pressen, in dem Versuch, durch das Feuer hindurch zu atmen. Auch sie keuchte heftig. Bei jedem ihrer abgehackten Atemzüge bewegten sich ihre Brüste, und es fühlte sich an wie eine Lust bereitende Feuersbrunst, Flammen, die an ihm leckten, ihn verschlingen wollten. Es war so verdammt perfekt, er konnte sie nicht gehen lassen. Wer hätte gedacht, dass das Mädchen von nebenan zu einer so heißen, so sündigen Verführerin werden konnte? Vielleicht, ja vielleicht würde er von ihr alles bekommen. Er konnte sie langsam den Pfad entlangführen, auf dem er sie brauchte, doch mit dieser Leidenschaft könnte sie Gefallen daran finden und seine Bedürfnisse sogar mögen.

»Was machen wir hier? Weißt du es?«

Sie verzog den Mund. Ice war auf ihre volle Unterlippe fixiert. Auf diese engelsgleiche Wölbung. Aber verdammter Mist, in seinem Kopf herrschte Chaos, alle möglichen erotischen Bilder jagten sich darin. Er hatte einen Plan und musste klar genug denken können, um ihn durchzuziehen. Seine Brüder würden ihm helfen, so sehr sie konnten, aber es lag an ihm, seine Frau so zu verführen, dass sie allem zustimmte, was er brauchte.

»Nicht wirklich.«

»Wo zur Hölle hast du so küssen gelernt?«, fragte er.

Sie lächelte zu ihm auf, ihre Augen strahlten, die dichten Wimpern flatterten ein wenig, und sie errötete. Er liebte es, dass sie errötete. Er konnte sie sich splitternackt vorstellen, ihre Haut ein zartes Rosa, wie zu einer Orgie für ihn präsentiert.

»Das war nicht ich, Ice, das warst alles du. Ich habe noch nie solche Küsse wie die gerade erlebt.«

Gott. Ihre Unschuld. Er ebenso wenig, doch das würde er nicht zugeben. »Holen wir uns noch einen Drink und beruhigen uns ein wenig. Wir können Billard spielen. Alena ist nicht hier, um dich herauszufordern, aber ich habe auch schon ein paarmal gespielt, vielleicht habe ich ja eine Chance gegen dich.«

Sie nickte. »Noch ein Drink, das wäre perfekt.«

Er führte sie in das Spielzimmer zurück und an den Billardtisch. Sie blickte sich um, fand die Damentoilette und zeigte darauf. Er geleitete sie hinüber, ging zuerst hinein, um sicherzustellen, dass niemand darin war, und ließ sie erst dann eintreten. Doch als sie an ihm vorbeiwollte, griff er nach ihrem Kleid und zog sie erneut an sich.

Wieder küsste er sie, über und über, genoss ihre Erregung, forderte die Erwiderung seines Kusses, weil er es brauchte, dass dieser Feuersturm durch seinen Bauch und bis in seinen Unterleib hinein wütete, um ihm zu zeigen, dass doch noch etwas Menschliches in ihm war. Dass er *fühlen* konnte. Er hatte es nicht für möglich gehalten, doch in kurzer Zeit hatte dieses engelgleiche Geschöpf seine Welt aus den Angeln gehoben. Verlangen raste durch seine Adern wie ein Feuerball. Flammen umhüllten, verschlangen ihn. Das Herz in seiner Brust zuckte wild. Seine Arme umgaben sie gleich einem stählernen Gerüst. Diese Frau. Diese süße, viel zu unschuldige Frau würde er niemals aufgeben.

Er wusste, dass es falsch war, doch das kümmerte ihn absolut nicht. Sie gehörte nicht dort hinaus in eine Welt, in der sie vor Raubtieren wie ihm nicht geschützt war. Er konnte das tun. Er konnte ihr Sicherheit bieten, und sie konnte ihm verdammt gut das Gefühl geben, ein Mensch zu sein, etwas, das er vor langer Zeit verloren hatte. Alles auf dieser Welt hatte seinen gottverdammten Preis. Alles – vor allem Sicherheit.

Sein Mund ließ von ihrem ab, ergoss Feuer über ihr Kinn, ihren Hals. Absichtlich, die Gelegenheit nutzend, zog er das Oberteil ihres Kleides nach unten, entblößte ihre runden, prallen Brüste. Entschuldigen würde er sich später. Schließlich war er schon so weit gegangen, dass er nicht mehr klar dachte. Und das Problem war, es war wirklich so.

Ihre weichen Kurven waren voller, als er gedacht hatte. Herrlich schön. Drall und fest. Seinem gierigen Mund entgegen ragend, Freiheit fordernd. Er senkte den Kopf, sog die linke Brust tief in seinen Mund, seine Zunge presste die Brustwarze fest an den Gaumen. Liebkoste sie.

Soleil warf den Kopf in den Nacken, ihre Brust drückte in seinen Mund, als wolle sie sich ihm darbieten. Ihre eine Hand stützte die Brust, die andere seinen Kopf, hielt ihn fest. Es war heiß. Es war sexy. Er hörte sein Stöhnen, und es schockierte ihn. Seine Zunge streichelte und liebkoste, sein Mund saugte, sein Schwanz pulsierte im Takt mit seinem Herzschlag, und dann wagte er es, die Zähne einzusetzen. Vorsichtig. Beinahe zärtlich. Eine exquisite Tortur.

Sie ächzte, und sein Herz und sein Schwanz zuckten gleichzeitig. Sie war mehr als perfekt. Besser als alles, was er in seiner dunkelsten Nacht hätte heraufbeschwören können, als er so bedürftig gewesen war, dass er geglaubt hatte, die nächste Sekunde nicht mehr zu überleben, geschweige denn eine lange Nacht.

Abrupt, ehe es für sie beide zu spät war, zog er sich zurück und blickte aus kristallblauen Augen ungeniert auf sie. »Es tut mir so leid, Soleil. So bin ich noch nie in meinem Leben ausgerastet.« Er bemühte sich um Aufrichtigkeit, wiewohl er zum ersten Mal die Wahrheit sagte.

Sehr sanft zog er ihr Oberteil wieder hinauf. »Wirklich, Baby, es tut mir leid. Muss der verdammte Alk sein, und dass du einfach küsst wie die pure Sünde.«

Sie berührte sein Gesicht, strich kaum fühlbar mit dem Finger über seinen Mund. Das Herz in seiner Brust strauchelte. »Das warst du nicht allein, Ice. Ich habe mich genauso verloren.«

Er konnte sich hier sofort in sie verlieben, hier in der Damentoilette dieser Bar. »Ich warte draußen.« Besorge dir noch einen Drink und sorge dafür, dass mein Plan Schritt für Schritt aufgeht. Denn dich zu verlieren, das ist keine Option.

Er trat zurück, ließ sie ungestört und gönnte sich selbst eine Atempause. Sobald sich die Tür hinter Soleil geschlossen hatte, versammelten sich seine Brüder um ihn.

Soleil wusste, dass sie für immer in der Hölle schmoren würde. Dies alles war so verkehrt. Dass er sie zu verführen versuchte, spielte gar keine Rolle. Es spielte noch nicht einmal eine Rolle, weshalb sie überhaupt in diese Biker-Bar gekommen war. Sie war gekommen und hatte sich entschieden zu bleiben. Es war ihre Entscheidung gewesen, und sie war geblieben wegen Ice. Sie wollte, dass er sie verführte. Sie wollte eine Nacht lang tollen, perfekten, angeheiterten Sex mit einem umwerfenden Biker wie Ice. Aber mehr als alles andere wollte sie ihn behalten.

Sie wollte auch seine Freunde behalten, die glaubten, sie würden ihm bei seinem Plan so schlau helfen. Diese Übergabe der Gläser, das war schon beinahe nett. Die Rempeleien, um sie beide einander näher zu bringen. Ihre Musikauswahl, damit er mit ihr tanzen konnte. Sie waren wirklich eine Familie, die zusammenhalf, damit ihr Bruder bekam, was er wollte. Sie mochte es, dass er sie begehrte.

Ice hatte es beinahe fertiggebracht, sie vergessen zu lassen, weshalb sie aus dem Hotel weggelaufen war. Sie hasste ihr Leben. Sie hasste vor allem Winston. Was im Lauf der Jahre aus ihr geworden war, fand sie widerlich. Es entsprach überhaupt nicht dem, was sie innerlich war. Sie war *dieses* Mädchen. Das in der Bar, das diesem tollen Mann Drinks hinschob, so wie er ihr, in der Hoffnung zu bekommen, was sie wollte.

Wie standen die Chancen wirklich, mit ihm auf seiner Maschine in den Sonnenuntergang zu brausen, weit fort von ihrem Leben? Wahrscheinlich bei null. Sie rieb sich die Schläfen und betrachtete sich im Spiegel. Wenn sie ihn wirklich zu einer Heirat verführen konnte, wie würde sie ihn dann behalten? Sie war einfach nicht so interessant und toll. Sie hatte ihm nichts zu bieten außer Geld, und er war ein Biker. Er wollte frei sein. Sex? Hatte er wahrscheinlich jeden Tag. Das war jetzt nicht gerade anständig. Aber was glaubte sie denn? War sie wirklich so verzweifelt?

Die Antwort lautete: Ja. Sie hatte so verdammt genug davon, allein zu sein. Von Hotels. Von der Stille. Oder von widerwärtigen, ekelhaften Leuten wie Winston, und nun war sie tatsächlich drauf und dran, selbst so jemand zu werden und Ice zum Heiraten zu verleiten. Allerdings würde sie ihn nicht in eine Falle locken. Er hatte eine Wahl, zumindest, solange er nicht betrunken war. Doch das wollte ihr Gewissen nicht mitmachen. Das war immer ihr Problem gewesen. Sie wollte ein böses Mädchen sein, aber da war immer dieser Moment des Abwägens, ob sie etwas tun *sollte,* gegen das, ob sie es tun *wollte.*

Es war so scharf gewesen, als Ice sie auf der Tanzfläche berührte, ihre Pobacken rieb, und dann in der Tür der Damentoilette, wo er ihr das Kleid herunterriss. Am liebsten wäre ihr fast gewesen, jemand hätte zugesehen. Es war einfach nur heiß gewesen, und er so wild – als ob er ihr nicht widerstehen könnte. Als sei ihr Körper so verdammt verführerisch, dass er sie dort an

Ort und Stelle haben musste, vor aller Augen, um ihr zu zeigen, dass sie ihm gehörte. Das liebte sie. Das hatte sie sich immer gewünscht. Ersehnt. Sie wollte der Welt zeigen, dass er ihr gehörte. Er war alles, was sie sich je erträumt hatte, und alles, was sie tun musste, war, ihrem Glück ein wenig nachzuhelfen. Ein bisschen Finesse. Ein Flirt. Ein Drink.

Noch einmal rieb sie ihre Schläfen und wünschte sich, ihr Leben wäre anders verlaufen. Wünschte sich, dass sie die Chance bekäme, alles anders zu machen. Winston wollte ihren Tod. Er würde sie umbringen. Früher oder später würde es so weit sein. Sie hatte nie eine Chance gehabt, ihr Leben selbst in die Hand zu nehmen. Sie selbst zu sein. Zu lachen und lächerlich zu sein, einfach mit dem heißesten Typen in der Bar abzuhauen. Nur einmal das zu tun, was sie sich erträumt oder zu tun vorgestellt hatte. Sie würde sterben, und es würde hässlich sein, und sie würde voller Bedauern über alles Mögliche sein. Sie war es überdrüssig, immer nur das zu tun, was richtig war; es hatte ihr letztlich nichts gebracht.

Sie hatte niemanden, an den sie sich wenden konnte. Dies konnte gut und gern ihre allerletzte Chance sein, irgendetwas zu bekommen, das wenigstens entfernt dem ähnelte, was sie sich wünschte. Sie merkte, dass Tränen über ihr Gesicht liefen, und wischte sie weg. Sie verdiente es nicht zu weinen, nicht wenn sie auch nur überlegte, sich mit Ice im Trinken zu messen, wohl wissend, dass sie nicht betrunken werden würde, und ihn zu verführen und zu versuchen, einen Ring an seinen Finger zu bekommen. Sie hatte den Verstand verloren. Sie war keinen Deut besser als Winston.

»Bist du dir sicher?«, fragte Maestro. »Sie ist so verdammt unschuldig, Ice. Sie ist nicht wie Breezy, die in einem Leben wie unserem groß geworden ist, oder Anya, die geschützt aufwuchs und in ruppiger Gesellschaft als Barkeeperin arbeitete. Blythe wusste, worauf sie sich einließ. Dieses Mädchen … sie ist wie eine –« Er verstummte, schüttelte den Kopf. »Sie gehört nicht zu uns, Bruder.«

»Sie gehört zu mir«, entgegnete Ice auf dem Weg zurück ins Spielzimmer. »Sie gehört absolut zu mir. Sie hat eine Höllenangst. Jemand hat ihr wehgetan, und sie wird noch immer verfolgt. Sie braucht Schutz.«

»Wir können ihr Schutz geben, Ice«, erinnerte ihn Keys. »Ohne sie zu verführen. Oder sie betrunken zu machen. Wenn sie Schutz braucht, bekommt sie ihn.«

Ice schüttelte den Kopf. »Du verstehst nicht, was ich sage.«

»Eine Frau wie die, Ice, wenn du die einfach aufnimmst, dann gibt es kein Zurück mehr«, bekräftigte Maestro. »Dann passt du für den Rest deines Lebens auf sie auf. Keine Weiber mehr. Schon gar nicht mehrere. Sie ist dann deine Einzige. Teufel, die hat noch nicht mal kapiert, dass sie mehr Sex draufhat als jede andere. Sie kam in diese Kaschemme hier, mit diesem Kleid, in dem sie aussieht wie 'n gottverdammter Engel. Mit der kannst du hingehen, wo du willst, überall wird dich jemand ihretwegen anmachen.«

Alle nickten. Ice zuckte die Achseln. Seine Hand ballte sich zu einer Faust. »Andere Frauen aufzugeben, damit habe ich kein Problem. Ich war es schon lang leid, meinem verdammten Schwanz zu sagen, dass er mitmachen soll. Bei ihr steht er ganz von selber stramm. Freut sich tierisch, sie zu sehen. Sie zu spüren.«

»Das Problem haben wir alle, Ice. Aber du nimmst nicht einfach so eine Frau auf, bloß weil sie dir deinen Maxe ein wenig stramm macht«, erklärte Keys.

»Ihr kapiert das nicht, es geht hier nicht um meinen Schwanz, sondern darum, etwas zu fühlen. Letzten Endes darum, lebendig zu sein. Sie gibt mir dieses Gefühl.«

»Dann mach es mit ihr, Ice«, meinte Player. »Aber häng dich

nicht zu sehr an sie dran, denn sie wird versuchen zu gehen, sobald sie herausfindet, dass wir nicht der Haufen lustiger Typen sind, für den sie uns hält, oder dass du nicht der nette Kerl von nebenan bist. Dann schaust du nämlich ganz schön alt aus.«

»Ich würde sie nicht gehen lassen«, erwiderte Ice. »Wenn sie sich darauf einlässt, dann gehört sie mir. Ganz und gar. Dann kommt sie nicht mehr weg.«

»Sie kann die Konsequenzen nicht absehen«, gab Absinth zu bedenken. »Das weißt du. Sie ist wahrscheinlich vor allem davongelaufen, was in ihrem Leben je schwierig war. Sie hat Kohle. Das sieht doch jeder.«

»Es spielt keine Rolle, ob sie die Konsequenzen sieht oder nicht. Wir haben einen Code, nach dem wir leben. Wenn sie mich annimmt, dann lebt sie mit dem Code«, sagte Ice. Sein Ton wurde unerbittlich. Eisig kalt. Seine Augen waren hart geworden wie zwei blaue Diamanten. Er meinte, was er sagte.

»Es ist eine Falle«, warnte Maestro. »Du lockst dieses Mädchen in eine Falle, verdammt, und sie hat keine Chance, da wieder rauszukommen.«

»Jetzt fängst du an, es zu begreifen«, meinte Ice. »Sie gehört mir, und ich gebe sie nicht auf, also hört auf zu diskutieren. Ihr wisst alle, wie das ist, wenn ich mich entschlossen habe. Wenn ich diese Frau nicht bekomme, dann existiere ich nicht mehr. Weiter gibt es dazu nichts mehr zu sagen.«

Ein Schweigen trat ein. »Ich denke, Ice hat sich klar ausgedrückt«, meinte Code dann. »Was brauchst du, Bruder?«

Maestro schüttelte den Kopf. »Ich hoffe, du weißt, was du tust, Bruder, aber wenn du Hilfe brauchst, wir sind für dich da. Du sagst, wo es langgeht. Wir sind wieder bei deinem Spiel dabei.«

Ice war seinen Brüdern dankbar. Er wusste, sie würden auf seiner Seite sein, wenn er ihnen die Lage klarmachte, auch wenn er daran zweifelte, dass sie gemerkt hatten, wie sehr er jedes

Wort genau so meinte, wie er es gesagt hatte. Wenn er am Ende war, aus dem letzten Loch pfiff, dann neigte er zu Humor, damit die anderen es nicht mitbekamen.

Er hatte Albträume und wachte schweißgebadet auf. Oft konnte er keinen Grund finden, überhaupt noch sein Zimmer zu verlassen. Bei jedem ihrer Jobs meldete er sich freiwillig für die gefährlichsten Aufgaben und hoffte dabei nicht selten, den Einsatz nicht zu überleben. Er konnte einfach nichts mehr fühlen, zumindest nichts, was es zu fühlen wert gewesen wäre. Bis heute, bis seine kleine Prinzessin zu ihm gekommen war.

Maestro hatte genau erkannt, worum es ging. Soleil war zu unschuldig für ihre Welt. Sie war nicht so wie Reapers Old Lady, oder die von Steele. Sogar Blythe wusste über Biker Bescheid und wusste, dass jeder von Torpedo Ink ein Mörder war. Soleil aber hielt sie alle für nett. Sie war umgeben von einer Meute böser Wölfe und glaubte, alle seien nett. Wenn es auf der Welt eine Frau gab, die Schutz brauchte, dann war sie es. Und sie würde ihn bekommen.

»Code, ich muss bis Mitternacht alles wissen, was du über sie in Erfahrung bringen kannst.«

»Hast du ihre Brieftasche?«

Ice nickte und gab sie ihm. Sie war sehr dünn, ein feines Leder, wahrscheinlich hatte sie mehr gekostet als die Stiefel, die er trug. Er strich mit dem Daumen darüber, ehe er sie Code aushändigte. Allein diese Berührung ließ seine Sehnsucht nach *ihr* unerklärlicherweise noch anwachsen.

»Sie ist Lichtjahre von uns entfernt, Ice«, meinte Code. »Das ist dir bewusst, ja?«

Ice nickte.

»Mach dir klar, dass sie nicht nur eine Herausforderung für dich ist.« Code steckte die Brieftasche unter sein Hemd, seine vom Leben gezeichneten Augen starrten Ice direkt an.

»Sie ist keine Herausforderung, Code. Wenn sie etwas in der

Art wäre, hätte ich sie längst schon im Bett.« Dies war die Wahrheit, das wussten sie alle. »Sobald du die Infos über sie hast, stellst du ihr eine Falle für mich. Ich will, dass das alles heute Nacht passiert. Bereite den Papierkram vor und mach alles rechtmäßig – und zwar so, dass es kein Zurück mehr gibt. Sie darf keinen Spielraum mehr haben. Ich will sie komplett an mich gebunden haben.«

Seine Brüder schüttelten die Köpfe, nur Code nickte und verschwand in eine Ecke der Bar, wo es Internet gab und er tun konnte, was Ice verlangt hatte.

»Ich brauche jemanden, der ihr einen Drink bringt. Einen Screaming Orgasm. Der soll dann immer wieder kommen, bis ich alles unter Dach und Fach habe.«

»Wird erledigt«, meldete sich Mechaniker und folgte Code aus dem Spielzimmer hinaus.

»Die Kameras hier drin müssen ausgeschaltet werden. Und niemand kommt herein, außer es ist einer von uns«, fuhr Ice fort.

Er hatte eben gehört, dass in der Toilette ein Wasserhahn lief. Sie würde also gleich wieder hier sein. »Ihre Brieftasche brauche ich so bald wie möglich zurück.«

»Ich sage Mechaniker, er soll sie zusammen mit dem Drink bringen«, sagte Maestro, »und dann bewache ich die Tür.« Er zeigte ein Lächeln, das sich einprägte – das Lächeln eines Hais. »Keiner kommt hier rein.«

»Danke.« Ice kannte seine Brüder und wusste, sie würden sich für ihn einsetzen, auch wenn er sich ihrer Meinung nach komplett verrückt verhielt.

Soleil kam aus der Toilette, und sie war schöner denn je. Engelgleich. Ihre Haut schimmerte so sanft, als wolle sie dazu einladen, berührt zu werden. Ihre riesengroßen Augen, dieses tiefe Schokoladenbraun, eine Farbe, einfach unbeschreiblich. Die Wimpern lang und dicht, ein dunkler Ton, fast schwarz, bis man sehr nahe vor ihr stand. Sie fassten ihre Augen auf eine Art und Weise ein, die einem Mann alles Mögliche in den Sinn kommen ließ. Die Nase war gerade, eine kleine Prinzessinnen-Nase.

Es war ihr bestimmt, frisch und jung und viel zu unschuldig auszusehen. Diese Art von Unschuld, die die meisten Männer sofort zerstören wollten – oder zumindest er. Er würde es nie müde werden, sie anzusehen. Jedes Mal, wenn er es tat, kamen ihm sofort Gedanken, die schmutzig, erotisch und alles andere als unschuldig waren, und dennoch wusste er, dass er jede einzelne dieser Fantasien mit ihr ausprobieren würde.

Er hatte ihren Geschmack noch immer im Mund. Fühlte ihren Nippel an seiner Zunge. Diesen weichen, nachgiebigen Hügel, der so voll und rund war und perfekt für einen Mann wie ihn. Er war ein Tittenfetischist. Er liebte es, Brüste anzusehen, doch nun, da er die Vollkommenheit in ihrem perfekten Hintern gefunden hatte, nahm er sich vor, sehr aufmerksam zu sein.

Ice reichte ihr eine Hand. Soleil zögerte nicht einmal. Ihre Augen glänzten, ihr Mund zeigte ein perfektes Lächeln, und als sie auf ihn zutrat, schmiegte sie sich sofort an ihn, ließ ihren Körper an seinen gleiten.

»Ich habe den Billardtisch für uns reserviert«, sagte er. Seine Lippen streiften ihr Ohr, er spürte, wie ein Schauder sie durchlief. »Was möchtest du wetten? Es muss etwas Interessantes sein, nicht einfach nur Geld.«

Ihre Wimpern flatterten. »Ich weiß nicht, was wäre denn gut für dich?«

»Wenn du gewinnst, bestimmst du den Einsatz, wenn ich gewinne, kriege ich dein Höschen.«

Mechaniker stellte zwei Drinks auf das Beistelltischchen unterhalb des Gestells mit den Billardstöcken. Soleil musterte ihn argwöhnisch. »Was soll das? Ich wechsle nicht mittendrin den Drink. Ich will keinen Kater bekommen.«

»Du wirst keinen kriegen, und ich weiß, du wirst diesen Drink lieben. Es ist ein Screaming Orgasm.«

Soleil verdrehte die Augen. »Im Ernst, Ice? So etwas gibt es doch gar nicht. Das ist doch ein Märchen. Da hat jemand einen Drink nach einem Märchen benannt.«

Seine Augenbraue schnellte hoch, und er presste sich an sie, bis er merkte, dass sie seine körperliche Erregung spürte. Bis er jeden Atemzug spürte, den sie in ihre Lunge sog.

»Baby, ich muss noch nicht mal meinen Schwanz in dir haben, um dich zum Schreien zu bringen, wenn du für mich kommst.« Er blickte ihr direkt in die Augen, als er ihr das sagte, denn ihm war wichtig, sie wissen zu lassen, dass er es genau so meinte. »Wenn ich das erste Spiel gewinne, kriege ich dein Höschen. Beim zweiten Mal bringe ich dich zum Schreien.«

Soleil blickte auf in seine kristallblauen Augen, Erregung erfasste sie. Hitze pulsierte durch ihre Adern. Er war es, der die Wetten vorschlug. Mehr Alkohol. Gab das nun ihr die Verantwortung? Oder ihm? Er war definitiv darauf aus, sie zu verführen. Und alle seine Freunde spielten mit, halfen ihm. Sie liebte das, sie mochte es, dass sie bereit waren, alles für ihren Bruder zu tun. Irgendwo im Hinterkopf realisierte sie, dass sie womöglich in einer gefährlichen Lage war, doch Ice war zu sehr auf sie fixiert, und sie glaubte seinen Worten, dass er sie nicht mit den anderen teilen werde.

Er ließ sie alles vergessen bis auf die Erregung, mit ihm zusammen zu sein. Sie musste vergessen. Sie wollte diese eine Nacht. Es war nicht für immer, aber ihr blieb auch nicht ewig Zeit. Sie hatte diese eine Nacht, und sie würde ihre Chance mit diesem erstaunlichen, hinreißenden, sexy Mann ergreifen. Mochte sie in der Hölle schmoren für alles, was sie heute Nacht tun würde, es war ihr egal. Bei seinem Anblick hatte sie das sichere Gefühl, dass es das absolut wert sein würde.

5. Kapitel

Soleil errötete, ihr Gesicht bekam diesen wunderschönen rosigen Ton, den er, Ice wusste es, an ihrem ganzen Körper sehen würde, sobald sie, seinen Mund zwischen ihren Beinen, vor ihm ausgebreitet dalag.

Sie reckte das Kinn nach oben. »Du glaubst, ich bin dir nicht gewachsen? Vergiss es, du wirst nicht gewinnen.«

Er warf ihr ein Grinsen zu. »Prinzessin, ob du gewinnst oder verlierst, ich werde mich danach in jedem Fall als Sieger sehen. Bist du dabei?«

»Voll und ganz«, erklärte sie.

Er würde dafür in der Hölle schmoren, aber er hatte ja bereits einen Platz im heißesten Inferno reserviert, also presste er einfach einen Kuss auf ihre Handfläche, drückte ihr dann den Screaming Orgasm in die andere Hand und griff nach seinem eigenen.

»Was ist da alles drin?«, wollte sie wissen und roch vorsichtig daran.

Er nahm einen Schluck, küsste sie und teilte dann mit ihr den Geschmack von Baileys, Wodka und Kahlúa. Dabei konnte er es nicht lassen, seine Hand vereinnahmend um ihren Nacken zu legen. Sobald sich ihre Lippen trafen, kam es zur Explosion. Ihr Feuer geriet an sein Dynamit. Beide fuhren hoch, ihr Mund bewegte sich auf seinem, folgte seiner Vorgabe; ihre Zunge glitt an der seinen entlang, nahm sich jeden noch in seinem Mund vorhandenen Geschmack des Drinks. Es war sinnlich. Erotisch. Es war der heißeste Kuss, den er je erlebt hatte, und er wollte ihn nicht enden lassen.

Er dachte, sein Spiel mit ihr zu treiben. Sie zu verführen. Ja, es war ein Spiel, doch es fühlte sich völlig real an, und das war noch nie so gewesen. Er hatte beim Küssen noch nie etwas gefühlt. Hatte keine Ahnung gehabt, dass eine Berührung einen Feuersturm auslösen konnte, der durch ihn hindurchdröhnte und brannte, ihn nach mehr lechzen ließ, bis ihre Küsse wichtiger waren als alles andere, sogar scin Atem.

Sie sollte sich in ihn verlieben. Das war letztendlich das Ziel. Sein Leben war eine Illusion, nicht mehr. Er selber existierte nicht mehr, es gab keinen Ice. Es gab einen Killer, und damit würde sie leben. Als Gegenleistung für ihre Liebe würde er sich vorbildlich um sie kümmern. Und er würde dies haben …

Diesen Rausch, der alles übertraf, was er je gekannt hatte. Ihre Unschuld, die er zerstören und beschützen konnte. Wenn er seine Trümpfe richtig ausspielte, wenn er aufpasste, auf jedes Detail achtete, würde es klappen. Es musste klappen, nun, da er einen kleinen Vorgeschmack davon hatte, wie es mit ihr werden konnte. Er würde einen Anschein von Leben haben. Mehr konnte jemand, der so kaputt war wie er, nicht erwarten.

Die anderen dachten, dass er zu schnell vorging, ja. Doch wenn ein Mann das Schlimmste in seinem Leben erfahren hatte, dann erkannte er auch das Beste, wenn er es sah. Nachdem er mit Hunderten oder auch mehr Frauen zusammen gewesen war, mit denen es für ihn nie wirklich geklappt hatte, würde er nun nicht ein Wunder wegwerfen, wenn eine zu ihm kam und sich ihm quasi zu Füßen legte.

Er beugte sich zurück und betrachtete sie mit seinen blauen Augen – diesen blauen Augen, die so leicht verführen konnten. Er blieb auf sie fokussiert, nicht weil sie seine Zielperson war, sondern weil alles, was sie tat, ihn faszinierte. Jede Geste. Jede

Miene. Die Art und Weise, wie ihre Finger den Stoff ihres Kleids in Falten legten. Die Art und Weise, wie sie ihr Glas an die Lippen brachte und nippte. Es begeisterte ihn, wie sie große Augen bekam und wie diese sündhaften Wimpern zitterten, bevor sie trank.

»Das schmeckt gut.« Sie schien überrascht.

»Manchmal, Prinzessin, muss man eben ein bisschen was riskieren im Leben. Das ist unsere Nacht, erinnerst du dich? Wir sagen zum Teufel mit allem und lassen es uns einfach total gut gehen.«

Sie betrachtete ihn eine gefühlte Ewigkeit lang über ihr Glas hinweg, und dann lächelte sie. Gott. Dieser Mund. Am liebsten hätte er jetzt sofort ihre Lippen um seinen Schwanz herum gefühlt. Er brauchte Erleichterung, doch über ihren Mund zu sinnieren, würde ihm bestimmt keine verschaffen, schon gar nicht, wenn ihre Zunge nach einem Rest Sahne leckte wie … Er hätte beinahe laut gestöhnt.

»Du hast noch gar nichts davon getrunken, Ice«, sagte sie. »Schummeln gilt nicht.«

Er bemühte sich fast verzweifelt, nicht daran zu denken, wie sich ihre Lippen um seinen Schwanz legten. Nahm sein Glas zur Hand und leerte es, nicht ohne dabei zu bemerken, wie seine Brüder einander merkwürdig angrinsten. Er konnte dieses Grinsen nicht interpretieren, weil es ihn zu sehr beschäftigte, seine widerspenstigen Gedanken von ihren Lippen abzubringen.

Er wandte sich den Queues zu, wog ein paar von ihnen in der Hand und wählte einen aus. Sie reichte Maestro sein Glas, der gab es weiter an Keys.

»Du fängst an.«

Sie zog die Brauen nach oben. »Ich sehe, du hast aus dem Dartsmatch nichts gelernt.«

»Habe ich. Keine Gnade, Weib. Das habe ich gelernt. Aber ich bin ein Gentleman …«

Hinter ihm ertönte ein spöttisches Schnauben, und er drehte sich zu Maestro um, obwohl selbst Soleil zu lachen anfing.

»Er ist ein gottverdammter Lügner«, sagte Maestro. »Beim Billard ist er ein echter Abzocker.«

Sie warf Maestro ein Lächeln zu, bei dem Ice etwas Dunkles und Hässliches im Bauch spürte. Er war noch nie in seinem Leben eifersüchtig gewesen, schon gar nicht wegen einer Frau und auch nicht, wenn sie seinen Bruder anlächelte. In der Regel hatte er kein Problem damit zu teilen, doch was er zu Soleil gesagt hatte, war genau so gemeint. Niemand berührte sie außer ihm. Ihr Lächeln war ja schon unschuldig genug, aber zum Teufel, sie war auch noch so verdammt sexy, ohne es zu ahnen. Seine Brüder hatten recht. Er würde eine Menge Zeit darauf verwenden müssen, Außenstehenden die Regeln einzubläuen, die sie nicht verstanden. Ein erbaulicher Gedanke.

»Das bin ich auch«, versicherte Soleil ihm.

»Ich glaube, das wird ein interessantes Spiel«, meinte Ice. »Wenn du einen Fehler machst, darf ich dir eine Frage stellen. Und du musst wahrheitsgemäß antworten.« Es war ein Spiel, das sie alle beherrschten, und es war auch Teil eines Verführungskomplotts, das sie gelernt hatten und das immer funktionierte. Sie brauchten Informationen, um ihre Zielperson zu verführen, und das Spiel mit der Wahrheit war unwiderstehlich und äußerst wichtig.

Sie zeigte ihm eine Grimasse, leerte ihr Glas und stellte es auf den Tisch. Aus dem Augenwinkel sah er, wie Maestro sie beobachtete, den anderen zugrinste, das Glas nahm und sofort damit an die Bar ging. Ja. Seine Brüder. Für sie würde er sogar sterben.

»Das Gleiche gilt für dich: Wenn du einen Fehler machst, musst du meine Frage beantworten«, stimmte sie zu.

»Keine Ein-Wort-Antworten«, fügte Ice hinzu. »Du musst die Frage tatsächlich beantworten.«

Soleil baute die Kugeln auf, machte den Eröffnungsstoß und

versenkte sofort eine gestreifte Kugel. Sie umrundete den Tisch, bis sie fast vor Ice zu stehen kam. Er war sich ihrer überaus bewusst, ihres Dufts, wie ihre Haare über ihren Rücken fielen, wie sie unter den Tischleuchten unglaublich glänzten.

Sie beugte sich langsam über den Tisch, und ihm blieb fast das Herz stehen. Sie versuchte nicht, verführerisch zu sein, dessen war er sich absolut sicher. Dazu war sie einfach zu unschuldig. Er merkte, dass sie sich voll und ganz auf ihr Spiel konzentrierte, doch die Art und Weise, wie die Falten ihres Rocks über ihren Hintern fielen, lenkte seine Aufmerksamkeit auf ihre Figur. Diese perfekte Figur. Weibliche Formen hatten ihm schon immer gefallen. Sie hatte einen perfekten, herzförmigen Po, einen, der einen Mann wie ihn geradezu ansprang und bei dem ihm alle möglichen schmutzigen, erotischen Gedanken durch den Kopf jagten.

Seine Brüder sagten, er sei ein Künstler. Er selbst hätte sich nie so bezeichnet, aber davon abgesehen genoss er es einfach, den Körper einer Frau zu betrachten. Ihre physische Form. Es lag eine große Schönheit in solchen Formen. Er sah sie an und musste einen Kampf mit sich ausfechten. Sie gehen lassen – das sollte er, er wusste es. Sie war zu stilvoll für einen Mann wie ihn. Sie würde keine Ahnung haben, wie sie sich in seiner Welt zurechtfinden konnte, und wenn er ehrlich mit sich war, war das mit ein Grund, weshalb er sie begehrte.

Er fluchte leise, kämpfte gegen sein selbstsüchtiges Wesen an. Er war der Teufel selbst, der ihr nachstellte, und sie ein Engel, den Dämonen ihm direkt zugetrieben hatten. Scheiße. Er würde sich hüten, sie in die Falle zu locken. So etwas zahlte sich nie aus. Niemals. Er hatte sich davon überzeugt, dass sie ihn brauchte, und damit war der Handel fair, aber er war gleichzeitig Schwachsinn, und das wusste er.

Während er noch darum kämpfte, sie zu retten, hatte sie schon vier weitere Kugeln versenkt. Sie drehte den Kopf, noch immer über den Tisch gebeugt, ihr Mund so nah an seiner Leistengegend, dass er an der Vorderseite seiner Jeans fast ihren Atem spürte. Und sie sah ihn an, so ernst wie die Sünde.

»Falls ich es vergesse, es dir noch einmal zu sagen, Ice, vielen Dank für heute Abend. Du hast keine Vorstellung davon, was du für mich getan hast. Wahrscheinlich hast du mir sogar das Leben gerettet.« Sie wandte sich wieder dem Spieltisch zu.

Er stand da und starrte sie an. Langsam hob er den Blick, sah zu den anderen, die herumstanden und zuschauten. Sie hatten alle gehört, was sie sagte. Sie war nicht pathetisch. In ihrer Stimme lag Wahrheit. Er blickte zu Absinth. Der Mann war ein menschlicher Lügendetektor. Sein Nicken war kaum wahrnehmbar, doch es sagte Ice, dass Soleil soeben etwas extrem Wichtiges preisgegeben hatte. Wer immer ihr Exverlobter war, er wollte sie tot sehen, und sie hatte Angst, dass er damit Erfolg haben könnte.

Eine Frau wie Soleil hätte um Polizeischutz bitten sollen, doch das hatte sie nicht getan. Weshalb? Das ergab keinen Sinn, doch dass sie in derartigen Schwierigkeiten steckte, erhärtete seinen Entschluss, sie zu behalten. Er konnte ihr Sicherheit bieten und all ihre Sorgen vertreiben. Das konnte er. Dafür war er der Mann.

Ihre Kugel drehte sich im Loch und sprang wieder heraus. Er pfiff leise. »Du hast den Tisch fast abgeräumt, Darling, aber *fast* zählt nun mal nicht. Du schuldest mir eine Antwort.«

Sie lächelte kurz und zuckte die Achseln. »Ich wollte nicht, dass du dich schlecht fühlst, du weißt schon, ein Mädchen, das dich beim Billard abzieht wie einen Anfänger und so. Was ist deine Frage?«

»Keine Sorge, Prinzessin. Ich bin nicht die Sorte Mann, die sauer wird, wenn meine Frau es schafft, mir einen Sieg abzuringen. Da wäre ich sogar stolz.«

Sie blickte erfreut. »Dann zeig mal, was du draufhast.«

»Was ist dein bester und dein schlimmster Charakterzug?«,

fragte Ice, während er um den Tisch herumging und die Lage der Kugeln studierte. Sie hatte ihm nicht viele übrig gelassen und fast alle gestreiften eingelocht.

»Du hast nur eine Frage. Das sind zwei.«

Er grinste ihr zu. »Dann der schlimmste. Kannst es ja auch gleich hinter dich bringen.«

Aus zusammengekniffenen Augen beobachtete sie seinen ersten Stoß. Er spielte die Kugel an die Bande, sie prallte ab und verschwand in der Tasche. Sein Grinsen wurde breiter, er nippte an seinem Drink und zeigte auf ihr Glas.

Soleil seufzte, nahm einen kräftigen Schluck und wischte sich ein paar Strähnen aus dem Gesicht. Mit dem Anheben ihres Arms hoben sich auch ihre Brüste und zogen sofort seine Aufmerksamkeit auf sich. Er hätte schwören können, dass ihre Nippel hart waren und gegen den dünnen Stoff ihres Kleides drückten, nur um ihn anzumachen.

Wieder wollte er nach seinem Glas greifen, konnte jedoch den Blick nicht von ihren Brüsten abwenden. Maestro reichte es ihm, und er leerte es mit einem Zug, noch ehe er daran denken konnte, dass er die Kontrolle bewahren musste. Er schwitzte. Atmete zu schwer. Der Schwanz in seiner Jeans war steinhart.

»Ich lasse mich treiben. Ich mag keine Konflikte, und ich kann keine Entscheidungen treffen. Ich arbeite ständig daran, aber dann merke ich doch immer wieder, wie ich mich auf etwas einlasse, obwohl ich das eigentlich gar nicht will. Winston zum Beispiel.«

Der Dreckskerl hieß also Winston. Er warf Player einen Blick zu, der daraufhin Richtung Bar verschwand, wo Code bereits alles, was er konnte, über Soleil herauszufinden versuchte.

»Ich konnte es nicht glauben, dass er einen Anwalt beauftragte, ohne mit mir darüber zu reden. Es hätte meine Entscheidung sein sollen, nach Kevins Tod einen anzuheuern. Kevin war schon mein Anwalt seit der Zeit, als meine Eltern starben. Ich war noch nicht bereit, irgendjemanden in mein Leben hereinzulassen, aber Winston beschloss, dass er das Sagen hätte. Er ließ sich einfach von nichts abhalten. Damals beschloss ich, ihn nicht zu heiraten, aber das sagte ich ihm nicht. Jedenfalls nicht eindeutig. Ich sagte immer, ich bräuchte noch mehr Zeit.«

Aus schierer Verzweiflung, an seinem Plan festzuhalten, hatte Ice schon beim Zuhören seinen nächsten Stoß organisiert, doch nun fasste er sich und folgte ihr dann zielbewusst um den Billardtisch herum. Dabei wirkte er offenbar Furcht einflößend, denn sie trat einige Schritte zurück. Er ging jedoch weiter auf sie zu, fasste sie an der Vorderseite ihres Kleids und zog sie sehr sanft zu sich.

»Baby, wenn dir etwas, was ich tue, nicht gefällt, dann sagst du es mir sofort. Wenn jemand anderer etwas sagt oder tut, was dir nicht gefällt, dann will ich es sofort zu hören bekommen. Wenn du mir nichts sagst, dann werde ich sauer, und so willst du mich nicht sehen. Kapiert? Du redest mit mir. So schaffen wir solchen Scheiß aus der Welt. Du. Ich. Verstanden?«, wiederholte er.

Er sagte es leise, aber mit großem Nachdruck. Sie schluckte schwer und nickte.

»Tu das nicht. Hab keine Angst vor mir, so wie vor ihm. Ich würde dir nie wehtun. Niemals. Du musst lernen zu sagen, was du denkst, und dabei kann ich dir helfen; aber unter uns, ich muss wissen, dass du mir immer sagst, was dir nicht passt. Das erwarte ich von dir.«

Soleil nickte bedächtig. »Ich versuche es, Ice. Ich lasse mich ja nicht gern treiben. Aber ich habe einfach nie gelernt, anders zu sein. Ich bin in Hotels aufgewachsen. War immer allein. Ich glaube, ich wollte mich so sehr einordnen, dass ich einfach nie lernte zu sagen, was ich denke. Ich hatte immer Angst, dass ich dann rausgeworfen werde.«

Ice ergriff Soleils Hand und presste einen Kuss auf ihre Fingerknöchel. »Bei Torpedo Ink sind Meinungen erwünscht, und wir hören jedem und jeder mit gleicher Aufmerksamkeit zu. Sag, was du willst, Baby. Du bist frei.«

Sie nahm den Drink, den Maestro ihr reichte, und nippte daran. »Jedenfalls heute Nacht. Du hast keine Ahnung, welches Glück du hast.«

Er lochte drei Kugeln hintereinander ein und richtete den Blick dann auf sie. »Diesen Schmarotzer bist du los, Prinzessin. Es gibt keinen Grund für dich, nicht frei zu sein. Wir feiern, schon vergessen? Deine Freiheit. Du bist eine von uns, und du bist bei uns in Sicherheit. Du kannst alles sagen oder tun, was du willst. Niemand kann dir etwas anhaben.«

Sie nippte noch einmal. »Das klingt gut, Ice, aber es ist nicht ganz die Wahrheit. Du setzt dich auf dein Motorrad und fährst, wohin du willst, und ich werde hier sitzen und mit ihm konfrontiert sein. Er ist da draußen, und ja, heute Nacht kann ich ihn vergessen, aber er wird mir nachstellen.«

»Wenn du deinen süßen Arsch auf meinem Rücksitz parken willst, Baby, dann wird dieser Sitz immer für dich reserviert sein.«

Da war sie. Die Einladung, die sich Soleil mehr wünschte als alles andere. Soeben hatte Ice die Tür für mehr aufgestoßen. Dafür, die Rund-um-die-Uhr-Hochzeitskapelle aufzusuchen oder einfach auf seiner Maschine fortzudüsen. Sie wollte das mit jedem Atemzug, den sie machte. Sie wollte *ihn*, mehr und mehr. Je mehr Zeit sie mit ihm verbrachte, desto mehr wollte sie das böse Mädchen sein und ihn verführen. Er war hier. Er wollte sie. Bislang war es leicht. Er konnte den Blick nicht von ihren Titten und ihrem Hintern abwenden.

Ice war einfach *alles*, wovon Soleil je geträumt hatte. Alles. Warum hatte sie ihn erst jetzt getroffen, nun, wo es keine Zukunft mehr für sie gab? Sie spürte die Tränen in ihren Augen brennen. Ice verhielt sich mehr wie ein Mann, als Winston es je getan hatte. Er schien sich tatsächlich dafür zu interessieren, was sie dachte und fühlte. Das hatte sie noch nie mit jemandem erlebt. Sie konnte sich heftig verrennen, wenn sie nicht aufpasste, und sie fürchtete, genau das zu tun. Vielleicht war es der Alkohol. Sie war nicht an gemixte Drinks gewöhnt, aber das war ihr egal. Sie wollte diese Nacht mit ihm. Sie wollte so viel Zeit wie möglich mit ihm. Ein ganzes Leben. Sie hatte diese eine Nacht, in die sie ein Leben hineinpacken konnte, und sie fasste den Entschluss, all das zu tun, was zu tun sie sich schon immer erträumt hatte – und mehr –, wenn sie es konnte.

Wenn sie genug trank, würde sie sich vielleicht auch trauen, sich auf seine Maschine zu setzen und mit ihm loszufahren. Ohne einen Blick zurück. Sie würde gar nicht zurückblicken wollen. Er würde ihr genug sein. Sie konnte ein Leben mit ihm aufbauen, sie wusste, dass sie das konnte.

Ice wandte sich wieder seinem Spiel zu und versenkte zwei weitere Kugeln. Soleil würde mit ihm kommen, ganz gleich, was passierte. Sie brauchte einen wie ihn. Jemanden, der skrupellos und abscheulich niederträchtig war, einen, der bereit war, jedem die Scheiße aus dem Leib zu prügeln, der sie auch nur falsch anschaute. Einen, der bereit war, einen Feind zu töten, der ihr so viel Angst machte, dass sie sich in eine Biker-Bar traute, um dort Schutz zu suchen. Dieser traurige Blick, der manchmal in ihrem Gesicht auftauchte, musste verschwinden.

Er hörte ihr leises Lachen, blickte über die Schulter und sah ihr Gesicht aufleuchten, so wie immer, wenn sie lachte. »Was?«, fragte er schroff, denn sein Körper reagierte auf dieses Lachen, und er konnte es sich nicht leisten, die Kontrolle zu verlieren. Dafür stand zu viel auf dem Spiel. Er würde sie dazu bringen, mit ihm nach Hause zu gehen, doch der Code verlangte, dass sie voll und ganz einwilligte.

»Meinen süßen Arsch auf deinem Bike parken?«, wiederholte sie.

Ice zuckte zusammen. Er musste wirklich lernen, wie man sich in besseren Kreisen unterhielt. Andererseits – sollte sie doch ruhig wissen, wie er wirklich war. »Du musst zugeben, Baby, du hast einen wirklich hübschen Hintern.«

»Das gefällt mir, dass du das so siehst. Ich bin noch nie bei jemandem mit auf einem Motorrad gesessen. Ich habe selbst eines. Und ich fliege. Ich liebe Flugzeuge. Bist du schon mal mit einem Segelflieger geflogen? Das ist so cool. Vor allem, wenn die Sonne aufgeht. Ebenso das Gleitschirmfliegen. Und Fallschirmspringen.«

Sein Girl war ein Adrenalin-Junkie. Wer hätte das gedacht? Dieses wunderschöne Engelsgesicht hatte es gern ausgeflippt. Auch er stand ja auf allerlei verrückte Sachen. Vielleicht passte er einfach zu ihr. Himmel, er konnte es nur hoffen.

»Ich glaube, du musst einfach mal mit mir fahren«, sagte er. »Wenn dir das alles gefällt, dann wirst du es auch lieben, auf meinem Bike die kalifornische Küste hinaufzufahren. Was macht es schon für einen Unterschied, ein paar Tage – oder Wochen – zu warten, bevor du diesen Mistkerl wiedersiehst? Komm mit, wenn ich zurückfahre. Dann kannst du auch Lana wieder treffen. Sie ist mit dem Präsidenten, seiner Frau und ein paar anderen nach Hause gefahren.«

Soleil erwiderte nichts, und so ging er zu seinem Spiel zurück. Sie dachte darüber nach. Aus dem Augenwinkel sah er sie ihren Screaming Orgasm leeren. Er konzentrierte sich auf seinen Stoß. Er musste dieses Spiel gewinnen – und auch das nächste. Und sie war höllisch gut. Wahrscheinlich würde er das nächste Mal schummeln und sie ablenken müssen. Bei dem Gedanken, wie er das bewerkstelligen würde, grinste er in sich hinein.

Er lochte die restlichen vollen Kugeln ein und ging dann um den Tisch herum, um anzuzeigen, wo er die Acht einlochen wollte. Maestro reichte Soleil einen weiteren Screaming Orgasm. Sie würde ihn brauchen. Er versenkte die Kugel problemlos und drehte sich grinsend zu ihr um. Maestro hielt ein Glas Whiskey für ihn bereit. Auch er grinste Ice zu; ein bisschen zu viel für seinen Geschmack. Was zum Teufel hatte es auf sich mit diesem Blick?

Soleil schüttelte den Kopf, ihre Augen strahlten und lachten. »Ich kann es nicht glauben, dass ich verloren habe. Wahrscheinlich weil ich mir dich ohne deine Jeans vorgestellt habe.«

»Das kann ich für dich machen, Prinzessin, aber ich habe gerade nichts drunter an. Du könntest also schon vom bloßen Sehen einen Orgasmus bekommen.«

Ihr Blick senkte sich auf die Vorderseite seiner Jeans. Ihre Zunge glitt über die vollen Lippen, um sie zu befeuchten, und er hätte vor Schmerz beinahe aufgestöhnt. Sie sah aus, als wolle sie auf die Knie gehen und ihm die Hose herunterziehen, nur um zu sehen, ob er darunter etwas anhatte. Ihr sehnsuchtsvoller Blick und diese glänzenden Lippen machten ihn fast fertig. Er konnte sich so richtig vorstellen, wie sie sich um seinen Schwanz legten.

Jemand kicherte, doch er konnte nicht lang genug von ihr wegschauen, um zu sehen, wer es war, um ihn sich später vorzuknöpfen.

Soleil blickte ihn an und verdrehte die Augen. »Du bist so arrogant!« Doch sie lachte dabei.

»Ich habe auch allen Grund dazu.« Er machte einen Schritt auf sie zu und klemmte sie geschickt zwischen sich und dem Spieltisch ein. »Ich glaube nämlich, ich habe dein Höschen gewonnen.« Seine Stimme war beinahe ein Knurren. Zumindest kam es ihm so vor, denn auch wenn er sie verführen wollte, war er sich doch nicht sicher, wer hier wen verführte.

Sie nickte. »Ich glaube, das hast du.«

Er legte seine Hand auf ihr Bein, knapp über den Saum ihres

Kleids. Ihre Haut war so weich im Vergleich zu seiner schwieligen Hand, dass ihm fast die Luft wegblieb. Noch ehe sie protestieren konnte – wiewohl er nicht wusste, ob sie das tun würde –, presste er einen Kuss auf ihre Lippen. Und wieder brach das Feuer aus. Er wollte zärtlich sein, doch dazu kam es nicht, nicht, wenn sie in Flammen aufging und sich ihm einfach hingab. Sie schmeckte wie eine Mischung aus Screaming Orgasm, Zimt und scharfen Gewürzen. Eine aphrodisische Mischung; er konnte nicht genug von ihr kriegen.

Er verlor sich in ihr, küsste sie wieder und wieder, lechzte nach ihrem Mund, nach dem Feuer, das er dort fand, so heiß, dass er in der Hölle verbrennen würde – oder im Himmel. Wo auch immer, er würde dort bleiben. Seine Hand glitt höher, bis an ihr Höschen. Sanft. Völlig im Gegensatz zu seinem Kuss. Sie hätte protestieren, ihn stoppen müssen. Doch sie presste sich vielmehr an ihn. Das Herz in seiner Brust zog sich zusammen, sein Schwanz zuckte und pulsierte.

»Wie zum Teufel kommt es, dass deine Haut dermaßen zart ist?«, murmelte er an ihrem Hals.

»Ich wusste nicht, dass sie so zart ist«, erwiderte sie so atemlos, wie er sich selbst fühlte.

Er nahm ihr Ohrläppchen zwischen seine Zähne und zog daran, ehe er die Hand widerstrebend wegnahm und ihr Kleidersaum wieder nach unten fiel.

Sie starrten einander lange an, dann schnippte er grinsend mit den Fingern. »Gib es mir.« Dabei rechnete er halb damit, dass sie sich weigern oder es wenigstens versuchen würde.

Stattdessen ließ sie, ohne die anderen anzusehen, den Blick fest auf ihn gerichtet, die Hände unter ihr Kleid gleiten, wackelte ein bisschen mit den Hüften und zog ihr Höschen herunter. Ihm blieb beinahe das Herz stehen. Noch immer ihn fixierend, hob sie ihr Kleid an den Seiten hoch. Er erhaschte einen Blick auf ihre Beine und Hüften, das war alles. Aber es war erotischer als alles, was er je gesehen hatte. Wenn er diese Nacht unbeschadet überstehen wollte, dann würde er noch weitere Drinks brauchen.

Sie kauerte nieder, den Blick noch immer auf ihn gerichtet, streifte das Höschen ab, richtete sich auf und reichte es ihm. Es war ein winziger weißer Tanga mit Blümchenmuster, der so unschuldig wirkte wie sie selbst, bis einem die ineinander verdrehten weißen Schnürchen auffielen, die zwischen ihren Pobacken verliefen. Er sah ihr in die Augen, hielt sich das süße Nichts, ohne nachzudenken, an die Nase und sog ihren Geruch ein. Es überraschte ihn nicht im Mindesten festzustellen, dass sie einen ganz eigenen Duft hatte.

Sein Körper reagierte nicht einfach nur. Heißes Blut rauschte durch seine Adern und sammelte sich in seinem Glied. Ein Schwanz, der nicht nur steif war, sondern stahlhart. So hart, dass er zu zerbersten meinte, wenn er auch nur einen Schritt machte. Es tat weh. Ein verdammt guter Schmerz, der ihm sagte, dass er voll lebendig war. Was bedeutete, er musste seinem Körper nicht befehlen zu reagieren, er tat es von ganz alleine, weil seine Frau so gottverdammt heiß war. Sie war ein Inferno.

Sie warf ihm einen etwas selbstgefälligen Blick zu. »Maestro, ich glaube, Ice könnte noch einen Drink vertragen.«

Wieder dieses Kichern, es kam von jemandem hinter ihm. Jemand anderes antwortete, als wüssten seine Brüder etwas, das er nicht wusste. Er hätte sich umdrehen sollen, doch er konnte sich nicht davon abbringen, sie anzustarren. Er nahm einfach nur den Drink, den Maestro ihm in die Hand drückte, und kippte ihn in sich hinein, ließ dieses Feuer den Stahl in seinem Schwanz noch mehr härten.

Soleil baute die Kugeln auf und nahm ihr Queue zur Hand. »Willst du anfangen?«

Er sollte. Es bedeutete ein großes Risiko, wenn er ihr den Eröffnungsstoß überließ, sie alle Kugeln versenkte und er nicht einmal eine Chance zu spielen bekam. Dazu war sie auf jeden

Fall in der Lage. Andererseits wollte er eine Chance, sie ablenken zu können. Er musste ihre Reaktion sehen. Sie war so sehr auf ihn fokussiert, dass er nicht sicher war, ob sie sich der anderen Mitglieder von Torpedo Ink im Raum bewusst war, und das war es genau, was er wollte – was er brauchte.

Er hatte es geschafft, die Brieftasche wieder in ihre Tasche zu stecken, als er sie erneut küsste. Code hatte dafür gesorgt, dass die Kameras im Hinterzimmer nicht funktionierten. Die anderen bewachten die Tür und ließen niemanden ins Spielzimmer. Seine Frau sollte leicht, angenehm angeheitert sein, nicht mehr. Maestro hatte ihr eine Flasche Wasser besorgt, von der sie immer wieder getrunken hatte. Alles war bestens organisiert. Er deutete mit seinem Queue an, dass sie eröffnen könne. Vielleicht musste er aufhören zu trinken und besser darauf aufpassen, was vor sich ging, doch mit dem Whiskey und mit dieser Frau konnte dies die Nacht seines Lebens werden.

»Wenn du vier hintereinander einlochst, unterschreibe ich deinen Ehevertrag. Wenn ich vier einloche, unterschreibst du meinen«, sagte er, als sie gerade anstoßen wollte.

Sie hielt inne und wandte sich ihm zu. Plötzlich wirkte sie vollkommen konzentriert und absolut nüchtern. Sie sah in der Tat stocknüchtern aus, allerdings schienen ihre wunderschönen Augen voller Tränen zu sein. »Du würdest meinen Ehevertrag unterschreiben?«

»Habe ich doch gesagt. Jeder Mann, der das nicht täte, wäre ein Idiot. Und wenn du noch so schlimm bist, Baby. Ich halte das aus.«

Sie blinzelte ihn mehrmals an, und er hätte schwören können, dass die Tränen in ihren Wimpern aussahen wie Diamanten. Dann drehte sie sich um, versenkte eine gestreifte Kugel und dann noch drei weitere. »Ich glaube, du musst dir einen Stift holen, guter Mann.«

Sie wirkte sehr düster, als wäre es eine äußerst ernste Angelegenheit, wenn Ice den Ehevertrag unterzeichnete. Sie beugte sich über den Tisch für ihren nächsten Stoß. Ihr koketter kurzer Rock rutschte über die Schenkel nach oben und zeigte den Ansatz ihrer Pobacken. Ice blieb fast das Herz stehen.

»Hab ich schon hier, Baby.«

Er trat neben sie, als würde er den Tisch studieren. Legte seine Hand auf ihren Schenkel, streichelte ihn kurz und ließ die Hand dann unter das Kleid bis zu ihrem nackten Po wandern. Er rieb sanft, umfasste ihre Pobacke, sein Daumen streichelte sie zärtlich. Mit klopfendem Herzen wartete er darauf, dass sie von ihm wegrückte.

Sie fühlte sich einfach perfekt an. Jede Bewegung seines Daumens über ihre zarte Haut jagte heißes, vor Verlangen pulsierendes Blut durch seinen ganzen Körper. Er ließ sich Zeit, streichelte, liebkoste. Forderte sie ein. Passte auf, dass jede Berührung leicht blieb. Formte die Rundung ihrer Pobacke nach, umfasste sie, liebkoste sie noch einmal.

Soleil drängte sich an seine Hand, bewegte einladend die Hüften. Sie stoppte ihn nicht. Sie protestierte nicht und rückte nicht von ihm weg, sondern höchstens noch näher an ihn heran. Er folgte der Rundung ihres Hinterns, fand den Eingang für ihn heiß und feucht. Seine Finger umrandeten ihn komplett, dann liebkoste er ihre Pobacke erneut und ließ die Hand über ihren Schenkel abwärts wandern, ohne den Saum ihres Kleids wieder nach unten zu ziehen.

Soleil konnte es nicht glauben, dass in der letzten Nacht ihres Lebens alle Fantasien, die sie je gehabt hatte, wahr wurden. Wenn es möglich war, sich in einigen wenigen Stunden so schnell und so total zu verlieben, dann geschah es gerade jetzt, das wusste sie. Sie liebte alles, was Ice tat. Alles, was er sagte. Er gab ihr das Gefühl, heiß und sexy und begehrenswert zu sein. Er gab ihr ein Gefühl, als könne er keine andere Frau ansehen, als würde er das niemals tun. Sie liebte es, dass er sie offen vor aller Augen anfasste. Das vermittelte ihr noch mehr, heiß und begehrenswert zu sein.

So, wie er sie berührte, das hatte sie noch nie erlebt, und sie wollte mehr davon. Sie wollte alles mit ihm. Sie wusste, dass er auf ihren Körper stand. Sie sah es daran, wie er sie anblickte, spürte es daran, wie er sie anfasste. Verführung war nicht schwer, wenn zwei Menschen dazu bereit waren … und sie war *so sehr* bereit. Was immer er wollte. Wie immer er es wollte. Wo immer.

Er hatte vorgeschlagen, den Ehevertrag zu unterschreiben, nicht sie. Trotzdem musste sie sich davor hüten, an irgendetwas Dauerhaftes zu denken. Es war nicht richtig, ihn betrunken zu machen, in eine Hochzeitskapelle zu zerren und zu heiraten und dann irgendwohin zu verschwinden, wo Winston und der Rest der Welt sie nicht finden würden.

Sie würde Ice total glücklich machen. Sie würde selbst glücklich sein. Bis jetzt war sie nie glücklich gewesen. Nicht bis zu diesem Moment in einer Biker-Bar, mit hochgerutschtem Kleid über einen Billardtisch gebeugt, sodass ihr heißer Hintern hoffentlich Ices Aufmerksamkeit auf sich zog; und sie überlegte, ob sie, nachdem sie vier Kugeln eingelocht hatte, um ihren Ehevertrag unterschrieben zu bekommen, für alle Ewigkeit in der Hölle schmoren würde oder nicht. Oder ob sie den nächsten Stoß vermasseln sollte, um Ices Ehevertrag zu unterschreiben und ihn einen Schritt näher zum Altar zu bringen oder die Fantasie zu beenden, bevor sich das alles noch weiter entwickeln konnte.

Soleil war überwältigend. Absolut sagenhaft. Ice kam fast um vor Verlangen, er befürchtete schon beinahe, sich lächerlich zu machen. Dies war die erstaunlichste, die perfekteste Nacht seines Lebens.

»Versuch, deinen Stoß zu machen, Prinzessin«, flüsterte er und beugte sich geflissentlich über sie. Presste seinen Schwanz an ihren einladenden bloßen Hintern, ließ eine Hand auf ihrem Rücken liegen.

Sie lachte leise. »Wie soll ich denn das machen?«

»Ich unterschreibe deinen Ehevertrag. Wenn du den Stoß nicht machst, bekomme ich die Chance, dass du meinen unterschreibst. Ich denke, das ist fair ...« Er drückte sich noch fester an sie, bewegte die Hüften, sodass sein Schwanz in der Jeans an ihren Backen entlangglitt. »Du nicht? Versuch es. Du kannst es schaffen.«

Soleil richtete sich nicht auf. Sie studierte den Tisch, atmete tief und setzte zu ihrem Stoß an. Genau in dem Moment, in dem ihr Queue die Kugel berührte, presste er seinen Schwanz direkt in ihre enge Wärme und ließ die Hand an ihre Klitoris gleiten. Sie zuckte zusammen, die Kugel rollte schief weg und krachte auf mehrere volle, die auseinanderstieben.

Er ließ die Hand auf ihrem Rücken liegen und befingerte sie mit der anderen. Sie war eng und heiß und glitschig. So bereit für ihn. Er heizte sie gerade so viel an, dass sie noch mehr wollte, dann zog er den Finger zurück, richtete sich langsam auf und ließ ihr Kleid wieder nach unten fallen.

Er zog sie an den Haaren hoch, leckte dann demonstrativ seinen Finger ab und kostete ihren Geschmack, ohne sie dabei aus den Augen zu lassen. Ihre wunderbaren Augen waren etwas trüb geworden. Er wusste, dass er ihr Begehren voll geweckt hatte. Das war Teil des Spiels, doch er kostete nicht nur ihren Geschmack in seinem Mund; er genoss auch diesen Blick hilflosen Verlangens von ihr – nach ihm.

Sie schien niemanden zu bemerken außer ihm, wenngleich sie sich bei Maestro mit einem gemurmelten Dankeschön erkenntlich zeigte, als er ihr einen Drink und Ice einen Stift reichte.

»Der Ehevertrag, Prinzessin«, sagte Ice. »Ich halte mein Wort. Du willst das verdammte Ding unterschrieben haben, also unterschreibe ich.«

Sie nickte ernst. »Das ist wichtig«, erwiderte sie mit gerunzelter Stirn. »Ich weiß nicht mehr, warum, aber es ist wichtig.«

»Ist es«, stimmte er zu.

Sie holte das Papier aus ihrer Tasche und strich es glatt. »Kevin hat es für mich verfasst. Ist das nicht wunderbar?« Sie tat, als sei es heilig.

Ice nahm es ebenso sorgfältig in Empfang, nickte und unterschrieb es. Maestro war Zeuge. »Gut, da hast du ihn. Unterschrieben. Datiert. Bezeugt. Ein legales, bindendes Dokument. Wenn Kevin es für dich gemacht hat, dann weißt du, dass es in Ordnung ist.«

»Ist es. Er hat immer das Richtige gemacht. Danke, Ice. Das ist nett von dir.« Sie nippte an ihrem Drink und zeigte auf den Billardtisch. »Du musst vier Kugeln einlochen, damit ich deinen unterschreiben kann. Das ist nur fair.«

Ice ging zur anderen Seite des Tisches und machte sich ans Werk. Er versenkte rasch vier Kugeln hintereinander. Danach händigte Player ihm ernst den Ehevertrag aus, damit Soleil ihn unterzeichnen konnte. Über ihrem Namen machte sie eine kleine Verzierung und einen Smiley dazu.

»Das war ja superleicht«, sagte sie. »Denkst du nicht auch? Warum würde jemand nicht einfach unterschreiben wollen?« Sie stolperte ein wenig und musste sich am Tisch festhalten.

Ice legte einen Arm um sie. »Weiß ich nicht, Baby. Er war eben ein Blödmann, total ahnungslos. Aber jetzt bist du bei mir, und wir vergessen dieses Arschloch und haben diese Nacht allein für uns, ja?«

»Ja. Heiraten hat ohnehin keinen Sinn.« Sie klang, als wolle sie sich selbst davon überzeugen. »Warum sich Gedanken darüber machen, wenn der Mann sowieso nichts wert ist? Wenn er allemal nur ein verdammter Trottel ist. Ich bin völlig einverstanden mit dem, was du sagst.« Sie griff nach der Flasche Wasser.

»Es gibt bestimmt gute Gründe, um zu heiraten«, widersprach Ice. »Sogar einige, aber der allererste wäre der schreiende Orgasmus. Wir haben schon darüber gesprochen, wie wichtig der ist.«

Sie wedelte mit der Hand vor seinem Gesicht, als wolle sie seine Worte verscheuchen. »Nichts da, Ice. Ich meine, sie haben einen wirklich guten Drink danach benannt und so, aber als Frau sage ich dir, so was gibt es nicht.«

Wieder tat sie sehr pathetisch, während sie ihm in die Augen blickte. Ice konnte nicht anders, er musste ihr einen flüchtigen Kuss auf die Schläfe geben. Noch immer den Arm um sie gelegt, lehnte er sie sanft an den Tisch zurück. Für ihn war ihre Einschätzung eine Herausforderung.

»Du hattest nur den falschen Mann, Prinzessin, das habe ich dir doch schon gesagt. Er war es aus vielen Gründen nicht wert, dich zu heiraten. Der erste ist, dass er dich damit in seine gottverdammten Finger kriegen wollte, und der zweite, dass er dich beim Orgasmus nicht zum Schreien gebracht hat. Wenn du das willst, dann heirate mich. Ich kann dir das hundertmal am Tag geben, wenn es das ist, was du willst.«

»Sie zog eine Braue hoch und musterte ihn kopfschüttelnd. »Ice, du bist verrückt, wenn du das auch nur für möglich hältst. Wenn du das könntest, wärst du wahrscheinlich der einzige Mann auf der Welt, den zu heiraten sich lohnt. Da würde sogar Kevin zustimmen, da bin ich mir sicher.«

»Kevin würde absolut zustimmen«, meinte Ice, drehte sich für einen Stoß wieder zum Tisch um und sorgte dafür, dass die Kugel danebenging. Mit einem verdrießlichen Zischen gab er vor, sich zu ärgern, und winkte sie her.

»Du bist ein guter Mann, Ice«, sagte sie und umrundete den Tisch, um die Position der Kugeln zu studieren. »Ich weiß jetzt, was ich mit meinem Leben anfangen werde.«

Sie beugte sich über den Tisch, um das Spiel eingehender zu begutachten. Ice trat hinter sie und legte eine Hand leicht auf ihren Rücken. Er liebte es, sie zu berühren. Sie einzufordern. Er wollte sie für den Rest seines Lebens haben.

»Was willst du denn machen, Prinzessin?« Er rieb ihre Wirbelsäule entlang, abwärts zur Rundung ihres Hinterns. Er stand auf ihre perfekten, festen, runden Pobacken und ließ sich Zeit. Beim Verführen zählte Geduld. Zu geben, was der oder die andere wollte. Sie reagierte auf ihn, als wäre sie für ihn geschaffen – und er war sicher, dass sie das war. Wichtiger noch, er begann zu denken, dass er für sie geschaffen war.

»Weißt du, was eine Vendetta ist?« Sie richtete sich auf und wandte sich ihm zu.

Er stand so nahe bei ihr, dass ihre Brüste an seinen Oberkörper drückten, als sie sich umdrehte. Er bewegte sich nicht. Sie ebenso wenig. »Eine Blutfehde?«

»Genau. Sie haben Kevin umgebracht. Das weiß ich. Sie haben ihn getötet, und sie haben vor, auch mich zu töten, aber das wird nicht passieren. Weißt du auch, warum?« Sie flüsterte ihm ins Ohr. »Ich bin ihnen auf der Spur.«

Ice sah sich in dem plötzlich still gewordenen Raum um. Seine Brüder hatten jedes Wort von ihr mitbekommen. Jegliches Lachen und Kichern hatte aufgehört, alle waren schlagartig nüchtern geworden. Er schaute wieder zu Absinth, der nickte. Soleil war offenbar noch nicht so stark betrunken – sie glaubte, was sie sagte. Jemand hatte ihren Anwalt getötet? Wenn sie das wirklich glaubte, dann wurde es kompliziert. Dann brauchte seine Frau ihn weit dringender, als er bislang gedacht hatte. Er fühlte sich langsam immer weniger schuldig für das, was er tat.

Ja, er wusste, was eine Vendetta war. Er lebte eine, jeden gottverdammten Tag. Sie waren ein Wolfsrudel, das sich aufteilte und Jagd machte, und wenn sie sicher waren, den Dreck, der sich unter die Unschuldigen gemischt hatte, aufgedeckt zu haben, dann stellten sie ihn. Vendettas waren nichts für sanfte, nette Geschöpfe, die völlig unbedarft in ein Wolfsrudel stolperten.

Er fluchte leise. Soleil brauchte ihn mehr denn je. Sie würde niemanden jagen. Das war sein Job. Sie würde in Sicherheit bleiben, weggesperrt von Raubtieren, die Anwälte töteten und Frauen bedrohten und ihnen derart Angst machten, dass sie in eine Biker-Bar flohen. Was zum Teufel war verkehrt mit der Welt?

»Ich wollte heiraten, Kinder bekommen, meinen Mann nach Strich und Faden verwöhnen und malen. In Kunst bin ich gut. Wirklich gut. Ich hätte gern eine Familie. Jetzt aber werde ich Kevins Killer verfolgen. Alle. Ob Bullen oder Anwälte. Das spielt keine Rolle. Ich kriege sie.« Sie nickte, als wolle sie bekräftigen, was sie glaubte, und wandte sich wieder dem Tisch zu.

Sie beugte sich über das Spiel, und wieder rutschte ihr Kleid nach oben. Sie hatte Wahnsinnsbeine. *Wahnsinnsbeine.* Er konnte sich sehr leicht vorstellen, wie sie sich um seine Hüften schlangen. Wenn er nicht aufpasste, würde das in der Tat gleich hier in der Bar passieren. Oder er würde sie auf den Spieltisch legen und sie so verschlingen, wie er es sich vorstellte. Sie würde ihr Leben nicht mit einer Vendetta vergeuden. Sie mochte glauben, dass sie wusste, was sie tat, doch er würde ihr das abnehmen.

Seine Hand glitt an die Rückseite ihres Schenkels und rieb ihn sanft. »Mir gefällt der Teil, in dem du deinen Mann verwöhnst. Erzähl mir mehr davon. Bin mir nicht ganz sicher, was verwöhnen genau bedeutet.«

»Bist du denn noch nie verwöhnt worden?« Noch immer über den Tisch gebeugt, blickte sie über die Schulter zu ihm. Und wieder wirkte sie absolut nicht betrunken. Ihr Gesicht war gerötet, die Augen glänzten, doch sie musterte ihn völlig fokussiert. »Du bist wunderbar, Ice. Wirklich wunderbar. Wenn ich dich ansehe, stockt mir manchmal der Atem. Andere Frauen müssen dich doch bestimmt schon verwöhnt haben.«

Er hörte ein leises Kichern, als sie sagte, er sei so wunderbar, dass ihr die Luft wegblieb, und sandte einen zornigen Blick in die Runde. Seine Hand hörte nicht auf, ihren Schenkel zu streicheln, und endlich, *endlich*, glitt sie auf die Innenseite. Er übte sanft Druck aus, bis sie das Gewicht verlagerte und die Beine für ihn spreizte. Er meinte fast, dass sie sich dessen gar nicht bewusst war, doch sie tat es, weil er beharrlich blieb. Ein Gefühl des Triumphs stieg in ihm auf. Wieder ein süßer, kleiner Sieg. Sie wollte dies mit ihm, hier und jetzt, überall, wo er es wollte. War es der Alkohol, oder war sie es? War sie derart perfekt für ihn?

»Nicht ein einziges Mal, Prinzessin. Ich lebe nicht in einem Elfenbeinturm. Ich lebe in der Gosse, du erinnerst dich?«

Sie schüttelte den Kopf. »Wenn du mir gehören würdest, ich würde dich verwöhnen, bis du's nicht mehr aushältst.« Sie sagte es wie ein feierliches Versprechen. »Wenn ich nicht Kevins Mörder verfolgen müsste, ich würde dich so glücklich machen, dass du mich nie mehr verlassen würdest.«

Er wollte sie schon jetzt nicht mehr verlassen. Ihr Blick war über seinen Körper gewandert und verharrte nun bei der Wölbung an seinem Unterleib. Ihre Zunge berührte die Lippen. Fuhr über die volle glänzende Unterlippe. Sein Schwanz zuckte heftig. Pulsierte. Pochte. Das Monster wollte frei sein, und Ice wollte es befreien. Ihr Blick strich über ihn wie eine Berührung.

»Stehst du auf Oralverkehr, Baby?«, fragte er, während seine eine Hand noch immer ihren Schenkel auf und ab und dann über die Furche zwischen Bein und Po strich, während die andere seinen rasenden Schwanz umfasste. Schon allein der Gedanke, dass sein kleiner unschuldiger Engel mit ihm darüber redete, ließ ihn wild pulsieren, pochen und zucken. Wenn das so weiterging, würde er alles verderben, doch er wollte nicht aufhören.

Sie sah so sexy aus mit ihrem unschuldigen Blick und dieser Haut, die zur Berührung einlud, nur um zu spüren, wie zart sie war. Und dann dieser Mund. Dieser vollkommene, perfekte Mund.

Ice schob den Saum ihres Kleides bis zur Hüfte hoch, entblößte ihren heißen Arsch und strich weiter über die Stelle, wo dieser auf ihre Schenkel traf. Hin und her, ein hypnotischer Rhythmus. Er wollte seine Jeans fallen lassen und sie einfach nehmen, hier und jetzt. Ihren Mund. Ihre Möse. Ihren Arsch. Alles von ihr für sich einfordern. Er hatte schon jetzt das Gefühl, dass sie ihm gehörte.

»Antworte mir, Soleil«, forderte er mit Nachdruck.

Sie blinzelte, gehorchte jedoch. »Kommt drauf an«, sagte sie. »Ich wollte alles für meinen Mann tun, also habe ich geübt, bis ich dachte, ganz gut zu sein. Aber im Ernst, er war die Mühe nicht wert.«

Am liebsten hätte er seinen Schwanz aus der Jeans herausgeholt, um sich Erleichterung zu verschaffen. Oder sie vielleicht auf die Knie gedrückt, damit sie ihn an Ort und Stelle in den Mund nehmen konnte.

»Mit deinem Mann, ja – hieße das nicht, ihn zu verwöhnen?«

Sie lächelte. Sexy. Verführerisch. »Ich könnte dich jeden Morgen verwöhnen. Ich wette, du schmeckst super.« Sie wandte den Blick wieder dem Tisch zu. »Was gehört denn deiner Meinung nach dazu, um einen Mann zu verwöhnen?«

Einen Moment lang konnte er sich weder bewegen noch etwas sagen. Er dachte, sie auf der Stelle vor den Altar zu schleppen, sei die einzige Lösung. Jeden Morgen ihre Lippen um seinen Schwanz herum zu spüren, das klang verdammt gut für ihn. Er atmete tief. Seine Finger tanzten an der verführerischen Furche zwischen ihrem Schenkel und ihrer Pobacke entlang. Sie merkte nicht, oder war es ihr egal?, dass er ihr Kleid bis über ihren Hintern hochgeschoben hatte, sodass ihre perfekten Pobacken zu sehen waren. Sie würde gut aussehen mit Handabdrücken auf dieser blassen Haut. Teufel. Am liebsten hätte er hineingebissen. Stattdessen umschloss er eine Backe mit der Hand und ließ seine Körperhitze sie wärmen. Sie drängte sich an seine Hand, und sein Herz zuckte.

»Ice?« Ihr Blick war weiter auf den Billardtisch gerichtet. »Was bräuchte es, damit du glücklich bleibst?«

War da ein Zittern in ihrer Stimme? Er wollte ihr beteuern, dass ihr Exverlobter ein wertloser Trottel war, der nicht erkannte, wenn eine Frau es wert war, sie zu behalten. Außerdem hatte er nicht vor zuzulassen, dass sie je wieder von ihm wegkam.

»Ich will, dass meine Frau mir alles gibt, was ich will, egal wo. Und es muss ein gegenseitiges Verwöhnen sein. Ich will ihr auch alles geben. Einen schreienden Orgasmus inbegriffen.«

Sie lachte leise, und betrunken oder nicht, es klang noch immer wie pures Gold. Er konnte beinahe sehen, wie die Töne zwischen ihnen tanzten.

»Ich glaube, jede Frau, die mit dir zusammen wäre, Ice, würde dir geben, was und wann immer du es wolltest, sogar wenn du ihr diesen fantastischen schreienden Orgasmus nicht geben könntest.«

Seine Finger strichen über ihren Hintern zu ihren Schamlippen, die bereits feucht und glitschig waren, und über ihre Klitoris. Ihr ganzer Körper erschauderte, und sie drückte sich an seine Hand.

»Gott, Baby, bei dir ist es verdammt leicht. Es gefällt mir, dass du denkst, das könnte ich nicht.«

Wieder wandte sie sich zu ihm um, blickte über ihre Schulter. Ihr Gesicht war gerötet. Ihr Atem ging stoßweise. »Du nicht, Ice. Ich glaube, du könntest alles machen. Ich meine mich.« Sie klang traurig. »Ich bin einfach nicht für so etwas gemacht.«

Sein Finger streifte über ihre Schamlippen. Er mochte es, dass sie sich entblößt hielt. Am liebsten hätte er sie mit dem Mund genommen und richtig ausgelutscht. Stattdessen drückte er sie mit einer Hand auf den Tisch und schob dann seinen Finger in sie. Sie war eng und so heiß, dass er meinte, sich zu verbrennen. Er blies seinen Atem heraus, ließ ihn über ihre linke Pobacke gleiten, während er ihre Möse bearbeitete.

Ihr Körper sandte ihm eine neue Woge flüssiger Hitze. Sein Daumen glitt immer wieder über ihre Klitoris und darum herum. Wieder nur sehr, sehr sanft. Mit den Zähnen kratzte er leicht über ihre Pobacke, liebkoste sie mit der Zunge, mit seinem Atem.

Ihr Körper drängte an seine Hand. Es fühlte sich an, als würde sie in seidenweiche Flammen getaucht.

»Genau, Baby, das ist es, reite auf meinem Finger. Genau so.« Er flüsterte die Worte an ihrer Pobacke, biss zärtlich hinein und wurde erneut mit flüssiger Hitze belohnt.

Sie legte leise stöhnend den Kopf auf den Tisch, ihre Finger umklammerten das Queue wie den sprichwörtlichen rettenden Strohhalm. Doch es gab keine Rettung. Dafür hatte Ice gesorgt. Sie brauchte seine Art der Fürsorge, und er ließ sie ihr langsam zukommen, geübt, so, dass sie danach süchtig würde. Abhängig. Sie würde ihn brauchen. Er wollte, dass sie ihn brauchte, dass sie süchtig nach ihm war. Er brauchte das selbst so verzweifelt.

Langsam steigerte er ihr Verlangen immer mehr, immer stärker, ließ nach, übernahm die Kontrolle, bis sie so abgehackt atmete, dass sie beinahe schluchzte und die Hüften fast der Verzweiflung nahe über seinem Finger auf und ab bewegte. Er hatte nicht vor, sie mit dem Mund von ihrem Verlangen zu erlösen, doch er konnte ihr und seiner eigenen schrecklichen Versuchung nicht widerstehen. Er versuchte es, doch er schaffte es nicht mehr, seine perfekte Verführung planmäßig durchzuziehen. Er musste sie einfach schmecken, andernfalls würde er den Verstand verlieren. Er spreizte ihre Beine weiter, kauerte nieder und nahm ihre Möse mit dem Mund. Ließ seine Zunge tief in sie gleiten und verlor sich in wilder Ekstase.

Sie schrie auf, es klang fast wie ein Schmerzensschrei und war doch pure Lust. Es war noch nicht der Schrei, den er suchte, aber den wollte er auch noch nicht. Es konnte noch nicht vorbei sein. Er brauchte seinen Mund auf ihr so sehr wie sie eine befreiende Erlösung. Kurz bevor sie explodierte, zog er sich zurück und blies lediglich warme Luft über ihre Klitoris und ihre Möse. Sie weinte beinahe, drängte zurück, versuchte, an seinen Mund zu kommen.

Er kämpfte, um die Kontrolle zu behalten, denn dies war für sie, nicht für ihn, doch verflucht, sie reagierte dermaßen heftig, dass er nicht mehr klar sehen konnte. Er konnte diesen entblößten Schamlippen nicht widerstehen, leckte an ihnen, bearbeitete sie mit den Zähnen, während sie sich wand und sich verzweifelt an ihn presste. Und ihr Geschmack … er war bereits süchtig, obwohl es doch genau andersherum hätte sein sollen.

Sie schrie auf, als er mit der Zunge in sie stieß, dann saugte er an ihrer Klitoris, bis sie entbrannt war. Experimentierte mit Fingern und Daumen. Jedes Mal ging ein Schauder durch ihren Körper, und sie stöhnte noch lauter. Sie war so perfekt für ihn, sie war für ihn wie geschaffen. Alles, was vor ihr gewesen war, war von diesem Moment an wie weggeblasen. Ihr Geschmack, ihre weiche Haut, ihre Schreie, alles löschte die Bilder von Tod und Folter aus, bis da nur mehr Soleil war. Seine Sonne.

Ice übernahm die Kontrolle, er brauchte ihren wilden, ausbrechenden Orgasmus so sehr, vielleicht mehr noch als sie. Ihre Stimme schwoll an, ein Crescendo in einer wunderbaren Symphonie bis hin zu einem lang gezogenen Schrei reiner Wollust. Ice rieb sich grinsend das Gesicht an ihren Schenkeln.

Langsam stand er auf, rieb sanft ihre perfekten Pobacken, brachte sie langsam herunter. »Das kannst du jeden gottverdammten Tag haben, Baby. Ich denke, wir sollten uns auf Dauer einrichten, du nicht?«

Ihre Wimpern zuckten. Sie sah ihn an, und es war ihm, als würden Sonne und Sterne um ihn kreisen. »Ja«, stimmte sie zu. »Ja, absolut.«

6. Kapitel

Glücklich war Soleil nie gewesen. Sie hatte sich noch nie als Teil von irgendetwas gefühlt. Sie besaß zwar mehr Geld, als die meisten Leute in ihrem ganzen Leben zu sehen bekamen, aber sie hatte noch nie jemanden gehabt, mit dem sie ihr Leben teilen konnte. Sie war in Hotels zu Hause gewesen, war von Stadt zu Stadt und von Land zu Land vagabundiert, doch Sehenswürdigkeiten und dergleichen hatte sie stets alleine besuchen müssen.

Was für eine seltsame Nacht. Es kam ihr vor, als wandle sie durch einen Traum. Ein Märchen. Schwebend. Sie wurde nie betrunken, wusste aber, dass sie irgendwie doch angesäuselt war. Vielleicht wegen der verschiedenen Drinks, weil sie ja sonst nie durcheinandertrank? Egal. Sie wusste immer noch genau, was sie tat.

Sie hatte sich immer verantwortlich für ihr Tun gefühlt – Alkohol hin oder her. Selbst auf dem Billardtisch liegend, war sie sich sehr dessen bewusst, wo sie war und was sie getan hatte, wusste auch, dass sie von einem Haufen Biker umgeben war und ihr Körper noch immer bebte und Wogen der Lust ihn durchströmten. Sie sollte Scham fühlen, doch alles, was sie fühlte, war einfach nur erstaunlich. Lebendig. Beschwingt. Davon wollte sie mehr.

Sie hatte sich gewünscht, was Ice ihr gegeben hatte. Sie hatte ihn praktisch bekniet, ihr einen Orgasmus zu verschaffen. Noch nie hatte sich ihr Körper so angefühlt. Sie hatte nicht einmal gewusst, dass er sich so fühlen konnte. Sie hatte Ice vorsätzlich in diese Lage gebracht, ihn verführt, und sie dachte wirklich, seine »Brüder« hätten ihr dabei geholfen.

Anstatt sich lachend davonzumachen, beruhigte Ice ihren Körper mit seinen Händen, streichelte liebevoll ihren Rücken, bis sie das Gefühl bekam, dass ihre wackeligen Beine sie wieder tragen konnten. Seine Hände wanderten zu ihren Hüften, und er hob sie sanft vom Tisch.

Sie hörte, wie er mit ihr redete. Zwar war sie sich nicht sicher, was er sagte, doch er schob sie unter seine Schulter und flüsterte ihr ins Ohr, dass sie von hier verschwinden würden.

Sie konnte die anderen nicht ansehen, denn sie war sicher, dass sie glaubten, sie habe Ice verführt und sei eine schreckliche Person. Auch traute sie sich nicht, ihn anzusehen; die Schuld war überwältigend, aber dennoch nicht groß genug, um ihn zu verlassen. Er war so fürsorglich, und sie war ihm so dankbar dafür, denn solch ein Verhalten hatte sie nie gekannt. Sie verließen die Bar und gingen hinaus in die kühle Nachtluft.

»Baby, ist es okay, wenn wir zu Fuß gehen? Einige der Brüder werden fahren, aber wir werden beschützt. Ich will dich nicht auf dem Rücksitz des Bikes haben, solange ich nicht sicher bin, dass du dich auch festhalten kannst. Und ich habe wohl auch ein bisschen zu viel getrunken.«

Das war das Letzte, was sie von ihm erwartet hätte. »*Ich* habe zu viel getrunken«, räumte sie ein. Es stimmte. Und sie hätte nicht durcheinandertrinken sollen, aber sie würde es wieder tun, denn sie bereute absolut nichts. »Du hast nicht mehr getrunken als ich, Ice.« Sie musste die Schuld dafür auf sich nehmen. »Ich habe dich zum Trinken animiert, denn ich habe immer mit dir gleichgezogen, weißt du das denn nicht mehr?«

»Es geht uns beiden gut«, versicherte er ihr.

Er hielt sie eng umschlungen, sodass sie sich gar nicht wackelig fühlen konnte. Die Nachtluft war kühl, und sie hoffte, davon einen klaren Kopf zu bekommen. Sie hatte sich unüberlegt in etwas hineingestürzt. Nur weil ihr Leben zu Ende ging, durfte sie nicht einfach auch das von Ice vermasseln. Dies war nur eine Nacht. Verführung. Sex. Spaß. Nichts weiter. Sie konnte weiter das Mädchen sein, das sie immer hatte sein wollen. Sie liebte es, sich zu zeigen. Sie sehnte sich nach Aufmerksamkeit. Hungerte danach. Sie liebte es, angesehen zu werden. In ihren Fantasien war immer alles sicher gewesen, doch dieses Bedürfnis in ihr war sehr real. Nur ihr Verantwortungsgefühl hatte sie stets davon abgehalten, so zu sein, wie sie nun einmal war. Und jetzt? In ihrem Hinterkopf spukte noch immer der Gedanke, ob es denn so schlimm sein würde, mit ihrem krassen Bikertypen verheiratet zu sein?

Mehrere Maschinen starteten, lärmende Motoren, die durch die Nacht dröhnten. Sie stolperte über eine Unebenheit und wankte ein paar Schritte. Ices Arm presste sich fester um ihre Hüfte. Maestro und Player, zwei seiner Torpedo-Ink-Brüder, stützten sie an den Armen. Sie war überrascht, ja geschockt. Sobald sie wieder im Gleichgewicht war, ließen sie sie los, doch ihr Griff war fürsorglich und respektvoll gewesen, ganz und gar nicht grapschend. Bestimmt glaubten sie, sie sei gestolpert, weil sie getrunken hatte. Und war es schlimm von ihr, sie das denken zu lassen, wenn es gar nicht stimmte?

Sie waren eine Gruppe von fünf Leuten. In der Mitte lief sie mit Ice, und sie waren bereits die halbe Straße hinuntergegangen, als sie bemerkte, dass die anderen sie beschützten. Die Mitglieder von Torpedo Ink hatten erkannt, dass sie vor jemandem Angst hatte.

Sie hatte ihre Befürchtung, dass Kevins Tod kein Unfall gewesen war, absichtlich geäußert, denn falls sie bei einem Unfall umkäme, wollte sie, dass jemand wusste, dass man sie ermordet hatte. Vielleicht würde man sich an sie erinnern und sich darum kümmern, vielleicht auch nicht, aber zumindest hatte sie jemandem die Wahrheit gesagt.

Ice beugte sich plötzlich zu ihr und küsste sie auf die Wange, eine kleine Geste, die jedoch ihr Herz pochen ließ. Ihr Körper war nach einer langen Zeit wieder zum Leben erwacht. Das Blut rauschte durch sie wie ein Feuerball und erinnerte sie daran, wie es war, am Leben zu sein – und dass sie nicht einfach nur auf einen Mann reagieren konnte, sondern dass weit mehr geschehen war. Denn auch er hatte auf sie reagiert. Sie war für ihn schön und sexy, und er begehrte sie. Das merkte sie an seinem Blick, spürte es in seiner Berührung. Sah seine verblüffende körperliche Reaktion auf sie. Zum ersten Mal in ihrem Leben fühlte sie alles, was sie als Frau jemals hatte fühlen wollen.

»Ich will mir gar nicht vorstellen, was deine Freunde von mir halten«, flüsterte Soleil. Ihr machte es zwar nichts, dass Ice sie über einen Billardtisch gebeugt mit Mund und Händen genommen hatte, ihm aber vielleicht schon. Womöglich hatte sie ihn damit in eine peinliche Lage gebracht.

Ice blieb abrupt stehen. Er drehte sich zu ihr, umrahmte ihr Gesicht mit beiden Händen und neigte sich zu ihr. »Du zerbrichst dir nicht den Kopf darüber, was irgendjemand über uns beide denkt, Soleil. Meine Brüder unterstützen uns jederzeit. Sie verurteilen dich nicht. Sie werden immer auf dich aufpassen. Aber du gehörst mir. Ich stehe vor dir. Wenn irgendein Arschloch etwas sagen will, womit es dir schlecht geht, weil wir es uns gut gehen lassen, dann sollte er wissen, dass er das auch zu mir sagt – und auch zu ihnen allen.«

Seine gletscherblauen, faszinierenden Augen starrten direkt in ihre. Es war hypnotisierend, sie konnte nicht wegschauen, denn er sagte einfach die richtigen Dinge für sie, all die Dinge, die sie unbedingt hören wollte. Sie hatte sich hundertmal gesagt, dass sie niemanden brauche. Dass alle nur hinter ihrem Geld her waren, und wieder und wieder hatte sich das als richtig herausgestellt. Sie hatte sich Ice an den Hals geworfen, weil er der Märchenprinz war und sie unbedingt eine Prinzessin sein wollte – seine Prinzessin –, und wenn es nur für die letzte Nacht ihres Lebens sein sollte.

Sie konnte nicht verhindern, dass Tränen ihre Augen füllten. »Ich weiß nicht, was passiert ist, Ice.« Doch sie wusste es. Sie hatte sich vorgenommen, ihn zu verführen, und hatte es getan. Tat es immer noch. Sie wollte ihn exakt so, wie er war. Sie konnte nicht umhin, sein Gesicht zu berühren, ihre Finger über sein Kinn streichen zu lassen. Er sah so unglaublich gut aus. Vielleicht bekam man, wenn man nur eine Nacht hatte, das perfekte Geschenk – und Ice war das ihre.

»Was passiert ist, war perfekt. Du bist so verdammt schön, ich kann es nicht glauben.« Er küsste sie auf die Lider. Verteilte Küsse über ihr Gesicht bis zu den Mundwinkeln. Und dieses Mal waren seine Küsse so zärtlich, dass ihr Herz fast schmerzte.

Noch nie hatte sich jemand so um sie gekümmert. An die Zeit mit ihren Eltern hatte sie nicht viele Erinnerungen. Tante Deborah war nett und freundlich zu ihr gewesen, doch nach deren Tod war ihr Leben völlig anders geworden. Ihre Tante Constance hatte eine Kunst daraus gemacht, sie zu schlagen, und sie ständig daran erinnert, dass sie nur Geld kostete. Dass sie ihr im Weg war. Dass sie ein hässliches, dummes Kind war, das niemand haben wollte. Sie fühlte sich noch immer als dieses hässliche, ungewollte Kind, und Winston hatte die Meinung ihrer Tante über sie nur bestätigt.

Ice war äußerlich ein hinreißender Mann. Er hatte Narben, die ihn aber nur noch attraktiver machten. Er sah beängstigend gefährlich aus – sie war nicht so verknallt, dass sie das nicht bemerkt hätte, doch zu ihr war er stets nur nett. Und das brauchte sie. Sie brauchte so jemanden. Jemanden, der freundlich, zärtlich, fürsorglich war. Und sie nicht umbringen wollte, nur weil sie Geld hatte.

Der Alkohol ließ das Summen durch ihre Adern andauern. Ihr Blut rauschte; es schien heißer zu sein als je zuvor. Niemand hatte sie je so freundlich behandelt oder hatte solche Dinge zu ihr gesagt wie Ice, und bei Gott, sie brauchte das heute Nacht.

»Bist du noch bei mir, Prinzessin? Kommst du heute Nacht zu mir und lässt mich dich haben?«

Keiner hatte sie in seinem Leben haben wollen, nicht einmal Kevin. Niemand. Sie aß allein. Sie schlief allein. Sie war immer allein. Ice hatte die schlimmste Nacht ihres Lebens in etwas Wunderbares verwandelt. Er hatte sich nicht darüber beschwert, was sie anhatte, obwohl sie eindeutig nicht dazu passte. Er hatte sie nicht ausgelacht, als sie etwas nicht wusste, auch nicht, als sie in der Bar ein wenig ausgeflippt war und sich an ihn herangeschmissen hatte. Anstatt so zu tun, als sei sie ein Zeitvertreib für seine Freunde, hatte er sie beschützt.

Sie wollte alles. Sie wollte das Märchen. Mit ihm. Mit Ice. Für diese eine Nacht. Verdiente sie nicht eine wunderbare Nacht, wenn nicht nur einer, sondern gleich eine ganze Gruppe von Leuten sie töten wollte? Sie nickte, denn sie wäre ihm auch geradewegs in die Hölle gefolgt, wenn er sie gefragt hätte.

»Sag es, Baby. Sag mir, dass du bei mir bist.«

»Ich bin total bei dir«, erklärte Soleil entschlossen. Sie wagte es, auf die Männer zu blicken, die sie begleiteten und geduldig warteten, während Ice mit ihr sprach.

Ices anerkennendes Grinsen war so überwältigend, dass ihr das Blut heiß durch die Adern schoss. Er schob sie wieder unter seine Schulter und legte ihren Arm um seine Hüfte, fast bis zur Gürtelschnalle. Was ihre Fingerspitzen gefährlich nahe an seinen Schwanz kommen ließ, sodass sie nicht umhinkonnte, dorthin zu blicken.

Ihr Herzschlag beschleunigte sich. Ihr lief das Wasser im Mund zusammen. Seine Jeans zeigte eine deutliche Wölbung. Keine kleine – sie spannte den Stoff auf eine geradezu gefährliche Weise. Soleil versuchte, ihre Aufregung zu bändigen. Sich nicht vorzustellen, wie beeindruckend dieses Organ war oder was sie mit ihrem Mund tun konnte, damit er sich wünschte, sie für lange Zeit, wenn nicht für immer, behalten zu können. Sie wollte ihn für immer.

Sie würde so gut zu ihm sein. So gut. Sie wusste, bei Ice drehte sich alles um Sex. Das war seine Art des Miteinanders. So würde er Streitigkeiten lösen. Er würde häufig Sex haben wollen. Und sie brauchte das von ihrem Mann. Sie brauchte das Gefühl, von ihm begehrt zu werden, von ihm als schön und sexy gesehen zu werden. Sie hatte oft versucht, das Winston zu erklären. Er hatte sie nicht begehrt. Der Sex mit ihm war bestenfalls mittelmäßig gewesen. Was sie auch versuchte, Winston hatte kaum einen für sie hochgekriegt. Dabei hatte er gesagt, er wolle sie heiraten.

»Warum gibt ein Mann vor, eine Frau zu wollen, wenn er nicht einmal scharf auf sie wird? Macht das irgendeinen Sinn für dich?« Sie schlug sich auf den Mund, als sie merkte, dass sie es laut ausgesprochen hatte.

Ice nahm ihre Hand vorsichtig weg. »Baby, wenn du sagst, dieser Schlappschwanz hat's nicht gebracht, als er dich in seinem Bett hatte, dann sage ich dir ganz klar, er ist schwul. Damit ist nichts verkehrt, aber jeder nicht schwule Mann, der nur einen Blick auf dich wirft, wird sofort scharf und steinhart. Schau mich an, ich habe es nicht geschafft, mein Monster zu beruhigen, seit ich dich zum ersten Mal gesehen habe.«

Er ließ seine Hand wie nebenbei nach unten wandern und rieb sich, als versuche er, die Qual zu lindern. Dazu grinste er etwas jungenhaft, als sei er eigentlich froh darüber, dass sein Schwanz hart war.

Soleil wollte seinen Schwanz für ihn reiben. Sie wagte es, ihre Hand über seine Jeans zu legen, und er ergriff sie sofort und legte sie über die Wölbung. Sie schien zu glühen, heiß und einladend. Sie fuhr sich mit der Zunge über die Lippen. »Ich kann's nicht erwarten.« Und sie konnte es wirklich nicht. Sie wollte ihn gar nicht verführen. Sie sagte ihm lediglich die absolute Wahrheit. Sie wollte ihn in sich haben. Wo immer. Überall. Einfach nur in ihr.

»Dann sind wir uns ja einig, Baby«, meinte er nur.

Sie schaute sich um und merkte, dass sie die eher anrüchigen Straßen hinter sich ließen und wieder Richtung Hauptstraße gingen. Sie zögerte. »Ice, wir müssen doch nicht zum Strip zurück. Wieso gehen wir dorthin?«

Winston hatte die Bullen unter seiner Fuchtel. Einen Anwalt. Sie wusste, da waren noch andere, jedoch nicht, wo sie waren, aber sie wusste, sie würden nach ihr suchen. Winston konnte es sich nicht leisten, sie gehen zu lassen – nicht nach dem, was sie gehört hatte.

»Es gibt nichts, wovor du Angst haben müsstest, Prinzessin. Wir beschützen dich. Jeder, der versucht, dich uns wegzunehmen, wird sich mehr Probleme einhandeln, als er je hatte.«

Soleil hatte den vagen Eindruck, nicht nur Ice, sondern auch den anderen wäre ein Kampf ganz recht. Sie hatte Angst, Winston könnte auf sie alle schießen. Und wenn welche am Leben blieben, würden Winstons Bullenfreunde sie in den Knast werfen. Und es wäre ihre Schuld.

Sie blieb stehen. »Ice, ich weiß nicht genau, was du gesagt hast, wohin wir fahren ...«

Die kühle Nacht verhinderte nicht, dass sich ihr Blut mehr und mehr in ihrem Schoß sammelte. Heiß. Sengend und brennend. Es machte keinen Sinn, so von Ice fasziniert zu sein, von seiner irren Zunge einmal abgesehen, die zusammen mit seinen unglaublichen Fingern alles Mögliche mit ihr anstellen konnte.

»Du musst deine Finger und deinen Mund versichern lassen. Aber mit Millionen, Ice.« Wieder presste sie die Finger auf die Lippen, denn sie hatte schon wieder laut gedacht. »Ich glaube, ich habe wirklich ein bisschen zu viel getrunken.« Das erstaunte sie, denn normalerweise spürte sie von Alkohol keine Wirkung.

Ice lachte, und dieses Mal stimmten die anderen mit ein. Und er ging weiter, obwohl es ihr sehr ernst damit war, nicht zum Strip gehen zu wollen. Da er seinen Arm um sie gelegt hatte, musste sie jedoch mitgehen. Oder ging sie nur mit, weil er so total erstaunlich war? Sie waren an dem Hotel vorbeigegangen, in dem sie mit Winston wohnte, aber eine Straße weiter unten, deshalb fühlte sie sich noch relativ sicher.

»Ice, echt, wohin gehen wir?«

»Shoppen. Du brauchst Klamotten. Höschen, auch wenn die meisten davon in meinen Taschen landen werden.«

»Sammelst du Höschen?«

Von ihrer Entourage kam ein spöttisches Prusten und unterdrücktes Lachen.

»Ich sammle deine. Klar, ich meine, nachdem ich sie kaufe, sind es ja eigentlich meine, nicht wahr?«

»Nicht, wenn du sie mir schenkst«, erwiderte sie.

»Gut, dann denke ich, ich werde sie dir einfach leihen, und du musst sie mir zurückgeben, wann oder wo immer ich will.«

Soleil lachte. Das war interessant. Sie konnte sich vorstellen, dass er sie an allen möglichen Orten fragte, und überall würde sie sie herausrücken. Schon allein bei dem Gedanken schoss noch mehr Hitze durch ihren Körper. Sie liebte es, mit Ice zusammen zu sein. Sie liebte alles an ihm. Ihr war mehr denn je bewusst, dass sie in der Innenstadt und gar nicht weit weg von diesen Rund-um-die-Uhr-Hochzeitskapellen waren. Sie hatte ihren Ehevertrag und er den seinen. Sie konnte seinen Schwanz in den Mund nehmen und den Deal besiegeln. Er würde sie so wollen wie sie ihn … Wieso hatte sie einen wie ihn nicht getroffen, bevor sie sich mit jedem Loser dieser Welt eingelassen hatte?

Sie waren noch immer nicht langsamer geworden, eher sogar noch schneller. Als sie es schaffte, sich von ihren Fantasien loszureißen und aufzublicken, erkannte sie, wo sie waren. Dies war der Teil des Strip, der dem Rodeo Drive in Beverly Hills ähnelte. Jedes Geschäft eine Edelboutique. Aber die meisten würden um diese Nachtzeit geschlossen sein. Hatten sie vor, in eines einzubrechen? Sie mochte sich ja vielleicht überlegen, dafür, dass sie ihn zur Ehe verführte, zur Hölle zu gehen, aber bei einem Raubüberfall zog sie die Grenze.

»Wohin gehen wir, Ice?« Sie versuchte, fordernd zu klingen, doch es hörte sich eher wie ein Piepsen an. Trotz ihrer Beklommenheit schoss das Adrenalin in ihren Körper und vermischte sich mit ihrem Verlangen nach ihm. Sie wollte ihn an die Wand drücken und auf der Stelle wilden Sex mit ihm haben. Auf der Straße. Bei diesem vornehmen Hotel. Sie wünschte, sie hätte einen Screaming Orgasm, jetzt im Moment, der ihr den Mut gäbe, es zu tun.

»Wir gehen einfach nur die Straße rauf. Da ist ein Laden, den die Girls immer aufsuchen. Alena hat die Besitzerin für mich angerufen, und sie lässt uns hinein, damit wir dir ein paar Klamotten besorgen können. Du brauchst ein neues Kleid für heute Nacht und ein paar Sachen für morgen.«

Morgen? Ice sprach von *morgen*, als hätten sie eine Zukunft. Als würde er nicht nach einmaligem Sex mit ihr auf sein Bike steigen und allein davondüsen. Von einem Moment zum nächsten fieberte sie plötzlich darauf hin, was an diesem Abend noch passieren würde, was er vorhatte.

»Alena ist heute Abend mit jemandem weggegangen.« Soleil protestierte zum Schein, weil sie meinte, etwas sagen zu müssen. Sie hatte die Spannung zwischen Alena und Pierce deutlich gespürt. Das würde sich nicht so leicht lösen lassen. »Sie wird doch sicher nicht zurückkommen wollen, nur damit ich andere Klamotten habe.« Sie wollte noch weiter rebellieren, sagen, dass sie mit ihrem Kleid schon zurechtkomme, doch dann fiel ihr ein, dass sie nicht einmal ein Höschen anhatte. Ice hatte es. Sie konnte es zurückfordern, doch es gefiel ihr, dass er es hatte. Es gehörte ihr. Sie hatte es getragen. Sie wollte, dass er es behielt. Sollte sie morgen sterben, dann würde etwas von ihr bei ihm bleiben.

Ihre Hand glitt nach hinten und zum Saum ihres Kleides. Ice, der alles zu sehen schien, bemerkte, wie sie daran zog. Sofort nahm er sie am Handgelenk und legte ihren Arm wieder um seine Hüfte.

»Alles in Ordnung, Baby. Man sieht absolut nichts. Und Alena ist meine leibliche Schwester und auch Mitglied von Torpedo Ink. Nichts wird sie heute Abend fernhalten. Sie wartet in dem Laden auf uns, und sie wird sich für dich einsetzen, Soleil. Denke nie etwas anderes. Sobald wir das offiziell gemacht haben, ist sie deine Schwester. Sie wird das nicht auf die leichte Schulter nehmen. Und Lana auch nicht.«

Schwestern? Das klang ja wundervoll. Wie in den richtigen Märchen, in denen alle Träume wahr wurden. Das gefiel ihr. Über das Wort *offiziell* dachte sie nicht zu viel nach, denn wenn sie das tat, würde sie nachfragen müssen. Wenn sie fragte und er irgendetwas erwähnte, das mit Eheverträgen zu tun hatte, würde sie Verantwortung zeigen und zugeben müssen, dass sie ihn ein wenig betrunken gemacht und absichtlich verführt hatte, und dann würde die Nacht vorbei sein. Sie wollte Sex. Wenigstens ein Mal. Vielleicht öfter. Dutzende Male. Sie lief Gefahr, alles zu vermasseln.

Er schob sie wieder unter seine Schulter, als würde sie zu ihm gehören, und ging weiter, bog in eine Seitenstraße ein und blieb drei Geschäfte weiter stehen. Ein Licht brannte in der elegant eingerichteten Boutique, und er hatte recht – oben an der Betontreppe wartete Alena. Offenbar diskutierte sie mit Pierce. Er wandte ihnen den Rücken zu, und Soleil bemerkte, dass er seine Diamondback-Jacke trug. Sein Club stellte sich angeblich über Gesetz und Ordnung; mit diesen Leuten legte man sich nicht an.

Sobald sie sich der Treppe näherten, traten zwei Männer mit Torpedo-Ink-Jacken aus dem Schatten und schlossen sich ihnen an. Der eine hatte das Gesicht von ihr abgewandt, der andere war Savage.

Alena lächelte, als Ice Soleil die Treppe hinaufführte. »Prima, Bruder, du hast es geschafft. Ich hatte die ganze Zeit auf dich gesetzt. Man sieht ja, dass es dir mit ihr um alles oder nichts geht.«

Ice küsste sie auf die Wange, und sie hielt die Tür für ihn auf. »Hattest du irgendwelche Zweifel?«

Er ignorierte Pierce komplett und drängte Soleil in den Laden. Pierce machte sich kopfschüttelnd auf den Weg die Gasse hinunter. Soleil trat in das kühle kleine Foyer, das ins Innere des Ladens führte – eine extrem teure, elegante Boutique. Mit teuren Klamotten und allem, was dazugehörte, kannte sie sich aus. Sie kannte Marken und Designer. Sie hatte viel Zeit gehabt und mit Aktivitäten verbracht, die das Adrenalin in Wallung brachten, hatte Kunstgalerien oder Läden wie diesen besucht und nach schönen Sachen Ausschau gehalten, die so einzigartig waren wie Kunstwerke.

Ice neigte den Kopf an ihr Ohr. »Ich war stolz, als du beim Dartspielen mit Alena dein eigenes Geld einsetzen wolltest, aber hier drinnen zahle ich. Keine Widerrede. Ich will das, und du schenkst mir das.«

»Ice.« Soleil zögerte zunächst, streichelte dann jedoch seine Wange. Sie konnte sich Hals über Kopf in ihn verlieben. Allein schon dadurch, wie er es ihr sagte, schlug ihr Magen einen Purzelbaum. »Es macht mir nichts aus zu zahlen.« Sie zahlte immer. Sie war daran gewöhnt. Wenn sie mit jemandem ausging, wurde immer erwartet, dass sie zahlte. Er aber berührte ihr Herz. Nahm es gefangen. Und sie würde es nie wieder zurückbekommen.

»Für mich ist es nicht okay, dass du dein Geld hernimmst, wenn wir zusammen sind. Wenn du bei mir bist, dann zahle ich, es sei denn, wir verabreden schon im Vorhinein etwas anderes. Und heute Abend stimme ich sicher nicht zu. Dies ist unsere Nacht, und du gehörst mir. Ich bin für dich da. Das ist der Code, nach dem ich lebe, und das wirst du auch tun. Das bedeutet, wir leben immer so, wie ich es mir gerade leisten kann. Verstanden?«

Soleil wusste, sie sollte protestieren und ihm von ihrem Treuhandfonds erzählen. Wenn er für alles zahlte, würde sie Schuldgefühle bekommen. Andererseits, es war eine Fantasie, eine Nacht, in der sie Aschenputtel sein konnte oder die Prinzessin, als die er sie bezeichnete. Offenbar brauchte er es, derjenige zu sein, der bezahlte. Ihr war Geld egal. Sie hatte gelernt, dass sie damit nicht das kaufen konnte, was sie wirklich brauchte – oder sich wünschte. Bis sie Ice und die Torpedo Inks kennengelernt hatte, hatte sie sich abgestumpft und traurig gefühlt. Sie konnte mit seinen Regeln leben, vor allem, da sie wusste, dass sie am nächsten Tag ohnehin alles würde aufgeben müssen.

»Wenn du's unbedingt willst«, sagte sie im Flüsterton, mit stockendem Atem, und wartete auf seine Erwiderung. Anscheinend war er einfach zu gut, um wahr zu sein. Seit dem Tod ihrer Tante Deborah hatte immer sie bezahlt. Danach waren alle anfallenden Kosten von ihrem Fonds gedeckt worden. Vermutlich sollte sie ihrer Tante Constance nicht die Schuld zuschieben, aber die meisten Eltern kamen für ihre Kinder auf. Sie aber hatte seither immer alles selbst bezahlt.

Ice warf ihr ein Lächeln zu, das ihr Herz pochen ließ und ihr Blut von den Nippeln bis in den Unterleib in Wallung brachte. Sie konnte nicht auf jedes Lächeln von ihm so reagieren. Aber sie hatte nur eine Nacht und musste das Beste daraus machen – und verlor Aschenputtel nicht auch alles zur Mitternacht? War es Mitternacht? Sie schaute auf ihre Uhr. Noch nicht. Sie hatte noch Zeit. Wofür? Um ihn zu verführen? Zu versuchen, ihn zu behalten? Sie durfte nicht gierig sein. Sie musste nur diese Fantasie von einer Nacht haben und bei allem, was er wollte, mitmachen, denn sie wollte seiner Fantasie genau entsprechen.

Ice ergriff ihre Hand. »Eigentlich mag ich es nicht, wenn du Höschen und BH trägst, aber ich denke mal, die ganze Zeit ohne, das wäre ein bisschen unbequem, also fangen wir hier an.«

Sie wollte lachen und wusste, sie war ein wenig aufgedreht von all seiner Aufmerksamkeit und ihrer unerwarteten Reaktion auf die Screaming Orgasms. Oder vielleicht war es der Sex. Zählte das als Sex, nur von seinem Mund und seinen Fingern einen Orgasmus zu bekommen? Egal. Sie folgte ihm zu dem Tischchen, auf dem exquisite Spitzenunterwäsche auf Seide ausgebreitet lag.

»Ice.« Sie blickte um sich, ob jemand mithören konnte. »Ich habe Unterwäsche im Hotel.«

»Dorthin gehst du nicht zurück«, erklärte er. Sein nachdrücklicher Ton bereitete ihr Herzklopfen.

Sie wollte ihn nicht verärgern, doch die Vorstellung, dass sie dorthin zurückgehen könnte, tat offenbar genau das. Sie wollte nicht zurückgehen. Der Gedanke machte ihr Angst. Unterhosen waren es nicht wert, Winston zu begegnen. Es gefiel ihr, dass Ice sie nicht in der Nähe des Hotels sehen wollte – oder von Winston.

Plötzlich hatte er wieder dieses überwältigende Grinsen und diesen hypnotisierenden Blick in seinen blauen Augen. »Und ich suche gerne sexy Höschen für dich aus.«

Seine Hand glitt an ihren Hintern. Offenbar mochte er dessen Form, denn er streichelte ihn und ließ die Hand dann unter ihr Kleid schlüpfen. »Ich liebe es, wenn ich dich anfassen kann, Prinzessin. Ich mag es, wenn wir von Leuten umgeben sind, und ich kann meine Hand deinen Schenkel hinaufwandern lassen und dann nachfühlen, ob du für mich bereit bist.«

Soleil hielt ganz still und blickte auf die blassblaue Spitze in seiner großen Hand, während die Finger der anderen in sie sanken. Sie war sofort feucht. Sein Daumen fuhr über ihre Klitoris, und sie keuchte. Sein Grinsen wurde gemein.

»Ich könnte dir jetzt sofort einen Orgasmus machen, Baby«, bot er ihr an. »Du müsstest ganz still sein, damit Alenas Freundin, ich glaube, sie heißt Diana oder so, nichts mitbekommt. Möchte sie ja nicht eifersüchtig machen.« Sein Grinsen war sehr gemein.

Noch nie in ihrem Leben hatte sie derart aufreizende Sprüche gehört. Seine Finger drangen tief ein, neckten und zogen sich zurück, nur um erneut in sie zu gleiten. Sie konnte ihren sich anzüglich auf seiner Hand bewegenden Hüften nicht Einhalt gebieten und musste sich an dem Tischchen festhalten, um nicht die Balance zu verlieren.

»Ich liebe es, wie du schaust, wenn du kurz davor bist, Baby«, flüsterte er mit unzweideutig sinnlicher Miene und in einem Ton, der so gemein war wie zuvor sein Grinsen. »Du schaust so völlig haltlos, so im Moment gefangen, und wenn du mich ansiehst …« Er schüttelte den Kopf. »Dann schaust du, als wäre ich so was wie ein Gott, den du dein Leben lang anbeten willst.«

Sie wusste, dass es so war. Sie schaute ihn so an. Wie auch nicht? Sie konnte nicht klar denken mit seinen Fingern in ihr und diesem Ausdruck in seinem Gesicht. Weil er sie ansah, als sei sie die heißeste Frau der Welt. Sie würde ihn anbeten. Sie hatte noch nie jemanden angebetet. Wenn sie ihn hatte, einen Mann wie ihn, würde sie ihn nie mehr verlieren wollen und ihm alles geben.

»Ich könnte dich den ganzen Tag lang ansehen, genau so, den Kopf nach hinten geworfen, vom Licht umgeben, sodass du aussiehst wie ein gottverdammter Engel, während du auf meinen Fingern reitest. Das ist einfach höllisch geil, Baby.«

Sie liebte seine Stimme, die so rau und dennoch samtig weich klang, ein Klang, der über ihre Haut zu streichen schien, ein sinnliches Streicheln, das sie heiß, geradezu fiebrig werden ließ.

Sie wusste, sie würde immer auf ihn abfahren, egal ob es seine Stimme war, sein Lächeln, seine blauen Augen oder seine Finger. Immer. Wo immer sie auch waren. Sie würde feucht und bereit sein. Mehr noch, sie würde seine Berührung freudig erwarten. Sich danach sehnen.

Sie liebte es, dass er bereit war, mit ihr in eine Boutique zu gehen und Reizwäsche für sie auszusuchen. Sie hatte nie verstanden, weshalb Männer in Bezug auf das Kaufen von Unterwäsche prüde sein konnten. Sie zogen sie dir gerne aus, konnten aber nicht in einen Laden gehen und welche kaufen? Das machte keinen Sinn.

Sie liebte es auch, dass Ice sie gerne so anfasste, wie er es tat und wo immer sie waren. Auch sie wollte ihn berühren, hatte dazu aber noch keine Gelegenheit gehabt. Ihr Blick fiel auf die Beule in seiner Jeans. Anscheinend war Ice absolut nichts peinlich, was irgendwie mit Sex zu tun hatte.

»Ich glaube, es wäre nicht fair, wenn ich zweimal komme, ohne mich revanchieren zu können«, erklärte sie wagemutig. Ihr Atem ging etwas stoßweise, doch sie brachte es fertig, es wie eine Einladung klingen zu lassen – und sie meinte es auch so. Sie wollte ihn wirklich in ihrem Mund haben, hier ging es nicht um Verführung – es war keine. Dessen war sie sich sicher. Sie versuchte nicht, ihn dazu zu bringen, sie vor den Altar zu zerren. Hier ging es darum, ihm ein unvergessliches Geschenk zu machen. Sie wollte diese Nacht für ihn so perfekt machen, wie er es für sie tat.

Er studierte einen Moment lang ihr Gesicht, bewegte seine Finger in ihr, sein Daumen spielte mit ihrer Klitoris, bis sie brannte und das Blut in ihrer Scheide pochte. Dann zog er sich sehr langsam zurück und brachte die Finger an seinen Mund. Noch nie hatte sie etwas derart Aufreizendes gesehen wie die Art und Weise, wie er sie ableckte. Ihr ganzer Körper war heiß, doch das spielte keine Rolle, nicht, wenn er sie so ansah. Besitzergreifend. Mit solcher Intensität und Konzentration, dass sie sich wand und die Schenkel aneinanderrieb, um das Feuer zwischen ihren Beinen abzuschwächen.

»Würdest du das hier für mich tun?«

Er hypnotisierte sie. Sie wusste es. Er beugte sich zu ihr und küsste sie, teilte ihren Geschmack mit ihr, ließ seine Zunge anzüglich an ihrer entlanggleiten. Als er den Kopf hob, immer noch ihr Kinn umfassend, sodass sie in seine blauen Augen blicken musste, Augen, in denen eine dunkle, gefährliche Lust blitzte, nickte sie.

»Ich glaube, es ist unfair, dass du bis jetzt leer ausgegangen bist, obwohl du dich so um mich kümmerst. Deshalb – ja, wenn du willst, dann tue ich das natürlich für dich.« Sie biss sich auf die Lippe und beschloss dann, ihm einfach die Wahrheit zu sagen. »Ich möchte es. Ich möchte es sogar unbedingt.«

»Gleich hier, in diesem Laden? Vor dem Schaufenster?« Er deutete mit dem Kinn darauf.

Bestimmt wollte er ihre Entschlossenheit auf die Probe stellen. Er konnte ja nicht ahnen, dass sie selbst in der Bar vor ihm in die Knie gegangen wäre. »Absolut.«

Er schlang einen Arm um sie und zog sie an sich. Presste sie fest an seine Brust. »Du könntest nicht perfekter für mich sein, Soleil. Schaffen wir diese Höschen und BHs zu Alenas Freundin, und dann shoppen wir noch ein bisschen weiter. Du brauchst ein Kleid für heute Abend und für morgen ein paar Jeans und T-Shirts. Und ich denke, zwischendurch haben wir auch Zeit, uns um das Monster zu kümmern.«

Er legte ihre Hand um seine volle Länge unter dem Hosenstoff. Bei jedem Schritt, den sie machten, rieb sie daran. Als sie sich der Ladenbesitzerin näherten, übte sie Druck darauf aus. Kurz bevor sie hinter einer der größeren Auslagen hervorkamen, ließ Ice ihre Hand los, und sie nahm sie widerstrebend weg.

Diana und Alena wandten sich ihnen zu. Soleil hielt sich

neben Ice sehr still; ihr war sehr bewusst, dass sie kein Höschen anhatte und ihre Schenkel und ihr Unterleib nass waren.

Die Besitzerin der Boutique war eine hochgewachsene, sehr elegante Erscheinung. Sie trug ihr Haar zu einem festen Knoten gebunden, von den Ohren hingen Gold und Diamanten. Das eng am Körper anliegende Kleid betonte ihre festen, hoch angesetzten Brüste und die Rundungen ihrer Hüften. Dennoch war sie so schlank, dass sich Soleil im Vergleich zu ihr mollig vorkam.

Ihr kühler Blick ging herablassend über Soleil hinweg und richtete sich dann ausschließlich auf Ice. Sie lächelte ihn an, und ihre Augen leuchteten wie die eines Raubtiers.

»Wir nehmen die hier«, teilte Ice abrupt mit. »Dann wollen wir noch Jeans und T-Shirts. Ein Jackett? Socken. Hast du Schuhe hier?«

»Ja. Ich kann euch in diesen Teil der Boutique bringen, wenn ihr das möchtet.«

»Zeig uns einfach die Richtung, das reicht schon«, erwiderte Ice und wandte sich von ihr ab, noch ehe sie ihn weiter in ein Gespräch verwickeln konnte.

Auf dem Weg zu dem Teil des Geschäfts, auf den die Besitzerin gezeigt hatte, ergriff er Soleils Hand und führte sie an seinen Mund. »Ich will nicht, dass du dich so einer gegenüber minderwertig fühlst, Prinzessin. Du gehörst mir. Du bist meine Wahl. Das bedeutet, ich stelle dich über jede andere Frau. Das sollte dich selbstbewusst machen, falls du das nicht schon einfach dadurch bist, dass du du bist.« Kurz vor dem Lichtschalter blieb er stehen. »Was ist los?«

»Ich tropfe fast, so sehr will ich dich haben«, gab sie zu. »Vielleicht bin ich ein bisschen beschwipster, als ich dachte. Und ich lasse dich für meine Sachen bezahlen.« Sie war es gewohnt, Boutiquen als Soleil Brodeur aufzusuchen, eine sehr, sehr reiche Frau. Eine Frau, die stets die angesagteste Designerware trug und mit größtem Respekt behandelt wurde, wenn sie ein Geschäft betrat. Sie wusste nicht, wie sie sich als Ices Auserwählte für die Nacht verhalten sollte.

»Ich finde es toll, wie sehr du für mich bereit bist. Dass du dich so hingezogen fühlst, dass du mich dich überall, wo ich es will, berühren oder vernaschen lässt. Weißt du, wie rar du bist? Ich will dich nie mehr aufgeben.« Er ging auf die Knie und schob ihre Beine auseinander. »Ich sorge dafür, dass du sauber bist und dir wegen dieser arroganten Zicke keine Gedanken zu machen brauchst. Die würde noch nicht mal wissen, wie sie einen richtigen Mann vögeln sollte, wenn mal einer in ihre Nähe käme. Die Mädchen lassen hier tonnenweise Geld, deshalb sagte ich, sie sei ihre Freundin, aber was ich damit meinte, war, sie will nur auf jede erdenkliche Weise an ihre Kohle herankommen.«

Seine Zunge glitt ihren Schenkel entlang. Sie schloss die Augen und hielt sich an seinen Schultern fest. Ihre Beine bebten. Sie warf den Kopf in den Nacken und fühlte nur mehr. Einfach nur fühlen. Jede Bewegung seiner Zunge. Seinen Atem. Seine Lippen. Sie musste die Augen wieder öffnen, um ihn anzusehen. Wer konnte dem Anblick widerstehen, ihn auf den Knien zu sehen?

Soleil merkte, dass sie nicht aufhören konnte, in seinen dichten, blonden Haaren zu wühlen. Platinblonde, goldblonde Strähnen, mit Silberfäden. So einzigartig, wie er es war. Sie schloss die Augen wieder und ließ sich von ihm aus ihrem Leben entführen. Weit, weit weg. Egal, ob irgendetwas, das sie heute Nacht tat, von irgendjemand als falsch erachtet wurde. Heute Nacht gab ihr dieser Mann das Gefühl, lebendig zu sein. Packte alles, was sie je von einem Mann gebraucht oder sich gewünscht hatte, in eine Nacht. Ice. Er war so großzügig, so selbstlos. Es verstörte sie, dass ein Mann so sein konnte, wie er es war.

Die Anspannung stieg und stieg, bis ihr Atem abgehackt kam und ihre Beine fast unkontrollierbar zitterten. Sie spürte die

Woge sich so rasch, so überwältigend sammeln, dass sie ihren Mund bedecken musste, um die Schreie zurückzuhalten, die sich sonst daraus lösen würden. Tränen brannten in ihren Augen. Es war so gut. So gut. Noch nie hatte sie so etwas erlebt, und sie wusste, sie würde es auch nie mehr erleben.

Der Tsunami schlug in Wellen zu, mächtigen Wogen, die sie von ihrem Leben endloser Einsamkeit wegspülten, weg von der ewigen Frage, was falsch mit ihr war. Weg von Kevins Ermordung und davon, dass ein Kreis Fremder wegen ihres Geldes ihren Tod bestimmt hatte. Es war ein euphorisches Gefühl, so herrlich, dass sie es nicht glauben konnte. Das hatte sie noch nie gehabt. Sie hatte noch nie jemanden gehabt, dem es wichtig war, dass sie dies fühlte.

Sie steckte eine Faust in den Mund, um keinen Lärm zu machen. Er schaute zu ihr hoch und stand sofort auf, seine Miene besorgt.

»Prinzessin.« Ice nahm sie in die Arme, drückte sie an seine Brust, dämpfte ihr Schluchzen. »Das ist nicht die Reaktion, die ich mir erhofft hatte.« Er klang sanft, fast zärtlich, was noch mehr Tränen fließen ließ. So sprach nie jemand mit ihr. Und nie hielt jemand sie fest so wie er.

In sein Gesicht waren drei Tränen eintätowiert, während sich bei ihr sämtliche Schleusen öffneten. Allein schon diese samtweiche Stimme, wie sie über ihre Haut strich, gab ihr das Gefühl, mehr denn je schutzlos ausgeliefert und verletzlich zu sein.

»Baby, schau mich an.«

Sie schüttelte den Kopf, versuchte, mit dem Weinen aufzuhören, aber je netter er war, desto mehr Tränen rannen. Konnte sie noch erbärmlicher sein? Was stimmte nicht mit ihr? Sie hatte einen totalen Zusammenbruch vor einem Mann, den sie nicht einmal kannte, und nur, weil er nett zu ihr war. Sie war intimer mit ihm gewesen als mit irgendjemandem sonst in ihrem Leben. Was würde sie ihm sagen? Dass der Sex ohne seinen Schwanz besser gewesen war als alles, was sie je erlebt hatte? Dass er netter, freundlicher, wunderbarer gewesen war als jedes andere menschliche Wesen seit Jahren, mit dem sie zu tun gehabt hatte? Sogar Kevin eingeschlossen? Ihr geliebter Anwalt?

Sie versuchte, Luft zu bekommen, um mit dem Heulen aufzuhören. Sie würde es ihm nicht übel nehmen können, wenn er sie einfach hier, mitten im Laden, stehen ließ und verschwand.

Ice fasste sie am Kinn und zwang sie, ihm in die Augen zu sehen. »Soleil. Stopp. Hör auf. Du bist in Sicherheit. Alles ist gut.«

Sie schüttelte den Kopf. »Ich muss weg.« Plötzlich wollte sie unbedingt gehen. Es war das einzig Vernünftige, das sie tun konnte. Sie musste ihn retten, denn plötzlich, hier und jetzt, wusste sie, wenn sie noch länger mit ihm zusammenblieb, würde sie die schlimmstmögliche Sünde begehen und alles in ihrer Macht Stehende tun, um ihn dazu zu verführen, sie zu behalten.

Sein Lächeln kam langsam. Schön. Atemberaubend. »Du läufst weg, wenn es dir zu viel wird, nicht wahr? Aber heute Nacht tust du das nicht. Du stehst das mit mir durch. Du hast eine kleine Panikattacke, aber ich bin ja hier. Wir gehen jetzt da hinüber zu diesem Tisch mit den Jeans, die du morgen brauchst, und da nehmen wir uns ein paar in deiner Größe. Und dann noch einige T-Shirts. Und dann noch ein Wahnsinnskleid.«

Sie meinte in seinen Augen zu ertrinken. In seinem Lächeln. Er war das personifizierte Selbstvertrauen, und er blieb bei ihr, obwohl sie im Gefühlschaos unterging. Es würde höllisch wehtun am Morgen, wenn er weg war, aber sie musste einfach an dem Versprechen von heute Nacht festhalten. Anstatt daran zu zerbrechen, weil sie niemanden hatte, musste sie den Moment genießen. Ice war zu gut, um wahr zu sein, aber diese Nacht würde sie mit ihm durchziehen – ihr Märchen leben, auch wenn sie es anscheinend nicht schaffte, einen klaren Kopf zu bekommen. Ihm zu geben, was er verdiente.

»Prinzessin, du musst mir sagen, dass du jetzt bei mir bleibst.«

Sie war verliebt in seine Stimme. In ihn. In alles, was mit ihm zu tun hatte. Vielleicht war er eine Fantasie, und sie hatte ihn in all ihrer Emotionalität zu ihrem Prinzen gemacht, aber er bat sie, für die Nacht bei ihm zu bleiben, und sie würde sich das selbst zum Geschenk machen. Dem Chaos, das sie mit Winston angerichtet hatte, konnte sie sich morgen stellen, aber heute Nacht hatte sie Ice.

»Ich bin bei dir, ganz und gar.« Es kam fast ungewollt über ihre Lippen, doch sie meinte es auch.

Sein Lächeln war alles wert. »Das ist mein Mädchen.«

Sie wollte sein Mädchen sein. Sie musste es. Sie wusste, dass er sie retten würde, denn bei Gott, auf sich allein gestellt würde ihre Kraft sie verlassen.

Er führte sie an einer Hand zu dem Tischchen. Die Jeans waren von einer Designermarke, die sie tatsächlich trug, deshalb wusste sie, welche Größe ihr perfekt passte. Sie wählte eine aus, und Ice legte noch einmal eine darauf. Sie musste es sich verkneifen, darauf hinzuweisen, wie teuer sie waren. Er aber warf ihr sein überwältigendes Grinsen zu, fast als ob er wüsste, was sie dachte, und dann führte er sie hinüber zu den Tanktops, die schierer Luxus waren. So weich. Leicht. Perfekt. Sie ließ ihn aussuchen, welche ihm am besten gefielen.

Danach schob er sie wieder unter seine Schulter. Offensichtlich mochte er es, wenn sie ganz dicht bei ihm war, und ihr machte das absolut nichts aus. Sie gingen zurück zu Diana und Alena.

Ice händigte der Besitzerin die Ware aus. »Wo sind deine Haute-Couture-Kleider? Hat dir Alena gesagt, was ich möchte? Soleil braucht für heute Abend etwas ganz Spektakuläres.«

»Wirklich?« Haute-Couture-Kleider? War er verrückt geworden? Woher wusste er überhaupt, was das war? Solche Kleider kosteten Tausende von Dollar.

Er küsste ihre Hand. »Jawohl. Und ich will Bilder. Jede Menge.«

Alena warf ihm einen Kuss zu. »Darum haben wir uns schon gekümmert.« Sie schaute auf ihre Uhr. »Du hast noch ungefähr eine Stunde. Ein bisschen weniger.«

»Ich zeige euch die Kleider«, sagte die Besitzerin, nicht ohne Ice sehr interessiert von Kopf bis Fuß zu beäugen.

Ice rückte von ihr ab. »Sag uns einfach, in welchem Teil des Ladens sie sind, dann finden wir sie schon. Das macht die Sache spannender.« Er küsste Soleil sehr geflissentlich auf den Mund. »Nicht wahr, Prinzessin?«

Sie nickte, bestürzt, dass er die offensichtlichen Flirtversuche der Besitzerin nicht erwiderte. Sie war groß und schön, sehr elegant, doch Ice würdigte sie keines Blickes. Er war ganz und ausschließlich auf Soleil fixiert. Sie konnte nicht umhin, sich schön und sexy zu fühlen. Noch nie zuvor hatte jemand das für sie getan. Ihr Geld hatte immer attraktiv gewirkt, nie aber sie als Frau. Ice machte sie einfach nur glücklich.

Sie ging mit ihm in die Richtung, die die Besitzerin angezeigt hatte, und als sie zurückblickte, sah sie, wie Alena Diana auf das Hinterzimmer zubugsierte. Die Kleider befanden sich im vorderen Teil des Ladens bei den Fenstern, aber auf der anderen Seite des Durchgangs. Dort brannten nur einige schwache Lichter, weil die Boutique offiziell geschlossen war. Die angeschalteten Leuchten waren auf die Kleider gerichtet.

»Ice, diese Kleider kosten ein Vermögen.«

»Baby, habe ich dir nicht gesagt, du sollst heute Nacht nicht über Geld nachdenken? Wir haben eine Abmachung. Ich möchte ein paar von denen. Dieses da. Was denkst du? Sieht aus, als würde es dir passen. Alena sagte, falls etwas geändert werden muss, wird Diana es machen.« Er zeigte auf ein Kleid mit weißer, offener Spitze und einem schwarzen Unterrock aus Seide. Es war hinreißend. Und kostspielig.

Sie befeuchtete ihre Lippen, sagte jedoch nichts.

»Oder das hier. Das würde dir auch stehen. Es ist ungefähr genauso lang, eng anliegend und wahnsinnig sexy. Das hier ist mein Favorit.«

Wie das andere Kleid war auch dieses weiß, aber auf einer Seite hatte der Stoff ein Lochmuster – kleine Diamanten waren herausgeschnitten und zeigten Haut von der Schulter bis zum Fußknöchel. Die Chiffon-Stola auf der anderen Seite bedeckte eine Brust, schlang sich um die Taille und traf dort auf den Lochmuster-Stoff. Der gewagte Schlitz vorne war breit, und an seinen Seiten fiel der Chiffon bis zum Boden. Darunter verbarg sich ein Höschen aus dem Lochmuster-Stoff, sodass die »Diamanten« unter dem spektakulären Schlitz bei jedem Schritt sichtbar wurden.

»Ich könnte meine Finger durch den Stoff schieben und dich die ganze Nacht feucht für mich halten«, flüsterte er.

»Ice, ich liebe es, aber es ist zu …«

»Jetzt reicht es, Weib. Habe ich dir nicht gesagt, Geld ist kein Thema?« Seine Hände wanderten an seine Jeans, er öffnete sie, schob sie nach unten und hatte sein Glied entblößt.

Sie standen vor einem langen Schaufenster, hinter dem die Designer-Kleider auslagen. Das Licht im Laden war schummrig, doch das von der Straße schien direkt auf ihn zu fallen. Sie starrte nach Atem ringend auf seinen Schwanz. Er war umwerfend. Dieser spezielle Teil von ihm passte so richtig zu seinem erstaunlich guten Aussehen. Er war hart und dick, voll erigiert, und er stand da so lässig und locker, als würde er warten. Er war … wunderschön.

Sie starrte einfach nur, bis er sie an den Schultern fasste und zu Boden drückte, direkt hier, vor den Kleidern. »Benutz deinen Mund für etwas Besseres, als mit mir zu streiten, Weib.«

Es schockierte Soleil, wie ihr Körper heiß und feucht wurde bei dem Gedanken, ihn hier im Laden zu befriedigen, mit der

Besitzerin ganz in der Nähe. Er war größer, als sie erwartet hatte, doch sie wollte ihn in ihrem Mund. Sie wollte seinen Geschmack auf ihrer Zunge.

Ihre Hand glitt an seinem Schenkel hoch. »Das habe ich mir gewünscht, seit ich dich zum ersten Mal gesehen habe.« Dies entsprach ziemlich der Wahrheit. Und es war ihre Chance, ihm etwas zurückzugeben für all die wunderbaren Dinge, die er ihr gegeben hatte.

Er stellte sich breitbeiniger hin und bündelte ihre Haare in einer Faust. »Wir haben nicht die ganze Nacht Zeit, Baby, also halt dich ran. Wenn du nicht willst, dass ich meine Ladung über die ganzen Kleider spritze, schluckst du sie am besten. Der Anblick von dir vor mir auf den Knien, das ist gottverdammt sexy.«

Er gab ihr das Gefühl, sexy zu sein. Das Gefühl, schön zu sein – und ihm zu gehören. Sie konnte nicht umhin, sich aufgegeilt zu fühlen von der Art und Weise, wie er sie berührte, wann immer er wollte, so, als müsse er das beinahe tun. Sie liebte das Fordernde in seinem Ton und wie erstaunlich lustvoll der Blick seiner blauen Augen wurde, wenn sie zu ihm aufschaute.

»Du bist unglaublich schön, weißt du das?« Sie konnte nicht verhindern, dass ihre Stimme bewundernd klang.

Sie umfasste seine Eier, rollte sie auf ihrer Hand und beobachtete, wie sein Schwanz dabei zuckte. Leckte darüber und seinen Schaft entlang und genoss das samtige Gefühl. Er war heiß und brauchte ihre Zuwendung unbedingt. Kleine Tropfen perlten aus ihm; sie konnte nicht widerstehen, sie abzulecken und dann ihre Lippen über die breite Eichel zu stülpen. Er schmeckte gut. Suchterzeugend gut.

»Dein Schwanz ist erstaunlich«, flüsterte sie.

»Freut mich, dass du ihn magst, Prinzessin. Ich würde es gut finden, wenn du mir mit dem Mund einen runterholst. Ich bin drauf und dran, mich lächerlich zu machen.«

Wieder stülpte sie ihren Mund darüber, spürte, wie ihre Lippen gedehnt wurden, und das Gewicht auf ihrer Zunge. Sein Schwanz war sengend heiß und unerwartet schwer. Sie erforschte ihn mit ihrer Zunge, damit sie sich immer an ihn erinnern würde. Das war ihr wichtig. Sie verfolgte die dicke Ader, züngelte unter der breiten Eichel und versuchte, ihn noch tiefer einzuführen. Das ging nicht, also saugte sie daran und spielte mit ihrer Zunge darum herum. Sie musste ihn nasser bekommen und ihre Lippen noch weiter dehnen. Sie wollte Zeit mit ihm verbringen. Tage und Nächte, bis sie alles von ihm nehmen konnte. Je nässer sie ihn und ihre Lippen machen konnte, desto mehr konnte sie von ihm aufnehmen.

»Das gefällt dir, was, Baby?« Seine Hand vergrub sich in ihrem Haar. »Das merke ich.«

Ihre Blicke trafen sich, doch sie hörte nicht auf. Sie mochte es, weil er es war und weil er so großzügig gewesen war, sie zwei Mal hatte kommen lassen und ihr beigebracht hatte, dass sie tatsächlich einen Orgasmus haben konnte. Weil er sie behandelte, als sei sie besonders für ihn. Ja, sie liebte es, seinen Schwanz im Mund zu haben. Er roch gut. Er schmeckte gut, und er war einfach erstaunlich.

Ice fing an, sich zu bewegen, vorsichtig zu stoßen, ihren Mund auszufüllen, ihre Grenze ein wenig weiter zu schieben. Sie arbeitete für ihn. War entschlossen. Sie fand es höllisch sexy, wenn er mit seinen kristallblauen Augen zu ihr herabschaute, Augen, die kalt schienen, nun aber wie blaue Flammen waren, so heiß, dass sie am Ende meinte, selbst zu bersten. War es möglich, einen Orgasmus zu bekommen, während sie einem Mann einen blies?

»Was geht hier vor?«, war die schrille Stimme der Besitzerin zu hören.

Soleil wollte sich zurückziehen, doch Ice hielt ihren Kopf fest und stieß nun noch schneller. »Nein Baby, hol mir verdammt nochmal einen runter, ich bin so kurz davor.« Er stöhnte die Worte praktisch heraus.

Nur einen Moment lang wandte sie den Blick ab. Schritte kamen auf sie zu. Draußen blieb ein Mann stehen und versuchte, in den Laden zu schauen. Sie bemerkte beides, und ihr Körper zog sich heftig zusammen. Wurde noch heißer. Ihre Brüste schmerzten. Sie war wirklich schon wieder kurz davor.

»Hör jetzt bloß nicht auf. Dein Mund bringt es wirklich, echt.«

Sie wusste nicht, was das zu bedeuten hatte, doch Ices Stimme war heiser. Rau. Seine Hand packte so fest zu, dass ihre Kopfhaut schmerzte und ihr Geschlecht pulsierte. Sein Schwanz schien anzuschwellen und noch heißer zu werden. Seine Stöße gingen tiefer, würgten sie beinahe, aber nicht ganz. Sie hörte nicht auf, weil Ice ihr wichtig war. Nicht irgendeine Frau, von der sie bereits abgeurteilt war und die sie nie mehr wiedersehen würde. Nicht jemand draußen vor dem Fenster, der ihr Gesicht nicht sehen konnte. Sie waren unwichtig. Wichtig war allein Ice. Ice und seine Lust. Sie wollte ihm so viel Lust verschaffen, wie sie konnte. Sie wollte das für ihn. Sie würde ihm das überall geben. Wenn er es brauchte, wenn er es wollte, dann würde sie für ihn da sein, und es war klar, dass er es nun brauchte.

Sie machte ihre Wangen hohl. Saugte fester. Nahm ihn tiefer. Aus dem Schatten tauchten zwei Männer auf, beide mit Torpedo-Ink-Jacken, schoben sich zwischen Ice und sie und die Besitzerin, murmelten dieser etwas zu und führten sie weg. Es hätte ihr nichts ausgemacht, wenn diese Frau sie gesehen hätte mit Ices Schwanz bis zum Anschlag im Mund. Diese Frau wollte ihn, sie hatte ihn.

Ihre Zunge peitschte seine Eichel, tanzte und spielte darunter, legte sich um seinen Schaft, der tief eindrang, ihr die Luft nahm. Auch das war ihr gleichgültig. Alles war für ihn. Sie spürte, wie sein Schwanz noch größer wurde, ihren Mund noch weiter ausdehnte, und dann pulsierte er, spritzte ab, und sie schluckte, würgte fast, als er sich ihre Kehle hinab ergoss.

Ice zog sich ein wenig zurück, damit sie wieder atmen konnte. Er ließ ihre Haare los, streichelte ihren Kopf. »Wahnsinn, Prinzessin. Also, mir ist schon tausend Mal einer geblasen worden, manchmal haben es gleich mehrere Frauen versucht, umsonst. Du hast es in Minuten geschafft. Ganz allein. Ohne Hilfe von mir. Das ist noch nie passiert. Noch nicht ein Mal.«

Er klang schockiert. Ehrfurchtsvoll. Er zog sein noch halb steifes Glied nicht zurück. »Leck das Monster sauber, Baby. Ich habe keine Klamotten zum Wechseln, so wie du.«

Sie folgte seiner Aufforderung nur zu gern. Tränen brannten in ihren Augen, und sie hoffte, ihm etwas gegeben zu haben, womit er sich an sie erinnern würde. Sie hatte es gerne getan. Sie liebte es, ihn in ihrem Mund zu haben, ihm zu geben, was er so großzügig ihr gegeben hatte. Es war nur eine Episode mehr, die sie in ihrem Fantasie-Märchen festhalten konnte.

7. Kapitel

In einem Haute-Couture-Kleid auf einer Harley mitzufahren, war nicht ganz leicht, auch wenn die langen Seiten des Rocks an Soleils Taille hochgebunden waren. Sie saß auf dem Rücksitz in dem Mieder aus dem Lochmuster-Stoff und nichts sonst, aber sie sah irre elegant aus. Ihr Busen drückte gegen Ices Rücken und ihr nur von dem Lochmuster-Stoff bedeckter Venushügel ebenso fest an seine Pobacken. Die Maschine röhrte – noch so ein sexy Monster, mit dem er sie schamlos in seine Welt lockte.

Sobald Alena und Maestro ihr geholfen hatten, sich mit ihren heißen High Heels auf die Maschine zu setzen, hatte Ice ihre Arme um sich gelegt. Nun waren sie dem Ziel schon so nahe. Die Kapelle befand sich nur mehr ein Stück weit voraus, und alles war arrangiert. Alena hatte getan, worum er sie gebeten hatte, und seiner Frau noch einen Drink gegeben, während sie ihr beim Anziehen und Haaremachen geholfen hatte.

Soleil hatte keine Fragen gestellt, aber sie hatte den Whiskey getrunken, den Alena ihr gebracht hatte. Ice war nicht bereit, sie gehen zu lassen, nicht nach dem, was geschehen war. Er hatte nicht gelogen, als er Soleil sagte, er habe schon mit zahllosen Frauen, manchmal zwei oder drei gleichzeitig, Oralsex gehabt. Jedes Mal hatte er seinem verdammten Schwanz befehlen müssen zu funktionieren, wenn er Erleichterung haben wollte. Die Frauen hatten ihr Bestes gegeben, dennoch hatte er bisher nie einen natürlichen Orgasmus hingekriegt. Mit Soleil hingegen hatte er sich anstrengen müssen, die Kontrolle zu behalten und ihr sein Teil nicht ganz in den Hals zu stecken. So gut war sie gewesen.

Nichts hatte sich je so angefühlt wie dort in diesem Laden, mit Soleil auf den Knien und zu ihm aufschauend. Das Paradies. Eine neue Dimension. Kein Zwingen seines Körpers, keine Kontrolle, kein Orgasmus auf Befehl. Sie gehörte ihm, war für ihn gemacht. Wie das passieren konnte, war ihm schleierhaft, aber sein Körper wollte den ihren. Reagierte auf ihren. Er hatte weibliche Formen immer attraktiv gefunden, doch seinem Körper war von Kindesbeinen an beigebracht worden, niemals von sich aus zu reagieren. Diese Konditionierung hatte er nie überwinden können. Nichts und niemand hatte je seine Kontrolle zu Fall gebracht – bis Soleil kam.

Sie hatte es genossen, ihm einen zu blasen. Mehr noch – sie hatte es für ihn tun wollen und dabei überhaupt nicht an sich selbst gedacht. Es war dabei nur um ihn gegangen. Das wusste er. Er hatte schon jede Menge Blowjobs erlebt, aber keine Frau hatte ihn dabei jemals so angesehen wie sie. Sie sah in ihm, aus welchem Grund auch immer, etwas, das niemand sonst sah – was er aber brauchte.

Seine Brüder begleiteten sie auf dem Weg zur Kapelle. Sie unterstützten ihn und zeigten gleichzeitig Soleil, was es hieß, Familie zu haben. Die brauchte sie nicht weniger, als sie ihn brauchte. Er konnte sie ihr geben, und was ihn anbetraf, war Torpedo Ink die einzige Familie, die sie je brauchen würden.

Als sie sich entschied, auf den Knien zu bleiben – mit seinem Schwanz im Mund, hinter einem Schaufenster und mit dieser voreingenommenen Frau, die auf sie zukam –, da hatte Ice entschieden, sie nie mehr gehen zu lassen. Zunächst war da ihre unentschlossene Miene gewesen, doch als er in seiner Verzweiflung zu ihr sagte, sie könne jetzt nicht aufhören, dazu sei er schon zu weit, da war es ihr wichtiger gewesen, für ihn da zu sein und ihn zum Höhepunkt zu bringen, als von der Ladeninhaberin erwischt zu werden.

Anstatt bescheuerten moralischen Vorschriften zu folgen, hatte sie sich für ihn entschieden. Er hatte nie geglaubt, eine Frau zu finden, die seine Bedürfnisse wirklich befriedigen würde, und dann auch noch eine, die ihm einen Orgasmus geben konnte, ohne dass er seinem Schwanz befehlen musste mitzumachen, doch sie schaffte das alles. Und er war nicht so dumm, ein Wunder einfach wegzuwerfen.

Als sie sich von Alena beim Anziehen hatte helfen lassen, war sie sehr still geworden und hatte keine Fragen gestellt. Was ihn ein wenig alarmiert hatte, wie auch Alenas gerunzelte Stirn, als sie es ihm berichtete, wiewohl sie auch gesagt hatte, sie sei nicht von Soleils Seite gewichen. Sie hatte nicht gesagt, Soleil wolle gehen, was sie ihr jederzeit hätten gewähren müssen, wenn sie es denn gesagt hätte. Sie war nicht so betrunken, dass sie nicht wusste, was ein Hochzeitskleid war. Sie hatte es angezogen, ohne ein Wort zu sagen, auch die Schuhe, und sich von Alena die Haare richten lassen. Dann hatte sie den kleinen Whiskey getrunken, war auf die Maschine gestiegen und hatte sich bei ihm festgehalten.

Die Kapelle war nicht weit von der Bar entfernt, vor der er das Bike geparkt hatte, und es war Player, der Soleil vorsichtig beim Absteigen half, als sie ankamen. Alena band das Kleid wieder auf, sodass es bis auf den Boden fiel. Soleil machte einen kleinen Wirbel wegen des Kleids, bis es ihr perfekt erschien, und dann gingen sie alle hinein, die Braut in ihrer Mitte.

»Du siehst wunderschön aus«, flüsterte Ice ihr zu. Er ergriff ihre Hand. »Absolut wunderschön.«

»Das ist das Kleid«, flüsterte sie zurück. »Ich kann nicht glauben, dass du es für mich gekauft hast. Es muss –«

»Sag es nicht, Prinzessin. Wenn du mir irgendeinen Quatsch über Geld erzählst, werde ich deinen Mund mit etwas Besserem beschäftigen. Und du wirst mir nicht hier vor allen Leuten gefällig sein wollen.«

Sie lachte. Laut. Ein Klang, den er auf der Haut spürte und der direkt in sein Herz drang.

»Man kann nie wissen. Du hast erstaunlich geschmeckt, und dein Schwanz ist es wirklich wert, angebetet zu werden.«

Sein Herz zog sich heftig zusammen. Sein Schwanz regte sich. Er hielt den Blick auf ihr Gesicht gerichtet. Ihre hohen Wangenknochen und die langen, geschwungenen Wimpern, die vollen Lippen, die gerade, kleine Prinzessinnennase. Ihre Augen waren fast zu groß, ein Mann konnte sich in ihnen nahezu verlieren.

»Solche Sachen darfst du zu mir nicht sagen. Es ist mir scheißegal, wer mich sieht, wenn ich meine Frau vögle, sie müssen nur wissen, dass sie nicht anfassen können, was mir gehört.«

»Mir ist es auch ziemlich egal, wer mich sieht, wenn ich mit meinem Mann vögle, sie müssen nur wissen, dass sie nicht anfassen können, was mir gehört«, sagte sie ebenfalls und lachte wieder.

Sie schüttelte den Kopf. Ihre Augen waren dunkel, schokoladenbraun, und sie wirkten flüssig, so als ob all die Schokolade für ihn geschmolzen sei. Sie machte Dinge mit ihm, die er nicht erwartete. Sie hatte seinen Körper, das akzeptierte er, aber sie stahl sich auch in sein Inneres hinein, und das war einigermaßen gefährlich. Am Ende würde sie Dinge sehen, die ihr Todesangst machten. Winston war ein kleiner Scheißer, aber selbst er machte ihr Angst. Ice war der bevorstehende Tod. Er wollte sich nicht einmal vorstellen, was sie denken würde.

Storm hatte ihm mehr als ein Mal, wenn er jemanden halb totgeprügelt hatte, weil er einen weiteren erzwungenen Orgasmus nicht mehr aushielt, gesagt, dass es in einer Beziehung nicht nur ums Vögeln ging. Dass man sogar dann, wenn man die perfekte Frau gefunden hatte – so wie Reaper Anya oder Steele Breezy oder sogar der Zar mit Blythe –, dass man einen Weg finden musste, mit ihr zu leben, wenn man sie behalten wollte. Angesichts der Startschwierigkeiten, die seine Brüder jeweils gehabt hatten, war das wohl die Wahrheit.

Gleichzeitig aber wusste Ice, dass Storm falschlag. Es musste eine echte körperliche Anziehung da sein. Eine, die sein Körper erkannte. Allein Soleil anzusehen, tat ihm schon fast weh. Mehr noch, sie entsprach seinen speziellen Neigungen. Er würde keiner sein, mit dem leicht Kirschen zu essen war, aber er würde Mittel und Wege finden, das zu kompensieren. Er wusste, dass er Charme hatte. Er war ein Experte in allem, was Sex anbetraf. Er wollte, dass sie glücklich war. Und er konnte für ihre Sicherheit sorgen.

Während er versuchte, sich zu überzeugen, dass er das Richtige tat, blickte Soleil sich um und wurde plötzlich nüchtern. Sie betrachtete die Kapelle. Die Blumen. Wie sein Club sie umringte. Alena, die zwei Blumensträuße hielt. Den seltsamen kleinen Mann an der Vorderseite der Kapelle, der sie mit einem offenen Buch erwartete.

»Ice.« Sie flüsterte seinen Namen. »Was tun wir hier?«

»Ich habe deinen Ehevertrag unterschrieben, Prinzessin, und du meinen. Jetzt müssen wir nur noch das hinter uns bringen. Fast alle sind hier. Einige der Brüder und Lana fehlen, aber sie wissen Bescheid und warten zu Hause darauf, dich willkommen zu heißen. Sie richten das Haus für uns her.«

»Lieber, du verstehst nicht, was ich getan habe.« Sie berührte sanft sein Gesicht. »Ich habe dich mit vollem Vorsatz verführt. Ich habe dafür gesorgt, dass du zu viel trinkst. Du weißt nicht, was du tust.«

Er musterte sie lange, bestürzt darüber, dass sie dachte, sie sei es, die sie beide hierhergebracht hatte. Wenn sie glaubte, sie wären hier, weil sie ihn in eine Falle gelockt hatte, dann hatte sie mehr als zu viel getrunken.

»Baby, ich weiß genau, was ich tue. Ich tue das, was ich will.«

Ihre dunklen Augen blickten forschend in seine. Sie schüttelte leicht den Kopf. Sie wirkte so hilflos, und er hätte sie am liebsten in die Arme geschlossen.

»Ich wollte dich unbedingt haben, Ice. Ich habe dafür gesorgt, dass du immer weiter trinkst, obwohl ich nie betrunken werde. Ich habe dich verführt. Ich weiß es. Morgen wirst du aufwachen –«

»Glücklich. Weil es das ist, was ich will. Ich habe mir vorgenommen, dich zu meiner Frau zu machen.«

»Was machen wir denn?«, flüsterte sie erneut und wurde ganz bleich. Ihre Augen waren riesig, wie in einer Schockstarre.

»Du heiratest mich.«

Sie starrte ihn an, als wäre ihm ein zweiter Kopf gewachsen. Panik setzte ein. Sie musste dies aus freien Stücken tun. Das verlangte der Code, nach dem sie lebten. Alles war gut, solange er dafür sorgte, dass es dies war, was sie wollte, und dass sie bei jedem Schritt ausdrücklich ihr Einverständnis erklärte. Darauf schaute sein Club sehr genau.

»Ich heirate dich?« Sie schüttelte den Kopf. »Das können wir nicht machen.«

»Warum nicht?«

Sie öffnete den Mund, schloss ihn wieder und schüttelte den Kopf. »Weiß ich nicht, aber wir können es nicht. Du kennst mich nicht. Ich bin in irrsinnigen Schwierigkeiten. Das kann ich dir nicht zumuten. Ich weiß, du glaubst mir nicht, aber ich habe dir das in den Kopf gesetzt. Wirklich.«

Sein Herz zog sich heftig zusammen. Sie lehnte ihn also nicht ab. Sie sorgte sich um ihn. Die anderen verfolgten die Szene. Warteten geduldig. Niemand versuchte, sie zur Eile anzutreiben. Der Priester hatte weniger Geduld, doch er äußerte seinen Ärger nicht, nicht, wenn so viele Biker seine kleine Kirche füllten. Und auch nicht wegen des Geldes, das sie ihm zahlen würden. Bei Biker-Hochzeiten ging es gerne hoch her, und er wollte nicht, dass seine Kapelle einen Schaden davontrug. Er wollte, dass sie verschwanden, doch einem fetten Verdienst konnte er einfach nicht widerstehen.

»Du kennst mich auch nicht. Meine Spezialität ist, anderen Sorgen abzunehmen. Das habe ich für dich vor.« Ice führte ihre Hand an seinen Mund, liebkoste ihre Fingerspitzen. Sofort flammte in ihren Augen Verlangen auf. Sie reagierte so sensibel auf ihn. Er würde sie nicht entwischen lassen, nicht so kurz vor dem Ziel. Er musste den Deal besiegeln. Endgültig. Für immer.

»Du kannst mich jetzt nicht hängen lassen, Soleil. Du hast es mir versprochen. Ich habe dir bei jedem Schritt auf diesem Weg die Möglichkeit gegeben, Nein zu sagen, und du sagtest Ja. Du sagtest, ich sei deine Wahl. Ich habe das geglaubt. Willst du mich jetzt hängen lassen?«

Sie runzelte die Stirn, biss sich auf die Lippe, sodass er darauf aufmerksam wurde. Er hatte etwas übrig für diese Unterlippe und hätte am liebsten selbst hineingebissen.

»Aber bist du dir sicher, dass wir das tun sollten?« Ihre dunklen Augen blickten fragend in die seinen. Vertrauten darauf, dass er die richtige Antwort gab.

Er zögerte nicht. »Absolut. Du nicht? Denk darüber nach, was ich dir geben kann. Was du mir gibst. Sind wir nicht perfekt zusammen? Ist es der Club? Sie sind meine Familie. Sie wären auch die deine.« Ungeniert versuchte er, sie mit seinen Brüdern und Schwestern zu ködern, in dem Wissen, dass sie sich nach einer Familie sehnte.

Sie blickte ihm forschend in die Augen. Er hätte gerne gewusst, was sie von ihm brauchte, damit sie Ja sagen würde. Sich ihm schenken würde. Er musste sie nach Hause bringen, sie mit Familie umgeben, ihr alles geben, was sie wollte, und er wollte dieser Mann jeden Tag sein, damit sie ihn nie mehr würde verlassen wollen. Damit ihre Nächte auch die seinen waren. Er wollte ihr Kinder machen, damit sie ihn noch mehr brauchen würde. Was immer vonnöten war, er würde es tun.

Langsam verzog sich ihr Mund zu einem Lächeln, dieser Mund, den er täglich haben wollte. Eine echte verdammte Erektion. Einen fantastischen Orgasmus, den er sich nicht verordnet hatte. Seiner Frau alles geben. Dann würde seine Welt in Ordnung sein.

»Ich brauche dich, Prinzessin. Keiner wird dich je so brauchen wie ich.«

»Zum Sex? Den könnte dir jede geben.«

Konnten sie nicht, doch das war nicht, worum es ihr ging. Wollte er sie für mehr als Sex? Das war eine redliche Frage. Er dachte an ihr Lachen. Den Sonnenschein. Er lebte an einem dunklen Ort. Schon allein den Klang ihrer Stimme zu hören, holte ihn von dort weg. Reichte das aus, um sie zu beschwichtigen? Oder ihn?

»Es geht nicht nur um Sex, Prinzessin. Du bist die Eine, die Einzige für mich.«

Ihr Blick streifte über sein Gesicht und richtete sich dann wieder auf seine Augen. Sie hob das Kinn an. »Okay, dann machen wir es«, erklärte sie.

Sofort war Ices Welt wieder in Ordnung. Er riskierte nicht, dass sie ihre Meinung noch einmal änderte, drückte ihre Hand und nickte seiner Schwester zu, die sich daraufhin zu seiner Frau gesellte. Er ließ Soleil mit Alena allein und ging den kurzen Gang hinunter zu seinem Bruder. Storm war da, sein Zwillingsbruder, und das machte sein Glück noch perfekter. Ice hatte es geschafft; er hatte seine Geschwister lebend aus dieser Hölle herausgeholt, beide intakt – wenigstens einigermaßen. Sie waren am Leben und da, wenn er sie brauchte, um dies mit ihm zu Ende zu bringen.

Er blickte zu seiner Braut, und sein Herz blieb stehen. Sie war das Geschenk. Sie gehörte ihm. Soleil war so schön, dass es schon wehtat, sie nur anzusehen. Seine Lunge brannte, er bekam kaum Luft. Dieses Kleid passte ihr wie angegossen, das Lochmuster offenbarte ihre seidenweiche Haut auf perfekte Weise.

Der Schlitz vorne reichte fast bis zu ihrem Venushügel, der Stoff unter dem Chiffonrock war kaum zu sehen, lugte aber hervor, als sie auf ihn zukam. Das rückenfreie Oberteil bestand aus zwei breiten Stoffstreifen, die ihre Brüste bedeckten. Das Dekolleté ging bis zu ihrer Taille, und eine Seite war aus dem Lochmuster-Stoff. Soleil sah darin nicht nur schön aus, sie war auch überaus sexy.

Sie gab ihr Bouquet Alena, nahm seine Hand und trat mit ihm vor diesen seltsamen kleinen Mann mit dem längsten Bart, den Ice je gesehen hatte. Doch das war unwichtig. Wichtig war, in Soleils Augen zu blicken, um ihr Mut zu machen, ihre Hand festzuhalten, weil sie so zitterte, dass er fürchtete, sie werde gleich umfallen.

»Schau *mich* an, Prinzessin«, flüsterte Ice, als ihr Blick zu dem Priester wanderte, der irgendetwas vorlas. Er wollte, dass die Fragen gestellt und beantwortet wurden, und nicht, dass dieser kleine Mann mit seinem Geblinzel und dem wilden Bart, der einen Schnitt brauchte, viel herumpalaverte.

Ihr Blick schwenkte wieder zurück zu ihm. Er sah ihr direkt in die Augen und ergriff ihre Hände, als der kleine Mann die brennende Frage stellte, ob Isaak »Ice« Koval Soleil Brodeur zu seiner Frau nehmen wolle. Ja, verdammte Scheiße, er wollte. In guten wie in schlechten Zeiten. In Krankheit und Gesundheit, bis dass der Tod sie schied.

Soleil sah ihn stirnrunzelnd an. Sicher fragte sie sich, woher sie ihren Nachnamen kannten. Sie hatte ihn nie genannt, doch dank Code hatten sie die Papiere, die bewiesen, dass sie sich die Lizenz beschafft hatten. Ihr Priester würde alles ordentlich zu den Akten legen.

Dann wurde Soleil die gleiche Frage gestellt, und wieder wurde sein voller Name genannt. Isaak »Ice« Koval. Ob sie ihn zu ihrem Mann nehme? Es wurde gespenstisch still in der Kirche, während sein ganzer Club mit ihm zusammen auf die Antwort wartete. Storm beugte sich vor. Alena ebenfalls. Er wandte den Blick nicht von ihr ab, hypnotisierte sie ungeniert, damit sie Ja sagte. Gott, sie musste Ja zu ihm sagen!

Sie schluckte. Schwer. Ihre Augen wurden nass. Das Herz rutschte ihm in die Hose. Sein Daumen glitt hin und her über ihre Hand, eine kleine Liebkosung, die er selbst mehr brauchte als sie.

Ihre Stimme bebte und war sehr leise, doch im Raum war es so still, dass seine Brüder es zweifelsohne hörten, als sie sich dazu bekannte, mit ihm leben und seine Frau sein zu wollen. Er konnte nicht umhin, zu grinsen und den Triumph zu spüren, der in ihm ausbrach. Er hatte nicht viel Zeit gehabt, doch er hatte die wichtigste Verführung seines Lebens durchgezogen, und sie war nun ebenso an ihrer aller Code gebunden, wie er es war – wie sie es alle waren.

Es wurde Zeit für den Ring; er schob ihr ein Provisorium auf den Finger, das er selbst aus Papier angefertigt und dann zu einem geschlossenen Reif gearbeitet hatte. Das hatte er gemacht, während sie sich vorbereitete, und Alena gesagt, sie sollten sich Zeit lassen. Von Transporter hatte er das Ding dann laminieren lassen, damit es in der Dusche nicht gleich aufweichte, bis er die Zeit finden würde, einen echten Ring zu machen. Er steckte es ihr an, und dabei zuckte ihm das Herz heftig in der Brust.

Sie betrachtete den Ring lächelnd, und er hätte schwören können, dass sie Tränen in den Augen hatte.

»Wir werden zwei gleiche bekommen, Baby. Du bist damit nicht allein.« Er trug Ringe, doch für gewöhnlich aus anderen Gründen. Seinen Ehering würde er zusammen mit den anderen tragen, die einigen Leuten übel mitspielten, wenn es sein musste.

Der Priester erklärte sie zu Mann und Frau, und Ice schloss

sie in seine Arme und küsste sie so liebevoll und zärtlich, wie es ihm möglich war. Gejohle brandete auf, so laut, dass das kleine Gebäude fast erschüttert wurde.

Bei diesem Kuss schenkte sie sich ihm wieder einmal vollständig, ihre Lippen weich und anschmiegsam, alles annehmend, was er ihr anbot, bis ihr Feuer ihn fast erstickte. In seinem Bauch entstand nicht einfach ein Glühen, sondern ein flammendes Inferno, das mit diesem weichen, süßen Mund begann und sich durch seinen Körper ausbreitete wie eine außer Kontrolle geratene Feuersbrunst.

Es dauerte ein paar Minuten, sich daran zu erinnern, wo sie waren und dass ein Außenstehender ihnen zuschaute. Er drehte seine Frau von dem Prediger weg zu seinen Brüdern. Sofort brach wieder lautes Gebrüll aus. Er blickte zu Savage und fuhr mit dem Finger über seine Uhr.

Savage hielt drei Finger der einen und den kleinen Finger der anderen Hand hoch. Dreieinhalb Stunden, mehr hatte er nicht mit seiner Frau, um ihre Beziehung zu festigen, um sicherzustellen, dass sie gesetzeskonform war und sie sie am Morgen nicht verleugnen konnte, wenn sie aufwachte; wenn sie erkannte, was sie getan hatte, und von Panik überwältigt wurde.

Er schlang seinen Arm um ihre Taille und drückte sie an sich, so, wie er sie für immer bei sich haben wollte. Er hatte die Schnauze voll davon, allein zu sein. Davon zu glauben, er sei der leibhaftige Teufel. Er mochte ein Monster sein, doch für diese eine Frau war er das nicht. Er hoffte, die anderen würden das bemerken und Hoffnung schöpfen.

Nie hatte er auch nur einen Moment lang geglaubt, dass ihm dieses Wunder zuteilwürde, nicht einmal, nachdem Blythe den Zaren wieder aufgenommen und Anya Reaper trotz all seiner Macken behalten hatte. Selbst Breezy hatte Steele verziehen und schien in der Lage, mit ihm zu leben. Doch all das hatte Ice nicht gereicht, um zu glauben, seine Sünden – und seine Bedürfnisse – könnten jemals so weit verziehen werden, dass er eine Frau für sich finden würde. Aber nun, fünf vor zwölf, war es passiert.

Jeder in seinem Club hatte Sünden und Bedürfnisse, die nicht den gesellschaftlichen Normen entsprachen. Doch nun, da er Soleil gefunden hatte, wollte er die anderen wissen lassen, dass auch sie eine Chance hatten, jemanden zu finden.

Seinen Club liebte er über alles. Seine Brüder und Schwestern. Sie hatten ihm geholfen, Soleil für sich zu gewinnen, dazu eine Heirat in weniger als drei Stunden zu organisieren, wahrlich ein Rekord. Mehr noch, als sie einkaufen gegangen waren und er den Kopf verlor – weil er nicht genug von ihr bekommen konnte und davon, wie sie seinen Körper zum Leben erweckte –, hatten sie ihn unterstützt und dafür gesorgt, dass sie sich nicht schämte. Er war sicher, dass das am Morgen kommen würde, wenn der Zauber verflogen war, doch damit würde er sich befassen, wenn es so weit war.

Jetzt hatten sie den Empfang und ihre Party geplant. Es würde jede Menge Fotos geben. Am Morgen würde ihr das nicht gefallen, dafür aber später. Lana und Alena hatten ihm beide versichert, dass Frauen so etwas mochten. Er wollte mithilfe der Fotos auch sicherstellen, dass sie sich nicht vor ihm drücken konnte.

Er führte sie aus der Kapelle und zurück zu seinem Bike. Alena band den Rock von Soleils Hochzeitskleid sorgfältig wieder hoch, und Mechaniker half ihr beim Aufsteigen.

Soleil klammerte sich an Ice. Er drehte sich zu ihr um und küsste sie. Süß. Zärtlich. Voller Versprechungen. Mit dem Geschmack der ewigen Fortdauer des Märchens, das er für sie ersann. Diese Rolle war ihm vertraut. Er hatte sie tausendmal gespielt. Meistens zusammen mit Storm. Die beiden konnten so ziemlich jede Frau dazu bringen, sich in sie zu verlieben, wenn sie es nur richtig anstellten. Größtenteils ging es dabei darum zu erfassen, was eine Frau brauchte oder sich zu wünschen meinte. Doch mit Soleil konnte er weder Storm noch sonst jemanden sein Spiel treiben lassen. Schließlich ermordeten sie sie nicht. Sie führten keine Befehle aus. Niemand außer Ice würde sie berühren. Und dennoch hatte er es geschafft, einen Ring an ihren Finger zu bekommen.

Soleil starrte auf den Ring an ihrem Finger. Zu Hause in San Francisco hatte sie Schmuck in ihrem Safe, der ein Vermögen wert war. Aber nichts davon war ihr so wichtig wie dieser Ring aus laminiertem Papier. Sie wollte Zeit, um ihn zu begutachten. Ihn bei Licht anzusehen und jedes Detail auszumachen. Sie konnte nicht glauben, dass Ice es fertiggebracht hatte, ihn für sie zu machen, ja dass ihm das überhaupt wichtig gewesen war. Allein diesen laminierten Ring zu betrachten, war ein Grund mehr, sich in ihren Ritter ohne Furcht und Tadel zu verlieben.

Sie versuchte, ihre Schuldgefühle beiseitezuschieben. Sie hatte ihm gebeichtet, was sie getan hatte. Er hatte darauf bestanden, die Schuld auf sich zu nehmen, darauf, dass er sie betrunken gemacht hatte. Er verstand nicht, dass sie einer der wenigen Menschen war, die nie richtig betrunken wurden. Vielleicht war sie ein wenig angeheitert gewesen, aber sie wusste sehr wohl, was sie tat, wahrscheinlich noch besser als er. Sie hatte wirklich Angst davor, was er am Morgen tun würde, wenn er aufwachte und feststellte, dass er nun verheiratet war.

Sie atmete tief durch, hielt sich an ihm fest und presste das Gesicht an seinen Rücken. So fuhren sie zu der Bar zurück, wo offenbar die Feier stattfinden sollte. Sie war sehr dafür, doch ihretwegen konnten sie die Party auch sausen lassen, im nächsten Hotel absteigen und heißen Sex haben. Dies war noch immer das Märchen, und wenn sie Ice diese Nacht haben konnte, würde das, wenn es nach ihr ging, die beste Nacht werden, die sie beide je erlebt hatten. Und wenn sie die Chance hatte, ihn zu behalten, dann würde sie dafür Himmel und Erde in Bewegung setzen.

Trotzdem nahm sie sich vor, ihm am Morgen die ganze Wahrheit zu sagen – dass sie sich nicht betrinken konnte und mit ihm durchbrennen wollte und dass sie sich um die Annullierung kümmern würde, falls er das wolle. Sie war immer verantwortungsvoll und stand für ihr Tun gerade. Ice war ein guter Mann, der es nicht verdiente, in eine Ehe gelockt zu werden.

Er liebte es, seine Frau herzuzeigen, das war vollkommen klar. Er wollte, dass sie sexy aussah. Er wollte, dass sie sich ganz auf ihn konzentrierte und andere ihn ihretwegen beneideten. Diese Nacht war die seine, und sie würde ihm nach Möglichkeit von allem das Beste geben. Sie würde ihm seine Fantasie schenken, sein Märchen, denn wenn jemand das verdiente, dann er.

In ihrem langen weißen Kleid bot Soleil einen spektakulären Anblick, und sie bewegte sich wie ein Model auf dem Laufsteg. Sie war es gewohnt, High Heels zu tragen, und diese waren gut zehn Zentimeter hoch. Die Riemchen reichten über die Knöchel und beinahe bis zur Wade. Diese Schuhe ließen ihre Beine unendlich lang wirken. Der fast in der Mitte geteilte Chiffonrock zeigte ihr rechtes Bein bis zum Oberschenkel. Es war hocherotisch, Blicke von ihrem linken Bein zu erhaschen, und so fühlte sie sich auch. Zudem wusste sie ein solches Kleid zu tragen, waren teure Designerklamotten doch schon seit ihren Teenager-Tagen gang und gäbe für sie.

Dann war da noch der Lochmuster-Stoff, der ihre ganze linke Körperseite entlanglief. Dazu das Bustier mit Nackenträger und der gewagte V-Ausschnitt, der ihre vollen Rundungen mehr als zur Geltung brachte. Der Stoff spannte sich über beide Brüste, bewegte sich jedoch beim Gehen und ließ so bei der Trägerin ein verführerisches, erotisches Gefühl entstehen, was der Designer sicher beabsichtigt hatte.

Es war also ein Leichtes, sich in einem solchen Kleid sinnlich zu fühlen, am Arm eines Mannes, wenn er so umwerfend und sexy war wie Ice, und ganz besonders, wenn er sie mit einem derart lustvollen Blick betrachtete, wie er es tat.

Für Ice war sie die attraktivste Frau, die er je gesehen hatte. Er liebte es, mit ihr die Bar zu betreten und dabei die Gesichter der Biker zu beobachten, die ganz ihrer Zunft gemäß tranken und feierten. Einer nach dem anderen drehte sich nach dieser sexy, eleganten Frau um, die jedoch nur Augen für ihn hatte. In der Mitte des Raumes blieb er stehen, zog sie an sich und küsste sie wild.

Es war ein Kuss, der besagte, dass sie ihm gehörte. Sein Eigentum war. Sobald sein Mund den ihren berührte, sprangen Funken über. Er konnte sich nicht lossagen von den Flammen, die durch seine Adern jagten, ein versengender Rausch, der real war. Mehr als real. Hitze schoss durch ihn gleich einem Sturm, raste durch seine Lunge, sodass er um Atem rang, in sein Herz, sodass er kämpfen musste, um nicht zu ersticken in der Tiefe der Gefühle, die sie zwischen ihnen entstehen ließ.

Er hatte nicht gewusst, dass ein Mann derart von einer Frau überwältigt werden konnte oder von seinen Gefühlen für sie. Er hatte keine gehabt. Nicht für Außenstehende. Nicht für Frauen. Er *gab vor*, welche zu haben. In seinem Leben drehte sich alles um Vortäuschung, seinen Brüdern wie auch seinen Schwestern gegenüber. Und sich selbst. Sie aber schlang sich um sein Herz und drang in seine Seele ein. Dies war keine Vortäuschung. Dies war so real, wie es nur sein konnte.

Niemand kam ihm nahe. Niemand, schon gar nicht ein Außenstehender, konnte in seine Seele blicken. Das wäre für beide ein Fehler gewesen, doch sie tat genau das. Wie? Er wusste es nicht. Er musste die Kontrolle zurückgewinnen. Sie hatte sie nicht. Sie gehörte ja ihm. War sein Besitz. Sie würde bei ihm bleiben und die Dämonen in Schach halten, allerdings nach seinen Regeln. So musste es sein für sein Überleben – oder etwa nicht?

Seine Hand glitt über die verführerische Kurve ihres Hinterns nach unten. Er umfasste die in Chiffon gehüllte Pobacke, wissend, dass sie darunter nichts anhatte. Sie versuchte nicht, sich ihm zu entziehen oder ihn zu stoppen. Das hatte sie von Anfang an nicht getan. Er küsste sie erneut, einfach weil sie so perfekt war, und bekam weit mehr das Gefühl, das Heft in der Hand zu haben, wenn er wieder alles auf Sex polte. Damit kannte er sich aus. Es gab nichts, was er über Sex nicht wusste, und solange sie sich an den Plan hielten, konnte er sie leicht unter Kontrolle halten.

»Komm, Prinzessin, die Brüder haben eine Party für uns arrangiert. Drinks, Torte, Tanz. Wir bleiben auch nicht lange.« Er flüsterte es ihr ins Ohr und trat dann wieder neben sie.

Die Seiten ihres Bustiers waren etwas verrutscht, als er sie küsste und sich an sie gedrängt hatte, um ihre harten Nippel zu spüren. Bei seiner Drehung hatte er einen der Stoffstreifen ein wenig zur Seite gedrückt, sodass die Rundung ihrer Brust und ein wenig ihre Brustwarze zu sehen war. Nur ein kleiner Blick. Aber unglaublich sexy.

Auf dem Weg zum Hinterzimmer ließ er seine Hand unter den Chiffonstreifen gleiten, über ihre volle, runde Form. Sein Daumen spielte mit ihrem Nippel, strich darüber. Sie blickte ihn an und lächelte. Er liebte es, dass sie seine Hand nicht beiseiteschob oder sich bedeckte, obwohl sie wusste, dass ihre Brust teilweise entblößt war und jeder, der es wollte, sehen konnte, wie er sie streichelte und damit spielte. Eine Erklärung abgab. Sie herzeigte. Schwänze hart werden ließ, jedoch in dem Wissen, dass sie mit ihm nach Hause ging. Allein daran zu denken, wie die anderen Biker sie ansahen, machte seinen eigenen so steif, dass er zu bersten meinte. Sie hatte nur für ihn Augen, und das war schier zu viel für ihn.

Das Spielzimmer der Bar war umgewandelt worden. Die Torte wartete darauf, angeschnitten und verspeist zu werden. Wie sie das in letzter Sekunde noch hingekriegt hatten, wusste er nicht. Vielleicht verkauften sie in Vegas Hochzeitstorten rund um die Uhr, sieben Tage die Woche. Soleil bekam leuchtende Augen, und sie lächelte ihn an, als habe er das alles ganz allein herbeigezaubert.

Er führte sie in das Spielzimmer hinein und zog sie sofort in seine Arme, um zu der lauten Musik mit ihr zu tanzen. Es war seine Art von Song, bei dem er sie an sich schmiegen konnte, ihr Körper sich mit seinem bewegte und sein Schwanz hart an ihren weichen Hügel drückte, während ihr Kopf an seiner Brust ruhte.

»Weißt du, was mich so richtig anmacht, Baby?«, flüsterte er an ihrem Hals und ließ seinen Atem warm über ihr Ohrläppchen streichen. Selbst warme Luft war eine Art von Anmache.

Sie kuschelte sich an seinen Hals. Ihre Zähne schabten an seiner Kehle, und dann verteilte sie kleine Küsse über seinen Hals. »Sag es mir.«

»Ich mag es wenn andere Männer sehen, was nur mir gehört. Ich mag es, zu wissen, dass sie dich haben wollen. Dass du ihre Schwänze so verdammt steif machst, dass sie sich eine Frau suchen oder sich allein einen runterholen müssen. Wie sie sich erleichtern, spielt dabei keine Rolle, nur, dass sie es müssen. Du kannst das, ich weiß es. Du bist so verflucht sexy, du machst sie alle hart wie Stein.«

Er ergriff ihre Hand, steckte sie zwischen ihre Brüste und konnte so mit einem Finger über die verführerische Rundung ihrer bloßen Brust und dann über ihren Nippel streichen.

»Du bist so heiß, Soleil. So verdammt heiß, du bist reines Feuer. Das sieht einfach jeder. Hast du gemerkt, wie sie geschaut haben, als wir reinkamen?«

»Ich habe deinen Blick auf mir gespürt. Das war es, was mir

wichtig war. Ich mag es, wenn du mich anschaust. Ich mag es zu wissen, dass du hart bist und dass du mich sexy findest.«

»Du hast meine Frage nicht beantwortet, Baby. Ist aber wichtig. Hast du gespürt, wie sie dich angesehen haben?«

Sie küsste seinen Hals, knabberte an seinem Ohrläppchen, sandte einen kleinen Blitz durch seinen Körper bis in den Unterleib. »Ja.« Sie flüsterte es. »Es war geil. Ich mochte es, aber ich will nicht, dass mir sonst jemand nahe kommt.«

»Ich würde nie zulassen, dass ein anderer Mann dich anfasst. Niemals. Ich mag es, wenn sie schauen, aber kein Anfassen. Wir haben verrückte Partys, Baby, nicht wie die hier, das ist für uns inszeniert, aber zu Hause, wenn die anderen Clubs kommen, dann wird es richtig heiß. Oder wenn wir ausfahren. Du brauchst nie Angst zu haben, ich werde nicht zulassen, dass jemand dir nahe kommt.« Er rieb weiter ihren Nippel und dann über die Rundung ihrer Brust.

Sie küsste ihn am Hals, und ein kleiner Schauder lief durch ihren Körper. »Das fühlt sich so gut an, Ice, so sinnlich.«

»Was, Prinzessin?« Er wollte, dass sie es laut sagte, es ihm mitteilte. Und er hörte es einfach gerne ausgesprochen. Von ihr. Keiner anderen Frau würde er die Aufmerksamkeit widmen, die er ihr schenkte. Er wusste nicht, warum es ihm so wichtig war, dass sie sich wohlfühlte und dass er es war, der das bewirkte. Sie musste es für ihn aussprechen, es ihm laut sagen.

Sie enttäuschte ihn nicht. »Wenn du so mit deinem Finger über meine Brustwarze fährst. Sie ein wenig zwickst und dann wieder streichelst. Das ist wie ein Feuerpfeil, der geradewegs in meine Klitoris fährt. Es macht mich total an zu wissen, dass du das tust, während wir tanzen, und niemand sonst weiß es.«

»Du magst es, wenn ich dich so berühre? Sogar in einem Raum voller Leute?«

»Ich liebe es. Bei mir hat noch nie jemand solche Gefühle ausgelöst wie du.«

Er bewegte sich langsamer. »Welche Gefühle denn?«

»Dass ich mich wie eine Prinzessin fühle. So schön und sexy. In Wirklichkeit bin ich ja keine, weißt du. Aber ich möchte dich nie enttäuschen.«

»Baby, du bist in einem verdammten Klamottenladen vor mir auf die Knie gegangen. Weil ich es brauchte. Du könntest mich niemals enttäuschen. Ganz zu schweigen davon, dass du die schönste Frau bist, die ich je getroffen habe, und obendrein höllisch sexy. Das werde ich dir so lange sagen, bis du es mir glaubst.«

Sie lachte leise, ihr Atem war warm an seinem Hals. »Da wirst du verdammt viel an mich hinreden müssen. Ich glaube, dafür ist die Nacht nicht lang genug.«

Er presste sie noch fester an sich. Sie kam seinem Herzen immer näher, ungeachtet dessen, wie sehr er sich bemühte, ihre Beziehung auf Sex aufzubauen. Er kannte nichts anderes, hatte ihr nichts anderes zu geben. Sie war strahlend wie die Sonne, wie ihr Name. Und sie war wahrlich elegant, eine Prinzessin, die auf ihrem Weg über ein Monster stolperte.

Seine Hand drückte die ihre fester an seine Brust, über seinem Herzen. Man nannte ihn Ice aus verschiedenen Gründen, doch der wichtigste war sicher, dass er innerlich eiskalt war. Ein Gletscher. Tief, breit, dicht, nicht durchdringbar. Er glaubte, sein Herz sei in Eis eingefroren. Doch sie veränderte alles, sogar die Wahrnehmung seiner selbst.

Er hatte den Impuls, sie schützen zu müssen. Da musste er nichts vortäuschen. Er empfand Glück, und auch das musste er nicht vorgeben. Es war da, wie ein Licht, das das Dunkel in ihm durchdrang.

»Weißt du, was du mit mir machst?« Er flüsterte die Frage, halb in der Hoffnung, sie würde sie wegen der lauten Musik gar nicht hören.

Ihr Gesicht war an seinem Hals, sie küsste ihn wieder, und

dann folgte eine ganze Reihe von Küssen, leicht wie eine Feder, sein Schlüsselbein entlang. Sie waren kaum fühlbar, und doch spürte er jeden einzelnen wie ein Brandzeichen, durch sein T-Shirt hindurch und bis ins Fleisch und seine Knochen.

»Ich hoffe, ich bin wirklich deine Prinzessin in dem Märchen, das wir heute Nacht zusammen erleben. Ich möchte das für dich sein. Alles. Ich will dein Alles sein. Du gibst mir das Gefühl, besonders zu sein. Ich möchte, dass du das spürst, denn für mich bist du das. Du bist mein Ein und Alles.«

Sie klang so aufrichtig. So gewiss. Dabei glaubte er, dass sie stärker betrunken war, als er gedacht hatte. Er hatte ihr die Drinks hingeschoben. Sie aber stand noch immer auf ihren Beinen, und sie lallte nicht. Eigentlich war er ziemlich überrascht, dass sie sich nicht noch alkoholisierter benahm. Ganz offenbar vertrug sie wirklich einiges.

Ice konnte nicht umhin, sie zu lieben für das, was sie gesagt hatte. Er war ihr Ein und Alles. Genau das wollte er sein. Für heute Nacht würde auch er sie sein Ein und Alles sein lassen. Er hatte ihr ein Märchen versprochen, und sie gab ihm nur eines zurück. In seinem Märchen hatte seine Frau kein Problem mit seinen Bedürfnissen; sie fuhr sogar voll darauf ab.

Der Song endete, und er trat einen Schritt zurück, bedacht darauf, dass der Stoff ihres Kleides wieder an seinem Platz war und ihren umwerfenden Körper bedeckte. Diese Titten. Wahnsinn. Er hasste es, sie zu verhüllen, doch er wollte, dass diese Nacht perfekt für sie war. Er konnte sich nicht erinnern, jemals solche Gefühle gehabt zu haben, und schon gar nicht mit einer derart überwältigenden Intensität.

Er hatte Eis in den Adern. Er wollte die Emotionen empfinden, die zu haben er vorgab, doch die Wahrheit war, er hatte das alles seit Langem verloren. Er hatte seine Seele und sein Leben als Mann gegen ein Zombie-Dasein eingetauscht. Er tat so, als ob, und das ließ die anderen um ihn herum glücklich sein, doch für ihn war nur mehr dieser eiskalte Platz in ihm Realität. Bis sie kam. Soleil. Irgendwie reichte ihre Sonne bis in ihn hinein, fand diesen Platz in ihm und schmolz das Eis. Er war dem nicht gewachsen, aber bereit, diesen Weg mit ihr zu gehen, zumindest heute Nacht.

Seine Brüder scharten sich um sie, gratulierten ihnen. Klopften ihm auf den Rücken, bis er dachte, einigen von ihnen kräftig eine reinhauen zu müssen, damit sie aufhörten. Sie grinsten wie die Hyänen und machten ihm das Leben schwer. Einige meinten, sie seien sich nicht sicher, wer da denn nun wen verführt habe. Und er musste ihnen recht geben. Sie war so verdammt sexy, man konnte ihr einfach nicht widerstehen. Andere dachten, sie hätte ihn ein wenig mehr betrunken gemacht als er sie. Und schließlich fragten auch einige, was in aller Welt er mit ihr anstellen werde, sobald sie wieder nüchtern war. Er wusste es nicht. Er hatte das noch nicht ausgeklügelt, aber er dachte darüber nach.

Er fand sich von ihr verzaubert. Ihrem Lachen. Der Art, wie sie sich bewegte. Sie hörte jedem seiner Brüder zu, als sei was immer sie sagten von Bedeutung. Und hatte bei allem doch nur Augen für ihn. Sie blickte ihn an, als könne sie in ihn hineinsehen, den Gletscher durchdringen und den Mann sehen, der er hätte werden können.

Er legte seinen Arm um ihre Taille, doch nun wurden sie aufgefordert, die Torte anzuschneiden. »Hast du Spaß?«

»Viel zu viel. Ich glaube, ich muss mit dem Trinken aufhören. Du trinkst ja fast nur Wasser, während ich mir Screaming Orgasms genehmige. Das ist jetzt mein neuer Lieblingsdrink.«

Er wünschte, ebenfalls ein paar Screaming Orgasms mit ihr trinken zu können, doch er musste später noch etwas leisten und wollte, dass sie die Nacht genießen konnte. Mehr noch, er wollte sicherstellen, dass er sein Bestes würde geben können. Verdammt, mit ihr konnte er das – ob betrunken oder nicht.

Ihre Augen strahlten ihn an, und sie lachte. Und dieser

Mund – er würde sie nie wieder ansehen können, ohne sie küssen zu müssen oder seinen Schwanz in diesen himmlischen Hafen stecken zu wollen.

Ice merkte, er musste sie berühren. Jedes Mal, wenn sie sich von ihm entfernt hatte, um mit einem seiner Brüder zu reden oder mit Alena Darts zu spielen, war er spürbar wieder auf den Abgrund zugesteuert. Es war kalt und dunkel, dieses schwarze Loch. Ihre warme Haut zu berühren aber ebnete ihm irgendwie einen Weg, die Sonne wieder zu fühlen. Das war nicht die Realität. Das wusste er. Es war die Nacht. Ihre gemeinsame Nacht. Ihre Märchennacht.

Später, wenn er mit ihr ins Hotel ging und ihr das Hirn herausvögelte, musste er etwas bringen. Die Art von Leistung, die ein Mann brachte, der Eis in den Adern hatte und einen Gletscher da, wo seine Seele sein sollte. Er blickte auf seine Uhr und dann zu Savage. Savage bewegte sich kaum, sein Nicken war fast nicht wahrnehmbar. Ice schaute zu Maestro. Der grinste zurück und zeigte auf seine Uhr.

»Dieses Mal musst du nicht mitgehen«, sagte Storm. »Ich übernehme für dich.«

Ice schüttelte den Kopf. »Ich habe den Kürzeren gezogen, also mache ich die Arbeit. Außerdem sorgst du dafür, dass meine Frau nach dem Aufwachen nicht die Fliege macht.« Es war verdammt verrückt, aber es gefiel ihm, »meine Frau« zu sagen.

Er konnte nicht aufhören, sie anzuschauen. Sie nippte an einem Drink, den Blick auf das Dartboard gerichtet, während Absinth seine Pfeile warf und dreinmal hintereinander Siebzehn schaffte. Soleil stellte ihr Glas ab und lächelte ihm zu, ihre Pfeile in der Hand. Sie wirkte so kühl und selbstsicher, dass sich bei Ice sofort wieder alles regte.

»Wie soll ich das machen?«, fragte Storm.

»Mir ist egal, wie, Hauptsache, sie läuft nicht weg«, erwiderte er mit Nachdruck. »Das stellst du für mich sicher.«

Storm klopfte seinem Bruder auf die Schulter. »Sie wird da sein.«

Ice packte seinen Bruder freundschaftlich am Arm. Zumindest die Zuneigung für seinen Bruder war echt.

Danach war auch der Fotograf fertig, die Türen des Spielzimmers wurden geschlossen, und die Party wurde wild. Ice war außer Kontrolle, und Soleil, die für ihn auf einem Pooltisch hingestreckt war, damit er sie nehmen konnte, sah wunderschön aus. Sie schmeckte noch besser, als er es in Erinnerung hatte. Sie mussten noch für eine Reihe Bilder posieren, die Maestro für ihr privates Hochzeitsalbum aufnahm, und dann reichte es ihm. Er wollte mit seiner Braut allein sein.

Er schlang seinen Arm um sie, zog sie wieder an sich und erklärte seinen Brüdern, er wolle seine Frau nun für sich haben. Da alle wussten, worum es ging, machten sie sich sofort zum Gehen fertig. Alena band das Hochzeitskleid wieder hoch, und Keys half Soleil beim Aufsteigen.

Sie lehnte den Kopf an Ices Rücken, presste ihren Körper fest an seinen, und sein Bike röhrte auf. Sie hielt sich an ihm fest. Er legte eine Hand auf ihre und schob sie über sein Geschlecht. Das Motorrad vibrierte, sandte stimulierende Wellen durch ihn, erhöhte seinen Lustschmerz. Ihre Hand wölbte sich über seinen Schwanz und machte eine kleine, reibende Bewegung, die das Vibrieren seiner Harley kontrapunktierte.

Er liebte Motorradfahren. Nur dabei fühlte er sich wirklich frei. Lebendig. Allein oder in Gesellschaft seiner Brüder den Highway hinunterzudröhnen, mit dem Wind im Gesicht, das war immer das beste Gefühl der Welt gewesen. Und nun kam dazu noch Soleil, die sich an ihn schmiegte, ihre Brüste an seinen Rücken presste und seinen Schwanz sehr glücklich machte.

Das Motel hatte zwei Etagen, ein L-förmiger Bau mit eingezäuntem Pool in der Mitte des L. Im oberen Geschoss lagen sechs Zimmer direkt nebeneinander, das von Ice war das vorletzte am Ende. Storm hatte das letzte und Alena das gegenüber dem von Ice. Auch Keys, Absinth und Code hatten ihr Zimmer oben. Die Zimmer des Erdgeschosses lagen direkt darunter. Auf dieser Etage waren sieben Zimmer besetzt. Die Bikes waren in einer Reihe direkt davor geparkt, damit sie sie im Auge behalten konnten. Glitch, einer der Kandidaten, hatte sie begleitet, und auch er hatte ein Zimmer im Obergeschoss.

Keys half Soleil beim Absteigen, und sie blieb stehen und wartete auf Ice. Er mochte das. Sie hatte das Motel nicht einmal angesehen. Sie hatte Geld, das war völlig klar, doch es schien ihr nichts auszumachen, dass sie nicht in einem der luxuriösesten Hotels in Vegas abstiegen, sondern in einem kleinen Motel ein ganzes Stück vom Strip entfernt. Sobald Ice seine Maschine geparkt hatte, legte er wieder den Arm um Soleil und geleitete sie zu ihrem Zimmer. Seine Brüder konnten sich einige gut gemeinte Pfiffe nicht verkneifen, die er mit dem über den Kopf gestreckten Mittelfinger quittierte.

Beim Hinaufgehen ließ er eine Hand unter den verführerischen Chiffon gleiten, der ihre Brust bedeckte. Er liebte es, wie weich sie war und wie hart ihr Nippel bereits war. Oben an der Treppe angekommen, nahm er ihn in den Mund, saugte ihre rechte Titte ein, ließ seine Zunge den Nippel umspielen, biss vorsichtig hinein. Sie stieß einen leisen Schrei aus und presste seinen Kopf an ihren Oberkörper, beugte sich dann leicht zurück, um ihm noch mehr zu geben. Ihr leises Stöhnen machte ihn irre.

Er umfasste ihre Taille und zog sie fester an sich, zwang sie, sich ein wenig nach hinten zu beugen, damit er noch besser ans Objekt seiner Begierde gelangte. Alles schwand für ihn dahin. Alles, bis es nur mehr Soleil und ihren weichen Körper gab. Seine Dämonen erstarben und hörten auf, ihn zu quälen. Er sah und hörte nichts mehr außer ihr. Er dachte nicht mehr an Feinde oder an Töten, hörte keine Kinder mehr schreien. Es gab nur mehr Soleil und ihre prachtvollen Titten, seinen wilden Schwanz und ihre Laute, die seinen Kopf ausfüllten.

»Ab ins Zimmer«, ordnete Storm an.

Die Stimme seines Zwillingsbruders schreckte ihn auf. So weit war er gegangen, und das war ihm noch nie passiert. Widerstrebend hob er den Kopf, zeigte seinem Bruder den Stinkefinger und brachte Soleil geradewegs ins Zimmer. Sobald die Tür abgeschlossen war, drehte er sie um, öffnete sehr vorsichtig ihr Bustier und ließ den eleganten Chiffon und den Lochmusterstoff sachte bis zu ihrer Taille fallen. Sein Atem stockte. Sie war wirklich wunderschön. Er kannte weibliche Formen. Er hatte sie schon früh kennengelernt und gelernt, sie zu bewundern und zu verehren.

»Baby, du bist so gottverdammt schön, ich kann es einfach nicht glauben.« Er riss sich das Hemd vom Leib und warf es beiseite, die Augen auf ihre Brüste gerichtet, den schmalen Brustkorb, der zur Taille hin noch enger wurde. Der Chiffon fiel anmutig über die Rundung ihrer Hüften, doch er wollte sie nun ohne dieses Kleid. Er wollte ihren Körper sehen. Alles.

Er beugte sich nieder und zog ihr die Schuhe aus. Konnte nicht anders, als seine Hände ihre Wade auf- und abstreichen zu lassen. Ihre Haut war unglaublich sanft, auch an den Beinen. Er nahm ihr die schicken High Heels ab und zog das Kleid nach unten. Schälte sie aus dem Lochmuster-Höschen heraus, sodass sie splitternackt vor ihm stand. Er rang nach Atem. Sie war nicht nur eine elegante Prinzessin, sondern sie hatte auch den Körper einer Verführerin, zusammen mit dem unschuldigen Blick des sprichwörtlichen Mädchens von nebenan.

»Ice.« Sie hauchte seinen Namen, ihre Hand glitt zu seiner Schulter und zog eine seiner vielen Narben nach. »Was ist dir passiert?«

Er mochte es, ihren Finger auf seiner Haut zu spüren. Eine sanfte Berührung, die jedoch brannte wie Feuer. »Die Geschichte erzähle ich dir ein andermal. Jetzt will ich dich einfach nur vernaschen, bei lebendigem Leib. Wie Bonbons, Prinzessin, dich auffressen, bis du nach mir schreist.«

Er zog sie mit sich auf das Bett und gab ihr zu verstehen, sich auf den Rand zu setzen, während er die Motorradstiefel auszog. Mit einer Hand auf ihren Bauch drückend, bedeutete er ihr, sich hinzulegen. Dann ging er auf die Knie und zog ihre Beine weit auseinander. Ihre kleine Möse war wie eine Blume. Er hätte ihr derlei Kitsch nie ins Gesicht sagen können, doch so war sie. Er öffnete sie mit den Fingern, rieb sanft. Beschrieb kleine Kreise, hörte, wie ihr Atem heftiger wurde.

»Ich hätte dich küssen sollen, Soleil, aber wenn ich mal anfange, kann ich nicht mehr aufhören, und ich will das. Habe schon den ganzen Weg hierher daran gedacht. Wie du schmeckst.« Er leckte seine Finger ab. »Dich auf einem verdammten Billardtisch zu vernaschen. Konnte nicht anders. Ich liebe es, wie du schmeckst. Und dass du mich das tun lässt, Baby. Alles meins. Alles für mich.«

Ihre Hand fuhr in sein Haar, ihre Finger gruben sich tief ein, liebkosten und massierten ihn, verband sie miteinander. »Mach weiter, Süßer, tu, was immer du tun musst. Du hast mir schon jetzt die beste Nacht meines Lebens gegeben.«

»Es ist noch nicht vorbei, Soleil. Noch lange nicht.«

Er wollte, dass ihr erstes Mal mit ihm unvergesslich für sie würde. Er wollte sie spüren lassen, dass ihm etwas an ihr lag. Sie war ihm schon sehr früh unter die Haut gegangen, doch es gab einen Moment, von dem ab er wusste, dass es richtig war, was er tat. Der Moment, als sie auf den Knien blieb und riskierte, bloßgestellt zu werden, nur um ihm das Paradies zu schenken. Damit war sie tief in ihn eingedrungen und hatte sich irgendwie um sein Herz geschlungen.

Wieder nahm er sie mit dem Mund, und wie schon zuvor fiel die Welt komplett von ihm ab. Eine Hand auf ihren Bauch gelegt, damit sie so liegen blieb, wie er sie haben wollte, begann er mit dem besten Vorsatz, sie so sanft wie möglich zu stimulieren. Doch ihr Geschmack war wie ein Aphrodisiakum für ihn; seine Leidenschaft steigerte sich rasch, er verlor sich in einer Welt purer erotischer Empfindung. Jede Zelle seines Körpers erwachte zum Leben. Jeder Dämon war verbannt, denn da war kein Raum mehr für irgendetwas außer seinem Mund, der sie verschlang, und dem Feuer, das durch seine Adern raste.

Aus ihrem leisen Stöhnen wurden sanfte kleine Bitten, die langsam zu einem Crescendo anschwollen. Sie wand sich unter seiner Hand. Er hielt nicht inne, trieb sie weiter Richtung Höhepunkt, bis kurz davor, leckte und saugte und arbeitete mit seiner Zunge, als sei sie eine Waffe, bis sie seinen Namen fast schluchzte. Ihre Schreie befeuerten seine Lust. Sie schenkte ihm so viele erste Male. Er wollte sie gar nicht mehr verführen, seine Lust verzehrte ihn vollkommen. Dieses Begehren. Und noch etwas in ihm, das er aber nicht benennen konnte.

Sie löste sich für ihn auf, schluchzte beinahe, ballte die Hände in seinen Haaren zu Fäusten. Er wischte sich das Kinn an ihren Schenkeln ab, seine Hände rutschten zu seiner Jeans, der letzten Barriere zwischen ihnen. Seine Frau. Soleil war *seine* Frau.

Er liebte es, sie anzusehen, halb auf und halb neben dem Bett ausgebreitet, nackt, ihre Haut glänzend im Mondlicht, das durch das Fenster hereinfiel. Zu wissen, dass sie ihm gehörte. Sein Körper verzehrte sich nach ihr. Er strich über seinen Schwanz, schockiert, wie hart er war, wie sensibel er auf jede Bewegung seiner Faust reagierte. Diese Frau war das Paradies, ein Wunder. Sie entfachte ein irres Sehnen in ihm.

Er schob seine Eichel zwischen ihre bloßen Schamlippen. Ihre Hitze vernichtete ihn. Umschloss ihn. Nass. Sengend. Sein Herz hämmerte. Er blickte in ihre Augen, als er sich in sie drückte, in diesen engen Tunnel eindrang, der nur ihm gehörte. Ihre Muskeln widerstrebten, verweigerten ihm den Einlass, doch er beharrte auf diese langsame Penetration.

»Du bist so verdammt eng, Baby. Deine kleine Pussy ist so höllisch heiß, Prinzessin.« Für ihn war es, wie von einem gottverdammten Inferno umgeben zu sein, einer seidigen Faust von Flammen. »Wie fühlt sich das an, Soleil?« Er ging weiter ganz bewusst und gemach vor und weigerte sich, schnell zu werden, auch wenn sein Körper ihn dazu drängte. »Mich in dir zu haben. Wie fühlt sich das an?«

»Brennend. Du bist groß und dehnst mich. Voll. Zuzuschauen, wie dein Schwanz in mir verschwindet, das ist das Geilste, was ich je gesehen habe.«

Er legte ihr Bein um seine Taille, hob ihren herrlichen Arsch mit beiden Händen an, veränderte den Winkel, und sie japste. »Schling beide Beine um mich, Prinzessin.« Seine Hände glitten zu ihren Hüften. Er ließ die Finger spielen.

Gehorsam tat Soleil, was er sagte, und verschränkte die Füße hinter ihm. Allein diese Bewegung jagte Flammen seine Wirbelsäule hinauf. Der Anblick von ihr auf seinem Bett, ihre Brüste, die bei jeder Bewegung mitschwangen – er wollte noch mehr sehen. Er vergrub rasch die letzten Zentimeter in ihr, glitt durch diese festen Muskeln, sodass die Reibung Hitzewellen durch sie beide jagte.

Sobald er sich in ihr zu bewegen begann, klammerte sie sich am Laken fest. Wieder versuchte er, langsam und zärtlich zu bleiben, doch das ging nicht, wenn sie bei jedem Stoß einladend die Hüften anhob. Er konnte nicht glauben, dass sein Körper ganz von selbst reagierte, dass Feuer durch ihn jagte und jedes seiner Nervenenden in Flammen stand.

»Irre, das ist paradiesisch, Prinzessin, das bist du, du und deine kleine Pussy.« Er hatte es nicht für möglich gehalten, doch diese heiße, nasse, seidige Faust drückte und massierte ihn, eine Röhre, so eng, dass er meinte, nicht hindurchzukommen, jedes Mal, wenn er sich zurückzog und dann vorpreschte, durch die kleinen, widerständigen Muskeln stieß. Feuergarben loderten durch ihn, und sein Schwanz schien noch einmal größer zu werden, schien sie zu zwingen, seine volle Länge und seinen Umfang aufzunehmen, drückte gegen die enge Umhüllung und erhöhte die Reibung noch einmal.

»Schau dich an, Baby«, forderte er, »du schaust so schön aus. Deine Titten, deine Möse. Schau uns beide an.« Ihre Haut war überall sanft gerötet. »Ink muss meinen Namen auf deine Brust tätowieren. Er kann auch deinen Namen auf mich tätowieren. Willst du ihn auf meinem Schwanz? Eigentum von Soleil?«

Sie schüttelte lächelnd den Kopf. »Ich riskiere doch nicht, diesen herrlichen Schwanz zu beschädigen. Ich liebe ihn. Liebe ihn so sehr. Er ist der reine Wahnsinn, Ice.«

Er grinste und beobachtete, wie sie stöhnte, als er schneller wurde, das Feuer nur ein wenig außer Kontrolle geraten ließ.

»Freut mich zu hören, Prinzessin.«

»Es ist die Wahrheit.«

Er liebte es, wenn sie so etwas sagte. Jeder Mann wollte, dass sein Schwanz geschätzt wurde. Sie schämte sich nicht, es ihm zu sagen, und das trug zu dem Verlangen nach ihr bei, das sich in ihm aufbaute. Sie war der Schatz.

»Ich liebe auch deinen Arsch. Arsch und Titten. Vielleicht sollte mein Name auf beiden sein.« Er beugte sich vor und leckte an ihrem Nippel, ehe er wieder ihre Hüften umfasste und sie so zu vögeln begann, wie er es brauchte.

Jeder Stoß hart und tief, sodass ihre Brüste hüpften und ihr Atem abgehackt kam. Ihr Blick klammerte sich an ihn, doch er bemerkte, dass er leicht verschwommen wurde, die wunderbare Röte ihrer Haut überzog ihr ganzes Gesicht, und sie rang mit offenem Mund nach Atem.

Ihr Körper bewegte sich mit seinem, heftiger, schneller, in perfektem Rhythmus. Bei jedem Stoß jagte Feuer durch seinen Körper. Sein Schwanz war von einem seidigen Inferno umgeben, das ihn fester umschloss, als er es je für möglich gehalten hätte.

Er spürte, wie sich ihr Körper zusammenzog. Er wollte das Paradies nicht beenden, konnte jedoch nicht aufhören. Es war unmöglich, denn jedes Mal, wenn er sich tief in ihr vergrub, durchbrandete diese erotische Ekstase ihn gleich einer riesigen Woge.

Er hatte tausendmal gevögelt, aber so hatte es sich noch nie angefühlt. Seine Frau. Ihre perfekte kleine Möse. Das würde er nie mehr aufgeben. Nie. Er versenkte sich wieder und wieder in sie, bis er wusste, er würde nun gleich in Flammen aufgehen. Dann klammerte sich ihr Körper um ihn, ein mächtiger Schraubstock strangulierte seinen Schwanz, ihre festen Muskeln forderten ihn heraus, als ihr Orgasmus sie überwältigte, eine Woge, so gewaltig, dass sie ihn mitriss und sie sich gleichzeitig entluden.

Sein Schwanz zuckte heftig, immer wieder, überflutete ihre Scheidenwand, löste im Gefolge der ersten enormen Welle eine zweite aus. Er überstand sie mit ihr, den Kopf in den Nacken geworfen, sein Schwanz flammend heiß und gebadet in seiner und ihrer Nässe. Er liebte den Geruch von Sex, doch nun gab es nur mehr den von ihnen beiden. Diesen Duft. Diese dampfende, lustvolle Kombination, die zu seiner Sucht beitrug.

Er setzte ihre Beine sanft auf den Boden auf, was einen dritten Orgasmus bei ihr auslöste. Sein Schwanz liebte es. Er liebte es. So perfekt.

»Alles okay, Prinzessin?«

»Ich glaube, ich lebe noch.«

Sie schlug die Wimpern auf und sah ihn an. Sah zu viel. Das konnte er nicht zulassen, schon gar nicht heute Nacht. Ice zog sich ein wenig aus ihr zurück, dann beugte er sich vor und drückte einen Kuss auf ihren bloßen Venushügel. Sie vergrub die Hände in seinen Haaren und massierte sanft seinen Schädel. Es tat so gut, dass er sich wünschte, sie möge nie mehr aufhören.

Er hatte keine Wahl. Er blieb einige Minuten reglos, genoss das Gefühl, zu jemandem zu gehören, und presste einen weiteren Kuss auf ihre Haut. Dann eilte er ins Badezimmer, um sich zu säubern und ihr einen warmen Waschlappen zu bringen. Sie wusch sich gründlich und hielt dann abrupt, mit ängstlichem Blick, inne.

»Ice, wir haben kein Kondom benutzt. Ich kann nicht schwanger werden, aber …«

»Ich bin sauber, Baby. Und du?« Was zum Teufel war mit ihm los? Wieso hatte er nicht daran gedacht, mit ihr ein Kondom zu benutzen?

»Auch. Ich habe immer auf einem Kondom bestanden. Sogar bei Winston, auch wenn ihn das wütend machte.« Sie rutschte zu den Kissen hinauf.

Er warf sich neben sie auf das Bett, umfasste mit beiden Händen ihr Gesicht und küsste sie. Er wollte mehr Zeit mit ihr. Sein Schwanz wollte mehr Zeit mit ihr. Sobald er sich sauber gemacht hatte, ins Schlafzimmer zurückgekommen war und sie nackt daliegen sah, war er plötzlich wieder scharf und hart. Er wollte sie erneut. Er wollte sie auf jede erdenkliche Weise.

Wieder und wieder küsste er sie, verlor sich in ihr, wollte sie nehmen, sich wieder ganz und gar in ihr versenken auf tausend verschiedene Weisen. Eine Hand in ihrem Haar, in seiner Faust zusammengefasst, während er ihren Mund erforschte, ihre Reaktion einforderte, so stellte er sicher, dass sie nur an ihn dachte, sich ihm vollkommen hingab. Ein weiterer Orgasmus oder zwei, und sie würde zu k.o. sein, um es zu merken, wenn er sich aus dem Zimmer stahl, um sich ums Geschäft zu kümmern.

8. Kapitel

Ice zog seine Handschuhe an und warf Savage einen Blick zu, der besagte, er habe genug von diesem Quatsch. »Wir wissen, dieser Mistkerl ist im Hotel. Er wohnt in dem Zimmer, für das sie bezahlt. Und ich will ihm einen Besuch abstatten, sobald wir das hier fertig haben. Das Reinigungspersonal kann ihn dann am Morgen mit aufgeschlitzter Kehle vorfinden.«

»Ice«, warnte Savage. »Eigentlich solltest du die Stimme der Vernunft sein, nicht ich. Wir können ihn nicht in einem Hotel erledigen. Da sind zu viele Kameras. Das weißt du. Wir haben seinen Namen …«

»Winston Trent«, sagte Ice so, als habe er von dem Namen einen schlechten Geschmack im Mund. »Wer zum Teufel heißt schon Winston? Schon allein dafür möchte ich ihn auseinandernehmen.«

»Er wohnt in San Francisco. Wir arrangieren ein Match im Fight Club und gehen dorthin. Einige der Brüder nehmen ihn dann mit und bringen ihn in eines der sicheren Häuser. Da werden wir uns dann nett mit ihm unterhalten.« Savage blickte auf die beiden Männer, die in der Mitte der Lagerhalle auf Stühlen saßen. »So wie mit denen da. Wir bleiben ganz freundlich.«

Paul Bitters und ein Mann namens Rich Marshal waren an Metallstühle gefesselt. Sie sahen mitgenommen aus. Zuvor waren schon Savage und Player da gewesen, und Savage war durchaus nicht nett. Es machte ihm gar nichts, Pädophilen wehzutun, wie diesen beiden, die in einem sehr aktiven Ring ziemlich hohe Positionen bekleideten.

Torpedo Ink hatte schon seit einiger Zeit gehört, dass jemand einen Auftrag für ein Kind, ob Junge oder Mädchen, annahm, eine Familie ohne weitere Verwandte suchte, die Eltern tötete und das Kind entführte, sodass niemand große Anstrengungen unternahm, es zu finden. Als Code anfangs ähnliche ungeklärte Fälle recherchierte, hatte er nichts finden können, dann jedoch die Suche ausgedehnt und im Lauf der Jahre schließlich mehr entdeckt, als ihnen lieb war – was bedeutete, dass die Gerüchte der Wahrheit entsprachen.

Ice ging zu Rich Marshal hinüber und stieß mit dem Schuh an eines der Stuhlbeine. »Ich habe heute geheiratet, du Miststück, und ich würde wirklich lieber mit einer schönen Frau vögeln, als aus dir Kleinholz zu machen. Versteh mich nicht falsch, normalerweise hat so ein Stück Scheiße wie du oberste Dringlichkeit, aber nicht heute. Also, ich bin stinksauer.«

»Was er auf seine nette Art und Weise sagt«, erklärte Maestro, »bedeutet, ihr solltet hier nicht die Helden spielen. Beantwortet also verdammt nochmal die Fragen, damit er wieder zu seiner Frau zurückkann.«

Rich Marshal war der Fahrer des Pick-up-Trucks gewesen, der Jarvis und Kent gefolgt war, um sicherzustellen, dass niemand sie beschattete, bevor die Männer sich mit Paul Bitters für die Auktion trafen.

Rich blickte zu Bitters und schüttelte den Kopf. »Ich weiß nicht, was ihr von mir wollt. Ich hatte den Auftrag, ein paar Kerle zu beschatten, um sicherzustellen, dass niemand ihnen folgte. Dein Freund hat mich von der Straße gedrängt, und nun bin ich hier. Das ist alles. Sonst weiß ich nichts.« Sein Blick schweifte von Bitters zu Savage und wurde dann schlagartig argwöhnisch.

Savage saß an einem Tisch, auf dem alle möglichen Werkzeuge bereitlagen, und biss seelenruhig in einen Apfel. »Zeitverschwendung, Ice. Verdammte Zeitverschwendung.« Er blickte nicht einmal auf, als er es sagte.

Ice bewegte sich kaum, doch dann rammte er plötzlich mit unglaublicher Geschwindigkeit ein Messer in Richs Schenkel. Die Klinge war nicht sehr lang, aber breit und scharf; sie durchtrennte Haut und Muskel wie Butter. Rich brüllte. Paul Bitters wurde bleich und beugte sich zurück in einem Versuch, sich seitlich vom Stuhl zu werfen.

Ice ignorierte beide Reaktionen; er zog die Klinge langsam, kopfschüttelnd, heraus. »Ich mag keine Lügen, Richie. Ich kann sie hören. Ich kann sie spüren. Ich kann sie sogar riechen. Du magst kleine Kinder, und Bitters liefert sie dir. Das weiß ich bereits über dich.«

Code hatte so viele Infos wie möglich über Marshal besorgt, sogar während er damit beschäftigt war, den Papierkram für die Hochzeit von Ice und Soleil zu erledigen. Rich Marshal war um keinen Deut sauberer als Paul Bitters. Er war vielleicht nicht so weit oben in der Rangliste des Pädophilen-Netzwerks wie dieser, aber er arbeitete schon seit einiger Zeit für diesen Ring. Er stand vor allem auf Mädchen von sechs bis acht Jahren. Wenn sie zu alt wurden, verkaufte er sie entweder bei Online-Auktionen oder über einen Menschenhändlerring.

»Du bist mit einer Frau verheiratet, die drei kleine Kinder hat, drei, fünf und sieben Jahre alt. Die Siebenjährige belästigst du schon seit zwei Jahren. Deine Frau verdächtigt dich, doch sie hat Angst vor dir, aber nicht so sehr, dass sie nicht schon einmal versucht hätte, dich zu verlassen. Du hast dafür gesorgt, dass sie es kein zweites Mal versucht, indem du ein Video von ihr mit zwei Männern gemacht und gedroht hast, es ins Netz zu stellen. Einer dieser Männer ist ein guter Freund von dir, Yeger Kushir, und er hat zusammen mit Basil Alanis deine Frau vergewaltigt. Sie hat zu dir gehalten und blieb bei dir, doch du hast das Video trotzdem online gestellt. Ein Freund von uns fand es und untersuchte es genau. Er sah Dinge, die niemand sonst zu sehen bekam, zum Beispiel, wie sie kämpfte und dann kooperierte, als du die Mädchen bedrohtest. Was ich daraus gelernt habe, Richie, ist, dass du ein gottverdammter Lügner bist und dein Wort nicht hältst.«

Bitters räusperte sich. »Du verstehst anscheinend nicht –«

Ice wirbelte herum und schlug ihm so hart ins Gesicht, dass er mitsamt dem Stuhl umfiel und auf dem Betonboden landete. »Ich würde mein Maul halten, wenn ich du wäre«, warnte Ice. »Ich mag dich nicht. Ich mag absolut nichts an dir. Du hast diesen kleinen Jungen in einem Keller in einen Käfig mit einer Bombe dran gesperrt, nachdem du ihn jahrelang missbraucht hattest. Du solltest meine Aufmerksamkeit lieber nicht auf dich lenken, also halt besser die Fresse!«

Er stellte den Stuhl nicht wieder auf, sondern ließ den Mann einfach auf dem Boden liegen, denn weder scherzte er, noch wollte er ihn nur einschüchtern. Er wollte Bitters fertigmachen, ihm am liebsten den Schwanz abschneiden und in den Rachen stecken, bis er erstickte. Das hatte er Savage und Maestro gesagt, bevor er gekommen war. Auch die beiden unternahmen nichts, um Bitters zu helfen. Sie ließen ihn an den Stuhl gefesselt auf der Seite liegen. Ice wandte sich wieder Marshal zu und tat, als würde Bitters gar nicht existieren.

»Versuchen wir's noch mal, Richie, und vergiss nicht, ich habe nicht ewig Zeit. Ich stelle dir eine Frage, und falls du mich an der Nase herumführst, werde ich mein Messer sehr kreativ einzusetzen wissen.« Er sah, wie der Mann vor Entsetzen große Augen bekam, und nickte. »Ich glaube, jetzt verstehen wir uns. Ich will den Namen des Mannes, der der Sammler ist. Er sucht nach einer kleinen Familie, entweder einer alleinerziehenden Mutter oder Eltern, die keine weitere Familie haben, nur ein kleines Kind, Junge oder Mädchen, egal. Er macht von diesen

Kindern Fotos und verschickt dann einen kleinen Prospekt. Ich weiß, dass dir das alles bekannt ist. Denn wenn ich es weiß, musst du es ja wohl auch wissen.«

Code hatte den Prospekt im Netz entdeckt, kleine Kinder, Mädchen und Jungen. Der Sammler hatte die Fotos, und wenn jemand eines bestellte, ermordete er die Eltern und entführte das Kind. Manchmal gab es Spezialaufträge; auch für solche machte er Werbung. Zwillinge waren selten, denn solche zu finden, war sehr schwer. Sie waren für gewöhnlich Teil einer größeren Familie, die nie aufhören würde, die Morde aufdecken zu wollen. Deshalb war es unbedingt notwendig, »geeignete« Kinder zu finden.

Marshal zögerte, seine Miene verriet ihn. Wieder war Ice blitzschnell. Das Messer traf den Schenkel gut fünf Zentimeter über der vorherigen Stelle. Marshal brüllte und brüllte. Blut lief sein Bein hinunter. Er starrte entsetzt auf den Griff des Messers, der daraus hervorragte, und begann zu heulen.

Ice zog die Waffe sehr langsam heraus und wischte das Blut am Hemd des Pädophilen ab. »Kennst du diesen Prospekt, Richie?«

Ohne zu zögern, nickte der Mann gleich mehrmals. »Ja, ja, habe ich gesehen.«

»Du weißt, dieser Mann ist ein Mörder, und er tötet, um diese Kinder zu entführen, damit niemand weiß, dass sie überhaupt existieren. Ist es nicht so, Richie?« Ice sprach leise. Sanft. Was umso Angst einflößender wirkte. Seine Augen waren zwei Gletscher, so blau wie Kristalle – und vollkommen erbarmungslos.

Richie nickte und nickte. »Ja, ja, ich weiß, dass er das macht.«

»Ich will seinen Namen.«

Richie schaute fassungslos, und wieder schwenkte sein Blick zu Bitters. Wieder reagierte Ice unglaublich schnell, und dieses Mal traf das Messer sehr weit oben, fast in der Leistengegend.

Der Mann schrie auf, schluchzte, brüllte – ein langes, lautes Jammern, das nicht mehr aufhören wollte. Ice zog das Messer völlig unbeeindruckt wieder heraus und säuberte es. Dann schlenderte er zu Savage hinüber und nahm die Flasche Wasser, die dieser ihm anbot. Er trank ausgiebig und verschloss sie wieder.

»Er ist ein bisschen doof. Glaubt, Bitters käme lebendig hier raus und tut ihm dann etwas Schlimmeres an als wir.« Ice schüttelte den Kopf.

Maestro grinste und zuckte die Achseln. »Man muss eben wissen, mit wem man es zu tun hat. Aber das hat er wohl noch nicht kapiert.«

»Sag ein Wort, Ice, und ich fange mit ihm an«, erbot sich Savage. »Macht keinen Spaß, hier nur rumzusitzen.«

Er meinte es ernst. Savage war ein Bastard, dem es absolut nichts ausmachte, jemandem wehzutun. Egal ob mit Fäusten oder Waffen, er kannte mehr Möglichkeiten, einen Menschen auseinanderzunehmen, als sich die meisten auch nur vorstellen konnten.

»Du bist so ungeduldig«, meinte Ice. »Ich denke, Richie wird mit uns zusammenarbeiten. Er muss nur noch begreifen, dass Bitters einen sehr schweren Tod stirbt. Das versteht er noch nicht.«

Nun stand Savage auf. Er hatte auf dem Tisch gesessen, einen Fuß auf die Bank darunter gestellt. Als er stand, war zu sehen, dass der Mann ein Muskelpaket mit einem enormen Brustkorb und kraftstrotzenden Armen war. Er sah aus wie das, was er war – eine Furcht einflößende Maschine ohne jegliches Fett, nur Kondition und Power. Er flanierte zu Bitters hinüber, als unternähme er einen Spaziergang im Park. Selbst das wirkte bedrohlich.

Richies furchtsamer Blick fiel auf Savage. Er hörte auf zu schreien, als sei er hypnotisiert. Seine Augen weiteten sich vor Entsetzen, als Savage ausholte und Bitters mit seinem schweren

Stiefel so hart in die Rippen traf, dass Knochen splitterten. Bitters kreischte und wand sich auf dem Boden; es sah aus, als würde sogar der Stuhl, an den er gefesselt war, zu Bruch gehen.

Ice fand diesen Anblick seltsam witzig, der Stuhl, der sich auf dem Boden umherbewegte, als wäre er lebendig. Er stand über Richie, blickte jedoch zu Bitters. »Er hat sich gerade angepisst, Richie. Das ist der Mann, vor dem du Angst hast? Ich glaube, du hast Angst vor dem Falschen. Willst du's noch mal probieren?«, fragte er fast freundlich.

Sie wurden nicht laut, wenn sie solche Sachen machten. Wozu auch? Sie saßen am längeren Hebel, und am Ende bekamen sie für gewöhnlich die Information, die sie haben wollten. Manchmal dauerte es länger, oft ging es aber auch ganz schnell. In der Regel war es Ice egal, wie lange es dauerte, aber heute war immerhin seine Hochzeitsnacht.

Richie starrte auf Savage, er schluckte schwer, und aus mehreren Wunden lief Blut sein Bein hinunter. Er sah nichts als Savage, als der sich zu Bitters niederkauerte und begann, diesem mit einem großen Messer die Kleidung in Streifen vom Leib zu schneiden. Dabei war er alles andere als achtsam, schnitt dem Gefesselten mehrmals ins Fleisch, sodass sich auf dessen Haut lange Rinnsale aus Blut bildeten.

»Richie, ich würde vorschlagen, du hörst auf mich. Du willst doch nicht, dass dieser Mann auch noch an dir herumschneidet. Ich bin der Nette.«

Maestro griff prustend nach seiner Kaffeetasse.

Ice zeigte ihm den Mittelfinger. »Du wolltest mir doch den Namen von diesem Arschloch geben, dem Sammler. Du willst mir nicht sagen, dass du nicht weißt, wer er ist, denn wenn du das tust, werde ich dieses Messer an dir ausprobieren.«

Savage schnitt Bitters von dem Stuhl los und beförderte diesen mit einem Tritt in die Ecke. Dann zog er den Pädophilen an den Haaren hoch. »Du nimmst diese kleinen Kinder von ihren

Eltern weg und steckst sie in Käfige, und dann tust du ihnen Gewalt an.«

Bitters warf die Arme hoch und brüllte aus Leibeskräften. »Kinder sind sexuelle Wesen. Sie lieben es, sie mögen es. Du verstehst das nicht. Lass mich erklären. Bring mich nicht um. Bitte. Lass es mich einfach erklären.« Sie kannten das alles von der Webseite, Bitters, wie er seine Meinungen anderen Pädophilen verkündete, um deren Tun zu rechtfertigen.

Savage schlug ihm quer über den Mund, rammte seine Faust so hart in ihn, dass die Vorderzähne abbrachen. Er hatte große Hände und konnte mächtig zuschlagen, trainierte sein Können als Kämpfer schon seit Kindheitstagen und wusste, wie man einen Schlag mit maximaler Kraft ausführte. Bitters ging hintenüber zu Boden, landete auf dem harten Zement.

Savage ließ nicht von seinem Opfer ab und achtete auch nicht darauf, dass Blut und Speichel aus Bitters' Mund sickerten. Er trat ihn heftig mit seinem Motorradstiefel in die andere Seite und zertrümmerte noch mehr Rippen. Doch damit war er noch nicht am Ende. Er begann nun, den Mann überall mit System zu treten und zu schlagen.

»O mein Gott.« Richie konnte kaum sprechen; er wurde kreidebleich. »Ich weiß nicht, wie der Sammler heißt, aber ich kenne jemanden, der es weiß. Sein Name ist Avery Charles. Er betreibt eine Webseite für jemanden in Russland. Er macht Snuff-Filme, immer wenn ihn der Russe beauftragt. Wenn wir die Kinder ihm verkaufen, bekommen wir Höchstpreise.«

Die Wahrheit brach mit einem Angstschub aus ihm heraus, doch dann wurde ihm bewusst, was er offenbart hatte, und versuchte zurückzurudern. »Ich nicht. Ich habe das nie gemacht. Paul verdient Geld auf diese Art. Manchmal holt er Kinder einfach von der Straße und verkauft sie an Avery. Wir … er verkauft nicht die Kinder, die wir … er bekommt sie vom Sammler. Der Preis ist zu gesalzen.«

Selbst Savage hatte aufgehört, Bitters fertigzumachen, und Richie zugehört. Die drei Torpedo-Ink-Mitglieder tauschten lange Blicke aus. Auf eine »Russenconnection« waren sie schon einmal gestoßen. Mehr noch, die meisten der Kinder in der »Schule«, in der sie gewesen waren, hatte man gefoltert, vergewaltigt und dann »entsorgt«, aber einige wenige waren für solche Filme benutzt worden. Ermittlungen zufolge gab es Snuff-Filme nicht wirklich. Doch sie wussten Bescheid. Sie hatten solche Filme überlebt – andere Kinder, Freunde, mit denen sie in der Schule gewesen waren, nicht.

Ice schaute auf Richie, ohne ihn zu sehen. Er war wieder in dieser Schule, an einen Pfahl gefesselt, ausgepeitscht, geschlagen, vergewaltigt, missbraucht. Das war schlimm. Er hatte gedacht, es sei das Schlimmste, doch das war es nicht gewesen, bei Weitem nicht. Nicht, als Alena und Storm … Er wischte sich den plötzlichen Schweiß von den Augen und schüttelte sich, um den Kopf klar zu bekommen. Aber das Dröhnen darin wollte nicht aufhören.

»Richie.« Seine Stimme war sehr leise. Seine blauen Augen waren klar wie Kristalle geworden. Galle stieg in ihm auf. »Ich glaube, du packst besser aus. Es war nicht nur Bitters, der Kinder von der Straße holte und verkaufte, und zwar in dem Wissen, dass Avery Charles sie in einem Film foltern, vergewaltigen und töten lassen würde, damit andere kranke Typen einen Kick bekommen. Du hast das auch gemacht. Wie viele? Wo hast du sie gefunden? Ich werde nicht lang mit dir herumalbern. Wenn du mir nicht antwortest und vergisst, dass ich Lügen erkennen kann, dann schicke ich dich in eine Welt der Schmerzen, die du noch nicht mal erahnst.«

Die Erinnerungen drängten sich so stark in sein Bewusstsein, dass sich ihm der Magen umdrehte und seine Hochzeitstorte wieder hochzukommen drohte. Die Dämonen, die Soleil verscheucht hatte, waren wieder voll präsent. Das Gewicht seiner

Sünden erdrückte ihn. Wut gärte in seinen Eingeweiden. Sein Blick konnte den roten Dunst in seinen Augen kaum durchdringen, doch Maestro und Savage sahen genauso wütend aus, wiewohl Richie das nicht erkannte. Er sah es an ihren Augen, doch Richie hatte zu viel Angst, um genau hinzusehen.

»Vom Park. Wir haben sie aus dem Park geholt. Die Kleinen. Avery wollte sie so sechs, sieben Jahre alt. Mädchen oder Jungen. Wenn der Russe neue Filme wollte, bezahlte er Höchstpreise.«

»Wie oft wollte der Russe neue Filme?«, fragte Ice. Er hielt die Hände vor sich und spreizte die Finger. Er hatte gelernt, seine Hände stets ruhig zu halten. Dabei spielte es keine Rolle, wie viel Blut im Raum war, wer die Befehle erteilte oder ob er wusste, was als Nächstes kam, er hatte absolute Kontrolle gelernt. Absolut.

»Das war nicht oft. Nicht oft«, sagte Richie. »Ich wollte das nicht, aber Bitters wollte, dass wir alle gleich tief drinstecken.«

Ice schlug dem Mann wie beiläufig ins Gesicht, doch der Schlag war hart genug, um ihn nach hinten zu werfen. Blut und Speichel spritzten aus Richies Mund. Er schluchzte und presste hastig die Lippen zusammen im Versuch, still zu bleiben.

»Richie, ich habe dich nicht nach deinen Ausreden gefragt. Du musst auf die Frage hören.«

»Ja. Ja.« Er nickte und nickte. »Tut mir leid. Hätte ich sollen. So ungefähr alle fünf Monate. Vielleicht sechs. Ich habe nicht mitgezählt.«

Richies Blick wanderte wieder zu Bitters, der stöhnte und jammerte.

Savage knüllte Stoffreste zusammen und stopfte sie Bitters in den Mund. »Schluss mit dem Lärm. Wie oft hast du ein Kind zum Heulen gebracht?« Er ging zum Tisch zurück und nahm sich eine Flasche Wasser.

Maestro übernahm für ihn, er setzte sich mit einem Schweißbrenner in der Hand zu Bitters. Der schien gar nicht zu bemerken, dass er da war; sein Blick folgte Savage. Richie hingegen starrte absolut entsetzt auf Maestro. Er versuchte, seinen Stuhl von den drei Torpedo-Ink-Mitgliedern wegzubewegen. Der Stuhl kippte, fiel aber nicht hintenüber.

»Was macht er?«, fragte Richie leise, verängstigt.

Ice zuckte die Schultern. »Frag ihn, nicht mich.«

Richie leckte über die Risse in seinen Lippen. »Was machst du?« Seine Stimme war noch immer leise, beinahe ein Flüstern. Sein Blick war auf die helle, heiße Flamme des Schweißbrenners fixiert.

»Das verwenden sie in diesen Snuff-Filmen, Richie«, erklärte Maestro. »Paul weiß das, nicht wahr, Paul? Du hast die ganze Sammlung. Code hat sie gefunden. Du hast sie auch noch so nett beschriftet, die mit ›deinen‹ Kindern. Die du verkauft hast. Diese ganze kranke Scheiße, das macht dich richtig an, was?«

Paul begann trotz des Knebels zu schreien.

»Vielleicht möchtest du mir sämtliche Namen in diesem landesweiten Ring von dir geben, die du kennst, Richie. Jetzt wäre ein guter Zeitpunkt dafür.« Ice blickte ihn nicht an. Er sprach sehr leise. Sehr sachlich. Es klang absolut nicht nach einer Drohung, doch es war eine im Raum, direkt vor ihm auf dem Zementboden, zusammen mit gedämpften Schmerzensschreien und dem Geruch von Blut und verbranntem Fleisch.

»Ich kenne nicht so viele. Ich war nicht wirklich eingeweiht, so wie Paul. Ich kenne Avery. Einen Mann namens Harold McDonald. Er lebt in einem kleinen Ort in der Nähe der Küste, Occidental oder so ähnlich. Er ist ein Bulle, ein Sheriff.«

»Verdammt kleine Welt«, bemerkte Ice. Sie hatten einen Jungen im Teenageralter aus einer schlimmen Lage mit einem Pädophilen gerettet. Der Junge wohnte jetzt beim Zar, dem Präsidenten von Torpedo Ink, und seiner Frau Blythe. »Wir hatten einen kleinen Streit mit einem Mann in Occidental. Walter Sandlin, kennst du den?«

Richie bekam große Augen. »Das wart ihr? Niemand hatte eine Ahnung, wer ihn kaltgemacht hat. Einige dachten, der Junge wäre es gewesen, aber Harry sagte, dafür war es zu professionell ausgeführt.«

»Wer noch?«

»David Swey. Verkauft Hotdogs von einem Truck aus. Ist überall in Santa Rosa unterwegs. Wohnt in Graton. Er hat überall Spitzel. Versteht sich gut mit Bitters und Avery.«

Richie runzelte die Stirn, versuchte, sich an weitere Namen zu erinnern, beobachtete, wie Maestro den Schweißbrenner abdrehte und beim Aufstehen Bitters auf die Schulter klopfte.

»Hör auf zu jammern, Bitters«, sagte Ice. »Du machst mich sauer. Du magst solchen Mist, sonst würdest du nicht drauf abfahren, dir so etwas anzusehen.«

Richie schüttelte den Kopf. »Ich sehe mir das nicht an. Ich nicht. Ich wusste nicht, dass sie das mit den Kids machen.«

»Was dachtest du denn, was sie machen, Richie?«, fragte Ice, wieder ganz im Plauderton. »Man nennt das ›Snuff‹-Film.«

»Ich dachte, die bringen sie einfach um. Schnell, du weißt schon. Diese Filme werden ja nicht verliehen, die sind nur für private Sammler.« Er klang, als mache das einen Riesenunterschied. »Und jeder, der so einen Film haben will, wird gründlich durchgecheckt, bevor er in den Kreis aufgenommen wird. Da kommt nicht jeder rein. Wir sind nicht voreingenommen. Jeder hat seine eigenen Bedürfnisse und Vorlieben.«

»Ihr seid also nicht voreingenommen gegenüber Leuten, die gerne Kindern wehtun und sie dann umbringen«, kommentierte Ice.

»Du drehst mir die Worte im Mund um«, jammerte Richie. »Das habe ich doch gar nicht gesagt!«

»Was dann, Richie? Das interessiert mich nämlich sehr«, sagte Ice.

Er ging an Bitters vorbei, der bewusstlos zu sein schien, und stupste ihn mit dem Fuß an. Der Mann stöhnte, öffnete aber nicht die Augen und blieb reglos. Ice ging zu dem Tisch und trank noch einmal kräftig aus der Wasserflasche.

»Dieses Stück Scheiße glaubt, er kann uns auskommen, indem er tut, als würde er schlafen. Daraus wird nichts.« Die Wut kochte in ihm. Er verachtete Männer wie Bitters. Sie hatten Geld und wähnten sich über dem Gesetz stehend. Doch das Gesetz hätte sie wesentlich besser behandelt als die Mörder, die hinter ihnen her waren.

Savage stand auf, holte Eis und Wasser aus einer Kühlbox, goss es Bitters ins Gesicht und drückte einen Stiefel auf die Schnitte und Verbrennungen auf dessen Brust.

»Aufwachen, Paul, aufwachen«, sagte Ice. »Wir sind noch nicht fertig mit dir. Solange Richie hier uns nicht den Namen sagt, den wir hören wollen, müssen wir ihm doch mit dir zeigen, was wir für ihn in petto haben, falls er schweigt. Keiner von uns mag dich besonders. Uns macht es nichts aus, dich fertigzumachen und dich fühlen zu lassen, was diese Kinder jedes Mal fühlten, wenn du sie misshandelt hast. Also, bleib gefälligst wach.«

Maestro packte den nackten, blutigen Mann an einem Fuß und schleifte ihn bis vor Richie. Bitters' Kopf schlug ein paarmal auf dem harten Boden auf, und der Zement zerkratzte seine Haut. Hinter ihm zog sich eine Spur aus Blut, Urin und Kot hin.

Maestro funkelte ihn an. »Verdammte Scheiße, das werden wir wegmachen müssen. Hätten eine Abdeckplane hinlegen sollen.«

»Ich hatte eine hingelegt. Du hast ihn davon runtergezogen. Da drüben ist eine«, sagte Ice und zeigte auf den langen Tisch unter den verdunkelten Fenstern, wo das Werkzeug lag. »Ich habe noch zwei mitgebracht.« Er schaute zu Richie und registrierte dessen Schaudern und Angststöhnen. Der Mann konnte den Blick nicht von Bitters abwenden. Er war so fasziniert wie angewidert und konnte nicht wegsehen.

»Gut mitgedacht«, sagte Maestro. »So große Mengen Blut wische ich wirklich nicht gern auf.« Er trat verächtlich gegen Pauls Beine, ging um ihn herum und holte die anderen Planen vom Tisch. »Schön, Ice. Schön groß.«

»Die brennen auch gut. Meine Lieblingssorte.« Ice beobachtete weiter Richie. »Meinst du, du gibst mir den Namen, den du zurückhältst? Ein paar hast du mir ja schon genannt. Einen Sheriff, den wir schon im Verdacht hatten, einen scheiß Hotdog-Verkäufer und den guten alten Avery, der die Webseite betreibt, die wir schon kennen und infiltriert haben. Wen schützt du, Richie? Denn ich verspreche dir, das ist es nicht wert.«

Maestro und Savage rollten die Plane aus und legten Paul Bitters unsanft darauf, auf den Rücken und die Beine gespreizt. Er stöhnte unaufhörlich, trotz des Stoffs in seinem Mund. Savage zog sein Messer heraus, das große, wegen dem Richie auf seinem Stuhl zusammengezuckt war und vor dem Paul versucht hatte wegzukriechen. Die beiden Männer starrten auf die offenbar rasiermesserscharfe Waffe. Paul machte hinter seinem Knebel schreckliche gurgelnde Geräusche, als Savage ein Knie auf seine Brust setzte, damit er sich nicht bewegen konnte.

Richie begann, eine höhere Macht anzurufen, wofür, war sich Ice nicht sicher. »Ich brauche diesen Namen, Richie. Was ist los? Nicht Avery, sondern den einen, der den Sammler wirklich kennt.«

Richie schüttelte den Kopf, stöhnte, weinte. Er wandte seinen angstverzerrten Blick nicht von dem Messer ab, nicht einmal, als es niederfuhr und so schnell durch Pauls Fleisch schnitt, dass beim Herausziehen kaum Blut an der Klinge haftete.

Richie beobachtete, wie Paul fast die Augen aus den Höhlen sprangen, wie er krebsrot wurde und versuchte, um sich zu schlagen, was jedoch nur seinen Blutverlust beschleunigte. Es war ein langsamer, hässlicher Tod.

Ice wartete, bis Bitters tot war. Dann wandte er sich mit erhobenen Brauen wieder Richie zu. »Den mochten wir nicht, Richie. Allmählich mag ich dich auch nicht mehr. Gib mir jetzt den Namen, verflucht, oder ich ziehe dich aus und lege dich auf die andere Plane. Du hast drei Sekunden, um ihn rauszurücken.«

Tränen liefen Richie übers Gesicht, während er wie hypnotisiert auf Pauls Leiche starrte. Er schüttelte andauernd den Kopf, doch als er Ice ansah, schien er aufgegeben zu haben. »Terrance.«

»Nachname, und wo finden wir ihn?«, fuhr Ice ihn an.

»Terrance Marshal. Mein Bruder Terrance. Er kennt den Sammler. Er hat ihm ein papaarmal geholfen. Er ist schon viel länger im Ring als ich. Er hat für mich gebürgt.« Beim Sprechen schüttelte er unentwegt den Kopf. »Er ging mit Avery zur Schule. Sie wurden beide von dem Russen kontaktiert. So nennen sie ihn, einfach nur den Russen.«

Der Damm war gebrochen, nun sprudelten die Informationen. »Terrance hat mitgeholfen, den Ring hier aufzubauen. Der Russe schien zu wissen, wen er ihm schicken sollte, und Terrance bekam dann Erpresserinfos über sie für den Fall, dass sie nicht mitmachen wollten. So nannte der Russe es, nicht ich. Mein Bruder sagte mir, er musste das Erpressermaterial nur bei einem Mann einsetzen, und am Ende befahl ihm der Russe, diesen Mann zu töten, und das tat er. Die anderen waren froh, in den Kreis aufgenommen zu werden, deshalb wurden die Erpresserinfos einfach abgelegt. Terrance hat sie in seinem Safe.«

»Aber er ist nicht der Sammler?«

»Nein, nein, er kennt ihn nur.«

Richie begann zu würgen. Sein Magen begann sich zu heben, und er erbrach sich. Savage packte seinen Stuhl und zog ihn zur zweiten Plane hinüber. Dann warf er den Stuhl um, stellte sich hinter Richie und schnitt ihm die Kehle durch.

»Verdammtes Weichei«, murrte er. »Was für ein Dreck.« Er stand auf, hielt den Arm hoch. »Ich gehe erst mal duschen.« Dann drehte er sich jedoch noch einmal um. »Ich war zehn

Jahre alt, als sie mich zum ersten Mal verbrannten, und ich habe nicht mal in die Hose gepisst, aber ich weinte wie ein Baby. Und die Scheiße haben sie auch aus mir rausgeprügelt. Beim zweiten Mal war ich vierzehn und habe keinen Mucks mehr gemacht.« Er stapfte fort.

Ice wusste nur zu gut, dass Savage mehr als ein Mal verbrannt worden war. Dank ihrer Erziehung und der Lehrer, die darauf abfuhren, Kinder zu foltern, war er zu einem kranken Ekelpaket geworden. Eigentlich hätte keiner von ihnen am Leben bleiben sollen, und tatsächlich überlebten von zweihundertachtundsiebzig auch nur achtzehn. Sie hatten sich zusammengetan, hatten einander psychisch und physisch bestärkt und damit angefangen, die, die ihnen Gewalt angetan hatten, nacheinander zu töten. Sie waren noch Kinder gewesen, ohne eine Führung, abgesehen vom Zar, der selbst noch ein Kind gewesen war, und sie hatten ihre eigenen Regeln aufgestellt, lebten nach ihrem eigenen Code und verließen sich komplett aufeinander. Bis heute.

Maestro und Ice rollten die beiden Leichen in die Planen, wuschen sich an dem Waschbecken am Ende des Raums und warfen dann ihre Handschuhe zu den anderen Sachen, die verbrannt werden sollten.

»Warum hast du's gemacht, Ice? Kann ja nicht nur deswegen sein, weil sie gute Blowjobs abliefert«, meinte Maestro. Er saß am Tisch und aß einen Apfel, während sie warteten, bis die Dusche frei wurde.

»Du meinst, Soleil zu heiraten?« Ice wusste genau, was er meinte. »Ich musste.«

»Hast du sie geschwängert, als du ihr einen Orgasmus gemacht hast? Hab übrigens lange keine so heiße Frau mehr gesehen. Sie ist wirklich der Wahnsinn.«

»Ja, nicht wahr? Und höllenheiß.« Ice wusste, dass auch Maestro auf der Suche war. Sie waren es alle. Sie waren am Ertrinken, versuchten, sich an eine Welt anzupassen, die sie nicht begriffen. Deren Regeln ihnen unverständlich waren. Sie waren mit Gewalt groß geworden. Sie konnten ihre zweite Natur – nein, nicht die zweite, sondern die erste – nicht einfach abstellen.

Ice versuchte zu erklären. »Sie macht meinen Schwanz hart wie Stein. Wie Titan. Ich sehe sie an, und die Post geht ab. Ich brauche keine drei Weiber, die nacheinander meinen Schwanz bearbeiten, und dann muss ich ihm verdammt auch noch sagen, er soll mitmachen. Ich denke nicht, Maestro. Ich fühle bloß. Es macht mir Angst, aber heilige Scheiße, ich habe so etwas noch nie im Leben gespürt. Und das gebe ich nicht auf.«

»Ein Leben lang, das ist eine lange Zeit«, meinte Maestro. »Und wenn du nicht mit ihr leben kannst? Was, wenn du sie jedes Mal, wenn sie den Mund aufmacht, erwürgen möchtest?«

»Ich stecke ihr meinen Schwanz rein, dann ist sie still und nett«, erwiderte Ice mit einem kleinen Grinsen. Doch das Grinsen verblasste. Es war Zeit, Klartext zu reden. »Sie hat sie vertrieben.«

Maestro sah ihn fragend an. »Vertrieben? Was?«

Ice lehnte sich an die Wand und trank sein Wasser aus. »Ich wollte mir den Rest geben, Maestro. Jeden Tag, jede Stunde. Meine Dämonen haben mich bei lebendigem Leib aufgefressen. Ich konnte die Erinnerungen nicht mehr stoppen, sie sind mir in den Kopf gestiegen und haben sich von dort in meine Eingeweide eingenistet. Nichts, was ich versuchte, half. In letzter Zeit hatte ich sogar daran gedacht, mich von den Bullen erledigen zu lassen, aber …« Er schüttelte den Kopf. »Die Albträume wurden so schlimm, dass ich manchmal nicht mehr zwischen der Realität und meiner Vergangenheit trennen konnte. Ich hatte echt Angst, jemandem etwas anzutun. Oft ging ich nicht mehr zum Zar und zu Blythe, weil ich mir selbst nicht traute.«

Er beobachtete Maestros Miene. Der blinzelte nicht einmal, sondern beobachtete ihn ruhig weiter.

»Du weißt, ich brauche oft viel Zeit, um auch nur an Sex zu

denken. Wir sind alle gottverdammt kaputt. Nicht einer von uns ist das, was als normal bezeichnet wird.« Er blickte zu der Tür, hinter der Savage verschwunden war. »Er ist der Schlimmste von uns. Wie zum Teufel soll er jemals eine finden, die ihn nehmen würde? Oder du? Oder ich?«

»Du hast doch gerade geheiratet, Bruder.«

Ice hatte nach ihr gegriffen. Sie war in ihm, fest um sein Herz gewickelt. Vielleicht um seine verdammte Seele, wenn er denn eine hatte. Er rang sich ein Lächeln ab. Sie war da. Sie ging nirgendwohin. »Sie hat die Dämonen vertrieben. Alle. Ich habe nichts gespürt, mich nur gut gefühlt. Paradiesisch, Mann. Sie ließ mich alles machen, was ich brauchte. Sie zuckte mit keiner Wimper, als sie merkte, dass sie ihren ersten Orgasmus in einer Bar hatte, vor meinem Club. Und als sie meinen Schwanz im Mund hatte und ich so kurz davor war und es unbedingt brauchte, dass sie weitermachte, und dann kam dieses Miststück daher und schaute voller Eifersucht auf sie herab, da machte Soleil weiter, anstatt aufzuhören. Sie hat es voll durchgezogen. Voll und ganz, Maestro. Das war pure Schönheit. Hätte nie gedacht, ich könnte das alles haben, aber sie bringt mich dazu zu glauben, dass es möglich ist.«

Maestro seufzte schwer. »Ich hoffe, du hast recht, Ice, aber vielleicht war sie ja auch total besoffen. Den Eindruck hatte ich zwar nicht – ich dachte eher, sie hat mit dir gespielt. Hat dich abgefüllt. Das dachten wir alle. Wir dachten, es ist witzig, dass ihr beide einer den anderen rumkriegen wolltet. Aber dann hast du's voll durchgezogen. Was passiert morgen, wenn ihr euch völlig nüchtern begegnet?«

»Ich nehme sie mit nach Caspar zu uns.« Ice ließ keinen Zweifel aufkommen. »Ich muss sie behalten. Sie ist meine Rettung.«

Maestro schüttelte den Kopf. »Hör mal, Ice, du bist doch nicht gerade Mr. Romantik. Du siehst zwar so aus, und die Damen halten dich dafür. Sie wollen mit dir zusammen sein, aber du heißt ja schließlich nicht Ice, weil du so nett bist. Diese Frau hat keine Ahnung davon, dass du kalt und berechnend bist und ihr Leben bestimmen wirst.«

Ice zuckte die Achseln. »Am Ende läuft es eben doch nicht immer so. Schau dir Reaper an. Ein Kerl, der ebenfalls eiskalt ist und anderen Leuten Angst macht. Aber Anya hat ihn sich um den kleinen Finger gewickelt. Oder Breezy mit Steele. Er wird vielleicht irre, wenn er nicht in jeder Minute weiß, wo sie ist, aber trotzdem setzt sie ihren Willen in praktisch allem durch.« Er blickte zu Maestro. »Und was ist mit dir? Was für eine Frau brauchst du?«

Maestro wich seinem Blick aus. Er sprang vom Tisch und ging zu dem verdunkelten Fenster, als könne er hinausschauen. »Eine, bei der mein Schwanz von ganz alleine funktioniert. Damit wäre ich schon glücklich.«

»Ja, wären wir das nicht alle?«, meinte Savage, der gerade mit einer Plastiktüte mit seinen blutigen Klamotten aus dem Badezimmer kam. »Ich möchte nur einmal erleben, dass mein Schwanz bei einer Frau einfach voll auf Einsatzbereitschaft schaltet, ohne dass ich ihn dazu zwingen muss.«

»Wir reden darüber, was wir von einer Frau wollen«, bemerkte Maestro. »Ich weiß aber nicht, was Ice mit seiner frischgebackenen Ehefrau anfangen will – außer sie sieben Tage die Woche rund um die Uhr zu vögeln.«

Savage warf Ice ein halbes Grinsen zu. »Klingt doch gut. Hält sie beschäftigt, vor allem ihr Mundwerk. Dann quasselt sie wenigstens nichts, was dich ärgert. Ich, ich will Gehorsam. Für mich wäre das ein Muss. Und dass sie verdammt nochmal immer in meiner Nähe bleibt.«

Maestro nickte. »Ich mag bestimmte Dinge an einer Frau. Und die würde ich auch von ihr erwarten. Aber von einer, die ich einfach so aufgabele, werde ich nicht kriegen, was ich brauche.«

Savage hob eine Augenbraue. »Ich schon. Wenn ich es brauche. Wenn die Wut so aufgestaut ist, dass ich kurz davor bin, jemanden umzubringen. Dann kriege ich, was ich brauche. Dann finde ich eine Frau, die bereit ist, mir das zu geben. Ich erkläre es ihr, damit keine Missverständnisse aufkommen. Damit sie weiß, worauf sie sich einlässt.« Er lächelte schmal, ein Lächeln, das seine Augen nicht erreichte. »Das war's dann aber. Ein zweites Mal zu ihr zu gehen, das geht nicht. Aber zum Glück ist es ja nicht immer so.« Er zuckte die Achseln. »Du kommst an einen Punkt, an dem du weißt, du bist so kaputt, dass es keine Erlösung oder Rettung gibt. Keinen Ausweg, und du akzeptierst das. Ich kann nicht verändern, was sie mir angetan haben. Ich habe es versucht. Es geht nicht. Also lebe ich damit, so wie alle anderen.«

Maestro ging Richtung Dusche. »Manchmal, Savage, fühlt sich dieses Leben nicht so an, als ob ich lebendig wäre. Der Zar brachte ungezähmte Raubtiere in die Zivilisation und erwartete, dass wir zahm werden. Aber das geht nicht. Manchmal brauche ich solche Scheiße wie die hier, nur damit ich atmen kann.« Er zeigte auf die eingewickelten Leichen. »Wie kaputt ist das?«

Savage beobachtete, wie er hinter der Tür der Dusche verschwand. »Wir müssen den Abfluss sauber machen«, erinnerte er Ice. »Die Sache ist die, Ice, du brauchst diese kaputte Scheiße nicht. Du kriegst das los, indem du einen Gegner windelweich prügelst. Aber Maestro ist mehr so wie ich, auch wenn es ihm schon gereicht hätte, bloß diesem Scheißkerl die Kehle aufzuschlitzen. Er muss wissen, dass er für irgendein kleines Kind etwas bewirkt. Ich, ich muss sie leiden lassen für das, was sie getan haben. Mir. Dir. Jedem, der mir etwas bedeutet. All diesen Kindern da draußen, die wir noch nicht gefunden haben.«

Ice hatte den Mann noch nie so viel reden gehört. Savage tendierte eher dazu, sich zurückzunehmen, ungesehen, unbeachtet zu beobachten. Wenn er aus dem Schatten trat, dann explodierte er und machte jeden zunichte, der sich ihm in den Weg stellte. Savage war ein sehr Angst einflößender Mann, den man am besten auf der eigenen Seite hatte.

»Diese Frau bringt es wirklich für dich?«, fragte er.

Ice überlegte. Soleils Lachen wärmte ihn, wenn er glaubte, nichts käme gegen seine Kälte an. Sie bewegte etwas in ihm, etwas, das er tot geglaubt hatte oder von dem er nie gedacht hatte, es zu besitzen. Sie bestärkte seinen Wunsch, besser zu sein. Sie verjagte seine Dämonen. Sie war hinreißend und willig und schien fähig zu sein, mit seiner Neigung, ihren Körper herzuzeigen, fertigzuwerden. Das erregte ihn unglaublich. Und im Bett war sie die Beste, die er je gehabt hatte.

»Ja, Savage. Sie bringt es für mich. Ich will eine Chance mit ihr. Ich werde womöglich auch viel Mist bauen, aber ich will diese Chance.«

Savage zuckte die Schultern. »Dann werden wir dazu beitragen, dass du sie bekommst.«

Das erfreute ihn. Savage meinte, was er sagte. Seine Brüder würden für ihn da sein, ihn unterstützen, so wie sie es immer taten. Sie würden ihm helfen, einen Weg zu finden, Soleil zu behalten. Er hatte Lana und Alena an seiner Seite. Anya war noch immer mit Reaper zusammen, und Steele hatte Breezy. Wenn sie es schafften, dann auch er.

»Wenn es schwierig wird, kann ich immer noch Blythe um Hilfe bitten«, meinte Ice.

»Ja, aber da solltest du aufpassen«, riet Savage. »Es könnte ihr nicht gefallen, dass du eine Frau betrunken machst, verführst, heiratest, vögelst und dann in der Hochzeitsnacht allein lässt, damit du ein paar Mistkerle fertigmachen kannst. Sie wird nicht verstehen, dass du all das mit den besten Absichten getan hast, weil du die Frau brauchst.«

»Mist, so gesehen hast du wohl recht.« Ice konnte nicht anders, als gequält zu grinsen.

»Blythe versteht nicht, was sie aus uns gemacht haben. Sie sieht uns genauso, wie sie ihre Kinder sieht«, meinte Savage. »Sie meint, man kann uns retten.«

»Gerade das gefällt mir so an ihr«, kommentierte Ice.

Savage nickte. »Mir auch, ich sage ja auch nur, pass auf.« Er sah sich im Zimmer um, was bedeutete, dass das Gespräch beendet war. »Wir haben Arbeit. Fangen wir schon mal an, und wenn Maestro die Dusche frei macht, gehst du rein und machst dort sauber.«

Ice nickte. Er wollte zu seiner Frau zurück und sie persönlich aufwecken.

Es brauchte noch zwei Stunden harter Arbeit, um jeden Beweis dafür zu vernichten, dass jemand in der Lagerhalle gewesen war. Sowohl ihre Klamotten als auch die Leichen mussten verbrannt werden. Zum Glück hatte der Club, von dem sie die Halle gemietet hatten, einen guten Draht zum örtlichen Krematorium.

Sie waren vorsichtig. Sie hatten gelernt, sich um jedes Detail zu kümmern. Damals hatte es das Todesurteil – für sie oder ein anderes Kind – bedeutet, auch nur die kleinste Kleinigkeit zu vergessen. Das hatten sie auf die harte Tour gelernt. Bis sie Anfang zwanzig waren, hatten sie für ihr Land morden müssen. Sie galten als entbehrlich und mussten eigentlich undurchführbare Aufträge erledigen, wobei ihnen jedoch die Ausbildung während ihrer Kindheit, in der sie in einer Welt aus Vergewaltigung und Folter überleben mussten, letztlich zugutegekommen war. Sie hatten gelernt zu überleben, und wann immer es möglich war, hatten sie sich gegenseitig unterstützt.

Es war der Zar gewesen, der sie zusammengebracht und ihnen Hoffnung gegeben hatte. Dabei war er selbst noch ein Kind gewesen. Er hatte die Toten und Sterbenden gesehen und gewusst, dass Hoffnung die einzige Antwort war, Hoffnung und eiserner Zusammenhalt. Sie hatten gelernt, einander bedingungslos zu vertrauen – und das taten sie noch immer. Unabhängig voneinander arbeiteten sie bei Weitem nicht so gut. Ice wusste, dass sie irgendwie aneinandergebunden waren und dass es das war, was ihren Erfolg ausmachte. Was sie standhalten ließ. Voneinander getrennt konnte keiner von ihnen überleben.

Der Zar hatte sie nach Sea Haven gebracht, zu seiner Frau Blythe, und sie hatten beschlossen, sich in dem nahe gelegenen Örtchen Caspar anzusiedeln. Dort hatten sie eine ganze Reihe Immobilien gekauft, womit sie das Dorf nun langsam wieder zum Leben erweckten. Die meisten anderen Orte kamen für sie nicht infrage, weil sie sich an die sogenannte normale Gesellschaft nie anpassen könnten. Deren Regeln kannten und verstanden sie nicht – und sie verachteten sie.

Aber sie hatten ein tolles Clubhaus und ein Zuhause. Auf manche Art war ihr Leben besser geworden. Ice war sicher, dass sein Leben um vieles besser würde, wenn er nur dieses letzte kleine Hindernis noch schaffte. Er musste seine Frau auf seine Maschine setzen und sie nach Hause bringen. Dort würde er sie sicher davon überzeugen können, bei ihm zu bleiben.

9. Kapitel

Soleil hatte die köstlichsten erotischsten Träume, die sie sich vorstellen konnte. Sie war es gewohnt, Sexträume zu haben, doch diese gingen so sehr über all ihre bisherigen Fantasien hinaus, dass sie hätte erröten können. Viermal hatte sie dieser megaheiße Typ aufgeweckt, mit dem erstaunlichsten Körper, seinen blauen Augen und drei bezaubernden Tränen, die auf einer Seite seines Gesichts tätowiert waren. Zudem wusste er bestens, was er mit seinen Händen, seinem Mund und seinem Wahnsinnsschwanz tun konnte.

Sie streckte sich, die Arme über dem Kopf, und ihr Körper begehrte auf. Sündig. Köstlich. Schmerzend. Alles sehr angenehm. Noch nie hatte sie sich vor dem Aufwachen so gefühlt. Sie war eher ein Morgenmuffel, mochte es nicht, aufzustehen und einen leeren Tag vor sich zu haben. Meistens zog sie sich morgens die Decke über den Kopf und versuchte, so lange es ging, im Bett zu bleiben, aber nun fühlte sich ihr Körper anders an. Alles war anders. So lebendig.

Sie öffnete die Augen gerade weit genug, um etwas sehen zu können. Vor ihr war ein Fenster, und es war definitiv Morgen – oder vielleicht auch Nachmittag. Sie hatte praktisch ihr ganzes Leben in Hotels verbracht, in den luxuriösesten Absteigen überall auf der Welt. Dies hier war anders. Sie blinzelte, versuchte, was sie sah, zu dem zu machen, was sie als ihre Realität kannte.

Laufendes Wasser in der Dusche war das erste Geräusch, das

Soleil wirklich wahrnahm, dann Stimmen und das Dröhnen eines Motorrads. Ihr Körper fühlte sich so entspannt und zufrieden an, dass sie sich fast wieder umdrehen wollte, um weiterzuschlafen, doch dann kamen die Erinnerungen und bestimmte Einzelheiten, die sich langsam zu einem ganzen Bild zusammenfügten.

Dieser umwerfende Typ mit den tätowierten Tränen im Gesicht. Kristallblaue Augen. Haare, dicht und wild und so blond, fast platinfarben. Ein unwiderstehlicher Körper. Sein Mund zwischen ihren Beinen, und sie auf dem Billardtisch.

»O mein Gott«, flüsterte sie, sang es fast, während weitere Bilder vor ihrem inneren Auge vorbeizogen. Es spielte keine Rolle, dass sie versuchte, sie zu stoppen, die Schleusen öffneten sich. In einem Laden auf dem Boden kniend, den erstaunlichsten Schwanz in ihrem Mund. Zu ihm aufschauend, wie sie da kniete, und ihren ganzen Körper durchliefen dabei die irrsten Empfindungen, die sie je erlebt hatte. Sein Körper, der sich in ihr bewegte.

Sie stöhnte, drehte sich wieder auf den Rücken und bedeckte mit einem Arm ihre Augen, versuchte, die Realität wegzuschieben. Sie hatte so einige dumme Sachen gemacht in ihrem Leben, aber das … Sie würde Kevin anrufen und ihm beichten müssen. Er würde ihr sagen, was sie tun sollte. Das ging auf ihr Konto. Ganz und gar auf sie.

Was hatte sie getan? Schuldgefühle überfielen sie. Sie hatte einen sehr netten Mann verführt, weil er perfekt war. Weil er alles war, was sie sich je gewünscht hatte. Sie hatte ihn zur Ehe verführt. Ihn betrunken gemacht. Hatte ihn auf jede erdenkliche Weise verführt, zu der eine Frau fähig war. Vorsätzlich. Vermessen. Dabei spielte es keine Rolle, dass er dasselbe mit ihr versucht hatte; sie wusste, sie hatte aus egoistischen Gründen eine Entscheidung getroffen, und das würde sie ihm gestehen und ihn dann gehen lassen müssen. Der Gedanke brachte sie den Tränen nahe. Sie würde Kevin anrufen und dies für Ice richtigstellen müssen.

Plötzlich fiel ihr ein, dass es Kevin nicht mehr gab. Er war weg. Ein Unfall … Sie hatte einen Verlobten …

»O mein Gott«, flüsterte sie noch einmal. Diesmal jedoch nicht wegen des Irrsinns, den sie angestellt hatte, nachdem sie den heißesten, den nettesten Mann der Welt getroffen hatte. Wofür sie auch alle Verantwortung übernehmen würde. Diesmal ging es um Winston und sein Pack von rabiaten Killern, die sie ermorden wollten.

Sie setzte sich auf, verbarg das Gesicht in den Händen, drückte an ihren Haaren herum, die um ihr Gesicht und über den Rücken fielen. Sie hob den Blick und schaute in durchdringend blaue Augen. Kristallblaue Augen. Ihr Herz zuckte heftig. Diese Augen drückten Belustigung aus, auch wenn er nicht lächelte. Er saß einfach nur auf einem Stuhl gegenüber dem Bett und starrte sie an.

Etwas stimmte nicht. Er fühlte sich nicht richtig an. Sie war sicher, dass sie mit ihm eine Verbindung eingegangen war wie noch mit keinem anderen Menschen, doch sie fühlte das im Moment nicht. Sie fühlte sich einfach nur irgendwie elend. Was sagte man zu einem Mann, mit dem man die Nacht verbracht hatte? Mit dem man nicht nur die Nacht verbracht, sondern den irrsten Sex aller Zeiten gehabt hatte? Sie zwang sich zu Konzentration, denn wie sehr sie es auch versuchte, diesen Mann zu dem zu machen, der ihr diesen allerersten Orgasmus geschenkt hatte und dann hundert weitere, etwas stimmte nicht.

Er hatte nicht diese drei Tränen, die von seinem Auge tropften. Die Tropfen waren Tattoos. Man konnte sie nicht so einfach loswerden. Ein Schauder durchlief sie. Dies war nicht derselbe Mann. Es waren Zwillinge. Sie starrte ihn entsetzt an.

»O mein Gott.«

»Das sagst du schon die ganze Zeit.«

Sie merkte, dass sie absolut nichts anhatte. Sie war zwar bis zu den Hüften zugedeckt, doch ihre Brüste waren völlig frei. Das wusste sie, weil sie nach unten schaute. Flecken waren auf ihren Brüsten. Rote Male. Sie zog die Decke hoch bis unters Kinn.

»Wer bist du? Ich habe doch nicht …« Sie gestikulierte, wusste nicht, was sie sagen oder fragen sollte. »Nicht mit euch beiden.« Das wäre das Beschämendste, was sie sich vorstellen konnte.

Er wich zurück. »Ich würde die Frau meines Bruders niemals anfassen.«

Einen Moment lang setzte ihr Gehirn aus. Ihr Körper wurde steif. Sie konnte sich nicht bewegen, nicht denken. Sie starrte ihn nur an. Es war alles wahr. Sie hatte diese verachtenswerte Tat wirklich begangen. Das Schlimmste, was eine Frau einem Mann antun konnte. Sie hatte ihn zur Ehe verführt.

»Das war eine schöne Trauung in der Kapelle. Auch die Party in der Bar. Wir haben Bilder gemacht. Ice konnte die Finger nicht von dir lassen, wie auch du nicht von ihm. Ich hätte nicht gedacht, ihr beide würdet es vor dem offiziellen Vollzug noch auf euer Zimmer schaffen.«

Er klang absolut amüsiert. Er lachte über sie, und sie konnte es ihm nicht verübeln. Sie hob die linke Hand hoch, und da war tatsächlich ein Ring. Er war aus laminiertem Papier mit einer sehr komplizierten Zeichnung, aber er war da. Sie erinnerte sich, wie er ihn ihr an den Finger gesteckt hatte und sie weinen wollte. Sie liebte diesen blöden Ring. Dass er daran gedacht hatte, ihn für sie zu machen.

Er hatte ihr ein Kleid für fast zwanzigtausend Dollar gekauft. Sie hatte das zugelassen. All das Geld. Die Kapelle. Eine Party mit Hochzeitstorte. Sie hatte es wirklich gemacht. Sie hatte ihn so betrunken gemacht, dass er ihren Ehevertrag unterschrieb und sie heiratete.

Und nun saß sein Zwillingsbruder vor ihr und hielt es für einen tollen Scherz, dass sie den armen Ice so übervorteilt hatte.

Sie ließ ihren schmerzenden Kopf auf die Hände sinken. Er schmerzte wirklich sehr, doch sie wusste, sie war nicht betrunken gewesen. Angeheitert, vielleicht, aber nicht betrunken. Sie konnte ihr Verhalten also nicht einmal mit Alkohol entschuldigen. Es war die Angst um ihr Leben gewesen, vielleicht, aber nicht der Alkohol. Schuld überwältigte sie. Und es gab keinen Kevin, um die Sache wieder in Ordnung zu bringen.

Zwischen ihren Fingern hindurch lugte sie in das Zimmer. An einer Stuhllehne hing eine Lederjacke. Darauf stand »Torpedo Ink« geschrieben, und darunter waren ein Baum, Schädel und Raben zu sehen. Denselben Baum, die Schädel und die Raben hatte Ice auf seinen Rücken tätowiert. Sie hatte alles mit ihrer Zunge nachgezogen. Es sah schön auf ihm aus. Sie hatte nicht nur einen Fremden geheiratet, sondern einen Biker. Wenn sie schon Mist baute, dann gleich richtig.

»Ich muss aufstehen. Würdest du bitte gehen?« Sie bemühte sich, möglichst vernünftig zu klingen. Sie wollte ihre Panik nicht zeigen – denn innerlich bebte sie und hätte sich am liebsten die Decke über den Kopf gezogen.

»Kann ich nicht, Süße«, sagte er. »Ice will, dass ich ein Auge auf dich habe, solange er noch beschäftigt ist. Wir fahren bald los. Müssen zurück nach Hause.«

Das war eine enorme Erleichterung. Sie hatte das Gefühl, wieder atmen zu können. »Ich bin Soleil, aber ich denke, das weißt du. Und du bist …?«, wollte sie wissen.

»Storm. Ices Zwillingsbruder.«

Das Wasser in der Dusche wurde abgedreht, und wieder begann ihr Herz, wild zu schlagen. Sie berührte die trockenen Lippen mit ihrer Zunge. »Ich habe letzte Nacht definitiv zu wenig Wasser getrunken.«

»Ice hat dir eine Flasche Wasser und Aspirin auf das Nachtkästchen gestellt.«

Tatsächlich stand dort eine Flasche mit kaltem Wasser, und

daneben lagen auf einer Serviette einige weiße Pillen. Sie streckte einen Arm unter der Decke hervor. »Wo ist zu Hause?«

Er zeigte auf die Jacke. »Caspar. An der Küste.«

Sie hatte nie davon gehört. »Ich wohne in San Francisco«, verriet sie, da ihr sonst nichts zu sagen einfiel.

»Das ist ungefähr dreieinhalb bis vier Stunden von uns entfernt. Du kennst wahrscheinlich Sea Haven. Kleiner Ort, aber sehr beliebt.«

Sie nickte. »Da war ich sogar schon ein paarmal. Es ist sehr schön dort.« Sie rieb sich die Stirn. »Mein Kopf bringt mich um. Auch wenn ich weiß, dass ich letzte Nacht gar nicht so viel getrunken habe. Ich werde nämlich nicht betrunken und kriege auch keinen Kater.«

»Wahrscheinlich hast du zu viel durcheinandergetrunken. Da sind Kopfschmerzen garantiert.« Storm stand auf, und in diesem Moment kam sein Zwillingsbruder aus der Dusche und trocknete sich gerade die Haare.

Ice trug eine tief an den schmalen Hüften sitzende Jeans. Sein athletischer Oberkörper war von Narben übersät, was seinem super Aussehen jedoch keinen Abbruch tat. Kein Mann hatte das Recht, dermaßen gut auszusehen. Als sein Blick den ihren traf, schlug ihr Magen sofort einen Purzelbaum, und tausend Schmetterlinge flogen auf. Im selben Moment erkannte sie ihn. Ihr Körper erkannte ihn. Sie spürte ihn sofort wieder überall, spürte, wie er sie mindestens viermal aufgeweckt hatte, sein Körper in ihrem versenkt. Allein vom Blick in seine Augen hatte sie bereits einen Mini-Orgasmus.

Sie fürchtete, dass ihr Make-up total verwischt war. Es konnte gar nicht anders sein. Er schaute aus wie ein Model und sie wie ein Wrack. Er kam direkt auf sie zu, kniete sich auf das Bett und küsste sie.

Sie hätte ihm ausweichen sollen. Sie hätte protestieren sollen. Doch sie tat nichts dergleichen. Sie erlag seinem verlockenden

Mund und öffnete ihren, und dann war da nichts mehr außer Ice. Sein Mund. Feuer, das durch ihre Adern schoss. Seine Zunge, die mit ihrer spielte. Seine Arme, die sie an ihn pressten. Fest. Haut auf Haut. Ihre Brüste drückten auf all die markanten Muskeln. Ihre Nippel, zwei Flammen, rieben über seine Brust. Ihre Arme glitten wie von selbst um seinen Hals, und alles bis auf Ice fiel von ihr ab.

Sein Mund wanderte küssend, liebkosend über ihr Kinn und den Hals bis zum Ansatz ihrer Brüste. Sein Mund schloss sich über ihre linke Brust, die rechte umfasste seine Hand, der Daumen streichelte die Brustwarze.

»Guten Morgen, Prinzessin.« Seine Stimme war hypnotisierend, ganz zu schweigen von seinem Mund. Seinen Küssen. Seinen Händen.

»Guten Morgen.« Sie war schüchtern, auch wenn das offensichtlich verrückt war, nachdem er seinen Mund, seine Finger und seinen Schwanz schon so oft in ihr gehabt hatte.

»Die Dusche ist frei für dich. Wir müssen los, Baby. Wir brechen in weniger als einer Stunde auf. Hast du Hunger? Storm kann dir ein Frühstück bringen.«

Storm? Ihr Blick schnellte quer durch den Raum. Der Mann hatte noch nicht einmal den Anstand, peinlich berührt zu schauen. Sie versuchte, die Decke wieder hochzuziehen, obwohl es da diesen Teil von ihr gab, den sie nicht ganz im Griff hatte und der es immer total heiß fand, wenn jemand Blicke auf sie erhaschte. Sie war lachhaft stolz darauf, dass sie Ices Spuren überall auf ihren Brüsten hatte und dass jemand sie sah.

»Ich habe keinen Hunger.« Bei dem Gedanken an Essen wurde ihr übel. Sie würde Ice die Wahrheit sagen müssen. Ihm beichten müssen, was für eine unmögliche Person sie war, und die verantwortungsvolle Entscheidung treffen, alles zu regeln. Sie hatte das Schlamassel angerichtet und würde alles bereinigen, auch wenn sie Kevin nicht mehr hatte.

Ice hielt die Decke in der Hand und ließ nicht zu, dass sie sie hochzog. »Ab in die Dusche, Soleil. Wir sind wirklich in Eile heute Morgen.«

»Wir müssen reden.« Sie musste ihm sagen, dass sie *sofort* eine Annullierung bekommen würden und sie die Verantwortung dafür übernehmen werde. »Ich muss mit dir reden«, flüsterte sie und versuchte, nicht zu seinem Bruder zu schauen. Sie wollte nicht, dass er ihre schuldvolle Miene sah.

Bestimmt würde Ice nicht verheiratet bleiben wollen. Sie waren einander fremd. Sie passte nicht in einen Club. Sie passte nirgendwo dazu. Und da waren Winston und die anderen, mächtige Männer, die sie tot sehen wollten. Sie konnte nicht riskieren, dass diese Leute in Ices Leben einbrachen. Auch das würde nicht fair sein.

»Reden können wir, wenn du geduscht hast.« Ice schlug die Decke zurück, holte sie aus dem Bett und trug sie in die Dusche.

Sie war splitternackt. Sie trug nicht einmal ein Höschen. Schlimmer noch, allein diese Küsse und seine Hände und sein Mund auf ihren Brüsten hatten sie schon wieder feucht werden lassen. Sie war in solchen Schwierigkeiten. Sie begehrte ihn so sehr. Sie wollte ihn behalten. Sie sagte sich, dass er kein Spielzeug war, sondern ein erwachsener, vielleicht sogar gefährlicher Mann, auch wenn er für sie der netteste, freundlichste, fürsorglichste Mensch war, den sie je kennengelernt hatte.

Ice schien es überhaupt nichts auszumachen, dass ein anderer Mann im Zimmer war und sie nichts anhatte. Noch ehe sie denken und protestieren konnte, war sein Mund schon wieder auf ihrem, und ihr Hirn setzte aus. Ihr Körper verschmolz mit seinem. Kleine elektrische Funken tanzten über ihre Haut, und Blitze schienen sie zu durchzucken, vom Mund zu den Brüsten bis zu ihrer Klitoris. Ihr Geschlecht zog sich begierig zusammen. Sie schien durch die Luft zu schweben. Das machte er mit ihr. Dann waren ihre Füße auf dem Boden, und er hob den Kopf.

»Kommst du allein klar hier drin? Ich kann auch bleiben und dir zuschauen«, bot er verschmitzt an. »Bloß, wenn ich mit dir dusche, dann kommen wir nie mehr raus.«

Soleil legte die Arme um sich und trat von ihm zurück. Ihr ganzer Körper zitterte, sogar innerlich. Ihre Brüste schmerzten, und tief innen pochte und brannte sie vor Verlangen. Sie wollte, dass er blieb. Ihr Blick fiel begierig auf seine Jeans. Sie liebte, was er dort hatte. Sie wollte es.

Er stöhnte laut. »Baby. Wenn wir so weitermachen, kriegen wir nichts gebacken.«

Er hatte recht. Wenn sie mit ihm zusammen war, konnte sie nicht vernünftig denken. Sie hätte ihm sagen sollen, dass die Hochzeit ein Irrtum war, dass er sie nicht berühren oder küssen durfte, doch in Wahrheit wollte sie, dass er sie an die Wand drückte und all die erstaunlichen Dinge wiederholte, die er in der Nacht zuvor mit ihr gemacht hatte. Sie erinnerte sich an alles mit großer Klarheit. Sie war nicht betrunken gewesen, nicht einmal, als er sie auf den Billardtisch legte, ihr Hochzeitskleid bis zur Taille hochschob und sich an ihr gütlich tat, bis sie laut um Gnade gefleht hatte.

Sie wusste, ihr schlechtes Benehmen sollte ihr peinlich sein, doch das klappte nicht, wenn er ihr so sehr das Gefühl gab, schön und besonders und begehrt zu sein. Wenn er ihr die tollsten Orgasmen schenkte, die sie je erlebt hatte, und sie immer noch anschaute, als sei sie die einzige Frau auf der Welt für ihn und als könne er sie mit Leichtigkeit an die Wand pressen und sie eine Million Mal nehmen, ohne dass sie davon je genug bekam.

Ice hauchte einen Kuss auf ihre Stirn. »Beeil dich, Baby.« Er gab ihr einen Klaps auf den Hintern und wandte sich von ihr ab.

Sie schaute ihm nach, betrachtete sich dann im Spiegel und hätte beinahe laut gestöhnt. Sie hatte Flecken im Gesicht. Einige Schwellungen. Sie hatte auch Make-up unter den Augen, und ein kleines schwärzliches Rinnsal zog sich über ihre Wange. Wie konnte er sie bloß ansehen, wenn sie dermaßen aussah? Vor allem mit dieser Lust in seinem Blick, die so deutlich zu erkennen war?

Das heiße Wasser fühlte sich an all den wunden Stellen wunderbar an. Und davon hatte sie viele. Sie schrubbte sich die Haut, sträubte sich aber fast dagegen, Ices Geruch von ihrem Körper zu entfernen. Es gefiel ihr, ihm zu gehören – nein – sie liebte es. Selbst bei hellem Tageslicht und mit dem Wissen, dass es ein Fehler sein würde, diese Fantasie, dieses Märchen weiterzuspinnen, das sie zusammen begonnen hatten, wollte sie ihn und das Leben, das er ihr bot. Sein Club. Seine Familie. Sie musste verschiedenen Dingen ins Auge sehen. Sie konnte nicht weglaufen und einfach jemand anderes werden – obwohl sie genau davon tausendmal geträumt hatte, schon seit früher Kindheit. Und nachdem sie ihm die Wahrheit gesagt hatte – dass sie ihn vorsätzlich betrunken gemacht hatte –, würde sich kein Mann dazu überreden lassen, mit ihr verheiratet zu bleiben, schon gar nicht einer wie Ice.

Sie ließ sich Zeit mit dem Haarewaschen und all den teuren und herrlich duftenden Sachen, die Ice für sie bereitgestellt hatte. Sie fragte sich, woher er sie alle hatte. Woher er das Geld für dieses Kleid hatte. Das Motel war nicht teuer, umso verwirrender war es, dass er für ihre Hochzeit so viel ausgegeben hatte.

Hochzeit. Sie trat mit einem Stöhnen aus der Dusche, wickelte sich ein Handtuch um die Haare, um im Spiegel zu sehen, was sie für ihr Gesicht tun konnte. Sie brauchte ihre Kleidung, doch die war nicht hier. Über das Waschbecken gebeugt, betrachtete sie die Schwellung. Sie war lange nicht so schlimm, wie es sich angefühlt hatte, als Winston sie schlug. Ihre Rippen schmerzten ein wenig, auch ihr Bauch an der Stelle, in die er geboxt hatte. Tatsächlich tat ihr der Bauch mehr weh als alles andere; wahrscheinlich hatte sie deshalb nichts essen wollen.

Die Tür hinter ihr ging auf, Ice kam herein und direkt auf sie zu. Noch ehe sie sich aufrichten konnte, legte er eine Hand auf ihren Rücken, um sie in Position zu halten, während die andere ihre Pobacken streichelte und liebkoste. Sie genoss mit geschlossenen Augen, welches Gefühl er ihr vermittelte. Wunderbar. Begehrenswert. Sexy. Wie eine Frau. Vollkommen feminin.

»Ich liebe es, wie du riechst«, sagte er. »Hab dir ein paar Klamotten gebracht, aber jetzt ist die Versuchung zu groß.« Seine Hand glitt tiefer, seine Finger glitten in ihre heiße Spalte. Er vergrub die Finger tief, streichelte ihre pochende Klitoris.

Sie konnte nicht anders, sie musste sich an seine Hand drücken. »Ice, wir sind nicht verheiratet, oder?«, fragte sie. Atemlos. Begehrend. Sie war ihm so verfallen, es war einfach wahnsinnig. »Ich meine, ich weiß, wir waren in der Kirche, aber du kannst nicht wollen …« Sie verstummte, denn seine Finger waren einfach magisch; es war nicht möglich, wirklich zu denken.

»Wir sind definitiv verheiratet, Baby. Hab den Trauschein, der es beweist. Wir sind schön fest ineinander verklinkt. Hab dich die ganze Nacht lang gevögelt und überlege, die nächsten fünf Nächte damit weiterzumachen, aber nicht in dieser Absteige. Du verdienst etwas viel Besseres, und ich möchte dir das Haus zeigen.«

»Das Haus?«, wiederholte sie schwach. Die Realität entglitt ihr zusehends. »Was für ein Haus?«

»Ja, Prinzessin. Ein Haus. Es ist nicht genau das Schloss, das du eigentlich verdienst, aber ganz hübsch. Und Lana möchte, dass wir nach Hause kommen, damit sie sich davon überzeugen kann, dass es dir gut geht.« Seine Finger waren verschwunden, und er gab ihr ein zweites Mal einen Klaps auf den Po. »Zieh dich an, Baby, wir müssen los.«

Sie lehnte sich an das Waschbecken und schaute ihm nach, wie er lässig, mit leichtem Schritt, den Raum verließ. Er war so sexy. So heiß. Aber man heiratete schließlich keinen Mann, bloß weil er endlose Orgasmen abliefern konnte, oder? Konnte man sich in einen Schwanz verlieben? Ihr war es passiert. Sie liebte alles an ihm, und ganz besonders seinen Schwanz. Ihr Körper frohlockte. Lebte. War glücklich. Sie war glücklich, wenn sie nur die Schuld wegschieben konnte. Sie musste unbedingt mit ihm reden, aber sie wollte ihn nicht verlieren.

Mit einem tiefen Seufzer begann sie, sich anzuziehen. Die Sachen waren brandneu und passten perfekt. Sie ließ die Erinnerung an das Einkaufen mit ihm zu. So eine herrliche, unvergessliche Nacht. Sie dachte daran, wie er sie zum Lachen gebracht hatte, als sie voller Angst, dass Winston oder einer seiner Freunde sie sehen könnte, mit ihm die Straße entlangging. Ice gab ihr ein Gefühl von Sicherheit. Seine Brüder und Alena waren um sie herum, brachten sie zurück in die Bar, schenkten ihr etwas, was sie noch nie gehabt hatte.

Was glaubte sie eigentlich? Selbst wenn sie in ein anderes Leben entwischen konnte, hatte sie keine Chance dazuzugehören. Sie wusste nichts über das Clubleben. Oder Beziehungen. Sie würde es von Anfang an vermasseln. Sie starrte sich an, während sie sich mit der Bürste, die extra für sie bereitlag, die Zähne putzte. Selbst daran hatte er gedacht, wie auch an einen Kamm und Haargummis. Sie flocht sich einen Zopf für den unwahrscheinlichen Fall, dass sie den Verstand komplett verlor und mit ihm fuhr. Das würde sie nicht tun. Sie musste diesen Unsinn aufhören, bevor alles total aus dem Ruder lief, aber …

Ice war wieder da, und sie merkte, dass er die Tür nicht geschlossen hatte. Sie war so sehr am Grübeln gewesen, dass es ihr nicht aufgefallen war. Er packte sie an ihrem dicken Zopf und zog ihren Kopf nach hinten.

»Du denkst doch nicht jetzt schon daran, mich zu verlassen, Baby?« Er zog noch einmal.

Sein Blick traf den ihren, und das Blau seiner Augen war kristallener, eisiger, als sie es erinnerte. Höllisch sexy. Es fühlte sich an, als würde er bis tief in ihre Seele blicken. Ihr Geschlecht zog sich zusammen, und ihr Magen schlug wieder diesen langsamen Purzelbaum. Sie presste eine Hand darauf. Er ließ ihre Haare nicht los, sie spürte den Zug auf ihrer Kopfhaut, ein kleiner Schmerz, der erotischer war als alles andere.

»Na ja – doch«, gab sie zu, denn Ehrlichkeit schien ihr die beste Strategie zu sein. »Du hattest getrunken, Ice. Eine ganze Menge.« Sie räusperte sich. »Ich habe das mit dir gemacht. Ich habe einen Blick auf dich geworfen, und du bist so schön, so perfekt, dass ich dich einfach haben wollte. Das war falsch von mir, ich weiß. Ich wusste es auch von vornherein, aber ich hatte getrunken, vielleicht hatte ich auch ein bisschen zu viel, aber das ist keine Entschuldigung, ich sollte mich nicht herausreden …«

»Stopp, Prinzessin.«

»Es kann doch nicht sein, dass du mit mir verheiratet sein willst. Du weißt überhaupt nichts über mich. Geht es bei eurem Club nicht um totale Freiheit?«

Sie versuchte zu scherzen, obwohl ihr nicht im Mindesten danach war. Nun, da sie ihm die Wahrheit gesagt hatte, tat es weh zu wissen, dass sie ihn verlassen musste. Wirklich weh. Das kam unerwartet. So sehr hatte sie also an ihr Märchen glauben wollen …

»Ich wusste in jeder Minute, was ich tat, Soleil. Ich wollte dich haben von dem Moment an, als ich dich das erste Mal auf der Straße sah. Als du in die Bar reinkamst, war mir klar, ich würde einen Weg finden, dich zu behalten. Du wolltest, dass ich den Ehevertrag unterschreibe, ich hatte kein Problem damit.« Er ließ ihre Haare los. »Du hast meinen unterschrieben. Ich habe dir bei jedem Schritt die Chance gegeben, einen Rückzieher zu machen. Es ist gelaufen. Wir sind verheiratet. Du bist meine Frau, und sämtliche Clubmitglieder wissen, dass dein Mann hier drin mit dir wie irre gevögelt hat, denn du bist alles andere als leise, wenn du für mich kommst.«

Sie errötete. Das stimmte. Sie hatte nicht an lautstarke Orgasmen geglaubt. Sie war sich nicht einmal sicher, ob sie überhaupt an Orgasmen geglaubt hatte, bevor sie ihn traf. Nun war es die absolute Wahrheit, er konnte sie zum Schreien bringen, und er hatte es getan – oft.

»Sex und Heirat sind zwei völlig verschiedene Dinge«, erklärte sie.

»Ja, okay, wenn du jetzt nichts anderes spürst als den Sex, dann akzeptiere ich das.«

Ice packte sie an der Hand und zog sie ins Zimmer. Legte eine Hand auf ihren Bauch und drückte sie sanft auf das Bett. Dann kauerte er nieder und zog ihr eine Socke an.

»Ich versuche gerade, dich zu retten, aber du kommst mir kein bisschen entgegen.« Soleil fühlte sich etwas verzweifelt.

»Mich retten – wovor? Ich war nüchtern, Soleil. Ich will dich zu meiner Frau. Weißt du überhaupt, was du bist?«

Sie schüttelte den Kopf.

»Ein gottverdammtes Wunder, das bist du«, sagte er und zog ihr den Stiefel an.

Es war nicht leicht. Sie musste den Fuß hineindrücken, und das tat sie, ohne ihn anzusehen. Am liebsten hätte sie geweint. Denn sie war niemandes Wunder. Eher ein Albtraum.

»Das bin ich nicht, und das weißt du. Es gibt da Dinge, die schlimm für dich werden könnten.« Da war sie. Die Wahrheit. Sie musste dafür sorgen, dass er in Sicherheit war, weil er anscheinend nicht begriff, dass sie zu viel Ballast mit sich herumschleppte. »Du hast eine Schwester. Alena. Sie muss sicher sein. Dein Bruder.« Sie winkte Richtung Fenster. »All die Leute, um die du dich kümmerst. Abgesehen von der Frage, ob wir überhaupt zusammenpassen.«

Er zog ihr die andere Socke an und rieb über ihre Wade, bevor er nach dem Stiefel griff. »Ich glaube, dass wir zusammenpassen, haben wir mehr als bewiesen, Prinzessin. Und was deine

Probleme anbelangt, deinen Ballast – wenn du damit dieses Weichei Winston meinst, der wird feststellen, dass es nicht so leicht ist, sich mit einem Club anzulegen, falls er das möchte. Ich glaube aber eher, wenn du weg bist, dann wird auch er verschwinden.«

Sie schüttelte den Kopf. »Das wird er nicht, Ice. Und er hat Freunde, Polizisten, Anwälte. Er hat Geld hinter sich. Er wird nicht aufhören.«

Ice neigte den Kopf und sah sie an, und die Morgensonne bestrahlte sein Gesicht wie ein Spotlight. Doch das Blau seiner Augen war eiskalt wie ein Gletscher. Plötzlich sah er wie ein Raubtier aus. Gefährlich sogar. Ihr sonst so lockerer, süßer Ice jagte ihr einen Schauder über den Rücken. Dieser Gesichtsausdruck von ihm hätte eine rote Fahne sein sollen, doch stattdessen brachte er ihr Blut in Wallung, sodass es durch ihre Adern schoss wie eine Droge.

»Dann soll er kommen, Soleil. Wir sind von hier weg. Die Jungs sind bereit. Sogar Alena ist bereit. Ich habe alles gepackt, einschließlich dein Kleid. Das Ding muss gerahmt und an die Wand gehängt werden.«

Sie ignorierte die Hand, die er ihr anbot. Irgendjemand musste schließlich vernünftig sein. Ice glaubte vielleicht, er könne mit Winston und seinen Freunden fertigwerden, doch man würde die Leute seines Clubs als Gesetzlose betrachten. Winston konnte ihnen zusetzen – obwohl, würde er wirklich glauben, dass sie bei einem Bikerclub war? Und selbst wenn er von ihrer Heirat erfuhr, wie sollte er herausbekommen, wo er Ice finden konnte? Es sei denn, er erfuhr davon und machte sie über die Eheurkunde ausfindig. Die rechtskräftige Ausfertigung würde an Ices Adresse gehen. Das konnte sie ihm nicht antun.

Sie trat ans Fenster und schaute hinaus. Unter ihnen stand eine lange Reihe Motorräder, auf denen bereits Männer saßen, oder sie standen daneben und unterhielten sich. Sie entdeckte

Alena mit ihren platinblonden Haaren auf ihrem eigenen Bike. Köpfe wandten sich der Mitte des Parkplatzes zu. Ein Polizeiauto und ein weiterer Wagen waren dort angekommen.

Ihr blieb das Herz stehen, als Winston ausstieg und dem Polizisten ins Büro folgte. Die Motorräder starteten eines nach dem anderen, Dröhnen erfüllte die Luft. Mit klopfendem Herzen wandte sie sich Ice zu. Ihr Mund war trocken. Sie fühlte sich, als habe man ihr wieder in den Bauch geboxt, und sie wusste, dass sie kreidebleich geworden war.

Ice reichte ihr wortlos eine Jacke und Handschuhe und trat dann an das Fenster, um sich anzusehen, was auf dem Parkplatz vorging. Der Bulle, der Motel-Manager und Winston gingen auf die Treppe am anderen Ende zu. Soleil zog die Jacke und die Handschuhe an, ohne die Männer aus den Augen zu lassen, und ging dann zur Tür.

Ice stoppte sie. »Ist er das? Lässt er die Bullen nach dir suchen?«

Sie wusste, dass er den Grund womöglich missverstand, doch das war ihr egal. Sie mussten jetzt losfahren. Sie nickte.

Er setzte ihr eine Sonnenbrille auf die Nase und reichte ihr einen Helm. Sie stopfte ihren Zopf unter den Helm und setzte ihn auf. Ice nahm ihre Hand, und sie gingen zusammen hinaus, sein Arm um ihre Taille, und schlenderten zur gegenüberliegenden Treppe, den Polizisten den Rücken zugewandt. Sie hörte sie an eine Tür klopfen und rufen.

Ice schwang sein Bein über die Harley, Soleil legte eine Hand auf seine Schulter, nahm hinter ihm Platz und schlang die Arme um ihn. Seine Brüder starteten einer nach dem anderen, in Formation. Ice folgte ihrem Beispiel, und sie ließen das Motel hinter sich. Sie konnte durchatmen. Erleichterung durchströmte sie.

Winston durchsuchte die Hotels und Motels nach einer armen, verstörten Frau, die allein eingecheckt haben musste.

Die Motorräder hatte Winston nicht eines Blickes gewürdigt. Ganz sicher hatte er nicht gedacht, dass sie zu ihnen gehören könnte.

Sie hielt sich an Ice fest und ließ das Erlebnis der Fahrt auf sich wirken. Der Wind war warm, keine Türen oder Fenster trennten sie von der Umgebung. Sobald Vegas hinter ihnen lag, wurde die Landschaft wunderschön. Sie liebte es, die anderen Bikes um sich herum zu haben. Irgendwie machte sie diese Erfahrung noch stärker. Sie liebte das Gefühl der Freiheit. Ice legte seine Hand mehrmals auf ihre, und sie genoss diese kleinen Gesten der Verbindung zwischen ihnen.

Eigentlich hätte sie darüber nachdenken sollen, was sie angestellt hatte und wie sie ihre Ehe schnellstmöglich beenden konnte, doch sie liebte es, mit ihm Motorrad zu fahren. Sie liebte es, sich an ihn zu drücken und das Vibrieren der Maschine zwischen den Beinen zu spüren. Vielleicht fand sie das Bike so sexy, weil sie auch Ice so sexy fand.

Stunden verstrichen. Sie hielten an, um Wasser zu trinken und nachzutanken, doch ansonsten fuhren sie den ganzen Tag durch. Langsam ließ die Begeisterung etwas nach und machte Schmerzen und anderen Wehwehchen Platz – ihr Körper war eine so lange Fahrt nicht gewöhnt. Doch sie beklagte sich nicht. Sie war einfach nur froh, sich an Ice festhalten zu können. Er machte immer wieder irgendetwas, was sie an ihn erinnerte. Sachte Berührungen, seine Hand, die sich um ihren Schenkel legte, die ihren Handrücken streichelte – Kleinigkeiten, die ihr das schöne Gefühl gaben, ihm wichtig zu sein.

Gegen Abend stoppten sie an einem kleinen Diner abseits des Highways, um etwas zu essen. Sie parkten die Bikes und gingen hinein, Storm hielt für Soleil und Ice die Tür auf. Ihre Beine zitterten stark, und sie musste unbedingt zur Toilette. Als ob er es gewusst hätte, hielt Ice geradewegs mit ihr darauf zu. Alena ging mit ihr hinein.

»Diese Jungs, sie fahren und fahren einfach, koste es, was es wolle«, sagte Alena, während sie auf die Kabinen zurannten.

»Ich dachte schon, wir würden überhaupt nicht mehr anhalten«, meinte Soleil.

»Ich habe damit gerechnet, dass du Ice mal sagst, er soll eine Pause einlegen.«

Soleil dachte darüber nach. Sie war müde, wusste aber auch, dass sie noch eine gute Strecke vor sich hatten. Mit dem Auto fuhr man mindestens achteinhalb Stunden von Vegas bis San Francisco. Wenn Caspar drei oder vier Stunden von San Francisco entfernt war, hatten sie also noch einen langen Weg vor sich, selbst wenn sie eine andere Route nahmen. Doch sie merkte, dass ihr das nichts ausmachte. Sie wusch sich die Hände und betrachtete Alena im Spiegel.

»Ich bin gerne so mit ihm unterwegs. Er gibt mir ein sicheres Gefühl.«

Alenas Lächeln brauchte Zeit, doch es war echt. »Er ist ein guter Mann. Er will das, Soleil. Ich weiß, du flippst wahrscheinlich ein wenig aus …«

»Glaubst du wirklich? Ich hab versucht, ihm zu sagen, dass ich nicht betrunken war, sondern ihn betrunken machen wollte, aber er wollte mir nicht zuhören. Ich dachte daran wegzurennen, um seinetwillen, aber das will er nicht. Ich kann eine Annullierung bekommen oder eine Scheidung, aber er sagt Nein.«

Alena lachte leise. »Das ist so lustig. Ihr habt beide dasselbe versucht. Ich würde sagen, das zeigt einfach nur, dass ihr füreinander bestimmt seid.«

Waren sie das? Sie wollte Ice nicht verlassen. Sie wollte ein anderes Leben. Schon immer. Aber er war ihr fremd und sein Lebensstil so ganz das Gegenteil von allem, was sie kannte. Wenn sie ihren Verstand einschaltete, erkannte sie, dass es wirklich verrückt von ihr war, keinen Anwalt anzurufen und sofort eine Annullierung zu bewirken, doch als sie die Toilette verließ, stand er schon wieder da, an die Wand gelehnt.

Sobald sie ihn sah, schlug ihr Herz wie wild, und sie bekam kaum Luft. Er sah schon wieder umwerfend aus, wie er auf sein Handy schaute und nicht auf die Kellnerin, die sich um seine Aufmerksamkeit bemühte. Sie kam heraus, er blickte auf, und seine blauen Augen streiften vereinnahmend über sie. Schon allein dieser Blick ließ ihren Magen wieder Purzelbäume schlagen.

Er lächelte ihr zu. Seine Augen leuchteten auf, als sei unter dem Eis ein Strahler, der all das Blau funkeln ließ – nur für sie. Er gab ihr das Gefühl, als gebe es keine andere Frau auf der Welt, als sei sie sein Ein und Alles.

Ice nahm ihre Hand und führte sie zu der Nische, in der sein Bruder, Alena und Maestro saßen. Er rutschte nach ihr hinein und presste sich an sie. Seine Brüder hatten an den benachbarten Tischen Platz genommen, beinahe so, als sitze sie im Zentrum des Clubs. Es war interessant für sie – bisher war sie beim Essen fast immer allein gewesen, wiewohl sie normalerweise keine Diner aufsuchte. Sie hatte keine Geschwister, und der Gedanke, dass andere sich um sie kümmerten, gehörte zu der Fantasie, in der sie gefangen schien.

Die Kellnerin eilte herbei, verteilte die Speisekarte und starrte auf Ice und Storm. »Ihr müsst Zwillinge sein.«

Ice blickte nicht auf. Storm antwortete ihr. »Das hören wir oft.«

Die Frau warf den Kopf in den Nacken und lachte lauter, als es Soleils Gefühl nach notwendig gewesen wäre. Maestro schüttelte den Kopf, Alena schaute nur gelangweilt.

»Sagt dir etwas zu, Baby?«, fragte Ice, lehnte sich an Soleil und streichelte ihre Hand.

Sie wollte sich nicht ablenken lassen, doch diese leichte Hin-und-her-Bewegung fühlte sich sehr vertraulich an. Sie tat, als würde sie die Karte lesen, konnte jedoch keinen klaren Gedanken fassen. Schon mit einer derart kleinen Geste konnte er Chaos stiften. Gerade als sie dachte, sie müsse ihre Hand wegnehmen, führte er diese an seinen Schenkel, schob sie über den harten Muskel und hielt sie dann fest. Was sich nur noch intimer anfühlte.

»Prinzessin?«, fragte er.

Sie räusperte sich. »Ich nehme den Taco-Salat.« Mehr konnte sie tatsächlich nicht lesen, und sie hoffte, er würde schmecken, denn sie hatte Hunger.

Die Kellnerin notierte es und blickte dann zu Ice und Storm. Sie bestellten beide, danach noch Alena und Maestro. Der Blick der Kellnerin schwenkte von den Zwillingen zu Maestro, und sie blinzelte ihm zu.

»Meine Frau hat Hunger«, sagte Ice, ohne aufzublicken. Es war eine klare Anweisung.

Sein Ton ließ Soleil erschaudern. Er drückte ihre Hand fester. »Wir hätten auch früher Pause machen können, Baby, hättest nur etwas sagen müssen.«

»Ich war ziemlich beeindruckt«, meinte Maestro. »Wir dachten alle, du würdest eine Pause verlangen. Erinnerst du dich noch an mich?« Er warf ihr ein dreistes Grinsen zu.

Sie versuchte, nicht zu erröten. Diese Männer hatten sie in den Qualen der Leidenschaft gesehen, mit Ices Mund zwischen ihren Beinen, seinen Fingern in ihr, ihren Orgasmus herausschreiend. Wie von selbst war sie sofort wieder heiß und feucht und wand sich ein wenig auf ihrem Platz.

»Du hast mich die ganze Nacht lang mit Schnaps genervt. Natürlich erinnere ich mich an dich, Maestro. Ich vermute, du stehst auf Musik.« Sie war so froh, dass sie nicht gejammert und darauf bestanden hatte, aufzuhören. Wenn es ein Test gewesen war, dann hatte sie ihn mit fliegenden Fahnen bestanden.

»Da hast du recht«, sagte Alena und zog eine Grimasse, als sie von dem Kaffee trank. »Maestro ist ein super Pianist. Er kann fast jedes Instrument spielen, und singen kann er auch noch.«

»Der Kaffee ist Spülwasser«, meinte Storm. »Aber hier gibt es nichts anderes. Alena macht in ein paar Tagen ihr Restaurant auf. Das ist einer der Gründe, warum wir rasch nach Hause zurückmüssen. Sie will sich um jede Kleinigkeit selbst kümmern.«

Sie war froh, dass Alena nach Hause zurückmusste. Was, wenn Winston sie in ihrem Hotelzimmer mit Ice erwischt hätte? Gemessen daran, wie er sie mit seinem Körper vom Rest des Zimmers abgeriegelt hatte, hätte er wohl für sie gekämpft. Wahrscheinlich wäre er zusammengeschlagen worden oder ins Gefängnis gekommen. Ein kleiner Schauder erfasste sie bei diesem Gedanken. Hatte sie wirklich das Recht, ihn einer Gefahr auszusetzen? Irgendeinen von ihnen?

»Du eröffnest ein Restaurant?« Das war ja nicht gerade etwas, was für einen Club typisch war.

Alena nickte. »Ich war so begeistert von dieser Idee.« Sie stützte den Kopf auf die Hand. »Aber jetzt, wo es bevorsteht, bekomme ich Angst. Was ist, wenn keiner kommt? Wenn niemand mag, was ich koche? Ich bin die Küchenchefin, also werde ich nicht so viel mit den Kunden zu tun haben, aber es ist mein Lokal, und ich will, dass die Gäste glücklich sind.«

»Ich nehme an, du kochst gern.« Das war eine echte Offenbarung. Alena wollte Küchenchefin sein und für andere kochen. Soleil hatte nie viel darüber nachgedacht, aber wahrscheinlich brauchte jeder Mensch eine Beschäftigung. Zumindest fast jeder. Sie hatte Verschiedenes ausprobiert, doch jedes Mal, wenn ein Arbeitgeber herausfand, wer sie wirklich war, hatte sich alles verändert. Dann waren die meisten mit ihren Geschäfts-»Ideen« auf sie zugekommen, was bedeutete, dass sie darin investieren sollte.

Der Gedanke, dass Alena ihren Traum wahr machte, berührte sie. Sie blickte zu Ice. Er hatte den Arm um sie gelegt, massierte wie nebenbei ihren Nacken und ließ seine Finger sanft über ihre

Haut gleiten. Sie spürte Feuerpfeile bis in ihre Brüste schießen. Ihr ganzer Körper wurde sich seiner bewusst. Seines Geruchs. Seiner Körperwärme. Der Art und Weise, wie er alle ihre Nerven zum Leben erweckte. Sie spürte sogar seinen Atem. Sie wusste nicht, ob es die Fahrt auf dem Motorrad war, was die Verbindung zwischen ihnen verstärkt hatte, aber sie war definitiv stark.

»Arbeiten alle Clubmitglieder?«

»So ziemlich, ja«, antwortete Storm. »Savage und Reaper arbeiten im Club. Die beiden sind nicht der Typ Mann, der für andere arbeitet. Aber wir bringen alle Geld rein. Und das wird unter allen geteilt.«

Soleil runzelte die Stirn. »Ihr arbeitet, und euer gesamter Verdienst geht an den Club? Nicht einzeln an euch?«

Ice zuckte die Achseln. »So haben wir immer gearbeitet. Wer schnell etwas braucht, hat dann auch sofort etwas.«

»Der Club hat auch mein Restaurant bezahlt«, erklärte Alena. »Wir haben eine Bar und darüber einige Apartments, die wir vermieten. Das heißt, im Moment renovieren wir sie. Wir machen auch noch einen Lebensmittelladen auf. Der nimmt zurzeit gerade den Betrieb auf. Inez Nelson gehört der Laden in Sea Haven, und wir etablieren eine Partnerschaft mit ihr. Ink hat seinen Tattoo-Shop, und Mechaniker und Transporter haben ihre Kfz-Werkstatt.«

»Das ist ja super. Ich wäre nie auf die Idee gekommen, dass ihr alle normale Jobs habt.« Das stimmte, doch es roch nach Vorurteil. Sie mochte diese Leute und hatte Bikern gegenüber keine Vorbehalte, aber dennoch vorgefasste Meinungen über sie.

Plötzlich fasste Ice sie am Kinn und drehte ihr Gesicht zu sich. »Küss mich, Babe. Ich glaube, ich halte es nicht eine Minute länger aus. Du willst mir das Leben retten, ja? Das kann dann dein Job werden.«

Ohne darüber nachzudenken oder zu protestieren, küsste sie ihn ohne Zögern. Schmetterlinge flogen auf wie verrückt. Chaos herrschte in ihrem Kopf. Ihre Brüste schmerzten, die Nippel drückten fest gegen ihren Spitzen-BH, scheuerten am Stoff. Er schmeckte wie die Sünde. Die Versuchung. Der Teufel, der sie einen dunklen, bösen Pfad hinunterlockte. Es war ihr gleichgültig. Sie gab sich ihm hin und wurde umgehend mit dem Feuer belohnt, das durch ihre Adern schoss.

Es war heiß. Es war gefährlich. Es war alles, woran sie sich erinnerte. Nur Ice. Nur Soleil. Sie umfasste sein Gesicht und küsste ihn hemmungslos. Restlos. So, dass sie nicht mehr atmen konnte und er es für sie tat. Die Hand, die unter dem Tisch die ihre hielt, strich sanft über ihre Rippen und ihren Bauch, da, wo Winston zugeschlagen hatte. Seine Finger schoben den Stoff ihres Tanktops hoch, seine Hand fühlte ihre nackte Haut. Für sie fühlte es sich an, als würde er sie brandmarken. Und es war, als würde er diesen nachklingenden Schmerz lindern.

Die Kellnerin ließ ihre Teller beinahe auf den Tisch fallen. Ice hob sehr langsam den Kopf, ohne den Lärm oder die Ablenkung zu beachten, und legte seine Stirn an ihre. »Gut gemacht, Baby, für die nächsten paar Stunden hast du mich gerettet.«

»Ist das ein echter Job?« Sie sagte sich, dass sie sich angesichts der öffentlichen Zurschaustellung ihrer Gefühle schämen sollte, vor allem wegen ihres Benehmens mit Ice in der Nacht zuvor – doch nur daran zu denken, ließ sie schon wieder über und über heiß werden. Sie liebte es, bei ihm sein zu können, und dass er sie berührte oder küsste, wo und wann immer er wollte.

Er nickte. »Ich brauche Rettung, Prinzessin, und wie es aussieht, bringst nur du das fertig.« Wieder nahm er unter dem Tisch ihre Hand, doch dieses Mal presste er sie auf seinen Schwanz. »Merkst du, was du mit mir machst? Das ist verdammt echt, Baby. Das machst du. Das brauche ich. Und du musst wissen, dass du die Hand dort für mich drauflegen kannst.«

Sie rieb ihn und wünschte, sie könnte unter den Tisch kriechen und ihn zum Abendessen haben. Sie schaute zu ihm auf, damit er das Begehren in ihren Augen sehen konnte. »Ich muss dir etwas sagen, Süßer«, murmelte sie mit widerwilliger Ehrlichkeit. »Das kann so ziemlich jede Frau für dich tun. Du bist unvergleichlich.«

Storm stöhnte. Alena verdrehte die Augen. Maestro schüttelte den Kopf. »Jetzt wird er nie mehr damit aufhören, wie unvergleichlich er ist.«

Ice hielt ihre Fingerknöchel an seinen Mund. »Sie ist unvergleichlich.«

»Dass sie es mit dir aushält, das ist echt erstaunlich«, meinte Alena. »Wie hast du Lana getroffen?«

Soleil rutschte das Herz in die Hose. Sie nahm die Gabel zur Hand und tat, als fände sie den Taco-Salat interessant. »Ich kam nach Vegas mit einem Mann, der wirklich eklig war. Er wollte mich heiraten, ich sagte Nein, und er wurde richtig wütend und schlug mich, dass ich Blutergüsse bekam. Lana war in der Toilette, als ich hineinkam, und warnte mich, ich solle vorsichtig sein, nachdem ich ihr gesagt hatte, dass ich ihn nicht heiraten würde.«

Sie berührte die Stelle in ihrem Gesicht. »Er wurde tatsächlich stocksauer, als ich Klartext redete. Ich floh und erinnerte mich, dass sie für alle Fälle ihre Nummer in mein Handy eingespeichert hatte.« Sie blickte etwas vorsichtig auf Ice.

Er beugte sich sofort zu ihr und hauchte einen Kuss auf die wunde Stelle. »Gott sei Dank war er ein Mistkerl, und ich habe dich bekommen. Soleil braucht jetzt keine weiteren Fragen mehr. Wir wollen das nicht, und sie braucht es nicht.«

Sie lächelte ihm dankbar zu. Sie wollte dazugehören. Sie wollte, dass Alena und die anderen sie mochten, doch sie wusste noch nicht, was sie tun sollte, und da war noch einiges, das sie herausfinden musste, bevor sie noch wesentlich weiter ging.

»Tut mir leid, Süße, Ice hat recht. Wie auch immer du zu uns gekommen bist, spielt keine Rolle, nur dass du hier bist. Es war eine tolle Hochzeit, und wir haben ein paar super Bilder. Der Fotograf war spitze. Als die Party in vollem Gang war, schickten wir ihn nach Hause, aber wir alle haben auch Bilder nur für dich und Ice gemacht.«

Soleil dankte ihr. Ihnen allen. »Es war so nett von euch, in nur ein paar Stunden eine Hochzeit zu organisieren.« Sie hatte ein wenig Angst davor, sich die Bilder anzusehen, wusste sie doch genau, was abgegangen war, sobald der Fotograf weg war.

»Dein Kleid war irre«, meinte Alena. »Ich wusste gar nicht, dass mein Bruder so einen guten Geschmack hat. Und deine Schuhe fand ich auch super.«

Auch Soleil liebte diese Schuhe. Sie waren sehr sexy und passten optimal zu dem Kleid. Ice hatte beides sorgfältig eingepackt und mit ihrer zweiten Jeans in einer Tasche seines Motorrads verstaut. Schon allein dass er so aufmerksam war, konnte sie zu Tränen rühren. Noch nie in ihrem Leben hatte sich jemand so um sie gekümmert.

»Mit High Heels sieht sie umwerfend aus«, sagte Ice und massierte wieder ihren Nacken. Er legte ihre freie Hand auf seinen Schoß, über die dicke Wölbung, die sie am liebsten mit dem Mund bearbeitet hätte.

Sie passte sich dem Rhythmus seiner Finger an ihrem Nacken an und massierte langsam vor und zurück. Er war so hart. So perfekt. Bis sie zur Weiterfahrt bereit waren, war sie sich der Möglichkeit, sich in einen Schwanz verlieben zu können, ziemlich sicher. Sie liebte seine Form und seine Härte. Das Versprechen dessen, was er ihr schenken konnte – und sie ihm. Seinen Geschmack. Sie hatte diesen Geschmack im Mund und wollte mehr davon auf ihrer Zunge und in ihrer Kehle. Es war absolut möglich, sich in diesen Teil seiner Anatomie zu verlieben.

10. Kapitel

Soleil starrte völlig verblüfft auf das Haus. Alles hatte sie erwartet, nur das nicht. Die Front zum Meer hin war vom Boden bis zur Decke komplett aus Glas. Um die rückwärtige Fassade und die beiden Seiten verlief eine überdachte Veranda, und vorne am Eingang befand sich eine große Terrasse. Das Haus war gleichzeitig elegant, schön und eindrucksvoll.

Ihre Beine waren noch wackelig von der langen Fahrt, und sie war sehr müde, doch wenn man durch das Glas hineinschaute, sah man ein Feuer in einem offenen Kamin, und das war etwas, wovon sie immer geträumt hatte, wenn sie sich ihr Zuhause vorstellte. Allein dies zu sehen, ließ sie vergessen, wie erschöpft sie war.

»Ice«, flüsterte sie. »Gehört das wirklich dir?«

Er schlang seinen Arm um ihren Nacken. »Uns«, korrigierte er. »Der Zar bestand darauf, dass jeder von uns ein eigenes Haus hat. Er wollte, dass wir hier Wurzeln schlagen und Teil der Gemeinde werden.« Er zuckte die Achseln. »Ich mochte dieses Haus wegen all dem Glas. Man hat dadurch ein Gefühl von Freiheit, von Nicht-eingesperrt-Sein.«

Soleil blickte zu ihm auf. Was für ein seltsamer Grund, ein Haus zu kaufen. Sie lehnte sich an ihn. Er war ein starker Mann und gab ihr ein Gefühl von Sicherheit. Ihr kam der Gedanke, dass er sich im Freien offenbar sicherer fühlte als hinter Mauern. Das zu verstehen, war nicht eben einfach. Es machte ihr einmal mehr deutlich, dass sie sehr wenig wusste über den Mann, den sie geheiratet hatte.

Ice küsste sie sanft auf den Mund. »Schau nicht so verängstigt. Du bist bei mir in Sicherheit, Soleil. Ich schwöre dir, ich lasse nicht zu, dass dir irgendetwas Böses geschieht. Ich habe vor, dich zur glücklichsten Frau der Welt zu machen.« Er zeigte auf die Stufen, die zu einer kunstvollen Glastür führten.

Auf der schweren Tür war das Torpedo-Ink-Zeichen abgebildet, das sie alle auf ihren Jacken trugen, nur war es hier in Buntglas und sehr groß ausgeführt. Der Baum, die Schädel zwischen den Wurzeln und die Raben in den Ästen, dazu einige, die wegflogen, waren sehr unterschiedlich und detailgetreu gearbeitet.

»Das hat jemand für euch gemacht«, erkannte sie. Jedes Element zeugte von enormem Können und großer Sorgfalt des Künstlers. »Jemand, den ihr kennt.«

»Einer der Brüder, Casimir, ist mit Lissa verheiratet, einer Glaskünstlerin. Sie ist bekannt für ihre Kronleuchter, macht aber auch Arbeiten aus Metall und Buntglas. Ich habe sie auf die Idee mit der Tür gebracht, und sie machte sich sofort an die Arbeit.«

»Das ist ein erstaunliches Werk.« Soleil erkannte Qualität auf den ersten Blick. Wieder erwiesen sich ihre vorgefassten Meinungen über den Lebensstil ihres Ehemanns als völlig falsch. Sie hatte sich vorgestellt, er würde zusammen mit seinen Brüdern in einem Clubhaus wohnen und jede Nacht Party machen.

»Ich habe bisher nicht wirklich hier gewohnt«, räumte Ice ein, als hätte er ihre Gedanken erraten. »Aber keiner von uns lebt gerne allein. Dafür haben wir viel zu viel Zeit damit verbracht, aufeinander aufzupassen.« Er öffnete die Tür und trug Soleil über die Schwelle, lachte, küsste sie mit glücklicher Miene und setzte ihre Füße dann auf den Flurboden auf.

Sie ging weiter in das Haus hinein, und es verschlug ihr den Atem. Die Frage, weshalb sie aufeinander hatten aufpassen müssen, verblasste angesichts dessen, was sich ihr bot, wie auch der Freude darüber, dass er sie über die Schwelle getragen hatte. Dieses Haus wirkte einladend. Es war groß, aber nicht zu groß. Die hohen Decken vermittelten eine Atmosphäre von Weiträumigkeit, die schweren, luxuriösen Teppiche und der lange, offene Kamin aus Naturstein ein unerwartetes Gefühl von Wohlbehagen. Sie merkte, dass sie sich ganz aufgeregt bei Ice einhakte.

»Ich habe nie ein Zuhause gehabt«, gab sie zu und klang sogar für ihre eigenen Ohren atemlos. »Das ist fantastisch.«

Ice ließ sein atemberaubendes Lächeln aufblitzen und zeigte auf den Innenbereich. »Schau dich um, Prinzessin, dies ist dein Schloss. Du kannst damit machen, was du möchtest. Die Brüder und Lana haben noch schnell ein paar Möbel für uns besorgt. Und sie haben auch den Kühlschrank aufgefüllt. Es gibt noch einiges, was wir brauchen, aber wir können ja in ein paar Tagen Möbel kaufen gehen.«

Ihr Herz hämmerte, schlug viel zu schnell. Einen Moment lang meinte sie, keine Luft mehr zu bekommen. Eine Familie und ein Zuhause wünschte sie sich mehr als alles andere. Ice war in allem so lässig, er sagte einfach, sie würden Möbel kaufen gehen. So machten es Paare – sie kauften zusammen Sachen für ihr Haus ein.

Tränen stiegen ihr in die Augen, und sie wandte sich von ihm ab, um sie vor ihm zu verbergen. Aber er sah sie natürlich, denn wenn es um Soleil ging, schien Ice alles mitzubekommen. Er trat vor sie und hob ihr Kinn an.

»Sag mir, was nicht passt, Baby.«

Sein Ton war sanft und unwiderstehlich. Ihr Körper reagierte wie immer auf ihn, er wurde hellwach, sämtliche Nerven prickelten. Sie wollte die Augen schließen und seinem prüfenden Blick entkommen, diesen erstaunlich blauen Augen, die alles zu sehen schienen, doch es war unmöglich.

»Es passt alles. Es ist einfach unglaublich.« Sie drängte die

Tränen zurück, die ihre Kehle verschließen wollten. »Es fühlt sich an wie ein Traum, doch bald werde ich aufwachen müssen und dann merken, dass das alles nicht wirklich ist und ich wieder ganz allein in einer endlosen Reihe von Hotelzimmern sitze.«

Er umfasste ihr Gesicht mit beiden Händen. »Du wirst nie mehr allein aufwachen müssen, Soleil. Dies ist dein Zuhause, und du kannst damit machen, was du willst.«

»Vielleicht gehe ich hier ja nie mehr weg.« Sie versuchte ein verweintes Lächeln.

»Das ist für mich in Ordnung. Bleib im Schlafzimmer, nackt. Dann würde ich den ganzen Tag lang, während ich zu tun habe, wissen, was mich zu Hause erwartet. Damit wäre ich absolut zufrieden.«

Sie biss sich auf die Lippe, von Angst gequält. »Ich habe noch nie für jemanden gekocht. Aber ich will es lernen. Obwohl ich schon mal einen Kochkurs gemacht habe, habe ich bisher keine Gelegenheit gehabt zu üben.«

»Du musst nicht kochen, Prinzessin. Du bist nicht hier, um mir zu dienen. Ich hätte nichts dagegen, wenn du meine Sexsklavin wärst – nur damit du weißt, dass die Option, nie mehr aus dem Haus zu gehen und keine Klamotten zu tragen, tatsächlich besteht«, scherzte er.

Ihr Herz zuckte heftig. Sie konnte nicht umhin zu lachen. Sie versuchte, ihn nicht allzu offenherzig anzusehen, doch sie begann zu realisieren, dass sie mehr für ihn empfand als die intensive körperliche Anziehung, die sie zugegebenermaßen zwischen ihnen spürte. Aber sie konnte sich nicht in ihn verlieben. Nicht mit Herz und Seele.

Sie hatte schon einmal versucht, ihr Herz ganz zu verschenken, nachdem Tante Deborah gestorben und sie zu ihrer anderen Tante gekommen war – der, die sie verachtete. Soleil hatte alles versucht, um von ihr geliebt zu werden. Aber sie war eben nicht der liebenswerte Typ. Sogar Kevin, den sie geliebt hatte, weil er die einzige Vaterfigur gewesen war, an die sie sich erinnern konnte, war nicht hinter seinem Telefon hervorgekommen, nicht einmal an Ferientagen, wenn sie ihn darum gebeten hatte.

»Soleil.«

Ices Stimme holte sie aus ihren Erinnerungen, doch die Traurigkeit blieb. Sein Blick fand den ihren. Diese Augen sahen einfach zu viel, und so versuchte sie wegzuschauen.

Er küsste sie. Lange. Heiß. Und vertrieb die trüben Gedanken. Ihr Körper jubelte, ihr Herz schlug wild, ihr Geschlecht zog sich zusammen, ihr Blut wurde sofort heiß, schoss durch die Adern und sammelte sich zwischen ihren Beinen.

Sie antwortete auf seinen Kuss. Gab sich ihm. Schenkte ihm alles, was sie war. Feuer brach in ihr aus, so heiß wie die tanzenden Flammen im offenen Kamin. Sie konnte sich nicht zurückhalten, wenn er sie so küsste. Sie hatte eine miserable Kindheit gehabt, doch anscheinend war die seine noch weit schlimmer gewesen. Sie hatte versucht, ihr Innenleben zu schützen, aber wenn es um Ice ging, brachen die Mauern nur zu schnell ein.

Es war Ice, der langsam, sehr zögernd, ihren Kopf anhob. »Ich möchte, dass du dich umsiehst, Soleil. Alles, was dir nicht gefällt, werden wir ändern.«

»Ich kann mir nicht vorstellen, irgendetwas in diesem Haus nicht zu mögen.« Der Gedanke, es zu erforschen, war aufregend. Sie würde das Märchen weiterspinnen, das sie begonnen hatten, und sich sagen, dass es wirklich ihr Haus war und sie es nie mehr verlassen musste. Sie war hier, aus welchem Grund auch immer, und würde die Gelegenheit nutzen. Dies war ihr Traum, und seltsamerweise kam dieses Haus ihrem Traumhaus wirklich sehr nahe.

Sie ging von ihm weg zum anderen Ende des Raums. Dieser Wohnbereich mit seiner hohen Decke und dem offenen Kamin war einfach großartig. Und er öffnete sich zu einem Flur hin, der ebenfalls immens groß schien. Vier Leute konnten darin leicht

Schulter an Schulter gehen. Sie verstand nun, weshalb Ice dieses Haus wollte. Klaustrophobische Gefühle zu bekommen, war hier schlicht unmöglich, dazu war alles viel zu weitläufig.

Auch die Küche war riesig. Sie verfügte über eine Frühstücksecke, die Soleils Meinung nach fast ein separates Zimmer war und sich in einem runden Glastürmchen befand. Man blickte hinaus auf grünen Wald, hohe Mammutbäume und Gebüsch. Sie würde beim Essen Tiere beobachten können.

Die Einrichtung war fantastisch. Sie mochte weder eine große Köchin sein noch viel von Küchen verstehen, aber sie sah sofort, dass man mit nur ein paar Schritten vom Kühlschrank zum Backofen kam. Dazu gab es mehr als genug Stauraum und Arbeitsflächen.

Über dem Tisch im Esszimmer hing einer von Lissas Kronleuchtern, aus dem in Glas gefasste Meeresgischt tropfte, Ozeanblau, Ice-blau, Gletscher-blau, alles in gläsernen Tropfen eingefangen.

Sie drehte sich um und ergriff Ices Arm. »Sie ist ein Genie, diese Lissa. So etwas Schönes habe ich noch nie gesehen.«

»Hübsch, nicht wahr?«, meinte Ice und bewunderte den Leuchter seinerseits mit schief gelegtem Kopf.

»Er ist wundervoll«, korrigierte ihn Soleil. »Mehr als brillant. Sie hat sich von deinen Augen inspirieren lassen. Siehst du, was sie gemacht hat?«

Er zuckte die Achseln. Er beobachtete sie genau und lächelte leicht, als würden ihre Reaktionen ihn glücklich machen. Das gefiel ihr. Sie wollte ihn das Glück spüren lassen, das er ihr schenkte. Sie war nicht daran gewöhnt und vertraute nicht darauf, das lange zu haben, doch sie liebte es, im Hier und Jetzt zu sein, denn sie erlebte etwas Vollkommenes und wollte sich diese Erinnerung bewahren.

»Schau dir diesen Raum an.« Sie machte eine ausholende Geste in das große Esszimmer hinein. Das Licht, das auf den langen, rechteckigen Tisch aus Kirschholz fiel, ließ diesen dunkel, fast blutrot glänzen. Auch das Sideboard war aus demselben kräftig dunkelroten Holz. Der Boden war gefliest, weiß-blaue Wirbel drehten sich durch ein weißes Feld und erzeugten ein Bild von Himmel und Wolken – oder dem Ozean an einem stürmischen Tag. Sie liebte diesen Boden.

Sie ging durch einen Torbogen in Richtung der anderen Zimmer und der Treppe, die sowohl nach oben als auch nach unten führte. Soleil sah Ice fragend an, um eine Erklärung bittend.

»Oben ist das große Schlafzimmer. Gästezimmer und Badezimmer sind im Erdgeschoss, unten die Spielzimmer. Ein extraklasse Heimkino, Billardzimmer und ein Raum mit Virtual Reality und allen möglichen anderen coolen Spielen. Und der Innenpool.«

»Machst du Witze? Ein Innenpool?«

Er nickte und beobachtete ihre Miene. »Er ist mehr wie ein Spa. Ein großes Becken mit Whirlpool. Es ist schön. Glaube ich zumindest, denn ich war noch nie drin. Ich habe noch nie hier übernachtet.«

»Du besitzt dieses Wahnsinnshaus und hast noch nie darin gewohnt?«

Er schüttelte den Kopf. »Was zum Teufel weiß ich schon davon, wie es ist, in einem Haus zu wohnen? Ich war nie sesshaft, bis der Zar uns den großen Befehl gab. Warum sollte ich denn allein in so einem Haus herumgeistern?«

Sie konnte ihre Freude nicht mehr bändigen, breitete die Arme aus und drehte sich im Kreis. »Für so ein Haus würde ich alles geben. Das ist ein Zuhause, Ice. Ein echtes Heim. In so einem Haus zieht man Kinder groß.«

Er rieb sich das Kinn. »Also, ich weiß nicht recht, Prinzessin. Wenn wir Kinder haben, müsste ich die Treppe absperren, damit sie nicht zum Pool runterlaufen. Das würde mir die ganze Zeit Sorge machen. Wie auch die Treppe selbst. Was, wenn sie da runterfallen? Wenn ihre Schlafzimmer unten wären und unseres oben, was, wenn einer versucht, sie zu kidnappen? Oder sie krabbeln durchs Fenster, ohne dass ich es mitbekomme und sie nicht beschützen kann. Es gibt andere Häuser mit anderen Grundrissen, wo es vielleicht leichter wäre mit Kindern.«

Er wollte Kinder. Ihre Erleichterung war riesig. Er hatte sich ganz eindeutig darüber Gedanken gemacht, Kinder aufzuziehen. Er mochte ein bisschen paranoid sein, doch er wollte sie beschützt wissen. Das gefiel ihr. Es gefiel ihr, dass Kinder ihm wichtig genug waren, um über ihr Wohl und Wehe nachzudenken.

Er zeigte auf die Treppe und nach oben. »Du musst dich fürs Zubettgehen fertig machen. Ich meine, eine Dusche oder ein Bad, um den Muskelkater von der Fahrt ein bisschen loszuwerden.«

»Ich habe einen kurzen Blick auf die Blumenbeete erhascht, und die Gartengestaltung hinter der Küche. So viele Blumen, und ich liebe diesen kleinen Garten.«

»Der vor der Küche ist ein reiner Kräutergarten. Der auf der Seite des Hauses ein Blumengarten. Auf der anderen Seite, wo wir die meiste Sonne bekommen, ist alles Gemüse. Ich bin kein guter Gärtner, deshalb kommt ein paarmal die Woche jemand.«

»Ich habe eine Gartenlaube gesehen.« Sie blickte auf und direkt in sein Gesicht, zögerte. »Da ist auch ein Kinderspielplatz, Ice. Ich habe nicht viel davon gesehen, aber er scheint sehr schön zu sein.«

Sie wollte nicht, dass er dachte, sie wolle einen Streit darüber entfachen, ob das Haus kindgerecht war. Wenn er sich nicht wohlfühlte, würde sie das Haus im Handumdrehen verändern können. Am liebsten hätte sie sich auf die Treppe gesetzt und geweint. Dies war ihr Traum, vor ihre Nase gesetzt von einem hinreißenden Mann, der anscheinend nicht den Blick von ihr abwenden konnte.

Sie durfte nur nicht zu viel investieren. Nicht ihr Herz. Nicht ihre Hoffnungen. Dazu war sie zu oft auf die Schnauze gefallen. Wenn sie es zuließ, jemanden wirklich zu lieben, dann scheute sie kein Risiko. So war sie eben. Es war einfach nur so, dass er ihr jedes Stückchen ihres Traums präsentierte. Jedes Detail. Als hätte er in sie hineingeschaut und ihre Fantasien Realität werden lassen.

»Wenn du immer wieder diese Miene aufsetzt, Soleil, dann habe ich keine andere Wahl, als dich eines Besseren zu belehren.« Er machte eine Drohung daraus.

Sie umfasste sein Gesicht mit beiden Händen. »Ich habe Angst davor, mich in dich zu verlieben.« Sie wusste nicht, weshalb sie ihm die Wahrheit sagte, aber nun stand sie im Raum, und er konnte sie wegstoßen und sagen, so etwas gebe es nicht. Bei ihrer Beziehung gehe es um Sex, diese strahlende, heiße Chemie, die knisterte und versengte und verlangte, dass sie so lange beieinanderblieben, bis die Attraktion verpufft war.

»Und ich habe Angst davor, dass du es nicht tust«, war seine Antwort.

Wieder küsste er sie. Es war kein fordernder Kuss. Er war nicht rau. Nicht aggressiv. Er war liebevoll, behutsam, beinahe zärtlich. Ihr Herz taumelte heftig und rutschte näher an ihn. Sie wollte es packen und zu sich zurückziehen, doch es ging nicht. Ice füllte sie mit sich aus. Ihr Verstand akzeptierte ihn so, wie es ihr Herz tat, und sie konnte sich nicht verschließen oder sich schützen. Sie erlag schlicht und einfach diesem zarten Kuss.

Das Seltsame war, ihr Blut jagte dabei genauso durch ihren Körper und bis in ihre Klitoris, wie wenn er aggressiv war. Sosehr sie auch versuchte, ihre Gefühle vom Sex zu trennen, beides schien miteinander verflochten zu sein. Sie würde sich nicht vor den Folgen, sich in Ice zu verlieben, retten können.

Seine Lippen wanderten küssend ihren Hals hinab bis zur Rundung ihrer Brust. Sie trug ein Tanktop, und er zog es über ihren Kopf.

Soleil lachte. »Du bist unersättlich.«

Ice nickte. »Was dagegen?«

Sie öffnete ihren BH, bot ihm ihre Brüste, die Aufmerksamkeit wollten, an. »Nimmst du ein Bad mit mir?« Ihr Ton war erotisch geworden. Sie versuchte den Teufel, und sie wusste es. »Oder eine Dusche, obwohl ich meine Haare um diese Zeit nicht mehr nass machen möchte.«

»Ein Bad, das ist es.« Er umfasste ihre Brüste, seine Daumen glitten über die Nippel und verwandelten sie zu festen, empfänglichen Spitzen. »Erzählst du mir dann, in welchen Schwierigkeiten du steckst?«

Sofort versteifte sie sich. Er war immer so lässig, so sorglos. Sie hatte die Entscheidung gefällt, auf sein Motorrad zu steigen. Winston hatte den Club losfahren sehen. Früher oder später würde er die Eheurkunde entdecken, oder seine Freunde würden zwei und zwei zusammenzählen.

Er drängte sie die Treppe hinauf. Oben angekommen, blieb sie noch einmal stehen. Ice schlang von hinten die Arme um sie und umfasste ihre Brüste.

»Wir gehen in unser Schlafzimmer, und ich erwarte, dass du mir sagst, wovor du solche Angst hast. Ich war geduldig mit dir, Soleil. Ich hoffte, du würdest es mir von dir aus erzählen, aber bislang kann ich nicht erkennen, dass du das vorhast, deshalb sage ich dir jetzt – heraus damit. Jetzt.«

Seine Hände an ihr fühlten sich gut an. Große Hände mit starken Fingern. Er knetete sanft, sein Mund küsste und zwickte sie mehrmals in den Nacken und die Schulter. Schauder liefen ihr über den Rücken. Begehren. Sie wollte es ihm nicht sagen. Nicht jetzt, wo sie dieses wunderschöne Haus hatte, in dem sie Zeit verbringen und sich vorgaukeln konnte, dass das Märchen wahr sei. Sie blickte über die Schulter, um seine Miene zu ergründen. Sie war nicht sicher, ob sie ihn verführen konnte, damit er seine Forderung vergaß.

»Ich sehe, du denkst, ich werde das alles vergessen, wenn wir vögeln, aber das wird nicht passieren. Sag es mir einfach.«

Soleil sah sich mit einem Seufzer in dem Raum um, der das große Schlafzimmer sein sollte. Es bestand aus einer Reihe von ineinander übergehenden Zimmern, die alle verbunden waren. Das Schlafzimmer schien sich ewig hinzuziehen. Vor einem weiteren offenen Kamin befand sich eine abgesenkte Fläche. Beide Kamine wurden wohl mit Gas anstatt mit Holz betrieben, worüber sie froh war, denn mit einer Fernbedienung konnte sie umgehen, doch ein Holzfeuer in Gang zu setzen, war schwierig. Sie hätte nicht gewusst, wie sie das anstellen sollte.

Aus dem großen Schlafzimmer sah man auf den Ozean, denn wie bei dem Raum direkt darunter bestand auch diese Wand nur aus Glas. Es gab Sichtschutz, doch sie konnte sich nicht vorstellen, ihn zu benutzen – der Blick vom Bett aus direkt auf das Meer war zu überwältigend. Links und rechts des Betts standen Tischchen aus einem sehr schönen Holz, das sie jedoch nicht kannte.

Das Schlafzimmer war wie der Wohnbereich mit einem schweren, teuren Teppichboden ausgelegt. Das Kingsize-Bett dominierte den Raum. Sein Kopfbrett hatte sehr dicke Spindeln, die wie Ventilatoren aussahen. Beim Nähertreten erkannte sie, dass es einem Seefächer ähnelte. Alles war sehr schön und detailgetreu gearbeitet.

Ice öffnete die Tür auf der rechten Seite. Sie folgte ihm ins Badezimmer. Sie war an luxuriöse Hotels gewöhnt, doch dieses Badezimmer übertraf alles, was sie bisher gesehen hatte. Es bestand aus einem langen und breiten Raum mit zwei Waschbecken mit goldenen Wasserhähnen, einer riesigen Dusche ganz aus Glas, mit Sitzgelegenheiten darin und jeder Menge Düsen samt goldenen Drehknöpfen. Es war definitiv eine Dusche für zwei Personen.

Auch die Badewanne war enorm, mit Klauenfüßen und ebenso gestalteten goldenen Wasserhähnen. Ice füllte sie bereits mit dampfendem Wasser und gab einen Badezusatz hinein, den Lana für sie bereitgestellt hatte. Zumindest glaubte sie, dass es Lana gewesen sein musste. Was immer es war, es duftete himmlisch, und sie hatte genug vom Nachforschen. Sie wollte sich ins heiße Wasser sinken lassen und nur mehr entspannen.

Sie zog sich auf der Stelle aus. Schließlich hatte er sie ja schon splitternackt gesehen. Er hatte jeden Zentimeter ihres Körpers mit Lippen, Zunge und Zähnen erforscht und für sich eingefordert. Sie wollte nicht erröten, als sein Blick über sie streifte, tat es aber dennoch. Es war diese besitzergreifende Art und Weise, mit der er sie betrachtete. Als würde sie ihm gehören. Sie hatte noch nie jemandem gehört und wusste nicht, wie sich das anfühlen sollte, doch sie empfand es als wundervoll. Perfekt. Genau das, was sie von einem Mann, ihrem Mann, brauchte und wollte.

Sie stieg in die Wanne und hielt wegen der Hitze den Atem an. Er grinste ihr zu, zog sich aus und gesellte sich zu ihr. Sofort galt all ihre Aufmerksamkeit wieder seinem Schwanz. In diesen Teil von ihm hatte sie sich wirklich etwas verliebt. Sie leckte sich die Lippen, erinnerte sich daran, wie schwer er in ihrem Mund gelegen war, wie sie ihn auf der Zunge geschmeckt hatte.

Ice umfasste sein steif werdendes Glied mit einem Stöhnen. »Baby, das kannst du nicht machen. Du legst dich jetzt brav in die Wanne, damit du von der Fahrt keinen Muskelkater bekommst. Du bist nicht daran gewöhnt, und wir waren stundenlang unterwegs.«

Sie starrte ihn an, fasziniert von der zunehmenden Länge.

»Dreh dich um und benimm dich.« Ice legte seinen Arm um ihre Taille und zog sie an sich. Fest.

Sie spürte jeden Zentimeter seines eindrucksvollen Teils an ihrem Rücken. Seine Hände umfassten ihre schweren Brüste.

»Leg den Kopf zurück und entspanne dich. Du wirst mir jetzt

sagen, warum du solche Angst vor Winston hast. Ich will die ganze Geschichte. Mach mir keine Probleme damit, denn wir wissen beide, dass du es mir sagen wirst.«

»Wieso glaubst du, dass ich das tun werde?«, begehrte sie auf. Streitlust schlich sich in ihren Ton ein.

Er küsste sie zwischen Schulter und Nacken. »Weil ich dich darum gebeten habe und du mich nicht belügst und mir immer gibst, worum ich dich bitte.«

Er sagte es, als sei es die Wahrheit. Sie *wollte* ihm geben, worum immer er bat. Sie wollte diejenige sein, die er so anblickte, wie er es eben jetzt tat. Nachdem sie es ihm gesagt hatte, würde er sie womöglich zurückweisen. Das war ihre größte Furcht. Zurückweisung. Sie konnte ihn nicht ansehen, während sie an die Folgen dachte, wenn sie ihm die Wahrheit sagte. Sie wollte nicht als das »arme reiche Mädchen« gelten. Für eine Familie, Eltern, die sie liebten, Onkel, Tanten und Cousins hätte sie all ihren Reichtum sofort aufgegeben. Sie hätte gehungert, um jemanden zu haben, der sich um sie sorgte. Nur einen Menschen.

Andererseits hatte sie zugegeben, sie habe ihn betrunken machen und verführen wollen, sie zu heiraten, und er hatte das unter den Teppich gekehrt wie irgendeine Dummheit. Er schien also nicht im Mindesten geneigt zu sein, sie aufzugeben. Sie musste allmählich versuchen, ihm zu glauben. Das war nur fair. Wenn sie wirklich irgendwie zusammenleben wollten, musste zwischen ihnen Wahrheit herrschen.

»Soleil. Fang einfach an. Dann wird es leichter«, ermutigte er sie.

Sie atmete tief durch und begann ihre Beichte. »Wenn ich bei dir bleibe, bringe ich den ganzen Club in Gefahr. Alle. Deinen Zwillingsbruder und Alena. Gerade als ich auf dein Motorrad stieg, kreuzte Winston mit den Bullen auf und suchte nach mir. Zum Glück hatte anscheinend eine Frau ohne Begleitung in dem Motel eingecheckt. Nach so einer Frau hat er wohl gesucht.«

Sie wartete mit gesenktem Kopf auf seine Verdammung. Ice legte seine Hand auf ihre Stirn und zog ihren Kopf nach hinten, lehnte ihn an seine Brust. Seine Hand strich sanft über ihre Stirn.

»Ich war dabei. Ich denke, das habe ich mitbekommen. Aber das erklärt nicht, weshalb er hinter dir her ist, Soleil.«

Sie blickte sich im Badezimmer um. Es war so luxuriös, dass es lächerlich erschien zu glauben, Ice sei hinter ihrem Geld her. Offenbar wusste er nicht, dass sie schwerreich war – oder er wusste es, und es war ihm egal.

»Meine Eltern gründeten ein Unternehmen, als sie noch sehr jung waren. Es florierte, und am Ende, als sie es verkauften, machten sie viele Millionen damit. Dieses Geld wurde schon sehr früh für mich in einem Treuhandfonds angelegt und hat sich seither weiter für mich vermehrt. Ich war ihr einziges Kind.«

Sie spürte nach dieser Offenbarung keinen Unterschied bei Ice. Er schien entspannt wie immer, spielte gemächlich mit ihrem Ohrläppchen und machte sie überdeutlich auf ihn aufmerksam.

»Weiter, Baby, jetzt wird es erst interessant.«

»Das Geld wurde natürlich angelegt, und ein Anwalt beaufsichtigte alles. Sein Name war Kevin.« Ihre Stimme versagte beinahe. »Kevin Bennet. Ich habe dir schon kurz von ihm erzählt. Persönlich habe ich ihn nur ein paarmal getroffen, aber wir haben uns fast täglich SMS geschrieben und oft gechattet. Er war die einzige Konstante in meinem Leben. Das ist wichtig, damit du verstehst, welche Probleme ich habe.«

Sie wollte kein Mitleid. Aber sie wollte aus dieser tollen Badewanne heraus. So ganz nackt fühlte sie sich zu verletzlich. Doch Ices Arm legte sich fest um ihre Taille.

»Ich bin hier bei dir, Baby. Lauf nicht weg. Versuch nicht, dich oder die Lage, in der du steckst, vor mir zu verbergen. Wir lösen das zusammen. Du kannst dich auf mich verlassen.«

Ein Zusammen kannte sie nicht, daher wusste sie auch nicht, was sie damit anfangen sollte. Sie konnte sich nicht auf ihn verlassen, wenn sie davon ausging, dass er sie verließ. Sie kannte es nicht, mit jemandem zusammen zu sein, weil sie immer allein gewesen war. Sie hatte Angst davor, sich zu sehr in ihn zu verlieben. Ihm zu glauben. Sie zwang sich weiterzusprechen, denn Ice verdiente zumindest, dass sie sich bemühte. Vielleicht würde er ja dann begreifen, worauf er sich einließ.

»Ich hatte nie ein Zuhause. Ich lebte in Internaten und Hotels. Ich konnte die Welt bereisen und jede Schule besuchen, die ich wollte, deshalb der Kochkurs und der Kunstunterricht. Aber ich hatte nie ein Zuhause oder einen Menschen, zu dem ich nach Hause kommen konnte. Nicht einmal in den Ferien. Ich kann dir gar nicht sagen, wie sehr ich Ferien hasse.«

Sie zog die Beine an, legte die Arme darum und rieb das Kinn an den Knien. »Manchmal bin ich vor Einsamkeit fast verrückt geworden, und dann habe ich Sachen gemacht wie Segelfliegen, Fallschirmspringen, Gleitschirmfliegen. Je waghalsiger, desto besser. Ich habe überall auf der Welt Billard und Darts gespielt. Habe in tausend Bars Whiskey und Bourbon und Scotch gebechert. Dabei fand ich heraus, dass ich nicht betrunken werde, und glaub mir, ich habe es versucht.« Sie blickte über die Schulter in seine Augen. »Jede Menge riskante Sachen.«

»Ich sehe, ich werde ein Auge auf dich haben müssen, wenn du unruhig wirst.«

Sie wollte, dass es so sein würde. Ice und Soleil. Zusammen. Sie konnte das. Sie konnte an der Küste leben, in diesem tollen Haus, mit dem Mann ihrer Träume, und seine Kinder bekommen. Sie konnte eine Ehefrau sein, ihm alles geben, wovon er je geträumt hatte. Doch die Wirklichkeit reichte nie an die Fantasie heran. Sie kannte die Realität, und früher oder später kam immer die Zurückweisung.

Sie rieb sich wieder das Kinn an den Knien, weil sie einfach etwas tun musste, um nicht aufzustehen und davonzulaufen, denn sie hatte zu viel Angst vor dem, was er ihr offenbar anbot – und was sie sich mehr wünschte als alles andere im Leben. Es fiel ihr zu schwer zu glauben, es sei ernst gemeint. Trotzdem, er musste die Wahrheit erfahren.

»Ich schätze, ich konnte mich einfach nirgendwo einfügen.« Sie versuchte, sich zu erklären, ohne nach Selbstmitleid zu klingen. »Nach dem Tod meiner Tante Deborah wollte mich keiner meiner Verwandten aufnehmen, weil Kevin den Geldhahn nicht aufdrehte und sie nicht an das Geld kamen, das ihnen ihrer Ansicht nach dafür zustehen sollte, mich in ihrem Haus zu haben. Warum Kevin nicht wollte, dass ich zu ihm komme, hat er mir nie erklärt – er wollte es einfach nicht.« Das hatte sie wahrscheinlich am allermeisten verletzt.

Ices Hand strich über ihren Hinterkopf, eine tröstende, liebevolle Geste. Sie würde ihm nicht von all den einsamen Tagen und Nächten erzählen, in denen sie sich einen Mann wie ihn gewünscht und davon geträumt hatte. Das wäre einfach zu pathetisch gewesen.

»Winston habe ich in einem Auktionshaus in London kennengelernt. Er behauptete, ihm würde alles gefallen, was mir gefiele. Er lebte in San Francisco, wie ich auch, das war also perfekt. Wir trafen uns öfter, und allmählich bemerkte ich dies und jenes. Ihm gefiel nicht, wie ich mich kleidete. Er wollte, dass ich meine eigenen Bekannten nicht mehr treffe und nur mehr mit seinen Freunden zusammen bin. Er mochte meine Musik nicht. Er suchte jedes Restaurant selbst aus. Überhaupt alles.«

»Weil er ein dummes Arschloch ist«, erklärte Ice schlicht, legte die Arme um sie und zog sie zu sich. »Entspann dich, Baby. Hier bin nur ich. Ich bin auf deiner Seite, schon vergessen?«

Soleil merkte, dass sie lächelte, und war entsetzt, dass sie an irgendetwas Spaß fand, wo ihr doch alles, was sie sich wünschte, bald entrissen werden würde. Verbissen machte sie weiter. Sie hatte mit ihrer Erklärung angefangen und wollte sie nun zu Ende bringen.

»Er wollte mich heiraten, aber ich wusste, es war nicht richtig. Wir passten überhaupt nicht zusammen. Kevin bestand auf einem Ehevertrag. Winston bekam deswegen einen Anfall. Das war das erste Mal, dass ich je Angst hatte. Er war so wütend und drohte, mich zu verlassen. Anfangs dachte ich, ich hätte Panik, weil ich nicht allein sein wollte. Dann merkte ich, dass es okay sein würde, wenn er ging. Ich wollte, dass er ging. Als er sah, dass ich nicht einlenken würde, entschuldigte er sich und sagte, er werde darüber nachdenken. Zwei Tage später kam Kevin bei einem Autounfall um.«

Sie reagierte immer noch so wie damals, als ihr die Nachricht von seinem Tod am Telefon mitgeteilt wurde. Ihr Bauch rebellierte, krampfte sich zusammen und hob sich. Sie presste ihre zitternden Finger auf die Lippen und versuchte zu atmen.

»Das tut mir sehr leid, Prinzessin«, flüsterte Ice, küsste sie auf den Nacken und ließ seine Finger über die Stelle gleiten, wo er sie zuvor leicht gebissen hatte.

Sie bebte vor Empfindung. Hörte die Ernsthaftigkeit in seiner Stimme. Er war zu gut, um wahr zu sein. Sogar Kevin hatte sie gefragt, was zum Teufel mit ihr los sei, dass sie einen Kerl wie Winston an sich heranließ, doch Ice verhielt sich nie so, als wolle er ihr sagen, sie hätte es besser wissen müssen.

»Winston heuerte sofort einen anderen Anwalt an, einen Mann namens Donald Monroe. Ich konnte ihn absolut nicht leiden. Er sagte mir, es sei dumm, auf einen Ehevertrag zu bestehen, ich solle den Mann doch einfach heiraten und ihn von seinem Elend befreien.«

Sie spürte, wie sich Ices Brust hob und senkte, hörte, wie er tief atmete, und das half ihr, selbst zu atmen und fortzufahren.

»Winston hatte eine Liste von Leuten, zu denen ich auf Wohltätigkeitsveranstaltungen nett sein sollte. Er sagte, er wolle in die Politik gehen, und sie seien wichtig für seine Karriere. Heute glaube ich, er wollte mich von allen anderen fernhalten, und die auf seiner Liste halfen ihm dabei. Darunter waren Leute mit Macht und Einfluss. Bullen, Anwälte, ein Stadtratsmitglied. Er hatte auch eine Liste sehr reicher älterer Frauen, alles Witwen.«

Ice zuckte die Achseln. »Erzähl weiter, Baby. Wo kommt die Gefahr für den Club ins Spiel?«

Sie wusste, er ermunterte sie, weil er fürchtete, sie würde es ihm nicht sagen. Doch sie hatte beschlossen, dass er es wissen musste. Sie alle. Aber sie wollte ihn auch wissen lassen, welche Waffen Winston in der Hand hatte. Er markierte gerne den großen Macker. Er würde dem Club schaden, einfach weil er es konnte, und sich damit brüsten.

»Nach Kevins Tod wollte ich Zeit haben, doch Winston bestand darauf, nach Vegas zu fahren. Er schwor, das Thema Heirat nicht anzusprechen, also stimmte ich zu, nur damit er den Mund hielt. Das war so dumm von mir. Aber ich wollte einfach nur meine Ruhe.«

Sie lehnte sich mit geschlossenen Augen zurück an Ice, genoss es, ihn zu fühlen. Wenn sie ihm alles erzählt hatte, würde er vielleicht weg sein, aber sie würde die Erinnerung an ihn haben.

»Er war so wütend, als ich mich weigerte, ihn zu heiraten, und als ich ihm sagte, ich hätte den Anwalt gefeuert, schlug er mich mehrmals. Mein Gesicht …« Sie berührte ihre Rippen. »Danach befahl er, ich solle mich herrichten, wir würden in einer halben Stunde heiraten.«

Sie blickte ihn über die Schulter hinweg an, denn wenn sie ihm den Rest erzählte, musste sie sein Gesicht sehen. »Ich hatte die Tür zum Bad ein Stückchen offen und er die Schlafzimmertür, damit er mich hören konnte. Da hörte ich ihn telefonieren. Um es kurz zu machen, er gehört einem Betrügerring an, der es auf alleinstehende, reiche Frauen abgesehen hat. Sie spionieren ihr Opfer aus, und nach der Hochzeit stirbt die Frau dann, normalerweise durch einen Unfall. Ich bin aber offenbar so unerträglich, dass Winston es gar nicht erwarten konnte, mich umzubringen. Und auch Kevins Unfall wurde durch diesen Ring arrangiert. Er wurde ermordet.«

Draußen vor der Fensterfront wurde der dunkle Himmel noch schwärzer. Wolken, die aussahen wie in Ruß getaucht, wurden aufgewühlt, waberten und drehten sich. Winde peitschten unaufhörlich, bis die Wolken aufbrachen und sich eine Sintflut aus ihnen ergoss. Die Tropfen hämmerten an die Scheibe, als wollten sie ihr auf den Leib rücken.

Sie spürte, wie das Wasser wärmer wurde. Und sie spürte deutlich Ices Herzschlag an ihrem Rücken.

»Dieses niederträchtige kleine Arschloch hat tatsächlich geplant, dich umzubringen?«

Er sagte es so leise, dass es kaum zu hören war. Seine Miene war ausdruckslos, doch in seinen Augen wogte ein Sturm der Wut. Sie hatte das Gefühl, dass er all die Turbulenzen draußen auslöste, wiewohl sie sich nicht vorstellen konnte, wie.

»Ja. Das war der Plan. Ich habe jedes Wort gehört. Sie drohten sogar Winston. Sie sagten, ich sei ein leichtes Ziel, und wenn er es nicht hinkriege, würde er dafür bezahlen müssen. Ich weiß nicht, wer da alles dazugehört, nur dass es mehrere sind. Zur Polizei konnte ich nicht, deshalb rannte ich weg. Da ich zuvor Lana getroffen und ihre Telefonnummer bekommen hatte, ging ich, ohne weiter zu überlegen, in die Bar hinein, vor der die Motorräder standen.«

»Dieses gottverdammte kleine Arschloch. Er ist ein toter Mann!«, fauchte Ice. »Scheiß auf ihn, Soleil. Bei mir bist du sicher. Wenn dieser kleine Wichser glaubt, er kann dich töten, dann ist er irre. Soll er bloß versuchen, sich mit Torpedo Ink anzulegen. Er wird schnell merken, was er sich damit einbrockt. Andererseits ergreife ich lieber selbst die Initiative. Morgen gehen wir zum Zar und den anderen, und du wirst uns alles sagen, was du über diesen Ring und seine Mitglieder weißt.«

Sie versuchte, nicht zu weinen. Sie war so aufgewühlt. Es hatte damit begonnen, dass sie Kevin verlor, und sie hatte ihre Selbstbeherrschung seither nie mehr ganz wiedergewonnen. Sie stand auf, musste aus der Wanne heraus. Ice war ein Wunder, der Mann, von dem sie geträumt hatte, und sie hatte immer noch Angst, sich heftig in ihn zu verlieben.

Ice ergriff ihren Arm. »Es reicht jetzt mit deiner Angst davor, dass du dich in mich verliebst, Baby. Ich weiß, wir gehören zusammen. Hör auf damit, dich von mir losreißen zu wollen. Du bist hier, also versuch es wenigstens einmal.«

Soleil schüttelte den Kopf. »Ice, du hast keine Ahnung, was du von mir verlangst.«

»Du glaubst, mir macht das keine Angst?«, forderte er sie heraus.

Er zog den Stöpsel, stand ebenfalls auf und nahm das Badetuch, das sie ihm reichte. Wieder bemerkte sie, dass sein Blick auf sie geheftet war, als sei sie das einzige Wesen in seiner Welt. Er hatte diese Art, sie total fokussiert anzusehen.

»Ich habe noch nie eine Beziehung mit einer Frau gehabt. Ich sage nicht, da war kein Sex. Ich habe Frauen gehabt, die es mir besorgt haben, manchmal jeden Tag, manchmal zweimal am Tag. Aber um einen Orgasmus zu bekommen, musste ich meinem Schwanz befehlen zu funktionieren. Mit dir, wenn ich dich nur ansehe, Babe, wird er zur Stahlstange. Das mag für dich nach gar nichts klingen, aber nach einem Leben mit dem Wissen, dass ich nie mehr normal sein kann, und dann dich zu finden –« Er brach ab, kopfschüttelnd.

»Es ist nur Sex, Ice«, beharrte sie und begann, ihre Zähne zu putzen. Sie hatte diesen Fimmel mit ihren Zähnen. Wenn er alles über sie wissen wollte, dann sollte er ruhig auch das wissen.

»So sieht es vielleicht aus, aber es geht nicht nur um Sex.

Wenn dein Mund an mir dran ist oder ich in dir drin bin, glaube mir, Soleil, da geht es nicht nur um Sex.«

»Du hast mich geheiratet, weil du betrunken warst.«

»Nein, du hast mich geheiratet, weil *du* betrunken warst. Ich war nüchtern. Stocknüchtern. Ich wollte dich und setzte alles daran, dich zu bekommen. Mit dir muss ich meinem Schwanz nicht nur nicht sagen, dass er hart werden und zum Orgasmus kommen soll, sondern du zeigst mir auch, dass ich dir wichtiger bin als alle anderen oder irgendeine Moralvorstellung.«

Sie hielt inne, die Zahnbürste halb im Mund, und starrte ihn an. »Was soll das heißen?«

»Es heißt, wenn du auf den Knien bist und meinen Schwanz im Mund hast und jemand schaut durch ein Fenster zu, dann hörst du nicht auf, weil ich dir wichtiger bin als irgendeine scheiß Regel, die ich ohnehin nicht verstehe.«

»Hey, rede nicht über deinen Schwanz in meinem Mund, wenn du nichts anhast und wir ein wichtiges Gespräch führen!« Sie sah ihn wütend an. »Und ich war nicht betrunken. Ich habe dich zum Heiraten verführt.«

»Bockmist. Ich habe dich verführt.« Er trocknete sich die Haare, während sie ihren Mund ausspülte. »Du hast mich gewählt, Soleil. Ich habe dich gewählt. Bringen wir es zum Laufen. Du siehst, dass ich dein Geld nicht brauche. Lebe hier mit mir und gib keinen Cent von deinem Geld aus, wenn es das ist, was du willst. Gib uns einfach nur eine Chance.«

Er klang so aufrichtig – und er sah auch so aus. Sie wollte ihn. Wirklich. Sie wollte das Haus. Den Sex. Seinen Club. Alles, was er ihr anbot. Vor Winston und seinem Betrügerring schien er keine Angst zu haben. Sie war sich nicht sicher, ob sein Club mit diesen Leuten fertigwerden konnte. Alle hier schienen so nett zu sein. Nun ja. Sie zügelte ihr Denken etwas. Savage sah furchterregend aus. Maestro auch, aber beim Essen war er nett gewesen. Er schaute nur ab und zu verdammt gefährlich drein.

Sie hatte einfach nur solche Angst, verletzt zu werden. Oder Ice zu verletzen. Sie war mit allem gescheitert, was sie im Leben versucht hatte. Ice war … außergewöhnlich. Erstaunlich. Und er war bereit, sich auf sie einzulassen. Es mit ihr zu riskieren. Zählte das nichts?

»Was genau würde so eine Chance mit sich bringen?«

»Dass du meine Ehefrau bist.«

Ihr Herz setzte einen Schlag lang aus, und dann pochte es heftig. »Woher soll ich wissen, wie sich eine Ehefrau verhält? Ich habe keine wirklichen Vorbilder dafür gehabt, wie ein Mann und eine Frau zusammenleben. Eigentlich bin ich eher ein Mädchen für One-Night-Stands.«

»Du solltest dich besser niemals schämen für etwas, das wir zusammen tun, Soleil. Das meine ich echt so. Was wir tun, ist heilig. Es spielt keine Rolle, ob die Welt uns dabei zusieht oder nicht. Wenn ich dich berühre, oder du mich, dann sind wir das. Wir beide und niemand sonst. Mach dir nichts daraus, wenn du jemanden siehst, der sich einen runterholt, weil er auf deine Brüste schaut. Wenn ich dich vögle, dann geht es immer nur um uns beide.«

Sie wusste, sie hatte ein echtes Problem, weil es nämlich das Wort *heilig* war, das sie veranlasste, das Wagnis einzugehen. Und der Gedanke, dass jemand auf ihre Brüste starrte und sich dabei befriedigte, während Ice sie vögelte, hätte nicht noch mehr Erregung bei ihr auslösen sollen, doch das tat er. Die Vorstellung von Ices Händen an ihr, überall und jederzeit, machte sie unglaublich heiß. Zu heiß. Es brannte zwischen ihren Beinen. Er löste das aus. Seine Stimme. Seine Augen. Seine Berührung. Er hypnotisierte sie.

Sie fasste einen Entschluss. Sie würde alles auf eine Karte setzen. Noch ein Mal. Für ihn. Für Ice. Sie würde es tun, weil er außergewöhnlich war, und wenn er den Versuch wagte, dann wollte sie es auch tun. »Also gut.«

Er hob eine Augenbraue, trat näher und zog an ihrem Badetuch, sodass es von ihr abfiel. »Sprich mit mir, Weib. Was zum Teufel bedeutet das?«

Er klang barsch. Bewegt. Und sah so kalt aus wie Eis.

»Es bedeutet, auch wenn ich alle möglichen Fehler machen werde und es dir sehr leidtun wird, dich für mich entschieden zu haben, werde ich deine Ehefrau sein.«

»Voll und ganz?«, fragte er. »Du gibst mir alles.«

»Ich weiß nicht, was das bedeutet.«

»Ich gebe dir alles, was du willst oder brauchst, oder tue mein Bestes, um es zu verwirklichen, und ich will dasselbe von dir. Ich schwöre dir, ich werde dir alles geben, was ich bin.«

Das konnte sie tun. Sie wollte ihn schon jetzt beglücken. Sie musste nur wissen, was er wollte, um es verwirklichen zu können.

»Ich denke, das ist sehr einleuchtend, Ice. Ich bin dabei. Auch ich tue mein Bestes, um dir alles zu geben, was ich bin, und alles, was du willst oder brauchst. Einen anderen Weg kenne ich nicht.«

»Das ist besser als das Gequatsche, das der Priester bei unserer Trauung von sich gegeben hat.«

Er klang glücklich. Er sah glücklich aus, seine Miene hatte sich erhellt. Das ließ sie innerlich erglühen. Sie wollte, dass er glücklich war. Er hatte ihr das Leben gerettet, und mehr noch, er hatte ihr die beste Zeit ihres Lebens geschenkt. Er mochte sagen, dass er nichts über Beziehungen wusste, doch das stimmte nicht. Er bot ihr alles an, was sie sich nur wünschen konnte.

»Komm, Prinzessin, weihen wir das Bett ein. Ich denke schon die ganze Zeit daran, wie ich dich darin auf Händen und Knien haben möchte. Ohne irgendetwas an.«

Er war in Spiellaune. Ein Schauder lief durch ihren Körper. Sie liebte es, dass er ihren Körper mochte und als seine Spielwiese hernehmen wollte. Das tat ihr immer wieder gut. Sie ging zum Bett und kletterte darauf, spürte, wie er sie beobachtete. Sein Blick auf ihr gab ihr das Gefühl, sexy und begehrenswert zu sein. Sein Blick, wenn er sie so ansah, hatte etwas an sich, das sie immer an ihre Weiblichkeit erinnerte und daran, dass er sehr männlich war.

Sie ließ sich Zeit damit, bis in die Mitte des Betts zu kriechen und sich dann auf Händen und Knien zu positionieren.

»Spreiz die Beine, Baby.«

Er hatte sich nicht bewegt. Sie hörte an seiner Stimme, dass er noch immer auf der anderen Seite des Raums stand. Sein Ton, als er ihr befahl, die Beine zu spreizen, machte sie nur noch heißer. Sie gehorchte. Sie war schon wieder feucht vor Verlangen nach ihm.

»Geh runter auf deine Ellbogen, Prinzessin.«

Sie tat es, und ihr Hintern ragte in die Höhe. Ihre Brüste drückten auf die Matratze. Sie fühlte sich sexyer denn je. Die kühle Luft an ihrem entflammten Kitzler fachte das Feuer noch weiter an. Sie starrte in die Nacht hinaus, fassungslos, dass der Sturm sich verzogen hatte und sie in den Himmel blickte. Es waren keine Sterne zu sehen, nur Fetzen weißer Wolken, die der Wind über den Himmel trieb.

Dann war er da. Umgab sie mit seinem Duft. Als Erstes spürte sie die Berührung seiner Finger. Ein kaum wahrnehmbares Gefühl. Ein Streicheln, noch eines, liebkosend, tätschelnd. Ein plötzliches Lecken und dann wieder seine Finger. Es war der Beginn einer sehr langen, wunderschönen, sexy Nacht mit ihrem Ehemann.

11. Kapitel

Hör auf herumzuzappeln, Prinzessin, sie werden dich lieben. Die meisten kennst du ohnehin schon. Wir machen eine Art Diskussion am runden Tisch im Aufenthaltsraum. Jeder wird Ideen einbringen oder einfach auf das reagieren, was du ihnen erzählst. Namen, Beschreibungen, solche Sachen.«

Seine Frau war nervös. Das schockierte ihn ein wenig. Sie trug eines der knappen Sommerkleider, die er ihr in der Boutique in Vegas gekauft hatte, und sah umwerfend aus. Das Kleid war pastellpink. Dazu trug sie eine dunklere Strumpfhose – malvenfarben hatte sie auf seine Frage hin gesagt.

»Ich kann mir nicht helfen, ich bin einfach nervös, Ice«, sagte sie mit einem ihrer schnippischen Blicke.

Er liebte diesen »Prinzessinnen«-Look. Sie rieb sich die Arme, und er bemerkte sofort, dass sie fror und nicht nur nervös war. Ihm war die kühle Luft an der Küste lieber als die Hitze in Vegas, und sie kam aus San Francisco, aber sie hatte nicht genug anzuziehen. Sie brauchte Pullover und Jacken. Dafür musste er sorgen, nicht zuletzt deshalb, weil sie sich nie wegen etwas beschwerte.

Er zog seine Jacke aus und bedeutete ihr, sie anzuziehen. Sie bekam sofort diesen Gesichtsausdruck, den er am meisten mochte, als sei er ihr Retter in der Not, der einzige auf der Welt. Sie sah ihn an, als sei er ein anständiger Mann. Obwohl er zugegeben hatte, nüchtern gewesen zu sein, als er sie heiratete, und dass er sie absichtlich zum Trinken genötigt hatte, sah sie ihn so an. Und sie bestand weiterhin darauf, dass sie es gewesen sei, die ihn zur Heirat verführt hatte. Er verliebte sich jeden Tag mehr in sie.

Ice fädelte seine Finger zwischen die ihren und zog sie zu sich, da sie sich weigerte, einen Schritt vom Motorrad wegzutreten. »Komm schon, Baby, du wirst sie alle mögen. Sie sehen vielleicht ein bisschen einschüchternd aus, aber du gehörst zur Familie. Wenn du mal drin bist, kommst du da nie mehr raus. Sie werden dich akzeptieren. Aber du wirst so offen sein müssen, uns alle zu akzeptieren.«

Sie nickte, doch er spürte, dass sie noch immer am ganzen Körper zitterte. Aber nun, da er schon mehr über sie wusste, verstand er das. Sie hatte in ihrem Leben nicht viel Anerkennung bekommen. Vielleicht war sie deshalb toleranter geworden als die meisten anderen Menschen. Niemand würde je glauben, dass eine Frau mit so viel Geld wie sie, sich auf einen Biker einlassen würde. Sie hatte gar keine richtige Vorstellung vom Reichtum des Clubs – oder woher er kam. Immerhin hatte Code das meiste Geld Kriminellen abgeluchst.

Sie gingen im Gleichschritt von seiner Maschine zum Eingang des Clubhauses. Er konnte nicht anders, er musste dabei seine Hand auf ihren Hintern legen. Er liebte es zu spüren, wie die Muskeln sich an- und entspannten, wenn sie ging. Es war einfach irre sexy. Und er liebte es, dass sie gegen seine Berührung nie etwas einzuwenden hatte. Sie trug einen Stringtanga unter dem Kleid, sodass er die Rundungen ihrer bloßen Pobacken spürte, als sie zum Clubhaus gingen. Er fühlte sich sehr im Einklang mit ihr. Als er um sie herum nach der Tür griff, rieb er ihren Hintern in dem Versuch, ihr Kraft und Zusammenhalt zu vermitteln. Er war hier mit ihr. Für sie. Und er hatte nicht die Absicht, sie allein zu lassen.

Er presste seine Lippen an ihr Ohr. »Ich bin hier bei dir.

Wenn du dich fürchtest, dann schau einfach zu mir. Dann rede ich für dich, bis du dich wieder sicher fühlst.«

Sie schmiegte sich an ihn, der Blick plötzlich über ihre Schulter auf seine Augen gerichtet. Diese Augen hatten etwas Weiches, Zärtliches. Für ihn. Er wollte, dass sie die anderen alle kennenlernte, dass sie ihnen ganz grundlos vertrauen sollte, und dennoch blickte sie ihn so an. Er spürte etwas in sich dahinschmelzen und wusste, er war dabei, sich heftiger zu verlieben, als er es sich jemals hatte vorstellen können. Diese Frau konnte ihn kleinkriegen, und das hatte noch nichts und niemand in seinem Leben geschafft.

Im Aufenthaltsraum war der gesamte Club versammelt. Normalerweise trafen sie sich im Konferenzraum, doch Soleil war noch nicht ganz Teil des Clubs und würde sich deshalb in einem weniger formellen Ambiente wohl besser fühlen.

Beim Hineingehen ergriff Ice wieder ihre Hand und spürte sofort, wie sie die seine drückte. Sie sah majestätisch aus, ganz wie die Prinzessin, als die er sie bezeichnete, doch er spürte deutlich ihre Beklemmung und Angst. Am liebsten hätte er sie auf die Arme gehoben und einfach weggetragen.

Alena löste sich aus der Gruppe und trat an ihre Seite. »Soleil! Wie geht es dir? Benimmt sich mein Bruder?« Sie umarmte Soleil und warf Ice einen Blick über die Schulter zu. Spürte, wie seine Frau zitterte, und gab ihm sofort die Schuld. »Alle sind hier, um dir zu helfen. Wir finden diese Leute und sorgen dafür, dass keiner von ihnen dir nahe kommt.«

Dann war Lana hier. Sie umarmte Soleil ebenfalls. »Ich kann es nicht glauben, dass du mit Ice verheiratet bist. Keiner dachte, dass eine Frau ihn jemals zähmen könnte. Behandelt er dich gut? Ich kann ihn fertigmachen, wenn es sein muss.«

Soleil lachte und blickte ihn an, wieder mit dieser sanften, zarten Miene. Er hatte ihre Hand nicht einmal losgelassen, als die beiden Frauen, die in ihrem Club alle Privilegien genossen, sie enthusiastisch umarmten. Im ersten Moment hatte es ihn geärgert, dass sie Soleils Aufmerksamkeit von ihm ablenkten, doch dann war er froh gewesen. Das Zittern hatte dadurch stark nachgelassen, und sie blickte ihn immer noch an, als sei er es gewesen, der ihre innere Ruhe wiederhergestellt hatte.

»Es gibt keinen Grund, ihn fertigzumachen, aber es ist gut zu wissen, dass du das könntest«, versicherte Soleil Lana und lächelte ihr und Alena zu. Ice sah, dass dieses Lächeln echt und aufrichtig war.

»Er ist wirklich gut zu mir, wenngleich ich nicht glauben kann, dass er mich dazu brachte, meine Zustimmung dafür zu geben, mit ihm verheiratet zu bleiben.«

»Er kann sehr charmant und überzeugend sein«, meinte Lana. Dabei schaute sie Soleil sehr nett an, doch als sie sich ihm zuwandte, zeigte sie ihm ihre »Du-bist-tot«-Mimik.

Ice grinste ihr zu.

»Ich musste dich betrunken machen«, erinnerte er sie ohne jedes Zeichen von Reue.

»Ich habe dich betrunken gemacht«, konterte sie. Sie drehte den laminierten Papierring an ihrem Finger, den sie noch immer nicht abgenommen hatte.

Alena ergriff ihre Hand. »Ice, machst du den Ring für sie? Er sieht kompliziert aus.«

»Ice macht ihn für mich?« wiederholte Soleil.

»Hat er dir das nicht gesagt? Er ist Goldschmied. Seine Arbeiten sind fantastisch und heiß begehrt. Niemand der Kunden weiß, wer sich dahinter verbirgt, aber das macht seine Stücke noch gefragter.«

Soleil bekam große Augen, als sie ihn ansah. »Du bist also Ice.«

Er zuckte die Achseln. »So nennt man mich.«

»Nein, du weißt schon, was ich meine. Der Designer. Tatsächlich habe ich sogar ein Paar Ohrringe von dir.« Sie berührte ihre Ohren. Im Moment trug sie nur kleine Diamantstecker. Ihr restlicher Schmuck, einschließlich der einzigartigen Ice-Ohrringe, lag in einem Safe in dem Hotel in San Francisco, in dem sie wohnte.

»Ich mache dir ein Dutzend Paar Ohrringe«, versprach er. »Aber zuerst kommen unsere Ringe dran. Ich werde auch einen tragen.«

»Das ist gut«, meinte Lana in scharfem Ton. »Dann wissen die Frauen auf Partys wenigstens, dass du vergeben bist.«

Er erkannte eine Drohung sofort, konnte Lana jedoch keine Schuld geben. Er hatte Soleils Verführung Schritt für Schritt eingefädelt und sie quasi aus Lanas Sicherheitsnetz herausgestohlen.

»Ich werde nicht vergessen, dass ich verheiratet bin, Lana«, versicherte er ihr und blickte zu Absinth, der neben ihm stand. Er war der menschliche Lügendetektor des Clubs. Wenn Ice Soleil schon nicht beschwichtigen konnte, dann zumindest Lana. Er hielt Absinth seinen Arm hin, um sich den Puls fühlen zu lassen. »Ich werde meine Frau niemals betrügen, Lana. Ich habe sie geheiratet, weil ich absolut und ohne jeden Zweifel weiß, dass sie meine Frau ist.«

Anders konnte er es nicht ausdrücken. Er wusste es. So einfach war das. Sie zu behalten, konnte vielleicht ein Problem werden, weil er keine Ahnung hatte, was er dafür tun sollte, doch wenn er sie verlor, dann nicht, weil er es nicht versucht hatte – oder weil er sie betrogen hatte.

Lana war nicht die einzige Beobachterin gewesen. Seine Brüder waren verstummt und hatten seine Erklärung ebenfalls verfolgt. Er wollte, dass sie sie hörten. Er musste sie wissen lassen, wie wichtig Soleil ihm war. Und er wollte, dass sie sich immer um sie kümmerten, wenn er nicht da war.

Storm legte von hinten seine Arme um sie beide und küsste Soleil auf die Wange. »Du zähmst die Bestie, Weib. Schön, dich als Schwester zu haben, auch wenn der Mädchen-Club allmählich ganz schön groß wird, nun, wo Reaper Anya hat und Steele Breezy. Und Blythe gibt es ja auch noch.«

Alena stieß ihn mit dem Fuß an. »Nicht zu vergessen Alena und Lana«, fügte sie hinzu und funkelte ihren Bruder an.

»Ihr zählt nicht. Ich bin mir ziemlich sicher, ihr seid halb –«

»Wage es nicht, das zu sagen.« Alena schubste ihn. »Fall nicht auf das rein, was er sagt, Soleil. Er hält sich für charmant.«

»Ich *bin* charmant. Nun, wo Ice vergeben ist, bin ich der heiße Typ.«

»Der warst du doch schon immer«, meinte Ice hastig.

Soleil hatte sich ein wenig angespannt, als sein Zwillingsbruder die Arme um sie beide gelegt hatte. Ice war sich sicher, der Grund dafür war, dass es ihr nicht gefallen hatte, mit dem Gedanken aufzuwachen, sie hätte mit ihnen beiden die Nacht verbracht. Storm hatte weitererzählt, was sie nach dem Aufwachen als Erstes gesagt hatte. Sein Zwillingsbruder hatte das für witzig gehalten, wie er auch, doch nun fühlte sie sich in Storms Gesellschaft unwohl, und das wollte er nicht – niemals.

Ice legte die Lippen an ihr Ohr. »Ich teile dich nicht. Storm würde dich niemals anfassen. Er sieht dich so, wie er Alena sieht. Du gehörst mir, Soleil. Storm wird dich lieben wie ein Bruder, aber du bist meine Frau. Meine Ehefrau. Das weiß er und respektiert es. Wie alle anderen auch.«

Ihre Anspannung ließ etwas nach. Sie lächelte Storm zu und schüttelte den Kopf darüber, dass seine Schwester ihren Bruder neckte. Ice legte seinen Arm um sie und führte sie zum Zar, dem Präsidenten ihres Clubs.

Der Zar war der zehn Jahre alte Junge gewesen, der sich den Plan ausgedacht hatte, wie sie in der Hölle, in der sie groß geworden waren, alle am Leben bleiben konnten. Er hatte ihnen in ihren dunkelsten Zeiten Hoffnung gegeben. Er hatte sie angetrieben, ihre Fähigkeiten zu perfektionieren. Der Zar hatte immer daran geglaubt, dass jeder Mensch ein kleines übersinnliches Talent besaß. Doch sie hatten nicht nur daran gearbeitet, diese Fähigkeiten zu entwickeln. Er hatte jeden von ihnen tagtäglich stundenlang daran arbeiten lassen.

Neben ihrer Ausbildung zu Profikillern hatte er dafür gesorgt, dass jeder von ihnen die Fähigkeiten übte, die er oder sie hatte. Er hatte sie so koordiniert, dass sie als perfektes Team arbeiteten, wie ein Wolfsrudel. Jeder und jede machte den für ihn oder sie vorgesehenen Job, und so hatten sie sich am Ende gegen ihre brutalen Lehrer durchsetzen können. Sie waren noch Kinder gewesen, und dennoch todbringend. Nun, als Erwachsene, waren sie das noch weit mehr.

»Zar, Steele, das ist meine Frau, Soleil. Soleil, der Zar ist der Präsident von Torpedo Ink, und Steele ist der Vizepräsident.«

Sie bot ihnen lächelnd die Hand und sah wieder aus wie eine Prinzessin. Ices Herz zuckte.

»Ich habe gehört, du hast auch gerade geheiratet«, sagte sie zu Steele.

Er nickte. »Meine Frau heißt Breezy. Sie wird sich freuen, dich kennenzulernen. Sie ist im Moment zu Hause mit unserem Sohn. Er hat sich etwas eingefangen, während wir weg waren. Nichts Ernstes, nur eine Grippe, aber er fühlt sich eben nicht gut.«

Ice wusste, es bedeutete für Steele ein Opfer, seinen kranken Sohn allein zu lassen, zumal er ja Arzt war. Er hatte seine Frau und sein Kind gerne in seiner Nähe, wenn es irgendwie ging. Er musste sich immer noch daran gewöhnen, Breezy zu erlauben, seinen Gesichtskreis zu verlassen.

»Das ist schlimm. Ich hoffe, es geht ihm bald wieder besser«, sagte Soleil.

Der Zar nahm ihre Hand und legte beruhigend seine Finger über ihre. Ice hatte in der Vergangenheit schon oft gesehen, dass er das machte. Der Zar war ein Mensch voller Rätsel. Er hatte viele Talente, die Ice gar nicht alle kannte. Er spürte, wie er sich anspannte und ihm ihre Hand entreißen wollte, doch dieser Mann war immer ihr Anführer gewesen. Ice hatte keine Ahnung, weshalb er sich in diesem Moment so beschützend vor Soleil stellen wollte.

Der Zar lächelte galant auf Soleil herab. »Das ist also die Frau, die Ices Herz gestohlen hat.« Der Präsident von Torpedo Ink blickte plötzlich direkt auf Ice, und dieser Blick traf ihn hart. Durchdringend wie ein Pfeil warnte er Ice, dieser Frau niemals wehzutun. Was immer der Zar erkennen konnte, indem er ihre Hand ergriff, er zollte ihr Anerkennung. Ice atmete tief durch und merkte erst jetzt, dass er die Luft angehalten hatte. Sein Club verließ sich auf ihn, was bedeutete, sie würden Soleil alle gründlich durchleuchten.

»Ich höre, du bist ein bisschen in Schwierigkeiten, Soleil«, sagte der Zar. »Ich denke, da können wir dir helfen.«

Soleil schüttelte leicht den Kopf und trat einen Schritt zurück. Ices Mut sank. Sie sahen alle ruppig aus, hatten Narben und waren Produkte ihrer Kindheit. Er konnte sich nicht vorstellen, welche Angst sie haben musste, von völlig Fremden umgeben zu sein, deren Aussehen exakt dem entsprach, was sie waren – Killer.

»Ich weiß, ihr glaubt alle, ihr könnt mir helfen. Das hat Ice auch schon gesagt. Ich finde das auch sehr nett. Es hat bisher noch nie jemand es so gut mit mir gemeint wie ihr. Es ist nur so – dadurch, dass ich dieses Gespräch mithörte, erfuhr ich, dass sie alle schon oft getötet haben. Ich wäre nicht das erste Opfer. Sie haben definitiv meinen Anwalt umgebracht, und ich habe keine Ahnung, wie viele sie sind. Ich weiß mit Sicherheit, dass mindestens ein Polizist dabei ist, und wahrscheinlich mehr als einer. Ich habe versucht, Ice das zu sagen, aber er besteht darauf, dass das keine Rolle spielt.«

Sie blickte zu Ice auf, und dieses Weiche war wieder da. Dieser Blick, der sagte, er sei der einzige Mann für sie im Raum. Er wollte vor ihren Füßen dahinschmelzen. Blickte über ihren Kopf hinweg zum Zar in der Hoffnung, sein Präsident werde erkennen, warum er sich so schnell in sie verliebt hatte. Es ging eben nicht nur um Sex, wie sie alle dachten. Wie er gedacht hatte. Sie ging ihm nahe, sie ging ihm unter die Haut, legte sich um sein Herz.

Der Zar blickte leicht amüsiert drein. »Ich verstehe, dass du dir Sorgen machst.«

Sie nickte. »Ihr seid alle sehr nett, und ich will nicht, dass diese Leute euch finden. Ich habe keine Ahnung, was sie euch antun würden, aber ich kann mir vorstellen, dass sie Beweise erfinden, um euch ins Gefängnis zu bringen – oder so etwas.«

Der Zar sah sich im Raum um. Ice ebenfalls. Lana und Alena schienen ebenso amüsiert zu sein wie der Zar. Der Rest der Brüder blickte entsetzt, so wie er, Ice, sich fühlte. Er lernte sie gerade kennen und sollte eigentlich nicht überrascht sein, doch er war es. Seine kleine Prinzessin war entschlossen, sie zu beschützen. Seinen ganzen Club.

»Ihr seid Ice alle sehr wichtig. Ihr seid seine Familie. Das Letzte, was ich möchte, ist, dass irgendjemandem von euch etwas zustößt«, fuhr sie fort.

Ice zog sie an sich, schloss die Arme um sie und senkte das Kinn auf ihren Kopf. Er musste sie festhalten, oder er würde sie wegtragen in eines der Zimmer und sich tief in ihrem himmlischen Körper vergraben. Nicht in seinen wildesten Fantasien hatte er von einer Frau geträumt, die auch nur annähernd so gut war wie Soleil.

»Ich verstehe deine Bedenken«, wiederholte der Zar und winkte alle zu den Stühlen. »Aber ich glaube, mit dieser Gruppe von Betrügern werden wir fertig. Wir sind auf diesem Gebiet einigermaßen geübt. Und dass sie offenbar von San Francisco aus operieren, macht die Sache sogar noch leichter.«

Ice verstand die stumme Botschaft und führte Soleil zu den in einem losen Halbkreis aufgestellten Sesseln. Alle nahmen Platz, ausgenommen Reaper und Savage, die sich kaum wahrnehmbar im Schatten an den Wänden positionierten. Maestro blieb hinter Steele, ebenfalls an die Wand gelehnt. Es war auch kein Zufall, dass Absinth auf der anderen Seite von Soleil saß.

Ice sah sich im Raum um. Sie waren nun zwanzig Vollmitglieder, kein wirklich großer Club verglichen mit anderen, doch jeder der Männer hier war von Kindheit an in den brutalen Schulen zum Mörder ausgebildet worden. Sie suchten alle nach einem neuen Leben und versuchten, die Regeln der Gesellschaft zu begreifen. Sie wussten, dass sie nie ganz dazugehören würden, aber sie taten ihr Bestes.

Er begann, alles zu erzählen, was Soleil ihm über ihre Bekanntschaft mit Winston berichtet hatte, wie auch dessen Versuch, sie sich zu »erziehen«, von allen anderen Kontakten abzuschneiden und auf die Leute seiner Liste zuzuführen.

Code fragte nach den Namen auf der Liste und ob sie sich daran erinnern könne, welchen Jobs die Leute nachgingen. Soleil antwortete mit etwas bebender Stimme, schlug sich aber tapfer. Einige hatte sie Ice gegenüber noch nicht erwähnt. Ein Kriminalbeamter. Ein Richter. Ein stellvertretender Polizeichef. Ein Gerichtsmediziner. Ein Autobahnpolizist.

Die Clubmitglieder tauschten lange Blicke aus. Ein Ring, der gut aufgebaut war. Sie nannte alle Namen und beschrieb jeden Einzelnen.

Der Zar nickte Absinth zu, Ice spürte, wie er sich anspannte.

»Wenn du antwortest, Prinzessin, dann musst du dir sicher sein, dass alles, was du sagst, genau der Wahrheit entspricht«, sagte Ice.

Soleil runzelte die Stirn. »Warum sollte ich denn nicht die Wahrheit sagen?« Sie klang ehrlich verwirrt.

»Soleil, wieso kannst du dich an diese Leute so gut erinnern?«, fragte der Zar. »Du sagst, du hast sie bei Wohltätigkeitsveranstaltungen getroffen. Da ist es doch sicher immer sehr voll gewesen.«

Ice spürte, wie er den Atem anhielt. Sein Herzschlag beschleunigte sich rasant. Am liebsten hätte er sich Soleil geschnappt und wäre mit ihr weggelaufen. Ihre Hand glitt seinen Schenkel hinab, den anderen Arm hielt sie still, sodass Absinth seine Finger locker um ihr Handgelenk legen konnte. Seine Berührung war leicht, aber unfehlbar. Sie fragte nicht, warum er das tat oder warum plötzlich eine spürbare Spannung den Raum erfüllte, sie rieb nur mit der Hand an Ices Schenkel auf und ab, als wolle sie ihn trösten. Wieder zog sich sein Herz auf diese seltsame Art und Weise zusammen, und wenn er gekonnt hätte, hätte er sie geküsst.

»Winston wollte, dass ich mir die Namen all der Männer einpräge, mit denen ich mich bekannt machen sollte. In den zwei Monaten, die ich mit ihm zusammen war, besuchten wir vier solche Veranstaltungen. Ich musste diese Namen kennen. Winston hat mich ausgefragt, um sicherzustellen, dass ich wusste, mit wem ich reden sollte. Ich musste mir auch die Gesichter zu den Namen merken, deshalb suchte ich sie im Internet, und bevor ich bei einer Veranstaltung mit einem ein Gespräch begann, machte ich mich über ihn schlau. Ich wollte keinen Fehler machen.«

Absinth ließ ihr Handgelenk los und nickte. Ice setzte die Geschichte fort mit dem »Unfall« ihres Anwalts.

»Sie haben den Unfall arrangiert, als der Autobahnpolizist im Dienst war, sodass er ihn als solchen deklarieren konnte«, überlegte Steele. »Der Gerichtsmediziner spielte mit. Sie waren alle nützlich dabei, Morde wie echte Unfälle aussehen zu lassen.«

Der Zar forderte Soleil auf, auch den Rest zu erzählen. Absinth umfasste wieder ihr Handgelenk. Dieses Mal sah sie ihn an und dann Ice, als wolle sie sich bei ihm rückversichern. Er nickte und legte seine Hand auf ihre, drückte sie auf seinen Schenkel.

Sie berichtete, wie Winston einen Anwalt engagiert und sie sich darüber geärgert hatte. Sie habe geglaubt, es sei noch zu früh, und sie wolle zuerst selbst mit dem Anwalt sprechen. Kevin beaufsichtigte ihren Fonds und das Finanzportfolio, das für sie verwaltet wurde. Sie lebte sehr gut und musste nur fragen, wenn sie etwas brauchte. Mit dem neuen Anwalt aber fühlte sie sich so unwohl, dass sie ihm kündigte. Das brachte Winston ebenso in Rage wie ihre Weigerung, ihn zu heiraten.

Absinth nickte, und die Spannung im Raum löste sich etwas, allerdings nicht für Ice. In seinem Bauch rumorte es nach wie vor. Solange Absinth seine Hand auf Soleil hatte, würde er nervös bleiben. Falls der Zar etwas ansprach, das sie anderen nicht mitteilen wollte, konnte sie sich schaden, wenn sie nicht die Wahrheit sagte.

»Soleil, hast du die Verlobung beendet, weil du Winston nicht heiraten wolltest, oder weil er sich weigerte, den Ehevertrag zu unterschreiben und du nicht wolltest, dass er an dein Geld herankam?«

Der Zar ließ die Frage so beiläufig einfließen, dass Ice es kaum merkte. Als er erkannte, was der Grund für diese Frage war, blickte er finster.

»Das ist eher persönlich, Zar, und hat nichts zu tun mit dem Betrügerring, der sie als Mordopfer im Visier hat.« Ice versuchte, seinen Groll und seine Verstimmung zu unterdrücken. Dass es der Präsident war, der die Frage stellte, war ihm gleichgültig. Er wollte nicht, dass Soleil persönliche Fragen beantworten musste, wenn Absinth sie berührte, und auch nicht vor versammelter Mannschaft.

»Das macht mir nichts«, erklärte Soleil jedoch. »Ich hatte bereits beschlossen, ihn nicht zu heiraten, bevor wir nach Vegas fuhren. Ich sagte ihm mehrmals, es sei noch zu früh, ich brauchte

Zeit, aber er wollte mir nicht zuhören. Ich brauchte diese Zeit hauptsächlich, um herauszufinden, wie ich die Verlobung endgültig lösen konnte. Ich wusste, er würde zornig reagieren, dachte aber nicht, dass er zu Gewalt greifen würde.«

Absinth nickte, und die grässliche Spannung im Raum verschwand ebenso wie Ices Bauchgrimmen. Seine Frau. Sie blieb sachlich. Er drückte einen Kuss auf ihre Hand und legte sie dann wieder auf seinen Schenkel.

»Wie bist du in die Bar gekommen, in der du dann Ice kennengelernt hast?«, fragte der Zar.

»Winston und ich gingen den Strip entlang, und er wollte direkt in eine Kapelle gehen und heiraten. Ich sagte Nein, so würde das nicht laufen. Wir hätten uns geeinigt, nicht zu heiraten. Ich erwähnte den Ehevertrag. Er hatte ihn dabei und hielt ihn mir unter die Nase, und dann packte er mich an den Armen und schüttelte mich. Heftig. Ich bekam Angst.«

Ice biss die Zähne zusammen. Er wollte zwei Minuten mit Winston Trent. Dann würde er ihm zeigen, was Schmerz war. Die plötzliche Stille im Raum sagte ihm, dass die anderen auf seiner Seite waren.

»Ich hatte blaue Flecken und weinte. Aber ich wollte ihm nicht die Befriedigung geben, mich weinen zu sehen, also machte ich, als wir wieder im Hotel waren, einen Umweg und ging in eine der Toiletten im Erdgeschoss. Dort war Lana und zog sich um. Sie war schön und voller Selbstvertrauen, und ich wollte so sein wie sie. Ich stellte mir vor, dass sie sich von niemandem so behandeln lassen würde, wie es Winston mit mir machte.«

Soleil lächelte Lana zu. »Sie sorgte sich um mich. Seit langer Zeit hatte sich niemand mehr Sorgen um mich gemacht. Lana speicherte ihre Nummer in mein Handy ein und riet mir, sie anzurufen, wenn es ein Problem gäbe. Sie zeigte mir ihre Torpedo-Ink-Jacke und sagte, sie habe viele Freunde, die mir helfen würden, falls Winston wieder handgreiflich wurde.«

Der Blick des Präsidenten schwenkte zu Lana. Sie zuckte mit den Schultern; die Bewunderung, mit der Soleil vor den anderen über sie sprach, war ihr unangenehm.

»Als ich Winston sagte, ich würde ihn nicht heiraten, flippte er aus. Er schlug mich, und dann befahl er mir, mich zurechtzumachen, wir würden in einer halben Stunde heiraten. Ich ging ins Bad und ließ die Tür angelehnt für den Fall, dass er zurückkam. Er ließ die Schlafzimmertür offen, und ich hörte ihn reden. Ich dachte, es sei vielleicht der Zimmerservice, den ich um Hilfe rufen könnte. Dann hörte ich, dass Kevins Unfall keiner war und dass sie auch mich töten wollten. Wenn er jedoch nicht zu Ende brächte, was sie angefangen hatten, würde er dran glauben müssen.«

»Danke, Soleil. Das noch einmal zu wiederholen, war sicher nicht leicht.« Der Zar nickte Absinth zu, der daraufhin seine Hand von ihrem Arm nahm.

Soleil lächelte ein wenig. Sie schien für jeden ein natürliches Mitgefühl zu haben. »Ich möchte euch allen immer noch begreiflich machen, wie gefährlich diese Leute sind. Ich bin nicht die Einzige, die sie hereinlegten. Für mich ist es ein bisschen beschämend zu wissen, dass ich Winston auf den Leim gegangen bin.«

Steele zuckte die breiten Schultern. »Sie haben dich ausgeforscht, fanden heraus, was dir alles gefällt, wo du höchstwahrscheinlich hinfahren würdest, und dann musste sich Winston das alles einprägen; ganz ähnlich dem, wie er wollte, dass du dich nur mit Leuten anfreundest, denen er vertraute. Wenn er dich von anderen abschnitt, hätte niemand versuchen können herauszufinden, was dir wirklich zugestoßen ist. So arbeiten viele dieser Betrüger, auch wenn sie nicht immer gleich bis zu einem Mord gehen.«

Ice fädelte seine Finger zwischen ihre. »Code, kannst du diese Leute finden?« Code war immer ihr Mann für schwierige Fälle, ein Genie am Computer.

»Die meisten habe ich schon. Bin auch an Winstons private E-Mail-Konten herangekommen. Er hat vier Adressen. Und er schreibt bereits mit einer anderen Frau. Sie ist älter. Eine Witwe. Hat eine Menge Schotter, aber nicht annähernd so viel wie Soleil.« Er pfiff, blickte noch immer nicht auf. »Das kommt bei Weitem nicht hin. Sie werden sich diese Chance nicht entgehen lassen, Ice. Die glaubten, sie hätten dieses Geld schon im Sack. Und jetzt ist es weg. Ich habe Forderungen von vier weiteren im Ring, dass Winston Soleil schnell finden, sie heiraten und sie dann entbehren soll. So nennen sie es. *Entbehren.* Ich vermute, sie sind zu superschlau, um das Wort *Mord* zu benutzen.«

Ice spürte einen kleinen Schauder durch Soleils Körper laufen und drückte ihre Hand fester. »Keine Sorge, Soleil. Du bist hier in Sicherheit.«

»Es ist so falsch, euch das hinzuschieben«, sagte sie. Sie war den Tränen nahe, und das wollte er nicht, nicht vor seinen Brüdern und Schwestern. Dann würde er sich bestimmt wie ein Weichei benehmen. Ihre Tränen konnten ihn in die Knie zwingen.

»Wir wissen jetzt Bescheid«, erklärte der Zar. »Ich möchte nicht, dass ihr noch weiter darüber nachdenkt. Alena hat für alle ein Essen vorbereitet, denn wir wollen eure Hochzeit feiern. Blythe war verärgert, dass sie nicht dabei sein konnte, Ice, und du wirst ihr den Grund für die Eile erklären müssen. Ich will miterleben, wenn du ihr sagst, wie du Soleil mit Alkohol zu ihrem Jawort genötigt hast.«

Gelächter brandete durch den Aufenthaltsraum. Es kümmerte Ice nicht. Auch Soleil lachte. Das war alles, worauf es ankam.

Soleil wollte Ices Unschuld beteuern, doch er verschloss ihren Mund mit einem Kuss und nahm alles auf sich. »Ich dachte, den Teil übergehe ich einfach.«

»Fürchtest du dich vor meiner Frau?«, fragte der Zar.

»Na klar, und wie«, räumte Ice unumwunden ein. »Jeder, der

klar im Kopf ist, fürchtet sie. Hab ich nicht recht?« Er blickte sich im Raum um.

Die anderen nickten todernst. Der Zar prustete ein wenig höhnisch und flüsterte nur »Feiglinge«.

»Netter Versuch, Zar«, war Reaper aus dem Schatten zu hören. »Aber du vergisst, wer dir Tag und Nacht im Nacken sitzt und dich mit ihr zusammen beobachtet.« Reaper war der Leibwächter des Präsidenten. »Die Frau sieht nur drein, als würde etwas nicht stimmen, und schon kriechst du über heiße Kohlen, um alles wiedergutzumachen.«

»Du hast auch eine Frau«, meinte der Zar, als die anderen aufgehört hatten zu lachen.

»Ja, aber mich beobachtet niemand«, erwiderte Reaper.

Wieder brüllendes Lachen. Ice wollte das für Soleil. Sie wünschte sich eine Familie. Dies war die seine. Nun würde es die ihre werden. Sie waren rau und grob. Sie zeigten einander rüde Gesten und trugen ihre Narben wie Abzeichen. Aber sie waren eine Familie, felsenfest, loyal und mächtig, wenn sie zusammenhielten.

»Nur damit das absolut klar ist«, sagte Soleil, und es wurde still im Raum.

Ice wartete und dachte bei sich, dass sie sehr tapfer sei, doch er wusste nicht, was sie den anderen nun sagen wollte.

»Ice hat mich nicht betrunken gemacht. Ich war nicht betrunken. Er war es. Ich habe dafür gesorgt, dass er viel trank. Ich habe ihn verführt. Wenn deine Frau oder sonst jemand sich über ihn ärgert, weil sie glauben, er hätte das getan, dann sag ihnen bitte, dass es nicht stimmt. Ich habe das alles gemacht. Maestro weiß, dass das die Wahrheit ist.« Sie hob den Kopf; Farbe war in ihr Gesicht gekommen. »Er war so nett, die Schuld auf sich zu nehmen, und besteht darauf, aber es ist nicht die Wahrheit.«

Ice wäre am liebsten vor ihr auf die Knie gefallen. Es war wundervoll, wie sie für ihn eintrat. Er konnte kaum begreifen, dass sie versuchte, die Schuld auf sich zu nehmen und ihm bei seinem Club aus der Patsche zu helfen.

Der Zar musterte sie, ohne eine Miene zu verziehen. »Lass mich das klarstellen, Soleil. Du hast Ice betrunken gemacht und dazu verführt, dich zu heiraten? Warum hättest du das tun sollen?«

Ice blickte wütend auf seinen Präsidenten.

Sie nickte. »Er ist so unglaublich. Ich versuchte sehr, ihm zu widerstehen, aber er ist –«

Ice packte sie am Nacken in einem verzweifelten Versuch, sie zu stoppen, ehe sie etwas sagte, das keiner mehr vergessen würde, und drückte einen Kuss auf ihren Mund, bis sie dahinschmolz und ihn erwiderte.

Alle brachen in brüllendes Lachen aus – auf seine Kosten. Als er schließlich seine Frau wieder Luft holen ließ, blickte er zu seiner Schwester, und wie immer setzte sie sich für ihn ein.

»Ich brauche jemanden, der mir beim Tabletttragen hilft!«, rief Alena. »Ich habe vier Stück.«

Storm und Ink standen sofort auf, Keys und Player folgten ihrem Beispiel. Ice beugte sich zu Soleil, um ihr etwas ins Ohr zu flüstern, allerdings so laut, dass alle es hören konnten.

»Sie melden sich freiwillig, aber nur, weil sie bei Alena gut dastehen wollen. Sie hat nämlich Beerenkuchen als Dessert gebacken, und niemand kann das so gut wie sie.«

»Also, ich würde ihnen fürs Helfen extra Portionen geben«, erklärte Soleil standhaft und lachte Storm ins Gesicht.

Der stimmte ihr mit der Daumen-hoch-Geste zu. »Ich hoffe, du hörst auf die Stimme der Vernunft, Alena.«

Ice zog an Soleils Hand. »Steh auf, Baby. Komm, setz dich zu mir. Ich bin einsam.«

Sie zögerte nicht, war auch nicht peinlich berührt, sondern stand sofort auf, um sich auf seinen Schoß zu setzen. Im letzten Moment schob er ihr Kleid nach oben, sodass sie mit dem nackten Po auf seiner Jeans zu sitzen kam. Sie machte es sich auf dem groben Baumwollstoff bequem, eine sexy Bewegung, die direkt in seinen Schwanz fuhr. Er liebte es, was sie in ihm auslöste.

Er legte seine Hände an ihre Hüften, spürte ihre weiche Haut und begann, sanft zu reiben. »Ist Bannister schon in das Apartment über der Bar eingezogen?«, fragte er in den Raum hinein.

Transporter nickte. »Ja. Wir haben die Wohnung so schnell es ging hergerichtet. Er ist zäh. Sein Sohn versuchte, ihn herumzuschubsen, hat ihn sogar geschlagen. Bannister hat ein paar Schläge eingesteckt in der Hoffnung, dass sich der Junge dann zufriedengeben würde, aber als klar war, dass er das nicht tun würde, hat er ihn k.o. geschlagen.«

»Der Junge ist in unserem Alter«, sagte Mechaniker. »Er hat sein Leben mit Spielen weggeworfen. Er hat bei jedem Schulden und versuchte eine Zeit lang, Bannister zu überreden, sein Bike zu verkaufen.«

»Das ist doch Bockmist«, warf Transporter ein. »Er meint, er kann mit dem Geld spielen, um wieder zu gewinnen, was er verloren hat.«

»So denken Süchtige immer«, erklärte Maestro.

»Wer ist Bannister?«, fragte Soleil und lehnte sich an Ice zurück.

»Er besucht die Bar. Ist anscheinend ein Nomade. Offenbar war er mal in einem Club, aber er trägt kein Abzeichen. Er ist in den Sechzigern, ein guter Mann. Zuverlässig. Wäre gut, wenn er eine Frau hätte«, antwortete Ice.

»Er versteht sich ganz gut mit Anya«, war Reaper aus dem Schatten zu hören. »Als es in der Bar ein-, zweimal Stress gab, war er auf unserer Seite. Hat sich um sie gekümmert.«

Da sich Reaper für ihn aussprach, musste es gut für sie sein, wenn Bannister auf ihrer Seite war. »Werden wir immer noch beklaut?«, fragte Ice und klärte dann Soleil auf. »Es sind in letzter Zeit kleine Sachen verschwunden. Werkzeug. Eine Flasche

Wodka. Lebensmittel aus der kleinen Küche hinter der Bar. Wir haben die Schlösser ausgetauscht, aber es passiert noch immer. Wir haben Kameras, aber bislang zeichneten sie niemanden auf. Gelegentlich hatte der Bildschirm eine Macke, sodass er für einen Moment weiß wurde, aber nicht einmal Code kam darauf, wie die Aufnahmen manipuliert wurden.« Er zuckte mit den Achseln. »Wir hoffen, Bannister kann den Kerl stellen, der uns beklaut.«

Der Zar grinste leicht. »Die großen Torpedo Inks. Wir können einem Dieb nicht das Handwerk legen. Anya kam bei der Inventur darauf, dass immer mal wieder eine Flasche Schnaps fehlt. Zuerst dachten wir, der Lieferant haut uns übers Ohr. Aber das stimmte nicht.«

»Allzu sauer scheint ihr aber nicht zu sein, dass jemand euch bestiehlt«, merkte Soleil an.

»Kleinscheiß«, meinte Ice. »Wer so etwas klaut, vom Schnaps mal abgesehen, der braucht es wahrscheinlich zum Leben.«

»Na ja, früher oder später kriegen wir ihn«, meinte Steele. »Zwischenzeitlich haben wir Sachen irgendwo stehen gelassen, um den Dieb anzulocken. Ich sage *Sachen* – also Dinge, die viel Geld kosten. Er hat den Köder jedoch nicht geschluckt.«

»Ja, er ist entweder clever oder nicht wirklich hinter Geld her, sondern nur hinter Dingen zum Überleben«, sagte Maestro.

»Als ihr anfangs davon gesprochen habt, ärgerte ich mich über den Dieb«, sagte Soleil. »Jetzt tut er mir leid.«

Ice rieb unter ihrem Sommerkleid ihren Po, spürte die weiche Haut an seinen Fingern. Er liebte diese femininen Linien, die beiden Vertiefungen gleich über den Rundungen ihrer Pobacken. Es besänftigte ihn, einfach nur ihre Haut zu fühlen. Sie einfach nur bei sich zu haben. Sie hielt seine Dämonen in Schach. Er war noch nie so lange von den Albträumen seiner Vergangenheit unbehelligt geblieben wie seit der Zeit, als er Soleil getroffen hatte.

Er beugte sie nach vorn und presste sein Gesicht an ihren Rücken. Sie war eine Art Schutzschild für ihn. Sie glaubte, ihn zu brauchen. Sie glaubte, er würde sie retten. Dabei war es gerade andersherum. Früher oder später würde er auspacken müssen, aber jetzt noch nicht. Erst wenn sie wirklich in ihn verliebt war. Er hatte sie an der Angel. Er musste nur noch einen Weg finden, sie ganz an Land zu ziehen.

Storm, Player und Keys kamen jeder mit einem Tablett zurück und platzierten diese auf die lange Bar. Ink und Alena folgten ihnen. Lana half Storm, Teller und Besteck neben den Gerichten bereitzustellen.

Ice stupste Soleil an und lachte mit ihr darüber, dass sein Bruder und die anderen drei bereits ihre Teller bekamen. Lana verdrehte die Augen, nahm ihren Teller und wartete, während die vier Männer die ihren beluden.

»Siehst du, was ich meine, Prinzessin? Sie wollten die ganze Zeit nur ihr eigenes Bestes.« Er half ihr aufzustehen und achtete darauf, dass ihr Kleidersaum wieder unten war. »Wir müssen an die Spitze der Schlange, sonst kriegen wir nichts mehr.«

Soleil holte sich einen Teller mit ihm und sah sich die verschiedenen Gerichte an. »Ice, hier ist so viel, das können sie nicht alles wegessen.«

»Alena hat gekocht. Probiere erst mal, bevor du sagst, das wird nicht alles aufgegessen. Keiner kocht wie sie.« Er fuhr mit erhobener Stimme fort. »Was ist dein Geheimnis, Alena, dass alles, was du kochst, so gut schmeckt?« Dann legte er den Mund an Soleils Ohr. »Ich weiß, was es ist. Sehen wir mal, ob sie es auch weiß.«

Alena sah ihn an und bekam Farbe im Gesicht. Sie schüttelte den Kopf. »Keine Ahnung.«

»Die Liebe, kleine Schwester. Die macht den Unterschied«, erklärte Ice ihr.

Die anderen grinsten und nickten zustimmend. Alena zeigte

ihm den Mittelfinger. Das war seine Schwester – sie versuchte, hart zu sein, und scheiterte damit, wenn es um ihre Familie ging.

»Iss jetzt, Ice!«, fuhr sie ihn an.

Er warf ihr eine Kusshand zu. »Hab dich so lieb, kleine Schwester.«

Alena kniff die Augen zusammen und kam auf ihn zu.

»Schnell, Babe«, riet er Soleil. »Schaufle dir so viel wie möglich auf den Teller und pass dann gut darauf auf.« Er schnappte sich mehrere große Portionen, häufte sie auf seinen und ihren Teller. »Möglicherweise reißt sie uns die Teller aus der Hand und schmeißt das Essen in die Tonne. Dafür ist sie berüchtigt, dabei wollen wir ihre Köstlichkeiten doch genießen.«

»Soleils Teller würde ich nicht wegwerfen«, stellte Alena klar, »nur den deinen!«

Er sah davon ab, sie darauf hinzuweisen, dass er nur die Wahrheit gesagt hatte, bewegte sich weiter mit der Schlange, bis sie beide mehr als genug hatten, und steuerte dann einen Tisch an. Der Zar, Savage und Reaper gesellten sich zu ihnen. Er dachte sich nichts dabei, sich mit ihnen zusammenzusetzen, bis er unter dem Tisch Soleils Hand an seinem Schenkel spürte. Er hatte den Ecktisch gewählt, weil er etwas von den anderen getrennt war. Er dachte, vielleicht würde sie dann eher mit den Leuten sprechen wollen, die sich zu ihnen setzten.

»Wie geht es dem Kind, Zar? Es muss eine Höllenangst gehabt haben.«

Soleil setzte sich gerade auf. »Dem Kind? Jemand hat einem Kind Angst gemacht?«

Ice lag ein Fluch auf den Lippen. Er hätte das Thema nicht ansprechen sollen.

Doch der Zar war ruhig wie eh und je. »Blythe und ich haben vier adoptierte Kinder und haben gerade ein fünftes zu uns nach Hause gebracht. Die Eltern dieses Jungen wurden ermordet, und ein Pädophilenring wollte ihn kaufen. So hätte niemand nach ihm gesucht. Sein Leben war bisher sehr schwierig, deshalb braucht er viel Zeit, um seiner Umwelt vertrauen zu können.«

Soleil sah aus, als würde sie gleich weinen. Sie blickte zu Ice und dann weg, doch er bemerkte die Tränen in ihren Augen trotzdem. Sein Herz zog sich zusammen. Sie war wirklich sehr mitfühlend und schien womöglich sogar den Schmerz anderer zu fühlen.

Der Zar neigte sich zu ihr. »Soleil, du hast eine Gabe, weißt du das? Du nimmst die Emotionen anderer in dich auf. Ice, du wirst sie für eine Weile vor Dingen abschirmen müssen, bis wir Jimmy so weit haben, dass er Vertrauen fasst und sich sicher fühlt.«

Ice wusste, das bedeutete, Soleil eine Zeit lang nicht zum Zar und zu Blythe zu bringen. Alle gingen bei ihnen ein und aus. Blythe war dort. Die Kinder waren dort. Für die vier Kinder waren sie alle »Onkels«. Er wollte den kleinen Jimmy kennenlernen, den Neuzuwachs, den sie in Vegas gerettet hatten. Wie oft hatte er erlebt, dass der Zar sich für die Opfer mit seinen Fähigkeiten einsetzte. Er machte das schon, seit sie, selbst noch Kinder, in dieses Verlies geworfen worden waren, gebrochen, blutend und von Todesängsten heimgesucht.

Ice nickte, um zu zeigen, dass er verstand. Er aß und hörte Reaper und dem Zar zu, die über einen bevorstehenden Ausflug redeten. Darauf freute er sich. Sein Bike. Seine Frau. Die offene Strecke. Sie richteten sich gerade ein, doch er wusste, Soleil würde mitkommen, wenn er ihr sagte, dass er fahren wolle. Sie würde nicht zögern.

Er küsste sie. Sie schmeckte wie Alenas Essen. Wie die Liebe. Bei dem Wort zuckte er kurz zusammen, aß aber dann weiter.

»Es stimmt, was du über ihr Essen gesagt hast, Ice«, meinte Soleil. »Deine Schwester kocht besser als jeder Chefkoch, den ich bisher erlebt habe. Ich war in den besten Restaurants der Welt und habe wirklich großartig gegessen, aber dies ist einfach unglaublich. Wenn das bekannt wird, werden mehr Leute kommen, als sie sich je vorstellen kann.«

Er blickte über die Schulter. »Alena, Soleil lobt dein Essen. Sie sagt, sie hat in einigen der weltbesten Restaurants gegessen, und deine Kochkunst ist die beste.«

Soleil nickte. »Es ist wirklich *superb*«, sagte sie an Alena gewandt.

Alena strahlte. »Danke, Soleil, das bedeutet mir viel.«

»Da ich den gesunden Menschenverstand hatte, sie betrunken zu machen und zu heiraten, darf ich als Erster den Beerenkuchen probieren?«, fragte Ice mit einem raschen, überlegenen Grinsen in die Runde und ignorierte Soleils geseufzten Protest.

»Das erste Stück bekommt Soleil«, erklärte Alena. »Du kannst warten, nach deinem fiesen kleinen Witz.«

»Aber ich habe dir doch ein Kompliment gemacht«, protestierte Ice, kaum dass das Gelächter abgeebbt war.

Soleil lehnte sich an ihn. »Ist ihr Kuchen denn so gut?«

»Besser als alles, was du bisher kennengelernt hast.«

»Ich wollte schon sagen, ich spendiere dir mein Stück, aber wenn ihr Kuchen derart gut ist, werde ich ihn wohl selbst probieren müssen«, meinte sie, ohne eine Miene zu verziehen.

Ice blickte in ihre lachenden, schokoladenbraunen Augen. Beobachtete, wie sich ihre Lippen zu einem Lächeln formten, das ihr ganzes Gesicht erhellte. Um ihn herum brandete Lachen auf, doch alles, was er sah, war Soleil. Er führte ihre Hand an den Mund und biss in ihre Fingerspitzen. Fest. Sie sah ihn scheinbar finster an und zog ihre Finger zurück.

»Aua.«

»Weißt du noch, letzte Nacht?«

Sie errötete, angemessen, und nickte.

»Das ist nichts verglichen mit dem, was ich mit dir machen werde, sobald wir zu Hause sind.«

12. Kapitel

Das Haus war still. Soleil hörte den Ozean in der Ferne, die Wellen, die sich auftürmten und dann ineinander zusammenfielen, gegen Felsen, Brandungspfeiler und Klippen donnerten. Neben ihr schlief Ice. Er hatte sie erst vor ein paar Stunden geweckt, den Mund zwischen ihren Beinen. So schien er sie am liebsten aufzuwecken. Er war der aufregendste Mann, den sie je erlebt hatte. Er schien es zu brauchen, sie zu berühren. Zu küssen. In ihr zu sein. Sie brauchte es ebenso sehr oder noch mehr als er, diese Bestätigung, dass er sie begehrte, dass er sie sexy fand.

Wenn er sie ansah, war etwas tief in seine Züge eingeprägt, das bei ihr Herzklopfen auslöste. Besessenheit? Lust? Zuneigung? Mehr als Zuneigung? Sie war sich nicht sicher, doch sie wusste, sie wollte, dass er sie jeden Tag so ansah. Er genoss es ganz eindeutig, mit ihr zusammen zu sein. Irgendwo in ihrem Inneren befürchtete sie, er könne ihrer überdrüssig werden. Sie erwartete, dass er sie für lange Zeitspannen verlassen wollte, doch das tat er nicht. Wenn sie in der Küche war und beim Kochen Mist baute, dann war er bei ihr, lachte über das Chaos und machte sich lustig darüber, anstatt sie weinend auf dem Boden sitzen zu lassen.

Sie liebte den Sex mit ihm. Es war jedes Mal ein Abenteuer. Sein Blick war immer voller Hunger auf sie gerichtet, als sei er ein Wolf und sie seine Beute. Sie liebte es zu wissen, dass seine Augen ihr überallhin folgten. Wenn seine Freunde zu Besuch kamen, hatte er den Arm um sie gelegt oder seine Hand auf ihr. Manchmal drückte er sie an die nächste Wand und hatte wilden, verrückten Sex mit ihr, so als könne er es keine Minute mehr erwarten, in ihr zu sein. Sie *liebte* es, wenn er das machte.

An diesem Morgen hatten sie zusammen auf der Terrasse gefrühstückt. Er hatte an seinem Kaffee genippt, mit erstauntem Blick aufgeschaut, und sofort waren ihre Brustwarzen hart geworden, hatten unter ihrem dünnen Top zwei Spitzen geformt. Sie trug keinen BH, und er hatte es bemerkt. Er bemerkte alles.

»Hab nachgedacht, Babe. Was für ein schöner Morgen. Ich fühle mich großartig. Aber weißt du, wie ich mich noch besser fühlen würde? Wenn du das Kissen da drüben nimmst und mir zwischen die Füße schiebst, unter den Tisch kriechst und mich trocken lutschst, wie du es so gut kannst. Hast du dagegen was einzuwenden?«

Bei ihm klang alles heiß, aber so wie er sie ansah, wie er mit ihr sprach, so rau, die Stimme schon jetzt harsch vor Begehren, gab es einfach kein Widersprechen.

Sie stand sofort auf, legte das Kissen unter den Glastisch und kroch unter die Platte, zwischen seine Beine. Noch ehe sie ihn berühren konnte, raffte er ihre Haare in seiner Faust zusammen und blickte durch das Glas auf sie.

»Zieh dein Hemd aus, Prinzessin. Ich sehe so gern deine Titten, mit den Nippeln hart wie Kandis, und deine Lippen über meinen Schwanz gestülpt. Ich liebe es, wie du aussiehst. Du bist einfach gottverdammt heiß.«

Sie zögerte nicht, auch wenn ihr klar war, dass sie sich draußen befanden und jeder, der die Auffahrt heraufkam, sie sehen konnte. Schon diese Möglichkeit machte das, was sie tat, noch prickelnder. Auch das nächstgelegene Haus hatte Terrassen rundherum, doch es stand seitlich von ihnen und hatte einen ähnlichen Meerblick. Ice hatte ihr gesagt, Storm habe es gekauft, sei aber noch nicht eingezogen.

Ihr Hemd lag auf dem Boden, sie war splitternackt. Er drückte ihren Kopf nach hinten und führte seinen Schwanz an ihre Lippen. Sie liebte seinen Geruch. Seinen Geschmack und sein Gewicht. Sie liebte die Hand in ihren Haaren, das Ziehen an ihrer Kopfhaut. Er liebkoste ihre Brust, seine freie Hand knetete und zog an ihrem Nippel, bis Feuerpfeile direkt in ihr Geschlecht schossen. Es war so leicht, mit Ice verschwenderisch körperliche Liebe zu haben.

Soleil legte eine Hand an ihre Kehle. Sie hatte gesagt, sie würde es mit ihm versuchen, und genau das tat sie nun. Sie hatte Kochkurse besucht, die sie in die Praxis umsetzte, und sah sich Kochshows an, um noch mehr zu lernen. Sie hatte auch Alena um Unterricht gebeten. Das machte ihr jeden Tag Spaß. Ice hatte ihr beigebracht, das Bett zu machen. Er half ihr jeden Morgen. Einmal in der Woche kam ein Reinigungsdienst, der gründlich sauber machte. Das Leben war gut. Zu gut. Sie misstraute diesem Frieden, denn Ice wurde sehr schnell zu ihrer Welt, und wenn sie ihn verlor …

Sie stand langsam auf, trat an die Fensterfront und blickte auf den Ozean hinaus. In der Dunkelheit glühte die weiße Gischt beinahe. Sie berührte das Glas und fühlte sich von ihren Gedanken etwas niedergeschlagen. Sie verliebte sich. Sie wusste es. Sie liebte alles an Ice. Er schien ihr völlig ergeben zu sein. Sie wusste jedoch auch, dass das in so kurzer Zeit gar nicht hatte geschehen können.

Er war ein hinreißender Mann. Sie war ein paarmal mit ihm einkaufen gewesen – die Frauen hatten ihn angestarrt. Manchmal mit offenem Mund. Er sah einfach zu gut aus. Er konnte jede Frau haben, die er wollte. Er mochte sagen, dass er sie nicht betrügen würde, aber warum bei einer Frau bleiben, wenn er die gesamte Auswahl hatte? Sie hörte das Partygeschwätz, von Frauen, die ihn und Storm regelrecht bestürmten. So viele begehrten ihn. Sie konnte es ihnen nicht verübeln.

Ein leises Stöhnen entwischte ihr. Sie presste die Finger auf den Mund und wandte sich vom Fenster ab, Tränen trübten ihre Sicht. Sie hatte so schnell so viel in ihn investiert, und ihr würde das Herz aus dem Leib gerissen werden. Sie warf einen Blick auf ihn und eilte dann aus dem Zimmer, zur Treppe, die ins Erdgeschoss führte.

Nachts, wenn die Lichter aus waren, war das Haus anders. Dann schien es viel ominöser zu sein. Schatten fielen durch das Glas und tanzten durch den Wohnbereich. Sie ging die Treppe die Hälfte hinunter, setzte sich und ließ den Kopf in die Hände sinken. Sie hatte sich noch nicht ums Geschäftliche gekümmert. Sie musste einen Anwalt finden, dem sie vertraute, und sich über ihr Leben klar werden, denn im Ernst, würde ein Mann wie Ice sie für immer wollen? Für jeden, der sie nicht wegen ihres Geldes wollte, war sie ein Wegwerfartikel, und Geld brauchte Ice ganz sicher nicht.

Sie merkte nicht, dass sie weinte, bis ein Schluchzen hochkam, das sie nur mühsam unterdrücken konnte. Wieder und wieder wischte sie sich über die nassen Wangen. So hatte ihre Tante sie genannt. Einen Wegwerfartikel. Man hatte ihr gesagt, niemand wolle sie haben, und wenn sie kein Goldesel war, wozu sich dann um sie kümmern? Das Schlimmste war, Winston hatte jedes Mal fast dasselbe gesagt, wenn er nach einer Wohltätigkeitsveranstaltung sauer auf sie gewesen war. Er hatte getobt, sie sei nutzlos, und wenn sie nicht all das Geld hätte, welcher Mann würde sich dann für sie interessieren?

Sie war so sehr verletzt gewesen. Hatte sich geweigert, mit ihm zu reden, und sich in den Schlaf geweint. Am nächsten Tag hatte er sich großartig entschuldigt und gesagt, er liebe sie, aber sie müsse sich wirklich besser bemühen zu tun, was er verlange. Es sei doch absolut nicht schwer, die Leute, die seiner Karriere nicht förderlich sein konnten, einfach zu meiden. Ob das zu viel verlangt sei? Damals hatte sie alles getan, nur um nicht allein zu sein. Sie war viel zu viel allein gewesen, und sie wollte eine Beziehung. Sie hatte alles getan, um ihm zu gefallen, aber es war nicht genug gewesen.

War es das, was sie nun auch mit Ice machte? Alles tun, was sie konnte, um ihm zu gefallen? Leider war sie genau so. Das war es, was sie tat. Sie liebte es, den Menschen, die sie liebte, zu gefallen. Sie wollte, dass sie glücklich waren. Denn das machte sie glücklich. Sie wiegte sich leicht hin und her, voller Angst, ihn zu verlieren. Es würde nicht so sein, wie Winston zu verlieren. Diese Beziehung hatte sie nicht mehr gewollt. Aber Ice zu verlieren, würde praktisch ihren Tod bedeuten. Sie wollte mit ihm zusammen sein.

Er hatte ihr sein Arbeitszimmer gezeigt, in dem er Schmuck herstellte. Es war stets abgesperrt, die Edelsteine in einem Safe verwahrt. Er hatte gelacht und ihr erzählt, bevor sie nach Caspar gekommen waren, habe er Schmuck auf der Straße gemacht und dieselben sehr teuren Steine in einer Tasche seines Bikes aufbewahrt. Er sei so frei gewesen. Nun war er an sie gebunden. Was hatte sie ihm wirklich zu bieten? Sie war sicher, dass sich die explosive Chemie zwischen ihnen abnutzen werde. Und dann?

»Soleil?«

Die Luft blieb ihr im Halse stecken. Er stand oben an der Treppe. Ice. Ihr Herz begann zu hämmern, wie so oft, wenn er in ihrer Nähe war. Sie drehte leicht den Kopf, um zu zeigen, dass sie ihn bemerkt hatte, konnte aber die Tränen nicht aufhalten, sondern nur das Schluchzen unterdrücken.

Er kam geradewegs zu ihr, splitterfasernackt. Er schien sich ohne Klamotten so wohlzufühlen, als sei er eher daran gewöhnt, nackt zu sein als angezogen. »Prinzessin, was ist los?« Er setzte sich zu ihr, legte einen Arm um sie und zog sie zu sich.

Sie schüttelte den Kopf. Wie konnte sie ihm erklären, dass sie wusste, er würde früher oder später eine andere Frau haben wollen? Dass er erkennen werde, dass sie eine Schwindlerin war und nicht wusste, wie man eine Beziehung aufrechterhielt? Dass er ihrer überdrüssig werden und sie verlassen werde? Dass er ihre Versuche, ihm zu gefallen, als Verzweiflung betrachten werde?

»Na gut, Baby, heul dich aus, und dann reden wir«, sagte er. »Aber die Treppe ist nicht gerade der beste Platz, um dich festzuhalten.« Er zog sie hoch, und sie gingen nach unten zu den bequemen Sesseln vor dem Kamin. Er setzte sich auf die Couch und zog sie zu sich, legte ihren Kopf auf seinen Schoß, und sie streckte sich aus. »So ist es besser, Soleil.« Er strich über ihr Haar, tröstete sie.

Sie erlaubte sich zu weinen, weil es in ihrem Leben so vieles gab, was zum Weinen war. Sie wünschte sich, ein stärkerer Mensch zu sein. Sie lernte, vor allem, seit sie mit Ice zusammen war. Er mochte es, wenn sie Dinge entschied, die das Haus betrafen. Die Hand in ihrem Haar tröstete sie. Ice versuchte nicht, ihre Tränen zu stoppen, er hielt sie nur fest, strich über ihren Kopf, massierte ihn.

»Ich kann nicht weinen«, sagte er plötzlich. »Ich habe diese Fähigkeit schon als Kind verloren. Weinen tut gut, wenn man es tun muss. Ansonsten kommst du an einen Ort, an dem Zorn und Wut zu Eis werden. Es baut sich immer weiter auf und wird immer hässlicher. Dick und massiv wie ein Gletscher, und dann bist du innerlich erfroren. Du kannst nicht mehr weinen. Du kannst dir lediglich falsche Tränen tätowieren lassen, die dein Gesicht heruntertropfen, um dich daran zu erinnern, dass du ein Mensch sein solltest, und du weißt, du bist keiner.«

Er sprach von sich selbst. Soleils Herz schnürte sich zusammen. Ice konnte nicht weinen. Ihr Ice. Er redete sachlich, so als würde er ihr damit kein großes Geschenk machen, doch sie wusste, das war es. Sah er sich wirklich so? Als nicht menschlich? Diese Tränen, die Tattoos, waren etwas, was sie an ihm besonders mochte. Sie hatte schon viel Zeit damit verbracht, jede einzelne zu küssen und mit der Zunge zu verfolgen.

Soleil setzte sich langsam auf und umfasste sein Gesicht mit beiden Händen. »Ice, du bist ein Mensch. Und ein besserer Mann als jeder, den ich bisher kennengelernt habe.«

Seine unglaublichen blauen Augen musterten ihr Gesicht, als suchten sie darin etwas. Was? Was immer es war, sie wollte es ihm schenken. Zustimmung vielleicht. Was immer er sah, es schien ihm zu gefallen, denn er lächelte. Es war sein langsam entstehendes, schönes Lächeln, das er nur ihr schenkte.

»Baby, du bist ein gottverdammtes Wunder. Ich weiß nicht, was ich getan habe, um dich zu verdienen, aber du hast keine Ahnung, wie ich mich freue, dich gefunden zu haben. Ich habe dich gesehen, weißt du. Ich war auf der Straße, als du mit Winston da warst. Du standst auf der anderen Seite, in diesem Sommerkleid, in dem du einfach unglaublich gut aussiehst.«

Seine Hand glitt wie nebenbei an seinen Schwanz, legte sich darum. Er schien es gar nicht zu bemerken, doch Soleil fand es sexyer als je zuvor.

»Mein Schwanz war hart wie Stein, als ich dich ansah. Deine Titten in diesem Kleid, deine schmale Taille, diese Stiefelchen an deinen Füßen. Dann hast du dich umgedreht und bist ein paar Schritte gegangen. Dein Arsch bewegte sich hin und her, und ich wusste nicht, ob ich mich in deinen Arsch oder deine Titten verliebt hatte. Vielleicht in beides. Dann packte dich dieser Schlappschwanz von Winston an den Armen und schüttelte dich. Ich wollte ihm den Kopf abreißen und ihn dann auf die Straße schmeißen, damit die ganzen Autos ihn platt rollen.«

Sie merkte, dass sie lächelte, weil Ice das so leicht konnte – ihre Welt von Tränen in Lachen verwandeln. Sie drehte sich zu ihm hin und leckte seinen Schaft entlang, als wäre er eine Eistüte. Er packte sie an den Haaren und zog ihren Kopf nach hinten.

»Sosehr ich deinen Mund auf mir liebe, jetzt will ich, dass du mit mir sprichst. Wir sitzen in einem Boot, und wir richten

Dinge, die falsch sind. Und es ist etwas falsch, denn sonst würdest du nicht um zwei Uhr nachts auf der Treppe sitzen und heulen.«

Aus irgendeinem Grund brachte die Tatsache, dass Ice Dinge lösen wollte, anstatt Sex zu haben, sie gleich wieder zum Weinen, dieses Mal jedoch aus Hoffnung. Welcher Mann würde das tun? Er liebte es, wenn er in ihrem Mund war. Oft begann er mit ihr oralen Sex an den seltsamsten Orten, als könne er damit keine Minute mehr warten. Und genauso liebte er es, in ihr zu sein.

»Warum weinst du, Babe? Du bist in Sicherheit. Sag mir, was dich so aus der Fassung bringt.«

»Ich weiß nicht, ob ich den Mut dazu habe«, gab sie widerstrebend zu. Sie wusste, dass er ihr Zögern bemerkte, denn er zog an ihren Haaren, bis sie ihn ansah.

»Du bist die mutigste Frau, die ich kenne. Du hast mich geheiratet und dich mir anvertraut. Ich war ein Fremder, und trotzdem hast du dich entschlossen, mir diesen Vertrauensvorschuss zu geben. Du bist mutig, Soleil. Je länger ich mit dir zusammen bin, desto besser weiß ich, dass es die richtige Entscheidung für uns war.«

Sie atmete tief ein und aus. Hier in der Dunkelheit konnte sie ihm die Wahrheit vielleicht sagen. Aber dann? Sie presste fest die Lider zusammen. »Ice, ich verliebe mich in dich, und es wird mir unendlich wehtun, wenn das alles auseinanderfällt. So sehr, dass ich nicht weiß, ob ich das überleben werde.«

Ein Schweigen trat ein. Sie hörte nur den Schlag ihres Herzens zusammen mit einer Uhr, die irgendwo hinter ihnen laut tickte. Wahrscheinlich die neue Wanduhr, die sie zusammen in einem Möbelladen erstanden hatten.

»Wieso glaubst du, dass das, was wir zusammen aufbauen, auseinanderfallen wird?« Er wählte jedes Wort mit der gleichen Sorgfalt, mit der sie ihre gewählt hatte.

Aus seinem Ton konnte Soleil nicht entschlüsseln, was er

dachte. Manchmal zog sich Ice hinter eine Mauer zurück und wurde unerreichbar für sie. Das geschah nicht oft, aber wenn, dann bekam sie wieder Angst. Dann dachte sie, er wende sich von ihr ab.

»Du bist … außergewöhnlich.« Sie setzte sich langsam auf und zwang sich, ihn anzusehen.

Er schüttelte leicht den Kopf, als könne er das überhaupt nicht glauben, und sie nickte. »Doch, das bist du, Ice. Du bist ein ganz erstaunlicher Mann. Wie du mich behandelst, das ist unglaublich, als lebten wir in einem Märchen. So ist die Welt jedoch nicht wirklich. Ich war vielleicht eine Außenseiterin, aber ich habe die Menschen beobachtet. Da ich keine Familie hatte, beobachtete ich die anderen. Die Beziehungen begannen immer mit Liebe oder wilder Leidenschaft, aber das endete meist recht schnell. Als würden die Menschen einfach aufhören, füreinander da zu sein. Das war unendlich traurig.«

Er presste ihre Hand auf seine Brust, direkt auf sein Herz.

Ehe er etwas sagen konnte, fuhr Soleil fort. »Es war so traurig, dabei waren sie Fremde für mich. Du bist in so kurzer Zeit in mich eingedrungen. Wenn wir noch länger zusammen sind, wirst du mich so vereinnahmen, dass ich ohne dich nicht mehr atmen kann. Ich weiß, jeder würde sagen, es ist nicht gesund, so zu lieben, aber ich weiß nicht, wie es anders geht. Wenn ich mit dir zusammen bin, muss ich dir alles geben. Es macht mir Angst, in die Zukunft zu schauen –«

»Stopp, Soleil.« Seine Stimme war hart wie Stahl. »Wir werden nicht auseinandergehen. Das habe ich dir von Anfang an gesagt. Wir leben nach einem Code. Du gehörst jetzt dazu, und damit, mich zu heiraten, hast du eingewilligt, nach diesem Code zu leben. Was zwischen uns kaputtgeht, das beheben wir. Du bist meine erste Priorität, und ich die deine. Ich gebe dir mein Alles, und ich erwarte dasselbe von dir.«

Er klang eher wie ein Arzt als ein Liebhaber, und irgendwie

beruhigte sie das mehr als seine Worte. Er meinte, was er sagte. Die Luft, die sie angehalten hatte, entwich schlagartig aus ihrer Lunge. Sie beobachtete, wie seine Augen noch kristallblauer wurden, als er ihre Hand an seinen Mund führte und zärtlich mit den Zähnen über ihre Finger schabte. Es fühlte sich erotisch an. Sinnlich. Seltsamerweise so, als würde sie dazugehören.

»Baby, du glaubst, ich sei außergewöhnlich, und darüber bin ich verdammt froh. Ich bin es aber nicht. Ich bin noch nicht mal ein netter Typ, aber du hältst mich einfach für einen. Vielleicht werde ich deinen Anforderungen gerecht werden müssen und dadurch ein besserer Mensch werden. Für mich bist *du* außergewöhnlich. Du bist schön und lustig, und du willst mir gefallen. Glaub mir, das ist eine neue Erfahrung für mich. Du bist für mich auf eine Art und Weise da, die ich liebe. Für mich bist du wahnsinnig sexy, und wenn ich dich bitte, etwas zu tun, dann tust du es, ohne zu zögern. Du hast mir dein Vertrauen geschenkt, und das ist für mich unbezahlbar. Und deshalb werden wir nicht auseinandergehen.«

Soleil wollte ihm glauben. Sie berührte die drei perfekten Tränen in seinem Gesicht. Sie liebte diese Tränen. Sie gehörten dort hin. »Ich glaube nicht, dass ich irgendjemanden jemals so lieben könnte wie dich, und es wird stärker mit jedem Tag, den wir zusammen sind.«

»Damit bist du nicht allein, Soleil. Was ich für dich empfinde, das ist wahnsinnig. So sehr, dass ich es mir manchmal nicht vorstellen kann. So viel zum Thema Angst. Lass uns einfach nur leben. Wir sind gut. Mach dir keine Sorgen über Dinge, die nicht passieren. Wenn etwas zerbricht, dann kitten wir es. Wenn du dich aufregst, etwas nicht magst, dann sagst du es mir und vertraust darauf, dass ich dir auch vertraue. Wir halten nichts voreinander zurück. Das macht Beziehungen nämlich kaputt.«

Sie hielt seine Worte für sich fest. Was immer er für sie empfand, machte ihm Angst, und dieses Gefühl kannte sie. Sie nickte.

»Ich versuche es. Manchmal weiß ich einfach nicht, was mir in den Sinn kommt. Ich bin es gewöhnt, weggeworfen zu werden, weil ich nicht gut genug bin, und zu hören, dass ich Glück hätte, Geld zu haben.«

Er sah in ihr Gesicht, sah zu viel, und sie schaute weg. Er ergriff ihr Kinn und zwang sie, seinem wütenden Blick zu begegnen. »Wer hat dir diesen Bockmist erzählt, Soleil?«

Sie schüttelte den Kopf, fühlte sich gedemütigt, genau so wie damals als Kind. »Ice …«

»Nein. Ich will das wissen, denn irgendjemand hat das zu dir gesagt.«

Sie zuckte die Schultern, versuchte, sich ungezwungen zu geben, ihn nicht sehen zu lassen, wie verletzt sie war. Oder wie sehr sie davon ihr Leben hatte beeinträchtigen lassen. »Eine Tante, die mich für einige Zeit aufgenommen hatte. Und Winston sagte etwas Ähnliches.«

»Also, das ist Blödsinn. Wir haben dein Geld nicht angefasst und werden das auch nicht tun. Ich bezahle. Das habe ich dir gesagt. Und was Winston anbelangt, dieser kleine Scheißer wird bekommen, was er verdient. Wir haben ihn im Visier, und das schon fast, seit wir aus Vegas zurück sind.«

Ihr Kopf schnellte hoch. »Was? Davon hast du mir nichts gesagt.«

»Das musstest du auch nicht wissen. Er ist nicht mehr dein Problem. Aber ich würde sagen, es ist an der Zeit, dass du dir einen Anwalt deines Vertrauens besorgst, der deine Geschäfte verwaltet. Code sagt, du hast einen, der sich für den Schutz deines Fonds einsetzt für den Fall, dass du vermisst werden solltest. Also musst du bald wieder auftauchen.«

Ein Schauder lief ihr über den Rücken. Sie schlang die Arme um sich. »Sobald ich das tue, sind sie hinter mir her.«

»Mit *auftauchen* meine ich, du musst selbst Papiere beantragen. Dazu brauchst du einen Anwalt.«

Sie runzelte die Stirn. »Ich habe keine Ahnung, wen ich nehmen soll.«

»Es gibt eine Million Anwälte, die sich mit einem Fonds wie deinem auskennen. Such dir einen aus. Oder nimm Absinth. Er würde sie alle in der Luft zerreißen. Er ist supergut.«

»Absinth ist ein Anwalt?«

Er nickte. »Genau.«

Ihr gefiel, dass er sie nicht drängte. Sie war intelligent genug, mitbekommen zu haben, dass Absinth eine besondere Gabe hatte, als er bei ihrer Befragung im Clubhaus neben ihr saß. Sie hatte seither mehrmals gehört, er sei ein menschlicher Lügendetektor. Sie mochte ihn. Er war ruhiger als die meisten anderen. Manchmal schien er irgendwie von ihnen entfernt zu sein. Sie wusste, dass Ice ihn nicht nur mochte und achtete, sondern auch bewunderte. Dennoch hatte er nicht darauf bestanden, dass sie sich Absinth als Anwalt nehmen solle.

»Glaubst du nicht, dass Absinth zu einer Zielperson werden würde, wenn ich ihn als Anwalt anheuere? Dass das quasi bedeuten würde, ein großes rotes Bullauge auf seinen Rücken zu malen?«

Er grinste ihr zu, und für einen Moment traf das Licht, das der Ozean reflektierte, sein Gesicht, und er sah aus wie ein Raubtier, ein hungriger Wolf, der begierig darauf war, seine Beute zu erlegen.

»Wir müssen sie aus der Reserve locken. Code hat sich an sie herangemacht, sie online gefunden. Sie schreiben sich dauernd E-Mails, und sie haben einen privaten Chatroom, in den sie manchmal gehen. Es sind anscheinend acht, plus Winston. Er ist im Moment nicht gerade beliebt. Die anderen geben ihm die Schuld dafür, dass du ihnen entwischt bist. An einem Punkt wurde er sehr zornig. Anscheinend hat er sein Temperament überhaupt nicht im Griff. Im Eifer des Gefechts sagte er, er glaube, du hättest das Gespräch mit Harbin Conner mitgehört und womöglich sogar einen weiteren Namen mitbekommen, also wüsstest du wohl auch, dass sie planen, dich zu töten.«

Sie klemmte die Haare hinter die Ohren, zog die Knie an und schlang die Arme darum. »Sein Temperament ist um vieles unberechenbarer, als ihnen klar ist.«

»Das ist eine Sache, Soleil, aber du musst die Welt wissen lassen, dass du am Leben bist, und Papiere beantragen, damit Donald Monroe dir deinen Fonds nicht vor der Nase wegstiehlt. Wir werden ihn nicht brauchen, aber unsere Kinder sind vielleicht einmal dankbar, ihn zu haben.«

»Das sagst du immer wieder, Ice, und du weißt nicht, wie sehr ich dir dafür danke, dass du für uns sorgen willst, aber ich gehöre auch dazu, und ich kann meinen Teil beisteuern.«

Er umfasste ihr Kinn. »Ich dachte, wir hätten das geklärt?«

»Es ist mir ernst. Du gibst mir alles.«

»Ich kaufe dir gerne Sachen. Ich gehe gern mit dir Klamotten shoppen.«

Sie errötete. Er war erst vor ein paar Tagen mit ihr einkaufen gegangen. Kleider mochte er besonders. Sie hatte ihm den Gefallen getan und sie anprobiert. Jedes Mal, wenn sie aus der Garderobe kam, musste sie sich vor seinem Stuhl drehen, dann stand er auf und griff ins Mieder, liebkoste ihre Brüste, ließ die Hände dann hinten ihre Schenkel hochgleiten und umfasste ihre Pobacken. Er wollte, dass sie Stringtangas oder gar nichts darunter trug. Meistens hatte sie einen Tanga an.

Mit ihm wurde alles, was sie zusammen taten, lustig und sinnlich. Sie freute sich auf jeden neuen Tag. Sie freute sich darauf, einfach nur bei ihm zu sein. Manchmal tat ihr das Herz weh, wenn sie ihn nur ansah.

»Glaubst du, Absinth hat Zeit, sich mit mir zu beschäftigen?«

»Erstens, Absinth arbeitet nur für Torpedo Ink. Du bist jetzt Eigentum von Torpedo Ink, denn du bist meine Frau. Also arbeitet er für dich.«

»Heyhey. Sag das noch mal, Ice.« Sie konnte sich den kleinen Kick, den diese fast beiläufige Bemerkung bei ihr auslöste, nicht gleich eingestehen. Sie wollte ihm ja in jeder Hinsicht gehören, aber *Eigentum*? »Ich bin Eigentum von Torpedo Ink?«

Er legte ihr einen Arm um den Hals und zog sie zu sich. »Du bist *mein* Eigentum, aber Torpedo Ink beschützt dich. Wie jedes Mitglied. Jeden Kandidaten. Ich lasse gerade deine Kutte anfertigen. Wir machen einen Ausflug mit den Diamondbacks und ein paar anderen Clubs, und da möchte ich, dass du sie trägst, oder die Baumwollweste, die schon fertig ist. Das ist wichtig. Du kannst da nicht einfach herrenlos herumlaufen, sondern musst in meiner Nähe bleiben.«

»Ich bin immer in deiner Nähe.« Es stimmte. Sie liebte es, bei ihm zu sein, egal, wo sie waren.

Er nickte. »Also, dann sprich später, am Vormittag, mit Absinth, und dann kriegen wir das zum Laufen. Sobald er die Papiere beantragt und beweist, dass du am Leben bist und ihn beauftragt hast, können wir diese Kerle erledigen. Drei von ihnen sind mit ihren Opfern ›verheiratet‹ und haben es darauf abgesehen, die Damen bald umzubringen. Sie machen bereits Späße darüber. Code sagte, es mache ihn krank, ihre Gespräche zu lesen. Diese Frauen glauben, sie werden geliebt, aber die Kerle sind lediglich hinter dem Geld her. Wenn Lana nicht gewesen wäre … ich bin ihr so verdammt dankbar.«

»Ich auch.«

»Ich muss mich vor dem Ausflug noch um einiges kümmern, Soleil. Ich werde einen, maximal zwei Tage weg sein, aber es wird hoffentlich nicht lang dauern. Ich möchte, dass du in der Nähe des Hauses oder des Clubhauses bleibst. Du kannst Breezy oder Anya besuchen. Bei denen bist du absolut sicher. Falls du irgendetwas brauchst, Lebensmittel oder so, gib dem, der auf dich aufpasst, eine Liste. Ich weiß noch nicht, wen wir dieses Mal hierlassen.«

Ein weiterer Schauder lief ihr über den Rücken. »Ich verstehe nicht. Wohin gehst du?«

»Über Clubangelegenheiten reden wir nicht, Baby. Das habe ich dir noch nicht erklärt, und das tut mir leid. Hätte ich tun sollen, bevor ich dir jetzt damit komme. Wir nehmen Aufträge an und erledigen sie, so finanzieren wir uns. Nur Vollmitglieder wissen, was wir tun. Wegen der Diskretion. Ist aber keine große Sache.«

»Es ist mir absolut schnuppe, was du tust, Ice, aber ich mag es nicht, dass du irgendwohin fährst und ich keine Ahnung habe, wo du bist.«

»Du wirst dich daran gewöhnen.« Er streichelte ihren Hinterkopf, als könne das alles beheben.

Das war ihr nicht genug. »Was würdest du sagen, wenn ich ein paar Tage verschwinden würde, und du hättest keine Ahnung, wo ich bin oder was ich mache?«

»Das wird nicht passieren.«

Wieder war sein Ton stahlhart geworden, was in ihrem Bauch Schmetterlinge aufflattern ließ. Auch seine Augen hatten sich wieder verändert; sie waren eisig blau geworden. Gletscherblau. Es war ihm todernst. Sie legte abwehrend eine Hand an ihren Hals.

»Siehst du denn nicht, wie unfair das ist?«

»Es ist mir scheißegal, ob das fair ist oder nicht, Soleil«, fuhr er sie an. »Du kommst mir niemals aus.«

Seine Augen sprühten blaues Feuer. Sie fand das faszinierend und irgendwie heiß – was nicht gut war, denn er meinte wirklich, was er sagte. Sein Ton war messerscharf. Er war plötzlich nicht mehr der lockere Typ, den sie geheiratet hatte.

Sie versuchte es mit Vernunft. »Liebling – ich bin sehr lange allein gewesen.«

Sie sah, welche Anstrengung es ihn kostete, diesen heißen, blauen Flammen Einhalt zu gebieten. Sie wollte fast nicht, dass er es tat, weil sie so sehr darauf fixiert war. Er war so ein schöner Mann, sogar wenn er wütend war. Doch sie wollte nicht, dass er auf sie wütend war. Es gefiel ihr nicht, aber so, wie sein Blick über sie strich …

Da war Besessenheit, als gehöre sie nur ihm. Da war diese dunkle Lust, die nie ganz verschwand, wenn er sie ansah. Da waren diese blauen Flammen, die in seinen Augen tanzten und sich auf sie fokussierten, als sei sie die einzige Frau in seiner Welt, als brenne er nur für sie. Sie hatte gehört, wütender Sex sei explosiv …

»Du bist jetzt nicht mehr allein, Soleil, und da gibt es einen Haufen Mörder mit der Absicht, dich zu töten. Warum zum Teufel bist du so unvernünftig?« Er fuhr sich durch die Haare, zerraufte sie, sodass er mehr wie ein wilder Surfer aussah als wie ein Biker.

Sie versuchte, nicht zu grinsen, denn sie wusste, das würde ihn nicht glücklich machen. Aber sie konnte nicht anders, sie musste mit ihrem Finger über seine Lippen streichen, diese kleinen, faszinierenden Unmutsfalten nachziehen in einem Versuch, ihn zu trösten, weil er wirklich sehr verärgert war. Plötzlich ging es nicht mehr um Sex, ob wütend oder sonst wie, sondern darum, ein Problem zu lösen und ihm verständlich zu machen, damit er sich nicht mehr ärgerte, und auch sie nicht.

»Du könntest es mit Fragen versuchen, Ice. Ich würde so ziemlich alles für dich tun. Aber ich will nicht behandelt werden, als wäre ich zehn und nicht ganz hell im Kopf. Was für einen Sinn würde es für mich machen, irgendwohin zu gehen ohne dich? Ich habe in diesem Haus tausend Dinge zu tun, oder ich kann die anderen Frauen besuchen. Ich will sie kennenlernen. Aber ich will nicht behandelt werden wie ein Kind. Ich habe vielleicht ein paar Fehler gemacht, oder sogar eine ganze Menge, aber ich habe daraus gelernt.«

Er erstarrte, sein Blick war voll auf ihr Gesicht fokussiert.

Sie nickte. »Ich habe gesagt, es würde dir nicht gefallen, wenn ich für ein paar Tage verschwände, ohne dass du weißt, wo ich bin. Darauf hast du ziemlich emotional reagiert, deshalb ist mir vollkommen klar, dass dir das nicht gefallen würde. Aber du machst dasselbe mit mir und erwartest, dass es für mich okay ist. Verstehst du, was ich meine?«

»Ja«, räumte er ein. »Aber ich kann meine Arbeit nun mal nicht verändern, Baby.«

»Ich habe gehört, was Männer auf Ausfahrten machen. Was immer dabei passiert, bleibt unter Verschluss. Das mag ich nicht, Ice, und ich werde nicht damit leben. Wenn du das tust, dann war es das mit uns.« Sie legte ihre Meinung unumstößlich dar.

»Also, erstens, Prinzessin« – er umfasste eine Hälfte ihres Gesichts mit einer Hand und streichelte sie sanft – »habe ich dir gesagt, dass ich dich nicht betrüge. So jemand bin ich nicht. Ich wäre dir gegenüber niemals derart respektlos. Zweitens, wir machen keinen Ausflug. Wenn wir das tun, dann nehme ich dich mit. Wir arbeiten. Es wird passieren, dass wir ab und zu wegmüssen. Und das ist eben jetzt so. Es ist für mich wichtig, dass es für dich okay ist, wenn ich wegen Clubangelegenheiten unterwegs bin.«

Ihr Blick erforschte den seinen. Die Geschäfte seines Clubs kümmerten sie nicht wirklich, doch sie mochte es nicht, wenn er irgendwo für sie unerreichbar war. »Kann ich dir SMS schreiben?«

»Sicher. Ich kann nur womöglich nicht gleich antworten. Du kannst mir auch Aktfotos von dir schicken.«

Sofort spürte sie Hitze im Bauch, als wäre ein dort schwelendes Feuer plötzlich ausgebrochen. Farbe breitete sich vom Leib zu ihren Brüsten aus, erhitzte sie bis zur Schmerzgrenze und bewegte sich dann weiter den Hals hinauf bis zu den Schlagadern, die wie wild arbeiteten, und tauchten ihr Gesicht in ein sanftes Rot.

Er grinste. »Der Gedanke gefällt dir.«

»Ich denke gern daran, dass du die Bilder anschaust und dabei heiß und voller Lust bist. Ich glaube aber nicht, dass ich von mir Bilder machen und sie dir schicken kann.« Sie wandte den Blick auf seinen steif werdenden Schwanz. Seine Größe und sein Aussehen waren wundervoll. Sie umfasste ihn, machte eine Faust darum.

»Ich liebe es, wie perfekt du bist. So dick und hart, und trotzdem wie Samt.« Sie leckte seinen Schaft entlang, ließ die Zunge über die Eichel tanzen. »Und ich liebe es, wie du schmeckst.« Ihr Blick traf den seinen, sie drehte sich auf den Bauch, ihr Mund nur Zentimeter von seinem Unterleib entfernt. »Du hast keine Ahnung, wie schön dein Schwanz ist, Ice. Er passt perfekt zu dir.«

Er gab ihr einen so kräftigen Klaps auf den Hintern, dass er rot wurde. Sie schrie gespielt auf, doch in Wahrheit konnte Ice tun, was er wollte, es machte sie immer sofort heiß.

»Steh mal kurz auf.«

Sein Ton war gespielt infam. Sie setzte sich auf und sah zu, wie er aufstand. »Bin gleich wieder hier.« Er rannte die Treppe hinauf. Sie fand es total aufregend zu beobachten, wie sich sein Körper bewegte, all die herrlichen Muskeln, die sie mit der Zunge nachgefahren war. Seine Narben, die ihn noch krasser aussehen ließen. Er kam zurück mit seinem Handy.

Soleil lachte. »Was hast du vor?«

»Ich will Fotos von dir machen.«

»Sobald du sie hast, kann jeder sie sehen.«

»Nein. Ich teile sie mit niemandem. Aber ich will sie haben. Meine sexy Frau. Ich liebe es, das zu sagen. Ich liebe es, dass du mir gehörst. Komm, posiere für mich.«

»Ich bin doch kein Model. Ich bin zu befangen, um nackt zu posieren, oder auch angezogen. Ich sehe auf Fotos nie gut aus.«

»Ich gebe dir Anweisungen.«

Er klang so begierig, dass sie lächeln musste, und plötzlich war es ihr egal, dass er Nacktfotos von ihr wollte, selbst wenn sie nicht schön waren. Er zeigte auf den dicken Teppich vor dem Kamin und drehte mit der Fernbedienung die Flamme etwas an.

»Setz dich, lass dein Hemd von einer Schulter herunterrutschen und mach alle Knöpfe auf, sodass eine Brust herauslugt. Das ist höllisch sexy.«

»Ist die Hölle sexy?«, neckte sie und tat, was er sagte.

»Schau mich an, mit deinem Unschuldsgesicht. Dem Engelchen-Gesicht.«

Sie war sich nicht sicher, ob sie ein Unschuldsgesicht hatte. Ganz bestimmt hatte sie kein Engelchen-Gesicht, deshalb schaute sie ihn einfach unter ihren langen Wimpern hervor an und hoffte, das sei gut genug. Sie öffnete die Lippen und sah ihn direkt an, während er knipste und knipste. Als er ihr keine Anweisung mehr gab, öffnete sie das Hemd, bot ihm ihre Brüste auf den Händen an und warf dazu den Kopf in den Nacken.

»Mann, Baby, ich werde felsenhart.«

Das war nichts Neues, aber es inspirierte sie. Sie legte sich auf den Bauch, die Beine gespreizt und nach oben abgewinkelt. Drehte ihm das Gesicht zu, stützte sich auf einen Ellbogen, sodass er ihre nach unten hängende Brust ins Bild bekam, deren Nippel den warmen, dicken Teppich berührte.

Er warf ihr ein Kissen zu, und sie schob es so unter sich, dass ihr Po angehoben wurde. »Das ist wunderbar, Prinzessin. Dreh dich um und leg dich auf den Rücken, drück den Rücken durch und zieh die Knie an. Die Beine auseinander, sodass ich den wunderbaren Honig sehe, mit dem du mich morgens fütterst.«

Er verschlang sie wenigstens zweimal am Tag. Sie erhob dagegen keine Einwände, denn sie wollte nicht klingen, als würde sie sich beschweren.

»Mach es dir selbst, Soleil.«

Den Blick auf ihn gerichtet, ließ sie ihre Hand über den Bauch nach unten gleiten und umkreiste dann mit einem Finger ihre Klitoris. Sie konnte kaum glauben, wie sehr es sie erregte, dass Ice ihr mit begierigem Blick zusah und dabei Bilder machte.

»Du bist meine kleine Exhibitionistin, Soleil.« Lachen schwang in seiner Stimme mit, und er fotografierte immer weiter. »Ich liebe das so. Ich schalte auf Video, denn du bist so sexy, dass ich das für mich haben muss, wenn ich allein bin.«

Die tanzenden Flammen im Kamin warfen Schatten im Raum, die auf ihrem Körper spielten. Ihre langen Wimpern senkten sich, und sein Körper reagierte. Ihr Blick war auf seinen Schwanz fixiert. Sie steckte sich die Finger in den Mund und lutschte daran, schloss dann für einen Moment die Augen, als habe sie sein Gewicht auf der Zunge liegen.

»Mann, ich liebe das, Soleil. Ich will noch mehr von diesen sexy Bildern. Knie dich vor diesen Polsterschemel. Leg dich darüber, so, dass deine Titten herunterhängen. Warte. Bin gleich wieder da.« Dieses Mal verschwand er im Flur.

Soleil setzte sich auf, merkte, dass sie lachte, und fragte sich, wie sie so schnell von den Tränen wieder weggekommen war. Es war wegen Ice. Das Leben mit ihm war ein Abenteuer. Man wusste nie, was er von einem Moment auf den anderen machen würde. Als er zurückkam, blickte er so zufrieden drein, dass sie nur den Kopf schütteln konnte. Sie war schon jetzt so verliebt in ihn.

»Komm her, Baby.«

»Nichts mehr mit dem Schemel?« Doch dann kroch sie so sexy, wie sie konnte, zu ihm, den Blick nur auf seinen Schwanz gerichtet, diesen köstlichen Teil seiner Anatomie, der sie offenbar stets begeisterte.

Als sie vor ihm kniete, krümmte er den Finger, und sie richtete sich auf. Er beugte sich zu ihr, nahm ihre linke Brust in den Mund und saugte heftig daran, drückte den Nippel flach und zog dann mit den Zähnen daran. Sie keuchte, er zog noch stärker und befestigte dann eine Klammer mit funkelnden Edelsteinen an ihrer Brustwarze. Soleil atmete heftig. Er grinste, und dann wiederholte er das Ganze mit ihrer rechten Brust. Eine doppelte Kette hing nun gleich einem Zügel von einem Nippel zum anderen.

»Wollte mir die Überraschung für dich eigentlich für später aufheben, konnte aber nicht mehr widerstehen. Du siehst so toll aus.«

Soleil sah ihn argwöhnisch an und blickte dann auf ihre Brüste. Der Schmuck war wunderschön, sie sah sogar seinen Namenszug darauf, und sein Gesicht leuchtete so, dass sie ihm am liebsten alles gegeben hätte, was er sich wünschte.

»Was tun wir?« Ihre Nippel brannten, und als sie sich bewegte, war es, als würde er sie streicheln und wieder ziehen, sodass sie keuchen musste.

»Wir machen ein Video für mich. Ein extrem heißes.«

»Ich vermute, du hast da schon Ideen.« Sie wagte nicht, sich zu bewegen. Als sie es doch tat, schwangen die Juwelen hin und her, und der Zugriff der Klammern wurde fester, sandte Feuerpfeile direkt in ihre Klitoris. Sie befürchtete, allein davon schon einen Orgasmus zu bekommen, und dann würde er die ganze Zeit mit ihnen spielen wollen. Sie hatte gehört, es sei schmerzhaft, sie abzunehmen, doch richtiger Schmerz, das war nicht ihr Ding.

Er grinste ihr zu, küsste sie, bis sie nichts mehr denken konnte, und ließ sie dann mit breit gespreizten Beinen hinknien. Dieses Mal sollte sie sich rücklings über den Schemel beugen, sodass ihr Kopf links und ihr Venushügel rechts davon war. Die Juwelen zogen ihre Brüste nach beiden Seiten, sodass sie wieder keuchen musste und erneut Feuer durch sie schoss. Ihre Scheide zog sich zusammen; sie merkte, dass sie total notgeil wurde.

»Ice.« Sie jammerte beinahe.

»Ich lasse das Video mitlaufen. Du folgst einfach meinen Anweisungen.«

Sie nickte, den Blick auf ihn gerichtet. So liebte sie ihn, glücklich und lachend. Spielend. Ice schien kein Mann zu sein, der oft spielte, und nun tat er es.

»Vergrab deine Finger in deiner Pussy, Prinzessin. Ich möchte, dass du dir einen runterholst. Öffne deinen Mund, und ich stecke meinen Schwanz hinein. Dieses Mal geht er tief rein, aber du schaffst das. Ich mache es ganz langsam. Du kannst mit meinen Eiern und deiner Möse spielen, aber nicht mit meinem Schwanz, verstanden?«

Sie nickte, ließ die Hand nach unten gleiten und spürte ihre Berührung heiß wie Feuer. Schatten huschten über sein Gesicht, sie verliehen ihm das Aussehen eines Kriegers. Seine Augen waren stahlblau, sein Blick forderte ihre Einwilligung, und sie hätte ihm in diesem Moment alles gegeben, nur um zu sehen, dass die Stressfalten, die er stets hatte, verschwanden.

»Öffne deinen Mund für mich, Baby.«

Seine Stimme war heiser geworden, und sie wusste, dass er ebenso geil wurde, wie sie es bereits war. Sie wollte seinen Schwanz, befeuchtete jedoch wie zur Show noch ihre Lippen, bevor sie langsam den Mund öffnete. Er presste die breite Eichel an ihre Zunge, und sie schmeckte das für Ice typische maskuline Aroma.

Ihr ganzer Körper brannte, und als er die Kette wie beiläufig hochhob, spürte sie es kaum, bis er daran zog und ihre Brüste sich wie auf sein Kommando hin hoben. Sie keuchte, und er schob die Hüften vorsichtig vor, sodass sein Schwanz sehr tief eindrang.

»Genau so, Baby, drück zu. Das ist so irre geil. Mach es dir.«

Sie konnte nicht atmen und sah zu ihm auf, um es ihm zu sagen, doch er glitt bereits zurück, um ihr Luft zu geben; dann zog er erneut an der Kette, die Flammen schossen durch sie, und er stieß tiefer, fluchte, eine Hand so in ihrem Haar verkrallt, dass ihre Kopfhaut schmerzte. Sie glaubte, gleich zu explodieren.

Soleil hielt sich mit ihrer Selbstbefriedigung zurück, denn sie wollte nicht, dass es rasch endete. Es war einfach zu gut, zu perfekt. Es spielte keine Rolle, dass es mit Tränen oder Spiel begonnen hatte, es war der Ausdruck in seinem Gesicht, den sie für immer haben wollte. Sollte er das Video haben. Sie hatte dafür die grenzenlose Lust und diesen Gesichtsausdruck.

Sie konzentrierte sich auf die steigende Spannung in ihrem Körper und seinen prächtigen Schwanz. Sein Gewicht. Seine Form und sein Aussehen. Seinen Geschmack. Sie liebte das alles, denn es stand für Ice. Jede Bewegung ihrer Zunge, ihre hohlen Wangen, wenn sie kräftig saugte, ohne zu atmen, und darauf vertraute, dass er ihr Luft gab, all das sagte ihm ohne Worte, wie sehr sie ihn liebte. Dabei sah sie ihn die ganze Zeit an, sah in diese blauen Augen, deren Blick nie von ihr abwich.

Er zog an der Kette, was wieder Feuerpfeile durch ihren Körper jagte, schob sein Glied tiefer in sie, bis ihr nichts mehr übrig blieb, als ihren Hals zu entspannen, doch er drängte sie nicht in eine Panik. Er war sorgsam mit ihr. Und dann, ehe sie es aufhalten konnte, explodierte ihr Körper mit starken, wilden Wellen, die sie überwältigten, während sein Schwanz anschwoll und dann seinen Samen ihre Kehle hinab ergoss, sodass sie wieder und wieder schlucken musste.

»Nicht bewegen, Prinzessin«, befahl er mit rauer Stimme, als bekäme er nicht genug Luft.

Sie griff nach hinten an seine Hüften, damit er sich nicht ganz zurückziehen konnte. Dadurch wurden ihre Brüste angehoben, was einen weiteren Feuerstrahl durch ihren Körper direkt in ihr Geschlecht jagte, gefolgt von einer mächtigen Welle.

Sie funkelte ihn an, denn sie liebte es, jeden Tropfen seines Samens zu bekommen. Er gehörte ihr. Dieser Geschmack. Das war Ice.

Sie liebte es ebenfalls, sein Gesicht zu beobachten, während sie zärtlich an ihm leckte. Vorsichtig saugte. Er schloss dann immer die Augen, seine Hand in ihren Haaren, die Finger bewegten sich im Takt mit ihrer Zunge, eine Verbindung zwischen ihnen, die ihr heilig war. Am Ende zuckten seine Lider, er öffnete die Augen und sah sie an mit einem Blick, der etwas von Anbetung hatte. Immer dann konnte sie am ehesten glauben, dass er dasselbe für sie empfand wie sie für ihn.

»Ich muss dir diese Klammern abnehmen, Baby. Sie dürfen nicht zu lange dranbleiben.«

Soleil hatte sie fast vergessen, so fasziniert war sie gewesen. Sie bewegte sich nicht, als er sich über sie beugte. Sie atmete hörbar aus, als er die erste Klammer abnahm und durch seinen warmen Mund ersetzte. Es war nicht so schlimm, wie sie befürchtet hatte, aber definitiv intensiver als gedacht. Vor der zweiten nickte sie nur, und sein Mund war rasch wieder tröstend auf ihrem Nippel.

Er half ihr, sich aufzusetzen, und dann küsste er sie über und über und vertrieb so alle Sorgen, die sie noch hatte. Wenn er sie küsste, war denken schlicht unmöglich. Als sie schließlich aufstand, noch etwas wackelig auf den Beinen, gab er ihr einen kräftigen Klaps auf den Po. »Komm, Prinzessin. Wir fahren aus. Wir brauchen den Wind im Gesicht. Es geht uns beiden einfach nur gut, vielleicht sind wir auch versaut bis zum Gehtnichtmehr, aber wir gehören einander, und auszufahren macht die Welt immer perfekt.«

Ihr gefiel der Gedanke, dass die Sonne noch nicht aufgegangen war und sie in der Dunkelheit die Küste entlangfahren würden, ganz nahe am Meer.

»Ich liebe jede Minute mit dir, Ice«, gab Soleil zu. »Und ich will dieses Video auch auf meinem Handy haben. Ich liebe es, dein Gesicht zu beobachten, wenn du deinen Schwanz in meinem Mund hast. Du bist wirklich erstaunlich.« Sie musste es ihm sagen, denn es war die Wahrheit.

»Weißt du, was ich so liebe? Du siehst aus wie die nette Kleine von nebenan, Baby, und dann sagst du *Schwanz* und meldest definitiv deine Besitzansprüche an, und das haut mich schlichtweg um. Das liebe ich einfach.« Er ergriff ihre Hand. »Ziehen wir uns an.«

13. Kapitel

Der Highway 1 war eine Strecke voller Kurven und Serpentinen mit nur wenigen geraden Abschnitten. Ice liebte diese gewundene Straße. Seine Frau saß hinter ihm, wegen der frühen Morgenstunde und der Brise an der Küste warm angezogen. Das war es, wofür er lebte, seine Frau, seine Harley und die offene Strecke. Er war noch keine fünfzehn Meilen gefahren, als von hinten zwei Maschinen aufholten. Er grinste seinen Brüdern zu und winkte.

Savage und Absinth hielten sich hinter ihnen. So war es oft, einer entschloss sich zu einer Fahrt, und andere waren bereits auf der Straße. Rechts dehnte sich der Ozean aus, links stiegen die Berge auf. Es war eine herrliche Szenerie. Die Sonne dachte noch nicht daran, sich im Osten zu erheben.

In circa einer Stunde konnten sie nach einem kleinen Diner fürs Frühstück Ausschau halten. Soleil war gut eingepackt – Handschuhe, Halstuch, warme Kleidung, Jacke – und hatte die Arme fest um ihn gelegt. Es gefiel ihm nicht, dass sie glaubte, er könne sie verlassen – und dass man ihr eingeredet hatte, sie sei, von ihrem Geld abgesehen, wertlos. Er wollte, dass sie erkannte, dass er sie als den Menschen schätzte, der sie war. Mit allem, was sie hatte und was sie ausmachte, einschließlich ihrer kleinen exhibitionistischen Neigung. Sie wusste es nicht, doch er brauchte das. Es war nicht fair von ihm, ihr nur einen Teil von dem zu geben, was er war.

Darüber dachte er während der nächsten Meilen nach. Sie gab ihm alles. Er sah, wie sie war. So süß. Sie kochte für ihn, brütete über Rezepten für Gerichte, von denen sie glaubte, er würde sie mögen. Dabei war ihm das Essen völlig egal, ihn interessierte nur sie. Er liebte es, in der Küche zu sitzen und zuzusehen, wie sie sich mit vollem Ernst an einem Rezept versuchte, das für einen Amateur wahrscheinlich viel zu kompliziert war. Aber das machte nichts. Sie tat es für ihn. Um ihn glücklich zu machen.

Noch nie hatte sich jemand so um Ice bemüht wie sie. An seine Eltern konnte er sich nicht erinnern. Sie waren ermordet worden, und man hatte ihn in die Schule gesteckt, vermutlich, um aus ihm einen Agenten für sein Land zu machen. Es gab vier solcher Schulen; drei davon bildeten die Kinder mit Folter und brutalen Methoden aus und erwarteten dennoch von ihnen, ihrem Land zu dienen. Die vierte, in der er gewesen war, bestand aus Kriminellen, Pädophilen, denen man alle möglichen Kinder gab, die sie auf jede erdenkliche Art missbrauchen konnten. Man rechnete nicht damit, dass diese Kinder die Schule lebend verlassen würden, wiewohl sie alle zu todbringenden und hocheffizienten Killern ausgebildet wurden, damit Sorbacov – der Mann, der sie in die Schule gebracht hatte – sie benutzen konnte, wenn er einen Feind beseitigen wollte.

Soleil begann, seinen Bauch zu reiben, als wüsste sie, dass seine Gedanken eine plötzliche negative Wendung genommen hatten, und sie wollte ihn trösten. Ice legte seine Hand in einer stummen Geste des Dankes auf die ihre. Er wusste, dass er sich längst und unabänderlich in sie verliebt hatte. Er wusste nur noch nicht recht, was das genau war oder was er diesbezüglich unternehmen sollte.

Ein Wagen näherte sich ihnen von hinten. Er war zunächst sehr schnell gewesen, drosselte nun die Geschwindigkeit und hielt sich dann exakt hinter den drei Motorrädern. Savage gab

Ice ein Zeichen, an den Rand zu fahren und das Auto passieren zu lassen. Es war ein Audi, und darin saßen vier Männer.

Doch etwas daran, wie der Wagen angefahren kam, wie ein hungriges Raubtier, ließ nicht nur bei Ice die Alarmglocken läuten, sondern auch bei Savage. Ice blickte zu Absinth. Seine Miene war ausdruckslos. Auch er spürte es also. Wer immer in diesem Wagen saß, hatte es speziell auf Torpedo Ink abgesehen. Es war kein Zufall, dass er hier war.

Ice hätte diese Situation begrüßt, und das wusste er auch von den anderen, doch nun galt es, Soleil zu schützen. Waren diese Männer hier, um sie zu töten? Wessen Feinde waren sie? Savage fiel plötzlich zurück und signalisierte Ice, Gas zu geben. Ice wusste sofort, dass Savage ihn zum Schutz von Soleil wegschickte. Die Kerle in dem Audi schritten zur Tat.

Seine Harley ging ab wie eine Rakete, und Savage und Absinth gaben ihnen mit ihren Maschinen Deckung, indem sie ständig Kurven zogen. Ice hörte eine Kugel vorbeizischen und wurde nun endgültig richtig wütend. Soleil presste sich an ihn, hielt sich noch stärker an ihm fest. Sie verfiel nicht in Panik und stellte keine Fragen. Sie tat, was sie immer tat, wenn sie bei ihm war. Sie schenkte ihm ihr volles Vertrauen, ihr Körper bewegte sich mit seinem und dem Bike, als sei sie für nichts anderes geboren.

Vor ihnen, nach der nächsten Kurve, kam eine Serpentine. Sie kannten die Straße, wussten Bescheid. Kurz bevor er in die Serpentine einfuhr, gab er Savage und Absinth ein Handzeichen. Sobald sie das Sichtfeld des Audi verlassen hatten, verlangsamte er das Bike und verließ die Straße.

»Runter, Baby, renn ins Gebüsch.« Er hatte sie am Arm und riss sie fast von der Maschine. Soleil gehorchte und verschwand im nächsten Dickicht.

Savage und Absinth waren da, stiegen ab, jeder rannte auf eine Straßenseite und zog seine Waffe. In Sekunden waren sie einsatzbereit. Sie waren daran gewöhnt, in einer ungewissen Situation blitzschnell zu handeln.

Der Audi fuhr in die Serpentine ein. Savage trat von links auf die Straße und feuerte direkt in das Auto. Absinth schoss von rechts. Ice war direkt am Scheitelpunkt der Kehre in Position gegangen. Savage musste den Fahrer getroffen haben. Der Wagen schleuderte, es roch stark nach Reifengummi. Er drehte sich und schlug dann hart gegen den Hang.

Ice sprintete zur hinteren Tür des Audi, riss sie auf, rammte seinen Ellbogen ins Gesicht des Bärtigen auf der Beifahrerseite, schlug ihn zur Seite und hielt ihm die Pistole an den Kopf.

»Ich mache dich fertig. Die Waffe runter.« Er sah mit einem Blick, dass der Fahrer tot war, über das Steuer gebeugt, sein Fuß ein totes Gewicht auf der Bremse.

Absinth hatte die Tür hinter dem Fahrersitz aufgerissen und so heftig auf den dort Sitzenden eingedroschen, dass der Mann völlig benommen war. Nun zog er ihn aus dem Wagen, legte ihn bäuchlings auf den Boden und durchsuchte ihn nach Waffen.

Savage hatte den vierten Mann aus dem Wagen gezerrt, den Schützen. Ice war damit beschäftigt gewesen, Soleil in Sicherheit zu bringen, doch er wusste, dass die Schüsse Savage und Absinth gegolten hatten. Savage ging mit seinem Gefangenen kein Risiko ein. Er warf den Mann zu Boden und durchsuchte ihn unsanft nach Waffen, machte sich jedoch nicht die Mühe, jede Pistole und jedes Messer einzusammeln.

»Wer bist du?«, fragte Absinth seinen Gefangenen.

Ice schleifte den Bärtigen um das Auto herum, ohne auf Steine und Äste zu achten, die den Mann verletzen konnten, und ließ ihn neben Absinths Mann fallen.

»Ed Charles.« Kaum hatte er den Namen gesagt, als er zu schreien begann und sich an den Kopf fasste.

Absinth grinste finster. »Ich kann dir noch mehr wehtun. Du sagst mir die Wahrheit, und der Schmerz vergeht. Dein Name?«

»Phil. Phil Roberson.« Der Mann japste nach Luft. Er hatte tatsächlich Tränen in den Augen.

»Warum habt ihr uns angegriffen, Phil?«, fuhr Absinth fort.

»Antworte ihm nicht!«, fauchte Savages Gefangener.

Savage konterte sofort, wieder und wieder krachte seine behandschuhte Faust auf den Mund des Mannes, brach Zähne aus und schob sie ihm in den Rachen. Blut spritzte und lief ihm über Kinn und Hals.

»Erzähl weiter, Phil«, sagte Savage. »Du wirst die Frage beantworten wollen.« Er sprach ruhig, sachlich, so, als habe er nicht eben das Gesicht eines Mannes entstellt.

Phil blickte entsetzt. »Wenn ich antworte –« Er brach ab, schrie, fasste sich an den Kopf.

»Wenn du nicht antwortest oder lügst, wird dir dein Kopf sehr wehtun, Phil«, sagte Absinth völlig ungerührt. »Und es wird noch schlimmer.«

»Das Mädchen. Wir sind hinter dem Mädchen her.«

Ice versteifte sich und blickte zu dem Gebüsch, wo Soleil stand und die Szene beobachtete. Es gefiel ihm nicht, dass sie sah, was sie machten; andererseits brauchten sie die Information, die sie auf diese Weise rasch erhielten. *Er* brauchte diese Info. Diese Männer waren hinter Soleil her. Sie mussten schnell sein und dann von hier verschwinden.

»Wie habt ihr sie gefunden?«, wollte Absinth wissen.

»Winston hat sich an den Club beim Motel erinnert. Sie wurde gesehen, wie sie in eine Biker-Bar ging. Ein Biker dort hat von ihr erzählt.«

»Name und Club des Bikers.« Absinth spuckte die Forderung fast heraus.

»Fred Irgendwas. Sein Club hieß Venomous.«

Ice erinnerte sich daran, dass sie an jenem Abend in der Bar gefeiert hatten, doch nicht an Fred. Natürlich hatte Fred Soleil bemerkt. Als sie in die Bar kam, waren alle verstummt und hatten verblüfft zur Tür geschaut. Ice prägte sich den Namen des Bikers ein. Sie waren mit Soleil in ihrem Hochzeitskleid zurückgekommen. Sie hatte ausgesehen wie eine Prinzessin – für jeden unvergesslich.

»Wer sind eure Freunde? Der Mann, der keinen Mund mehr hat?«

»Das ist Yeger. Yeger Kushnir.«

Ice wurde steif. Diesen Namen kannte er. Sie hatten alle ein fehlerloses Gedächtnis. Das brauchten sie. Anders hätten sie in der Hölle nicht überleben können. Yeger Kushnir war einer der beiden Männer, die Rich Marshals Frau vergewaltigt und eingeschüchtert hatten, um sie auf Linie zu halten. Er war schwer in Menschenhandel verstrickt und sorgte dafür, dass die Kinder, die nicht auf Auktionen verkauft wurden, bis zu ihrem Tod in ihrem Ring verblieben. Wie war Winston mit dem Pädophilenring und den Männern in Verbindung gekommen, die Torpedo Ink jagte? War das Zufall? Das glaubte er keine Sekunde lang. Was zum Teufel war hier los?

Yeger spuckte Blut und warf sich dann auf Savage, riss eine Pistole hoch und schoss. Savage sprang zur Seite und rammte mit voller Kraft Yegers Arm, als er die Waffe hob. Yeger rollte und richtete die Pistole auf Soleil. Savage war auf ihm, noch ehe er feuern konnte, und schlug zu. Hart. Erbarmungslos. Yeger hatte keine Chance mehr, noch einen Schuss abzugeben. Er kämpfte, versuchte, Savage mit dem Pistolengriff ins Gesicht zu schlagen, die Waffe auf ihn zu richten. Ice hätte ihm sagen können, dass das eine schlechte Idee war.

Savage packte ihn am Handgelenk und verdrehte seinen Arm. Die Waffe flog durch die Luft, Yeger brüllte. Savage schlug noch einige Male zu, bis er aufgab.

»Und nun der andere.«

Ices Gefangener hatte keinen Ton von sich gegeben. Nun sah er Phil wütend an, als glaube er, er könne dem Mann Angst einjagen. Phil aber hatte nur Augen für die heftigen Schläge, die Savage Yeger verpasst hatte.

»Basil Alanis.«

Auch an diesen Namen erinnerte sich Ice. Er war der zweite der beiden, die Rich Marshals Frau vergewaltigt und eingeschüchtert hatten, damit sie bei Rich blieb, obwohl der ihre Töchter belästigte. Und auch er gehörte dem Menschenhändlerring an, der Kinder aufnahm, die für den Pädophilenring als zu alt galten.

»Und der Sammler. Gib mir den Namen des Sammlers.« Absinth sprach leise, doch Phil starrte weiter auf den blutenden Yeger.

Diesen Namen brauchten sie vor allen anderen. Er war der Mann, der Familien aussuchte und ermordete, um seine Aufträge für junge Knaben oder Mädchen erfüllen zu können.

Yeger versuchte zu sprechen, doch sein Mund war so übel zugerichtet, dass es ihm nicht gelang. Er wollte ganz eindeutig nicht, dass Phil fortfuhr. Wie Torpedo Ink wusste auch Yeger, dass sie die Befragung nicht mehr länger fortsetzen konnten. Sie hatten in den letzten drei Minuten einiges herausgefunden, aber es konnte jederzeit ein Auto vorbeikommen, und sie konnten nicht riskieren, gesehen zu werden.

»Ich kenne ihn nicht! Ich kenne ihn nicht!«, kreischte Phil.

»Scheiße«, knurrte Ice. »Die Zeit ist um. Wir können nicht länger bleiben.« Er wollte die Verbindung zwischen Winston und den Pädophilen.

»Wir können sie nicht mitnehmen, um sie zu befragen«, sagte Absinth bedauernd. »Wir sind mit den Bikes hier. Und sie wissen, wo Soleil ist.«

Ice zuckte die Achseln. »Bringen wir's zu Ende.« Er schoss Basil in den Kopf.

Savage machte dasselbe mit Yeger. Absinth zog seine Pistole und exekutierte ebenso rasch Phil.

»Wir müssen von hier weg«, sagte Savage. »Hat einer von euch irgendetwas angefasst?«

»Die Tür«, sagte Ice. »Aber ich hatte Handschuhe an.«

»Ich mache das Auto sauber«, erklärte Savage. »Bring sie von hier weg.«

Er blickte zu Soleil hinüber, Absinth und Ice ebenso. Sie war kreidebleich, bedeckte den Mund mit beiden Händen, als wolle sie einen Schrei unterdrücken. Ice wusste, dass Soleil nicht an plötzlich eskalierende Gewalt gewöhnt war. Dies musste für sie tausendmal schlimmer sein als alles, was sie mit Winston erlebt hatte. Wahrscheinlich hatte sie panische Angst.

Er richtete sich auf und steckte seine Waffe in das Seitenhalfter, ehe er zu ihr ging. Soleil trat einige Schritte zurück. Er hob sein Bike auf und warf einen Blick darauf, um zu sehen, ob alles in Ordnung war.

»Baby, komm hier herüber. Wir müssen los, bevor wir gesehen werden.«

Sie war es gewohnt, ihm zu geben, was er wollte, und machte einige Schritte auf ihn zu, doch dann blieb sie kopfschüttelnd stehen. »Ihr habt sie erschossen. In den Kopf. Ihr habt sie gerade erschossen, Ice.«

»Wir hatten keine Wahl. Diese Männer waren hinter dir her. Und jetzt steig verdammt nochmal auf. Uns läuft die Zeit davon.« Er nahm sein Abzeichen ab, rollte die Jacke zusammen und verstaute sie in einer Tasche seiner Harley. »Los!«, fauchte er sie an.

Soleil kam zögernd, doch sie kam. Beim Aufsteigen legte sie eine Hand auf seine Schulter. Sie zitterte. Die Maschine brüllte auf. Er legte ihre Hände um seinen Körper und bedeutete ihr, sich festzuhalten.

Sie zitterte fast unkontrollierbar. Er konnte es ihr nicht verübeln. Sie war noch nie mit solcher Gewalt konfrontiert worden. Sie rasten los, den Highway hinunter auf der Suche nach der ersten Abfahrt, von der aus sie eine andere Route zurück nach Caspar nehmen konnten.

Savage und Absinth würden alle Spuren verwischen, die auf sie verweisen konnten, vor allem die Stellen, an denen sie die Bikes abgelegt hatten, und Soleils Fußspuren. Wie Ice würden auch sie ihr Abzeichen abnehmen und auf alternativen Routen zurückfahren, um möglichst nicht gesehen zu werden. Mehr konnten sie nicht tun, um in so kurzer Zeit ihre Spuren zu beseitigen.

Savage würde den Wagen durchsuchen müssen, um sicherzustellen, dass darin nichts war, was sich bis zu ihnen zurückverfolgen ließ. Das würde eine zusätzliche Minute erfordern, Zeit, die sie vielleicht nicht hatten. Ice schlug sich fluchend auf den Schenkel. Falls Savage gefährdet war, weil er nicht gewartet und mitgeholfen hatte, würde er einen seiner Brüder an das Gefängnis verlieren. Dort würde Savage sicher keinen guten Stand haben. Er würde Tag für Tag Kämpfe provozieren. Das wussten sie, weil er schon einmal im Knast gewesen war, um eine Bedrohung für die Regierung auszuschalten. Er war mehrere Wochen dort gewesen und hatte viel Zeit in einer Einzelzelle verbracht. Dennoch war er oft in Schlägereien geraten und hätte beinahe jemanden mit den bloßen Fäusten getötet. Es war nicht leicht gewesen, ihn dort wieder herauszubekommen.

Ice schlug sich noch einmal auf den Schenkel. Rechter Hand war die Straße, die jenseits des Highways durch die Berge führte. Er bog sofort ab. Während ihrer ersten Monate in Caspar hatten sie sämtliche Nebenstraßen ausgekundschaftet, sogar die nicht geteerten. Es gab unglaublich viele Holzabfuhrstraßen, die von überall zum Highway führten. Sie hatten sich in der ganzen Gegend um Caspar Fluchtrouten eingeprägt.

Er drosselte seine Harley, um keine Aufmerksamkeit auf sich zu lenken. Die anderen würden ihnen folgen, ohne ihr Abzeichen, einfach zwei Männer, die am Morgen einen Ausflug machten. Bike-Enthusiasten machten das die ganze Zeit. Solange niemand zu genau hinsah, war alles in Ordnung – falls Savage sicher weggekommen war.

Die Straße war meistens von Bäumen überschattet und stellenweise nass oder von Kiefernnadeln bedeckt. Er manövrierte problemlos durch die unterschiedlichen »Gefahren«-Zonen und hielt sich in Richtung Caspar.

»Stopp.« Soleil legte den Mund an sein Ohr. »Halt sofort an, Ice.«

Er wollte ihre Hand tätscheln, doch sie zog sie abrupt zurück. »Kann ich nicht, Babe. Zu gefährlich.«

»Savage hat dort bestimmt seine DNA hinterlassen! Und mich werden sie als Komplizin verhaften! Ihr habt diese Männer *umgebracht*!«

Er spürte, dass sie am ganzen Körper zitterte, rieb sanft ihren Oberschenkel. »Savage weiß, was er tut. Er trug Handschuhe, und er wird falsche Spuren legen. Nichts, das auffallen wird. Atme durch, Soleil. Wir sind auf dem Weg nach Hause, und wir sprechen über alles, sobald wir da sind.«

»Ich will anhalten. Ich brauche Luft.«

»Du hast eine Panikattacke.« Ice zuckte innerlich zusammen. Früher oder später konnten die Bullen eine Verbindung zwischen Soleil und diesen Männern finden. Vielleicht hatten die Männer angehalten und Fragen gestellt. Sie hatten nach ihr gesucht und waren in die Bar in Vegas gegangen. Doch falls Fred mit den Bullen gesprochen hatte, würde sogar sein Club sich gegen ihn stellen. »Atme einfach durch. Wir halten nicht an, und du wirst dich zusammenreißen.«

»Ihr habt diese Männer umgebracht!«, wiederholte sie. »Ich glaube, Savage hat den einen zu Tode geprügelt. Oder wenigstens fast. Ihr habt sie *umgebracht*!«

»Sie hatten vor, *dich* umzubringen. Wenn du tot bist und keine Papiere hast, kann dieser Anwalt, den Winston angeheuert hat, so ziemlich alles sagen, was er will!« Ice musste schreien, um das Dröhnen der Maschine zu übertönen. Selbst bei langsamer Fahrt war das Sprechen schwierig. »Verdammt, Soleil, reiß dich zusammen! Das ist ernst. Das Leben von uns allen liegt in deiner Hand. Sieh zu, dass du damit klarkommst!«

Sie wurde sofort still, zu still. Und sie hielt sich steif und wahrte Distanz. Ihre Hände wanderten von seinen Hüften zu den Seiten seines Brustkorbs. Er hatte ein ernstes Problem mit ihr und hätte mit dieser Situation wahrscheinlich vorsichtiger umgehen müssen, doch er machte sich Sorgen, dass Savage und Absinth doch nicht weggekommen waren, ohne Spuren zu hinterlassen.

Er konnte nicht anrufen und sie fragen, denn er wollte nicht, dass sein Handy einen Beweis dafür lieferte, dass sie in dieser Richtung unterwegs waren. Seine Positionsanzeige war ausgeschaltet, doch er wusste, wenn er anrief, würde der Mobilfunkmast sofort einen Beweis liefern. Soleils Handy lag noch in der Schublade neben dem Bett. Winston hatte es mit seinen »besorgten« Anrufen zu weit getrieben. Er arbeitete bereits daran, der Polizei vorzugaukeln, sie habe einen Zusammenbruch gehabt, und ging dabei sehr sorgfältig vor. Ice hatte ihr gesagt, sie solle nicht antworten, bis sie wussten, was sie tun sollten.

Er fluchte noch einmal. Absinth musste sofort Papiere besorgen, doch nach diesem Fiasko würde es nicht leicht sein, sie zu überreden, ihn als Anwalt zu nehmen und Torpedo Ink – und Ice – zu vertrauen. Er konnte sich nicht die Zeit nehmen anzuhalten, solange sie nicht Meilen vom Ort des Geschehens entfernt waren, und selbst dann wäre er lieber weitergefahren, damit sie nicht gesehen werden konnten. Er wollte warten, bis sie im Clubhaus waren, und erst dann den Zar und Steele per SMS bitten, ebenfalls zu kommen, damit sie einen Plan machen konnten, falls die Polizei kommen und herumschnüffeln würde.

Sie blieben auf den Seitenstraßen und fuhren langsam. Einmal kam ein Auto, doch er hörte es frühzeitig und drehte das Bike, sodass der Fahrer das Nummernschild nicht zu sehen bekam, und fuhr erst dann weiter Richtung Caspar.

Als sie dort ankamen, stand bereits die Sonne am Himmel. Soleil stieg ohne seine Hilfe ab, blieb auf Distanz und erweckte den Eindruck, als wolle sie davonlaufen. Ice gab ihr etwas Zeit, sich zu entscheiden, und tat, als bastle er an seinem Bike herum, ehe er abstieg. Er sah sie an. Sie hatte geweint. Er nahm es ihr nicht übel. Das Ganze musste ein Schock für sie gewesen sein.

»Soleil.« Er sagte es, so freundlich er konnte, und reichte ihr eine Hand. »Gehen wir hinein. Wir holen uns einen Kaffee und wärmen uns auf.«

Sie hielt eine Hand hoch. »Ich muss nachdenken. Ich muss meine Panik überwinden und überlegen.«

»Das kannst du doch auch drinnen, wo es warm ist.« Er trat näher zu ihr. Sie war so blass, dass ihre Haut fast durchsichtig wirkte. Die Augen waren weit aufgerissen, so als wären sie zu groß für ihr Gesicht.

Sie blickte auf das Clubhaus und dann um sich. Eine Hand bewegte sich schützend an ihren Hals. Ice wünschte sich, sie würde sich seinem Schutz anvertrauen.

»Baby, ich weiß, du hast Angst. Das war sehr gewalttätig und Angst machend und chaotisch. Es ging alles so schnell. Wir waren auf der Hauptstraße, wo jeden Moment jemand hätte kommen können.« Er konnte nicht umhin, den Highway hinaufzuschauen, ob nicht am Ende Savage oder Absinth kamen. Wie er würden aber auch sie auf den alten Holzfällerstraßen nach Hause fahren.

»Komm einfach mit mir ins Haus, und dann reden wir.« Er bewegte sich unmerklich auf sie zu, wollte nicht, dass sie weglief. Er wollte – brauchte – ihr Vertrauen, auch wenn er es nicht verdiente. Sie waren nun seit einem Monat zusammen, und die meiste Zeit hatte er, statt zu reden, nur Sex mit ihr gehabt. Er hatte Angst, mit ihr zu viel über sich selbst zu sprechen, ihr vieles von seinem Leben preiszugeben. Doch genau das hätte er tun sollen. Er hätte mehr mit ihr machen sollen als nur Sex bei jeder Gelegenheit; er hätte ihr etwas Verlässliches bieten sollen, an das sie sich halten konnte.

»Ich gehe nirgendwohin, Ice.« Sie atmete tief und fuhr sich mit den Händen über die Schenkel, als wollte sie sich wärmen. »Ich muss nur für ein paar Minuten herumlaufen und meinen Kopf klar kriegen, bevor ich hineingehe, denn drinnen fällt mir das Atmen vielleicht noch schwerer.«

Ice war sicher, sie meinte, bevor sie sich wie in einer Falle fühlte und nicht mehr weglaufen konnte, falls sie das musste. Sie zitterte noch immer so heftig, dass er fürchtete, sie könne hinfallen. In der Ferne, von Norden kommend, hörte er das Dröhnen von Auspuffrohren. Und noch leiser auch von Süden, vom Highway 1. Auch Soleil hörte es, und ihre Miene verriet Panik.

Reaper kam als Erster an, von einer Nebenstraße nördlich ihres Grundstücks. Er hatte Anya dabei. Sobald die Maschine geparkt war, rannte sie zu Soleil, als würde sie gar nicht bemerken, dass diese kurz davor war wegzulaufen.

»Liebe. Wie schrecklich. Ice hat uns vor ein paar Tagen gesimst und von den Männern berichtet, die hinter dir her waren. Ich weiß, wie das ist.« Sie umarmte Soleil heftig. »Du zitterst ja«, sagte sie und fuhr an Ice gewandt fort: »Sie muss ins Haus, in die Wärme.«

Soleil schüttelte abrupt den Kopf. Sie war nicht der Typ Frau, der jemand anderem – und schon gar nicht Ice – die Schuld gab. »Ice wollte mich schon hineinschicken, aber drinnen bekomme ich keine Luft.«

Anya rieb Soleils Arme, wie um sie zu wärmen. »Ich hörte an meiner Arbeitsstelle Dinge, die ich nicht hätte hören sollen, und ehe ich es richtig mitbekam, war meine Mitbewohnerin tot, und ich musste fliehen. So bin ich hier gelandet, in Caspar. Sie suchten gerade eine Barfrau.« Sie machte ein paar Schritte auf das Clubhaus zu, die Hand noch immer an Soleils Arm.

»Sie haben deine Mitbewohnerin umgebracht?« Soleils Stimme war kaum hörbar.

Ice ging auf sie zu, wollte sie in die Arme nehmen, doch sobald er näher kam, wurde Soleil steif und blickte verängstigt. Er hasste diesen Blick an ihr.

Anya blinzelte ihm zu, eine verdeckte Zurechtweisung, und er hörte sofort auf. Dann kamen der Zar und Blythe, und zuletzt parkten Steele und Breezy ihr Bike neben dem von Reaper. Die beiden Frauen gingen sofort auf Soleil zu, die Männer zu Ice.

Der Zar zeigte auf das Clubhaus und bedeutete Ice, vor ihm hineinzugehen. Er wusste, dass Savage und Absinth wahrscheinlich in der Nähe waren. Er wollte nicht, dass Soleil draußen war, wenn sie ankamen, und schüttelte den Kopf.

»Sie bringen sie hinein«, sagte der Zar. »Lass die Frauen sich um sie kümmern.«

»Es wurde chaotisch. Wenn sie Savage sieht, flippt sie vielleicht aus, und dann muss ich sie mit Gewalt reinbringen, und das wird einfach nur hässlich. Sie ist wirklich außer sich, Zar. Es ist nicht so, dass sie solchen Dingen schon einmal ausgesetzt gewesen wäre.«

»Du musst ihnen vertrauen, Ice, so wie du uns vertraust.«

»Wo ist Lana? Oder Alena? Denen vertraut sie.«

»Sie sind heute Morgen nach Ukiah gefahren, Sachen für das Restaurant und das Clubhaus einkaufen.«

Ice fluchte und ging widerstrebend mit den Männern hinein. Sobald die Tür zu war, trat er ans Fenster, um die Frauen mit Soleil zu beobachten. Wenn es darum ging, in der Mitte eines Sturms Ruhe zu schaffen, zählten sie alle auf Blythe, doch er sah, dass auch Breezy und Anya sehr gefasst waren.

Schon nach wenigen Minuten kam die Gruppe an die Tür. Ice hatte nicht bemerkt, dass sein Herz geradezu raste. Er blickte zu seinem Zwillingsbruder und schüttelte den Kopf. Storm stellte eine Tasse Kaffee auf den Tisch.

»Hab deine SMS bekommen. Tut mir leid, dass das passiert ist, Ice. Du machst dir sicher Sorgen, dass sie sie gefunden haben.«

Noch besorgter war Ice darüber, dass sie ihn verlassen könnte. Er hatte keine Ahnung, wie er darauf reagieren würde. Alles in ihm sträubte sich dagegen, sie zu verlieren. Sie hatte sich gerade etwas in den Club eingewöhnt, und er hatte darauf Wert gelegt, dass sie seine verheirateten Brüder und deren Frauen kennenlernte.

Der Erste war Reaper gewesen, Savages Bruder, der so ziemlich jedem Angst machte, der ihn zu sehen bekam, wie Savage auch. Reaper war mit Anya verheiratet, die als Barkeeperin für den Club arbeitete. Soleil mochte Anya sehr, und die beiden machten ab und zu etwas zusammen.

Breezy war mit Steele verheiratet, dem Vizepräsidenten von Torpedo Ink. Für sie war das Leben in einem Club Normalität, sie hatte nie ein anderes kennengelernt. Die beiden hatten einen Sohn, ohne den sie kaum je zu sehen war. Er war von ihrem früheren Club gekidnappt worden, weshalb es ihr noch immer schwerfiel, ihn nicht in Sichtweite zu haben. Steele erging es nicht anders. Breezy übernahm es bei jeder Party, den anderen Frauen zu helfen, sich an das Clubleben zu gewöhnen. Ice war froh, dass sie beide gekommen waren, sobald man sie gerufen hatte.

Lissa, mit Casimir, und Lexie, mit Gavril verheiratet, waren nur selten da, weil sie Vollzeit anderswo arbeiteten. Diese beiden Frauen hatte Soleil noch nicht kennengelernt, doch er hoffte, dass es bald so weit sein würde.

Und dann war da Blythe, Zars Frau. Sie hatte ein sehr ausgeglichenes Wesen und dazu eine Ausstrahlung, als könne sie jedes Problem lösen. Sie war der Typ Frau, auf den man zählen konnte – anerkennend und unvoreingenommen. Und sie überlegte gut, bevor sie etwas sagte. Bei einer Krise bauten alle im Club auf sie, Frauen wie Männer.

Ices Einschätzung nach war dies die größte Krise, in die er geraten konnte, und sie erforderte sehr viel Fingerspitzengefühl. Irgendwie war Soleil seine Welt geworden, und es ging dabei nicht um Sex, sosehr ihm das auch gefallen hätte. Es ging um sie. Er brauchte sie in seinem Leben.

»Ich kann diese Scheiße nicht glauben. Warum musste es direkt vor ihren Augen passieren?«

Die Tür ging auf, und die Frauen kamen in den Aufenthaltsraum. Storm hatte im Kamin Feuer gemacht, damit es etwas gemütlicher wurde. Keys brachte heißen Kaffee und verteilte Becher an alle. Soleil wirkte überrascht und bedankte sich.

Ice fühlte sich weiterhin angespannt. Seine Brüder und Schwestern versammelten sich um ihn, stützten ihn, sorgten dafür, dass seine Frau die Stärke und Loyalität von Familie zu spüren bekam.

»Warum sind diese Männer hinter dir her?«, fragte Blythe.

Ice wusste, dass Blythe umfassend über Soleils Situation informiert war. Der Zar weihte sie praktisch immer in alles ein, vor allem dann, wenn sie ihn direkt fragte. Sie hielt Soleils Augenmerk darauf konzentriert, dass jemand sie tot sehen wollte und der Club sie beschützte.

»Ich bin auf einen Schwindler hereingefallen. Er gehört einem Ring von Betrügern an, die es auf reiche Frauen abgesehen haben. Sie heiraten sie, ermorden sie und kommen so an das Geld.« Soleil platzte mit der Wahrheit heraus, die Hände um ihre Tasse gepresst.

Ihr Gesicht war wieder so blass geworden, dass Ice sich beherrschen musste, nicht zu ihr zu gehen. Er wollte derjenige sein, der sie tröstete. Sie brauchte Trost. Sie schien zu zerbrechlich für ein Leben im Club. Was hatte er sich dabei gedacht, sie in eine Welt voller Gewalt zu bringen, die sie unmöglich begreifen konnte? Er war egoistisch gewesen, hatte nur an sich gedacht, nicht an sie. Er hatte gedacht, Sex würde reichen, um sie zufriedenzustellen. Er konnte ihr das Gefühl geben, besonders zu sein. Schön. Begehrenswert. An etwas anderes, etwa daran, wie sie würde leben müssen, hatte er nicht gedacht. An eine richtige Beziehung. Die anderen hatten ihn gewarnt, aber er hatte nicht darauf gehört, sondern nur an das gedacht, was er brauchte, und nun musste sie dafür bezahlen.

»Das ist so widerlich«, sagte Breezy. »Ich verstehe die Leute nicht. Mein eigener Vater und Bruder kidnappten meinen Sohn, Zane, und schlugen mich, als ich versuchte, sie aufzuhalten. Sie drohten, ihn umzubringen, wenn ich nicht den Zar und einige andere töten würde. Das war mein *Vater*, Soleil. Gott sei Dank fand ich Steele wieder.« Sie deutete mit einem blassen Lächeln in den Raum. »Die sind alle ein wenig verkorkst, aber sie haben einen Code, nach dem sie leben. Sie kümmern sich um die Familie, und sie machen das gut. Ich bin so froh, dass Savage und Absinth bei euch waren.«

Soleils Hände zitterten so stark, dass sie ihre Tasse abstellen musste. »Savage hat diesen einen Mann schrecklich verprügelt. Das war ein furchtbarer Anblick. So etwas habe ich noch nie gesehen. Nicht einmal im Fernsehen. Er war brutal.«

Ice zuckte zusammen, er wollte nicht, dass Soleil diese Erfahrung noch einmal durchspielte. Er wollte, dass sie sie wegsperrte und nie mehr darüber sprach. Nie mehr daran dachte.

Anya rieb sich die Schultern. »Liebes, was ist passiert? Warum hat er das getan?«

Wieder erkannte Ice, dass sie Soleil die Bilder durchgehen ließen, um so ihren Schock und die blutige Szene überwinden und verstehen zu können, was tatsächlich geschehen war.

Soleil blickte zu Ice, der ihr ermutigend zunickte. »Es ging alles so schnell. In Sekunden. Der Mann war wütend auf den, den Absinth befragte, und er hatte eine Waffe. Er versuchte, Savage zu erschießen.«

Ice wusste, dass sie keine andere Wahl gehabt hatten, als diese Männer zu töten. Das war klar. Da sie wussten, dass Soleil bei ihm war, musste er ihnen einen Vorwand geben, um das zu tun. Er war absichtlich mit bloßen Händen auf einen bewaffneten Mann losgegangen, um Ice eine Erklärung für seine Frau zu liefern. Und er wusste auch, wenn er versuchte, Savage zu danken, dann würde der ihn lediglich eiskalt ansehen, die Achseln zucken und so tun, als habe er keine Ahnung, was Ice meinte.

»Er hatte also eine Waffe?«, wiederholte Breezy, um das klarzustellen und dieses Bild in Soleils Gedanken in den Vordergrund zu stellen.

Soleil nickte mit gerunzelter Stirn. »Ja, und er wollte Savage erschießen. Ich hatte solche Angst um sie alle. Und wenn ihnen etwas zugestoßen wäre, wäre es meine Schuld gewesen. Er schoss mehrmals, glaube ich. Ich bin mir nicht wirklich sicher, weil sie miteinander gekämpft haben. Savage schlug immer auf ihn ein, besonders, als er die Pistole auf mich richtete.«

»O nein, Soleil«, sagte Blythe. »Du musst solche Angst gehabt haben.«

»Ich war wie erstarrt – bewegungsunfähig. Tatsächlich dachte ich darüber nach, ich dachte, ich sollte mich bewegen, aber ich konnte es nicht. Savage schlug immer weiter auf ihn ein, bis der Mann die Pistole wieder auf ihn richtete. Es war fürchterlich.«

»Zar«, sagte Ice so leise, dass nur dieser ihn verstehen konnte. »Es gibt eine Verbindung zwischen Winstons Betrügern und dem Pädophilenring, den wir verfolgen.«

Der Zar runzelte die Stirn und blickte zu Soleil. »Du bist dir sicher?«

»Absolut. Diese Kerle gehören dem Pädophilenring an, aber sie machten Jagd auf Soleil. Absinth befragte einen von ihnen, und er sagte, sie suchten nach ihr. Er sagte uns sogar, wer sie verraten hat und welchem Club er angehört.«

Der Zar blickte einige Minuten lang aus dem Fenster und trommelte mit den Fingern auf die Bartheke. »Das ist nicht gut, Ice. Selbst wenn der Ring, hinter dem wir her sind, zufällig mit Winston in Kontakt gekommen ist, bedeutet das, dass sie jetzt von beiden Ringen verfolgt wird.«

Ice nickte. »Genau. Aus welchen Gründen auch immer, sie ist in größerer Gefahr, als ich zuerst dachte.«

Der Zar wandte sich dem Raum zu und beobachtete, wie seine Frau tröstend Soleils Hand streichelte. »Frauen sind Zauberwesen, Ice.«

Dagegen wollte er nichts sagen. »Da muss ich dir recht geben. Ich will nicht, dass sie mich wegen dieser Sache verlässt. Ich weiß ehrlich nicht, was ich dann tun würde.«

»Sie wird dich nicht verlassen«, sagte der Zar. »Aber es könnte für eine Weile unangenehm werden.« Er wandte sich wieder Ice zu. »Falls du einen Rat willst, würde ich sagen, verwende ein wenig Zeit auf deine Beziehung. Du hast sie geheiratet, Ice. Du kannst nicht nur nehmen. Du musst sie wissen lassen, wer du bist. Das musst du ihr geben. Schließlich geht es nicht nur um Sex. Es wird Zeiten geben, in denen du vielleicht gar nicht in der Lage bist, Sex zu haben. Oder der Funke lässt für eine Zeit lang nach und glimmt kaum mehr. Du musst noch etwas anderes haben. Gib ihr etwas anderes.«

Ice wusste, der Zar hatte recht. Doch bei diesem Gedanken verknotete sich in seinem Hirn alles. Er konnte sich die Gründe dafür nicht allzu genau ansehen, deshalb wandte er sich wieder dem zu, womit er sich am besten fühlte. Er war ein Jäger, und er war in Bestform, wenn er jagte.

»Wir müssen die Verbindung zwischen den beiden Ringen

finden, und ich muss Fred vom Venomous-Club einen kleinen Besuch abstatten.«

»Die Ausfahrt steht bevor«, erinnerte ihn der Zar. »Dieser Club wird auch dabei sein. Willst du dich davor oder währenddessen um Fred kümmern? Aus Termingründen müssen wir das ganz oben auf die Liste stellen.«

»Währenddessen. Wir riskieren es nicht, dass die Bullen uns mit seiner verdammten Leiche in Zusammenhang bringen.«

»Klingt gut.«

Ice nickte. Die Tür ging auf, und Savage und Absinth kamen herein. Savage blickte zuerst zu seinem Bruder und nickte leicht, um ihn wissen zu lassen, dass es ihm gut ging. Dann gingen die beiden unverzüglich zu ihrem Präsidenten, um zu berichten.

»Seid ihr auf dem Rückweg gesehen worden?«, fragte der Zar.

»Wir waren zusammen auf einer alten Holzfällerstraße nicht weit von hier unterwegs. Da war ein Mann mit einem SUV und schlug Holz. Er hatte dazu keine Erlaubnis, also fuhren wir einfach weiter, und er tat, als habe er uns nicht gesehen«, antwortete Absinth für sie beide. »Selbst wenn man ihn fragen sollte, wir waren nicht weit von zu Hause weg und haben einfach nur eine kleine Ausfahrt gemacht, so wie immer.«

»Das ist gut«, meinte Steele. Er hatte sich zu ihnen gesellt, und auch die anderen Mitglieder rückten näher.

»Gehen wir ins andere Zimmer«, schlug der Zar vor. Er gab Fatei, einem ihrer vertrauenswürdigsten Kandidaten, ein Zeichen, die Tür im Auge zu behalten, falls Soleil plötzlich auf den Gedanken kam wegzulaufen, und ging dann ins Konferenzzimmer voraus.

»Es gibt eine Verbindung zwischen dem Ring, den wir verfolgen, und diesen Betrügern, die es auf reiche Frauen abgesehen haben«, gab der Zar bekannt, sobald alle am Tisch saßen.

»Was in aller Welt haben Pädophile und Männer, die reiche Frauen ermorden wollen, gemeinsam?«, fragte Keys.

»Ich kann ja mal nachforschen«, meinte Code. »Ich lasse den Computer nach Berührungspunkten zwischen den Namen suchen, die wir haben. Soleil hat mir ein paar Namen genannt, und vom Pädophilenring haben wir ja auch einige. Ich habe bereits eine Datei angelegt. Vielleicht finden wir auf diese Weise eine Verbindung.«

»Wie hält sich Soleil?«, fragte Maestro.

»Sie ist ganz schön gebeutelt«, antwortete Ice. Er wollte nicht, dass die anderen dachten, sie sei keine gute Old Lady. Das war sie. Er hatte gewusst, dass sie mit Gewalt keine Erfahrungen hatte, während sie alle damit aufgewachsen waren.

»Sie hat so etwas noch nie mitgekriegt.«

»Ihr habt sie vor ihren Augen getötet«, erinnerte Steele. »Jeder von euch jagte einem eine Kugel in den Kopf. Wenn die Bullen kommen und ein guter Ermittler aufdeckt, dass sie nach ihr gesucht haben, wird sie das durchstehen können?«

Ice wusste es nicht. Er wollte glauben, dass sie das konnte, aber wie sollte er das wissen? Wenn sie den Bullen die Wahrheit sagte, dann würden er, Savage und Absinth für sehr lange Zeit in den Knast wandern. Er fluchte innerlich. Er musste tun, was der Zar sagte. Er hätte sich ihr längst so geben sollen, wie er darauf bestand, dass sie sich ihm gab.

»Ich weiß es nicht.« Er war ehrlich. Er musste ehrlich sein. Es ging nicht nur um sein Leben, sondern auch um das der beiden Männer, die er Brüder nannte.

Lange Zeit blickten die meisten stumm auf den Tisch. Ein ziemlich großes Damoklesschwert hing über ihren Köpfen, und normalerweise beseitigte der Club jegliche Bedrohungen. Ices Magen begann zu rebellieren. Niemand würde Soleil entfernen. Wenn dieser Gedanke auch nur aufkam, würde er gehen und seine Frau mitnehmen.

»Hoffentlich machen die Frauen ihren Job«, meinte der Zar. »Ice, du bekommst das in den Griff – und zwar schnell. Wir können nicht erwarten, dass sie unseren Lebensstil kennt, nur weil du ihr im letzten Monat das Hirn herausgevögelt hast. Du unterweist sie. Bring ihr alles bei. Ihre Loyalität muss dir und dem Club gelten. Verstanden?« Sein Ton war gnadenlos und für sämtliche Anwesende eindeutig.

Ice nickte. »Absolut. Ist praktisch schon geschehen.« Es war sein Fehler gewesen, nicht Soleils. Sie hatte nichts falsch gemacht. Er musste dafür sorgen, dass es so blieb.

»Lass dir von Lana und Alena helfen. Soleil scheint ihnen zu vertrauen, und die beiden mögen sie. Alena hofft schon auf eine Nichte. Apropos Nichte«, fuhr der Zar fort. »Du warst ja immer sehr dafür, Steele zu sagen, er solle Breezy schwängern; mach du das mit Soleil, wenn es nötig ist. Sie ist mit dir verheiratet; das macht sie zu einer von uns. Niemand will, dass ihr etwas zustößt, aber ich will über keinem von euch ein Damoklesschwert hängen sehen.«

Ice stand langsam auf. »Ihr wird nichts passieren.« Er legte die Hände auf den Tisch und beugte sich zu seinem Präsidenten, die Hand seines Zwillingsbruders missachtend, die ihn zurückhalten wollte. »Ich hoffe, du verstehst mich. Ihr alle. Meiner Frau wird nichts passieren.«

Auch Savage stand auf und lenkte damit alle Aufmerksamkeit auf sich. Er redete nur selten. »Soleil hat an all dem keine Schuld. Tatsächlich hat sie sich sehr gut gehalten. Es ist alles in weniger als fünf Minuten geschehen, und sie musste sich nicht übergeben. Sie ist nicht weggelaufen. Sie hat nicht angefangen zu schreien. Sie braucht nur etwas Zeit, um sich einzuleben. Ich bin der, über dessen Kopf das Schwert hängt, und ich bin bereit, ihn zu riskieren.«

»Ich auch«, pflichtete Absinth bei.

Die Knoten in Ices Bauch begannen, sich zu lösen.

Der Zar legte beide Hände auf den Tisch, schob seinen Stuhl zurück und erhob sich. »Nun, ich nicht. Du klärst dieses Chaos mit deiner Frau, Ice. Niemand tötet drei meiner Brüder, nur weil sie zu uns gebracht wurde, bevor sie wusste, worauf sie sich einließ.«

Die Knoten waren wieder voll da. Ice machte auf dem Absatz kehrt und verließ den Konferenzraum.

14. Kapitel

Lange stand Ice da und starrte aus dem Fenster des Billardzimmers. Er hatte Soleil nach Hause gebracht, und sie hatten still zusammen mittaggegessen. Sie sagte, sie wolle schwimmen gehen. Er wusste, dass er mit ihr reden, das Schweigen zwischen ihnen brechen musste. Er hatte es initiiert, nicht sie. Dies war einer dieser entscheidenden Momente, in denen er es entweder zum Laufen brachte, oder alles würde auseinanderfallen. Er drehte sich um und sah seine Frau an.

Soleil glitt durch das Wasser, als sei sie darin geboren worden. Wofür immer sie sich entschied, das machte sie sehr gut. Sie hatte ihm erzählt, sie habe bisher jede Menge Zeit gehabt, die Dinge zu tun, für die sie sich interessierte. Schwimmen gefiel ihr, und jedes Hotel, in dem sie sich aufhielt oder wohnte, hatte einen Pool. Für ihn war es von Bedeutung, dass sie einen Bikini trug und nicht nackt schwamm. Einen Badeanzug besaß sie nicht, weil er nicht daran gedacht hatte, ihr einen zu kaufen. Sie hatten auch noch immer nicht ihre Sachen, weil sie nicht in die Nähe des Hotels in San Francisco gegangen waren, in dem sie gewohnt hatte.

»Komm raus, Prinzessin, bevor eine runzlige Dörrpflaume aus dir wird«, rief er.

Sie blickte zu ihm, zog noch eine Bahn und schwamm dann zur Treppe. Er reichte ihr ein Badetuch und schaute ihr beim Abtrocknen zu.

»Es tut mir leid wegen heute Morgen, Soleil«, begann er leise. »Ich habe dir nie etwas über mich erzählt. Ich hätte dir so viel mehr sagen sollen. Etwas, woran du dich halten kannst, damit du darauf vertrauen kannst, dass ich alles Nötige tue, um dich immer vor allem zu beschützen, auch davor, zur Komplizin von Gewalt oder kriminellen Akten zu werden.«

Sie hörte auf, ihr Bein abzureiben, und sah ihn an. »Sie waren hinter mir her. Das haben sie klar gesagt, Ice. Ich habe euch alle in eine schreckliche Lage gebracht. Savage hätte umkommen können. Ihr alle hättet getötet werden können. Ich kann schießen, sehr gut sogar, aber als ich mitbekam, in welchem Tempo das alles vor sich ging, merkte ich, ich hätte gar nicht abgedrückt. Ich war außer mir, als ich sah, wie ihr sie alle umgebracht habt. Das war so schrecklich. Und es ging so schnell. So unglaublich schnell.« Sie schüttelte den Kopf, und ihre Hände zitterten wieder. »Ich muss mich anziehen.«

Er wusste, dass sie sich ohne ihre Kleidung verletzlich fühlte. So hatte auch er sich gefühlt, vor langer, langer Zeit, als er noch verletzbar gewesen war. Bevor sie durch den Zar die Kontrolle zurückerobert hatten. Er folgte ihr die Treppe hinauf in ihr gemeinsames Zimmer. Er ging gerne hinter ihr, vor allem, da ihr Höschen durchsichtig war und perfekt ihre festen Pobacken zeigte. Er musste sich zurückhalten, um nicht zuzugreifen und zu beanspruchen, was ihm gehörte. Doch er wollte sich nicht ablenken lassen, bloß weil er das Thema nur ungern anschnitt.

Ice wartete, bis sie geduscht hatte und wieder angezogen war. Er deutete auf die bequemen Sessel vor dem offenen Kamin. »Es ist absolut verständlich, dass Gewalt dir Angst macht, Soleil. Besonders wenn alles so schnell und so brutal abläuft.«

»Keiner von euch hat auch nur eine Sekunde lang gezögert. Ich habe nur einmal geblinzelt, und da lagen drei tote Männer. Und ihr wart schon drauf und dran zu fahren, während ich noch versuchte, Luft zu bekommen.«

»Du bist in gewisser Hinsicht sehr behütet aufgewachsen. Du warst zwar viel allein, aber niemand hat es gewagt, dich anzufassen. Du musstest dir auch keine Gedanken darüber machen, woher dein nächstes Essen kommen würde, bei dir war alles einfach da.«

Ice rieb sich den Schenkel in dem Versuch, seinen Bauch zu beruhigen. Die Tür in seine Kindheit öffnete er nur sehr selten. Nun spürte er, wie sie sich ächzend auftat, sein ganz persönlicher Albtraum. Sein Herz begann zu rasen. Kalter Schweiß trat ihm auf die Stirn, perlte über seine Brust. Er atmete heftig. Er musste es einfach hinter sich bringen. Darüber hinwegkommen.

»Meine Eltern wurden von einem Mann ermordet, der sich durch ihre politischen Ansichten sehr bedroht fühlte. Sein Name war Sorbacov; er war in Russland sehr mächtig. Damals unterstützte er einen bestimmten Kandidaten für die Präsidentschaft und beseitigte jeden, der gegen diesen Kandidaten war. Er tötete seine politischen Gegner und brachte ihre Kinder in eine von vier Schulen, um sie als Agenten für sein Land ausbilden zu lassen. Das war aber nicht mehr als eine beschönigende Umschreibung. Er beaufsichtigte die Schulen und schickte seine Agenten – uns –, wohin er wollte, zu denen, die er ermordet haben wollte.«

Ice hielt die Augen fest auf sie gerichtet. Ihr Sessel stand quer zu seinem, und ihr Blick traf den seinen. Er sah ihre Beklemmung, aber mehr noch – ihr Mitgefühl. Das war Soleils stärkste Gefühlsregung. Sie war sehr still geworden.

Mist. Er war so ein Idiot gewesen, dass er ihr nichts von seinem Leben erzählt hatte. Wenn überhaupt, hatte er es nebenbei einfließen lassen, wie ein pikantes, unbedeutendes Detail. Doch dies bedeutete ihr etwas. Er griff nach ihrer Hand, legte sie auf seinen Schenkel und streichelte den Handrücken mit seinem Daumen. Er brauchte diese Verbindung mit ihr.

»Alena war noch ein Baby, ein kleines Kind. Storm und ich

waren kaum älter. Leider waren wir alle drei sehr auffällig. Unsere ungewöhnlichen Augen und Haare machten uns zu ›Lieblingen‹ der Pädophilen, die die Schule leiteten, in die Sorbacov uns gesteckt hatte. Er stand auf kleine Jungen. Und mehr noch darauf zuzusehen, wie kleinen Mädchen Gewalt angetan wurde. Die Schule war für ihn die perfekte Spielwiese, und wegen unseres Aussehens wollte er uns nicht aufgeben.«

Sie begann zu begreifen, was er ihr erzählte, die abscheuliche Wahrheit über seine Vergangenheit. Ihr Atem stockte, ihre Miene verriet Entsetzen. Er erzählte beharrlich weiter.

»Sie führten die Schule so, als brächten sie uns bei, Agenten zu werden, doch sie rechneten nicht mit unserem Überleben, und deshalb erfuhren wir kaum etwas über die Gesellschaft jenseits unserer Schulmauern. Das Erste, was sie machten, war, uns die Kleidung wegzunehmen.«

Er lehnte sich zurück, schloss die Augen und versuchte, den kleinen, verängstigten Jungen nicht herauszulassen. Es gab so vieles, weswegen man Angst haben konnte, doch das Schlimmste war, Soleil zu verlieren. Er streichelte immer weiter ihre Hand, denn er brauchte diesen Kontakt.

»Ich will dir von meiner Vergangenheit erzählen, Soleil, weil ich mein Leben mit dir verbringen möchte. Wenn du das auch willst, dann musst du mich kennen. Du musst wissen, wer ich bin und was mich zu dem gemacht hat, der ich bin.« Er atmete tief. »Ich will dich nicht verlieren, Soleil. Ich gehe damit, dass ich dir diese Dinge sage, ein großes Risiko ein. Die Dinge, die ich tun musste, damit ich und auch Storm und Alena überleben konnten, werden dir den Magen umdrehen. Sie haben auch aus mir ein ganz schön kaputtes Exemplar von Mensch gemacht.«

Soleil befeuchtete sich die Lippen und nickte. »Ich habe dich geheiratet, Ice, ohne dich zu kennen, aber ich habe dir ein Versprechen gegeben, und ich wusste ganz genau, was ich tat. Was ich heute erlebt habe, hat mich umgehauen. Ja. Es gibt einiges, worüber ich nachdenken muss. Erstens, ich habe euch in Gefahr gebracht. Aber zweitens, wie leicht es euch allen gefallen ist zu töten. Das hätte ich nie von dir gedacht. Von Savage vielleicht, aber von Absinth oder dir nie und nimmer.«

Er verstand. Er konnte den Killer in sich gut verstecken. Ein Leben zu nehmen, das war für ihn eine Instinkthandlung. Ein Überlebensmechanismus. »Wir waren ›hübsch‹ und die Lieblinge der Lehrer. Sie vergewaltigten uns, reichten uns herum. Schlugen uns. Warfen uns zurück ins Verlies, kaputt, blutend, traumatisiert. Die kleine Alena. Sie war noch ein Baby. Wir konnten diese Bestien nicht aufhalten.« Er schaute kopfschüttelnd weg, damit sie die rasende Wut nicht sah, die ihn manchmal verzehrte. »Auch der Zar war noch ein Kind, aber ein paar Jahre älter, und alle bauten darauf, dass er einen Ausweg für uns fand.« Er kämpfte, damit ihm nicht die Galle hochstieg.

Er vermied es, sie anzusehen, und starrte in die Flammen, die im Kamin tanzten. »Es gab keinen Ausweg. Sie fingen an, uns beizubringen, wie man sich beherrscht. Das machten sie, indem sie uns sexuell erregten und uns gleichzeitig verprügelten. Wir mussten unseren Körper dazu bringen zu kooperieren, egal, wie weh es tat. Manchmal war es auch das Gegenteil – wir durften nicht reagieren, wenn jemand uns erregte. Das ging so über Jahre hinweg, tagein, tagaus. Je nachdem, welcher Lehrer es war und auf welche Art von Sex er abfuhr, wurden wir benutzt, und es wurde uns beigebracht, für ihre Spiele kompetent und erfahren zu sein, bis diese Spiele für uns ganz normal waren.«

Sie griff sich an den Hals, als wolle sie sich schützen. Er blickte sie an und bemerkte, dass ihre Augen vor Schock weit aufgerissen waren.

»Ice.« Sie murmelte seinen Namen nur. Leise. Liebevoll.

Der Klang ihrer Stimme gab ihm irgendwie Sicherheit. Er war dieses Gefühl nicht gewohnt, es machte ihn beinahe fertig. Er brauchte Distanz zu seiner Vergangenheit. Er erwartete, dass sie ihn aus vielerlei Gründen zurückweisen würde, nicht zuletzt, weil er jahrelang ein Opfer von Pädophilen gewesen war. Er wusste, dass Jungen nicht mit viel Mitgefühl rechnen konnten, ungeachtet dessen, dass auch sie der Vergewaltigung hilflos ausgeliefert waren. Er zwang sich weiterzusprechen, zum Schlimmsten zu kommen. Und davon gab es eine Menge.

»Gleichzeitig mit dem Sextraining bildeten sie uns zu Mördern aus; sie brachten uns unzählige Arten des Tötens bei. Heimlich in Häuser hinein- und wieder herauszukommen, Menschenansammlungen zu unterwandern, was auch immer. Wer beim Training versagte, wurde aufs Brutalste verprügelt. Wir arbeiteten mit jeder Art von Waffe. Lernten alles über Sprengstoffe, wie man sie herstellt, wie man Bomben baut und auseinandernimmt.«

»Ich könnte mir vorstellen, dass sie Angst vor euch bekamen.«

Ihre Bemerkung ließ ihn etwas hoffen. Er erging sich nicht in Details, weil er sich die nicht ansehen konnte. Er musste ihr begreiflich machen, wie verzweifelt sie gewesen waren, ohne diese Türen zu weit aufzustoßen und die Monster freizulassen.

»So viele Kinder starben vor unseren Augen. Wir froren alle. Es gab Ratten, Ungeziefer, kaum zu essen, keine Arzneien. Es stank. Je länger wir überlebten, desto brutaler und grausamer wurden die Folterungen. Als immer mehr Kinder starben und unsere Peiniger immer schlimmer wurden, entschied der Zar, dass wir uns wehren mussten, und leitete uns an, an unseren unterschiedlichen Fähigkeiten und Talenten zu arbeiten. Er wollte, dass wir alle mitmachten, damit wir alle lebend dort herauskamen.«

»Du sagtest, er war selbst noch ein Kind.«

Ice nickte. »Er war vielleicht zehn oder zwölf, ich weiß nicht mehr. Er und Reaper hatten begonnen, einen Plan zu erarbeiten, schon bevor wir dort hinkamen. Reaper war damals fünf, glaube ich. Er und Savage waren extrem begehrt, so wie Storm, Alena und ich. Ich weiß nicht, ob es für sie leichter wurde, als wir ankamen, aber ich bezweifle es. Sie wurden noch viel schlimmer verprügelt als wir.«

Er verstummte, hob ihre Hand an seinen Mund, liebkoste ihre Fingerspitzen mit den Zähnen.

»Savage und Reaper können einem ganz schön Angst machen.«

Er nickte, denn das war schlicht nicht zu leugnen. »Das hat seinen Grund. Das mussten sie, damit wir anderen lebend herauskamen. Wir alle mussten das.«

Er beobachtete sie aus dem Augenwinkel und bemerkte den Moment, in dem sie zu begreifen begann. Sie wurde sehr still und schloss kurz die Augen. Ihre Miene war verhalten.

»Die Lehrer zwangen uns bei diesem Sextraining gern zu verschiedenen Sachen. Ich sollte zum Beispiel ein Mädchen sexuell erregen und dann vor anderen zur Schau stellen, damit die sich einen runterholen konnten. Eine Gruppe der Pädophilen stand auf solche Dinge. Ich war damals schon so zwölf oder dreizehn, und die Mädchen waren Gott sei Dank ein wenig älter, nicht mehr nur sechs oder sieben, aber trotzdem war es für mich abscheulich zu wissen, dass all die Männer zuschauten und dabei kamen. Es widerte mich an. Dennoch, wenn das alles gewesen wäre, was sie machten, hätte ich es besser ausgehalten.«

Er blickte mit einem Kopfschütteln auf ihre Finger und presste ihre Hand an seine Stirn. Saß einfach nur da und atmete schwer. Er konnte sie nicht ansehen. Er hatte seine Scham noch nie jemandem eingestanden außer Storm, der oft dabei hatte mitmachen müssen.

»Ice, alles ist gut«, flüsterte sie mitfühlend.

Er schüttelte erneut den Kopf, wollte sie nicht ansehen. »Ist es nicht. Anfangs weigerte ich mich. Sie schlugen mich. Sie schlugen Storm, doch ich wollte das mit keinem der Mädchen machen. Dann nahmen sie uns Alena weg. Wir kämpften gegen sie, aber sie waren erwachsene Männer, und sie machten uns völlig fertig. Alena kam zurück, völlig zugrunde gerichtet. Sie war noch so klein, und sie benutzten sie so …«

Er sah sie an. Blickte ihr direkt in die Augen. »Ich hätte alles gemacht, um sie zu retten, ich hätte sogar alle anderen verraten. Ich habe meine Seele für meine Schwester eingetauscht. Ich hatte das Gefühl, keine andere Wahl zu haben. Ich erklärte mich einverstanden mit dem, was sie sagten. Das Schlimmste war, dass es mich anfangs angeekelt hat, aber nach einer Weile erregte es mich dann. Ich mochte es, jedes Mädchen, das sie mir gaben, erregt zu sehen, weil ich wusste, dass das, was wir taten, andere aufgeilen konnte. Dass sie das mit ihrer Sexualität tun konnte. Ich weiß nicht, in meinem Hirn geriet alles durcheinander. Wir wurden zu Killern gemacht – und zu Sexwesen. Nicht viel mehr. Das ging für zu viele Jahre so, Soleil, und es hat mich für immer kaputt gemacht.«

»Weil du noch immer darauf stehst, wenn andere Männer dich mit einer Frau sehen.«

Ihr Ton war indifferent. Er wusste nicht, ob sie ihn verurteilte oder nicht, und es gab vieles, wofür man ihn verurteilen konnte. Er hatte gelernt, die Mädchen bis zum Äußersten zu erregen, damit es für sie leichter war, wenn sie mit den auf sie wartenden Männern zusammen sein mussten. Dafür hasste er sich. Er verachtete sich dafür, erregt zu werden, wann immer dies vorkam. Er hasste sich wirklich dafür, dass man ihn für den Rest seines Lebens unrettbar kaputt gemacht hatte. Er drehte sich wieder um und schaute in die züngelnden Flammen.

»Ja.« Sollte sie die Wahrheit doch wissen. »Ich *brauche* es, dass andere Männer meine Frau sehen, wenn sie irre sexy ist. Ich will, dass sie sie begehren. Dass sie wissen, sie gehört nur mir und geht mit mir nach Hause. Ich brauche das nicht immer, aber ab und zu. Ich brauche es zu wissen, dass wir an prekären Orten sind, und sie geht trotzdem auf die Knie und lässt es mich mit ihr tun.«

»Dann geht es also auch darum, was sie bereit ist, für dich zu tun.«

Er überlegte. So war es. Er musste wissen, dass sie alles für ihn riskierte oder tat, so wie er es für seine Familie getan hatte. Er fühlte sich dann auf eine seltsame Art und Weise weniger allein. Er nickte.

»Dir ist klar, dass du nicht wirklich eine Wahl hattest, Ice. Alena war deine Schwester. Deine Wahl war, Monstern zu erlauben, ihr immer wieder wehzutun und sie schließlich zu töten, oder zu tun, was sie verlangten. Wenn du es nicht getan hättest, hätten sie jemand anderen gezwungen, es zu tun. Mehr noch, sie hätten diesen Mädchen so oder so wehgetan. Sie waren Ungeheuer. Du hattest keine echte Wahl. Du wolltest, dass Alena überlebt.«

»Sie hat überlebt. Lana hat überlebt. Aber nicht die anderen Mädchen. Nicht eines.« Seine Stimme bebte, er räusperte sich. Alles tat ihm weh, als sei er es gewesen, der mit jemandem gekämpft hatte, und nicht Savage.

»Alena hat überlebt, Ice. Deinetwegen.«

»Wir haben alle zusammengeholfen.« Jetzt sah er sie an. Hielt ihrem Blick wieder stand. »Wir begannen, sie systematisch zu töten. Einen nach dem anderen. Wir krochen durch Lüftungsschächte. Wir stiegen in Abwasserkanäle. Wir lagen auf der Lauer und machten sie kalt, die Schlimmsten zuerst. Reaper und Savage brachten die meisten um, aber wir alle mussten töten. Jeder von uns trug dazu bei, lieferte Informationen und half mit, den Nächsten auszusuchen. So töteten wir sie, einen nach dem anderen.«

Sie gab keinen Laut von sich und blickte auch nicht so schockiert oder überrascht, wie er es erwartet hatte. Er fuhr entschlossen fort, denn nun brachte er alles auf einmal heraus. Alles. Er wollte nicht, dass sie ihn verließ, aber falls sie es tat, musste er es jetzt herausfinden, denn sie wusste nicht, dass der

Präsident ihres Clubs eine definitive Drohung gegen sie ausgesprochen hatte.

»Sorbacov vermutete, dass die Kinder die Lehrer umbrachten. Wir dachten, er würde uns vernichten, aber stattdessen installierte er überall Kameras. Wir lernten, diese Kameras zu umgehen. Er nahm Reaper mit und hätte ihn fast umgebracht, folterte ihn, um herauszubekommen, wer die Morde verübte. Du darfst nicht vergessen, da war ein toter Lehrer hier, einer dort. Die Planung brauchte Zeit. Sicherzustellen, dass keine Spuren hinterlassen wurden ebenfalls. Sorbacov wusste wirklich nicht, ob er einen rachsüchtigen Serienkiller in der Schule hatte oder ob wir es waren.«

»Er folterte Reaper?«

»Tagelang«, erwiderte Ice. »Wenn er ihn nicht kleinkriegte, nahm er Savage mit dazu. Für den war es noch schlimmer. Und sie machten diese Scheiße vor Reapers Augen. Ich wusste, ich konnte der Nächste sein, weil ich Storm und Alena hatte. Ich versuchte zu überlegen, was ich tun würde, wenn sie Alena wegbrachten. Vielleicht hätte ich mich umgebracht. Ich hätte die anderen nicht im Stich gelassen, aber den Gedanken, was sie ihr antun würden, konnte ich nicht ertragen. Preacher saß im selben Boot; er ist Lanas älterer Bruder. Ihm ging es ebenso wie mir. Ich glaube, wir waren alle besorgt. Wir erwarteten nicht, dass Sorbacov die Sache auf sich beruhen lassen würde, ohne Reaper und Savage zu töten, doch das tat er. Keiner von uns glaubte zu überleben, aber wir haben alle einen eisernen Willen.«

Stille lag im Raum. Sie hatte ihre Hand nicht von seiner weggezogen, und er rieb sie an seinem Schenkel. Sie ließ es zu. Sie hatte ihm gesagt, sie brauche Zeit, um alles zu überdenken, doch er wollte, dass sie sofort etwas sagte. Wenn sie ein Urteil fällte, würde er Details ergänzen. Er wollte das alles nicht noch einmal erleben, aber das würde er. Um sie zu behalten, würde er das tun. Sein Herz schlug zu heftig. Er bekam kaum Luft. Legte ihre

Hand an seine Brust, in dem Versuch, seinen Körper wieder zum Funktionieren zu bringen.

»Es tut mir so leid, dass du das alles durchmachen musstest, Ice. Dass ihr alle das durchmachen musstet. Es erklärt sicherlich, warum ihr alle so stark seid. Ich glaube, niemand, der nicht so stark ist, könnte so ein Martyrium überleben.«

»Wir sind alle völlig kaputt«, sagte er nur, und sein Herz schlug noch schneller.

»Lieber, glaubst du nicht, dass jeder Mensch auf dieser Welt irgendwie verkorkst ist? Ihr habt euch gewehrt auf die einzige Art und Weise, die euch möglich war. Ich hätte hoffentlich auch die Kraft gefunden, es ebenso zu machen. Dass du am Leben bist, ist eine Anerkennung für dich. Für den, der du bist.«

Ihre Stimme. Weich. Innig. Sie sagte ihm mehr als die Worte, die sie aussprach. Sie würde ihn nicht verlassen. Sie würde bleiben, bei ihm bleiben.

»Jetzt verstehe ich, warum ihr bei dem Überfall alle drei so geschickt und so schnell wart.«

»Der Zar versucht, uns in die Gesellschaft einzugliedern, so gut es geht. Das Problem ist, keiner von uns kennt oder begreift die Regeln. Blythe tut ihr Bestes, aber für uns sind diese Regeln sinnlos. Wir haben einen guten Teil unseres Lebens nackt zugebracht. Wenn wir Sex hatten, dann war es sicherer, wenn die anderen dabei waren. Wir beschützten uns gegenseitig. Eine solche Konditionierung zu verändern ist schwierig. Wir wurden alle sexuell so missbraucht und traumatisiert, dass unsere Verhaltensweisen von der Gesellschaft zum Teil als pervers oder falsch betrachtet werden. Das macht es schwierig, das Gefühl zu entwickeln, wir könnten uns an zivilisierte Menschen anpassen.«

Er wollte ihr nicht sagen, womit die anderen im Einzelnen zu kämpfen hatten, denn er schenkte ihr nur sich selbst. Er wollte, dass sie ihn trotz seiner Vergangenheit akzeptierte, ungeachtet dessen, dass er darauf konditioniert war, bei einer Bedrohung als

Erstes zu töten und nicht zu reden oder die Polizei zu rufen. Sie würden sich nie daran gewöhnen, mit den Bullen zu verhandeln. Sie waren eine geschlossene Gesellschaft und beschützten sich voll und ganz gegenseitig.

Er wollte ihr auch begreiflich machen, dass er anfangs versucht hatte, gegen diese Konditionierung in Sachen Sex anzukämpfen, doch sie saß zu tief; er hatte seinen Schwanz auf keine andere Weise zum Funktionieren gebracht, auch wenn er versuchte, etwas zu fühlen. Vielleicht würde er das ja nun nicht mehr machen müssen, weil es in ihrer Gegenwart ganz natürlich war, einen Erektion zu bekommen. Bislang zumindest.

»Die Bullen könnten kommen und Fragen stellen, Soleil. Du bist nicht nur meine Frau. Du gehörst auch zu diesem Club. Wir reden nicht mit den Gesetzeshütern. Wenn der Zar will, dass sie etwas erfahren, dann sagt er es ihnen. Wir versuchen, nach Möglichkeit nicht zu lügen, aber wir geben einander niemals auf. Du musst verstehen, dass das eine heilige Regel ist. Es ist Teil unseres Codes. Wir geben einander niemals auf, um keinen Preis. Das hat uns aus der Schule herausgebracht. Dieser Zusammenhalt. Wenn es einen erwischt hätte, dann auch alle anderen.«

Sie nickte. »Ich verstehe. Ich hatte nie eine Familie, Ice. Ich hatte nie jemanden, der für mich einstand. Ich war nie Teil von irgendetwas. Oder irgendjemandem. Ich sehe, was der Club dir, euch, wert ist, und eure gegenseitige Loyalität. Weshalb ihr so eine starke Familie seid. Danach habe ich mich immer gesehnt. Ihr alle hattet einander jahrelang. Ich sehe, wie sehr ihr füreinander da seid. Blythe, Anya und Breezy waren wundervoll zu mir. Wie ein Teil der Familie behandelt zu werden ist etwas, das ich sehr schätze, und es ist für mich nicht selbstverständlich. Glaube mir, ich möchte ein Teil dieser Familie sein. Aber in erster Linie möchte ich mit dir zusammen sein, und ich möchte eine Frau sein, auf die du stolz bist.«

Er konnte wieder atmen. Die Luft strömte in seine Lunge und wieder hinaus. Sein Herz fand wieder sein normales Tempo. Er umklammerte ihre Hand. »Savage und Absinth sind heute für dich eingestanden, Soleil, und wenn du Savage so kennen würdest wie ich, wüsstest du, dass das enorm ist. Er hält zu allen Distanz. Er ist still, redet kaum. Aber er ist immer für uns alle da.«

»Warum ist er immer ein wenig für sich, Ice? Das ist mir schon aufgefallen.«

Ice zuckte mit den Schultern. »Was wir dort ertragen mussten, hat uns geprägt. Das lässt sich nicht einfach abschütteln, sosehr man es auch versucht.« Er blickte sie an. »Du besänftigst die Dämonen für mich. Als ich dir sagte, dass ich vor dir keine natürliche Erektion haben konnte, war das die Wahrheit. Aber ein Blick auf dich in diesem Sommerkleidchen, wie du da auf der anderen Straßenseite standst, und ich dachte, ich blamiere mich gleich hier auf der Straße.« Er konnte nicht verhindern, dass er fast ehrfürchtig klang. »Ich weiß, ich kann die Finger nicht von dir lassen, und das muss für dich irgendwann langweilig werden, aber im Ernst, Baby, jedes Mal, wenn wir zusammen sind, fühlt es sich an wie das erste Mal. Manchmal ist es so irre gut, dass ich glaube, mein Kopf explodiert gleich.«

Ihr Lachen überraschte ihn. »Also, das lassen wir besser nicht passieren. Ich mag den Sex mit dir. Nein, ich liebe ihn, aber ein explodierter Kopf könnte unserem Sexleben einen Dämpfer aufsetzen.« Sie hielt sich an seiner Hand fest. »Baby, gehen wir nach unten. Ich möchte dir etwas zeigen.«

»Ich hab aber noch ein paar wichtige Dinge zu bereden.«

Er schickte dem Zar eine SMS, dass alles in Ordnung war. Falls ihre Telefone je gecheckt wurden, gab es nichts, was sie mit dem Verbrechen in Verbindung brachte, das Meilen von ihrem Wohnort entfernt geschehen war. Und er schickte Absinth und Code eine Nachricht, so bald wie möglich zu kommen.

Ice wollte, dass alle Papiere, die Soleil brauchte, besorgt wurden. Sobald das geschehen war, würde Winstons Anwalt zweifellos auf einer ärztlichen Untersuchung bestehen, und sie würden versuchen, sich bei einem Richter Gehör zu verschaffen, der ihnen etwas schuldete oder aber Teil des Betrügerrings war. Sie mussten jemanden haben, der sich für sie einsetzte.

»Wir können unten weiterreden«, beharrte Soleil und stand auf.

Er hielt ihre Hand fest, selbst als sie versuchte, sich von ihm zu lösen. Sie probierte es nur einmal und warf ihm dann kopfschüttelnd ein rasches Grinsen zu. Die Treppe war so breit, dass sie nebeneinander hinuntergehen konnten. Sie eilte durch das Esszimmer in die Küche und öffnete die Tür zur Speisekammer. Sie war ziemlich leer, er fand lediglich Reis, Kartoffeln und Mehl vor.

Soleil öffnete den Kühlschrank, der mit Gemüse, Aufschnitt, verschiedenen Beeren und Melonen und anderen frischen Lebensmitteln gefüllt war. Dann zeigte sie noch auf die Theke, wo eine Schale mit Obst stand.

Sie musterte ihn. »Was sagt dir das, Ice?«

Er wusste, sein Gesichtsausdruck musste so leer sein, wie er sich fühlte.

»Du bekommst echt nichts mit. Du denkst, dass ich mich noch nicht voll und ganz auf dich und deine Familie eingelassen habe. Also, ich habe dir vor Kurzem gesagt, dass ich nicht kochen kann. Woher, glaubst du, kommen dann diese Sachen, und wie, glaubst du, habe ich sie bekommen?«

Er runzelte die Stirn. Das war offensichtlich eine Fangfrage, eine, die sich Frauen ausdachten, nur um Männer verrückt zu machen. »Tut mir leid, Baby. Ich kann dir nicht folgen.«

»Ich habe bei Alena Kochunterricht genommen. Was glaubst du denn, was ich mit ihr mache, während du deinem mysteriösen Tun nachgehst, von dem ich ja nichts wissen darf?«

Wie zum Beispiel, den Pädophilenring in San Francisco aufzuspüren. Oder den Betrügerring. Nein, er war nicht bereit, darüber mit ihr zu reden, oder darüber, was sie mit diesen Leuten vorhatten.

»Ich weiß nicht, Prinzessin. Reden? Frauen reden doch gerne miteinander.«

Sie verdrehte die Augen. »Und woher kommt das Essen, das immer besser wird? Hast du gedacht, das macht sich von allein?«

Definitiv eine Fangfrage. »Darüber habe ich mir keine Gedanken gemacht.«

»Ich habe mindestens dreimal die Woche mehrere Stunden damit verbracht, kochen zu lernen, Lieber. Für dich. Für uns. Für unser gemeinsames Leben. Ich will dir ein Zuhause schaffen. Ich mache die ganze Zeit nichts anderes. Das heute hat mir Angst gemacht, aber nicht aus den Gründen, die du glaubst. Ich musste das Ganze verarbeiten. Dazu brauchte ich Zeit, und es hilft mir, wenn ich mich dabei bewege. Ich bin es gewohnt, allein zu sein, wenn ich das mache. Du darfst nicht vergessen, du bist der einzige Mensch in meinem Leben, mit dem ich jemals so viel Zeit verbracht habe. Was ich sagen will, ist, ich habe nicht die Absicht, dich zu verlassen. Du musst lernen, darauf zu vertrauen, so wie ich lernen muss, dir zu vertrauen.«

Seine Erleichterung war grenzenlos. Er rieb sich wieder die Brust, direkt über dem Herzen. »Aber ich werde dich wütend machen, Baby. Nicht nur ein- oder zweimal.«

»Das ist mir sehr klar.«

Sie klang so drollig, dass er nur lachen konnte. Gefühle überwältigten ihn. Er zog sie in seine Arme und liebkoste ihren Hals. »Wir machen bald einen Ausflug. Habe ich dir schon erklärt, was das ist?«

Sie schüttelte den Kopf. »Nicht wirklich, aber ich habe schon Biker gesehen, die zusammen ausfuhren.«

»Dieser wird besonders groß. Mehrere Clubs werden zusammen fahren. Es ist eine Wohltätigkeitsfahrt, die die Diamondbacks jedes Jahr veranstalten. Wir fahren hinter ihnen. Du musst die Jacke tragen, die ich dir gebe, mit unserem Abzeichen. Und du gehst nie ohne uns irgendwohin und bleibst die ganze Zeit in meiner Nähe. Es wird ein Riesenspaß, du brauchst also keine Angst zu haben, aber du musst die Regeln befolgen, die ich aufstelle.«

Sie nickte. »Natürlich, Ice.«

»Und vergiss nicht, unser ganzer Club beschützt dich. Darin sind wir sehr gut. Falls wir dich gegen einen Diamondback verteidigen müssen, wird deren ganzer Club auf uns wütend sein. So läuft es eben, selbst wenn derjenige im Unrecht ist. Wenn das passiert, dann sind wir für den Rest unseres Lebens auf der Flucht.«

»Ich verstehe.«

Er führte sie an der Hand aus der Küche in den Wohnbereich. Ihm gefiel die Einrichtung dort. Sie sanken zusammen auf die bequeme Couch, und Soleil legte den Kopf an seine Schulter.

»Worüber müssen wir noch reden?« Sie fädelte ihre Finger zwischen die seinen.

Er mochte das. Und er mochte, dass sie nach allem, was er ihr erzählt hatte, sachlich blieb. Er wusste, was für eine mitfühlende Frau sie war. Alles, was er ihr gesagt hatte, entsprach der Wahrheit, doch er hatte seine Worte so sorgfältig wie möglich gewählt. Er hatte ihr so wenig wie möglich erzählt und gleichzeitig versucht, ihr großes Mitgefühl anzusprechen, auf das er baute, damit sie bei ihm blieb.

»Wir müssen Absinth umgehend zu deinem Anwalt machen. Diese Leute darf man nicht unterschätzen. Sie haben dich gefunden und werden alles versuchen, um dich aus dem Verkehr zu ziehen. Der beste Weg, das zu erreichen, ist, dass ein Arzt oder sonst jemand bescheinigt, du hättest einen Nervenzusammenbruch gehabt und bräuchtest Hilfe. Sie könnten dann außerdem sagen, dass du unter meinem Einfluss stehst, denn sonst hättest du nie einen Mann wie mich geheiratet.«

»Das ist perfide, aber denkbar«, räumte sie ein.

»Der Anwalt wird beantragen, dass du vor einem Richter erscheinen musst, und dieser Richter wird der seine sein, den er in der Tasche hat. Danach wird man dich in die liebenden Arme deines Verlobten zurückschicken und unsere Ehe annullieren oder für ungültig erklären.«

Sie war mit jedem Wort, das er sagte, bleicher geworden. »Ice. O mein Gott, ich will nicht in seine Nähe kommen.«

»Das wird auch nicht passieren. Absinth wird dafür sorgen. Er ist supergut in seinem Job. Fangen wir einfach mit dem nötigen Papierkram an. Du musst der Welt klarmachen, dass Absinth dein Anwalt ist und jeder andere, der in deinem Namen handelt, das ohne deine Zustimmung tut. Er wird den Anwalt in Vegas finden, mit dessen Hilfe du Monroe losgeworden bist – das heißt, ich glaube, das hat Code schon erledigt –, und er wird bestätigen, dass du Donald Monroe gefeuert hast.«

»Wann machen wir das?«

»Absinth ist schon unterwegs.«

»Glaubst du, sie werden versuchen, mich umzubringen, bevor ich diese Papiere beantragen kann?«

Er zerzauste ihre Haare. »Baby, sie haben es schon versucht. Heute Morgen. Sie hatten vier Killer auf dich angesetzt. Ich glaube, zumindest für heute bist du sicher. Ich habe von Winston nicht den Eindruck, dass er einen Plan B hat. Dazu ist er zu jähzornig.«

»Aber er ist nicht der Boss«, erinnerte sie ihn. »Sie drohten ihm, Ice. Sie sagten, wenn er es in den Sand setzt, dann würde er tot sein, nicht ich.«

»Gut, das ist doch etwas. Vielleicht können wir den Boss so wütend auf Winston machen, dass dessen Leute ihn erledigen.«

»Das kann ich nur hoffen.« Soleil rieb den Kopf an seinem Arm wie ein Kätzchen.

Er umfasste eine Seite ihres Gesichts und drehte es zu sich. Schon den ganzen Morgen über hatte er sie küssen wollen. »Du wirst immer meine Prinzessin sein, Soleil.«

»Das möchte ich auch, Ice«, gestand sie.

In ihren Augen funkelten Sterne – als würde sie ihn anbeten und die Erde, auf der er wandelte. Sie sah ihn an, als gäbe es keinen anderen Mann auf der Welt, zumindest keinen für sie. Er war es. Der Einzige. Ihr Einziger.

Er küsste sie. Zärtlich. Ehrfurchtsvoll. Nur eine sanfte Berührung. Ein Hauchen. Seine Zunge berührte ihre geschwungene Unterlippe. Er kannte sie bestens. Wusste, wie sie schmeckte und sich anfühlte. Er spürte diese Berührung bis in seine Seele hinein. Sie öffnete die Lippen für ihn, und seine Zunge schlüpfte in ihre samtige Hitze. Das war es, was ihn von seiner Vergangenheit losriss, von den dunklen Dämonen, die immer so nahe waren und nur darauf warteten, ihn zu verschlingen.

Soleil zu küssen war, wie in eine andere Welt einzutauchen. Hinter seinen Lidern brannten ganze Feuerwerke ab, und unterschiedliche Empfindungen jagten durch seinen Körper. Er war zärtlich, weil seine Frau Zärtlichkeit verdiente, aber wie immer wurde daraus rapide ein Feuersturm aus Flammen und Begierde, bis er sie verschlang. Er liebte es, wie sie schmeckte. Er liebte es, wie ihr Körper an seinen schmolz und ihr Mund dieses sengende Feuer erwiderte, bis er von innen nach außen brannte.

Er hob den Kopf und wusste, er war schon so weit gegangen, dass es kein Zurück mehr gab. Seine Beziehung mit Soleil drehte sich nicht mehr nur um Sex. Er hatte es nicht dabei belassen. Sie konnten das Band zwischen ihnen nicht darauf beschränken, nicht, wenn allein sie anzusehen ihn glücklich machte. Seine Daumen strichen sanft über ihre schönen Wangenknochen.

»Du musst in Erscheinung treten, Baby.«

»Ich weiß. Aber dies ist ein wunderschöner Traum, Ice. Du hast ihn mir diesen letzten Monat geschenkt, und es war die schönste Zeit, an die ich mich erinnern kann.«

Er hörte Absinths Harley die Auffahrt heraufkommen. Er war nicht allein, was Ice nicht überraschte. Sie versuchten alle, Soleil an sie zu gewöhnen, vor allem nach dem, was an diesem Morgen geschehen war. Wenigstens war der Angriff ein gutes Stück von ihrem Anwesen entfernt gewesen. In letzter Zeit waren zu viele Menschen verschwunden, und der Sheriff kam immer wieder mit Fragen in die Bar.

Alle mochten Jonas Harrington, den Sheriff des Orts. Er schien entspannt zu sein und kannte die Küste auf- und abwärts fast jeden. Er kannte ihre Familien, er war aus gutem Grund beliebt, und er war ein guter Mann. Aber er war auch sehr intelligent und machte seinen Job sehr gut. Einen wie ihn aufs Kreuz zu legen, war nicht leicht. Und wenn es nach ihnen ging, dann musste er keine Verbindung zwischen den toten Männern und Soleil – oder ihrem Club – finden.

Absinth und wer immer mit ihm gekommen war, parkten ihre Maschinen und kamen an die Haustür. Wie gewöhnlich klopfte niemand an; sie kamen einfach herein. Sie waren an Nacktheit und sogar private Momente, in die sie womöglich hineinplatzten, gewohnt.

Ice hielt Soleil auf dem Sessel fest, damit sie nicht aufstehen konnte und so vielleicht Distanz aufgebaut hätte. Er wollte sie an die Umgangsformen des Clubs gewöhnen, damit sie irgendwann mit seinen Brüdern so entspannt sein konnte, wie er es war.

»Absinth, Code, Mechaniker, kommt rein.« Ice zeigte auf die Sessel. »Wir sprachen gerade über die Papiere und davon, dass Winston und seine Leute uns nicht vorgreifen dürfen.«

Absinth nahm sich einen der bequemen Sessel und setzte sich

Soleil gegenüber, Code nahm den beim Beistelltisch, wo er seinen Computer abstellen konnte. Mechaniker streckte die Beine aus und tat, als sei er faul und wolle schlafen – eine absolut irreführende Haltung.

»Prinzessin, du fühlst dich wohl mit Absinth, Code und Mechaniker, ja?«

»Ja, klar.« Sie setzte sich gerade. »Danke für euer Kommen, sodass ich nicht ins Clubhaus gehen musste. Es war ein bisschen schockierend heute. Ich brauchte …« Sie blickte sich um. »Etwas Vertrautes. Ich musste einfach zu Hause bleiben.«

Ices Herz zog sich heftig zusammen, sein Magen schlug einen Purzelbaum. Sie nannte dies ihr Zuhause. Ein schöneres Geschenk hätte er sich nicht denken können. Er hatte das hören müssen. Insgeheim hatte er befürchtet, dass sie, nachdem er ihr über seine Vergangenheit und die seiner Brüder erzählt hatte, nun schlechter über sie denken und sie anders behandeln würde. Doch wenn es einen Unterschied gab, dann den, dass sie ihnen allen nun noch offener gegenüberstand als zuvor.

»Jede Gelegenheit, auf mein Bike zu steigen, ist gut«, meinte Absinth.

»Es tut mir leid, dass ich euch gegenüber ausgeflippt bin«, fuhr Soleil fort.

»Babe. Wirklich?«, erwiderte Absinth. »Es gab doch jeden Grund auszuflippen. Freut mich, dass es dir wieder besser geht.«

Sie lächelte, und Ice ergriff ihre Hand. Absinth kam zur Sache und führte sie Schritt für Schritt durch den Prozess – und eine Menge Papierkram –, ihn als ihren Anwalt zu engagieren. Seine Referenzen waren tadellos. Dafür hatte Code gesorgt. Danach bereiteten sie Papiere vor, denen zufolge sie Donald Monroe schon einen Monat früher gefeuert hatte, als es die offizielle Kündigung besagte. Und schließlich eine Erklärung, dass er jegliches Handeln in ihrem Namen zu unterlassen und keinerlei Befugnis habe, für sie tätig zu werden.

»Du wirst dich bald mal in der Öffentlichkeit zeigen müssen, aber erst warten wir noch ein paar Tage ab, damit wir sehen, wie sie reagieren«, riet Absinth.

»Ice sagte, sie verlangen vielleicht so eine Art Überprüfung meiner Zurechnungsfähigkeit, und sie könnten dafür einen korrupten Richter engagieren, der dann anweist, dass ich zu Winston zurückmuss.«

Absinths Brauen schossen nach oben, er sah mit kühlem Blick zu Ice. Absinths Augen waren so hellblau wie Kristalle. Manchmal waren sie seltsam opak, als könnten sie Dinge durchdringen, anstatt ihre äußere Erscheinung zu erfassen. »Das hast du ihr gesagt? Ich kann euch versichern, dass das nicht passieren wird. Sie können es versuchen. Ich würde das sogar erwarten, aber damit kommen sie nicht durch.«

»Aber Absinth, wenn sie einen korrupten Richter haben …« Soleil klang verängstigt.

Ice legte einen Arm um sie und zog sie an sich. »Im Ernst, Soleil, glaubst du, ich bin einer, der zulässt, dass ihm seine Frau weggenommen wird?«

Mechaniker machte die Augen nicht auf. »Oder dass wir ein Club sind, der zulässt, dass sich irgend so ein Wichser eine von uns holt und mit ihr rummacht? Geht absolut gar nicht.«

Code blickte auf. Er war damit beschäftigt gewesen, dafür zu sorgen, dass alles getan wurde, was Absinth wollte. »Babe. Wirklich? Mit der ersten Erwähnung des Namens eines Richters habe ich, was ich brauche, um alles über ihn herauszufinden, insbesondere, ob der Name derselbe ist wie der, den du uns genannt hast. Wir können ihn auseinandernehmen, noch ehe er seine Robe angezogen hat. Und wenn wir jemanden auseinandernehmen, dann richtig, sodass es schwer für ihn wird, wieder hochzukommen.«

Ice warf ihm einen Blick zu, der besagte, er solle gefälligst den Mund halten. »Über solche Dinge brauchst du dir keine Gedanken machen, Prinzessin. Das erledigt Absinth für dich, und zwar sehr gut. Ich weiß das, weil er ständig damit angibt.« Er bekam das Lächeln, auf das er gehofft hatte. Soleil schien etwas lockerer zu werden. Ihre Angespanntheit ließ langsam nach.

»Danke euch allen. Ich verstehe ehrlich nicht, was sie sich davon erhoffen, zu Behörden zu rennen und die ganze Sache öffentlich zu machen. Wenn sie mich umbringen, werden die Leute dann nicht ein wenig argwöhnisch?«

»Niemand bringt dich um«, erklärte Absinth. »Süße, du musst mir jetzt dein Handgelenk geben, und ich möchte, dass du mir so wahrheitsgemäß antwortest, wie du kannst. Überlege dir deine Antworten wirklich gut. Es ist wichtig. Ich gehe nicht davon aus, dass du lügst, dazu hast du keinen Grund, aber manchmal hält das Gehirn etwas tief Verschüttetes zurück, und das merke ich und kann dir dann noch mehr Fragen stellen. Deshalb sage ich, überlege dir deine Antworten wirklich gut.«

Soleil blickte Hilfe suchend zu Ice. Er nickte. Nun war er es, der sich anspannte, obwohl er wusste, dass ihr das nichts anhaben konnte, egal, wie ihre Antwort ausfiel. Absinth beugte sich zu ihr, und sie streckte ihm ihren Arm entgegen. Er achtete darauf, dass ihre Haltung bequem war und sie sich nicht zu stark streckte oder vorbeugte. Dann umfasste er locker ihr Handgelenk und legte zwei Finger auf ihren Puls.

»Hast du vor heute Morgen jemals die Namen Yeger Kushnir oder Basil Alanis gehört? Hast du sie getroffen? Oder hat Winston sie jemals erwähnt?«

Soleil runzelte die Stirn und nickte langsam. »Winston ging gerne zu Wohltätigkeitsveranstaltungen, und er wollte immer, dass ich die richtigen Leute kennenlerne. Er gab mir eine Liste mit Namen, die ich mir einprägen musste, damit ich nett sein und lächeln und so tun konnte, als würden wir alle Freunde werden. Kushnir war auf dieser Liste. Heute Morgen habe ich das nicht erwähnt, weil ich ihn ehrlich gesagt nicht erkannte. Als ich ihn zum ersten Mal sah, trug er einen Smoking, sah sehr elegant aus und benahm sich auch so. Aber er war auf dieser Liste.«

Sie fuhr mit der Hand an Ices Schenkel auf und ab und verriet damit ihre Nervosität. »Tut mir leid, Ice, ich hätte mich daran erinnern sollen. Aber ich habe die meiste Zeit nicht wirklich gehört, was du gesagt hast. Ich stand ja ziemlich weit weg, und es ging alles so schnell.«

»Babe, schau mich an«, sagte Absinth. »Niemand ist böse mit dir. Die Umstände waren nicht die besten. Wie hat Winston Kushnir kennengelernt?«

»Sie hatten nicht wirklich viel Kontakt. Sie standen nebeneinander an der Bar, und ich weiß, dass sie zumindest Höflichkeiten austauschten. Kushnir hat einige Male zu mir hergeschaut, während sie redeten.«

Absinth blickte zu Ice. Möglicherweise hatte Winston mit Kushnir verhandelt, um zu eruieren, ob es sich lohnte, ihr Leben zu verschonen und sie an einen Menschenhändlerring zu verkaufen. So würde er mit ihr Geld verdienen und sie gleichzeitig loswerden, auch wenn es dann komplizierter werden würde, an das Geld aus ihrem Fonds heranzukommen.

»Was weißt du über ihn?«, beharrte Absinth.

»Nur, dass er mehrere Immobilienfirmen und eine Exportfirma in San Francisco besitzt.«

»Perfekt für Menschenhandel«, murmelte Mechaniker.

Absinth ignorierte ihn. »Hat Winston je über eine Verbindung zu ihm gesprochen? Schule? Irgendetwas von früher?«

Sie schüttelte den Kopf. »Nein. Er hat eigentlich nur sehr wenig über sich gesprochen. Wenn er mir etwas sagte, hatte es nie mit seinen Freunden zu tun, nur damit, wie schwierig seine Kindheit gewesen war.«

»Schwierig?«, hakte Absinth nach.

»Er war völlig am Boden, als seine Eltern sich scheiden ließen. Er war damals siebzehn, und er sagte, er sei nie darüber hinweggekommen.«

»Verdammt hartes Leben«, meinte Absinth, setzte sich gerade hin und ließ ihr Handgelenk los. »Da kann ich ja froh sein, dass ich seine Probleme nicht hatte, als ich aufwuchs.«

»Ja«, stimmte Mechaniker zu. »Da bin ich ganz deiner Meinung.«

Code gab einen unhöflichen Laut von sich, und Ice lachte, beugte sich zu Soleil und küsste sie auf die Schläfe.

15. Kapitel

Das Dröhnen der Auspuffrohre war extrem laut, als fünfzehnhundert Motorräder in Formation den Highway entlang und durch Dörfer und Städte röhrten, wobei sich ihnen unterwegs noch weitere anschlossen. Der gesamte Torpedo-Ink-Club war dabei, fünfundvierzig Mitglieder und sieben Kandidaten. Ice hatte vergessen, Soleil zu sagen, dass der Club ein zweites Chapter in Trinity hatte, das geschlossen angereist war, um an dem Run teilzunehmen. Die Demons, ein verbündeter Club, fuhren direkt hinter ihnen.

Es war seltsam, mit so vielen anderen zu fahren, die alle ihr Abzeichen trugen. Die fünfundzwanzig neueren Mitglieder waren von einer der anderen Schulen in Russland gekommen. Auch sie war brutal, doch zumindest eine rechtmäßige Schule für die Ausbildung von Agenten gewesen. Casimir Prakenskij, der leibliche Bruder des Zaren, war nach Trinity gegangen, um das Chapter dort zu beaufsichtigen, das vollständig von einem anderen Club übergetreten war. Inzwischen gab es noch ein weiteres, das ebenfalls übertreten wollte. Der Zar hatte dieses Chapter jedoch noch nicht kennengelernt. Er sah es mit Argwohn, dass Torpedo Ink so rasch wuchs. Er wollte nicht, dass sie mehr Aufmerksamkeit erregten, als unumgänglich war.

Jede Schule war anders, doch alle bildeten die Kinder ihrer politischen Gegner zu Mördern und Spionen für ihr Land aus. Ice zog es vor, dass die, die mit ihm fuhren, in jeder Situation mit sich zurechtkamen. Sie hatten sich auch die Zeit genommen, einander kennenzulernen. Das half ihm, sich so wohlzufühlen, dass er mit ihnen ausfahren konnte und sie dabei das Torpedo-Ink-Abzeichen trugen. Sie konnten keinen Hitzkopf brauchen, der Kämpfe vom Zaun brach, die zu Kriegen mit anderen Clubs ausuferten.

Die Torpedo Inks taten ihr Bestes, um unter den Diamondbacks möglichst unauffällig zu bleiben. Das hatte sich jedoch als unmöglich erwiesen, weil sie dem Club vor einiger Zeit geholfen hatten, die Frau des Mendocino-Chapters aus der Hand von Kidnappern zu befreien. Nun wussten sie alle, dass der Club sie genau beobachtete.

Ice genoss das Dröhnen der Auspuffrohre, während sie den Highway hinunterbrausten. Es gab einfach nichts Besseres als eine Ausfahrt an einem heißen Nachmittag mit Familie und Freunden und in dem Wissen, dass die Party losgehen würde, sobald das Lager aufgeschlagen war. Soleil schmiegte sich an ihn und presste ihre Brüste fest an seinen Rücken. Er spürte sie trotz der Jacke, die er trug. Mit einem Grinsen erinnerte er sich daran, wie sie etwas verächtlich die Nase gerümpft hatte, als er ihr das »Eigentum von Ice« auf ihrer Jacke und ihrer Weste zeigte. Torpedo Ink. Er liebte das einfach.

Sie hatte deswegen nicht gegen ihn aufbegehrt, ja, er bekam sogar zweimal mit, wie sie liebevoll über die Aufnäher auf dem Rücken strich. Der Zar hatte Fatei und Hitch mit dem Wohnmobil vorausgeschickt, das er irgendwo erstanden hatte – er war offenbar immer in der Lage zu bekommen, was er gerade brauchte. Sollte es ganz schlimm werden, dann konnte Soleil immer noch mit Blythe darin übernachten. Was er jedoch nicht hoffte, denn er hatte Pläne.

Ice tätschelte Soleils Hand, während sie mit dem riesigen Biker-Tross durch die Stadt fuhren. Die Ampeln waren ausgeschaltet, sodass sich ein beständiger Strom von Motorrädern vorwärtswälzte, der von nichts unterbrochen wurde. Es hatte etwas Majestätisches an sich, wie sich all die Maschinen zusammen bewegten. Er liebte es, Teil dieses Spektakels zu sein.

Soleil konnte seine Dämonen schon allein durch ihr Dasein beschwichtigen. Mit ihrem Lächeln. Mit den anderen zu fahren, mit ihr hinter ihm, dem Wummern seines Bikes, das durch ihn vibrierte, das war das Beste seiner Welt.

Sie brauchten Stunden bis zur Ankunft an ihrem Ziel. Einige Male hielten sie an, um zu essen und auszutreten, doch ansonsten fuhren sie durch. Als sie den riesigen Campingplatz erreichten, forderte jeder Club seinen Platz ein, einige so weit wie möglich von den Diamondbacks entfernt. Ice kümmerte das nicht. Er war gekommen, um zu feiern. Um es sich gut gehen zu lassen. Um seiner Frau zu zeigen, dass sie Spaß haben konnten, wo immer sie auch waren. Und um den Venomous-Club und Fred zu finden, mit denen Torpedo Ink noch eine große Rechnung offen hatte.

»Es ist heiß«, bemerkte Soleil, während sie sich im Kreis drehte, um alles in sich aufzunehmen.

Fatei hatte eine gute Stelle für sie gefunden. Er hatte jeweils an einem der Lagerfeuer einige Plätze für sie hergerichtet. Ice entschied sich für einen nicht weit vom Zentrum, in Nachbarschaft zum Lager eines anderen Clubs. Er richtete ihre Schlafsäcke her und führte Soleil dann herum, zeigte ihr, wo Toiletten und Duschen waren.

Die Sonne ging unter und tauchte den Himmel in tausend Orange-, Rot- und Pinktöne. Er liebte es, seine Frau zu sehen, wenn sie ging. Sie wirkte mondän. Und sie hatte etwas Unschuldiges an sich, obwohl sie ein Tanktop trug, dessen Spitze gerade über die Brustwarzen reichte. Es war eng und während der Fahrt vorne etwas nach unten gerutscht, doch es gab keinen Spiegel, der sie darauf aufmerksam gemacht hätte. Er wollte es ihr auch nicht sagen, weil sie so sexy aussah und ihm das gefiel.

Storm erschien neben Soleil, und sie begleiteten sie zur Damentoilette. Die Schlange davor war noch nicht sehr lang, sodass sie bald hineinkonnte. Alena und Lana tauchten wie aus dem Nichts auf und schlüpften zusammen mit ihr hinein – nur für alle Fälle. Frauen konnten ebenso schnell einen Streit vom Zaun brechen wie Männer. Die Toilette war der einzige Ort, an dem Ice sie nicht beschützen konnte, und das besorgte ihn, doch er hatte seine Familie, die ihm half.

Die drei Frauen kamen zusammen zurück, redeten leise und lachten über etwas, das Soleil gesagt hatte, was Ice viel Zeit gab, seine Frau anzusehen. Seine Frau. Sie hatte ihr Top nicht hochgezogen. Er konnte nicht glauben, dass sie nicht in den Spiegel gesehen hatte, aber sie hatte die Spitze so gelassen, wie sie war – für ihn. Er wusste es. Sie wusste, dass er sie gern herzeigte, und es machte ihr nichts aus, gesehen zu werden.

Sein Körper spannte sich an. Sein Schwanz wurde zu Stahl. Sein Herz reagierte, hämmerte in seiner Brust. Der Teil von ihm, von dem er sich ferngehalten hatte, zerbröckelte, zerfiel wie Ziegelsteine. Er liebte sie. Liebte alles an ihr, und er wusste nicht einmal, wann es passiert war. Er streckte ihr die Hand entgegen, wartete, um ihren Gesichtsausdruck zu sehen. Er brauchte es.

Ihr Blick fiel auf seine Hand und dann auf sein Gesicht. Sein Schwanz zuckte so heftig, dass er befürchtete, sich bloßzustellen. Er pulsierte zusammen mit seinem Herzschlag. Da war wieder dieser Blick. Ehrerbietung. Fast Anbetung. Die Spitze ihrer Zunge glitt über ihre Lippen, befeuchtete sie, was seine Qual noch steigerte. Ihre Hand glitt in die seine, und schon diese kleine Berührung zerschmetterte ihn beinahe.

Sie spazierten über die hinteren Plätze und kehrten in einem Kreis zu ihrem zurück. Viele weitere Ankömmlinge hatten sich inzwischen eingerichtet, und sie mussten sich ihren Weg um die großen Gruppen herum bahnen. Lagerfeuer wurden entzündet. Überall waren laute Unterhaltungen und Lachen. Einige Männer liefen mit Flaschen herum und tranken ausgiebig. Von verschiedenen Lagerfeuern dröhnte Musik um die Wette. Frauen begannen zu tanzen, wiegten sich, lachten und tranken. Der Himmel war dunkel geworden, und die ersten Sterne und ein halber Mond waren bereits zu sehen. Es war perfekt.

Er küsste Soleil, ließ sie sein Verlangen schmecken. Seine aufkommende Lust. Das Begehren, das geschmolzener Lava gleich durch seine Adern schoss. Er ließ seine Hand unter ihr Top schlüpfen, spürte ihre Brust, ihren Nippel, zog und zwickte, rollte und drehte. Sein Mund glitt von ihren Lippen zu ihrem Ohr.

»Du bist so gottverdammt heiß, Baby. Ich könnte dich hier auf der Stelle vernaschen.« Und er meinte es genau so.

Sie lächelte ihn an, ihr Herz spiegelte sich in ihren Augen. »Du weißt, du kannst mich jederzeit haben, Süßer. Überall.«

Sein Herz pochte so wild, dass er glaubte, es werde ihm aus der Brust springen. Sein Schwanz wiederholte diesen Puls. Sie gingen weiter, doch er nahm seine Hand nicht aus ihrem Oberteil; er liebkoste und knetete ihre perfekte Brust. Hob sie über die Spitze, staunte über ihre Größe, ihre vollkommene Form.

Abrupt blieb er stehen und drehte sie zu sich, wollte seine Gier nicht mehr zügeln. Er verschlang sie, saugte sie in sich, und sie presste sofort seinen Kopf an sich, drückte den Rücken durch, um ihm alles zu geben, was er wollte. Er ging auf ihr Angebot ein, saugte heftig, presste ihren Nippel an seinen Gaumen, neckte ihn mit den Zähnen.

Dann hob er den Kopf und grinste. »Heute Nacht mache ich dir ein paar schöne Flecken, Prinzessin. Bist du so nett und enthüllst dich für mich so, wie ich es mag?« Seine Hand glitt zwischen ihre Beine, der Daumen rieb über den Stoff, der ihren Venushügel bedeckte. Auf ihr Nicken hin fuhr er fort. »Vielleicht schreibe ich meinen Namen auf dich. Mit hübschen kleinen Erdbeeren, direkt über deine süße kleine Möse.«

Er legte seinen Arm um ihren Hals, ging weiter und genoss es, dass sie ihre runde Versuchung nicht wieder unter das Top steckte, sondern für alle sichtbar ließ. So sahen nicht nur alle, wie perfekt sie war, sondern auch die Zeichen, die er als Besitzanspruch darauf hinterlassen hatte. Sexy wie die Hölle. So liebte er es.

Bei ihrem Lagerplatz angekommen, holte Ice eine Flasche Whiskey hervor, und sie setzten sich ans Feuer. Er positionierte Soleil zwischen seinen Beinen mit dem Rücken zu sich, nahm einen Schluck und hielt dann die Flasche an ihren Mund. Sie trank und lehnte den Kopf nach hinten an seine Brust. Dabei bewegten sich ihre Brüste so, dass sie unbedeckt im Schein des Feuers zu glühen schienen.

Ice schob das Tanktop unter ihren Busen und nahm ihr den BH ab, auf den zu tragen sie bei dem Spaziergang bestanden hatte. Er lauschte müßig der Musik und den Gesprächen um sie herum und liebkoste ihre Brüste.

»Hast du Pierce gesehen?«, fragte Storm. »Er ist hier, und ich habe gehört, er sucht Alena.«

Die anderen blickten einander an. Ice wurde innerlich still, doch er wollte sich seine Freude an dem Abend – und die seiner Frau – nicht nehmen lassen. Er reichte seinem Zwillingsbruder den Whiskey. Storm nahm einen Schluck und gab ihn an Soleil weiter.

Sie setzte die Flasche an die Lippen, doch ein wenig ging dabei daneben. »Ups. Wie dumm. Kann gar nicht glauben, dass mir das passiert ist.«

Ice lachte über ihren Trick und leckte den Whiskey von ihrer linken Brust, die noch keinen Flecken abbekommen hatte, was er nun mit Mund, Zähnen und Zunge »korrigierte« und gleichzeitig sicherstellte, dass nicht ein Tropfen Whiskey vergeudet wurde – das wäre schließlich eine Sünde gewesen.

Als er damit fertig war, keuchte sie bereits und wand sich. Der

Feuerschein spielte über ihren Körper und ließ ihre hoch aufragenden Brüste mit den Knutschflecken darauf deutlich sichtbar werden. Er umfasste sie mit beiden Händen und schaltete sich in die Gespräche um sie herum mit ein.

Ab und zu, und damit sie ihn nicht ganz vergaß, zog er an ihren Nippeln und spielte daran herum, bis ihr der Atem stockte, und nahm dann wieder die Unterhaltung auf. Die Nacht zog sich hin, und weitere Frauen ließen die Hüllen fallen. Beim nächsten Feuerplatz war eine Frau auf Händen und Knien und wurde von drei Männern gleichzeitig genommen – eine ziemlich spektakuläre Unterhaltung. Doch die vier schienen sich voll und ganz zu amüsieren.

Langsam verabschiedeten sich seine Brüder einer nach dem anderen, um ebenfalls ihrem nächtlichen Amüsement zu frönen, und ließen ihn mit Soleil allein. Die Musik wurde lauter, und der Whiskey schmeckte besser. Ice spürte seinen Schwanz immer heftiger. Er öffnete seinen Reißverschluss und machte ihn frei. »Jeans sind runter, Prinzessin«, flüsterte er ihr ins Ohr. »Ich habe Lust zu spielen.«

Er zog ihr das Top aus. Sie stand auf, schob sich langsam die Hose herunter und ließ ihn dabei nicht aus den Augen. Im Schein des Feuers war sie wunderschön. Sie sah exotisch aus, und genau so, wie er sie nannte – eine Prinzessin, die ihrem Eroberer ihren Körper anbot.

Seine kleine Exhibitionistin. Er liebte es, dass sie sich einerseits gern in Sicherheit wähnte, es aber toll fand, von anderen gesehen zu werden. Sie tanzte langsam für ihn, entblätterte sich voller Sinnlichkeit, und auf ihrer zarten Haut spielte der Schein des Feuers. Er schob seine Jeans nach unten und befreite sein gieriges Monster, das unkontrolliert zu brennen schien, endgültig.

»Setz dich auf meinen Schoß, Prinzessin«, flüsterte er. »Mit dem Rücken zu mir.«

»Du bist so hart. Ich könnte dich lutschen, Ice. Ich mag es, wie du schmeckst. Seine Form und wie er sich anfühlt. Du bist immer so heiß, und dein Gewicht auf meiner Zunge, das ist so sexy.« Sie reizte ihn mit voller Absicht, kroch an seinen Beinen hinauf.

»Du bist sexy. Ich vögle deinen Mund, aber später. Jetzt kriegst du erst mal etwas, das du lieben wirst. Tu, was ich dir sage.«

Sie setzte sich auf seine Schenkel. Er öffnete die Beine weiter und zwang sie damit, die ihren ebenfalls breiter zu machen, sodass ihre kleine Möse im Schein des Feuers glänzte. Sie war bereits nass und glitschig und heiß. Er legte seine Hand auf ihren Bauch, streichelte sanft über die zarte Haut, ließ seine Finger zu ihren Schamlippen gleiten und befeuchtete sie, damit er sie schmecken konnte.

»Ich liebe es, wie du aussiehst. Deine zarte Haut, deine Titten.« Seine Hand wanderte zu ihrer rechten Brust, glitt vor und zurück, rieb und knetete. »Sieh dich an. So begierig.« Er nahm einen Schluck Whiskey und reichte ihr die Flasche.

»Spürst du dieses Brennen, Baby? Das geht bis ganz runter in deine kleine Pussy, nicht wahr?« Er leckte ihr Ohr, biss sacht in das Ohrläppchen. »Lehn den Kopf an meine Schulter, aber ich will, dass du dich umschaust. Schau, ob du jemanden findest, der uns beobachtet. Einen Mann vielleicht, der von seiner Frau gelutscht wird, oder vielleicht ist er auch allein, aber er muss uns zusehen. Er muss dich genau so sehen. So verdammt heiß. Schau dich um, Baby, und sag mir, was du siehst.«

Seine Hand glitt zwischen ihre Beine, rieb über ihren empfindlichen, vor Leidenschaft bereits brennenden Kitzler. Er schob etwas darüber, einen kleinen, heftig summenden Knopf, der anfangs sanft, dann immer stärker vibrierte, stimulierte. Sie keuchte, ihre Titten schaukelten bei jedem Zucken ihres Körpers. Er schob einen Finger in ihren engen Kanal und begann, ihn auf und ab zu bewegen. Ein vorsätzliches, langsames Brennen.

»Sag mir, was du siehst.«

»Einen Mann genau gegenüber von uns auf dem anderen Lagerplatz. Er hat seinen Schwanz draußen und onaniert. Beobachtet uns. Er kann uns nicht aus den Augen lassen.«

»Sonst noch jemand?«

»Mehr als einer. Einer beobachtet uns, während eine Frau ihm einen bläst, genau wie du gesagt hast. Sein Gesicht ist ganz rot, und er schiebt ihn immer schneller in ihren Mund.«

»Er schaut mehr auf dich als auf sie, nicht wahr?«, flüsterte er ihr ins Ohr wie eine sündige Verführung, schob einen zweiten Finger in sie und drehte den Vibrator weiter auf.

Sie keuchte und wand sich.

»Schau ihn direkt an. Er soll wissen, dass du ihn beobachtest, wie er kommt, während er deinen Orgasmus beobachtet. Wenn er eine Verbindung herstellt, schau nicht weg. Spiel mit deinen Nippeln, so wie ich es mache. Und mach es ein bisschen derb.«

Er sprach leise, mit einer Stimme wie Samt, gab ihr seine Anweisungen und beobachtete, wie sie dadurch kam. Ihr Körper war heiße Seide, ihre prallen Pobacken schlossen sich um seinen Schwanz. Er bearbeitete sie mit den Fingern, spürte, wie sich die Spannung in ihr immer weiter aufbaute.

»Schaut er uns zu, Baby? Er denkt, du bist das heißeste Weib auf dieser Welt, nicht wahr? Er kann es nicht lassen, dir zuzusehen, stimmt's?« Sein Mund wanderte ihren Hals entlang, hielt inne und ließ sie seine Zähne spüren. Er liebte es, wie ihr Körper jedes Mal, wenn er zubiss, frischen Honig auf seine Finger träufelte.

»Ja«, hauchte sie nur.

Sie bäumte sich in den Hüften auf, ritt wie besessen auf seinen Fingern, und er drehte den Vibrator an ihrer Klitoris noch weiter auf. Kurz bevor sie kam, stoppte er das Gerät, zog seine

Finger aus ihr und leckte sie demonstrativ vor ihrem Mund ab. Ihre Hand wanderte in Richtung ihrer Möse, doch er stoppte sie.

»Ich habe noch mehr Überraschungen für dich. Du wirst irre gut kommen, das verspreche ich dir.« Er biss wieder in ihr Ohrläppchen und holte sich dann ihr flüssiges Gold, nach dem er gierte. Verteilte es auf seine Finger und einen zweiten kleinen Vibrator, den er als Überraschung mitgebracht hatte. Wieder ließ er den ersten an ihrer Klitoris sanft beginnen und verrutschte sie dann so, dass er einen Finger zwischen ihre Backen schieben konnte.

»Ice.« Sie keuchte, als er den kleinen Vibrator in den verbotenen kleinen Stern schob.

»Das wird dir gefallen, Baby, ich verspreche es dir.« Wieder begann er langsam, drehte beide Vibratoren auf, sodass ihr ganzer Körper bebte, bis sie sich fast wand vor Verlangen und ein feiner Glanz ihren Körper im Feuerschein glühen ließ. Er gab ihr seine Finger, drei dieses Mal.

»Beobachte ihn, Baby. Schaut er zu dir? Sieht er die Anspannung in deinem Gesicht? Dieses unheimliche Verlangen? Das sehe ich jedenfalls. Du bist in diesem Gefühl verloren. Nichts zählt mehr, nur dies. Wie du dich mit mir fühlst. Wie dein Körper verzweifelt verlangt, was ich dir geben kann. Er kann dir zusehen. Er kann dich begehren, aber nur ich habe dich. Reite auf meinen Fingern und lass ihn so tun, als wäre er es, auf dem du reitest. Er soll sich fragen, ob mein Schwanz in deinem Arsch ist und du ihn reitest, während ich dich nehme. Du gehörst nur mir. Alles von dir. Möse. Mund. Arsch. Das weiß er jetzt. Er wünscht sich, er würde es sein.«

Er drehte die Vibratoren voll auf, und ihr Körper verkrampfte sich fast vor Lust. Sie schrie auf, vergaß alles um sie herum, spürte nichts mehr außer dem Orgasmus, der sie überwältigte, durch ihren Körper brauste, sich verbreitete wie ein außer Kontrolle geratenes Buschfeuer. Winzige Schweißperlen ließen ihren Körper im Licht des Feuers schimmern. Sie war wunderschön, ihre Lippen geöffnet, der Blick wild und wie benommen. Ihr Körper schüttelte sich wieder und wieder, ein Orgasmus folgte dem nächsten, als er die Vibratoren unbarmherzig aufdrehte und mit den Fingern immer fester pumpte. Sie schrie. Warf den Kopf hin und her. Wiegte wild ihre Hüften, ihre Scheide umklammerte seine Finger wie ein Schraubstock.

Ice blickte auf und entdeckte den Mann, der seine Frau in ihrer vollen Ekstase beobachtete. Der Fremde ejakulierte gerade in den Mund einer Frau, doch sein Blick wich dabei nie von Soleils Körper. Ice leckte geflissentlich seine Finger ab, umfasste dann Soleils Brust und ließ den Daumen mit ihrem Nippel spielen. Sie gehörte ihm. Sie war schön. Und er war so verdammt hart, dass er zu zerbersten glaubte.

Er stellte die Vibratoren ab und entfernte sie, um ihr etwas Erholung zu gönnen, nahm sich aber vor, sie die ganze Nacht lang damit zu necken. Er drückte ihr die Whiskeyflasche in die Hand, stand abrupt auf und trug sie auf den Armen zu ihrem Bett. Es lag unter den Sternen ausgebreitet, nur ein paar Meter von zwei anderen Feuerstellen entfernt. Sie befanden sich zwischen den Fronten, genau so, wie er es mochte.

Sie rollte sich von ihm herunter, er sank auf die Schlafsäcke und begann, seine Stiefel abzustreifen und seine Klamotten loszuwerden. »Ich brauche deinen Mund auf mir, Babe. Beeil dich.«

Sie kroch zurück zu ihm, sah für alle Welt aus wie eine wilde Verführerin, und er liebte es, ihren Arsch und ihre Titten anzusehen, wenn sie ihn in den Mund nahm.

Soleil küsste seinen Bauch und leckte dann seinen Schaft entlang. Er stöhnte heftig vor Lust und drehte sie in die Position, in der er sie haben wollte, rutschte ein Kissen zurecht, um ihren Hintern hochzuheben, diese perfekten, verführerischen Backen, und rieb die eine liebevoll.

»Mach dich ran, Baby.« Er führte den Vibrator zwischen ihren Backen ein, und sie fuhr zusammen.

Seine Hand klatschte heftig auf ihren Arsch. Sie blickte auf und sah ihn mit stechendem Blick an.

»Dein Mund, Baby. Das magst du doch. Glaubst du, ich spüre nicht, dass du an meinem Schenkel total nass wirst? Das ist doch dein Lieblingsding. Wenn du nicht gleich loslegst, dann zieh ich dich auf die Knie hoch, und dann habe ich die Kontrolle. Das gefällt dir vielleicht nicht so gut wie das.«

Er wurde langsam verzweifelt. Sein Schwanz pulsierte. Brannte vor Verlangen. Er konnte an nichts mehr denken als das Feuer in ihrem Mund. Ihren engen Schlund. Die Art und Weise, wie sie mit ihren braunen Augen zu ihm aufsah, als wäre er der einzige Mann auf der Welt und sie würde ihn verehren.

Ihre Zungenspitze berührte seine Eichel, strich neckisch vor und zurück. Er gab ihr noch einen deftigen Klaps, raffte ihre Haare in seiner Faust und stand auf, zog an ihren Haaren, sodass sie auf die Knie gehen musste, um Schmerzen zu vermeiden.

Er packte sie am Kinn und öffnete gewaltsam ihren Mund, als sie lachen wollte. Ihre Augen lachten, selbst als er seine quälende Erektion zur Hälfte in ihren Mund schob. Sein Schwanz dehnte ihre Lippen. Sonst gab er ihr Zeit, sich an seine Größe zu gewöhnen, doch dieses Mal ließ er es nicht zu, sondern zog sich zurück und stieß erneut nach vorn. Es waren Empfindungen, die er noch nie gehabt hatte. So gut. So verdammt gut. Ihr Mund war sengend heiß, seidig und feurig zugleich, umschloss ihn, saugte wild, und ihre Zunge tanzte und schnellte und flatterte, bis sein Hirn explodieren wollte.

Er hatte schon fast vergessen, dass er die Fernbedienung für den Vibrator in der anderen Hand hatte. »Das ist es, Prinzessin, gib es mir. Das fühlt sich so gut an. Dein Mund ist einfach pures Gold wert. Fester, saug noch fester.«

Er spürte Blicke auf sich und sah sich um. Er war an Ausflüge gewöhnt. An Partys. Daran, dass andere zusahen, wenn er Sex hatte. Es brachte ihn sogar noch mehr auf Touren. Er wusste genau, wann Soleil mit diesem Mann Verbindung aufgenommen hatte. Der Kerl konnte den Blick nicht von ihr abwenden und machte alles genauso wie Ice.

»Der Typ kann noch immer nicht aufhören, dich anzusehen, Baby, aber du gehörst nur mir. Du siehst nur zu mir. Verstehst du mich, Soleil? Du siehst nur zu mir.« Er wollte ihren Blick. Sie gehörte ihm, Ice, ganz und gar. »Du bist *meine* Frau. Mein Weib. Du gehst nur für *einen* Mann auf die Knie.«

Er schob ihn ein bisschen tiefer hinein, doch als sie ihre Hand an ihn legen wollte, schob er sie zur Seite und drehte den Vibrator noch eine Stufe weiter auf. Sie keuchte, was er nutzte, um noch tiefer zu gehen und in diesem Paradies zu verweilen, während sie hilflos, mit tränennassen Augen, zu ihm aufblickte und sein Schwanz in ihrem Mund pulsierte. Während sein Herz in ihrem Mund schlug. Er musste sich einen Ruck geben, um sie atmen zu lassen. Es fühlte sich einfach zu gut an.

Wieder schob er sich tief in sie, und nun begannen ihre Hüften, sich vor und zurück zu bewegen in dem verzweifelten Versuch, die Leere zu füllen. Er blickte auf sie herab. »Brauchst du meinen Schwanz wieder, Baby? Fühlst du dich leer und brauchst es, dass ich dich vögle, bis du nicht mehr atmen kannst? Nicht mehr denken kannst?«

Während er redete, bewegte er sich vor und zurück und schob sich dann so tief in sie, dass sie beinahe würgen musste. Doch sie nahm ihn auf, obwohl dies für sie nicht mehr angenehm sein konnte. Er wollte nicht, dass sie kam. Er wollte, dass sie verzweifelte. Ihn anbettelte.

Er grinste sie an, verharrte in diesem Paradies, sein Schwanz in diesen Schraubstock eingespannt, der ihn quetschte, bis er spürte, dass sein Samen aufsteigen wollte wie kochendes Magma. Nun zog er sich sofort zurück und zeigte auf den Schlafsack.

»Beeil dich, Ice. Du musst dich beeilen.« Sie keuchte die Worte. Er drehte sie, und der Feuerschein spielte über ihren süßen kleinen Arsch. Er liebte es, den kleinen Vibrator zwischen ihren Backen zu sehen, und schob ihn hinein und heraus, als würde er sie damit vögeln. Sie drängte sich keuchend an ihn.

»So ein bedürftiges Mädchen.«

Er gab ihr ein paar kräftige Klapse, damit sie nach vorne rutschte. Bei jeder Bewegung schaukelten ihre Brüste, ein verführerischer, erotischer Anblick mit dem Feuerschein, der auf sie fiel, ihre Nippel liebkoste und ihre Rundungen betonte.

Er kniete sich hinter sie und strich ihren Honig zwischen ihre Pobacken und auf seinen Schwanz. Sie protestierte nicht. Sie keuchte nur vor wilder Lust. Er biss sie in ihren perfekten kleinen Arsch und schob dann seinen Schwanz tief in ihre Möse.

Sie stieß einen Heulton aus, er packte sie an den Hüften, zog sie zu sich heran und begann, in einem wilden, harten, schnellen Rhythmus zu stoßen. Feuer verbreitete sich von ihrem Körper in seinen aus, Flammen jagten in seinen Bauch, die Brust, bis in sein Hirn. Er verlor sich in Ekstase, versank in Empfindungen. Alles an und von ihm konzentrierte sich auf ihren Körper. Auf sie. Darauf, wie sie zusammen kamen.

»So gut«, flüsterte er, frohlockte es. »So verdammt gut, Baby.«

Er wollte, dass es nie mehr aufhörte. Sie presste ihn aus. Melkte ihn. Ein seidiger, sengend heißer Tunnel, so eng, dass jede Bewegung die Reibung noch verstärkte. Er war nicht sicher, ob er das überleben konnte, aber es wäre die perfekte Weise abzutreten. Er stieg höher und höher. Alles war perfekt. Ihr Körper glühte im Schein des Feuers, die Schatten unterstrichen die Schönheit ihrer Gestalt. Ihr Körper packte den seinen. Die Bewegung ihrer Brüste mit jedem harten Stoß, ihr geschmeidiger Arsch entfachten das Feuer, das durch ihn wütete, noch weiter. Alles kam zusammen in vollkommener Perfektion.

Größtenteils, er wusste es, war dies Soleil zu verdanken und dem, was sie ihm schenkte. Sie ließ ihn wissen, dass sie ihm gehörte und dass er ihr wichtig war. So viel Ice auch über Sex wusste und sosehr er Experte in Sachen Lust war, Soleil hatte ihm das gegeben, was er immer vermisst hatte.

Seine Eier zogen sich immer fester zusammen. Sie näherte sich, diese schreckliche, brutale Erlösung, diese Freisetzung, die ihn umbrachte, aber irgendwie auch hinaus ins Universum beförderte, wo nichts ihn berühren konnte. Er zog ihre Hüften an die seinen, spürte, wie sich ihre Scheide heftig um ihn legte, pulsierend vor Energie und Leben, Muskeln, die wie Finger arbeiteten, um ihm seinen Samen zu entnehmen.

Sie schrie auf, doch er hörte es nicht, weil das Dröhnen in seinen Ohren alles andere auslöschte. Er konnte nur heiser brüllen, als sie ihm seinen Samen entriss. Er explodierte, anders war es nicht zu nennen, sein Körper entlud sich gewaltsam in ihren, spritzte heißen Samen an ihre Scheidenwände, löste damit einen weiteren heftigen Orgasmus bei ihr aus.

Er kollabierte auf ihr, erdrückte sie unter sich, unfähig, einen Gedanken zu fassen. Er fühlte sich, als würde er im Raum schweben, um ihn herum flimmernde Sterne, während hinter seinen Lidern Farben zerbarsten wie Raketen. Er wollte sich nie mehr bewegen. Oder denken. Er lag da, keuchend, nach Atem ringend. Ungeschönt. Wirklich. Perfekt.

»Kann mich nicht bewegen, Prinzessin. Ich muss einfach liegen bleiben, so schlafen. Kriegst du Luft?« Ihr Gesicht war zur Seite gedreht, ein Auge blickte ihn an. Er rieb ihren Po.

»Nein, aber ich brauche gerade keine Luft.«

Ihre Stimme war so leise, dass er sie kaum hörte. Er rieb sie weiter, versuchte, sie zu trösten. Sie war mehrmals gekommen. »Was brauchst du dann, Baby?«

»Jetzt gerade absolut gar nichts. Ich glaube, ich bleibe für die restliche Nacht einfach so hier liegen.«

Sie lagen still zusammen da und versuchten lediglich, Luft

zu bekommen. Der Nachtwind half, sie abzukühlen und ihren Schweiß zu trocknen. Sie nahmen wieder Musik, Stimmen, Lachen um sie herum wahr. Irgendwann schaffte Ice es wieder, richtig zu sehen. Er merkte, dass er lächelte und seiner Frau Küsse auf die Schulter presste.

»Storm und Transporter wollten für alle grillen. Fatei hat die Beilagen im Wohnmobil mitgebracht. Hast du Hunger?« Er küsste sie in den Nacken. Er fühlte sich wirklich ein wenig wie ein Tier. Tiere konnten doch erigiert bleiben, oder nicht? Sein verdammter Schwanz war noch immer hart. Nicht so wie vorher, aber das Verlangen baute sich schon wieder auf. Versuchten Löwen es nicht alle Viertelstunde oder so? Blieben sie nicht verbunden, so wie er mit Soleil?

»Ich hatte Hunger auf dich«, schmollte sie.

Sie verzog den Mund zu dieser kleinen Schnute, bei der ihm immer alles Mögliche einfiel. Er verschloss ihn, sah die Erschöpfung in ihren Zügen. Genau das war es, dies war sein absolutes Nirwana, wo für ihn alles in einem perfekten Sturm von Lust und Liebe zusammenkam. Das war es, was Soleil ihm schenkte. Liebe. Das war das fehlende Merkmal gewesen, und erschreckenderweise funktionierte es.

»Tut mir leid, Baby. Ich verspreche, du bekommst nach dem Essen ein Dessert von mir, aber du musst auf deine Kraft achten. Ich habe vor, dich zu vögeln, bis du nicht mehr laufen kannst.«

»Kann ich jetzt schon nicht mehr.«

Er küsste sie noch einmal in den Nacken. Er war sich nicht ganz sicher, ob *er* noch laufen konnte.

»Außerdem würde ich mit dem Essen nicht zu bald rechnen, Süßer.« Sie hob nicht den Kopf, nickte jedoch in die Richtung, in die sie schaute. »Ich glaube, Storm und Transporter sind anderweitig beschäftigt.«

Ice drehte sich um. Storm war beim Picknicktisch mit einer Frau zugange, die er noch nie gesehen hatte. Sie machte einen sehr begierigen Eindruck. Er sagte etwas zu ihr und bewegte dabei aggressiv die Hüften. Transporter benutzte eine andere Frau, oder sie ihn – Ice konnte nicht ausmachen, was es war, aber beide wirkten glücklich, während sie ihm einen blies.

Verdammt. Er hätte nicht schauen sollen. Er wandte sich ab und sah, dass der Fremde im anderen Camp auf einem Zeltboden saß und das Haar seiner Partnerin streichelte. Sein Blick aber wanderte immer wieder zu Soleil. Kalte Schauer jagten Ice über den Rücken. Es war eine Sache, wenn dieser Fremde Soleil bei einem Orgasmus beobachtete, aber es danach weiterhin zu tun, das war einfach nur simple Stalker-Mentalität.

Zum ersten Mal mochte Ice es nicht, dass jemand ein Auge auf seine Partnerin geworfen hatte. Früher war ihm das immer gleichgültig gewesen – weder davor, während und schon gar nicht danach. Manchmal hatte er bis zu drei Frauen gleichzeitig gehabt. Er hatte stets klargestellt, dass es nur für eine Nacht war. Die Zeiten waren vorbei. Nun wollte er diesem Mann klarmachen, dass er sich verziehen sollte. Wenn der Kerl so weitermachte, war er in Gefahr, sein Leben zu verlieren. Der Drang, ihn loszuwerden, wurde rasch zu einem Bedürfnis.

Da war ja auch noch Fred. Fred hatte gesehen, wie sie in ihrem sexy Hochzeitskleid in die Bar kam, er hatte eine Andeutung ihrer Brustwarze gesehen und wie Ice ihre Brust liebkost und ihren Nippel geneckt hatte. Nie hätte er daran gedacht, dass sie das in Gefahr bringen könnte. Nicht ein einziges Mal. Nun waren es zwei Mal. Fred hatte sie Killern ausgeliefert, und wer wusste schon, was dieser Typ im nächsten Camp womöglich ausprobieren würde?

»Süßer, was ist los?« Unter ihm drehte sich Soleil etwas, um ihn ansehen zu können. Durch die Bewegung kam ihre Brust zum Vorschein.

Ice fluchte. »Leg dich hin, Baby. Leg dich einfach für eine Minute hin.« Er wartete, bis sie ihm gehorchte, und rollte sich dann von ihr herunter, die Woge der Lust ignorierend, die ihn packte, als sein Schwanz aus ihr herausglitt. Er zog sofort eine Decke über sie, um sie vor dem Perversling zu schützen. Danach verblasste der Drang, ihn zu töten, zu einem hartnäckigen Gedanken in seinem Hinterkopf.

»Sprich mit mir, Ice«, sagte Soleil. »Was ist los? Du hast dich großartig gefühlt, und dann plötzlich warst du völlig angespannt. Ich habe gespürt, wie dein ganzer Körper steif wurde.«

»Es ist nichts, Prinzessin. Manchmal denke ich mir einfach Scheiße zusammen, nur um mich verrückt zu machen. Kommt vor.«

»Soll ich den Grill anschmeißen? Ich habe ihn mir angesehen, als wir diesen Platz aussuchten. Er ist groß genug, um das ganze Fleisch auf einmal aufzulegen, und er war überraschend sauber. Ich kann ihn schnell noch mal abschrubben und schon mal anfangen. Alena hilft mir vielleicht.«

Er hatte ganz vergessen, dass Pierce da war und vielleicht kam, um nach seiner Schwester zu sehen. Da setzte er sich abrupt auf und blickte sich um. Alena war nirgendwo zu entdecken. Sie blieben immer zusammen, niemand ging in den Lagern ohne einen Partner irgendwohin. Sie passten stets auf. Oft beschattete sogar eine dritte Person die beiden ersten. Nur um sicherzugehen. Sie hatten gelernt, dass sie nie sicher waren, wenn sie nicht beisammen waren.

»Komm schon, Süßer, lass mich aufstehen, damit ich mich ums Essen kümmern kann. Nach einer Weile werden alle Hunger haben. Und auch wenn Alena nicht da ist, kann ich schon mal anfangen.«

Soleils Stimme war wie ein Hauch frischer Luft, der seinen letzten Zorn vertrieb. Er atmete tief durch. Sie besänftigte Monster. Sie tat es mit ihrem Körper. Sie tat es mit ihrer Stimme. Sie konnte die Monster und die Albträume vor allem deshalb vertreiben und Glück an ihre Stelle setzen, weil sie ihn liebte.

Er atmete noch einmal tief durch und sah sich im Lager um. Alena war weg, aber Savage und Maestro ebenfalls. Er hätte wissen müssen, dass sie auf sie aufpassten. Aber er hatte an nichts anderes gedacht als daran, wie es ihm mit Soleil ging.

»Okay, Baby, ich nehme den kleinen Knopf weg. Bist du supersensibel?«

»Ja.« Sie bebte leicht, als er ihn entfernte, keuchte und kniff die Pobacken zusammen. »Sehr sensibel.«

»Heute Nacht wirst du meinen Mund spüren«, sagte er und gab ihr einen Klaps auf den Hintern.

Er ließ die Decke auf ihr, um sie nicht wieder dem Blick irgendeines Mannes auszusetzen. Es war ein seltsames Gefühl, ihren Körper zu schützen, weil das früher nie eine Rolle für ihn gespielt hatte, doch er mochte es nicht, dass sein Bedürfnis zu spielen, so wie er es liebte, sie womöglich in Gefahr gebracht hatte.

»Dreh dich um, Baby, aber bleib unter der Decke. Ich bringe dir deine Klamotten. Deine Jeans kannst du gleich anziehen.« Er reichte ihr sein Hemd. Ihr sexy Tanktop konnte sie am Morgen wieder tragen, doch heute Abend wollte er sicherstellen, dass er nicht jemanden töten musste, denn schließlich war er selbst es ja gewesen, der provoziert hatte.

Er hatte sich nie überlegt, was es bei einem anderen Mann auslösen konnte, wenn er die Schönheit seiner Frau auf dem Höhepunkt der Ekstase zur Schau stellte, ob es vielleicht sogar zu einer Art Obsession führen könnte. Dann hätte er sie eventuell in Gefahr gebracht. Und das passte ihm natürlich überhaupt nicht. Ice ließ den Blick zu dem anderen Lagerplatz schweifen. Der Mann starrte noch immer auf Soleil und schien nicht zu bemerken, dass er beobachtet wurde. Ja, er hätte aufmerksamer sein sollen.

Wenn das Fred war, hatte er sie ihm auf dem Präsentierteller dargeboten. Er hätte nie gedacht, dass ein anderer Club *seine*

Frau an Killer verkaufen würde. Sie war wild. Sie war sexy. Sie zeigte gern ihren Körper. Es machte ihr nichts aus, überall für ihn auf die Knie zu gehen oder sich von ihm vögeln zu lassen, wo er es wollte. Er würde also lernen müssen, ein bisschen Kontrolle auszuüben, um sie besser schützen zu können.

»Ich will, dass du nirgendwo ohne Begleitung hingehst. Ich muss zu jedem Zeitpunkt wissen, wo du bist«, sagte er beunruhigt.

Sie zog ihre Jeans über die Beine hoch, stand auf, um sie auch über den Po zu streifen, und lächelte ihn an. »Süßer, du hast die Regeln festgelegt. Ich werde nichts tun, was dich sauer macht. Dies ist keine Umgebung, mit der ich vertraut bin, also werde ich deine Anweisungen genau befolgen.«

Sie warf einen Blick auf den Grill. »Komm, hilf mir, ihn sauber zu kriegen und das Feuer anzumachen.«

Er ging im Gleichschritt direkt hinter ihr, seine Hand umfasste besitzergreifend ihren Po. Sein Daumen rieb über die Rundung, und er konnte nicht umhin, zu dem anderen Lagerplatz hinüberzuschauen. Der Mann starrte immer noch auf Soleil, beobachtete, wie sie zum Grill ging. Mist. Was nun? Der Grill stand fast da, wo die beiden Lagerplätze aufeinandertrafen. Anstatt ihr Sicherheit zu geben, gefährdete er sie nun noch mehr dadurch, dass er sie so nahe an das benachbarte Lager gehen ließ.

Der Club hieß Twisted Steel. Ein Club, der versuchte, sich besonders krass zu geben, als seien sie die Schlimmsten. Die größeren, wirklich schlimmen Clubs schauten auf sie herab, weshalb sie ständig versuchten, sich zu beweisen. Mit ihrem Abzeichen präsentierten sie sich der Welt als Gesetzlose, Outlaws, die nur ihren eigenen Regeln folgten. Das war nicht klug von ihnen; wenn sie etwas anzettelten, würden die anderen Clubs sie in der Luft zerreißen.

Ice fluchte leise.

Soleil reagierte sofort. »Was ist los? Du musst es mir sagen. Im Ernst, Ice. Wenn ich wegen etwas sauer wäre, würdest du auch darauf bestehen, dass ich es dir sage. Wir sitzen in einem Boot. Habe ich etwas falsch gemacht?«

Nun klang sie verletzt. Er legte einen Arm um sie und zog sie zu sich. »Nein, Prinzessin, nicht du – ich. Ich stehe auf Sex, so wie wir ihn eben hatten. Ich werde dabei hart wie Stahl, aber ich habe nicht an weiter reichende Konsequenzen gedacht. Von jetzt ab sparen wir uns dieses Erlebnis für Zeiten auf, wenn die anderen um uns herum sind und wir unser Umfeld besser im Griff haben. Ich will einfach nicht, dass sich jemand auf dich fixiert.«

Ihr Blick suchte den seinen, und dann lächelte sie, und seine Welt war wieder in Ordnung. »Ich glaube, ich bin ganz schlimm in dich verliebt, Ice. Und zwar um vieles mehr, als ich es mir jemals vorgestellt hätte.«

»Ich weiß nicht, was ich getan habe, um dich zu verdienen, aber ich nehme es an.«

Zusammen schrubbten sie den Grill. Ice platzierte sich, so gut es ging, zwischen Soleil und dem anderen Lager und hielt dabei unauffällig sein Augenmerk darauf gerichtet. Dennoch zog sie mit ihrem leisen, intimen Lachen und ihren leuchtenden Augen, mit denen sie ihn ansah, von überallher Aufmerksamkeit auf sich.

Sie hatte noch immer diesen weichen Blick, Augen nur für ihn, die sich nie auf einen anderen Mann richteten. Er wusste es, denn er beobachtete sie sehr genau. Sobald der Grill sauber war, kümmerte er sich um das Feuer. Darin war er besser, als er vorgegeben hatte. Sie beobachtete ihn argwöhnisch, doch als die Holzkohle gleichmäßig brannte, warf sie die Arme um seinen Hals und überhäufte ihn mit Küssen.

»Du hast das schon öfter gemacht.«

»Könnte man so sagen«, stimmte er zu. Teufel auch, wenn einen Grill anzuzünden ihm solche Küsse einbrachte, dann hätte er ihr das schon viel früher erzählt.

Er umfasste ihren Hintern mit beiden Händen und zog sie an sich. »Küss mich.«

Sie gehorchte. Ohne Zögern. Ihre Lippen fanden die seinen, und ihre Zunge leckte darüber, Verführung pur. Sein Schwanz zuckte heftig, ging in Habachtstellung. Er rieb ihren Po und wünschte sich, er wäre nackt. Seine andere Hand glitt unter das Hemd an ihre bloße Brust. Er liebte es, wie lebendig sie ihn machte.

»Hey, ihr beiden.« Lana tauchte hinter ihnen auf. Er wusste, dass sie es war, noch bevor sie etwas sagte, weil ihm ihre Energie vertraut war. »Genug gefummelt.«

Sie gingen auseinander und lachten beide.

»Ich dachte, ich helfe ein bisschen mit, wenigstens bis Alena wieder da ist. Pierce ist aufgekreuzt, und weg waren sie. Ich weiß nicht, was da los ist«, fügte sie hinzu.

Ice glaubte ihr keine Sekunde lang. »Ich schon.«

»Du hast noch diese Sache zu erledigen, erinnerst du dich?«, sagte Lana und hielt ihre Uhr hoch.

Ice runzelte die Stirn, als sie den Torpedo-Ink-Code auf ihrem Schenkel tippte. Dabei hielt sie die Hand tief an ihrem Bein, deshalb bemerkte es kaum jemand, wenn sie das tat.

Fred. Venom. Natürlich. Dieser Club war ebenfalls gekommen. Er musste keine extra Fahrt machen, um den Hurensohn zu finden, der seine Frau Mördern überlassen hatte. Sie hatten ihn gefunden. Er nickte. »Ich will, dass du Soleil nicht aus den Augen lässt. Da sind ein paar Männer, die sie beobachten, und ich will nicht, dass sie in ihre Nähe kommen.«

Er wollte seine Frau nicht verlassen. Er konnte sich nicht daran erinnern, jemals ungern mit seinen Brüdern losgefahren zu sein, um jemandem eine dringend nötige Lektion zu erteilen. Jetzt aber war es so. Er würde Soleil jederzeit irgendeinem Kampf vorziehen. So tief war er also gesunken. Doch dies war von Bedeutung. Diese Art von Verrat war inakzeptabel, und diese Botschaft musste Torpedo Ink dem Venomous-Klub vermitteln.

Er fasste Soleil am Kinn und küsste sie. Ließ sich Zeit damit klarzustellen, dass sie seine Frau war. Dass er sie liebte. Dass sie beschützt wurde. »Du bleibst immer bei Lana.«

»Ich bin brav, Ice. Mir wird nichts passieren.«

Ice blickte auf und sah nicht weit entfernt Absinth und Storm. Sie nickten ihm zu. Seine Brüder, bereit, Fred eine sehr harte Lektion zu erteilen, bevor er starb, und die den Venomous-Club daran erinnerte, dass niemand einen von ihnen zu einem Opfer von Mördern machte. Seine Frau ließ er bei seiner tödlich gefährlichen Schwester zurück. Jeder, der versuchte zu berühren, was er nicht sollte, hatte mit Problemen zu rechnen.

16. Kapitel

Ice lächelte. Es war kein nettes Lächeln. Es war eines, das er über die Jahre perfektioniert hatte, in denen er die Scheiße aus seinen Feinden herausgeprügelt hatte. »Hallo, Fred. Wir haben uns in Vegas getroffen. Weißt du noch? An meinem Hochzeitstag. Meine Frau sah in ihrem Kleid aus wie eine Märchenprinzessin. Du hast auf ihre Titten geglotzt, wenn ich mich recht erinnere. Also, wenn du dich nicht an das Kleid erinnerst, dann vielleicht an ihre perfekten Titten.«

Freds Grinsen verblasste, er drehte sich langsam um und versuchte, locker zu wirken, während er sich in der Bar nach seinen Brüdern umschaute. Doch kein Mitglied seines Clubs schien hier zu sein. Er schüttelte etwas hektisch den Kopf. »Ich weiß überhaupt nicht, was du meinst. Du redest mit dem Falschen, glaube ich.« Er versuchte, um Ice herumzukommen und zu gehen.

Ice stoppte ihn. »Du kannst noch nicht gehen. Ich will mit dir über alte Zeiten reden.« Er trat nahe an ihn heran, legte freundschaftlich eine Hand auf seine Schulter und schlug ihm dann dreimal schnell hintereinander in den Bauch. Drei Schläge, schnell, hart, und Storm und Absinth halfen ihm dabei insofern, als niemand in der Bar etwas zu sehen bekam.

Fürsorglich legte Ice einen Arm um Fred, der vornübergebeugt war und nach Luft japste. Sein Drink kam ihm hoch, er spie ihn auf den Boden.

»Freddie, du hast zu viel getrunken. Komm, ich helfe dir.« Ice erschien freundlich und hilfsbereit, so wie er den Mann stützte und in die dunkelste Ecke der Bar führte. Dort saßen drei Männer an einem Tisch, die jedoch rasch aufstanden, als Storm und Absinth sie einfach nur anstarrten.

Ice setzte Fred auf einen Stuhl, den Rücken zur Wand, den Tisch sehr dicht vor ihm. »Machen wir uns mal bekannt. Wir werden jetzt freundlich sein. Wirklich freundlich. Wenn du nicht willst, dass ich dir gleich hier so den Bauch aufschlitze, dass dir deine Innereien in den Schoß fallen, wirst du mir alles geben, was ich haben will. Mir alles sagen, was ich wissen will.«

Er drückte ein sehr scharfes Messer an Freds Bauch. »Spürst du das, du Mistkerl? Du hast meine Frau verraten. Du hast gegen den Code verstoßen. Du bist ein Stück Scheiße und wirst jede Frage beantworten, die ich dir stelle.«

Fred war kein Held. So viel war sicher. Dazu hatte er auch noch schwer getankt. Er schwankte hin und her, Schweiß rann über sein Gesicht. Absinth nahm sich den Stuhl neben Fred. Nun blockierte nur mehr Storm die Sicht. Fred hechtete sofort seitwärts, auf Ice zu, um die anderen Gäste auf sich aufmerksam zu machen.

In der Bar war es extrem laut, voll und dunkel. Der Schnaps floss in Strömen, und die Musik dröhnte. Überall wurden Gespräche geführt. Einige Paare versuchten sogar zu tanzen. In einer Ecke stand eine Frau auf dem Tisch, die Brüste entblößt, und tanzte völlig betrunken. Niemand achtete auf die Männer in der Ecke, und niemand hätte es hören können, wenn Fred laut geschrien hätte.

Zwei weitere Gestalten blockierten die Sicht; Fred blickte auf und stöhnte. Dadurch rammte er sich die Klinge selbst in den Bauch, durch Jacke und Hemd, und zog sich eine lange, schmerzhafte Schnittwunde zu.

Vor ihm stand eine Frau mit üppigem blondem Haar und

denselben blauen Augen wie Ice und Storm. Über ihrem engen Top trug sie eine Weste mit dem Torpedo-Ink-Abzeichen. Daneben ein Mann mit eisigem Blick, den Fred sofort als einen Vollstrecker der Diamondbacks erkannte, ein Club, mit dem sich niemand anlegte.

»Dachte, wir schließen uns der Party an«, sagte Alena zu ihrem Bruder. »Sah euch reinkommen.«

Es überraschte Ice nicht im Mindesten, dass er seine Schwester nicht gesehen hatte. Sie neigten alle dazu, sich im Hintergrund zu halten, ein Trick, den sie schon als Kinder gelernt und der ihnen oft das Leben gerettet hatte. Die Bar war voll und schummrig. Draußen auf der Straße wurden Biketricks vorgeführt. Jenseits davon, im großen allgemeinen Bereich des Campingplatzes, fanden Wet-T-Shirt-Contests, Schlammcatchen und eine riesige Party statt. Der Lärmpegel in der Bar, das Gedröhn der Biketrick-Vorführungen und dazu noch die Musik aus diversen Lautsprechern draußen würden hilfreich sein, falls Fred laut wurde.

Ice winkte Alena und Pierce zu den Stühlen vor dem Tisch. Pierce würde nicht mit dem Rücken zum Raum sitzen wollen. Es war ein süßer kleiner Triumph, den Vollstrecker der Diamondbacks so sitzen zu haben, dass er ihnen ins Gesicht sah. Er setzte sich jedoch nicht. Er blickte zu Absinth und Ice, merkte, dass keiner von ihnen seinen Platz aufgeben würde, trat zur Seite und blieb dann stehen. Ice mochte ihn dort nicht haben, wenn Absinth Fred befragte, doch er musste weitermachen, und Pierces Aussehen würde dafür sorgen, dass niemand in ihre Nähe kam. Auf jeden Fall würde Pierce keine Ahnung haben, was Absinth mit Fred machte.

»Sag Absinth die Wahrheit, Fred, oder es wird richtig wehtun«, warnte Ice. Dabei war es ihm völlig egal, ob Fred etwas wehtat oder nicht, er wollte nur Soleil nicht zu lange allein lassen.

Fred sabberte seine Brust voll, hustete noch immer seinen Drink aus. »Was wollt ihr?« Er versuchte zu drohen, doch es klang nach Angst.

»Du hast mit jemandem Kontakt aufgenommen und gesagt, dass Soleil Brodeur in der Bar war, und zwar mit einem Mitglied von Torpedo Ink, nicht wahr?«, fragte Absinth. Er sprach leise, doch Fred verstand die Worte so deutlich, als könnten sie tatsächlich sein Hirn durchrütteln.

Er schüttelte den Kopf, umklammerte ihn dann jedoch und stöhnte. »Mein Kopf tut weh. Richtig weh.«

»Der wird dir wehtun, bis du die Wahrheit sagst«, erklärte Ice in einem gelangweilten Ton. Er war gelangweilt. Exakt dieses Szenario hatten sie schon eine Million Mal gehabt.

»Ja. Ja. Ich habe einen Freund angerufen.«

»Wen hast du angerufen, Fred?«, fragte Absinth.

Pierce beugte sich näher, Ice biss die Zähne zusammen und warf seiner Schwester einen tadelnden Blick zu. Alena legte beschwichtigend eine Hand auf Pierces Arm, hielt ihn zurück.

»Yeger. Ich habe Yeger Kushnir angerufen. Er kennt jeden, und er wohnt in San Francisco. Einige Leute boten eine riesige Belohnung an, nur um zu wissen, wo sie war.«

»Warum hast du sie nicht einfach selbst angerufen?«, wollte Absinth wissen.

Noch mehr Schweiß rann über Freds Gesicht. Ice konnte die Angst jetzt riechen. Er blickte mit hochgezogenen Brauen zu Storm.

»Ich – mir war das Geld egal, aber Yeger nicht, das wusste ich.« Ice erwartete, dass er wieder seinen Kopf umklammern würde, aber offenbar sagte er die Wahrheit.

Absinth seufzte. »Und was war dir nicht egal, Fred?«

Fred bedeckte sein Gesicht, schüttelte den Kopf, wollte nicht antworten. Sofort hielt er ihn wieder, stöhnte und schwankte hin und her. Tränen liefen ihm über die Wangen.

»Was konnte Yeger dir besorgen, das Winston, der eine riesige Belohnung anbot, dir nicht besorgen konnte?«, fragte Ice. »Du weißt, es wird weiter wehtun und noch schlimmer werden, wenn du nicht antwortest.«

»Er konnte mir eine Frau besorgen.« Fred würgte und schrie dann beinahe. Ein dünnes Rinnsal aus Blut trat aus seinem rechten Ohr aus. Sein Gesicht wurde rot. »Ein Mädchen. Ein kleines Mädchen«, verbesserte er sich. »Er hat Beziehungen, und er konnte mir besorgen, was ich wollte. Eines, wegen dem ich mir keine Gedanken machen musste.«

Ice war es gehörig leid, Männer wie Fred zu treffen. »Eines, wegen dem er sich keine Gedanken machen musste« – das bedeutete, niemand würde dieses Kind vermissen, und Fred würde mit ihm tun können, was er wollte, sobald er es über war. Ice atmete tief durch und konzentrierte sich darauf, den Bauch des Mannes nicht aufzuschlitzen. Durch das Dröhnen in seinen Ohren hörte er Absinths nächste Frage nicht. Schreie, so viele um ihn herum, dass er sie nicht mehr ersticken konnte. Blut. So viel Blut. Ein See davon auf dem Boden.

»Ice«, flüsterte Alena ihm zu. »Lieber, schau mich an.«

Ihre Stimme, diese süße, süße Stimme, bedeutete, dass sie noch lebte. Er hatte sie nicht im Stich gelassen. Er hatte Dinge getan, Entscheidungen getroffen, um sie am Leben zu erhalten, und da war sie. Er begegnete ihrem Blick und seufzte tief. Dabei bemerkte er Freds ekligen Geruch. Er hatte so viele Männer und Frauen wie Fred gerochen. Korrupt. Ekelhaft. Niederträchtig. Die Temperatur im Raum war um einige Grad gefallen. Er nahm einen tiefen Atemzug und stieß die Luft aus, zwang sich zur Selbstbeherrschung.

»Yeger besorgt dir das Kind als Gegenzug dafür, dass du ihm die Information gibst, damit er von Winston das Geld bekommt?«, beharrte Absinth.

Fred wollte nicken, hielt jedoch abrupt inne, ganz eindeutig deshalb, weil er sich fürchtete zu lügen. »Es stellte sich heraus, dass Yeger diesen Winston kennt. Er hat mit vielen Promis in San Francisco zu tun. Besonders einem wollte Yeger vorgestellt werden. Er wollte die Information eintauschen. Ein paar Tage später rief er mich an und sagte, sie würden ein paar Killer suchen, um sicherzustellen, dass die Frau nicht wieder auftaucht. Sie wollten es endgültig.« Er blickte zu Ice. »Ich habe Nein gesagt.«

Das musste die Wahrheit sein. »Mit wem verkehrt Yeger?«, fragte Absinth.

Fred zuckte die Schultern. Er fing wieder an zu atmen, glaubte sich sicher, solange er ihre Fragen beantwortete. Ice hätte ihm sagen können, dass das absolut nicht der Fall war. Dass er den nächsten Sonnenaufgang nicht mehr erleben würde, nicht nach dem Eingeständnis, dass er nach einem kleinen Mädchen suchte.

»Er hat viele Freunde. Kennt eine Menge Leute. Avery Charles. Der hat diesen Job bei den Bullen. Sitzt jeden Tag direkt an der Quelle. Er kann Yeger sagen, wann und wo es Razzien gibt. Oder Beweise verschoben werden. Ihn zu kennen, ist sehr gut, er ist wegen Yeger sehr glücklich. Und dann sind da ein paar Bullen in Occidental. Yeger meint, das A und O ist herauszufinden, was ein Mann oder eine Frau will, und ihnen das zu liefern. Sie werden dir alles sagen, was du wissen willst.«

»So wie du es für ihn machst?«, fragte Absinth.

Fred nickte. »Er macht das für viele Leute.«

»Aber nicht für Winston oder seine Freunde.«

Fred schüttelte den Kopf. »Winston ist in einen Kreis Männer reingekommen, die etwas Großes am Laufen hatten. Die hatten alles, was sie brauchten, vom Richter über den Staatsanwalt bis zu den Bullen und sogar jemanden von einer Leichenhalle.« Beim letzten Wort musste er ein wenig grinsen. »Und das wollte Yeger auch so haben, denke ich.«

Das erklärte eine Menge. Yeger war in Menschenhandel verstrickt. Es war ihm gleichgültig, ob die Opfer jung oder alt waren, männlich oder weiblich, er wollte lediglich auf der sicheren Seite sein und wissen, dass er auch dann davonkam, wenn er einmal auffliegen sollte. Yeger sah eine Chance, über Winston an die anderen in dem Betrügerring heranzukommen.

»Kennst du die Namen von Winstons Freunden? Die, die Yeger kennenlernen wollte?«, blieb Absinth hartnäckig.

Fred schüttelte den Kopf. »Hat er nie genannt.«

»Bist du für die Information mit einem Mädchen bezahlt worden?«

»Noch nicht. Er sagte, sobald sie die Frau erledigt haben, würde er mir eines bringen.« Fred mied ihre Blicke.

»Du meinst, nachdem sie meine Old Lady umgebracht haben, werden sie dir ein kleines Mädchen bringen, das du vergewaltigen kannst. Ist es nicht das, was du meinst?«, fragte Ice fordernd.

Fred blieb still, starrte auf den Tisch, bis er mit beiden Händen seinen Kopf umfassen und die Zähne zusammenbeißen musste. Seine Augen traten aus den Höhlen. Tränen liefen über sein Gesicht. Er öffnete den Mund, wollte schreien, doch kein Laut kam heraus.

Ice bedeutete Alena, mit Pierce wegzugehen. Sie stand auf und griff nach Pierces Hand. Er verschränkte seine Finger in ihre, blieb jedoch stur stehen und beobachtete die Szene weiterhin. Sie schlang sich um ihn, wie nur Alena es konnte. Als er noch immer nicht reagierte, drehte sie sich achselzuckend um und verließ den Tisch, schritt völlig selbstsicher, mit schwingenden Hüften, durch die Bar und blickte nicht ein einziges Mal zurück.

Pierce schaute ihr nach und dann wieder zu dem Tisch, irgendwie von Freds seltsamem Leiden fasziniert. Es war unmöglich, die Tatsache, dass er seinen Kopf umklammerte, mit irgendetwas zu verbinden, was Torpedo Ink tat. Storm saß teilnahmslos da. Absinth sah Fred an, doch soweit Pierce es mitbekam, tat er dem Venomous-Mann absolut nichts. Ice saß näher bei Fred als die anderen, berührte ihn jedoch nicht. Pierce fluchte und schaute wieder Alena nach.

Ice hätte gern gegrinst, denn er kannte Pierces Dilemma. Seine Schwester konnte in diesem Meer von Bikern verloren gehen. So viele Clubs. So viele Partys. So viele Männer. Sie war schön und geheimnisvoll und schwer fassbar. Am Ende verabschiedete sich Pierce und ging ihr nach.

Ice entfernte das bedrohliche Messer und steckte es in seine Jacke zurück. Blut tropfte aus Freds Ohren und Augen. Sein Kopf sank auf den Tisch, und sein Körper begann, sich zu verkrampfen. Storm stand auf und ging lässig zur Bar, sein Zwillingsbruder und Absinth kämpften sich zum Ausgang durch.

»Wollte nur sagen, der Mann da drüben scheint so was wie einen Anfall zu haben. Ich bin kein Arzt, aber das sieht nicht gut aus.« Storm klopfte auf die Theke und machte sich zu den beiden anderen auf, die an der Tür auf ihn warteten.

Der Barkeeper blickte zu Fred, der auf dem Tisch zusammengesackt war. Er konnte ihn kaum ausmachen. Mehrere Stimmen verlangten lautstark nach Drinks, und er machte sich achselzuckend wieder an die Arbeit.

»Bist du mit Ice glücklich?«, wollte Lana wissen.

Soleil schaute von den langen Reihen Brathähnchen auf dem Grill auf und begegnete ihrem Blick. »Sehr glücklich, Lana. Dank euch bin ich noch am Leben und glücklicher, als ich es mir je hatte vorstellen können. Ich hatte nie ein Zuhause oder eine Familie. Wie Torpedo Ink mich aufgenommen hat, das war einfach fantastisch.«

Sie wandte ihre Aufmerksamkeit wieder den Hähnchen zu. Tatsächlich hatte sie das noch nie gemacht. Sie winkte mit der langen Zange in Richtung des Grillguts. »Hast du das schon einmal gemacht?«

Lana trat zurück und warf die Hände in die Luft. »Nie und nimmer. Im Gegensatz zu Alena, die kann das perfekt. Bei mir brennt immer alles an.«

»Brauchen die Damen Hilfe?«

Beide wirbelten herum. Soleil erkannte den Fremden, den Mann, der sie früher am Abend beim Sex beobachtet hatte. Sie kämpfte darum, nicht rot zu werden, wollte nicht, dass es ihr peinlich war, doch sie bekam eine Gänsehaut. Sie hatte es genossen, beobachtet zu werden, solange sie mit Ice zusammen und sicher gewesen war, doch nun fühlte sie sich auf eine sehr unangenehme Art ein wenig schmutzig. Der Typ hatte, indem er zusah, quasi mitgemacht und war dabei zum Orgasmus gekommen. Sein Blick schien sich in sie zu brennen, und sie fühlte sich unwohler als je zuvor.

»Uns geht es gut«, sagte Lana mit einem kurzen Lächeln. »Wir richten für unseren Club gerade ein Essen her.« Sie stellte sich zwischen Soleil und den Neuankömmling, als würde sie spüren, dass er nicht nur zum Helfen hier war.

»Ich bin der Stecher«, sagte er grinsend und griff sich anzüglich an seine Jeans. »Ihr könnt euch bestimmt nicht denken, warum.«

»Ich wette, ich kann's«, erwiderte Lana, blickte zu Soleil und verdrehte die Augen.

Soleil verbarg ihr Lächeln und starrte auf die Brathähnchen. Bislang schien noch nichts anzubrennen. Sie hoffte nur, Alena würde kommen oder einer der Männer.

»Ihr habt mir noch nicht gesagt, wie ihr heißt«, drängte der Stecher.

»Ich glaube, das war Absicht«, konterte Lana.

Das Grinsen verschwand aus seinen Zügen. »Nun hab dich mal nicht so. Du willst doch deinem Club keine Schwierigkeiten machen. Der meine hat einen gewissen Ruf, aber von eurem hat noch keiner was gehört.«

Lana lachte lauthals. »Willst du im Ernst den Club bedrohen, nur weil ich dir meinen Namen nicht nenne?«

Er trat einen Schritt auf sie zu, sein Gesicht wurde zornesrot. Soleil hielt drohend die Zange hoch. Lana blieb einfach cool, so wie immer, nur ihr Blick war kalt und wachsam geworden.

»Ich gebe dir nur eine Warnung, Stecher. Wenn du eine Hand an mich legst, dann werde ich dir wehtun, wie dir noch keiner wehgetan hat. Dann werden sie dich nicht mehr Stecher nennen, weil du nie mehr ein Baby machen wirst.« Sie sprach leise, doch ihr Ton war absolut überzeugend.

»Alles klar hier, Lana?«, fragte Ink und tauchte aus dem Schatten auf. Er war ein großer Mann und mit Tattoos übersät. Auch er sprach leise, so wie die meisten Mitglieder von Torpedo Ink.

Preacher, Lanas älterer Bruder, erschien ebenfalls neben ihr, und beide Männer positionierten sich so, dass Stecher Soleil nicht sehen konnte. »Hey, Schwester, tut mir leid, dass wir spät dran sind. Waren ein wenig zu lang beim Wet-T-Shirt-Contest.«

Lana verdrehte die Augen, »Na klar doch. Ihr könnt ja künstlich und echt nicht unterscheiden.« Ihr Blick ging an ihm vorbei zu Ink. »Beide.«

»Ist Ice auch dort?«, fragte Soleil und musste sich Mühe geben, locker zu klingen. Sie war es gewohnt, so zu tun, als sei alles okay. So hatte sie es den größten Teil ihres Lebens gemacht.

Sie hatte nicht an all die Partys gedacht, die überall um sie herum im Gang waren. Sie wusste, dass es da Dinge gab, die er gerne machte, und er war sehr, sehr lustbetont. Überall scharwenzelten Frauen um ihn herum. Sie war erst seit einem Monat mit ihm zusammen, doch schon in dieser kurzen Zeit hatte sie bemerkt, dass Frauen ihn anhimmelten, wohin sie auch gingen, und ihn zu ködern versuchten. Wie hatte sie nur jemals denken können, einer wie Ice würde sich mit einer Frau wie ihr zufriedengeben?

Sie wandte den anderen den Rücken zu und beschäftigte sich mit den Grillhähnchen. Ink nahm ihr von hinten die Zange aus der Hand. »Babe. Echt?«

Er ignorierte Stechers Getue. Der Kerl konnte prahlen und drohen, bis er schwarz wurde, aber er würde nicht gegen sie kämpfen. Da niemand von ihm weiter Notiz nahm, stahl sich der Typ irgendwann in sein Lager zurück, packte eine der Frauen dort am Handgelenk und verschwand mit ihr.

»Ich weiß nicht, was das heißen soll.« Soleil sah Lana fragend an. »Also, dieses ›Babe. Echt?‹, hat das wirklich eine Bedeutung?«

Lana schüttelte den Kopf. »Nein, aber jedes Mal, wenn sie es sagen, tun sie so, als würde es etwas Bestimmtes bedeuten. Eigentlich heißt es aber nur, dass sie keine Worte haben. Hör einfach nicht auf sie, sonst leistest du nur ihrem schlechten Benehmen Vorschub.«

»Da wir gerade von schlechtem Benehmen reden«, warf Preacher ein. »Ich habe gesehen, wie du diesen Stecher da angelächelt hast. Du hast den armen Kerl ja geradezu angestachelt. Wolltest ihm wohl die Eier bis in den Hals treten.«

Lana zuckte die Achseln. »Kann schon sein. Er hat Soleil angesehen, als wollte er sie zum Abendessen vernaschen, und dann drohte er dem Club, weil ich ihm meinen Namen nicht sagen wollte. Für beides würde er verdienen, dass ihm die Eier zum Hals raushängen.«

Soleil wollte es nicht laut sagen, aber im Grund stimmte sie zu. Der Mann hatte ihr ein ungutes Gefühl gegeben. Beim nächsten Mal würde sie nicht jemanden aussuchen, auf den sie schaute. Wenn Ice das wollte, dann musste er das selbst tun.

Sie sah sich um. Hunderte von Bikern, wohin man auch blickte. Überall Lagerfeuer. Überall Musik. Dröhnende Motoren, die hochgedreht wurden, um schwierige und gefährliche Tricks zu zeigen. Gelächter und Freudengeschrei. Der Duft von Marihuana lag in der Luft. Der Geruch von Alkohol. Wenn sie wegen der Panik, die in ihr aufkeimte, ein Stück gehen wollte, wie sollte sie das machen?

Angst machte sich in ihr breit, würgte sie. Sie sah die anderen nicht an. Sie konnte es nicht. Sie musste allein sein und nachdenken. Sie schlang die Arme um sich und tat einen Schritt. Ice war irgendwo da draußen in diesem Meer von Bikern, und sie saß hier fest, voller Angst, auch nur einen Schritt zu wagen. Ihr fehlte Lanas oder Alenas Selbstvertrauen, um einfach nur herumzustreunen und sich heiß und begehrt zu fühlen.

Für Ice würde sie alles tun. Sie wusste, er konnte ihr das Gefühl geben, die einzige Frau auf der Welt zu sein. Er schaffte es, dass sie ihr Top auszog und in einer Menge für ihn tanzte. Aber er war gegangen und hatte sie hiergelassen, um sich bei einem Wet-T-Shirt-Contest andere Frauen anzusehen.

Sie blickte sich noch einmal um. Es brannten so viele Feuer, dass es trotz der späten Stunde ziemlich hell war. Natürlich, sie hätte sich einfach davonmachen können. Aber wohin hätte sie gehen sollen? Winston wollte sie tot sehen, und er hatte sogar Freunde beauftragt, sie umzubringen.

»Soleil!« Lana sprach ihren Namen scharf aus. »Du bist in deinem Kopf irgendwo gelandet, wo es eindeutig nicht gut für dich ist. Du siehst aus, als würdest du gleich heulen.« Sie zeigte auf die Campingstühle. »Setz dich mit mir hin, und dann reden wir darüber.«

Soleil brauchte Zeit, um sich das alles zu überlegen, bevor sie sich lächerlich machte. Sie wusste, ihr größtes Problem war ihr Mangel an Selbstvertrauen. Sie versuchte, das zu überwinden, aber bei all den vielen schönen Frauen hier und dem Wissen um Ices Gelüste fiel es schwer, nicht zu glauben, dass er irgendwo mit ein paar Weibern zugange war. Die Gerüchte hatte sie ja gehört.

Sie setzte sich auf einen der Stühle an der Feuerstelle und lächelte Lana zu. »Habe ich so ausgesehen? Na ja, wahrscheinlich schon. Das geht noch auf meine Kindheit zurück. Aber hier ist alles super – es macht ein bisschen Angst, weil es so anders ist und ich noch nicht genau weiß, was ich tun soll, aber das lerne ich schon noch.«

Lana musterte sie. »Süße, mit mir kannst du offen reden. Ich bin deine Freundin. Im Club sind wir Schwestern. Wir passen aufeinander auf. Es geht um Ice, stimmt's? Du weißt, dass er nicht zu so einem blöden Wet-T-Shirt-Contest gegangen ist. Wenn er Titten unter einem nassen Hemd sehen möchte, würde er dich mit einem Gartenschlauch abspritzen. Er musste sich heute Abend um eine Clubsache kümmern. Storm und Absinth sind bei ihm.« Sie schaute auf ihre Uhr. »Sie sollten jede Minute zurück sein.«

Soleil wusste nicht, ob sie Lana glauben und erleichtert sein oder an ihren Ängsten festhalten und sich elend fühlen sollte. Sie sah Lana an. Lana hatte Selbstvertrauen in sich als Frau, als Mitglied von Torpedo Ink. Soleil hatte sich vorgenommen, zu werden wie sie – denselben Status als Frau zu erreichen, als Ices Old Lady und als Teil der Torpedo-Ink-Familie. Vielleicht machte sie sich total lächerlich, aber wenn sie eine Wahl treffen sollte, dann wollte sie sich für ihr Glück entscheiden, und das bedeutete, an Ice zu glauben. Sie musste die bewusste Entscheidung treffen, ihrem Mann zu glauben.

Zwei weitere Torpedo-Ink-Männer kamen zu ihnen. Sie erkannte Mechaniker und Transporter, Brüder, die zusammen eine Autowerkstatt betrieben. Soleil mochte sie beide und lächelte ihnen schüchtern zu. Sie hatte kein Vertrauen in ihren Platz im Club, wenn Ice nicht da war – alles war noch zu neu –, doch sie war entschlossen, sich dieses Vertrauen zu erarbeiten.

Mechaniker ging zu Ink an den Grill. »Nicht schlecht, Ink. Du hast alles fertig. Der Zar und Steele sind unterwegs. Breezy und Blythe bringen die Beilagen. Die Kandidaten helfen ihnen beim Tragen. Seit wann stehst du schon am Grill?«

Lana stieß an Soleils Fuß, um sie auf sich aufmerksam zu machen. »So läuft es. Du machst die ganze Arbeit, und sie tun, als hätten sie alles gemacht.«

Soleil konnte über Inks Miene nur lachen. Er zeigte mit der Zange auf Lana. »Weib, du gehst mir auf die Nerven. Ich habe nichts getan, und Mechaniker, nur zu deiner Info, ich kann grillen.«

Lana lachte. »Du denkst dir nur Scheiße aus, Ink. Du hast doch vom Kochen oder Grillen keine Ahnung. Ich kenne dich, seit du ein kleines, dürres Kerlchen warst. Und ich habe dich nie an einem Herd oder einem Grill gesehen. Und es haben auch keine heimlichen nächtlichen Lektionen stattgefunden.«

Ink schaffte es, so beleidigt dreinzusehen, dass Soleil vor Lachen fast vom Stuhl fiel. Dann spürte sie plötzlich einen Blick auf sich, schaute auf, und alles in ihr verstummte. Er war da. Ice. Er raubte ihr den Atem. Was für ein hinreißender Mann. Dieser Körperbau. Diese Haare. Neben ihm stand Storm und sprach leise mit Absinth. Storm sah aus wie Ice, bis auf die drei ins Gesicht tätowierten Tränen. Zusammen waren die beiden einfach umwerfend. Sie mussten eine Sensation gewesen sein, als sie durch das Gedränge der Biker-Frauen zum Lager zurückgingen.

Ice kam direkt zu ihr, zog sie vom Stuhl hoch direkt in seine Arme und küsste sie leidenschaftlich – und fegte damit jeden Zweifel hinweg. Wie konnte er sie so küssen, wenn er nichts für sie empfand? Er schmeckte so, wie die Liebe schmecken sollte. Seine Hände glitten über ihren Rücken und drückten sie fester an ihn.

»Hab dich vermisst. Warst du brav, während ich weg war?«

»Nein, war sie nicht«, warf Preacher ein. »Und Lana auch nicht.«

»Lana hat ganz irre mit einem Arschloch namens Stecher geflirtet«, gab Ink bekannt.

Mechaniker hatte eben einen Schluck Bier genommen und

spuckte ihn nun auf den Boden. Transporter hielt mit seiner Dose inne und starrte auf Lana. Lana klopfte leise mit den Fingern auf ihre Lehne und warf Ink den Todesblick zu.

»Er war hinter Soleil her«, gab Lana überheblich bekannt. »Ich hatte vor, ihn für immer fertigzumachen. Der Kerl war widerlich.«

Brüllendes Lachen brandete auf. Soleil lächelte, doch es verging ihr sofort, als sie gletscherblaue Augen auf sich gerichtet sah. Ihr Herz setzte einen Schlag lang aus.

»Es war der aus dem Lager neben unserem, habe ich recht?«

Sie strich beruhigend über seinen Arm. »Es war gar nichts. Lana hatte alles unter Kontrolle. Und dann kamen Preacher und Ink, und er hat sich verpisst.«

»Was hat er zu dir gesagt?«

»Er hat eigentlich nur mit Lana geredet. Er sagte, wenn sie ihm ihren Namen nicht nennen wolle, würde der Club Probleme kriegen oder so. Er ist gegangen, Ice.«

Ice wandte sich Lana zu. »Danke, Lana.« Er strich von Soleils Kopf bis über ihren Po. »Willst du vor dem Essen noch eine Runde gehen?«

Sie merkte, dass er mit ihr allein sein wollte, und nickte. Er verschränkte seine Finger mit ihren, und sie schlenderten durch die Pfade zwischen den Lagerplätzen. Alles war voller Menschen. Überall wurde getanzt, getrunken, gelacht, sich unterhalten. Sehr wenige Frauen trugen Tops; sie fühlte sich in Ices Hemd ein wenig übertrieben angezogen.

»Das ist tatsächlich ganz anders, als ich es mir vorgestellt hatte. Es ist wild und spaßig.«

Er grinste ihr zu. »Freut mich, dass es dir gefällt. Danke, dass du mit dem Grillen angefangen hast. Bis wir dazu kommen, ist es meistens so spät, dass wir erst um drei Uhr morgens zum Essen kommen.« Er schob sie tiefer in die Bäume. »Ich habe dich gottverdammt vermisst. Ich hatte zu tun, aber alles, woran ich denken konnte, warst du.« Er umfasste ihr Gesicht und küsste sie innig. Zart. Ein kaum spürbarer Kuss, der Schmetterlinge in ihr aufsteigen ließ. »Hast du mich vermisst, Soleil? Hast du meine Hände auf dir vermisst?«

»So sehr«, gab sie zu. »Ich vermisse dich immer, Ice, wenn du nicht bei mir bist.«

Er küsste ihr Kinn, bis hinunter zu ihrem Hals. »Mach dein Hemd für mich auf.«

Sie gehorchte, ohne zu zögern. Auf einer Seite stand unter einer Weide ein kleiner Picknicktisch. Er drückte sie an die Kante der Tischfläche. Seine Lippen wanderten weiter über ihren Hals und über die oberen Rundungen ihrer Brüste.

Überall, wo er sie berührte, küsste, züngelten kleine Flammen auf. Immer, wenn sie einander nahe waren, war ihr mehr als bewusst, dass sie eine Frau war und er ein Mann. Ihre Brüste sehnten sich nach ihm, nach seiner Berührung, nach seinem Mund. Seine Hände waren sanft, sein Mund noch sanfter. Das kam so unerwartet, dass ihr Tränen in die Augen traten.

»Halte dein Hemd für mich auf.«

Er umfasste ihre Brüste mit beiden Händen und bog sie langsam über die Tischplatte. Sein Mund fand ihren linken Nippel, sobald sie das Hemd zur Seite schob. Sie brauchte einen Moment, um darauf zu kommen, dass er es ihr nicht ausgezogen hatte, damit sie sich an dem Tisch nicht wehtat. Sein Mund saugte an ihrer Brust in einem steten, kraftvollen Rhythmus, der sie sofort feucht werden ließ.

»Mach deine Jeans auf, Prinzessin. Schieb sie runter.«

Er flüsterte es ihr ins Ohr, und irgendwie jagte diese leise Intimität ihr einen Schauder über den Rücken.

Ohne Vorwarnung führte er den Vibrator in sie ein und begann, sie damit zu stimulieren. Sie keuchte und krümmte sich. Seine Finger zogen an ihrer anderen Brustwarze, rollten und kniffen, bis ihr der Atem stockte.

Seine Hände und sein Mund wollten nicht aufhören, und die Empfindungen steigerten sich, bis ihre Beine nur mehr Gummi waren. Die Vibrationen schienen durch ihren Körper zu wogen wie Hitzewallungen.

Er bahnte sich küssend seinen Weg von ihren Brüsten bis zu ihrem Nabel, und seine Zunge kostete jeden Zentimeter Haut dazwischen. Er ließ sich Zeit, seine Hände strichen zärtlich über sie, sein Mund nicht minder. Ihr Atem ging hörbar. Es war wunderschön, was er mit ihr machte. Fantastisch. Sie meinte vor Verlangen nach ihm zu vergehen, begehrte ihn so sehr, dass sie nicht aufhören konnte, seine Schultern zu streicheln, seinen Rücken, durch sein dichtes Haar zu fahren.

Er schob ihre Jeans bis zu den Schuhen hinunter. Sie hatte ihre Stiefeletten an und war froh, als er sie ihr auszog und samt Hose auf die Bank legte. Jede seiner Bewegungen war präzise und sehr schnell, als habe er jedes Detail im Kopf. Seine andere Hand blieb auf ihrem Bauch liegen und drückte sie fast die ganze Zeit an den Tisch.

Dann entfernte er den Vibrator, hob einfach ihre Beine an und legte sie auf seine Schultern. Sie beobachtete sein Gesicht. Er sah aus wie die Sünde selbst. Sinnliche, tief eingeschnittene Linien. Seine Augen glitten über sie, brannten seinen Namen in ihre Schenkel. Seine Zunge glitt an der Innenseite ihres Schenkels entlang, ihr ganzer Körper erschauderte.

Sie konnte nicht aufhören zu stöhnen. Dann war sein Mund auf ihr, direkt über ihrem brennenden Zentrum, und sie war hinüber. Das Stöhnen wurde zu Jammern. Das Jammern zu Schreien.

Soleil hatte keine Ahnung, wie lange Ice sie mit Mund und Fingern zum Orgasmus brachte, wieder und wieder, aber ein paarmal dachte sie, es nicht zu überleben. Er schien zu wissen, wann es für sie zu viel wurde, kniff sie dann mit den Zähnen in die Innenseite eines Schenkels, verteilte Küsse über ihre Schamlippen und setzte dann seine Zunge so gekonnt ein, dass hinter ihren Augen Farben explodierten.

Sie hatte keine Ahnung, wie oft diese Wogen sie überfluteten, aber sie kamen immer noch, als er bereits den Kopf hob und ihre Füße langsam auf die Erde aufsetzte. Seine Hände führten sie, bis sie sich über den Tisch beugte. Ehe ihre Vorderseite die Oberfläche berührte, zog er ihr Hemd zusammen, sodass ihre Haut nicht an das Holz kam.

Er hielt sie mit einer Hand über den Tisch gebeugt. »Ich liebe deinen Arsch, Soleil. Er ist absolut perfckt.« Er rieb ihre Backen. »Und ich liebe es, wie du auf mich reagierst.«

Er gab ihr einen Klaps, der ihren Hintern heiß wie Feuer werden ließ, Hitze, die sich direkt bis in ihr Zentrum ausbreitete. Es fühlte sich an, als würden Flammen unaufhörlich in ihr züngeln, sie überall berühren, bis sie sich nach ihm verzehrte.

Soleil schluchzte leise, bedürftig, und presste sich an seine Hand. »Es ist so gut, wenn du das machst.« Das war es tatsächlich. Er schlug nie richtig fest zu, nur so sehr, dass sich die Hitze überallhin ausbreitete.

»Ich sehe gern meinen Handabdruck auf dir«, gab er zu. »Das ist höllisch sexy.« Er fügte noch einige mehr hinzu und rieb immer wieder darüber, um die Flammen in ihr am Brennen zu halten.

Dann spreizte er ihre Beine weiter auseinander und schob ohne Vorwarnung seinen Schwanz in sie. Er fühlte sich immens an. Eine Invasion. Perfektion. Er jagte ihn durch feste Muskeln, die heiß und glitschig waren und den dicken Schaft überzogen, während er in sie brandete. Er grub sich tief in sie, verschaffte sich energisch Zutritt, sodass ihre Muskeln ihn eindringen lassen mussten.

Er warf den Kopf in den Nacken und brüllte. Er klang so sexy. Heiser. Belegt. Seine Hände strichen ständig über ihren Rücken, ihre Wirbelsäule hinab. Klatschten auf ihre Backen, rieben sie. Druck baute sich mehr und mehr auf. Sie konnte kaum mehr atmen, griff mit beiden Händen nach dem Picknicktisch.

Er rammte immer weiter in sie. Die Lust steigerte sich, breitete sich in ihr aus, bis sie an nichts anderes mehr denken konnte als an seinen Schwanz, der sich in ihr bewegte, sie beanspruchte, sie in Höhen hinaufschwang, dass sie Angst bekam loszulassen und es dennoch unbedingt tun musste. Ihre Welt verengte sich, bis da nichts mehr war als dieses perfekte Instrument der Lust, das wieder und wieder in sie jagte, ihre inneren Muskeln entflammte und in Feuer kleidete.

Sie spürte, wie er anwuchs, sie weiter ausdehnte. Es fühlte sich plötzlich an, als sei sein Schwanz purer, weiß glühender Stahl. Ihr Atem stockte, und dann schrie sie, als er sich entlud, seinen Samen in sie und sie selbst in weite Fernen katapultierte, sodass sie sich auflöste und nur mehr aus Fühlen zu bestehen schien.

Ice beugte sich über sie, hielt sie, während sie um Atem rang. »Heilige Scheiße, Baby. Ich glaube fast, wir haben gerade das Weltall entdeckt«, flüsterte er an ihrem Rücken.

Sie lachte, obwohl sie kaum Luft bekam, doch das war ihr egal. Sie war noch nie so glücklich gewesen. Noch nie. Die Tränen, die unter ihren Lidern brannten, waren Tränen des Glücks. Er ließ sie unglaubliche, einmalige Dinge fühlen. Es spielte keine Rolle, dass sie nun die laute Musik und die Stimmen um sie herum hören konnte. Ihre kleine Oase schien so abgelegen, als seien nur sie beide auf der Welt.

»Ich liebe dich, Soleil.«

Sie schloss die Augen, ihr Herz machte einen Satz. Er flüsterte es an ihrem Rücken, seine Lippen berührten ihre Haut, und es war, als würde sie seine Liebeserklärung bis in die Knochen spüren. Ihre Kehle schnürte sich zu, und der Knoten war so groß, dass sie zu ersticken meinte. Er schaffte es, sie zu überraschen, zu schockieren, indem er die unerwartetsten Dinge tat und sagte.

»Ich liebe dich sehr, Ice«, flüsterte sie zurück.

Sie schloss die Augen und schob sich langsam hoch, er trat zurück, um ihr Raum zu geben. Er reichte ihr ein kleines Tuch aus einem Beutel mit Reißverschluss. Es war feucht. Sie reinigte sich und gab es ihm zurück. Während sie ihre Jeans hochzog, sah sie zu, wie er sich selbst reinigte und sich dann ebenfalls anzog.

Soleil setzte sich auf den Picknicktisch, weil sie nicht sicher war, ob ihre Beine sie tragen würden. Sie fühlten sich an wie Gelee.

Er sprühte den Vibrator grinsend mit Desinfektionsspray ein und ließ ihn in dem Plastikbeutel verschwinden.

Sie sah ihn aus zusammengekniffenen Augen an. »Das hast du eindeutig schon oft gemacht, so vorbereitet, wie du warst und so. Das Waschtuch, das Spray, die Plastikbeutel.«

Er schob den Beutel in die Tasche. »Ich habe mir bisher nie viel daraus gemacht, eine Frau zum Orgasmus zu bringen. Aber bei dir will ich, dass du alles spürst. Ich will, dass du jede Empfindung spürst, die ich dir geben kann, solange es gut für dich ist. Und ja, ich habe darüber nachgedacht, schon bevor wir hierhergekommen sind.«

Ihr Herz schlug heftig. Seine schönen blauen Augen wanderten über sie mit einer Art Ehrerbietung, die sie bis in den Bauch spürte.

»Auf dem Rückweg heute Nacht habe ich nach einem abgelegenen Plätzchen gesucht und fand dieses hier. Ich bat ein paar der Brüder, dafür zu sorgen, dass wir allein sein würden und auf uns aufzupassen, weil es mir wichtig war, dir zu zeigen, wie ich mich mit dir fühle. Wenn ich dich berühre, Prinzessin, jedes Mal, wenn ich dich berühre, zeige ich dir, wie ich mich fühle.« Er holte eine Schmuckkassette aus der Tasche.

Ihr Herz begann zu pochen. Sie sah ihm in die Augen. »Ice.« Sie hauchte seinen Namen. Sein Gesicht. Dieses ihr so lieb gewordene Gesicht. So sinnlich. So sehr ihr gehörend. Diesen Ausdruck hatte er für keine andere. Unwillkürlich strich sie mit der Fingerspitze über sein Kinn.

Er öffnete die Kassette. Darin lag ihr Ehering. Er war aus Platin und mit braunen Diamanten besetzt, passend zur Schokoladenfarbe ihrer Augen. Er nahm ihre Hand, zog den laminierten Ring von ihrem Finger und schob den Platinring darauf.

Sie sah ihn stumm an, in dem Wissen, dass er einzigartig war. »Was steht darauf?«

Er hielt ihre Hand, sein Daumen glitt über den Ring. »In meiner Sprache ›Soleil ist für Ice bestimmt‹. Und auf meinem steht ›Ice ist für Soleil bestimmt‹. Und hier ›Für alle Ewigkeit‹.« Er führte ihre Hand an seinen Mund und küsste den Ring. Den anderen aus Papier legte er in die Kassette und steckte diese ein.

Sie musste die Tränen zurückhalten. »Er ist wunderschön, Ice. Ich liebe ihn, wirklich.« Sie wollte ihn einfach nur ansehen, sich in Ices Arme werfen und ihn festhalten. Doch sie konnte sich nicht bewegen. Sie konnte nur sein Gesicht ansehen. In seine Augen sehen.

Er legte eine Hand um ihren Nacken, zog sie zu sich und küsste sie. Sie liebte es, wenn er das tat. Es fühlte sich für sie immer an, als sei er besitzergreifend, als sage er ihr und der Welt, dass sie ihm gehöre. Und dann konnte er traumhaft küssen …

Sie umfasste sein Gesicht mit den Händen. »Danke, dass du mich gefunden hast, Ice. Du hast mein Leben verändert. Ich liebe es, deine Frau zu sein.«

»Ich liebe es, dass du meine Frau bist«, antwortete er, umfasste ihre Hände und küsste sie. »Letztendlich hast du ja mich gefunden.« Er zog ihr die Stiefelchen an, half ihr aufzustehen und rief dann: »Wir kommen heraus!«

Sie versuchte, in der Dunkelheit und durch die hängenden Äste der Trauerweide hindurch etwas zu sehen, doch es war unmöglich, und die Mitglieder von Torpedo Ink waren zu leise, um sie kommen zu hören.

»Gehen wir zurück und essen etwas. Ich habe Hunger«, sagte er. »Morgen wird es lustig. Da sind dann reihenweise Verkäufer hier. Die Mädels werden sie alle aufsuchen wollen.«

»Ich kann auch wieder mal mit meinem Geld bezahlen«, erwiderte sie. »Wir haben den Papierkram erledigt, sie wissen, dass ich am Leben bin, und ich muss mich nicht mehr verstecken. Ich kann mein Geld hernehmen, anstatt dauernd auf deine Kosten zu leben. Es hat mir nicht gefallen, dass ich dir nichts geben konnte.«

Ice blieb abrupt stehen, noch ehe er die langen Äste der riesigen Weide beiseiteschieben konnte. Er packte sie an den Haaren und riss ihren Kopf nach hinten, sodass sie ihm in die Augen schauen musste. »Sind wir verheiratet oder nicht, verdammt?!« Dazu hielt er ihre Hand mit dem Ring daran hoch.

Sie blinzelte, spürte beklemmende Angst. Und zwischen ihren Beinen begann eine bösartige kleine Flamme heiß zu züngeln. »Ja.«

»Was habe ich dir gesagt?«

»Ich weiß nicht. Wegen des Geldes?«

»Wir reden nicht über Geld. Niemals. Mein Geld ist dein Geld. Wenn du Geld brauchst, dann nimm es dir einfach. Wir reden nicht über mein oder dein. Anstatt über Geld zu reden, was sollst du mit deinem Mund lieber machen?«

»Mmhh.« Sie wand sich ein wenig, die Flammen breiteten sich aus, was nach dem, was sie eben zusammen erlebt hatten, einfach nur irre war.

»Du kannst deinen Mund hernehmen, um mich runterzuschlucken.«

»Jetzt?« Sie hörte ein lauter werdendes Gemurmel um sie.

»Du hast gerade wieder von Geld gesprochen, oder etwa nicht?« Seine Hände sanken an seine Gürtelschnalle. Er deutete mit einem Kopfnicken auf den Boden.

»Was zum Teufel ist los, Ice?«, fragte Maestro und trat durch den Schleier der Äste. Er war nicht allein. Zwei weitere Brüder waren bei ihm, doch sie sah lediglich ihre Stiefel.

Soleil wollte sich nach hinten beugen, doch Ice schob ihr seinen Schwanz in den Mund. Er war halb erigiert. Heiß. Köstlich. Ice stöhnte leise. Sie liebte seinen Geschmack und wie er sich anfühlte und war schon wieder verloren. Es gefiel ihr, dass er ihr lächerliches Gezänk um Geld als Vorwand nahm, sich von ihr oral befriedigen zu lassen. Nichts tat sie lieber. Absolut nichts.

»Wir beenden bloß das blöde Gerede über Geld. Über diese Scheiße werden wir uns niemals streiten. Ich habe nachgelesen, wie viele Ehen deswegen scheitern.«

»Da hast du einen guten Weg gefunden, um das zu beenden«, meinte Maestro amüsiert. »Ich glaube, ich muss ein bisschen mehr lesen.«

»Ich werde sie nie sitzen lassen, also halte ich sie beschäftigt, damit sie nicht auf den Gedanken kommt, mich sitzen zu lassen.«

Er wuchs direkt in ihrem Mund, ein berauschendes Gefühl. Sie schloss die Augen, hörte nur mehr die Stimmen, die ein Stück entfernt waren. Sie beschloss, ihm die tollste Erfahrung seines Lebens zu geben – so gut, dass er nicht fähig sein würde, zu reden oder auch nur zu überlegen, und dazu musste sie alles außer ihm ausblenden. Sie konzentrierte sich auf seine Gestalt, den Geschmack und die Beschaffenheit. Sie vergötterte ihn einfach. Sie liebte ihn mit allem, was sie war. Sie überhäufte ihn mit Aufmerksamkeit und setzte jede Technik ein, die sie kannte, um ihn zu erregen.

Als Nächstes musste sie es so gut für ihn machen, dass er nichts mehr würde sehen oder hören können außer sie und ihren Mund und was sie mit ihm machte. Als er stöhnte, wusste sie, er war so weit, dass es für ihn kein Zurück mehr gab. Seine Finger krallten sich in ihren Haaren fest, und er begann, ihr obszöne Dinge zu sagen. Seine Hüften stießen vor; sie musste sich zwingen, locker zu bleiben. Er ließ sie atmen und stieß dann wieder zu.

»Schau mich an, Prinzessin. Ich will deine Augen sehen.«

Das gefiel ihr. Sie liebte es, wenn er ihr in die Augen sah. Sie hob die Lider, blickte in dieses unglaubliche Blau und sah, was sie tat – sie machte ihn fertig. So perfekt. Sie neckte ihn mit der Zunge und nahm ihn noch tiefer.

Sein unterdrückter Schrei klang wie Ekstase für sie. Sie liebte diesen Laut und wollte ihn wieder und wieder hören. Er hielt sie davon ab, in Panik zu verfallen, wenn sie keine Luft bekam und dachte, er wolle sie nicht atmen lassen. Selbst dann spürte sie ihn auf ihrer Zunge pulsieren, spürte seinen Herzschlag an ihrem Gaumen. Sie zwang sich, locker zu bleiben, als er noch einmal tiefer drang. Und dann gab er sich auf, entleerte sich in sie, heftig stöhnend, weil sie ihm dieses unbegreifliche Geschenk machte. Sie nahm sich die Zeit, um sicherzustellen, dass er gesäubert war, ehe sie sich von ihm aufhelfen ließ. Sie hatte genau das getan, was sie tun wollte, und sie war noch nie so glücklich gewesen. Sie liebte ihn mit jedem Atemzug. Mit jedem Schlag ihres Herzens. Sie entschied sich für diesen Mann, und sie beschloss, als seine Frau glücklich und selbstbewusst zu sein, und ebenso selbstbewusst in ihrer Beziehung.

17. Kapitel

Der Zar lag auf dem Dach des Mietshauses gegenüber dem Gebäude, in dem ihre Zielperson wohnte. Der ehrenwerte Richter Bonner James, eines der bedeutendsten Mitglieder des Betrügerrings, besaß hier eine Luxus-Eigentumswohnung mit Blick auf den Ozean. Der Zar blickte von seiner Position aus auf die dem Meer abgewandte Seite des Komplexes. Von hier aus konnte er seine Leute anweisen.

Der Richter hatte heute Abend Besuch. Sein Schlafzimmer befand sich an der Rückseite des Hauses, und er ließ die Vorhänge offen. Keine gute Sache für einen Richter, der Wert auf seinen guten Ruf legte. Wahrscheinlich war es seine Schwäche für Mistress Scarlet, was ihm überhaupt erst Probleme eingebracht hatte. Der Zar hatte nie verstanden, warum andere sich darum scherten, welche Vorlieben ein Mann oder eine Frau im Bett hatte, aber offenbar beschäftigte sich die Gesellschaft gerne damit, jemanden abzuurteilen.

Sie mussten warten, bis Mistress Scarlet ihre Utensilien eingesammelt hatte und gegangen war. Sie tätschelte sehr geschäftsmäßig das Gesicht des Richters, als sie ihn losschnallte und ihre Sachen einpackte, einschließlich des bereitliegenden Geldes. Die beiden sprachen noch kurz, und dann schwebte sie davon.

Der Richter zog sich eine kurze Seidenrobe an und schenkte sich in der kleinen Bar in seinem Schlafzimmer einen Schlummertrunk ein.

Er ist allein. Wach. Rein mit euch.

Transporter seilte sich vom Dach zur Vorderfront der Wohnung ab und kniete bei der Tür nieder. Um ihn herum kamen die anderen herunter und verteilten sich lautlos.

Er hat die Stereoanlage angeschaltet und scheint sich hinzusetzen. Er ist im Bett, teilte der Zar seinem Team mit.

Das war gut. Sie konnten die Musik hören. Klassik. Der Richter mochte es gern laut. Hoffentlich waren die Nachbarn daran gewöhnt.

Transporter hatte die Tür entsperrt und öffnete sie nun vorsichtig. Ice ging als Erster hinein. Der Raum war wie erwartet leer. Er war etwas überrascht, dass der Richter kein besseres Sicherungssystem hatte als das lausige, das sie gefunden und außer Funktion gesetzt hatten. Es war mehr zur Show, wahrscheinlich, weil der Richter nicht riskieren wollte, dass jemand ihn bei seiner Lieblingsbeschäftigung fotografieren konnte. Deshalb hatte er wohl ein Sicherheitssystem im Internet gekauft, anstatt eines von einer richtigen Firma installieren zu lassen.

Ice ging durch das Zimmer und vermied sorgfältig, irgendetwas zu berühren. Sie hatten Winstons Fingerabdrücke und einige Haarfollikel von einer Bürste in seinem Badezimmer. Sie hatten beschlossen, dass Winston für den Tod der anderen Mitglieder des Betrügerrings den Kopf hinhalten sollte. Er war für seine schlechte Laune bekannt und war, wenn er wütend wurde, ganz sicher fähig, einen Mord zu verüben. Mehr als ein Mal war er gesehen worden, wie er einige der anderen angebrüllt hatte. Ice war in der letzten Woche mehrmals bei ihm zu Hause gewesen und hatte alles eingesammelt, was sie brauchten.

Die Geschichte war groß in den Nachrichten gekommen. Die vermisste Erbin sei mit einem Biker verheiratet. Das war genau die Sorte Nachrichten, die alle hören wollten. Winston hatte darauf bestanden, dass Soleil Brodeur krank sei; dass sie so einen Kerl geheiratet habe, sei dafür doch der beste Beweis. Er wollte, dass sie ärztlich untersucht und seiner Obhut unterstellt werde. Und er hatte darauf bestanden, dass sie von einem bestimmten Arzt untersucht werde. Dr. Cyrus Mills musste etwas mit dem Betrügerring zu tun haben, und als Code sich dessen Finanzen ansah, bestätigte sich ihre Vermutung.

Ice war schockiert darüber, wie viele scheinbar gute, aufrechte Bürger involviert waren. Code recherchierte mehrere Jahre zurück und fand mehr als fünfzehn Frauen, die unter – so seine Meinung – verdächtigen Umständen zu Tode gekommen waren, und das allein in Nordkalifornien. Wären sie alle mit demselben Mann verheiratet gewesen, so hätte das vielleicht Argwohn erregt, doch in Kalifornien war ein und derselbe Mann nur ein paarmal zum Witwer geworden. Code sagte allerdings, dieses Muster habe sich andernorts wiederholt.

Winston wollte Teil dieses Systems werden, und er hatte seine Chance bekommen. Niemand war besonders glücklich mit ihm. Selbst wenn sie Soleil wieder bekamen, würden sie sie nicht einfach gleich töten können, es sei denn, sie konnten es wie einen Selbstmord inszenieren.

Ice und Storm gingen durch das Zimmer in Richtung Flur. Der Zar schickte Mechaniker und Transporter, um die anderen Zimmer zu checken, und Savage schritt kühn ins Schlafzimmer, hinter ihm die Zwillinge, die sich sofort aufteilten. Absinth folgte ihnen.

Der Richter hatte die Augen geschlossen, spürte die Bedrohung jedoch und griff sofort zu seinem Handy. Savage schlug es ihm aus der Hand. Er sagte nichts, steckte das Telefon einfach in seine Tasche und trat zurück.

Ice lächelte ihn an. »Guten Abend, Richter. Freut mich sehr, dass Sie einen netten, entspannten Abend mit Mistress Scarlet verbracht haben. Ich sehe es immer gern, wenn die letzte Nacht eines Mannes eine glückliche ist.«

Der Richter setzte seine strengste Miene auf. »Was wollt ihr?«

»Es musste Ihnen doch klar sein, dass Ihr Lebensstil Sie früher oder später einholen würde, und damit meine ich nicht die nette Mistress Scarlet. Ihre Freunde ermorden nun schon seit einigen Jahren Frauen, und Sie helfen ihnen dabei.«

Der Richter schüttelte den Kopf und rutschte mit unschuldiger Miene nach hinten. »Nein. Nein. Absolut nicht. Ich habe keine Ahnung, wovon Sie reden.«

»Sie wollen sicher nicht, dass ich Savage auf Sie loslasse, Richter. Wir wissen bereits, dass Sie zu dem Betrügerring gehören, der es auf reiche Frauen abgesehen hat.«

Der Richter zögerte, wollte aufbrausen, überlegte es sich jedoch anders. »Diese Frauen sind am Ende ihres Lebens. Die Männer machen ihre letzten Tage zu einer glücklichen Zeit für sie. Sie lassen diese Männer in ihr Leben eintreten und sind froh darüber. Sie sind dankbar. Niemand leidet. Und das Geld muss schließlich irgendwohin fließen.«

»Einige dieser Frauen waren Anfang vierzig oder Ende dreißig. Ganz zu schweigen von Soleil. Sie ist noch keine dreißig. Diese Frauen sind nicht am Ende ihres Lebens, und das wissen Sie. Sie mögen versuchen, das zu rechtfertigen, aber am Ende sind Ihnen diese Leben schnurzegal. Euch geht es nur um das Geld, das für euch dabei herausspringt.«

»Was wollt ihr? Sagt mir, was ihr wollt!« Der Richter klammerte sich an seine Seidenrobe, das Gesicht von Wut und Angst verzerrt. Er war es gewohnt, Autorität einzufordern, doch niemand schien beeindruckt zu sein.

»Ich will den Namen von jedem, der mit Ihnen zusammenarbeitet. *Alle* Namen. Sie sollten nicht einen auslassen. Dieser Gentleman« – Ice zeigte auf Absinth – »weiß, ob Sie die Wahrheit sagen. Er wird Ihren Puls fühlen, während Sie uns berichten.«

»Fassen Sie mich nicht an!«, fauchte der Richter.

Ice zog seine Pistole und schob sie dem Richter in den Mund.

»Oder ich blase dir einfach auf der Stelle das Hirn raus. Für mich macht das keinen Unterschied.«

Der Richter nickte, und Absinth ergriff locker sein Handgelenk. Ice steckte die Waffe wieder ein. »Los geht's. Nur Namen. Laut und deutlich.«

»Dr. Cyrus Mills. Detective Danny Sullivan, San Francisco Police Department. Officer Paul Bailey, California Highway Patrol. Dr. Ronny Tiptree, Gerichtsmediziner. Simon Overfield, Leichenhalle Evergreen. Donald Monroe, er ist Anwalt. Harbin Conner, er ist der stellvertretende Polizeichef.« Der Richter hustete, sein Blick schwenkte im Raum umher, als suche er nach einem wundersamen Fluchtweg.

Ice schüttelte den Kopf. »Sehr gut, weiter so.«

»Darrin Johnson. Ben Thurston. Sie stellen den Frauen nach.«

»Wie viele noch? Wo sind sie?«

»Die Witwer. Insgesamt sind es sechs. Ursprünglich fünf. Der sechste ist Winston. Cooper Knight, Bob Flannigan, Peter Daniels.«

»Das ist der gesamte Ring?«

»Ja, ja. Ich glaube, sie haben noch andere, die ihnen andernorts helfen. Sie verzweigen sich.«

»Nett. Muss ja ganz schön lukrativ sein.«

»Sie wollen noch einige Frauen dazuholen, die ihnen helfen sollen«, gab der Richter beflissen zu, als er merkte, dass alle bereits viel entspannter wirkten.

»Wie hat das Ganze angefangen? Wer ist der Boss?«

»Wir alle. Es hat sich quasi entwickelt. Wir haben beim Pokern angefangen, darüber zu reden. All das Geld bei den vielen Wohltätigkeitsveranstaltungen, zu denen wir ständig gehen müssen. Die Frauen nur so behängt mit Diamanten. Was für eine Vergeudung.« Er sah sich um, blickte in all die düsteren Gesichter. »Ist doch so, nicht wahr? So viel Geld, das wir uns alle teilen könnten.«

»Wäre schön, wenn ihr alle diese Nacht überleben würdet, nicht wahr?«, meinte Ice. Er schnappte sich ein Kissen, presste es dem Richter ins Gesicht und feuerte drei Kugeln in ihn.

Paul Bailey, Beamter bei der California Highway Patrol, schlenderte aus dem Diner, in dem er jeden Abend seinen Kaffee trank, bevor er die Streife fortsetzte. Auf den vollgestopften Highways unterwegs zu sein, konnte langweilig und auch gefährlich werden, wenn man nicht für Nachschub sorgte. Er war auf der Suche nach Bikern – der Abschaum der Menschheit, so weit es ihn betraf. Er mochte es nicht, dass sie sich durch den Verkehr schlängeln konnten, während die anderen alle im Stau stehen und warten mussten. Er mochte vieles nicht an ihnen.

Und nun war Soleil Brodeur, die Frau, die Winston ins Auge gefasst hatte, mit so einem *verheiratet*. Schlief in seinem Bett. Sie war so schön. Sexy. In jeder Zeitschrift, jedem Nachrichtenartikel waren Fotos von ihr – sogar hier im Diner. Mist. Winston hätte sie für eine Weile behalten können, wenn er es nicht versemmelt hätte. Nun hatte sie so einen scheiß Biker, während er auf dem Highway herumkurven und sich die ganze Zeit blödes Gerede anhören musste.

Er öffnete die Tür seines Streifenwagens, glitt hinein und erstarrte. An seinem Armaturenbrett klebte eine Akte. Er riss sie ab und öffnete sie. Namen sprangen ihm entgegen. Daten. Sein Herz begann zu rasen, er sah hektisch um sich.

Dabei entdeckte er, dass sein Gewehr weg war. Er hatte es immer griffbereit, um es im Fall des Falles sofort zur Hand zu haben. Es war nicht da. Ungläubig suchte er auf dem Boden des Wagens und dann wieder auf den Sitzen. Wollte eine Meldung absetzen, zögerte dann jedoch. Selbst wenn er die Akte zerstörte, würde noch viel Papierkram zu erledigen sein. So viele Fragen. Eine interne Ermittlung. Er konnte es sich nicht leisten, dass man ihm zu genau auf die Finger schaute.

Fluchend stieg er aus und sah sich um. Über dem Diner, oben auf dem Dach, bewegte sich etwas. Er blinzelte, versuchte, etwas auszumachen. Ein Mann schien da oben zu stehen, schien ihn anzusehen. Und dann sah er auch den anderen – und der hielt sein Gewehr. Eine Flamme schien aus dem Lauf auszutreten, und etwas warf ihn hintenüber. Der Knall hallte laut durch die Nacht, er fand sich auf den Knien, und dann schlug sein Gesicht auf die Erde auf, und alles wurde schwarz.

»Ihr wisst, dass wir diesen Scheißkerl loswerden müssen«, sagte Harbin Conner, der stellvertretende Leiter des Polizeipräsidiums von San Francisco, und teilte den anderen am Tisch die Karten aus. »Er ist dauernd in den Nachrichten.« Wütend blickte er zu Donald Monroe, einem hochrangigen Staatsanwalt. »Du hast ihn beraten. Und jetzt sind wir in Teufels Küche gekommen.«

»Winston war schon in Vegas bei der Polizei, damit sie ihm halfen, sie zu suchen, und erst dann hat er es der Presse gesteckt. Wir sind hängen gelassen worden. Ich dachte, er geht zum Richter, und der behandelt es diskret, damit wir ungeschoren davonkommen.«

»Ist aber nicht so gelaufen, nicht wahr?«, schnauzte Detective Danny Sullivan. »Stattdessen ist sie zu einer romantischen Heldin geworden. Die reiche Erbin und der Biker. Was für eine Scheiße!«

»Habt ihr irgendetwas über diesen Club?«, fragte Monroe. »Ich habe noch nie etwas von denen gehört.«

»Unsere Leute sind an ihnen dran«, sagte Harbin Conner. »Sie sind oben im Norden, an der Küste, drei oder vier Stunden von hier. Ein völlig unbedeutender Club. Nicht einmal die Diamondbacks glauben, sie sind es wert, sich mit ihnen abzugeben. Sehr klein. Wahrscheinlich ein paar Wochenend-Rocker, die möchten, dass die Mädels sie heiß finden.«

Dr. Cyrus Mills nahm die Karten, legte zwei sofort ab und

klopfte auf den Tisch. »Das geht vorbei. Keiner muss in Panik verfallen. Wenn nötig, können wir uns für eine Weile bedeckt halten. Ich finde auch, dass Winston gehen muss. Er ist ein schwaches Glied. Wir lassen die Frau eine Weile mit ihrem Biker zusammen, bis sie ihn leid ist und einen reichen Kerl haben will, der sie verwöhnt.«

Harbin Conner stimmte dieser Einschätzung mit einem Nicken zu. »Ich habe nie verstanden, warum diese Weiber wollen, dass die Biker sie erniedrigen und behandeln wie Dienstmädchen. Wieso lassen sie sich von denen verdreschen und transportieren ihre Drogen und nehmen all das Risiko auf sich?«

Der Detective nickte. »Die meisten von ihnen würden nicht wegen irgendetwas auf ihren Mann losgehen.« Er zuckte mit den Schultern. »Ich kapiere es auch nicht. Und dieses Mädchen, die Erbin, sie ist jung und sieht verdammt gut aus.«

»Vielleicht hat sie nach Winston mal einen richtigen Mann gebraucht«, meinte Dr. Ronny Tiptree. Er war Gerichtsmediziner und ein guter Freund von Mills. »Winston ist so ein Miesepeter.«

»Wer hat ihn reingebracht?«, fragte Sullivan.

Monroe schob Chips in die Mitte des Tisches. »Cooper Knight. Er hat uns zwei große Treffer geliefert. Ich würde ihm das nicht ankreiden.«

»Trotzdem, vielleicht sollten wir ihn davon in Kenntnis setzen, damit er künftig noch besser für uns arbeitet«, sagte der stellvertretende Polizeichef und schob seine Chips in die Mitte des Tisches. »Wir haben das mit einem Witwer angefangen, und wir hätten es bei fünfen belassen sollen. Machen wir einen kleinen Rückzieher und warten ab, bis das vorüber ist.«

Monroe leerte seinen Drink. »Beim Kartenspielen. Ist doch komisch, wie einen Kartenspielen immer wieder auf die besten Ideen bringt, Harbin.«

Harbin prostete Monroe zu. »Auf uns. Wir werden Winston

los und lassen die kleine Bikerschlampe eine Weile in Ruhe. Den anderen sagen wir, sie sollen sich unauffällig verhalten, und wenn wir wissen, dass wir aus dem Schneider sind, kann wieder alles weiterlaufen wie gehabt.«

»Was hatte denn der ehrenwerte Richter James heute vor, das so wichtig war?«, fragte Detective Sullivan. »Sonst ist er zum Pokern doch immer da.«

Monroe blinzelte ihm zu. »Mistress Scarlett musste ihre letzten beiden Besuche absagen, und dies war der einzige Abend, an dem sie für ihn frei war.«

»Das hat er dir gesagt?« Sullivan zog erstaunt die Brauen hoch.

Monroe schüttelte den Kopf und zeigte auf Harbin. »Er hat's mir gesagt.«

»Hab ihr Telefon verwanzt«, erklärte der stellvertretende Polizeichef. »Ich weiß gerne Bescheid, wer in unserer kleinen Gemeinde ihre Dienste in Anspruch nimmt.«

Alle lachten.

»Meine Frau will in den nächsten Monaten nach Paris«, sagte Mills. »Wenn sie mit der deinen noch nicht darüber geredet hat, Ronny, dann tut sie es noch.«

»Ja, ich habe die ganze letzte Woche nichts anderes gehört. Wollte dich auch schon warnen.«

»Eure Frauen werfen mehr Geld zum Fenster raus als die Hälfte aller alten Schachteln in San Francisco«, bemerkte Monroe.

»Stimmt, aber sie machen die besten Benefizveranstaltungen und ziehen auch die meisten reichen Witwen an«, erwiderte Tiptree. »Ich bin draußen, Gentlemen.« Er legte seine Karten auf den Tisch. »Ohne die beiden hätten wir es wesentlich schwerer, Informationen über unsere Zielpersonen zu bekommen. In der Hinsicht sind sie besser als Detectives – Anwesende natürlich ausgeschlossen.«

Sullivan prostete Tiptree zu.

Der Zar blickte auf sein Team. »Da habt ihr sie, unsere Geistesgrößen. Whiskey und Kartenspielen, und dabei planen sie, unschuldige Frauen umzubringen, bloß wegen ihres Geldes. Wirklich nett. Und Biker sind für sie der Abschaum der Menschheit.«

»Meinst du, ihre Ehefrauen sind eingeweiht?«, fragte Reaper. »Nach dem, was sie reden, glaube ich das nicht.«

Der Zar dachte darüber nach und schüttelte dann den Kopf. »Ich bezweifle, ob die anderen ihnen so weitgehend vertrauen würden. Ich denke, die Pokerfreunde haben sich das ausgedacht. Es hat mit einem angefangen, sie kamen ungestraft davon, und dann wurden sie gierig.«

»Wir müssen sichergehen, dass wir den Kopf der Schlange erwischen«, sagte Ice. »Ich will nicht, dass einer von ihnen hinter Soleil her ist.«

»Und auch nicht, dass sich etwas zu ihr zurückverfolgen lässt«, fügte Storm hinzu.

»Die Bullen wollen vielleicht noch mit ihr reden, weil ihr Name im Zusammenhang mit Winston in den Nachrichten kam, aber zu den anderen gibt es keinerlei Verbindung. Die Akte, die wir in dem Polizeiauto ließen, hatte keinerlei Bezug zu diesem Plan. Bailey hat gern Leute erpresst. Die anderen wussten von seinem Nebengeschäft nichts. Code fand sein Geld und die belastenden Einträge in seinem Computer. Das wird seinen Tod erklären. Es wird so aussehen, als ob jemand die Schnauze davon voll gehabt hätte, erpresst zu werden.«

»Bist du dir sicher, dass sie alle wegzuradieren eine gute Idee ist, Zar?«, fragte Transporter, der unter dem Mercedes von Dr. Mills lag.

»Wir haben das große Glück, dass Winston vier Jahre lang beim Militär mit Sprengstoffen zu tun hatte«, sagte der Zar. »Das passt also gut, und wenn die Bullen Winston finden, wird er als Beweis all die Bomben in seiner Wohnung haben. Und wir haben alles mit seiner Kreditkarte bezahlt.«

»Schön«, meinte Mechaniker und schloss die Motorhaube des Mercedes von Tiptree.

Ice schaute auf seine Uhr. »In ungefähr acht Minuten werden sie draußen sein.«

»Harbin Conner wird oben in seinem Zimmer sein, wie jeden Freitagabend. Nach etwa vier Minuten wird er seinen Fernseher einschalten. Die Sprengstoffe müssten fast zeitgleich zünden«, sagte Transporter, kam unter dem Mercedes hervor und grinste Mechaniker zu. »Nichts Großartiges. Wir wollen nicht, dass jemand denkt, das hätte viel Hirn gebraucht.«

Die Männer sammelten ihr Werkzeug ein und vergewisserten sich, dass sie nichts vergessen hatten. Alle vier Autos glänzten im Licht des Parkhauses. Code hatte sich mit den Kameras befasst, doch das war gar nicht wichtig gewesen, denn sie hielten sich ohnehin im Schatten. Das gesamte Team verschwand im Dunkel der Nacht und wartete.

Die vier Pokerspieler kamen zusammen heraus, lachend und kurze Abschiedsgrüße austauschend. Dr. Mills und Dr. Tiptree setzten sich ans Steuer ihres jeweiligen Mercedes. Monroe kletterte in seinen sportlichen Aston Martin, Detective Sullivan stieg in seinen SUV. Er konnte es sich nicht leisten, mit einem sündhaft teuren Wagen zu protzen, außerdem war der SUV gut fürs Gelände.

Winkend fuhren sie aus dem Parkhaus. Auf der Straße bog Sullivan links ab, die anderen drei rechts. In einer der Wohnungen über dem Parkhaus riss eine Explosion ein Fenster heraus, eine Flammenwand schoss in die Nacht. Monroe trat auf die Bremse und schaute hinauf. Er sah geborstenes Glas und einen brennenden Körper, der gleich einem Stein auf die Straße aufschlug. Hinter ihm explodierte Tiptrees Mercedes, und vor ihm praktisch zeitgleich Mills' Fahrzeug. In der Ferne hörte er eine weitere Explosion. Er blieb still sitzen, sein Herz pochte wie wild, und wartete. Im nächsten Moment passierte es. Die Explosion erschütterte seinen Wagen, katapultierte ihn durch das Dach und brach ihm sämtliche Knochen.

Der Zar überließ nichts dem Zufall. Sie warteten, nun auf einem Dach auf der anderen Straßenseite, und beobachteten, ob auch wirklich alle, die an dem Plan beteiligt waren, Angehörige der feinen Gesellschaft wegen ihres Geldes zu ermorden, tot waren. Als die letzte Leiche bestätigt war, blickten Ice und Storm einander zufrieden an.

»Alena hat Overfield an der Bar. Als Rothaarige sieht sie ganz schön heiß aus. Der Typ kann gar nicht aufhören, auf ihre Beine zu glotzen. Savage und Absinth sind bei ihr«, sagte der Zar. »Brechen wir auf. Wir müssen noch alle Spieler erreichen, bevor jemand, vor allem Winston, Wind davon bekommt, dass sein ganzer Ring weggeblasen ist.«

»Komm schon, Baby«, quengelte Alena und rieb an Simon Overfields Schenkel auf und ab, als könne sie es nicht lassen, ihn anzufassen.

Ihm gehörte die Halle, in die die Leichen der ermordeten Frauen gebracht worden waren. Er war mit Tiptree, dem Gerichtsmediziner, und Mills in die Schule gegangen und immer mit ihnen befreundet geblieben. Seine Leichenhalle war zu einem sehr wichtigen Bestandteil ihres gemeinschaftlichen Geschäfts geworden.

»Willst du nicht mehr tanzen?« Ihre Fingerspitzen kamen sehr nah an seine Leistengegend heran.

»Ich arbeite den ganzen Tag, Darling«, klagte Overfield. »Und wir tanzen jetzt schon seit einer vollen Stunde.«

Sie hätte sich die Kugel gegeben, wenn sie so lange mit ihm getanzt hätte. Er konnte es gar nicht. Meistens drehte er sich bloß im Kreis, trat ihr auf die Füße und rieb seinen Körper an ihrem.

»Willst du noch einen Drink?«, fragte er hoffnungsvoll.

Alena trug hohe Stiefel, einen Minirock und ein Mieder, das ihre üppigen Brüste so nach oben drückte, dass sie fast aus ihrem Top fielen. Dazu eine knallrote Perücke mit einer Stachelfrisur, dunkelbraune Kontaktlinsen und lange, zu den Stiefeln passende Handschuhe.

Sie beugte sich zu Overfield, eine Hand glitt um seinen Hals, die andere seinen Schenkel hinauf bis an seinen Schritt. »Was ich wirklich möchte, ist, dich in die nächste Gasse zu schleifen und dir das Hirn rauszuvögeln. Darauf warte ich schon den ganzen Abend lang.«

Sein Atem stockte. Sein Schwanz zuckte unter ihrer Hand. Sie drückte ihn durch den Stoff der Hose zusammen.

»Bitte, Baby, du quälst mich schon den ganzen Abend.« Sie klimperte mit den Wimpern und öffnete die Lippen, die Spitze ihrer Zunge berührte ihre oberen Zähne.

Overfield leerte seinen Drink so schnell, dass er husten musste. »Na komm, Mary, ich will dich nicht mehr warten lassen.« Er fasste ihre Hand und zog daran, bis sie vom Barhocker glitt. Griff sich sein Jackett und ging voran, zerrte sie fast aus der Bar hinaus. Draußen blieb er einen Moment lang stehen und schaute sich um, als wüsste er nicht recht, wohin er gehen sollte. Alena ließ ihn gewähren, sie wollte, dass er sich verzweifelt fühlte.

Er drehte sich zu ihr, und sie ergriff lächelnd seine Hand, zog ihn um die Ecke in die enge Gasse hinein und ging mit ihm weiter bis zur Mitte. Am anderen Ende saß ein Obdachloser in eine Decke gehüllt an die Wand gelehnt und redete mit einem zweiten, der ausgestreckt dalag, als wolle er schlafen.

»Die können uns sehen«, flüsterte Overfield.

Sie lachte. »Ist das nicht geil? Willst du mich nicht an die Wand gelehnt vögeln und sie dabei zuschauen lassen? Wie heiß wäre das denn?« Sie legte eine Hand auf seine Schulter. »Ich habe vergessen, dir etwas zu sagen, Simon. Es ist wirklich wichtig.«

»Brauchst du Geld?« Er klang ein wenig enttäuscht, aber willig.

»Nein, ich bin keine, die Geld nimmt, das machst du«, flüsterte sie, ohne ihr Lächeln oder ihren Ton zu verändern. »Du nimmst Geld dafür, dass du über die Morde nichts sagst. All die ermordeten Frauen. Ihre Stimmen rufen in mir nach Gerechtigkeit. Du hast dich nicht darum gekümmert, deshalb habe ich keine Wahl.«

Er starrte sie kurz an, verständnislos. Dann begann er zu stammeln und versuchte, sie wegzuschieben. Es war zu spät. Der lange, dünne Dolch ging direkt in sein Herz. Er wollte noch schreien, doch der Dolch schnitt bereits durch die Halsschlagader. Alena wusste, was sie tat, und hielt sich auf der anderen Seite, sodass das herausspritzende Blut sie nicht traf. Sie wartete, bis er langsam zu Boden ging, und kauerte sich neben ihn.

Während er verblutete, streifte sie die Handschuhe und ihre Klamotten ab und holte dann ihre saubere Kleidung aus einer dünnen Plastiktasche. Diese steckte zerknittert in ihrer Handtasche, die sie bereits von innen nach außen gedreht hatte, sodass sie statt einem aufreizenden Rot nun ein gedämpftes Braun zeigte. Sorgfältig inspizierte sie ihren Körper und ihre Kleidung und vergewisserte sich, dass nirgendwo Blut an ihr war.

Alena trug nun ein dunkles Kleid, das ihr bis über die Knie reichte, und Sandalen statt High Heels. Sie ging zum Ende der Gasse zu den beiden »Obdachlosen«. Absinth und Savage hatten ihre Verkleidung ebenfalls abgelegt und verstauten sie in den Aktentaschen, die sie dabeihatten. Sie trugen nun Anzüge, und zu dritt schritten sie auf das teure Hotel in einiger Entfernung zu.

Sie passierten es, und Alena ließ die zusammengerollte Plastiktasche im Gehen wie nebenbei in einem der großen Müllcontainer verschwinden.

Cooper Knight und Bob Flannigan taten, was sie meistens an einem Freitagabend machten, wenn sie nicht arbeiteten. Beide sahen sehr gut aus, waren Anfang fünfzig, konnten, wenn nötig, aber auch für Ende fünfzig oder Anfang sechzig durchgehen. Manche ältere Witwen weigerten sich, Männer anzusehen, die sie für beträchtlich jünger hielten. Knight hatte Spaß an seiner Arbeit. Er warf sich in die Rolle des bewundernden und aufmerksamen Mannes, der eine ältere Frau suchte, die ihn »verstand«. Oft hatte er Geld, dann auch wieder nicht. Sobald er offiziell verwitwet war, tat er den Frauen leid und galt quasi als Freiwild. In seiner Rolle war er fürsorglich, und wenn die Frau starb – er bevorzugte einen Unfall –, trauerte er ob ihres Ablebens.

Heute saßen sie wie meistens freitags abends in Bob Flannigans Apartment, schauten sich Pornos an und diskutierten über Schauspieltechnik. Knight hielt sich für den Überlegenen. Flannigan fiel es schwer, einen Deal mit einer reichen Witwe auszuhandeln, während Knight schon beim ersten Bekanntwerden merkte, auf welche Weise die jeweilige Frau ihn fordern würde. Ihm bedeutete diese Herausforderung etwas. Flannigan war diesbezüglich anders. Er wollte nur, dass er den Job hinter sich brachte.

»Deswegen hast du solche Probleme, Bob«, sagte Knight und lehnte sich mit einer Handvoll Popcorn zurück. »Du hast kein gutes Verhältnis zu deiner Arbeit. Aber du bist Schauspieler. Du musst dich als Schauspieler sehen. Du schlüpfst in eine Rolle. In dieser Rolle gehen wir zu diesen Benefizveranstaltungen. Wir bekommen von Harbin die Namensliste, und dann laufen wir einfach nur herum und reden mit den verschiedenen Weibern. Früher oder später spürst du dann eine Verbindung, nicht zwischen dir und der Frau, sondern zwischen der Rolle, die du gewählt hast, und der Frau.«

Bob verdrehte die Augen. »Im Ernst, Knight? So siehst du das? Dann ist es kein Wunder, dass du so lange brauchst für den

Job.« Sein Blick schwenkte auf den Bildschirm, wo zwei Frauen den Schwanz eines Mannes bearbeiteten. Er seufzte. »Hast du das schon mal gehabt? Denn unsere alten Schachteln werden dir das nicht präsentieren.«

»Unsere alten Damen haben Erfahrung, Bob. Manche von denen sind sehr, sehr gut in dem, was sie machen. Du siehst einfach nie das große Ganze.«

Bob brummte, ohne vom Fernseher wegzuschauen. »Ich mache einfach nur meinen Job.«

»Aber er macht dir keinen Spaß.« Knight kam nun richtig in Fahrt. »Ich will, dass meine Frau mit mir die beste Zeit ihres Lebens hat, egal, wie lange es dauert. Ich weiß, sie wird sterben, aber sie weiß es nicht. Wir lachen und reden miteinander. Sie verliebt sich. Sie hat alles, was sie will. Einen Mann, der sie anhimmelt. Der absolut aufmerksam ist. Wenn sie stirbt, stirbt sie glücklich, nicht allein, traurig und krank. Sie geht so, wie es sein sollte. Daher habe ich keine schlaflosen Nächte, in denen ich denke, ich tue etwas Falsches.«

»Du *tust* aber etwas Falsches, du Trottel. Du bringst eine Frau um wegen ihres Geldes!«, konterte Bob erbost.

»Nicht wirklich. Ich habe mir das Geld verdient. Und ich bringe sie auch nicht um. Sie hat einen Unfall.«

»Ich will dich nicht angreifen. Aber du willst immer darüber reden, doch wenn ich die Wahrheit sage, dann fühlst du dich angegriffen. Halt also lieber gleich die Klappe.«

Eine Stimme kam aus dem Schatten. »Ich fand seinen Standpunkt sehr interessant. Du etwa nicht, Ice? Storm?«

Eine zweite Stimme antwortete. »Ich habe noch nie jemanden getroffen, der sich selbst davon überzeugen kann, dass ein Mord nicht wirklich ein Mord ist. Also, wenn ich jemanden umlege, dann weiß ich ganz sicher, ich habe ihn ermordet.« Ice trat aus dem Schatten und schlug Knight das Telefon aus der Hand. »Sei nicht blöd, es sind mehrere Waffen auf dich gerichtet.«

»Was wollt ihr? Geld?«, fragte Knight in abfälligem Ton.

»Ich brauche kein Geld«, stellte Ice klar. »Ich will deinen Tod. Diese Frauen waren dir scheißegal.«

»Sie waren allen egal außer mir«, korrigierte Knight. Er kniff die Augen zusammen, als er die anderen aus dem Schatten hervortreten sah. »Ihr seid der Bikerclub. Der, der die Schlampe aufgenommen hat, mit der sich Winston befassen sollte.«

Ice schlug wie nebenbei seine Waffe in Knights Gesicht, das sofort heftig zu bluten begann. »Niemand nennt meine Frau eine Schlampe. Du kannst dich entschuldigen, oder ich mache weiter. Mir ist es egal, wofür du dich entscheidest.« Er klang gelangweilt.

»Ich entschuldige mich«, sagte Knight sofort und griff nach einer Papierrolle neben ihm. »Ich habe das nicht so gemeint, wie es klang.«

»Knight«, zischte Bob, »halt einfach die Fresse!« Er wandte sich Ice zu. »Sag uns, was ihr wollt.«

»Na ja«, sagte Ice, »Ich will wissen, wie ein Mann mit deinem Hintergrund, Bob, ein Mann aus einer guten Familie, mit anständigen Eltern und so, wieso so ein Mann glaubt, dass es völlig okay ist, Frauen wegen Geld zu ermorden. Das interessiert mich schon sehr.«

»Bring es einfach hinter dich!«, schnauzte Bob. »Ich brauche keine gefühlsduselige Belehrung von einem scheiß Biker!«

»Ich bin ein Biker und Mörder. Bob, ich töte schon, seit ich fünf war. Bin mit dieser Scheiße groß geworden und mache es noch immer. War immer neidisch auf diese Häuser mit richtigen Eltern, und dann treffe ich auf Abschaum wie dich und frage mich, was zum Teufel das Ganze soll.«

Bob zeigte ihm den Stinkefinger, und Ice schoss ihm zwischen die Augen. Knight schrie, ein hoher Laut, den Ices Kugel abschnitt.

Sie ließen den Film weiterlaufen, das verstreute Popcorn

saugte das Blut auf, und sie verschwanden in den Schatten, aus denen sie gekommen waren.

Peter Daniels betrat den Club mit einem Gefühl, als sei er der König der Welt. Es war ein guter Abend. Der beste. Er sah gut aus und wusste es. Er ging bereits auf die sechzig zu und sah aus wie der sprichwörtliche Silberfuchs. Er war genau in dem Alter, in dem er sowohl für jüngere als auch ältere Frauen attraktiv war. Er hatte für seine Gruppe vierzig Millionen Dollar eingebracht und galt deshalb als Held, und nun trug er den begehrten Titel eines Witwers, des gefragtesten aller Männertypen.

Die, die sich ihre Masche ausgedacht hatten, waren echte Genies, und er war bereit, ihnen die schuldige Anerkennung zu zollen. Es war nicht schwer gewesen, seine »Süße«, eine wirklich liebenswerte Frau von achtundsiebzig Jahren, die noch sehr aktiv war, zu veranlassen, Sport zu treiben, Champagner zu trinken, Sex zu haben und sich mit ihm in die Badewanne zu setzen. Sie hatte sich mit einigen Pillen für ihr unglaublich abenteuerliches Techtelmechtel fit gemacht. Er hatte sie nur für ein paar Minuten allein gelassen, um einige ihrer Lieblingscracker mit Kaviar herzurichten. In der Zeit musste sie versucht haben, den Whirlpool zu verlassen, war dabei ausgerutscht, hatte sich den Kopf angeschlagen, war ins Wasser gefallen und ertrunken.

Niemand war verzweifelter gewesen als er selbst. Waren sie doch nur drei Monate verheiratet gewesen. Danny Sullivan, der Detective, hatte es als schrecklichen Unfall deklariert. Der Gerichtsmediziner hatte das bestätigt, und die Leute von der Versicherung hatten es ihm leicht gemacht und alles reibungslos abgewickelt, weil es doch so bedauerlich sei, dass er seine Traumfrau verlor, wo er sie doch eben erst gefunden hatte.

Er verspürte ein Hochgefühl, das auch nicht schwand, als er den Raum überblickte. So viele Frauen. So wenig Zeit. Er ging zur nächsten Bar, nahm die Reihe der Barhocker in Augenschein, um festzustellen, wer ihm ins Auge fallen könnte. Er fühlte sich ungewöhnlich kraftvoll und fragte sich, ob das daran lag, dass er sich so ziemlich alles vornehmen konnte. Wenn es sich jedes Mal so anfühlte, würde er Überstunden machen, um die richtige Frau zu finden, und dafür sorgen, dass sie sich in ihn verliebte. So schwer war es ja nicht gewesen.

An einem kleinen Tisch saß eine schöne, dunkelhaarige Frau allein und mit trauriger Miene. Sie trank offenbar einen Cosmopolitan. Perfekt. Und sie hatte einen wirklich guten Körper. Einen tollen Körper. Und war gut gekleidet. Zeigte gerade genug, nicht zu viel. Sie stellte sich nicht zur Schau. Sie trug Handschuhe, süße kleine Dinger, passend zu ihrem perfekten kleinen Schwarzen. Er musste sie anmachen, bevor einer der anderen Männer ihm zuvorkam.

Er bestellte zwei Drinks, einen für sie, einen für sich, und ging völlig von sich überzeugt auf sie zu. »Würde es Ihnen etwas ausmachen, wenn ich mich zu Ihnen setze? Es ist sonst nichts frei, und ich fürchte, ich bin nicht mehr ganz der Jüngste.«

Sie blickte auf, zuerst verärgert, doch als sie registrierte, was er sagte, und sein graues Haar gewahrte, winkte sie ihn zu sich. Er stellte die Drinks ab. »Ich dachte, ich könnte Ihnen wenigstens einen Drink bestellen.«

»Danke schön.«

Sie klang schüchtern, und ihr Lächeln bestätigte diesen Eindruck.

»Wie heißen Sie? Ich bin Peter, Peter Daniels.«

Sie zögerte erneut. »Alice, Alice Burns.« Alena schenkte ihm ihr süßestes Lächeln. Ihr Haar war eine kastanienbraune Mähne und ihre Augen hatten dasselbe Schokoladenbraun, das sie zuvor benutzt hatte. Die Kontaktlinsen drinnen zu lassen, war schlichtweg einfacher.

»Was machen Sie hier denn so ganz allein?«

Sie schluckte und blickte auf ihre Hände. »Ich habe erst kürzlich meinen Mann verloren – also, es fühlt sich so an, obwohl es schon über ein Jahr her ist. Er … wir … ich habe eine Technikfirma, und es war unser erster Urlaub nach langen Jahren. Er hatte einen Unfall und …« Sie verstummte und blickte Peter Daniels mit einer so tragischen Miene an, als wolle sie den ganzen Raum zu Tränen rühren. »Ich habe ihn einfach verloren. Meine Freundinnen sagten, ich soll aufhören, ständig Trübsal zu blasen, es sei an der Zeit, wieder aus dem Haus zu gehen, aber ich glaube, es ist immer noch zu früh.«

»Ich habe auch erst kürzlich meine Frau verloren«, sagte Peter. »Sie haben recht, Freunde drängen einen ständig, aber sie verstehen das nicht.«

Alena griff nach ihrem Drink, stieß mit seinem an und schaffte es gerade noch, nichts zu verschütten. Ein kleines, verlegenes Lächeln erhellte ihre Züge. »Ich wollte vorschlagen, trinken wir auf unsere Freunde, aber ich bin ein wenig tollpatschig. Vielleicht sollten wir es lieber lassen.«

Er nahm sein Glas, und sie hob das ihre hoch. »Auf unsere Freunde, von denen wir uns beide herumschubsen lassen.«

»Darauf trinke ich«, stimmte Alena zu und führte mit erfreutem Blick ihr Glas an die Lippen.

Peter nahm einen guten Schluck und blickte sie über den Rand seines Glases hinweg an. »Du hast ja gar nichts getrunken.«

»Ich habe gerade über meine Worte nachgedacht. Dass wir es lieber lassen sollten und dass ich ein Tollpatsch bin. Ich könnte mir nämlich ein halbes Dutzend Möglichkeiten ausdenken, wie ich sterben könnte, nur weil ich diesen Drink zu mir nehme.«

Peter nahm einen weiteren kräftigen Schluck. Der Alkohol ging hinunter wie Öl. Er mochte dieses Gefühl, das dabei entstand. Innerlich warm. Cool nach außen. Sexy. Seine kleine Witwe erwärmte sich nett für ihn. Er begann, sich darüber Gedanken zu machen, wie er ihr aus ihrem sexy Kleidchen helfen werde.

»Was stellst du dir denn da vor?« Er nippte erneut.

»Na ja, wir wären zum Beispiel zusammen hier und hätten uns gerade geliebt. Kannst du dir das vorstellen?« Sie stellte ihren Drink ab, stützte das Kinn in die Hand und blickte ihm direkt in die Augen.

Peter hätte sich fast am Rest seines Drinks verschluckt. »Ich bin ganz bei dir«, sagte er wahrheitsgemäß. Und *wie* er das war. Das kleine Biest brauchte Sex. Für den konnte er sorgen.

»Ja? Und du gehst in die Küche und machst uns einen kleinen Snack, Kaviar auf Crackern oder so. Ich halte mich derweil an meinen Drink, passe nicht auf und falle hin und schlage mir den Kopf auf.«

Sein Lächeln verblasste. »Wer bist du?«, fragte er. Er blickte sich um. Nicht weit von ihnen an der Bar saß ein Mann, der sie beobachtete. Der furchterregendste Typ, den Peter je gesehen hatte. Er trug einen teuren Anzug, hatte eine Glatze, war sehr muskulös, und an seinem Hals waren Tattoos zu sehen.

»Eine andere Version wäre, mein Göttergatte, von dem ich glaubte, er liebt mich, schlägt meinen Kopf auf die Kante des Whirlpools und ersäuft mich dann. Das könnte genauso leicht passieren.« Sie neigte sich noch näher zu ihm. »Oder aber jemand, der weiß, was du getan hast, verhilft dieser Frau zu Gerechtigkeit, indem er – sie – ein sehr schnell wirkendes Gift in deinen Drink kippt. Das würde genauso gut funktionieren.« Alena nahm ihr Täschchen, lächelte ihm zu und stand auf.

Auch Peter stand auf und hätte beinahe den Tisch umgeworfen, sodass die Gläser klirrend aneinanderstießen und Blicke sich auf sie richteten.

Alena nahm ihren Drink und schüttete ihn Peter ins Gesicht. »Lass mich in Ruhe! Und verfolge mich nicht überallhin! Ich habe dir oft genug gesagt, du sollst mich in Ruhe lassen!« Sie schritt erhobenen Hauptes auf die Tür zu.

Peter setzte ihr nach. Ein Schritt, und noch einer. Die Tür des

Clubs schloss sich hinter ihr. Er wollte sich beeilen, doch sein Herz schlug so heftig, und seine Sicht verschwamm. Woher wusste sie? Er schaffte es noch bis zur Tür, stieß sie auf und fiel dann dem Gorilla vor die Füße.

Was hatte sie gesagt? Gift in seinem Drink? Sie hatte Gift in seinen Drink getan. Er packte den Gorilla, als der sich über ihn beugte, versuchte, es ihm zu sagen, doch kein Laut kam heraus. Er schaute auf und sah den furchterregenden Mann von der Bar unbewegt auf ihn niederblicken.

»Sieht für mich nach einem Herzinfarkt aus. Rufen Sie besser den Notarzt.« Er beobachtete, wie der Mann sich entfernte, und gleichzeitig verblasste alles um ihn herum.

Ben Thurston und Darrin Johnson waren zusammen zur Schule gegangen, hatten zusammen gearbeitet und so ziemlich alles zusammen gemacht, vor allem Jagen und Angeln. Sie hatten sich sogar Frauen geteilt. Beide waren nicht daran interessiert, eine eigene Frau zu haben – es gab viel zu viele, um sich nur an eine zu binden. Freitags fuhren sie oft an den Lake Merced, ihren Lieblings-Angelsee. Mit dem Auto war es nicht sehr weit, und sie blieben oft bis spätnachts, tranken Bier und genossen die Stille.

Heute war ihr Anglerglück nicht das beste gewesen, doch das war egal. Sie aßen, was sie mitgebracht hatten, und beobachteten, wie sich über dem See ein Sturm zusammenbraute.

Zwei Männer kamen forschen Schrittes auf sie zu. Sie hatten beide keine Angelrute, wirkten jedoch sehr souverän, so als wüssten sie genau, was sie taten. Und sie schienen direkt auf sie zuzuhalten.

Darrin tauschte mit Ben einen raschen Blick aus. Etwas an den beiden gefiel ihm nicht. Als sie näher kamen, stand er auf. Sie gingen trotzdem einfach weiter und wurden auch nicht langsamer, sondern behielten ihr forsches Tempo bei. Beide trugen Trenchcoats, beide Handschuhe. Einer hatte eine Waffe in der

Hand. *Waffe*. Darrin meinte es auszurufen, doch kein Laut war zu hören. Er spürte, wie ihn die Kugel traf, einen Schmerz in seiner Brust verursachte. Er schaute zu Ben. Die Hälfte von Bens Kopf war nur mehr ein blutiges Fiasko. Er schaute auf seine Brust. Dasselbe. Er ging in die Knie und kippte vornüber, sein Gesicht schlug auf Erde und Steine.

Die beiden Männer gingen einfach weiter, als ob nichts gewesen wäre.

»Hallo, Winston«, begrüßte Ice den Mann, als dieser in sein Apartment eintrat. »Ich habe schon auf dich gewartet.« Er zeigte in der Wohnung herum. »Gefällt dir der neue Look? Ich habe sehr darauf geachtet, dass keine Unordnung entsteht. Ich hoffe, dass du das anerkennst.«

Winston war an der Tür stehen geblieben, erschrocken, jemanden in seiner Wohnung vorzufinden. Hinter ihm war plötzlich noch jemand und schob ihn mehr oder weniger hinein. Die Tür schloss sich hinter ihm, und er fand sich mit vier fremden Männern in seinem Wohnzimmer. Der direkt vor ihm mit seinem irritierenden Lächeln hatte drei Tränen ins Gesicht tätowiert, die von seinem Auge tropften.

»Was macht ihr hier? Was soll das? Wer seid ihr?«

»Du bist doch so klug, Winston«, sagte Ice. »Du siehst, ich trage mein Clubabzeichen. Ich bin der Ehemann. Soleils Ehemann. Die Frau, die du umbringen lassen wolltest. Sie ist meine Frau, und trotzdem bist du ihr nachgestiegen. Ich möchte nur, dass du begreifst, dass das, was du tust, mich sauer macht.«

Er lächelte unentwegt, doch seine Augen waren eisig wie ein Gletscher. So kalt, dass Winston schaudernd über die Schulter Richtung Tür blickte. Davor stand ein großer Mann. Kein Entrinnen auf diesem Weg. Sein Hirn spielte rasend schnell alle Möglichkeiten durch. Das Beste war wohl, die Bullen anzurufen, Aufmerksamkeit zu erregen.

Er bemerkte das Kabel in Ices Hand. »Was soll das alles?« Er sah die Materialien für Sprengstoffe. Sie waren ordentlich auf seinem Küchentisch aufgereiht, so als hätte er Bomben gebaut.

»Nun, das sind die Beweise, die die Bullen davon überzeugen werden, dass du auf eine Menge Leute sehr, sehr böse warst. Die Pokerrunde, du weißt schon, Richter, Bullen, Rechtsanwalt, sogar der Gerichtsmediziner. Hast du nicht die Nachrichten gehört? Sie sind alle heute Nacht gestorben. Die meisten davon vor Conners Haus, wo sie gepokert haben. Jemand hat sie in die Luft gesprengt. Der Richter wurde erschossen. Darrin und Ben ebenfalls, zwei ganz gute Freunde von dir. Zu deinem Pech wurde bekannt, dass du einen Streit mit ihnen hattest. Das ist immer schlecht. Und die Knarre da drüben auf dem Tisch auch.«

Ice schlenderte hinüber und nahm sie in die Hand, sah sie sich an und reichte sie dann Winston. Der nahm sie, ohne nachzudenken, und richtete sie auf Ice.

Ice hob erstaunt eine Braue hoch. »Du dachtest wohl, ich gebe dir eine geladene Waffe?«

Die Wirklichkeit schlug zu. Winston seufzte, schüttelte den Kopf. »Was wollt ihr?«

»Na los, schieß doch. Vielleicht habe ich ja eine Kugel dringelassen«, ermutigte ihn Ice. »Aber klar, wenn du mich triffst, dann jagt dir mein Freund gleich hinter dir eine Kugel in den Kopf.«

»Sie ist nicht geladen«, sagte Winston und drückte ab.

Zu seinem Schreck war da noch eine Kugel, und er hatte sie in die Wand gefeuert. Ice pfiff und sah sich die Einschlagstelle an. Er holte die Kugel aus der Wand. »Du hättest dir den Weg hier heraus freischießen können, Winston. Wie leichtsinnig von mir. Du gibst das Ding besser mir.«

Winston versuchte, auf Ice zu feuern, doch die Waffe war leer. Er schleuderte sie von sich. Nichts ergab einen Sinn.

»Sie sind alle tot, weißt du.« Ice zeigte auf den Balken über seinem Kopf. »Alle deine Freunde sind tot, und du bist in praktisch jeden dieser Morde verwickelt. Sogar das Gift, an dem Peter starb, befindet sich in deinem Küchenschrank. Du hast ein wirklich schlechtes Gewissen deshalb, nicht wahr?«

Winston war so damit beschäftigt gewesen zu beobachten, wie Ice das Kabel durch seine Finger gleiten ließ, dass er die anderen hinter ihm komplett vergessen hatte. Etwas schnitt in seinen Hals und würgte ihn. Es ging so schnell, dass er nicht mitbekam, was geschah. Dann hing er, die Füße über dem Boden, ein Stuhl wurde unter ihm weggeschubst. Er trat mit den Füßen und griff mit den Händen im Versuch, die Schnur, die ihn erdrosselte, wegzubekommen, aber es war bereits zu spät. Die Welt wurde schwarz.

Ice blickte ihm direkt in die Augen. »Du hast versucht, meine Frau zu töten, du Archloch.«

Das war das Letzte, was Winston hörte, ehe er erstickte.

Soleil rollte zur Seite und blickte Ice an. Für ihn war sie die schönste Frau der Welt. Wenn sie so war, schlaftrunken, die Augen halb geschlossen, doch mit diesem weichen, einladenden Lächeln auf den Lippen, dann schlug sein Herz jedes Mal Purzelbäume. Er liebte sie. Das war die Wahrheit. Es kümmerte ihn nicht einmal mehr, dass er ihretwegen so anders geworden war.

»Hey, Süßer«, sagte sie leise. Es klang wie eine Einladung, obwohl er sie aus einem tiefen Schlaf geweckt hatte. »Seid ihr mit dem Boden fertig? Wie spät ist es?«

»Ja, wir sind fertig, aber es hat etwas länger gedauert als geplant. Sind auf ein Problem gestoßen, aber das Apartment kann jetzt vermietet werden. Bannister wird einziehen, und dann fangen wir mit dem nächsten an. Es ist ungefähr drei.«

»Du klingst müde.«

Sie fuhr mit den Fingern durch seine Haare, und seine Kopfhaut kribbelte. Sie gab ihm ein gutes Gefühl – willkommen zu sein, hierherzugehören, zusammen mit ihr.

»Komm ins Bett, Ice.«

»Ich weiß nicht, ob ich so der geborene Zimmerer bin«, sagte er.

»Nein, das bist du nicht. Du bist Goldschmied. Deine Stücke sind wunderschön.«

»Wir schieben alle unsere Schicht«, sagte er. »Das macht mir nicht wirklich etwas aus.« Er schlug die Decke zurück. Sie war nackt, so wie er sie mochte. Er schlüpfte neben sie und legte einen Arm um sie. Er brauchte ihre Nähe. »Ich liebe dich, Prinzessin.« Er flüsterte es ihr zu, unbekümmert, dass er so viel von sich preisgab.

Sie schlang ihren Arm um seine Brust und schmiegte sich an ihn. »Ich liebe dich auch. Schlaf jetzt.«

Zum Glück hatte sie nicht auf die Uhr geschaut.

18. Kapitel

Danke, dass ihr hier mit Soleil sprechen wollt, anstatt sie in euer Büro zu bestellen«, sagte Absinth. »Sie hat viel durchgemacht, als sie ihren Anwalt verlor, und nun auch mit all dem, was über ihren Ex-Verlobten herauskommt.«

Jonas Harrington, der örtliche Sheriff, und sein Stellvertreter Jackson Deveau lächelten Soleil zu, die dicht bei Ice stand, unbewusst seinen Schutz suchend, während sie die beiden Polizeibeamten an der Tür begrüßten.

»Ice«, sagte Jonas. »Absinth.«

»Harrington, Deveau«, erwiderte Absinth, und Ice nickte nur.

Ice trat zurück und zeigte in Richtung des Wohnbereichs. »Wir können hier durch in das kleinere Wohnzimmer gehen. Das ist Soleil lieber.« Er ergriff ihre Hand und küsste lächelnd ihre Fingerknöchel. Sie lächelte dünn, was ihm sagte, dass sie höllisch nervös war, weil sie nicht wusste, was auf sie zukam.

»Ice, es macht dir doch nichts aus, wenn wir ein paar Minuten allein mit Soleil sprechen?«, fragte Harrington ruhig. »Das war Teil der Abmachung.«

Ice brauchte diese blöde Erinnerung nicht. Sie veräppelten niemanden. Die beiden Männer wollten lediglich sicherstellen, dass der Club Soleil nicht als Geisel hielt oder in irgendeiner Weise Einfluss auf sie nahm, um sie gegen ihren Willen zum Bleiben zu bewegen.

»Ich habe kein Problem damit«, sagte er. »Ich hole uns einen Kaffee. Wollt ihr auch einen?«

»Klingt gut«, antwortete Jonas. »Für mich schwarz bitte.«

Deveau, ein eher wortkarger Mensch, nickte nur. »Ebenso.«

Ice öffnete die gläserne Wohnzimmertür, hielt Soleil immer noch fest und drehte ihr Gesicht zu seinem. »Bin in ein paar Minuten wieder hier, Prinzessin. Absinth ist gleich draußen vor dem Zimmer, falls du ihn brauchst. Ist das okay für dich?«

Sie nickte. »Ja, natürlich.«

Ice ließ sie nicht gern allein, wenn sie einen so verletzbaren Eindruck machte. Er zögerte neben Harrington, der ein sehr scharfsinniger Mensch war, und wartete ab, um zu hören, was er zu sagen hatte. Er hasste es, einem Bullen etwas preiszugeben, doch wenn es Soleil half, war er dazu bereit. »Seid nett zu ihr«, riet er Jonas.

Harrington musterte ihn. Der Mann sah zu viel. »Du liebst sie wirklich, nicht wahr?«

»Ich habe sie geheiratet«, erwiderte Ice und ging hinaus, wie es vereinbart worden war. Er wusste, dass er sich unter Kontrolle hatte.

Der Zar hatte ihn von Anfang an gewarnt, dass die Detectives, obwohl sie für die beiden alles zu einem netten Paket geschnürt hatten, garantiert sichergehen wollten, dass Soleil aus freier Entscheidung hier war.

Soleil hatte sehr viel Geld. Mehr als ihm anfangs bewusst war. Doch das war ihm gleichgültig gewesen, und so hatte er auch kaum auf den Bildschirm geschaut, als Code mit einem Pfiff des Staunens auf den Betrag gezeigt hatte. Er hatte selbst eine ganze Menge Geld. Sie brauchten ihres nicht. Er wollte es noch nicht einmal. Doch es hätte als Bezahlung für einige sehr erfahrene Auftragsmörder dienen können. Vermutlich konnte man es den Bullen nicht ankreiden, wenn sie genau diese Frage im Sinn hatten. Allerdings konnten sie Soleils Finanzen einsehen und würden dann feststellen, dass sie ihr Geld nicht angefasst hatte.

Absinth war mit ihr immer wieder die Fragen durchgegangen, die sie ohne sein Beisein beantworten durfte. Sobald die Polizei damit zufrieden war, dass sie zu nichts gezwungen wurde, sollte sie ihn ins Zimmer rufen.

Soleil hatte die besten Internatsschulen im In- und Ausland besucht. Ihre Körperhaltung war perfekt, ihre Schultern und ihr Rücken gerade, die Hände sittsam im Schoß gefaltet, sie hielt den Kopf hoch und zappelte auch nicht nervös herum. Das alles hatte man ihr über die Jahre hinweg eingebläut, und es war oft und immer wieder überaus nützlich für sie gewesen. Sie konnte sich hochnäsig und verärgert geben oder auch verletzlich und traurig, je nachdem, was die Situation gerade verlangte. In so einer Lage behielt sie die Kontrolle über sich, doch sie sorgte sich um Ice.

Niemand glaubte, dass jemand wie Soleil, Erbin eines großen Vermögens, sich in einen Mann wie ihn verliebt haben konnte. Die Polizei war der Meinung, der Club habe sie gekidnappt oder dazu gezwungen, bei ihnen zu bleiben. Sie glaubten, der Club – und Ice – sei hinter ihrem Geld her. Sie empfand das als eine Beleidigung von Ices Person.

Sie wartete darauf, dass einer der beiden Polizisten, vermutlich Harrington, das Gespräch beginnen würde. Er erinnerte sie ein wenig an den Zar, während Deveau mehr so war wie Maestro oder Keys.

»Danke, dass wir kommen konnten, Soleil. Viele Leute sind sehr überrascht darüber, dass Sie Ice geheiratet haben«, fing Harrington an.

»Weil er einem Club angehört? Ich liebe den Club und auch, mit Ice Motorrad zu fahren. Gemessen an den Sportarten, die ich früher betrieben habe, ist das harmlos.«

»Kennen Sie seinen richtigen Namen?«, wollte Deveau wissen.

Sie spielten also guter Bulle, böser Bulle. Davon hatte sie gehört. »Natürlich kenne ich seinen richtigen Namen. Wir sind verheiratet. Wenn man heiratet, hat man üblicherweise den gleichen Namen.«

Deveau nahm ihre Arroganz unbeeindruckt zur Kenntnis. »Und er lautet?«, fragte er lediglich.

Sie kam nicht im Geringsten in Verlegenheit. »Sein Name ist Isaak, sein Bruder heißt Dimitri und seine Schwester Alena, nur falls Sie das auch gleich fragen wollen. Mein Nachname ist nun Koval. Ist es das, was Sie wissen wollten?«

Jonas warf Jackson einen beschwichtigenden Blick zu. »Ja, wir mussten diese Dinge fragen, Soleil. Winston Trent hat vor seinem Tod einige sehr unschöne Anschuldigungen ausgesprochen. Er behauptete, Sie würden gefangen gehalten, dass diese Männer auf Ihr Geld aus seien und dass Sie seit einiger Zeit krank seien.«

»Ah ja. Die Masche ›Sie ist geisteskrank, ich muss mich um sie und ihr Geld kümmern‹. Was glauben Sie, wie viele Männer denken, dass das tatsächlich funktioniert? Winston hat sich in mein Leben eingemischt, und ich wurde ihn nicht mehr los. Kevin Bennett, mein Anwalt –« Sie hielt inne und bemerkte den plötzlichen Kloß in ihrem Hals, schüttelte den Kopf und räusperte sich. Immer wenn sie an Kevin dachte, hätte sie am liebsten geweint.

»Kevin half mir, ihn loszuwerden. Bei Winston bedeutet ein Nein nicht Nein. Sogar nachdem ich klargestellt hatte, dass wir nicht heiraten, beauftragte er noch einen Anwalt, den ich gar nicht haben wollte. Ich musste ihn hintergehen, um den Mann wieder loszuwerden.«

»Warum haben Sie sich nicht an die Polizei gewandt und eine einstweilige Verfügung eingereicht?«, fragte Deveau. »Das wäre doch das Klügste gewesen.«

»Bis ich merkte, was er vorhatte, hatte er bereits mit seiner

Kampagne angefangen vorzugeben, dass ich in eine Klinik müsste.«

»Wie haben Sie Ice kennengelernt?«, fragte Harrington.

»In einer Bar. Winston war sehr gewalttätig geworden. Ich rannte weg. In einer Hoteltoilette traf ich Lana, und sie gab mir ihre Nummer, nur für den Fall, dass ich Hilfe bräuchte. Sie waren alle in Vegas wegen der Hochzeit von Steele und Breezy.«

»Winston wurde gewalttätig?«, wiederholte Harrington.

Sie nickte. »Als ich ihm *sehr* klargemacht habe, dass ich ihn nicht heiraten würde. Da wurde er wütend und schlug mehrmals auf mich ein. Ich bekam Angst und lief davon. Ich rannte aber nicht dorthin, wo ich glaubte, dass Winston nach mir suchen würde. So kam ich vom Strip weg und stieß auf diese Bar.«

»Warum sind Sie auch dann noch nicht zur Polizei gegangen?«, beharrte Deveau.

»Weil er bei der Polizei viele Freunde hatte. Ich wusste nicht, wem ich vertrauen konnte. Ich sah die Motorräder und jemanden vor der Bar mit dem Torpedo-Ink-Abzeichen, das ich von Lana kannte, und deshalb ging ich hinein. Ich war zu verzweifelt, um zu denken, es könnte eine dumme Idee sein, in eine Biker-Bar zu gehen. Zum Glück traf ich sofort Ice, und er kümmerte sich um mich.«

»Wusste er, dass Sie eine reiche Erbin sind?«, fragte Deveau.

»Damals noch nicht. Wahrscheinlich später, als wir übers Heiraten sprachen und ich sagte, er müsse den Ehevertrag unterschreiben, den Kevin aufgesetzt hatte. Er unterschrieb, ohne zu zögern.«

»Ice hat also einen Ehevertrag unterschrieben, den Ihr früherer Anwalt aufgesetzt hat«, wiederholte Harrington und tauschte mit Deveau einen langen Blick aus.

»Jawohl«, bekräftigte sie. »Ohne zu zögern. Falls Sie glauben, er hätte mich auf irgendeine Art und Weise zu dieser Ehe gezwungen – das hat er nicht. Ich wollte ihn fast vom ersten Moment an, als ich ihn sah. Er war so nett zu mir. Es machte ihn wütend, dass Winston mich grün und blau schlug. Ich versuchte, Ice betrunken zu machen, und auch, ihn zu verführen – mit voller Absicht.«

Die beiden Männer grinsten. Soleil ignorierte sie. Niemand schien die Wahrheit glauben zu wollen, dass sie die »Schuldige« war und nicht Ice. Er war für jedermann stets der Böse. So war es nicht gewesen, doch alle schienen entschlossen, ihn als den Schuldigen zu sehen.

»Ich gebe zu, ich hatte getrunken, und er auch. Als wir aufwachten, war mein erster Gedanke, die Ehe aufzulösen, obwohl ich das gar nicht wollte. Ich mochte ihn. Ich mochte alles an ihm. Ich wusste, dass es falsch war, ihn zur Ehe zu verführen, und ich dachte dann auch, dass er deshalb wirklich wütend sein würde. Dann sah ich Winston auf dem Parkplatz mit ein paar Polizisten und bekam Panik. Ich stieg auf Ices Bike und kam mit ihm hierher nach Caspar. In dieses Haus.«

Soleil sah sich um. »Es ist so schön hier. Er hat mir so vieles geschenkt. Ein Heim. Eine Familie. Und sich selbst. Er ist erstaunlich. Fürsorglich. Sehr liebevoll, die ganze Zeit. Wir streiten nicht. Wir diskutieren nicht einmal. Wenn ich in der Küche herumexperimentiere, dann ist er fast immer dabei.«

»Ich bin sicher, Sie sind über die Ermittlungen zu Winstons Tod benachrichtigt worden«, sagte Harrington und wechselte damit abrupt das Thema.

Sie lächelte ihn an und lehnte sich zurück. »Ich glaube, ich hätte jetzt gern meinen Anwalt mit dabei. Das wäre mir sehr viel lieber.«

Bevor die beiden widersprechen konnten, winkte sie Absinth zu, der die Szene aufmerksam beobachtet hatte. Ice hatte ihr gesagt, er könne von den Lippen ablesen, und sie hatten bereits im Voraus abgesprochen, wo sie und die beiden Polizisten sitzen würden, damit er deren Lippen gut sehen konnte. Er kam unverzüglich herein und nahm neben Soleil Platz.

»Gentlemen«, grüßte er.

Soleil war ein wenig schockiert, wie anders Absinth in einem Anzug aussah. Wie die anderen hatte auch er Tattoos und war sehr muskulös. Er hatte blondes Haar und seltsam kristallklare Augen. Sie waren sehr hellblau, doch manchmal wirkten sie wie eingetrübt. Über die linke Seite seines Kinns zog sich eine Narbe. Er sah ausnehmend gut aus, ob in Jeans oder in Nadelstreifen, aber auch einschüchternd. Er war still und sprach leise, doch wenn er sprach, war sein Ton so überzeugend, dass es im Raum still wurde.

»Geht es dir gut, Soleil?«, fragte er unglaublich einfühlsam.

Sie merkte, dass er echt in Sorge um sie war, und das freute sie. Sie hatte wirklich eine Familie. Sie war in den Kreis von Torpedo Ink aufgenommen, und sie waren für sie da und stellten sicher, dass sie nicht allein war. Ice hatte ihr das geschenkt. Ihr Ice.

»Ja. Wir kommen gerade zu den Ermittlungen über Winston und diese schrecklichen Leute. Wenn ich bei ihm geblieben wäre, hätte er mich ermordet.« Sie rieb sich die Arme. Die Schauder, die sie spürte, waren echt. Sie hatte nicht geahnt, dass bei dem Ganzen so viele Leute beteiligt gewesen waren.

»Wie Sie wissen, war Winston in einem Betrügerring, der es auf reiche Frauen abgesehen hatte. Diese Männer lernten auf Benefizveranstaltungen Frauen kennen und drängten sich dann in ihr Leben.« Jonas Harrington beugte sich vor. »Wie viel wussten Sie davon?«

»Gar nichts.« Sie konnte das ehrlich beantworten. »Winston gab mir eine Liste mit Namen von Männern und Frauen, mit denen ich mich anfreunden sollte. Er sagte, er wolle in die Politik gehen, und da sei es wichtig, die richtigen Leute zu kennen. Er würde Geld und Spenden brauchen und wollte, dass ich mich mit sehr wohlhabenden Männern und Frauen anfreunde. Er stellte mir auch einige der Männer vor, die mit ihm in diese schreckliche Sache involviert waren – wie ich heute weiß.« Sie schauderte ein wenig.

Ice kam herein, stellte ein Tablett auf den Tisch und reichte Jonas und Jackson Kaffeebecher.

»Schau, schau, wie häuslich«, neckte Jonas.

Ice zeigte ihm den Mittelfinger und setzte sich dann auf die Lehne von Soleils Sessel. Sie mochte es, wenn er das tat. So fühlte sie sich von den beiden Mitgliedern von Torpedo Ink umgeben und sicher. Oder sogar wertgeschätzt. Sie ergriff Ices Hand. Er fädelte seine Finger zwischen ihre.

Jonas Harrington beobachtete Ice genau und lächelte Soleil zu. Sie bemerkte, dass Deveau den Blick nie von ihr abwandte. Er war wie ein Falke, der darauf wartete, dass seine Beute einen Fehler machte, um dann zuzuschlagen.

»Wo war Ice an dem Abend, als Winston sich erhängte?«

Sie blinzelte, alles in ihr wurde still. Sie blickte zu Ice.

»Schauen Sie nicht zu ihm. Schauen Sie zu mir«, sagte Harrington. »Wo war er?«

Ice blieb völlig unverändert. Locker. Nicht im Mindesten angespannt. Ihr Magen rebellierte, sie wünschte, sie könnte ebenso ruhig bleiben. Doch es machte sie zornig.

»Was werfen Sie ihm vor?«, fragte sie fordernd.

»Beantworten Sie die Frage«, beharrte Harrington.

»Pass auf, wie du mit ihr redest«, sagte Ice. »Ich weiß, du hast einen Job zu machen, aber das kannst du auch höflich tun.«

»Mein Mann war seit unserer Heirat jede Nacht mit mir im Bett. Falls Sie es wissen wollen, wir haben ein sehr aktives Sexleben. Ich glaube nicht, dass ich es vergessen würde, wenn er eine Nacht mit mir auslassen würde.« Sie sah Harrington direkt ins Gesicht.

Er setzte seine Tasse an die Lippen, doch sie registrierte sein

Lächeln, bevor er nippte. Durch dieses kleine Lächeln wurde sie wieder lockerer.

»Er war also in dieser Nacht bei Ihnen?«, insistierte Deveau.

»Den größten Teil davon, ja. Er hat zusammen mit anderen in den Wohnungen über der Bar einen Boden verlegt. Auch Bannister war mit dabei. An diesem Abend haben mehrere Clubmitglieder dort gearbeitet. Sie können nachfragen.«

Ihre Mienen verrieten, dass sie das bereits getan hatten. Das war Soleil zuwider. Wenn sie es ohnehin schon wussten, warum mussten sie dann noch fragen? Offenbar hatten sie damit gerechnet, sie bei einer Lüge zu ertappen. Sie lehnte den Kopf an Ice. »Ich weiß nicht, was ich Ihnen sonst noch sagen kann, außer dass ich mit meinem Mann glücklich bin und dass ich froh bin, noch am Leben zu sein, was so vielen anderen Frauen nicht vergönnt war.«

»Das freut mich auch«, meinte Jonas. »Hat Winston jemals davon gesprochen, dass er auf einen dieser Männer wütend war, die er angeblich tötete?«

»Winston war auf die ganze Welt wütend. Er hielt sich für besser als alle anderen, und wenn sich jemand mit ihm überwarf, glaubte er, sofort Gegenmaßnahmen ergreifen zu müssen. Ich dachte, es ist bewiesen, dass er diese Männer umgebracht hat.«

»Alle Spuren, die mit den Bombenanschlägen zu tun hatten, führten zu ihm. Er benutzte sogar seine Kreditkarte für den Einkauf der notwendigen Materialien. Ich vermute, er kümmerte sich nicht wirklich darum, seine Einkäufe zu verbergen, weil er sich sowieso umbringen wollte.«

»Ehrlich gesagt kann ich mir gut vorstellen, dass er sie alle ermordet hat, wenn er wütend auf sie war. Vielleicht haben sie ihn rausgeschmissen, weil er nicht an mich herankam. Allerdings hätte ich ihn nicht so eingeschätzt, dass er Selbstmord begeht.«

Ihre Aussage schien die beiden Männer zufriedenzustellen,

während sie zuvor nicht sicher gewesen war, wonach sie eigentlich suchten. Sie fragten sie noch einiges und plauderten dann anscheinend einfach mit Ice und Absinth über örtliche Geschäfte und Alenas Restaurant. Kurz bevor sie aufbrachen, stellten sie Soleil noch ein paar Fragen zu ihrer Ehe, und dieses Mal bezogen sie auch Ice mit ein.

Am Ende standen sie einfach auf und gingen. Soleil atmete tief durch und merkte erst jetzt, dass sie aus Angst immer wieder die Luft angehalten hatte, ohne jedoch zu wissen, wovor.

Absinth hauchte ein Küsschen auf ihre Wange. »Du warst großartig. Ich bin stolz auf dich.« Er folgte den beiden Männern hinaus und ließ sie mit ihrem Mann allein.

Ice zog sie von ihrem Sessel hoch und legte einen Arm um sie. »Hör auf zu zittern, Prinzessin, es ist vorbei. Sie lassen dich jetzt in Ruhe.«

»Was sollten diese Fragen? Wollte er andeuten, dass ihr etwas mit diesen Morden in San Francisco zu tun habt? Ich habe nicht verstanden, worauf er hinauswollte.«

»Wir sind ein Biker-Club. Für die Polizei sind wir alle Kriminelle, die nur Böses im Schilde führen.« Er liebkoste ihren Nacken. »Vielleicht haben sie ja recht. Komm, Baby, gehen wir in den Club. Es gibt etwas zu feiern, weißt du noch?«

»Ich habe vergessen, was wir feiern.«

»Wir haben den Deal mit Inez abgeschlossen. Ihr gehört das Lebensmittelgeschäft in Sea Haven, und sie hat versprochen, uns bei der Eröffnung des unseren zu helfen. Wir etablieren eine Partnerschaft mit ihr, damit wir den Namen nutzen können. Das war wichtig, damit die Einheimischen unseren Laden annehmen. Sie wird ihn für ein paar Monate führen, bis alles glattläuft, und dann übergibt sie ihn uns vollständig.«

Mit so vielen Leuten hatte Soleil nicht gerechnet. Die Party lief bereits seit Stunden. Und schließlich machte sich der Alkohol auch bei ihr angenehm bemerkbar. Noch nie hatte sie so viel gelacht und getanzt wie an diesem Abend. Die Einheimischen waren schon nach Hause gegangen, nur die Clubs waren noch hier, und nun startete die Party noch einmal durch.

Sie saß draußen am Lagerfeuer, und überall um sie herum ging es richtig ab. Sie schaute gern anderen zu. Sie war so vielen Neuankömmlingen vorgestellt worden, dass sie sich die Namen nicht alle merken konnte, nur dass einige von einem anderen Chapter von Torpedo Ink waren und wieder andere von einem Club, der sich Torpedo Ink anschließen wollte.

Ice hatte ihr gesagt, dass alle Männer dort eine der Schulen in Russland besucht hatten. Sie war einigermaßen überrascht, da sie alle perfekt und akzentfrei Englisch sprachen. Und sie gehörte zu all dem dazu. Ice hatte ihr das geschenkt. Voller Liebe blickte sie zu ihm auf. Zufällig beobachtete er im Schein des Feuers ihr Gesicht, und nun lächelte er ihr zu. Er sah einfach atemberaubend aus.

»Komm jetzt, Baby.«

Ihr Herz machte einen Sprung und begann zu pochen. Sie hatte eine gefühlte Ewigkeit lang gewartet. Und sie kannte diesen Ton. Sie wusste, was nun kam, und hatte den ganzen Abend lang mit dem Rhythmus der Musik in ihrem Körper darauf gewartet. Manchmal liebte sie ihn so sehr, dass sie kaum mehr atmen konnte. Sie nahm seine Hand und ließ sich von ihm hochziehen.

Seine Zurückhaltung hatte sie überrascht. Normalerweise wollte Ice häufig Sex mit ihr. Zu Hause, wenn sie allein waren, liebte er sie wenigstens zwei Mal am Tag. Manchmal auch öfter. Diesen Morgen war er zärtlich mit ihr gewesen, so süß, so liebevoll, dass sie weinen musste. Das konnte er, von wild zu zärtlich, und sie sehnte sich nach beidem von ihm.

Er führte sie zu einer Bank inmitten eines Feldes voller Wildblumen, die Lana und Alena einmal ausgesät hatten in der Hoffnung, alles werde aufgehen. Und es hatte geklappt. Tagsüber konnte man hier eine bunte Blütenpracht bewundern. Nachts schienen sie sich zu schließen, doch auch dann war es noch wunderschön.

Sie konnten bis auf den Ozean hinaus sehen, beobachten, wie die Brandung anrollte, weiße Gischt hoch aufspritzte, wenn die Wogen gegen die Felsen krachten. Die Nacht war klar, Millionen von Sternen übersäten den Himmel. Der Mond war fast voll, verströmte sein silbriges Licht, tauchte das Meer in ein faszinierendes Blau und das Blumenfeld in Schatten von unterschiedlichem Grün.

Ice sank auf die Bank und zog sie zu sich, schlang die Arme um sie und küsste sie. Verzückte sie. So oft er sie auch küsste, es war jedes Mal dieses feurige Hinübergleiten in eine andere Welt. Sie gab sich dem hin, gab sich ihm hin. Er schmeckte heiß, männlich, nach allem, was sie brauchte oder sich wünschte.

»Ich will deinen Schwanz«, flüsterte sie in seinen Mund. »Schon den ganzen Abend lang.«

»Musst du dir verdienen, Baby«, flüsterte er zurück, biss sie zärtlich ins Kinn und folgte mit den Lippen der Linie ihres Halses bis zum Spitzenrand ihres Tanktops.

Erregung brandete auf. »Sag mir, was ich tun muss«, murmelte sie, warf den Kopf in den Nacken und drückte ihre Brüste nach vorn, um sie ihm besser zu präsentieren. »Ich mache alles, was du willst.«

»Du weißt, dass ich dich gern nackt habe. Ich will deinen Arsch und deine Titten sehen, Prinzessin.« Er machte sich auf der Bank breit, die Beine ausgestreckt, lehnte sich zurück und schloss halb die Augen. Beobachtete sie. Sein Blick auf sie ließ sie erschaudern.

Sie liebte es, wenn er so redete. Dann würde der Sex explosiv werden. Also zögerte sie nicht. Es gab keinen Grund dazu. Sie waren ein gutes Stück von den anderen weg, mitten auf der

Wiese. Sie konnte das Lachen und die Musik hören. Mehrere Frauen waren nackt, tanzten oder vögelten. Niemand scherte sich viel. Wenn, dann nur um sich selbst heißzumachen, und sie hatte nie ein Problem damit, wenn jemand sah, wie sie ihren Mann befriedigte. Es *war* heiß. Aufregend. Und sie wusste, dass ihn das ebenso unglaublich anmachte wie sie.

Sie zog ihr Oberteil aus und wandte sich ihm zu, nahm ihren BH ab und entblößte ihren Busen. In der kühlen Luft waren ihre Nippel sofort steif und hart. Er winkte sie näher, und sie trat zwischen seine gespreizten Schenkel, beugte sich nach unten und umfasste ihre Brüste, um sie ihm darzubieten.

Ice liebte ihr Aussehen, näherte sich ihren runden, einladenden Titten. Er wartete kurz, damit sich dieses Bild für immer in sein Gedächtnis einbrannte, dann beugte er sich vor, nahm ihre linke Brustwarze in den Mund und ließ seine Finger mit der anderen spielen. Er war nicht sanft. Er setzte schonungslos Zähne und Zunge ein, saugte heftig und wechselte zur anderen Seite. Dann griff er nach dem Bund ihrer Jeans und öffnete sie.

»Zieh sie aus.« Er lehnte sich zurück und schaute zu, wie sie sie über die Hüften und ihre Beine hinunterschob.

Sie hatte ihre Stiefelchen bereits ausgezogen, die sie oft trug nur für den Fall, dass er plötzlich das irre Verlangen bekam, sie über sein Bike zu legen und nackt vor sich zu haben. Wenn sie mit nur einem anderen Pärchen im Wald spazieren fuhren, hatte er schon mehrmals das Gefühl bekommen, gleich zu explodieren, und angehalten. Sie hatte nie Nein gesagt. Nicht ein einziges Mal. Das liebte er an ihr.

Sobald sie nackt war, winkte er sie erneut zu sich. Soleil kam zu ihm, er hob seinen Stiefel an, und sie zog ihn ihm sofort aus. Dasselbe mit dem anderen. Dann stand er auf, streifte sein Hemd ab und warf es auf die Bank. Sie zog ihm die Hose herunter, er setzte sich wieder und klopfte auf seinen Schoß. »Leg dich mit dem Gesicht nach unten über mich.«

Zum ersten Mal sah sie ein bisschen nervös aus, und er liebte diesen Blick; er liebte es, dass sie noch immer tat, was er sagte. Er rieb ihre wunderbaren, festen Pobacken. »Ich liebe deinen Arsch.« Er rieb weiter. »Erinnerst du dich noch an neulich morgens, als du wieder mit dem Geld anfingst und ich dir meinen Schwanz in den Mund stopfte, damit du aufhörst?«

»Ja.«

Er registrierte erfreut, dass sie aufgeregt klang. »Du dachtest, du kommst damit durch, weil einige der Brüder zum Frühstück da waren, stimmt's?«

Sie zögerte ganz kurz. Er wusste, es gefiel ihr nicht, dass sie nie Geld von ihr verwendeten. Wenn sie etwas wollte, dann bezahlte er. Er mochte es so. Er wollte nicht, dass sie je auf den Gedanken kam, er würde sie wegen ihres Geldes ausnutzen, so wie es alle anderen in ihrem Leben getan hatten. Er gab ihr einen kleinen Klaps. »Antworte mir, Soleil.«

»Ja.«

Nun wand sie sich. Er rieb weiter ihren Po, der immer heißer wurde, und holte aus seiner Jeans die Dinge heraus, die er vorbereitet hatte. »Ich sagte dir, du sollst unter den Tisch kriechen und mich lutschen. Ich glaube, das hat dir ein bisschen zu gut gefallen, und vielleicht hast du deine Lektion ja noch nicht richtig gelernt. Tatsächlich glaube ich, du kommst immer wieder mit Geld daher, nur damit du meinen Schwanz ganz tief in deinen Mund stecken kannst.«

Sie antwortete nicht. Er hörte jede Bewegung auf. »Prinzessin? Machst du das?«

Sie krümmte sich. »Ja«, sagte sie leise. »Ich liebe es, dich morgens aufzuwecken, aber manchmal reicht es mir einfach nicht, besonders wenn du mich zuerst aufweckst.«

»Du bist wirklich ein böses Mädchen, nicht wahr? Vor allem, wenn du damit daherkommst, wenn jemand außer uns dabei ist. Du zeigst dich gern, lässt sie sehen, wie gut du dich um mich kümmerst. Aber wenn du mir einen bläst, dann sollst du das meinetwegen machen, nicht, um anderen zu zeigen, wie gut du darin bist.« Er gab ihr einen heftigen Klaps.

Sie fuhr zusammen und funkelte ihn an. »Es geht immer um dich. Ich kann deinen Schwanz nicht im Mund haben, ohne an etwas anderes zu denken als daran, dass es dir gut tut.«

Er rieb über seinen Handabdruck, verteilte die Hitze, hörte die Ehrlichkeit in ihrem Ton, schob seine Hand gegen ihren nassen Eingang und sammelte die Flüssigkeit ein. Er verteilte sie zwischen ihren Backen, wieder und wieder, und drückte dann in den kleinen Stern dort. Sie keuchte und wand sich, doch er war erbarmungslos, vergrub seinen Finger bis zum Knöchel und tiefer.

»Ich habe beschlossen, ein ordentliches Hinternversohlen könnte okay sein, aber du magst das zu sehr, nicht wahr? Du magst alles, was ich mit dir mache.«

»Ja.« Sie hauchte es, während er seinen Finger auf und ab bewegte, als würde er sie vögeln.

»Das weiß ich. Du magst es heiß, nicht wahr? Das wird dir gefallen. Du wirst so heiß für mich werden, dass du alles für mich tust. Das hier ist neu für dich, Prinzessin, aber ich weiß, du wirst es lieben.«

»Was hast du vor?« Argwohn lag in ihrem Ton, aber auch Erregung.

Er hielt einen kleinen gläsernen Penis vor sie. »Er ist schön mit gekühltem Ingwer überzogen. Wenn ich deinen kleinen Arsch versohle und du zusammenzwickst, wird es wunderbar brennen, Süße. Ich werde deinen kleinen Kitzler mit diesem Saft einreiben, und du wirst so verdammt geil werden, dass du um meinen Schwanz betteln wirst.«

Langsam versenkte er den Glaspfropfen zwischen ihren Backen. Sie keuchte und wand sich erneut. Schon bei dem Anblick, wie er bis zu dem verbreiterten Ende verschwand, spielte sein Schwanz verrückt. Er wollte sie vögeln mit diesem erotischen Bild vor sich.

»Sag mir, wie sich das anfühlt«, befahl er und begann wieder, ihre Backen zu reiben.

»Warm, es wird wärmer.« Ihre Stimme krächzte ein wenig.

»Gut.« Ohne Vorwarnung klatschte seine Hand heftig auf die linke Backe.

Sie jaulte und zwickte die Backen zusammen, wie er es sich gedacht hatte, keuchte und atmete heftig aus, zwang ihren Körper zu entspannen.

»Der Saft ist schön kalt, Baby. Für das Echte und Wahre bist du noch nicht bereit, aber gefällt dir deine Überraschung?« Er wartete nicht auf eine Antwort, machte sich stattdessen an die Arbeit, schlug mit der flachen Hand auf ihre Backen, bis seine Finger darauf zu sehen waren, genoss es, wie ihre sanfte Haut sich für ihn rötete.

Er blickte sich um: Mehrere der Partygäste beobachteten sie, tranken aus Flaschen und genossen es zu sehen, wie Soleils Körper sich wand und krümmte in dem Versuch, den Pfropf loszuwerden. Ice wusste, er hatte die perfekte Position gewählt, in der das Mondlicht ihre Kurven und ihre Haut anstrahlte. Er stellte sich vor, sie würden seine Handabdrücke auf ihrem Hintern sehen können. Den gläsernen Penis, den er eingeführt hatte. Und er wusste, dass sie ihr flehendes Stöhnen hören konnten.

Es fiel ihm schwer, sie kräftig zu versohlen. Sein Schwanz quälte ihn. Verlangte Aufmerksamkeit. Er wollte ihren Mund auf ihm. Um ihn herum veränderte sich die Welt ein wenig, Schatten rückten näher.

»Ice, du musst mich vögeln. Ich bin so heiß, ich verbrenne. Du musst mir helfen.«

Der Saft und die Schläge erfüllten ihren Zweck, wie immer, machten sie so verzweifelt, dass sie alles für ihn tun würde. »Du willst meinen Schwanz, nicht wahr, Baby?«

»Bitte, Ice. Ja. Bitte.«

Er richtete sie langsam auf und deutete auf den Boden vor ihm. »Du behältst das Ding drin. Halt es fest«, warnte er. »Oder wir fangen wieder ganz von vorn an, und du bekommst nicht, was du willst.«

Sie tat sofort, was er ihr aufgetragen hatte, kniete sich vor ihn und massierte sanft seine Hoden. Er brauchte ihr nicht zu sagen, was sie tun musste, sie hatte die Kunst, ihm zu Gefallen zu sein, alles zu geben, längst perfektioniert. Und das tat sie jetzt. Er hatte gewusst, dass sie das tun würde. Er raffte ihr Haar zusammen, damit er sie sehen konnte, wenn sie seine schweren Eier küsste und daran leckte. Und er wusste, er war nicht der Einzige, der ihr zusah.

Sie leckte seinen Schaft entlang und über die breite Eichel. Es fühlte sich so verdammt gut an, dass er zu explodieren meinte. Sie wurde rasend, als der Ingwer seine volle Wirkung entfaltete und ihr Verlangen nach ihm zu Verzweiflung wurde. Sie begann, die Hüften zu rollen, als würde sie ihn reiten, gab kleine Laute von sich, die um seinen Schwanz herum vibrierten, als sie ihn tiefer nahm. Er ließ sie die Arbeit tun, beobachtete sie aus halb geschlossenen Augen, genoss den erotischen Anblick, wie sie gegen ihren Körper ankämpfte und gleichzeitig versuchte, ihm Lust zu verschaffen.

»Fühlt es sich gut an, Baby?«, fragte er.

Sie bekam große Augen, ließ seinen Schwanz jedoch nicht einen Moment lang los, sondern saugte wild und bewegte den Mund heftig auf und ab. Er wollte dem Feuersturm, der in ihm aufbrandete, nicht nachgeben – noch nicht. Er zog an ihren Haaren, zwang sie aufzugeben, was sie liebte.

»Ice.« Sie jammerte seinen Namen.

Er zeigte auf die Bank. »Komm her und lehne dich zurück. Ich will ein Bein auf der Lehne und das andere in der Höhe, die Schenkel weit gespreizt. Ich will sehen, wie diese süße kleine

Möse um meinen Schwanz bettelt.« In dieser Position wurden ihre Pobacken wieder zusammengepresst und der Saft erneut aktiviert, falls die Hitze nachgelassen hatte.

Schatten schoben sich näher, er konnte sie nicht wirklich zurückdrängen. Sein Schwanz pochte und brannte. Sie zeigte sich ihm in all ihrem schamlosen Verlangen. Ihnen allen. Bedürftig. Verzweifelt. Zu fast allem bereit, was er von ihr verlangte.

Soleil tat, was er wollte, lehnte sich zurück, hängte ein Bein über die Lehne, spreizte sich auf. Er saß einfach da und genoss seine heftige Erregung, genoss es, dass seine Frau so wunderbar zur Schau gestellt war, so verzweifelt nach seinem Schwanz verlangte. Er benetzte seinen Finger mit dem Honig, der aus ihr tropfte, und begann, langsam seine Eichel einzureiben. Ihr Blick blieb auf seine gewaltige Erektion fixiert.

»Du hast das gemacht, Prinzessin. Schau dich an. Alle lieben es, dich anzusehen, und wie sehr du dich nach meinem Schwanz sehnst. Ich weiß aber nicht recht, ob ich ihn dir zukommen lassen soll.«

Langsam begann er, sich selbst zu befriedigen, sie zu hypnotisieren. Er hatte das tausendmal gemacht. Er wusste, wie das Verlangen stetig anwuchs bis zu dem Punkt, an dem er eine Frau so zur Verzweiflung bringen konnte, dass sie alles für ihn tat. Alles. Sie würde außer sich sein, darauf versessen, dieses Feuer zu löschen, das in ihrem ganzen Unterleib brannte.

Wie nebenbei begann er, zwei Finger in ihr auf und ab zu bewegen, und spürte, wie ihr Körper ihn dabei fest umschloss. Er fühlte sich vor Erregung geradezu euphorisch. Sein Schwanz schwoll an. Er spürte, wie sich seine Hoden zusammenzogen. Er warf den Kopf in den Nacken, ließ sich von seiner Lust überwältigen. Er konnte ihre Erregung riechen, die kühle Brise trug ihm ihren Duft zu.

»Bist du bereit für einen Schwanz in deiner kleinen Pussy? In deinem Arsch? Komm her und lutsche meinen Schwanz, wenn du Angst hast.« Er bewegte weiter die Finger in ihr auf und ab, sein Daumen strich dabei über ihren Kitzler.

Sie schrie und schrie, ritt auf seinen Fingern, den Mund weit geöffnet, ihr Körper angespannt von dem Bedürfnis, zum Höhepunkt zu kommen.

»Ich bin hier, und ich besorge es dir gut. Du brauchst das, nicht wahr? Du brauchst es, dass sie dir alle zusehen. Sieh sie dir an, wie sie schauen. Kriech zu ihm, Baby, lutsch ihm den Schwanz. Gib's ihm, so wie du es mir gibst. Er will deinen Arsch ficken. Du weißt, wie heftig du dann kommst, wenn die anderen zuschauen. Sie alle brauchen dich.« Er murmelte es leise, mit einem Blick aus halb geschlossenen Augen, der den ihren traf, während seine Finger sich in ihr auf und ab bewegten, bis sie vor Verlangen fast irre zu werden schien.

Am Anfang verstärkte allein der Klang seiner samtigen, hypnotisierenden Stimme diese ungeheure Wucht von Soleils Verlangen. Ihr Körper war in Flammen, und sie war wild darauf, dass er dieses Feuer erstickte. Sie warf den Kopf vor und zurück, ihr Körper wand sich, ihre Hüften drängten in Richtung des Gliedes, das er streichelte, knapp außer ihrer Reichweite. Er sah so sexy aus, die Augen halb geschlossen, den Blick eisern auf sie fixiert. Sie war so kurz davor und wusste, wenn er sie irgendwo berührte, würde sie explodieren.

Aber er tat es nicht. Stattdessen murmelte er ihr wieder und wieder etwas zu, und anfangs ließ das Dröhnen in ihren Ohren die Worte gar nicht zu ihr durchdringen. Es war ihr egal. Sie begehrte ihn einfach nur. Ja, sie würde alles tun, was er von ihr wollte. Alles. Sie wollte, dass die Männer sie ansahen, sahen, was für ein heißes Weib sie war. Sie genoss es zu wissen, dass sie die Männer heißmachte, Sie genoss es zu wissen, dass Ice auf sie aufpasste, sie für seine eigene Lust zur Schau stellte.

»Kriech zu ihm, Baby. Kriech auf Händen und Knien zu ihm. Bitte ihn, dich zu vögeln. Sag ihm, wie sehr du diesen Schwanz brauchst. Wie groß er ist. Wie perfekt. Du willst sie alle. Bitte darum. Sei höflich. Du weißt, du brauchst es.«

Seine Hand schloss sich fester um seinen Schwanz. Soleil konnte sehen, wie er anschwoll. Er war so kurz davor wie sie, doch … Ihr Atem brach aus der Lunge hervor, abrupt wurde ihre Sicht klar. Er war nicht bei ihr. Er war irgendwo anders, weit weg, eingesperrt in etwas, das sie nicht mit einschloss. Sie versuchte, ihn zu hören, sich zu erinnern, was er gesagt hatte.

War es – krieche zu ihm, oder – bitte ihn? Was wiederholte er so behutsam, mit dieser hypnotisierenden Stimme? Ihr Magen drehte sich um. Langsam setzte sie sich auf. Dabei bewegte sich sofort der Glaspfropfen und jagte eine Hitzewelle durch sie. Den Blick auf Ice gerichtet, nahm sie das Ding heraus und steckte es in den Ziplockbeutel. Er hatte den Kopf noch immer in den Nacken gelegt, die Hand bearbeitete seinen Schwanz.

Es wäre ein Leichtes für sie gewesen sich vorzubeugen und ihn in den Mund zu nehmen, doch sie wollte sich von diesem erotischen Anblick nicht in irgendeine Szene hineinziehen lassen, die er geschaffen und in der er sich dann verloren hatte. Sie wusste über Kindheitstraumata Bescheid. Sie hatte eine ganze Reihe von Psychologen in Anspruch genommen. Soleil griff nach ihrer Jeans, zog sie langsam an und versuchte zu überlegen, was sie nun tun sollte.

»Gut so, Süße. Ich weiß, dass du Angst hast. Alles ist gut. Ich bin hier bei dir.«

Er blickte plötzlich direkt auf sie, starrte mit seinen wunderschönen blauen Augen direkt in ihre. Sie erkannte so viel Schmerz darin, dass sie es kaum aushielt. Seine Hand legte sich um ihren Kopf und drückte ihr Gesicht langsam in Richtung seines Glieds.

»Schon gut. Du willst, dass er deine kleine Möse vögelt. Du brauchst es. Du bist heiß. Lass ihn rein. Lass den anderen deinen Arsch haben.« Er streichelte ihren Kopf, als wollte er sie trösten.

»Du kannst meinen Schwanz lutschen, wenn du es brauchst. Das kannst du immer tun. Es wird dich ablenken.« Er rieb seine Eichel über ihre Lippen, hin und her. »Darüber haben wir geredet. Die anderen schauen dir zu. Sie sehen dich. Sie finden dich so schön. Sie brauchen dich.«

Er übte so viel Druck aus, dass Soleil keine Wahl hatte, als den Mund zu öffnen und seinen Schwanz aufzunehmen. Er begann, mit dem Daumen über ihr Gesicht zu wischen, wieder und wieder. »Weine nicht. Es tut nur ein paar Minuten lang weh, und dann fühlt es sich irre gut für dich an. Ich sorge dafür.«

Sie konnte den Blick nicht von seinem Gesicht abwenden. Es war schmerzverzerrt. Von Sorge und Selbsthass entstellt. Sie merkte, dass sie *ihn* trösten wollte. Sie übernahm nicht die Kontrolle, denn er bewegte sich bereits in ihrem Mund, drang tief ein und dann vorsichtiger, variierte seine Stöße mit unterschiedlichen Rhythmen.

»Siehst du, das ist viel besser. Saug, Süße. Weine nicht. Du musst aufhören zu weinen. Spürst du das jetzt? So viel besser. Er ist so glücklich, du solltest sein Gesicht sehen. Schau, wie die anderen uns beobachten.«

Als er es sagte, schwoll sein Glied an, rieb sich am zarten Gewebe ihres Mundes, wurde schwerer und heißer auf ihrer Zunge. Sie merkte, dass er das manchmal brauchte. Man hatte ihn so konditioniert, dass er es brauchte. Dennoch sah er sich nicht als Opfer; er sah sich als den Verbrecher. Sie wollte es beenden. Sie wollte ihn von dort, wo er war, wegholen. Sie bemühte sich, ihn zum Orgasmus zu bringen, denn sie wusste nicht, wie sie diesen Flashback sonst beenden konnte.

Es war nicht allzu schwer. Er war so kurz davor. Doch dann ballten sich seine Hände neben ihrem Kopf zu Fäusten, und er hätte sie beinahe von sich gestoßen. Seine blauen Augen strichen über ihr Gesicht, und seine Haut wurde irgendwie fahl. Sie setzte sich auf die Fersen zurück und griff nach ihrem Oberteil, zog es sich über, ignorierte den BH. Dabei wandte sie den Blick nicht eine Sekunde von seinem Gesicht ab.

Ice rieb über ihre Augen und ihr Kinn und sah sie dann wieder an. Zweimal öffnete er den Mund und wollte etwas sagen, doch dann schüttelte er lediglich den Kopf und blickte auf seine Hände. »Es tut mir leid, Soleil. Da gibt es nichts zu sagen. Nichts. Jetzt weißt du, was für ein Kerl ich bin.«

Sie reichte ihm sein Hemd. »Ich weiß, dass ich dich liebe, Süßer. Ich weiß, dass du alles getan hast, was du tun konntest, um diesen Mädchen zu helfen.«

Er schüttelte den Kopf. »Ich habe sie gegen Alena und Storm eingetauscht. Wenn ich nicht mitmachte, haben sie sie mitgenommen – alle beide. Ich musste die Mädchen für sie vorbereiten. Sie überzeugen mitzumachen und sie überzeugen, dass ihnen gefiel, was ihnen angetan wurde. Keine Tränen, denn Tränen bedeuteten, dass sie nicht darauf standen.«

Sie rieb über die Tränen, die von seinem Auge tropften. »Für sie. Für diese Mädchen. Du hast das alles für sie getan.«

»Wenn sie nicht weinen konnten, durfte ich es auch nicht können. Ich wollte nicht, dass sie mögen mussten, was ihnen angetan wurde, wenn ich es nicht mochte. Es war so falsch, Soleil. Sie erregten mich, als ich noch ein kleiner Junge war, machten, dass ich mich so gut fühlte, wenn sie diese Mädchen dazu brachten mitzumachen. Sie brachten es mir bei. *Ficken.*« Er spuckte das Wort aus und zog sein Hemd an. »Ich muss dich herzeigen. Ich kann mich nicht stoppen. Es macht mich geil, aber dann …« Er blickte sie hilflos an. »Was macht das aus mir? Wozu haben sie mich gemacht? Ich bin wie sie. Verdammt nochmal genau wie sie.«

Sie legte ihre Arme um ihn, seinen Kopf an ihre Brust. Er mochte nicht weinen können, doch die Tränen brannten tief drinnen. Sie spürte sie. Er erstickte an ihnen. »Du bist überhaupt nicht wie sie. Du warst noch ein Kind.«

»Ich wurde größer. Mit jedem Jahr. Ich wuchs, und sie hielten ihre Forderungen aufrecht, weil ich so verdammt gut darin war.« Er presste sich an sie, zog die Arme an, bis sie Angst bekam zu ersticken, doch sie bewegte sich nicht, hielt ihn einfach nur und wünschte, sie könnte ihm seinen Schmerz abnehmen.

»Du warst noch immer ein Kind, das versuchte, seine Schwester zu retten. Deinen Bruder. Und diese Mädchen. Ice, du denkst, du hättest eine Wahl gehabt, aber du hattest keine. Wenn du nicht getan hättest, was sie sagten, hätten sie sich Alena und Storm geholt und diese Mädchen trotzdem auch noch. Das weißt du. Du konntest nichts tun, um sie aufzuhalten. Sie waren sadistische Pädophile, und sie haben deine Familie ermordet und dir dein Zuhause genommen. Du hattest keine Macht.« Sie merkte, dass sie sich mit ihm hin und her bewegte.

Ice lehnte sich zurück, kopfschüttelnd. »Ich versuche, nicht zu viel darüber nachzudenken, denn ändern kann ich es nicht. Alle diese Mädchen sind tot. Nachdem diese Gruppe sie benutzt hatte, gaben sie sie weiter an andere. Und die waren noch viel brutaler. Wenn sie starben, hatte ich jedes Mal das Gefühl, ich wäre es, der sie tötete. Das Mitmachen wurde immer schwerer, und wenn ich Widerstand leistete, schlugen sie Storm oder Alena vor meinen Augen. Manchmal vergewaltigten sie sie auch. Immer wieder, vor mir. Sie missbrauchten Alena so brutal, und ich konnte es nicht aushalten …«

Er blickte ihr direkt in die Augen. Sein Herz zerbrach. Ihres ebenso. »Ich konnte es nicht aushalten. Ich konnte es nicht. Also machte ich wieder, was sie verlangten. Als ich stark genug war, tötete ich sie, Soleil. Einen nach dem anderen. Es war der einzige Weg, ihnen Einhalt zu gebieten. Als ich den Letzten erledigte, war ich noch nicht einmal siebzehn.«

Er erwartete, dass sie ihn verurteilte, denn er empfand keine Reue dafür, sie getötet zu haben, nur dafür, dass er dabei mitgeholfen hatte, die Mädchen »gefügig« zu machen.

»Ich bin froh, dass du das getan hast, Ice. Sie hätten nicht aufgehört. Selbst wenn du und die anderen geflohen wärt, hätten sie andere Mädchen gefunden, um sie zu missbrauchen.« Sie wählte ihre Worte sorgfältig. »Lieber, du zitterst und merkst es nicht einmal. Zieh deine Hose an, und dann gehen wir einfach nach Hause.«

»Du willst bei mir bleiben? Jetzt, nachdem du die Wahrheit erfahren hast? Und weißt, dass ich dich bei jeder Party werde herzeigen wollen und dass das passieren könnte?«

»Ich mag es, wenn du mich herzeigst«, räumte sie ein. »Und wenn das andere passiert, dann werden wir damit fertig, so wie dieses Mal auch.«

Er umfasste mit beiden Händen ihr Gesicht und schaute ihr in die Augen, nach der Wahrheit suchend. »Ich will dich nicht mit einem anderen Mann teilen. Niemals. Ich will nicht, dass ein anderer Mann dich berührt. Ich habe bei diesem Ausflug kürzlich bemerkt, dass ich mit dir nur so sein konnte, als unsere Brüder um uns herum waren. Sie helfen mir, dich zu beschützen, und ich muss wissen, dass du in Sicherheit bist. Ich würde dich mit niemandem teilen, Soleil. Diesen Drang habe ich nicht. Ich schwöre bei Gott, diesen Drang habe ich nicht.«

Es erleichterte sie sehr, das zu hören, denn einen Moment lang hatte sie Angst gehabt, doch nun war ihr klar, dass das nicht geschehen würde. Sie war zwar abenteuerlustig, aber mehr als einen Mann zu haben, oder eine zweite Frau dabeizuhaben, das war nie ihre Vorstellung gewesen. Gesehen zu werden, damit Männer mit Lust auf sie schauten, das reizte sie.

»Gehen wir nach Hause, Liebling«, sagte sie.

Er sah aus, als hätte er in einer Schlacht gekämpft. »Es wird wahrscheinlich wieder passieren«, sagte er. »Und ich habe keine Ahnung, wie ich in diesen Zustand hineinkomme. In einem Moment mag ich etwas total, und im nächsten ist es mit mir vorbei. Bisher bin ich dann immer aufgewacht und fand mich inmitten von ein paar Frauen, die überall an mir dran waren, und an Storm, aber ich wusste nie, was ich zu ihnen gesagt habe.«

»Bei mir bist du sicher, Süßer. Jetzt, wo ich weiß, was manches Mal passiert, kann ich Wege finden, dich da herauszuholen.« Sie umfasste sein Gesicht und küsste ihn. Ihr Herz schmerzte, es war so schwer, dass sie es kaum aushielt, doch sie wusste, es war nicht annähernd so schwer wie seines.

Sie würde ihn nie davon überzeugen können, dass er an dem, was ihm aufgezwungen worden war, keine Schuld hatte. Damit würden sie beide leben müssen. Sie küsste ihn noch einmal, dann drückte sie ihm seine Jeans in die Hand und suchte seine Motorradstiefel.

19. Kapitel

V*erteilt euch über die gesamte Fläche. Wir dürfen sie nicht davonkommen lassen.* Der Zar sprach telepathisch, so wie er es vor all den Jahren in der Schule in Russland gemacht hatte. Sein Team war im Einsatz, unterwegs über Dächer und durch Gassen.

Er war noch sehr klein gewesen, fünf Jahre vielleicht, als sein Vater ihm Geschichten von Wölfen erzählte, die im Winter bei tiefem Schnee Beute jagten. Er hatte gelernt, dass jedes Mitglied des Rudels gebraucht wurde und alle sich aufeinander verließen. Dass die älteren ihr Leben opferten, damit die jüngeren überleben konnten. Diese Geschichten hatten großen Einfluss auf ihn ausgeübt.

Sein Vater hatte immer gesagt, Wölfe seien intelligent, und ihr Gehirn sei ihre wertvollste Waffe – ähnlich wie beim Menschen. Er hatte von Teamwork geredet und dieses Prinzip auf seine Familie angewandt. Über Kooperation, und wie man, wenn alle an einem Strang zogen, noch vor den anderen zum Erfolg kam. Über Koordination, wie man die Stärken jedes Einzelnen nutzen konnte und wie auch die Jüngsten Bedeutendes beitragen konnten.

Der Zar hatte den Rat seines Vaters und seine vielen Geschichten nie vergessen. Nachdem man ihn in die Schule gesteckt hatte und er rasch erkannte, dass er mit all den anderen Kindern sterben würde, hatte er sich entschlossen, einen Weg zu finden, wie sie sich wehren konnten. Wölfe waren Jäger, die auf

Ausdauer setzten. Auf Geduld. Sie waren intelligent. Und genau das brachte er auch den anderen Kindern bei – jenen, denen er vertraute und bei denen er erkannte, dass sie kämpfen würden, auch wenn sie noch so schlimm missbraucht wurden.

Er hatte den Kindern je nach Alter, Geschlecht und Begabung bestimmte Aufgaben zugewiesen, die sie bearbeiten mussten. Sie zum Mitmachen zu bewegen, war nicht schwierig gewesen. Sie lebten nackt in einem kalten, zu einem Verlies umfunktionierten Keller, und sie hatten alle daran glauben müssen, dass es eine Möglichkeit gab, um zu überleben. Jeder und jede verfügte über gewisse Begabungen, und der Zar hatte ihnen Übungen gegeben, die sie ständig wiederholen mussten, um sich die Fähigkeiten zu erarbeiten, die sie zum Überleben brauchten.

Anfangs hatte er nur einige der Kinder wissen lassen, dass sie, um fliehen zu können, ihre Peiniger würden töten müssen. Und zwar auf eine Art und Weise, dass niemals ein Verdacht auf sie fiel, und das bedeutete heimliche und sehr geduldige Arbeit.

Er rennt, den Flur hinunter auf das große Schlafzimmer zu. Ice, bist du auf Position, um ihn zu kriegen?, fragte Reaper.

Reaper war noch so jung gewesen, ein kleiner Junge, als er des Zaren verlässliche Waffe wurde. Er zauderte nie, wenn es darum ging, jemanden zu töten, und so eine rechte Hand brauchte er. Reaper war erst fünf gewesen, doch er konnte durch die Luftschächte kriechen, ohne entdeckt zu werden, und er hatte nie gezögert, wenn er einen der Schlimmsten kaltmachen musste.

Dann war da noch Reapers jüngerer Bruder, Savage. Es hatte ihn schwer traumatisiert, als ihre älteren Schwestern ermordet wurden, weil diese versuchten, die brutalen Pädophilen davon abzuhalten, sich die beiden Jungen zu nehmen. Die Jungs waren zurückgekommen, blutig und in schlimmer Verfassung, und sahen ihre Schwestern tot im Keller auf dem Boden liegen. Savage war … ein anderer geworden. Schlimmer noch, einige der grausamsten Pädophilen aus der Schulleitung hatten ihn mitgenommen und mit seiner Ausbildung begonnen. Sie hatten aus ihm jemanden gemacht, der danach gierte, Fleisch zu sehen, das Anzeichen von Schmerz und Qual aufwies. Einen, der das brauchte, um zu überleben, und noch mehr, um erregt zu werden und einer Frau Lust verschaffen zu können.

Der Zar wusste aus Erfahrung, wenn ein Kleinkind schon so früh einer solchen Behandlung unterzogen und dies bis ins Erwachsenenalter fortgesetzt wurde, dann gab es kein Zurück mehr. Solche Instinkte und Erstreaktionen waren auf ewig eingebrannt. Savage war so zugrunde gerichtet worden, dass es nicht wiedergutzumachen war, aber gleichzeitig auch eine Waffe, auf die immer Verlass war.

Auf Position, erwiderte Ice. *Er wird gleich mit mir direkt ins Zimmer rennen. Ich sehe ihn jetzt, er mich aber nicht. Er holt sein Handy heraus, glaubt, es sei okay, jetzt locker zu werden und Hilfe zu rufen. Er ist sich nicht sicher, ob etwas real ist oder nicht.*

Lass ihn anrufen, riet der Zar. *Wen immer er anruft, er gehört zum Ring dazu.*

Ice, Storm und Alena – der Zar seufzte. Die drei waren in die Schule gebracht worden, weil sie ungewöhnlich schöne Kinder gewesen waren. Die Jungen waren Zwillinge.

Sorbacov war ein sadistischer, kranker Irrer gewesen, der seine Neigungen aus politischen Gründen geheim halten musste. Er war verheiratet gewesen und hatte selber Kinder, was ihn nicht davon abhielt, die grausamsten Pädophilen um sich zu versammeln, Leute mit kriminellen Werdegängen, und für sie ein Festessen zu veranstalten. Niemand hatte erwartet, dass eines der Kinder überleben würde. Sobald Sorbacov diese drei kleinen, superblonden Kinder zu Gesicht bekam, wollte er nie mehr auf sie verzichten.

Das war einer der dunkelsten Momente des Zaren gewesen. Er hatte fast aufgegeben, weil er wusste, was diese drei Kinder erwartete. Weil er wusste, es würde schlimmer als schlimm für sie werden, so wie auch für Reaper und Savage. Nicht nur Sorbacov würde sich auf sie fixieren, sondern auch die brutalsten und verkommensten der widerlichen Kriminellen in der Schulleitung. Je mehr diese Verbrecher freie Hand hatten, desto mehr Möglichkeiten dachten sie sich aus, wie sie sich die Kinder gefügig machen konnten. Der Zar war nicht viel älter gewesen, und wie die anderen war auch er den Erwachsenen gegenüber machtlos – bis er sich an seinen Vater und dessen Wolfsrudel-Geschichten erinnerte.

Schon als kleine Kinder hatten Ice und Storm hart dafür gekämpft, sich und ihre kleine Schwester Alena zu beschützen. Daher wusste der Zar, dass sie hatten, was es brauchte, um sich seinem Rudel anzuschließen. Als kleine Kinder waren sie den Raubtieren, die die Schule leiteten, hilflos ausgeliefert gewesen, aber als er ihnen – wie zuvor schon Savage und Reaper – beibrachte, selbst zu Raubtieren zu werden, waren sie darin sehr gut geworden. Zu gut.

David Swey, den Hotdog-Verkäufer, beschatteten sie, seit er sein Haus in Graton verlassen hatte und Richtung Occidental aufgebrochen war. Er war direkt zu der Villa gefahren, die zuvor Walter Sandlin gehört hatte, in der der Adoptivsohn des Zaren, Kenny, lange gefangen gehalten worden war. Swey hatte auf jemanden gewartet, immer wieder auf seine Uhr gesehen und jedes Mal ängstlich reagiert, wenn auch nur die Äste an den Fenstern knarzten.

Es war die perfekte Umgebung für Ice und Storm, um eine Atmosphäre der Angst zu schaffen. Der Zar hatte nie verstanden, wie sie es machten, doch sie hatten eine Art übersinnliche Fähigkeit, das Wetter in ihrem Sinn zu beeinflussen. Den Wind, die Wolken, sogar Blitz und Donner. Jetzt gerade stöhnte und jammerte der Wind und schlug Äste an die Fenster, sodass sie mit unheimlichen Geräuschen am Glas kratzten.

Swey sah sich nervös im Zimmer um. Die Bilder von Walter

und Kenny waren abgenommen worden; an deren Stelle hingen nun Fotos von Avery Charles mit mehreren kleinen Mädchen. Offenbar hatte er die Villa gekauft. Sie war gebaut wie eine Burg, war ziemlich weit von der Straße zurückgesetzt, und auch Nachbarn gab es erst in einiger Entfernung, sodass die Bewohner das Anwesen ganz so nutzen konnten, wie sie wollten.

Swey hielt sein Handy ans Ohr. »Wo zum Teufel bist du? Ich dachte, wir sollten uns um neun hier treffen. Avery ist nicht hier, und ich sage dir, hier ist es ganz schön gruselig.«

Er lauschte ein paar Minuten lang und schaute wieder auf seine Uhr. »Ich habe nicht den ganzen Abend Zeit. Bis ihr beide hier seid, bleiben uns noch zehn Minuten für das Treffen. Ich muss wissen, wonach ich suchen soll, wenn er ein bestimmtes Kind im Auge hat. Ich habe ein paar Ausreißer, mit denen ich quasi befreundet bin. Einer oder eine davon wird ihm hoffentlich passen.«

Es wurde still, weil er wieder zuhörte. Er sah erneut auf seine Uhr, schüttelte den Kopf und seufzte dann. »Na gut. Aber komm einfach hierher, Harold. Ich sage dir, in diesem Haus spukt es.« Er steckte sein Telefon ein und blickte sich erneut im Raum um.

Dann ging er zum Kamin und schaltete ihn mit der Fernbedienung ein, sodass die Flammen tanzten und es heller wurde. Gleichzeitig warf das flackernde Feuer aber auch mehr Schatten, die die Wände hinaufkrochen und mit tentakelgleichen Armen bis an die Decke reichten. Swey sank auf das Bett und starrte in das Feuer.

Erledigt ihn einfach. Wir brauchen ihn nicht, Ice. Er ist nur ein kleiner Macker. Er weiß nichts über die Bosse. Der Zar erteilte die Order.

Praktisch schon erledigt.

Das war Ice. Ein Gletscher. Der Zar und die anderen konnten mithilfe der Kamera beobachten, wie Ice direkt hinter Swey aus dem Schatten trat, gerade als der aufsprang und anfing, hin und her zu schreiten. Ice ging exakt im Gleichschritt mit ihm. Nach drei Schritten blickte Swey an die Wand und sah dort seinen Schatten. Direkt dahinter war ein zweiter, und die Hand, die nach ihm zu greifen schien, hielt ein sehr langes, übel aussehendes Messer.

Swey schnaufte und wollte sich umdrehen. Da drückte Ice ihn bereits an sich und stieß das Messer tief in seinen Hals. »Für all die Kinder, deren Leben du zerstört hast, du krankes Stück Scheiße«, flüsterte er dem Mann ins Ohr, trat dann zurück und ließ ihn fallen.

Swey krümmte sich auf dem Boden, Blut floss auf den dicken, teuren weißen Teppich. Ice stand da und schaute mit kalter, unbeteiligter Miene zu.

Ankommend, berichtete Absinth. *Sheriff-SUV kommt die Einfahrt herein. Kann den Fahrer nicht identifizieren und nicht sehen, ob er allein ist.*

Blitze zuckten über den Himmel, erleuchteten die Dunkelheit, schufen starke Lichtkontraste. Storms Werk, wusste der Zar.

Harold McDonald, meldete Absinth. *Er ist allein.*

Wie Ice, Storm und Alena war auch Absinth ein außergewöhnlich schönes Kind gewesen. Absinth hatte einen älteren Bruder gehabt, den er sehr geliebt und zu dem er aufgeschaut hatte. Er war eine wunderbare Seele. Das wussten sie alle. Freundlich, mitfühlend, absolut nicht geeignet für das Leben eines Wolfs, der Tötungen minutiös plante und ausführte. Er war über die Maßen klug und talentiert.

Manchmal hatte es Wochen oder sogar Monate beansprucht, den Tod von einem der Pädophilen zu planen, je nachdem, wie schwierig es war, die Informationen zu bekommen, die für einen Erfolg unabdingbar waren. Der Zar war keine Risiken eingegangen. Sie waren kleine Kinder gewesen, die nie zu sehen oder hören waren. Kein Verdacht durfte auf sie fallen, sie wären sonst sofort getötet worden. So war es gewesen, als Absinth zu ihnen stieß. Ein Junge, der über außergewöhnliche Talente verfügte und unentwegt geübt hatte.

Absinth konnte Gespräche erinnern. Er konnte von den Lippen lesen. Er konnte mit seiner Stimme Einfluss ausüben. Er konnte die Gedanken eines anderen Menschen erkennen, wenn er ihn berührte. Das war sowohl eine Gabe wie auch ein Fluch für ihn. Irgendwie hatte er gelernt, in die Gedanken anderer Menschen einzudringen, und wenn er das tat, konnte er verheerenden Schaden anrichten. Er war ein menschlicher Lügendetektor. Mit den Jahren waren diese Gaben noch stärker geworden. Und er ruhiger. Wie die meisten bei Torpedo Ink machte sich der Zar die meisten Sorgen um Savage, doch Absinth kam gleich danach. Er war zu still. Ihnen zu fern.

Der Zar schüttelte den Kopf und seufzte. Er hatte vieles zu verantworten. Er hatte aus diesen Kindern Killer gemacht, damit sie überleben konnten. Das war ihr einziger Ausweg gewesen, allerdings kam man von diesem Ort oder dem, was man ihnen angetan hatte, eigentlich nicht mehr ins Leben zurück.

Es gab zwei Teams. Das zweite leitete Steele, der Vizepräsident von Torpedo Ink. Nach Möglichkeit hielten sie immer ein volles Team in Reserve, um sich bei eventuellen Problemen gegenseitig helfen zu können. Der Zar überließ nichts dem Zufall. Jedes Team hatte neun Mitglieder. Sie waren voll aufeinander eingespielt, wie ein Wolfsrudel, jeder hatte seine spezielle Rolle, die er oder sie wie im Schlaf beherrschte.

Zusammen waren sie ein perfektes Team, das nach einem sorgfältigen Masterplan arbeitete und immer flexibel war, jedoch nie von den Sicherheitsregeln abwich, die sie sich gegeben hatten. Es war besser, eine Aufgabe unvollendet zu lassen, als dabei zu sterben. Sie waren geduldig und teilnahmslos und brachten nie ihre Emotionen ins Spiel, wenn es sich machen ließ. Sie begingen keine Fehler. Aus der Erfahrung, andere Kinder zu verlieren, hatten sie gelernt, dass schon ein kleiner Irrtum den Tod bedeuten konnte.

Harold McDonald, noch in seiner Sheriff-Uniform, stellte seinen SUV auf dem überdachten Parkplatz links von der Eingangstür ab. Die Überdachung reichte bis zur Terrasse, sodass man trockenen Fußes vom Auto ins Haus kam.

Harold ging geradewegs zur Tür und holte sein Handy heraus. »Ja, ich bin hier. Ich behalte David hier. Wenn ein Sturm aufkommt, wird er immer zum totalen Feigling.« Er klang ein wenig höhnisch. »Willst du mir sagen, was los ist?«

Er lauschte einen Moment lang, die Hand auf dem Türgriff. »Ja, okay, aber Avery, komm hierher.«

Er steckte das Telefon ein und ging ins Haus. »David.« Er ging eilends durch das Wohnzimmer in den großen Korridor. »Wo bist du?«

Das Haus blieb unheimlich still. Eine leichte Brise wehte durch den Flur, brachte einen kühlen Luftzug mit. Der Wind draußen wurde stärker. Heulte einen Moment lang. Darin war das Weinen eines Kindes zu hören. Harold blieb abrupt stehen und sah sich um. Er legte eine Hand an die Wand.

Das Weinen war weiter zu hören. Es war leise und kläglich. Hoffnungslos. Harold prustete ärgerlich. »David, stopf diesem Kind das Maul!« Er schaute in alle Richtungen, versuchte herauszufinden, woher das Wimmern kam.

Wieder säuselte der Wind durch den Flur, dieselbe leichte Brise, doch die Temperatur schien gefallen zu sein. Und dieses Mal war noch ein zweites Kind zu hören. Harolds Gesicht rötete sich.

»Avery bringt dich um dafür, dass du diese Bengel ohne seine Erlaubnis hierherbringst. Was ist denn los mit dir, David?« Mit langen, ärgerlichen Schritten ging er wieder den Korridor entlang.

Nun war ein drittes Kind zu hören. Die Stimmen klangen

alle irgendwie gleich, ein leises, klägliches, endloses Weinen ohne jede Hoffnung.

Harold öffnete die Tür zum Hobbyraum. Er machte zwei Schritte ins Zimmer, dann schloss sich die Tür hinter ihm mit einem Knall. Er fuhr erschrocken zusammen. Sah sich um. Das Weinen war lauter, als sei er den Kindern hier näher, doch in dem Zimmer war niemand. Mit einem Fluch ging er wieder zur Tür und packte den Drehgriff. Er bekam einen elektrischen Schlag, der durch seinen ganzen Körper jagte, sodass er fast einen Krampf bekam. Er zog die Hand zurück und wankte, rieb sich die Brust.

Es war Mechaniker, Transporters jüngerer Bruder, der Harold den elektrischen Schlag verpasst hatte. Er hatte eine Art Energiefeld in seinem Körper, mit dem er Elektrizität stören oder versenden konnte. Und er war ein Elektronik- und Technik-Spezialist. Wie Absinth konnten die beiden Brüder unglaublich schnell Texte lesen, verstehen und behalten. Transporter verfügte zudem über eine verblüffende Auge-Hand-Koordination. Wegen seiner unglaublichen Reflexe und seiner hervorragenden Augen war er ein superschneller Auto- oder Motorradfahrer.

Für die weinenden Kinder konnten nur Reaper und Savage verantwortlich sein. Sie konnten jeden Laut, jedes Geräusch imitieren, jede Stimme reproduzieren. Und das taten sie gerade perfekt aufeinander eingespielt. Mit Mechaniker und Transporter »trieben« sie den Sheriff dahin, wo sie ihn haben wollten, wie es auch ein Wolfsrudel machte. Die Räuber konnten das Gelände zu ihrem Vorteil nutzen, deshalb kannte das Rudel immer die besten Plätze, um sein Opfer zu reißen, und wusste, wie es dieses dorthin dirigieren konnte.

Harold tat genau das, was sie wollten. Er mied die Tür zurück in den Korridor, denn er wollte nicht noch einmal an den Griff fassen, der ihm unerklärlicherweise einen Stromstoß versetzt hatte. Stattdessen ging er zu der, die zum Wintergarten führte.

Sehr behutsam berührte er den Griff. Als nichts passierte, packte er ihn, drehte ihn und ließ sofort wieder los.

Die Tür öffnete sich knarrend einige Zentimeter. Das Weinen der Kinder wurde lauter. »Stopf diesen Bälgern endlich das Maul!«, schrie Harold frustriert. »Ich schwöre dir, wenn das nicht aufhört, dann knalle ich dich ab!«

Das Weinen wurde noch lauter, es klang nun, als sei ein ganzes Dutzend Kinder am Heulen. Harold hielt sich die Ohren zu, doch auch das half nichts. Er stieß die Tür mit der Stiefelspitze auf. Drinnen war es dunkel. Durch das Glas des Wintergartens sah er den Sturm, der sich draußen zusammenbraute. Der Wind war stärker geworden, die Bäume wiegten sich darin, neigten sich auf das Haus zu, Äste peitschten heftig um sich.

»Harold. Wie nett von dir, dass du zu mir kommst.« Alenas Stimme kam aus dem Dunkel. Es war die Stimme eines Engels. Sanft und voller Musik. »David sagte, du würdest bald hier sein. Mach, dass sie aufhören zu weinen. Sie sind so traurig. So viele von ihnen. Sie sagten mir, daran bist du schuld. Du hättest diesen Männern und Frauen dabei geholfen, ihnen wehzutun. Und auch du tust ihnen gern weh.«

Alena. Der Zar schloss einen Moment lang die Augen. Sie war eine der beiden Frauen, die sie hatten retten können. Wie Ice und Storm hatte auch sie dichtes, extrem platinblondes Haar. Und ihre Augen hatten das gleiche Blau wie das ihrer Brüder. Sie war eine schöne Frau, aber wie die Männer hatte auch sie Narben. Zu viele. Als Kind hatte man ihr schreckliche Dinge angetan. Schon als kleines Mädchen und mehr noch als Teenager. Das hatte das Rudel nicht verhindern können. Wenn sie überleben wollte, musste sie werden, was sie alle waren – Killer. Wie Ice und Storm war auch sie von eiserner Entschlossenheit. Sie hatte gelernt, und der Zar hatte eine weitere Verantwortung und eine weitere Sorge übernommen.

Harold zog seine Waffe und zielte zuerst in eine Ecke des

dunklen Raums, dann in die andere, drehte sich im Kreis in dem Versuch, Alena zu lokalisieren. »Wer bist du? Was willst du?«

»Du weißt nicht, wer ich bin?« Ihre Stimme klang amüsiert. »Ich bin dein Gewissen. Ich bin das, worauf du hättest hören sollen, als du diesen kleinen Jungen wehtatst. Du hast mich gehört, aber ständig ignoriert.«

Harold drückte ab, feuerte in rascher Folge die Wand entlang, von der die Stimme zu kommen schien. Jede Kugel, die seine Waffe verließ, schien die Temperatur des Raums und die seiner Pistole zu erhöhen. Er begann zu schwitzen. Vielleicht wegen der Kinder, vielleicht wegen dieses ständigen Weinens.

»David! Sorg dafür, dass sie aufhören!« Er schrie es heraus, wischte sich den Schweiß ab, der ihm von der Stirn tropfte. Er hatte noch eine zweite Waffe im Stiefel, und aus irgendeinem Grund fühlte sie sich an, als würde mit ihr ein Brandzeichen an seinen Knöchel gepresst.

»David kann sie nicht zum Aufhören bewegen«, sagte Alena. »Das kannst nur du. David ist tot. Du wolltest seinen Tod. Ich habe deine Gedanken gehört. Du wolltest ihm schon oft seine Kehle durchschneiden, denn du dachtest, er sei zu schwach für euch, deshalb mochtest du es auch nicht, dass er Avery oder dich kannte.«

Harold ballerte erneut los, verschoss fast sein ganzes Magazin in die Wand. »Woher weißt du diese Sachen?«, schrie er. »David war ein Betrüger. Er hätte uns sofort verraten, wenn er erwischt worden wäre. Ja, ich wollte ihn tot sehen. Ich habe tausendmal mit Avery darüber gesprochen. Na und? Komm raus, damit ich dich sehen kann!«

Wegen der weinenden Kinder war Alenas leises Lachen kaum zu hören. Sie jammerten nun unaufhörlich, und es waren so viele. »Wie könnte ein Gewissen sichtbar werden? Du hörst mich doch kaum, wenn ich gegen die Dinge protestiere, die du tust.«

Harold wirbelte herum, stürzte auf die Tür zum Wohnzimmer zu. Doch ehe er den Griff anfasste, zögerte er und versuchte dann, sie mit einem Ruck aufzureißen. Sie bewegte sich nicht. Stattdessen jagte der Griff einen weiteren heftigen Stromstoß durch seinen ganzen Körper. Er schrie auf und zog die Hand zurück. Die andere, die mit der Waffe, brannte plötzlich. Wie auch sein Knöchel, an dem die zweite Pistole steckte.

Fluchend rannte Harold durch das Zimmer auf die andere Seite. Er hielt die Hand dicht an die Tür und spürte die elektrische Energie sofort. Er drehte sich um und schrie die Stimme an. »Was willst du von mir?«

»Ich will, dass du bezahlst. *Sie* wollen, dass du bezahlst. Hörst du nicht, wie sie nach Gerechtigkeit schreien und weinen? Die willst du doch für sie, nicht wahr, Harold?«

Ihre Stimme klang so engelgleich. So rein. So vernünftig. Harold merkte, dass seine Hand mit der Waffe sich auf seinen Kopf zubewegte. Keuchend schüttelte er ihn und zwang sich, ihn an die große Glasscheibe zu drücken, die die Außenwand bildete. Der Wintergarten sah aus wie eine große, auf drei Seiten von Glas eingefasste Terrasse. Um hinauszukommen, würde er einfach die Scheiben kaputt schießen. Er begann, auf den Abzug zu drücken und das Glas zu demolieren.

Jede abgefeuerte Kugel erhöhte die Temperatur des Metalls seiner Waffe. Seine Hand brannte. Er sah sich die Pistole an, und sie glühte orangerot im Dunkel. Verblüfft jaulte er auf und ließ sie fallen. Auch sein Stiefel glühte orangerot. Seine Wade brannte, es schmerzte irrsinnig. Er wollte sich nicht die Zeit nehmen, die Waffe aus dem Stiefel zu ziehen. Er wollte einfach nur weg von diesen wehleidigen, heulenden Kindern und dieser Stimme, die ihn zu verzehren schien.

Harold rannte auf die große Glasfront zu, hob die Arme, um das Gesicht zu schützen, und sprang. Er spürte, wie das Glas um ihn herum zerbarst, ihn zerkratzte und zerschnitt, als er hindurchfiel. Er schlug auf die Erde auf, rollte sich ab und stand auf, schaute zurück in das Zimmer und zeigte ihm den Finger. Er war draußen. Er griff nach seinem Handy, um Avery zu warnen. Dabei drehte er sich. Etwas riss an seiner Brust. Er starrte in die eisigsten Augen, die er je gesehen hatte. Sie sahen aus wie zwei gleiche Kristalle.

»Wer bist …« Er wankte und blickte auf seine Brust. Sah einen Griff herausragen. Er ging in die Knie. »Was ist los?«

»Die Kinder, denen du wehgetan hast, lassen grüßen, Harold«, sagte Alena. Ihre Stimme war losgelöst, gefasst, abgeklärt. Sie trat zurück und ging weg.

Der Hauptdarsteller ist eingetroffen. Fährt gerade die Einfahrt herauf, warnte Absinth.

Ice und Storm reagierten sofort, verstärkten den Regen, senkten die Temperatur, sodass jeder Tropfen unangenehm eisig wurde. Das würde sicherstellen, dass Avery geradewegs durch den Haupteingang ins Haus ging und nicht hintenherum, wo er Harolds Leiche finden würde. Avery trug einen langen, schwarzen Trenchcoat. Er schlug die Wagentür zu und rannte mit zwei langen Schritten zur Haustür, um nicht nass zu werden, drehte sich dann jedoch um.

Avery ist nicht allein. Er hat jemanden dabei. Wiederhole. Avery ist nicht allein. Der zweite Mann ist groß, vielleicht eins fünfundachtzig oder eins neunzig. Scheint in Topform zu sein. Schicke Foto an Code, um Identität zu bekommen.

Der Zar rieb sich das Kinn und überlegte. Wenn sie nun abbrachen, würde Avery wissen, dass er zum Tode verurteilt war, und sofort untertauchen. Die anderen warteten auf seine Entscheidung.

Wir halten am Plan fest. Reaper, du nimmst dir den zweiten Mann mit Storm vor. Ice, Savage, ihr bleibt an Avery dran. Der Zar hasste es, diese Befehle zu geben.

Er hatte sich vorgenommen, sobald sie ein Zuhause hatten, würde er einen Weg finden, seine Torpedo-Ink-Familie von dem, was sie die meiste Zeit ihres Lebens gemacht hatten – und wozu er sie quasi angeleitet hatte – abzubringen. Sie waren durch ihn zu Mördern geworden, um zu überleben. Ihre Lehrer hatten ihnen beigebracht, zu verführen und zu töten, um ihrer Regierung – und Sorbacov – als Killer »nützlich« zu sein. In ihrer Kindheit waren sie, was ihre Sexualität anbelangte, völlig verdorben worden. Später hatten sie sich einem Biker-Club angeschlossen, um den internationalen Präsidenten der Swords zu töten. Nun jagten sie Pädophile. Es hörte einfach nie auf.

Los geht's, sagte Reaper.

Bei Reaper, bestätigte Storm.

Ice und Savage waren bereit – sie brauchten nur einen einzigen Namen von Avery. Wenn sie mehr als einen bekämen, war das auch nicht schlecht. Der Zar wollte den Namen des Russen wissen. Er war sicher, es war einer der wenigen pädophilen Lehrer, die sie am Leben gelassen hatten. Einer, der zwischen Russland und Amerika hin- und herpendelte, und er war hochintelligent. Der Zar vertraute voll und ganz darauf, dass sie ihn fassen würden. Ihre erste Priorität musste der Sammler sein. Er ermordete Familien und entführte unschuldige Kinder, um die Aufträge seiner kranken Klienten zu erfüllen. Das musste aufhören.

Der Zar rieb sich den Kopf und beobachtete, wie sich das Drama entfaltete. Sobald Savage und Ice Avery in Gewahrsam hatten und Reaper und Storm meldeten, dass der Fremde erledigt war, würden die anderen das Haus durchsuchen, um Hinweise auf die anderen Mitglieder des großen Rings zu finden.

Avery öffnete die Haustür und trat zurück, um den Neuankömmling ins Haus zu bitten.

Code sagt, Averys Begleiter heißt Jay Gordon. Er gehört zu dem Menschenhändlerring, bei dem auch Yeger und Kushnir waren. Sieht für mich aus, als wolle er Karriere machen. Sie hatten sich etwas von mir weggedreht, deshalb konnte ich nur einen Teil dessen mit-

bekommen, was sie redeten. Gordon glaubt, mit etwas Unterstützung von Avery kann er die Führung übernehmen. Absinth ließ diese Information ihnen allen zukommen.

Der Zar analysierte das Gehörte rasch und fügte es zu den restlichen Infos hinzu, die sie hatten. *Avery arbeitet für die Polizei von San Francisco. Dadurch weiß er, wo alle Beamten jeweils sind und welche Einsätze laufen. Er muss ebenfalls ein Komplize des Menschenhändlerrings sein.*

Avery ging völlig selbstbewusst durch die Diele in den Wohnbereich, ohne Licht einzuschalten. Das Haus war still geworden. Man hörte nur den Wind draußen und gelegentlich ein Knarzen von altem Holz. Jay folgte dicht hinter ihm, nahm sich einen Moment, um sich umzusehen, und eilte dann wieder hinter Avery her.

»Diese Abgeschiedenheit hier draußen ist hervorragend«, sagte Jay bewundernd. »Das muss toll sein. So ein Haus könnten wir gut gebrauchen. Die Mädchen hier einquartieren und die Männer kommen lassen.«

»Zu viel Verkehr auf einer Straße wie dieser, das würde früher oder später auffallen. Harold kann da auch nicht viel tun.« Avery ging in den Flur. Es war immer noch alles dunkel, nur unter der Tür geradeaus, die zu dem großen Schlafzimmer führte, war ein schmaler Lichtstreifen zu sehen. »Das ist komisch. Ich dachte, ich treffe mich mit ihnen im Hobbyraum, aber so wie es aussieht, sind sie im großen Schlafzimmer.«

Er ging weiter den Flur entlang auf sein Schlafzimmer zu. »Ich benutze dieses Haus nur an den Wochenenden. Oder wenn ich krank bin oder Urlaub mache. Dann ist es perfekt. Dann kann ich mir hier eine schöne Zeit machen, und niemand kann das Schreien hören außer mir, genauso, wie ich es mag.«

»Ich mag es lieber, wenn sie um meinen Schwanz herum stöhnen.«

Avery schüttelte den Kopf. »Du weißt, dass diese Teenager,

auf die du stehst, nicht drauf stehen, richtig? Sie fahren auf Drogen ab und tun alles, was du sagst, weil man ihnen sonst wehtut. Richtig wehtut. So läuft es doch, nicht wahr?« Er blieb vor der Schlafzimmertür stehen und blickte über die Schulter auf seinen Gast. »Es ist besser, ehrlich zu sein, als zu heucheln. Zu besitzen, was man am liebsten hat, und alles andere kann zum Teufel gehen.«

Jay grinste. »Du machst es, wie du meinst, und ich so, wie ich meine.«

Avery lachte und ging in das Zimmer. Fast in der Mitte angekommen, roch er plötzlich Blut. Der Raum war sehr warm, der Kamin angeschaltet, und die Tür schloss sich. Von der Decke fiel Licht auf den weißen Teppich, der aber unerklärlicherweise rot war. Er machte zwei weitere Schritte um das Bett herum und sah David Swey mit dem Gesicht nach unten in einer großen Lache seines Bluts liegen.

»Was zum Teufel …«

Schon als sich Avery umdrehte und seine Waffe zog, wusste er, dass es zu spät war. Der Lauf einer Pistole drückte in seinen Nacken. Er konnte weder Jay noch sonst jemanden sehen. Seine Waffe wurde ihm aus der Hand genommen.

Außer seiner Sichtweite hörte er Jay einen leisen, gequälten Schrei ausstoßen.

»Bring ihn in ein anderes Zimmer und hab deinen Spaß mit ihm«, sagte Savage. »Hier drin haben wir zu tun.«

Avery versuchte, sich umzudrehen, doch der Lauf drückte sich noch fester an ihn. Sein Herz begann zu hämmern. »Sag mir einfach nur, was du willst.«

»Zieh dich aus. Komplett.«

Averys Hände zitterten, doch sein Verstand raste. Er hatte noch eine Waffe. Er musste nur drankommen. Sie steckte unter seinem Jackett im Hosenbund, hinten am Kreuz. Sein Angreifer würde sie nicht sehen, wenn er den Mantel auszog. Er konnte sie erreichen … Er begann, seinen Plan umzusetzen, schlüpfte aus seinem Trenchcoat und ließ ihn zu Boden fallen.

Er wünschte, der Angreifer würde etwas sagen, doch das tat er nicht. Der Pistolenlauf blieb genau da, wo er war. Averys Hände zitterten. Würde der Angreifer seine Waffe nicht so fest an seinen Nacken pressen, er wüsste nicht einmal, dass er da war. Nicht einmal sein Atmen war zu hören.

Er knöpfte sein Hemd auf, überlegte sich jede Bewegung, bevor er sie ausführte, und begann dann, sein Jackett abzustreifen. Er schlüpfte aus dem Ärmel, griff blitzschnell nach seiner Pistole – aber sie war nicht da. Seine Hand kam leer wieder hoch. Das Jackett fiel auf den Boden.

»Sag mir, was du willst.«

»Ich wiederhole mich nicht gerne. Mach es, oder ich mache es für dich, und das wird dir nicht gefallen.« Die Stimme klang unerbittlich.

Avery zog sich aus und fühlte sich so verletzlich wie noch nie in seinem Leben. Er spürte, dass sein ganzer Körper bebte. Tag für Tag machte er von Polizisten umgeben seinen Job und fühlte sich sehr überlegen. Seine Opfer brachte er hier in diese Villa mitten im Nirgendwo und machte mit ihnen alles, wozu er Lust hatte. Hier war er der Herr. Er konnte diese kleinen Gören zwingen zu tun, was immer er wollte, niemand konnte ihn abhalten. Niemand konnte mit dem Finger auf ihn zeigen und ihm sagen, wie böse er war.

»Auf das Bett, direkt in die Mitte. Du magst doch diesen Spiegel, damit du dich bewundern kannst. Mach schon, sieh dich satt an dir.«

Avery streckte sich auf dem Bett aus und bekam so einen ersten Blick auf den Mann, in dessen Gewalt er sich befand. Zu seinem Schrecken war sogar noch ein zweiter im Raum. An der Tür war Blut verschmiert, doch Jay war weg, es war, als sei er überhaupt nie hier gewesen.

»Nein, knie dich hin, Gesicht zum Kopfende«, befahl ihm der andere, der noch furchterregender aussah. Dann fesselte er ihn mit Handschellen an das Kopfbrett, wie es Avery mit so vielen Kindern gemacht hatte, und legte etwas um sein Handgelenk, direkt über den Puls.

Sein Angreifer war ein stattlicher Mann mit jeder Menge Muskeln und den ausdruckslosesten Augen, die er je gesehen hatte. Im ersten Moment hatte Avery noch daran gedacht, die beiden zu verspotten, nun nicht mehr. Der andere, der blonde, sah sich die Bilder an, die Avery vergrößert und an die Wände gehängt hatte. Er betrachtete sich gern selbst, und er zwang gern die kleinen Kinder dazu, sich anzusehen, was auf sie zukam.

»Ich bin wirklich gut in dem, was ich mache, Avery«, sagte Savage. »Nur damit du es weißt, ich habe in einer Schule in Russland gelernt. Der Russe erzählt dir gern von dieser Schule, nicht wahr? Es gab vier davon, aber er hatte mit der zu tun, die die Lehrer alle gern ›das Experiment‹ nannten.«

Sein Ton war ungezwungen. Keine Spur von Emotion. Er trat in sein Blickfeld, groß, supermuskulös, Glatzkopf. In der Hand hielt er eine kurze Peitsche.

»Die meisten Menschen wissen nicht, dass der Schmerz, den eine Peitsche verursacht, absolut nichts mit der Länge zu tun hat, aber du weißt das, nicht wahr, Avery?«

Savage ging hinüber an die Wand, um ein Foto von einem Mädchen zu betrachten, höchstens acht Jahre alt, der Rücken von Peitschenstriemen zerfetzt und blutig. »Man nennt mich Savage, der Wilde, aber wie ich sehe, könntest du es direkt mit mir aufnehmen.«

Der andere Mann trat in sein Blickfeld; er hielt einen dicken, langen Gummipfropfen mit Perlen hoch, die sich zum verbreiterten Ende hin aufreihten.

»Savage, wir haben etwas vergessen. Den mag er ganz besonders.«

»Danke für die Erinnerung, Ice«, sagte Savage. »Ich möchte keines seiner Lieblingsteile auslassen.«

Avery öffnete den Mund, um zu protestieren, doch der, der Ice hieß, schob ihm die schrecklich dicke Perlenschnur hinein, sodass er würgen musste und halb erstickte.

»Genau, du willst es nett und nass«, meinte Savage. »Schau dir das Bild an, direkt vor dir. Wir tun, was wir können, um es für dich nachzustellen. In der Zwischenzeit wirst du über Namen nachdenken. Russische Namen. Und Adressen. Überleg dir die auch gleich. Und vergiss den Sammler nicht. Der ist uns sehr, sehr wichtig. Dich an seinen Namen zu erinnern, das wäre sehr, sehr gut für dich. Den, und Terrance Marshals neueste Adresse.«

Avery versuchte, den Kopf zu schütteln, doch Savage zog ihm die Perlen aus dem Mund, und er hustete und spuckte in dem Versuch, seine verletzte Kehle freizubekommen. Savage packte ihn mit roher Gewalt, rammte seinen Kopf gegen das Bettgestell und verrenkte ihm dabei die Arme.

»Lass mich, Ice. Du weißt, es ist mir scheißegal, ich spüre gar nichts, wenn sie schreien oder bluten. Na ja, das stimmt so nicht.« Ohne Vorwarnung rammte er die Gummispitze tief in ihn und drückte ohne einen Gedanken daran, dass er seinem Opfer schwere innere Verletzungen beibrachte. »So mache ich es doch richtig, Avery, oder? Ich richte mich ganz nach der Bilderserie, die du aufgenommen und zu deinem Vergnügen an die Wand gehängt hast. Das ist doch die Art Scheiße, auf die du stehst, nicht wahr?«

Averys Schreie brachen ab, weil ihm die Stimme versagte. Er schwitzte heftig, konnte nur mehr die Stirn an das Kopfbrett lehnen und hecheln. Und dann hörte er das Zischen der Peitsche, die durch die Luft und im selben Moment in sein Fleisch schnitt. Savage hatte nicht gelogen, als er sagte, er könne damit umgehen, und zwar so, dass es maximal schmerzte. Er war sehr stark und ganz eindeutig ein Experte mit diesem Instrument.

Jedes Mal, wenn Avery dachte, er würde ohnmächtig, hielt Savage inne, gönnte ihm eine Pause und machte dann weiter.

»Vielleicht möchtest du schon mal ein, zwei Namen ausspucken, Avery«, meinte Ice ganz freundlich und setzte sich ans Ende des Betts. »Der kann die ganze Nacht lang so weitermachen. Ist nur so, die Haut auf deinem Rücken, deinen Schenkeln und deinem Arsch ist praktisch schon weg. Also wird er dich bald umdrehen wollen. Ich vermute, dieses Ding in deinem Arsch wird dir höllisch wehtun, wenn es gegen die Matratze reibt, und die Peitsche an deinem Schwanz, die schickt dich an einen Ort, wo du niemals hinmöchtest.«

Savage hörte auf, die Peitsche zu schwingen, und stellte sich so vor Avery, dass der ihn ansehen konnte. Bei ihm war noch nicht eine Schweißperle zu sehen.

»Ja, ich glaube, du musst dich umdrehen, Avery.«

Avery schauderte vor Schmerzen und Angst. Er konnte nur wimmern und den Kopf schütteln.

Ice rempelte ihn an. »Mach ihn nicht sauer. Im Ernst, es ist nie gut, ihn wütend zu machen. Tu einfach, was er sagt. Dreh dich um und fang an zu reden.«

Avery versuchte, sich zu fügen, er hatte zu viel Angst, um etwas anderes zu tun, als zu gehorchen, doch seine Arme versagten ihm den Dienst. Entsetzen lag in seinem Blick. Sie konnten hier wochenlang bleiben, und niemand würde kommen. Was war mit Harold? Wo war er? Er hatte doch schon auf ihn gewartet. Das bedeutete, er war tot und niemand mehr hier.

Savage löste die Handschellen vom Kopfbrett, und Avery zwang seinen schmerzenden Körper, sich umzudrehen. Savage packte ihn an einem Knöchel, riss ihn nach unten und streckte ihn über das Bett aus. Es schmerzte unbeschreiblich. Savages Miene blieb unbewegt. Er fesselte ihn einfach wieder an das Bett, die Beine weit gespreizt.

»Hast du den Namen des Sammlers für uns?«

»Ich kenne ihn nicht. Ich kenne ihn wirklich nicht. Ich schwöre es!« Avery warf den Kopf hin und her. »Den kennt nur Terrance. Terrance Marshal. Er hat seinem Bruder Richie einen Job bei uns besorgt. Und der Russe. Der Russe kennt ihn«, setzte er beinahe eifrig hinzu.

»Wo ist Terrance jetzt?«, fragte Ice.

»Er ist abgetaucht. Das macht er immer, sobald etwas schiefläuft. Sein Bruder wurde getötet. Das nahm er als Warnung.«

Er sagt die Wahrheit, sagte Absinth. Seine Stimme klang ungewöhnlich distanziert. Sie hatten versucht, ihn zu schützen, indem sie einen Pulsfrequenzmesser benutzten, den Mechaniker für sie konstruiert hatte.

»Aber du sagst doch allen, dass du den Sammler kennst«, stellte Savage fest.

»Ich habe gelogen! Ich habe gelogen, damit sie mehr Respekt vor mir haben!«, schrie Avery. Sein Gesicht war so rot und aufgedunsen, dass die Augen hervortraten. Er konnte den Blick nicht von der Peitsche in Savages Hand abwenden.

»Wie soll ich wissen, ob du die Wahrheit sagst, Avery?«, fragte Savage. »Du bist als Lügner bekannt.« Wieder schwang er die Peitsche gekonnt, präzise, mit maximalem Krafteinsatz.

Avery brüllte, bis er nicht mehr konnte, bis er würgte und nach Luft japste. Savage hörte auf. »Noch mal, Avery, wie heißt der Sammler?«

Avery schluchzte, die Laute zahlloser Kinder tauchten in seiner Erinnerung auf, und er konnte sie weder stoppen noch aus seinem Denken vertreiben. Er hatte Lust dabei empfunden, sie zu Krüppeln zu machen. Ihre Körper zu Wracks zu machen. Es war solch ein Spaß gewesen. Nun … wollte er nur, dass alles aufhörte.

»Ich schwöre, ich weiß es nicht. Ich habe ihn nie gesehen. Ich kenne ihn absolut nicht.« Er lallte und flehte Savage an aufzuhören. Er werde alles tun, wenn Savage aufhörte.

Er sagt die Wahrheit, wiederholte Absinth.

Der Zar fluchte. Sie brauchten den Namen. Wenn Terrance Marshal wirklich der Einzige war, der den Mann kannte, dann hatten sie ein Problem. Sie würden ihn nicht so bald finden. Er wusste, dass er gejagt wurde, und hatte sich versteckt. Sie würden ihn fassen, denn sie würden niemals aufgeben, doch dies hier würde nicht so enden, wie sie gehofft hatten.

Savage und Ice verbrachten noch eine weitere Stunde mit Avery Charles. Er kannte den Namen des Russen nicht und wusste auch sonst nicht viel, das von Wert gewesen wäre. Sie bekamen noch zwei weitere Namen des Pädophilenrings, doch das war es.

Tötet ihn, sagte der Zar. *Dieses Mal können wir absolut kein Risiko eingehen. Wir kamen so sauber wie möglich hierher, aber da könnte noch Schweiß oder sonst etwas sein. Wir brennen dieses Haus nieder. Holt alles aus allen Safes heraus, die ihr findet, und vergesst nicht den im Keller. Nehmt die Fotos ab und hinterlasst sie so, dass man sie findet. Wir wollen nicht, dass irgendjemand denkt, Avery, Harold, Jay oder David wären gute Menschen gewesen.*

Es brauchte noch eine Stunde, um die Beweismittel durchzusehen und zu entscheiden, was die Behörden finden sollten. Mechaniker und Transporter verdrahteten das Haus, um es zu sprengen, angefangen vom Keller bis in alle Räume, sodass die Zerstörung unwiderruflich war. Es war ein Ort des Grauens; sie wollten nicht, dass es wieder aufgebaut würde, damit irgendjemand erneut Böses darin schaffen konnte.

Der Wind kam vom Ozean und fühlte sich frisch und sauber auf ihren Gesichtern und Körpern an, als sie nach Hause fuhren. Sie nahmen kleine Nebenstraßen, versuchten beim Fahren, die Erinnerungen an die Kinder wegzuschieben, die sie nicht hatten retten können, sowohl in Russland als auch hier, so nahe bei ihrem Zuhause. Doch der Wind konnte die Dämonen ihrer Kindheit nicht aus ihren Gedanken vertreiben.

20. Kapitel

Ice hielt Ausschau nach seiner Frau. Er mochte es nicht, lange ohne sie zu sein. Er stand auf der hinteren Terrasse ihres Hauses, hantierte mit dem Grill, der nicht sauber werden wollte, und vermisste sie schon jetzt. Sie war drinnen und verabschiedete sich von den anderen. Wie immer trödelten die Frauen. Ihre Männer standen herum, sahen ihnen zu und grinsten mehr oder weniger. Er wusste, sie würden ihnen noch ein paar Minuten geben, und dann würde einer von ihnen ungeduldig werden, meistens war es Reaper, und seine Frau holen und aufbrechen.

Durch die Fensterscheibe sah Ice, dass Soleil mit Anya redete. Die beiden lachten, und dann legte sich Breezy, die so etwas wie ein Fotoalbum auf dem Schoß hatte, eine Hand auf den Mund und begann, sich mit der anderen Luft zuzufächeln. Soleil schaute auf das Buch, nahm es ihr heftig atmend ab und schloss es sofort. Die Frauen lachten schallend.

Das mochte er. Wenn er sah, wie sich Soleil freute, war seine Welt in Ordnung. Sie hatte sich eine Familie gewünscht, und er hatte ihr eine gegeben. Brüder. Schwestern. Einen Ehemann. Es war nicht leicht mit ihm, doch das schien ihr nichts auszumachen. Sie lachte jetzt viel. Sie schien glücklich und zufrieden zu sein, die meiste Zeit zumindest.

Plötzlich schaute sie auf, ihr Blick durch das Glas traf seinen, und das Herz in seiner Brust schlingerte. Das löste sie bei ihm aus, eine physische Reaktion, die manchmal an Schmerz grenzte.

Er wollte nie ohne sie sein. Wenn sie unglücklich war, dann geriet seine Welt aus den Fugen, was bedeutete, er musste aufpassen, dass sie nicht merkte, wie sehr er alles für sie zu tun bereit war. Alles, einfach alles. Sie warf ihm eine Kusshand zu und drehte sich dann wieder zu den Frauen um, und er kümmerte sich weiter um den verdammten Grill.

Er hatte ihn mit etwas Hilfe von Storm zusammengebaut. Beim ersten Einsatz war das Rad abgefallen, und die Hähnchenteile, die er – okay, nicht er, sondern Absinth hatte gegrillt – auf dem Rost hatte, wären beinahe heruntergefallen. Er war sicher, dass auf dieser Seite des Grills Storm gearbeitet hatte, bis der obere Rost auf den unteren fiel. Das *konnte* nur Storms Werk gewesen sein.

Für andere wäre das vielleicht eine Katastrophe gewesen, doch Soleil hatte so gelacht, und nur das war für ihn von Bedeutung gewesen. Absinth hatte das Abendessen gerettet, indem er das Fleisch einfach über dem offenen Feuer briet. Die anschließende Hänselei machte Ice nichts aus, denn wenn es ums Kochen ging, war er das gewöhnt. Er würde ganz eindeutig nie der Grillkönig werden, aber er konnte auch ohne Barbecues in seinem Zuhause leben. Schließlich konnte er Partys schmeißen und das Essen liefern lassen.

Der Abend zog sich hin, und alle amüsierten sich, doch Ice hatte den Punkt erreicht, an dem er mit seiner Frau allein sein wollte. Sie war ein klein wenig angetrunken. Richtig betrunken wurde sie anscheinend nie, das hatte sie ja gesagt, aber angeheiterter Sex, das klang gut für ihn. Mehr als gut. Und offenbar war er nicht der Einzige, der dachte, angeheiterter Sex sei eine tolle Sache. Reaper schnappte sich seine Frau, Anya, warf sie sich über die Schulter wie so oft, wenn er gehen und sie nicht mitkommen wollte, und stapfte mit ihr fort.

Reaper war meistens der Erste, der ging, und danach machten sich auch die anderen rasch auf den Weg. Steele und Breezy verabschiedeten sich und gingen Hand in Hand zu seiner Maschine. Ice beneidete Steele beinahe dafür, dass er einfach aufbrechen konnte, während er mit dem Grill beschäftigt war, von dem immer wieder Teile herunterfielen. Er arbeitete noch immer daran und versuchte herauszufinden, was mit den Schrauben nicht stimmte, als das letzte Mitglied von Torpedo Ink gegangen war und Soleil auf die Terrasse hinausging.

»Dieses Ding ist defekt, Soleil. Komplett und total defekt. Ich sollte die Firma anschreiben und mich beschweren. Oder zumindest unser Geld zurückverlangen.« Er gab dem blöden Ding einen Tritt. Das Rad wackelte. Er fluchte. Sie kicherte.

Sie legte ihren Arm um seine Taille, sah ihn an, und ihr Lächeln erhellte seine Welt. »Lass es einfach, Lieber. Du hast dieses zweite kleine Hochzeitsalbum noch nicht gesehen. Alena hat es heute Abend mitgebracht. Sie und Lana haben es für uns gemacht.«

»Wir haben wirklich noch ein Hochzeitsalbum?« Das erste gefiel ihm schon ausgesprochen gut.

Ice ließ den schiefen Grill stehen, dessen oberer Rost zum Teil auf dem unteren lag.

Soleil blickte darauf und musste sofort lachen. »Sieh mal, Ice, er ist betrunken.«

Er schaute über die Schulter, und der verdammte Grill sah wirklich ein bisschen aus wie betrunken. Auch er musste lachen, wenngleich eher weil sie lachte als wegen des Grills. Es hätte ihm nichts ausgemacht, das Ding ins Meer zu schmeißen.

»Ich glaube, du bist auch ein wenig betrunken, Baby«, scherzte er.

Sie nickte. »Ein wenig. Nur so ein kleiner Schwips.«

Seine Hand fiel auf ihren Hintern. Er begann, sanft die linke Backe zu massieren. »Gerade genug, um ein wenig hemmungslos mit mir zu werden?«

Ihre Augen leuchteten. »Wie hemmungslos?«

»Baby, du kennst mich. Keine halben Sachen. Ich würde sagen, sehr. Ich habe Pläne.«

Sie bebte und drängte sich an ihn. »Ich kann es kaum erwarten.«

Er hielt die Tür für sie auf. Angenehme Wärme schlug ihnen entgegen. Er liebte dieses Zimmer. Der offene Kamin war an und der ganze Raum wunderbar warm. Er zog sie auf die Couch, von der aus sie auf das Meer oder in die tanzenden Flammen sehen konnten. Soleil tat, was sie immer tat. Sie schüttelte ihre Sandalen ab und schmiegte sich an ihn.

Er mochte sie so nahe bei sich und fühlte sich glücklich, dass sie so gern berührt werden wollte, wie er es mochte, sie zu berühren. In Wirklichkeit war es ein Bedürfnis. Er brauchte es, sie zu berühren. Manchmal ließ er nur seine Finger über ihre Brust gleiten oder rieb mit einem die Unterseite. Sie protestierte nie, schlug nie seine Hand weg. Sie lächelte ihm nur zu.

»Sie haben uns noch ein Album gemacht?« Er griff danach. Es war viel dicker, als er es für möglich gehalten hätte.

»Ja.« Sie strich über die erste Seite. Und die Art, wie sie das machte, zeigte, dass sie dieses Album wirklich schätzte. Er war froh, dass seine Schwester und Lana daran gedacht hatten, denn er selber hätte es vergessen.

Die ersten Bilder waren in der Boutique aufgenommen worden, in der sie ihr Hochzeitskleid gekauft hatten. Mehrere Fotos zeigten sie beide, wie sie vor den verschiedenen Kleidungsstücken standen, die sie gebraucht hatte. Auf einigen küssten sie sich. Alle Fotos waren etwas schemenhaft, geheimnisvoll und sehr künstlerisch. Er konnte nur raten, dass Maestro sie gemacht hatte. Maestro war ein guter Fotograf; er verstand es, fast jede Aufnahme zu etwas Besonderem machen.

Ice blätterte weiter, und das Herz blieb ihm beinahe stehen. Eine ganze Serie von Fotos mit Soleil auf den Knien, den Rücken ihrem Hochzeitskleid zugewandt, das von einer Schaufensterpuppe getragen wurde, und vor ihr Ice, sein Schwanz in ihrem Mund. Jedes Bild war anders, aus einem anderen Blickwinkel aufgenommen, einige so, dass sie die Ekstase in seinem Gesicht zeigten, andere die Hingabe, die in ihren Zügen sichtbar wurde, wenn sie ihn derart bearbeitete.

»Maestro hat Talent.« Ice sah seine Frau an. »Und du auch, Prinzessin. Ich hatte keine Ahnung, dass er das gemacht hat. Du hast es nämlich geschafft, mich abzulenken, und das kommt eigentlich nicht vor.«

Auf einem Foto war im Hintergrund sogar ein Passant zu sehen, der ihnen durch das Fenster zuschaute.

»Ich weiß nicht, ob wir dieses Album irgendjemandem zeigen können.«

Er lachte. »Ich will es der ganzen Welt zeigen.«

»Das tätest du glatt.«

Er blätterte weiter, sah, wie sie sich anzog, wie ihre Haare gestylt wurden, ihr Schmuck angelegt wurde. Nahaufnahmen des provisorischen Rings, den er akribisch genau gemacht und dann laminiert hatte. Inzwischen trugen sie beide die richtigen Ringe. Den laminierten hatte sie trotzdem behalten. Er hatte ihn in ihrer Schublade gesehen, sorgfältig in ein Seidentuch eingewickelt. Er plante, etwas Schickes für sie zu finden, worin sie ihn aufbewahren konnte.

Weitere Bilder zeigten, wie sie im Hochzeitskleid auf sein Motorrad stieg. Die Kapelle mit dem kleinen, schmuddeligen Mann, dem es nur ums Geld ging. Ice war es egal, er hatte sie zu Mann und Frau erklärt. Wie er die Braut küsste. Die Bar. Sie gingen hinein, seine Hand an ihrer Titte.

Sein Schwanz regte sich, wenn er sich bloß die Gesichter der Männer ansah, als sie die Bar betraten. Soleil wirkte majestätisch. Seine Prinzessin. Hinreißend. Sein Mund an ihrer Brust, als er die schönen Flecken hinterließ, die der Welt sagten, dass sie seine Frau war.

Ihre Party. Die Torte. Die Trinksprüche. So viele seiner Brüder, die die Gläser erhoben, um ihn zu beglückwünschen. Er blätterte weiter und hielt abrupt inne, als sie ihre Hand auf die nächste Seite legte und ihn daran hinderte, sie umzuschlagen. Bewusst gemächlich drehte er den Kopf und sah sie an. Innerlich lachte er, doch er tat sein Bestes, ahnungslos dreinzuschauen.

Sie blickte ihn aus zusammengekniffenen Augen an. »Ich glaube, die nächsten Fotos sind wieder von Maestro.«

Er tat, als würde er die Bilderserie studieren. »Ich glaube, du hast recht.«

»Du weißt, dass ich recht habe«, erwiderte sie im Ton eines Vorwurfs.

»Es hat dir wirklich nichts ausgemacht.«

Sie hatte nicht protestiert, nicht, als er das Spitzen-Top ihres Brautkleids öffnete, sodass nichts mehr zwischen seinem Mund und ihren Brüsten war.

»Deine Titten sind echt der Wahnsinn.« Er berührte eine ehrerbietig. »Sie sind so fotogen, ich frage mich, ob du nicht gutes Geld damit machen könntest, sie fotografieren zu lassen.«

Sie lachte, wie er es vorhergesehen hatte. Er blätterte um, und da lag sie auf dem Billardtisch, ausgebreitet für ihn wie ein Festmahl, und er aß Torte von ihr. Schmierte Zuckerguss auf ihre Brüste und ihre bloßen Schamlippen, um ihn dann abzulecken.

In der nächsten Serie verschlang er sie dann regelrecht. Ice liebte die Bilder, die Maestro von ihrem Gesicht geschossen hatte, während ein Orgasmus sie überwältigte. Er hatte sie mit den Fingern gevögelt, auf diesem Billardtisch, während seine Brüder ihn anfeuerten. Sie war wunderschön. Sie glühte. Maestro hatte das alles eingefangen. Dann hatte sie es ihm besorgt, ihn mit dem Mund zum Orgasmus gebracht und geschluckt. Er erinnerte sich an jeden einzelnen Moment und war sehr glücklich, dass sie einen Billardtisch hatten, auf dem er jede Szene nachstellen konnte, allerdings nicht heute Abend.

»Ich glaube, du bist der erstaunlichste Mann, der je geboren wurde«, sagte sie und berührte das Foto, auf dem er sie oral befriedigte.

»Zwischen deinen Beinen, das ist mein Lieblingsort, vor allem, wenn ich aufwache«, erklärte er. »Du bist so schön, Babe, und so –« Er verstummte und blätterte eine Seite zurück. »Sieh dich an, Soleil. Wie du schaust, wenn du meinen Schwanz streichelst. Du schaust so –« Er verstummte erneut.

»In deinen Schwanz verliebt?« Sie lachte leise, streichelte ihn durch die Jeans hindurch.

»Ja, aber es ist noch mehr als das. Es ist, als wäre ich dir wichtig, und auch was ich brauche, was ich will.«

Das Lächeln verschwand aus ihrem Gesicht, und er sah eine Zärtlichkeit, die so überwältigend war, dass er beinahe wegschauen musste. »Ich liebe dich so sehr, Ice. Ich will dich auf jede mir mögliche Weise glücklich machen.«

Widerstrebend schloss er das Album. Den Rest konnte er sich später ansehen. Jetzt musste er seine Frau nach oben bringen, ins Bett.

»Also, Babe, ich muss dich etwas fragen.« Er ließ sich Zeit, drehte das Feuer mit der Fernbedienung ab, als sie aufstanden. »Heute Morgen …«

Soleil sah rasch zu ihm auf, und ihr Blick unter den langen Wimpern wirkte unschuldig. Er kannte diesen Blick. Er bedeutete genau das Gegenteil.

»Die Jungs waren hier. Wir reden und lachen und haben Spaß beim Frühstück, das übrigens fabelhaft war. Du bist eine Superköchin.«

Er legte eine Hand an ihr Kreuz, und sie gingen nach oben. Er liebte ihre Figur. Wie sie sich unter seiner Hand anfühlte. So feminin. Dieser kleine Hüftschwung …

»Danke dir, Liebling. Ich mag meinen Unterricht. Ich habe schon so viel von Alena gelernt.«

Sie hatte es sich zur Aufgabe gemacht, ihr Haus in ein Heim zu verwandeln. Nach und nach nahm sie sich jedes Zimmer vor und veränderte die Inneneinrichtung. Nebenbei lernte sie auch noch zu kochen, und es schien ihr wirklich Spaß zu machen. Wenn sie ausgingen, was nicht so oft vorkam, gingen sie in Alenas Restaurant. Meistens ging sie dann in die Küche, um sich mit der Chefin über ein bestimmtes Rezept zu unterhalten, oder Alena setzte sich auf einen Schwatz zu ihnen, wenn sie nicht zu viel Arbeit hatte – was jedoch eher selten der Fall war.

Ihre Schlafzimmertür blieb stets zu. Alle anderen Türen im Haus waren offen, einladend, doch die zum großen Schlafzimmer hielt sie geschlossen. Aus irgendeinem Grund gab ihm das ein Gefühl von Intimität. Dies war nur ihr beider Reich. Ihr geheimer Zufluchtsort, in dem niemand sonst willkommen war.

»Heute Morgen hast du wieder mit dem Thema Geld angefangen. Das tust du sonst nie.«

Sie presste die Lippen zusammen und zog dann T-Shirt und BH aus, wahrscheinlich in der Hoffnung, ihn damit abzulenken. Normalerweise brauchte es dazu auch nicht mehr, doch dieses Mal funktionierte es nicht. Sie war immer ehrlich mit ihm, und wenn er die richtigen Fragen stellte, würde er eine Antwort bekommen, denn sie hatte das bewusst getan, wohl wissend, wie er reagieren würde.

»Ja, das tut mir leid.« Sie öffnete ihre Jeans und zog sie aus.

»Was, habe ich dir gesagt, sollst du tun?«

Ein kleines, zufriedenes Lächeln verzog ihren Mund. »Was du mir immer sagst. Unter den Tisch kriechen und dir einen blasen.«

Sein Schwanz zuckte bei dieser Erinnerung. Am Frühstückstisch, ein voller Teller, perfekter Kaffee, und seine Brüder informierten ihn über den Fortschritt, den Code dabei erzielt hatte, jeden der Männer des Clubs, der sich Torpedo Ink anschließen wollte, zu durchleuchten. Sie hatten das für einen kleinen Club gemacht, und nur, weil Gavril sich für diese Leute verbürgt hatte. Nachdem sie sie getroffen und kennengelernt hatten, hatten sie für die Aufnahme gestimmt. Daraus folgte nicht notwendig, dass ein zweiter Club aus russischen Killern, Männern wie ihnen, die eine der drei anderen Schulen besucht hatten, unbedingt zu ihnen passte. Sie mussten sich Zeit nehmen, mit diesen Männern wirklich bekannt werden, um sie Brüder nennen zu können.

Die Sonne hatte durch die Fenster geschienen, und er fühlte sich großartig, als sie plötzlich damit anfing, sie wolle einen neuen Teppich für eines der kleineren Gästezimmer kaufen, und keine Sorge, sie werde ihn von ihrem Geld bezahlen. Er hatte sie an den Haaren gepackt, zu Boden gedrückt und ihr befohlen, ihm einen zu blasen. Soleil hatte nicht gezögert. Sie hatte sich sofort an die Arbeit gemacht, bis er fast nichts mehr hörte und kaum mehr denken konnte. Hatte jeden Tropfen geschluckt, ihn dann peinlich sauber gemacht und sich dabei Zeit gelassen. Er hatte es den ganzen Tag lang heftig gespürt und sich gefühlt, als könne er Bäume ausreißen.

»Warum hast du mit dem Geld angefangen?«

»Na ja …« Sie zögerte.

Sofort gingen bei ihm Alarmsignale an. Sie würde ihn nicht anlügen, das wusste er, aber irgendetwas war ein bisschen seltsam.

»Ich wollte deinen Schwanz in meinem Mund, und ich dachte, du bist dann vielleicht sauer genug, dass du mir eine Lektion erteilst – wie letztes Mal. Das war einfach irre«, gestand sie rasch und errötete.

Er zwang sie, ihm in die Augen zu sehen. »Ich will nicht, dass du dich jemals dafür schämst, mit mir über Sex zu reden. Du solltest dich dabei so wohlfühlen, dass du alles ansprichst, was du im Bett haben willst. Alles, Soleil. Und wenn du etwas nicht magst, dann sagst du mir auch das. Ich will das wissen, und zwar direkt und sofort. Das ist wichtig. Verstanden?« Sie hatten diese

Diskussion bereits gehabt, doch er wollte ihr noch einmal klarmachen, wie wichtig dieses Thema für ihn war.

Sie nickte, trat vor die Glasfront und schaute hinaus auf die heranbrandenden Wellen. Ice zog sich kopfschüttelnd Stiefel, Socken und Hemd aus und ging dann barfuß zu ihr.

»Das war aber nicht der wahre Grund, Prinzessin. Und ich will, dass du mir sagst, warum, Baby.« Er schlang die Arme um sie und bedeckte ihre Brüste mit den Händen. Sie fühlten sich weich und sexy an. Er ließ das Kinn auf ihren Kopf sinken und starrte in die Nacht hinaus.

Sie hatten kein Licht eingeschaltet. Es war nicht notwendig. Der Ozean schien immer etwas Licht abzustrahlen, sogar in stürmischeren Nächten. Dieses Halbdunkel machte das Ambiente in ihrem Schlafzimmer erotischer.

»Du warst in letzter Zeit ein wenig gereizt. Mir ist aufgefallen, dass du seit der letzten Party vorsichtiger bist. Ich habe gemerkt, dass du Angst vor einem Flashback hast, weil du mich dadurch irgendwie verletzen oder verärgern könntest. Aber das ist nicht der Fall. Du bist nicht gewalttätig.«

»Aber ich verliere mich – und uns.« Das bereitete ihm wirklich Sorge.

»Für einen Moment, Ice. Aber du kamst gleich wieder zu mir zurück. Du kennst meine Berührung. Meinen Mund. Meinen Körper. Du kennst meine Stimme. Das gibt mir Macht. Zur Abwechslung bin ich es dann mal, die dir zu Hilfe kommt. Du kümmerst dich immer um mich. Ich weiß, das kann ich auch für dich, und ich habe keine Angst davor.«

»Fühlst du dich dann nicht angewidert? Nach dem, was ich alles getan habe …«

»Lieber, du warst ein Kind. Du denkst noch immer, du hättest die Macht gehabt, das zu verändern, aber das stimmt nicht. Wenn wir Kinder haben werden und du siehst, wie klein sie sind, dann wirst du das erkennen, aber für jetzt hast du mich, wenn es schwierig wird, und ich schwöre dir, ich werde immer für dich da sein.« Sie sah ihn so voller Liebe an, dass sein Herz zerschmolz.

Er spürte, dass sie meinte, was sie sagte. Seine Frau würde ihn unterstützen, so schlimm es auch wurde, doch er wollte sie warnen. »Es wird wieder und wieder passieren. Und ich habe Albträume. Sie werden nie verschwinden, Soleil.«

Sie nickte. »Ich weiß. Ich habe viel Zeit bei Psychologen zugebracht. Kevin dachte, ich müsse eine Therapie machen. Ich glaube, nachdem ich bei ihnen war, brauchten sie alle selbst eine.« Sie rieb seine Arme und schmiegte sich an ihn. »Ich kümmere mich gern um dich.«

»Bedeutet das, unter den Tisch zu kriechen und mir einen zu blasen?«

»Der Punkt war, deine Brüder waren dabei, und du bist nicht zurückgezuckt, Ice. Du fühlst dich mit ihnen sicher. Auf der Party, da waren auch andere.«

»Aus anderen Schulen, Männer, die andere Arten von Folter aushalten mussten.«

Sie schüttelte den Kopf. »Keine Pädophilen. Keine Kriminellen. Sie haben keine Ahnung von dem, was ihr durchgemacht habt. Ich auch nicht, aber ein wenig davon hast du mir erzählt. Ein wenig nur, aber genug, um zu wissen, dass nur deine siebzehn Brüder und Schwestern die ganze Wahrheit kennen, und vielleicht nicht einmal sie. Aber bei ihnen fühlst du dich sicher. Du weißt, dass sie dich beschützen.«

»Nein«, stellte er klar. »Ich weiß, dass sie dich beschützen werden. Das ist es, was mir wichtig ist. Ich mag Exhibitionismus, aber nicht immer und nicht, wenn keine Sicherheit gegeben ist. Das habe ich in letzter Zeit erkannt. Ich habe dich bei diesem Ausflug in eine gefährliche Lage gebracht. Das wird nie wieder passieren. Wenn meine Brüder in der Nähe sind und wir eine Situation unter Kontrolle haben, das ist eine Sache, aber nicht, wenn alles ganz schnell den Bach runtergehen kann. Wenn ich es lernen kann, darauf zu vertrauen, dass die in den anderen Chapters ebenfalls deine Sicherheit gewährleisten können, dann ist es vielleicht okay für mich, dich herzuzeigen, aber ich will kein Risiko für dich eingehen. Wenn ich dich einem anderen Mann oder gar einer Gruppe anbieten würde, Soleil, dann brächte ich mich wahrscheinlich um.«

»Das würde ich nicht geschehen lassen.«

Er schwieg für einen Moment, rieb sein Kinn an ihrem Kopf. »Du bist ein bisschen wild, und du magst es, wenn wir solchen Sex haben, draußen, im Freien, aber ich will kein Risiko, nicht, wenn meine Brüder und Schwestern nicht dabei sind.«

»Das ist okay für mich, Lieber.«

Ihr Ton beruhigte ihn. Sie meinte es so. Er fühlte sich unglaublich erleichtert. »Was ich dir unbedingt noch sagen wollte – ich hätte gern, dass du ein paar Zeichnungen für mich machst.« Wieder liebkoste er ihren Kopf, genoss es, wie sich ihre Haare in seinen Bartstoppeln verfingen. »Für meinen Schmuck. Du hast von Ideen gesprochen, die dir durch den Kopf gehen, und ich habe mir darüber Gedanken gemacht. Habe hier und da ein Stück angefertigt, das mich anspricht. Ich sehe es klar vor mir, und ich lasse mir damit Zeit, weil es mir ein ganz bestimmtes Gefühl vermitteln muss.«

»Deine Stücke sind wunderschön.«

»Seit wir zusammen sind, hast du nicht mehr gemalt. Ich habe dir dieses kleine Atelier eingerichtet, aber du hast es noch nie benutzt. Zeichne da drinnen und fange dann wieder an zu malen. Du bist gut, und in Sea Haven gibt es eine Galerie.«

Sie strahlte über das ganze Gesicht. »Das kann ich machen. Ich würde es lieben, aber Ice, du bist sehr gut, und ich habe nur dummes Zeug geredet. Nichts von dem, was ich mache, lässt sich mit dem –« Sie verstummte, denn seine Hand bedeckte kurz ihren Mund.

»Ich möchte, dass du diese Ideen zu Papier bringst. Sie waren inspirierend. Einige der Schmuckgeschäfte, mit denen ich zusammenarbeite, haben um eine Serie gebeten, die sie anbieten möchten, und ich dachte, ich könnte für sie eine exklusive Serie machen – eine, die nur sie anbieten. Dadurch wären meine Arbeiten immer noch sehr limitiert, und ich kann auch weiter meine Unikate machen, aber wir könnten so ein bisschen mehr Geld herausholen.«

Sie öffnete den Mund, und er wusste sofort, sie würde ihn daran erinnern, dass sie Geld hatte. Er merkte, dass er grinsen musste.

»Ice. Du musst nicht arbeiten, wenn du es nicht wirklich willst. Ich habe Geld. Aber du hast dich noch nie für meine finanzielle Lage interessiert.«

»Was habe ich dir gesagt, dass du mit deinem Geld tun sollst? Spar es für unsere Kinder. Schenke es einer wohltätigen Organisation, wenn du willst. Unterstütze damit eine Million Kinder in einem anderen Land. Bau ein Frauenhaus auf oder noch besser Wohnungen mit niedriger Miete, damit die Frauen sich selbst helfen können, sobald sie wieder auf den Beinen sind. Alles, was du willst, Baby, solange ich es bin, der sich um dich kümmert.«

Sie warf die Arme in die Luft. »Du bist so irre. Ich habe keine Ahnung, was ich mit dir machen soll!«

»Aber ich weiß genau, was ich mit dir mache. Zuerst, anstatt dir das Hirn rauszuvögeln, meine schöne kleine Prinzessin, werde ich meine Frau lieben. Ich werde mir Zeit lassen und jeden einzelnen Zentimeter von ihr küssen. Ich will sie wissen lassen, dass sie der wichtigste Mensch in meinem Leben ist.«

Sie sah ihn an auf diese Weise, die nur ihr eigen war, als sei er ihre Sonne, der Mond und die Sterne, alles in einem.

»Wenn ich absolut sicher bin, dass sie das begriffen hat und sich geliebt fühlt, dann – weil du einfach immer wieder mit deinem Geld anfängst, obwohl du die Konsequenzen kennst – lasse ich mir einen blasen, aber ich werde dich meinen Schwanz nicht berühren lassen. Ich habe die Lage die ganze Zeit im Griff. Dann legst du dich über meinen Schoß mit einem sehr heißen kleinen Stöpsel in dir, und ich werde dir eine weitere Lektion erteilen, wie du dich an diese eine kleine Regel erinnern kannst, die einzige, die ich aufgestellt habe. Und dann werde ich dir das Hirn rausvögeln.«

Sie drehte sich so, dass ihr nackter Körper fest an seine Brust gepresst wurde, und schlang die Arme um seinen Hals. »Das klingt absolut perfekt für mich.«

Das war Soleil. Seine Frau. Perfekt.

Mitglieder des Torpedo-Ink-Motorradclubs

Viktor Prakenskij *alias* **Zar**, Präsident
Lyov Russak *alias* **Steele**, Vizepräsident
Savva Pajari *alias* **Reaper**
Savin Pajari *alias* **Savage**
Isaak Koval *alias* **Ice**
Dimitri Koval *alias* **Storm**
Alena Koval *alias* **Torch**
Luca Litvin *alias* **Code**, Schatzmeister
Maximos Korsak *alias* **Ink**
Kasimir Popov *alias* **Preacher**
Lana Popov *alias* **Widow**
Nikolaos Bolotan *alias* **Mechaniker**
Pytor Bolotan *alias* **Transporter**
Andrei Federoff *alias* **Maestro**
Gedeon Lazaroff *alias* **Player**
Kir Vasiliev *alias* **Master**
Lazar Alexejev *alias* **Keys**
Aleksei Solokov *alias* **Absinth**

Neue Vollmitglieder
Gavril Prakenskij
Casimir Prakenskij

Kandidaten
Fatei
Glitch
Hyde

Biker-Begriffe

Biker: in einem Club organisierte Motorradfahrer
Chapter: Ortsgruppe eines überregionalen Motorradclubs
Chapel: Kapelle – Versammlungsraum im Clubhaus
Church: ›Gottesdienst‹ – meist einmal wöchentlich stattfindendes Clubtreffen in der Chapel
Clubgirl / Clubhure / Groupie / Mama / Braut: leicht verfügbare Frau, die sich in der Biker-Szene aufhält
Colors: Club-Logo/Abzeichen, das auf die Zugehörigkeit und oft auch auf den Status in der Clubhierarchie hinweist. In der Regel dreiteiliger Aufnäher auf der Rückseite der Kutte.
Full color member: Vollmitglied
Hangaround: unterste Stufe der Anwärterschaft auf die Vollmitgliedschaft in einem Club – jemand, der im Club herumhängt, weil er ihm beitreten möchte, und mit einfachen Aufgaben betraut wird.
Hobel / Bock: liebevolle Bezeichnung für schweres Motorrad
Kutte: vermutlich vom englischen Begriff ›cut‹, also ›abgeschnitten‹, abgeleitet. Ärmellose Weste aus Jeansstoff oder Leder, versehen mit den Colors des Clubs; wird fast ständig getragen, selbst über Lederjacken.
MC: Motorradclub mit straffer Gliederung und eigenem Ehrenkodex
Old Lady: feste Freundin oder Ehefrau eines Clubmitglieds. Darf eine Weste mit dem Backpatch ›Property of XY‹, also ›Eigentum von XY‹ tragen.
Patch: Aufnäher auf Brust- oder Rückenseite der Kutte
Präsident / Vize: Chef des MCs und sein Stellvertreter

Prospect: nächste Stufe in der Probezeit nach dem Hangaround. Ein Prospect muss sich seinen Status mit der Erledigung komplizierterer Aufgaben verdienen, bis er dann als vollwertiges Mitglied in den Club aufgenommen wird und die Colors des Clubs tragen darf, also ein ›full color member‹ wird.

Road Captain: Routenplaner

Sergeant of/at Arms: Vollstrecker – überwacht die Sicherheit und die Durchsetzung der Regeln innerhalb des Clubs.

Treasurer: Schatzmeister/Kassenwart

Zivilist/Bürger: an der Bikerszene unbeteiligte Person

Danksagungen

Wie bei jedem Buch, so gilt es auch bei diesem, vielen Menschen zu danken: Ed, meinem Mann, der immer eine Antwort in petto hat, für das Knifflige. Brian, der in der intensivsten Schreibphase gegen mich antritt, damit auch jedes Wort sitzt. Domini, die immer wieder überarbeitet, auch wenn ich sie noch so oft bitte, sich an ein und dasselbe Buch zu setzen, ehe wir es zur weiteren Redaktion weggeben.

An meine Leser

Gehen Sie bitte unbedingt auf christinefeehan.com/members/, melden Sie sich für meine PRIVATE Buchankündigungsliste an und downloaden Sie sich *Dark Desserts* KOSTENLOS als E-Book. Werden Sie Mitglied in meiner Community, und Sie erhalten Neuigkeiten aus erster Hand, nehmen an Buchbesprechungen teil, können Fragen stellen und mit mir chatten! Oder nehmen Sie unter Christine@christinefeehan.com per E-Mail Kontakt mit mir auf; ich freue mich sehr, von Ihnen zu hören!

Werkverzeichnis der im Heyne Verlag von Christine Feehan erschienenen Titel

> Bonusmaterial

Werkverzeichnis

HEYNE <

Die Autorin

Christine Feehan ist Vollblutautorin. Sie kann sich ein Leben ohne Schreiben nicht vorstellen. Sie lebt in Kalifornien und ist mit einem romantischen Mann verheiratet, der sie immer wieder inspiriert. Sie haben insgesamt elf Kinder: ihre, seine und einige gemeinsame. Neben dem Schreiben, Lesen und dem Recherchieren für neue Bücher liebt sie Wandern, Camping, Rafting und Kampfsportarten (Karate, Selbstverteidigung).
Da Christine Feehan selbst in einer großen Familie mit zehn Schwestern und drei Brüdern aufgewachsen ist, wollte sie unbedingt über die Magie von Schwestern schreiben; das höchst lesenswerte Ergebnis ist die Drake-Schwestern-Serie mit sechs Romanen über die faszinierenden Drake-Schwestern und ihre übernatürlichen Gaben. Inzwischen gibt es auch die Fortsetzung dazu: die Sea-Haven-Saga um die sechs »Schwestern des Herzens« und die Highway-Serie. In ihrer Jugend hat sie ihre Schwestern gezwungen, jedes ihrer Worte zu lesen, nun helfen ihr ihre Töchter, ihre Romane zu lesen und herauszugeben.
Christine Feehan ist seit Jahren auf allen großen amerikanischen Bestsellerlisten vertreten. Ihre Bücher wurden in viele Sprachen übersetzt, und sie bekam in den USA unzählige Preise und Auszeichnungen als Autorin. Mehr über die Autorin und ihr Werk erfahren Sie unter:
www.christinefeehan.com

Alle Romane aus diesem Werkverzeichnis sind auch als E-Book erhältlich.

Werkverzeichnis

1. Die Drake-Schwestern

Die sieben Schwestern stammen aus der uralten und magischen Drake-Familie. Sarah, Kate, Abigail, Libby, Hannah, Joley und Elle stehen sich sehr nahe und helfen sich mit ihren übersinnlichen Kräften aus jeder Gefahr. Nach einer alten Prophezeiung muss jedoch erst die älteste Schwester den Mann ihres Lebens finden, bevor auch die anderen sich verlieben können.

Dämmerung des Herzens

(Magic in the Wind/The Twilight before Christmas)

Als Sarah den menschenscheuen Damon trifft, fühlt sie sich auf seltsame Weise zu ihm hingezogen. Doch er wird von schwer bewaffneten Männern verfolgt. Sarah kann zwar die Zukunft voraussehen, sie ist aber auf die magische Hilfe von Kate und ihren anderen Schwestern angewiesen, um die schattenhaften Wesen abzuwehren, die sie und ihre Familie bedrohen. Als Kate und ihr Jugendfreund Matt die alte Mühle von Sea Haven betreten, öffnet sich eine gefährliche Kluft im Erdboden.

Zauber der Wellen

(Oceans of Fire)

Abbey ist die dritte der sieben zauberkräftigen Drake-Schwestern. Sie kann die Menschen dazu bringen, die Wahrheit zu sagen. Abbey hatte Aleksandr, ihre große Liebe, vor Jahren verlassen, da sie sich von ihm verraten fühltc. Jctzt bittet er sie erneut um ihre Hilfe. Widerstrebend arbeitet sie mit ihm zusammen und gerät dabei in höchste Gefahr. Aleksandr kämpft um ihr Leben und um ihre Liebe.

Gezeiten der Sehnsucht

(Dangerous Tides)

Libby, die Heilerin unter den magischen Drake-Schwestern, schenkt dem reichen und unnahbaren Tyson nach einem Unglück das Leben wieder. Als er sich in seine Retterin verliebt, geraten die beiden immer wieder in lebensbedrohliche Situationen. Libby kann zwar einen schweren Unfall mithilfe ihrer Schwestern verhindern, aber dann kommt es zu einem offenen Mordanschlag. Wer steckt hinter diesen Angriffen auf Libby und Tyson?

Magie des Windes

(Safe Harbour)

Endlich scheint auch für Hannah, das schöne und erfolgreiche Model, das private Glück zum Greifen nah zu sein. Doch jetzt muss sie um ihr Leben fürchten: Bei einer Modenschau wird sie von einem Unbekannten mit einem Messer attackiert und schwer verletzt. Wenig später kommt es zu einem zweiten Mordversuch. Können die Schwestern Hannahs Leben retten?

Gesang des Meeres

(Turbulent Sea)

Die betörende Joley besitzt die magische Gabe, Menschen durch Gesang in ihren Bann zu ziehen. So wurde sie über Nacht zu einer der begehrtesten Rocksängerinnen des Showbusiness. Doch der Erfolg schafft ihr auch viele Feinde: Plötzlich muss sie um ihr Leben bangen, und nur der geheimnisvolle Bodyguard Ilja Prakenskij kann sie retten. Joley verfällt dem bedrohlich attraktiven Mann – doch ist sie in seinen Armen wirklich sicher?

Sturm der Gefühle

(Hidden Currents)

Elle, die jüngste und geheimnisvollste der Drake-Schwestern, vereint in sich die magischen Gaben aller sieben Frauen, um sie wiederum an ihre sieben Töchter weiterzugeben. Allerdings verlässt ihr Traummann Jackson sie, da er sich dieser Aufgabe nicht gewachsen fühlt. Doch dann wird Elle von dem attraktiven, intelligenten und telepathisch begabten Milliardär Stavros gekidnappt. Stavros hat sich immer genommen, was er haben wollte. Wird er Elle wieder freigeben?

2. Die Sea-Haven-Saga

Gebieterin des Wassers

(Water Bound)

Lev Prakenskij hat die Erinnerung an sein bisheriges Leben verloren, als er von der Taucherin Rikki aus dem stürmischen Ozean gerettet wird. Die Herkunft seiner unzähligen Narben gibt Rätsel auf. Aber auch Rikki hat ein Geheimnis - und sie muss sich bald eine wachsende Zuneigung zu dem Unbekannten eingestehen. Doch die Liebenden werden sehr schnell von ihrer Vergangenheit eingeholt.

Hüterin der Seele

(Spirit Bound)

Seit Jahren wartet Judith, die Künstlerin unter den »Schwestern im Herzen«, auf den Mann, dem sie sich durch geheimnisvolle Bande verbunden weiß. Als Stefan Prakenskij nach Sea Haven kommt, fühlt sie ein Feuer in sich wie nie zuvor. Stefan ist gefährlich und leidenschaftlich, aber da taucht ein weiterer Mann auf, den Judith nicht abweisen kann. Nur einer der beiden wird den Kampf um ihre Liebe überleben.

Herrin des Windes

(Air Bound)

Airiana wurde als Kind in ein geheimes Trainingscamp gesteckt, weil die US-Regierung ihre übersinnlichen Fähigkeiten für eigene Zwecke einsetzen wollte. Jahre später kann sie fliehen, gerät jedoch kurz darauf in die Fänge einer Verbrecherclique und wird auf ein Schiff auf hoher See verschleppt. Ihre einzige Chance zu entkommen ist Maxim Prakenskij, der seine Gründe hat, Airiana zu helfen. Er ist jedoch nicht bereit, sich ihr zu öffnen, auch nicht, als die Leidenschaft zwischen ihnen immer heftiger wird.

Wächterin der Erde

(Earth Bound)

Gavril Prakenskij ist Auftragskiller. Er tötet schnell, effizient und erbarmungslos. Schwäche oder Gefühle kennt er nicht. Verführung gehört für ihn zum Geschäft. Doch alles ändert sich, als er die scheue Lexi erblickt. Er kann fühlen, dass sie für ihn bestimmt ist. In ihrem Inneren ebenso verletzt wie er, teilt sie den Wunsch nach einem Neuanfang. Doch dann wird Lexi von den Schatten ihrer Vergangenheit eingeholt.

Geliebte des Feuers

(Fire Bound)

Lissas flammenfarbenes Haar ist nicht das einzig Feurige an ihr. Die begabte Glaskünstlerin und »Schwester im Herzen« trägt eine brennende Kraft in ihrem Innern, die ebenso zerstörerisch wie schöpferisch sein kann. Ihre Kunstfertigkeit bringt sie bis nach Italien, während Lissas eigentliche Mission im Verborgenen bleibt: Rache. Zwischen ihr und dem russischen Geheimagenten Casimir Prakenskij entzündet sich eine leidenschaftliche Liebe, aber dunkle Geheimnisse aus der Vergangenheit bedrohen ihre gemeinsame Zukunft.

Tänzerin des Lichts

(Bound Together)

Mit Viktor fühlt sich Blythe zum ersten Mal in ihrem Leben richtig lebendig. Solch eine Leidenschaft und Liebe hatte sie nicht für möglich gehalten. Doch Viktor verschwindet plötzlich, ohne ein einziges Wort, und für Blythe bricht eine Welt zusammen. Nach fünf Jahren kehrt er zurück - doch kann sie sich wieder auf ihn einlassen? Noch bevor sie eine Entscheidung trifft, sieht sie sich einer tödlichen Gefahr gegenüber.

3. Die Highway-Serie

Highway to Love

(Judgment Road)

Anya ist ihr ganzes Leben lang auf sich allein gestellt und wünscht sich nichts sehnlicher als eine Familie und einen Mann, der bedingungslos hinter ihr steht und dem sie blind vertrauen kann. Das spricht im ersten Augenblick nicht gerade für Reaper, den sie in der Bar des Bikerclubs Torpedo Ink kennenlernt. Denn Reaper ist Biker durch und durch: groß, tätowiert und sehr einschüchternd. Und trotzdem fühlt sich Anya magisch zu ihm hingezogen.

Highway to Passion

(Vengeance Road)

Aufgewachsen in einem Motorradclub, hat Breezy nie erfahren, wie sich ein behütetes Leben anfühlt. Als sie ihre große Liebe Steele kennenlernt, fühlt sie sich zum ersten Mal geborgen. Doch Steele verlässt sie plötzlich, und für Breezy bricht eine Welt zusammen. Sie wird aus dem Motorradclub verbannt und bemerkt kurz danach, dass sie schwanger ist. Ganz auf sich allein gestellt schlägt sich Breezy durch, doch als ihr Sohn entführt wird, wendet sie sich in ihrer Verzweiflung erneut an Steele.